Delius Klasing

EDITION MOBY DICK

Greg Moody

MÖRDERISCHE SAISON

Delius Klasing
EDITION MOBY DICK

*Allen Freunden und Familienmitgliedern herzlichen Dank für ihre
Zeit und ihre Anregungen, ohne die dieses Buch nicht entstanden wäre.
Ebenso danke ich Dr. Dave Hnida, der mich bei den medizinischen
Aspekten beriet, Ron Kiefel, dessen Erfahrungen mit der Tour de France
unschätzbar wichtig waren, und John Wilcockson, Charles Pelkey, Amy
Sorrells, Mark Littrell und Tim Johnson von VeloPress für ihre Hilfe, ihr
Gelächter, ihre Kritik. Dank auch an Stephen White für positive Bestär-
kung und jede Art von Unterstützung einschließlich vieler Mittagessen.
Mein größter Dank aber gilt Becky, Devon und Brynn.
Sie bringen mich zum Lachen, zum Lieben, zum Leben.*

Die Originalausgabe erschien unter dem Titel »Perfect Circles«
beim Verlag VeloPress in Boulder/Colorado, USA
© 1998 Greg Moody

Die Deutsche Bibliothek – CIP-Einheitsaufnahme

Moody, Greg:
Mörderische Saison: (der Radsport-Krimi)/Greg Moody.
[Übers.: Änne Troester]. – 1. Aufl. –
Kiel: Moby Dick Verlag, 2000
(Delius Klasing – Edition Moby Dick)
ISBN 3-89595-155-2

1. Auflage
ISBN 3-89595-155-2
Die Rechte für die deutsche Ausgabe liegen beim
Moby Dick Verlag, Kaistraße 33, D-24103 Kiel

Übersetzung: Änne Troester
Umschlaggestaltung: Buchholz/Hinsch/Hensinger, Hamburg
unter Verwendung einer Grafik von Matt Brownson
Druck: Westermann Druck Zwickau
Printed in Germany 2000

Vertrieb: Delius Klasing Verlag, Siekerwall 21, D-33602 Bielefeld
Tel.: 0521/559-0, Fax: 0521/559-113
e-mail: info@delius-klasing.de
http://www.delius-klasing.de

Inhalt

Prolog

Heute war der erste Tag vom Rest seines Lebens.
Henrik Koons zog sich das rot-weiß-grüne »Lexor-Computer«-Trikot über den Kopf und strich sich über die Rippen. Er hatte immer noch einen guten Körper, dachte er. Grobschlächtig, sommersprossig, aber durchaus noch in der Lage, seinen Job zu erledigen; jedenfalls das, was aus diesem Job geworden war. Er drehte sich vor dem halbhohen Spiegel in seiner schäbigen Wohnung am Rande von Eindhoven, nahe der holländisch-belgischen Grenze, erst zur einen Seite, dann zur anderen und bewunderte sein Spiegelbild.

Mit 26 Jahren hatte Henrik das Leben eines Berufsradrennfahrers hauptsächlich von hinten gesehen. Vier Jahre als Profi, das hatte bedeutet, vier Jahre lang den Hintern jedes Fahrers im Feld kennenzulernen.

Aber das würde sich ändern. Und zwar bald.

Henrik warf einen Blick nach draußen. Das Wetter war unangenehm, nass und windig, eben ein ganz normaler Juni-Nachmittag in Holland. Trotzdem – in der letzten Zeit waren aus solchen Tagen noch großartige Trainingstage geworden. Klar und kühl und ausgefüllt vom Rausch der Geschwindigkeit.

Heute würde ein großartiger Tag zum Rad fahren werden. Henrik grinste in sich hinein, denn er hatte das Geheimnis entdeckt. Sein Körper war noch der gleiche, immer noch lang und sehnig, mit Brust- und Beinmuskeln, die nichts weiter taten, als seine Lycra-Uniform auszufüllen. Er trainierte nicht anders, er ernährte sich nicht anders. Trotzdem, das wusste er, hatte er jetzt den Schlüssel gefunden, der ihm den Einlass in den Kreis der Sieger verschaffen würde.

Kein altertümlicher Druidenzauber, sondern ein modernes chemisches Äquivalent, leicht einzunehmen, leicht zu maskieren und leicht zu verstecken. Es war seine neue Lieblingsmedizin, und er erzählte niemandem davon. Er saß an einer billigen Quelle für ein Wunder, und niemand würde ihm auf die Schliche kommen, wenn alles gut ginge und er einmal in seinem Leben den Mund würde halten können.

Die zähe gelbe Flüssigkeit, die schwer im Glaskolben der klassischen Spritze hing, war fast undurchsichtig. Das war das wirklich Größte – eine Karriere aus der Flasche. Henrik tippte an die Seite des Metallhalters und sah fasziniert zu, wie eine Luftblase langsam an die Oberfläche stieg. »Dich will ich da nicht drin haben, mein Freund.« Er ließ die Blase durch die Nadel entweichen, stand auf, zog seine Fahrradhosen herunter und verharrte mit der Nadel über seiner rechten Pobacke. Sie sah langsam aus wie eines dieser »Verbinde-die-Punkte«-Spiele. Zusammen mit seinen Sommersprossen und Leberflecken bildeten die kleinen roten und braunen Einstiche auf seinem Hintern komplizierte Figuren.

Wenn ich ein Champion bin, dachte er, lasse ich schöne Frauen, vielleicht sogar zwei gleichzeitig, Linien zwischen den Punkten malen.

Er atmete tief durch, stieß die Nadel hinein und spritzte sechs Kubikzentimeter des zähen Saftes in seine Pobacke. Er wartete eine Sekunde auf das Brennen, aber diesmal kam es nicht. Er war erleichtert. Seine Wunderdroge war eine strenge Zuchtmeisterin, man konnte es ihr nur schwer recht machen. Dennoch war Henrik überrascht, denn dies war eine höhere Dosis, vielleicht dreimal so viel wie sonst. »Ein bisschen ist gut, ein bisschen mehr ist besser«, hatte Oma deKuyper immer gesagt.

Er hatte eine stärkere Reaktion erwartet. Das hier ergab keinen Sinn.

Henrik setzte sich auf die Bettkante und wartete weiter auf den ersten Kick, jetzt schon etwas verspätet, der ihm seine neugefundene Kraft und Stärke auf dem Rad signalisieren sollte.

Wirklich.

Das war der Tag.

Henrik Koons raste am Fahrbahnrand entlang, scherte hinüber zur Mitte und wieder zurück an den Rand. Seine Kontrolle war besser geworden, ebenso wie seine Kraft, sein Ehrgeiz, sein Selbstbewusstsein. Lexor-Computer würde ihn nie wieder in den hinteren Teil des Pelotons verbannen können, in die Rolle des Domestiken, des Wasserträgers für die holländischen und belgischen Stars, die an der Spitze des Teams fuhren. Dieser Augenblick, dieses Jahr gehörte ihm, und ihm allein, das wusste er. Er spürte es. Er näherte sich dem Heck des Fiat und zog zur Straßenmitte hinüber. Während er ihn locker auf der Fahrerseite überholte, gab er dem alten Mann mit der flachen Hand einen Klaps auf den Ellbogen.

»Olé! Eh, toro«, rief er, schoss an dem erstaunten Senior vorbei und schnitt ihm beim Rückweg zum Fahrbahnrand den Weg ab. Er hörte die Bremsen quietschen, das Hupen und einen überraschten Fluch, aber das kümmerte ihn wenig. Die Straße gehörte ihm wie noch nie zuvor. Es würde immer besser werden.

Bald würde sich der Asphalt in Gold verwandeln, das Gold in Ruhm, und das Gold und der Ruhm in Frauen, die sich vor ihm räkeln würden wie diese Landstraße, die einen Augenblick endlos ausgestreckt vor ihm lag. Er konnte sie fast schon sehen. Fühlen. Hören. Riechen.

Henrik steuerte wieder in die Straßenmitte zurück und erschreckte den alten Fahrer des noch älteren Fiat ein zweites Mal. Er trieb sich selber an, härter, schneller als je zuvor. Schön, dachte er, es ist einfach nur schön.

Seine Reifen summten. Aus dem Geräusch wurde langsam eine Melodie. Henrik sang eine Minute lang mit, so laut er konnte und erschreckte so die nächsten, die er überholte. Die Stadt Bakel raste verschwommen an ihm vorbei. Die Bewohner, alte wie junge, schauten ihm fasziniert hinterher, als er an der Kirche vorbeischoss, Läden, Cafés wie eine Welle voller Bilder, die jetzt über ihm brach. Ihre Augen lagen auf ihm, während seine Augen, seine Gedanken, seine Konzentration auf die Strecke vor ihm gerichtet waren. Das – das – das war die Fahrt eines Stars, eines Königs, des nächsten Merckx, Indurain, Anquetil, oder Colgan, dachte er.

Was ihn früher endloses Training und Mühen gekostet hatte, das konnte er jetzt, ohne sich selbst, seiner Lunge, oder seinen Beinen etwas abzuverlangen. Er fühlte sich rundum fantastisch, als ob er bei keiner einzigen Pedalumdrehung auch nur ein Gramm Druck ausüben müsste.

Das war die Geburt eines Champions.

In der Vergangenheit hatte er sie nur beobachtet. Er war mitgefahren, aber er hatte nicht dazugehört. Sie waren für diesen Sport geschaffen. Ohne Anstrengung fuhren sie geduldig in der Mitte des Feldes und sahen amüsiert zu, wie die Manager der Teams Fahrer wie Henrik zu früh nach vorne schickten, um die Straße frei zu machen, den Rhythmus zu variieren, oder um Konkurrenten mitzuziehen, die zu nervös waren, um auf einen wirklichen Ausreißversuch zu warten, der dann später im Rennen kommen und den wahren Sieger hervorbringen würde.

Trotz dieser Sinnlosigkeit hatte sich Henrik immer mit all der Kraft, die er aufbringen konnte, in seinen Job gehängt. Er war selten auf den Rennfotos zu sehen, aber wenn doch, dann zeigten sie immer einen Mann am Rand des Zusammenbruchs. Die Beine, die ihn zum Amateurchampion von Eindhoven gemacht hatten, sie hatten ihn schon lange verlassen, oder, um ganz ehrlich zu sein, sie waren nie wirklich gut genug gewesen, um ihn ganz an die Spitze zu bringen.

Er kämpfte, er keuchte, er quälte sich, während sie an ihm vorbeiglitten, als ob sie auf Schienen fuhren.

Wenn Indurain und Seinesgleichen vorbeirasten, waren alle Blicke auf sie gerichtet, nur auf sie, die Champions, die frisch und locker in ihrem Fahrstil nicht die leiseste Anstrengung zeigten.

Verdammt. Er war die Maus, und er war immer schon die Maus gewesen, die man losschickte, um die Katze hervorzulocken, um mit ihr zu spielen. Aber die Katze spielte nur mit ihm, bis sie plötzlich zuschlug, ohne Vorwarnung, und ihn als tote Maus zurückließ.

Erst kamen die stärksten Fahrer, dann die Leutnants, dann die Sprinter, dann die Domestiken, und dann der Rest, und Henrik konnte nur noch dabei zusehen, wie sie vorbeizogen. An ihm vorbei rollte das regenbogenbunte Feld auf seinen schmalen Reifen, während er hinter die Wagen, die Transporter und die Motorräder des Begleit-Trosses zurückfiel.

Aber trotzdem fand er sich immer wieder in einem Rennen gefangen, zusammen mit dem letzten Dutzend Fahrer, dem Kanonenfutter jeder Mannschaft, die darum kämpften, etwas anderes zu werden als Allerletzter. Bei der Tour, so hatte man ihm erzählt, war es früher eine absurde Ehre, der Letzte zu sein, der Allerletzte, die Rote Laterne. Aber hier war es nichts anderes als einfach der Letzte. Finis. Kaputt. Kein Ruhm. Keine Trophäe. Kein Garnichts. Einfach nur der Letzte. Von den 23 Rennen, die er in dieser Saison bis jetzt beendet hatte, war er zwar nur zweimal der Letzte gewesen, aber er war immer in der letzten Gruppe ins Ziel gekommen.

Aber nun nicht mehr. Nie wieder. Nicht der Letzte. Keine Maus. Henrik Koons war wiedergeboren.

Vor ihm verengte sich die Straße, und er zielte zwischen zwei entgegenkommende Wagen, die einander überholten. Er lächelte in die überraschten Gesichter der Fahrer und schloss dann auf den letzten Metern tatsächlich die Augen. Er spürte das Aufheulen der Motoren, als die Autos vorbeischossen und die Fahrer in Panik versuchten, ihre Spur zu halten. Mit einem Ausdruck des Triumphes im Gesicht schoss Henrik auf der anderen Seite hinaus. Der Gegenwind, der ihn zurückgehalten hatte, im Leben und auf der Straße, er hatte gedreht und trieb ihn zum triumphalen Schlusspunkt seiner Karriere.

Henrik nahm wieder Fahrt auf und entdeckte immer mehr Kraftreserven. Er beherrschte die Straße wie ein Indurain, mühelos, ohne zu schwanken, mit stählernen Nerven. Er konnte spüren, wie sein Herz in der Brust hämmerte, und das trieb ihn nur noch stärker an. Härter, schneller, länger. Das war die beste Trainingsfahrt seiner Karriere, dachte er, die, an der alle anderen gemessen würden.

Die Reifen summten. Die Kurbel sang. Seine Beine waren wie Kolben. Er fuhr hart auf eine Kurve in der Straße zu, die sich aufbäumte und ihn anbrüllte. Der Asphalt riss sich aus der Erde empor und richtete sich auf wie eine Schlange. Sie peitschte vor dem Himmel hin und her, und er fuhr auf einen Kopf ohne Augen zu, seine Beine stampften ein unaufhaltsames Staccato, und sein Herz erschauerte in seiner Brust mit jedem mächtigen Schlag.

Henrik kniff die Augen zusammen, wartete eine Sekunde, dann riss er sie wieder auf. Die Straße war wieder da, wo sie hingehörte, auf der grünen und blühenden Erde, in einem holländischen Sommer, der schwer nach Weizen und nassem Gras und blühenden Blumen duftete. Die Bäume zu beiden Seiten der Straße bildeten eine tiefgrüne Kathedrale über ihm, während er immer schneller fuhr. In diesem Augenblick wurde ihm klar, dass er die Welt eines normalen Sportlers hinter sich gelassen hatte und ein Star geworden war. Er lebte jetzt in großer Höhe, und die dünne Luft verschaffte ihm einen weiteren Ausbruch von Schnelligkeit, Kraft und Kontrolle.

Wartet nur bis zur Tour, dachte er. Wartet nur. Dieses Jahr würde er den Kopf nicht hängen lassen müssen. Er würde nicht Teil der letzten, lachenden, unbeschwerten Gruppe im Rennen sein. Er würde auf dem Siegerpodest stehen. Er würde Gelb tragen oder Grün, oder rote Punkte. Oder am besten alle drei Trikots.

In der Ferne näherte sich ein Auto.

Henrik platzierte sich in der Mitte der Straße. Wartend. Herausfordernd.

Seine Geschwindigkeit stieg weiter. Sein Herz begann von der Anstrengung zu schmerzen, aber er trieb sich weiter auf das Auto zu, das in der Hitze zu flimmern schien, während es vom Horizont aus näher kam und ebenfalls auf die Straßenmitte wechselte.

Die Amerikaner, das wusste er, nannten es das Angsthasen-Spiel. Er nannte es ein Leben auf des Messers Schneide.

Henrik konzentrierte sich auf die Scheinwerfer und den Kühlergrill des Kleinwagens. Er kniff die Augen zusammen und dachte sich einen Weg hindurch. Die Farben der Welt um ihn herum wurden dunkler, während ein einziger Punkt in seinem Blickfeld immer größer wurde. Die Bäume verwischten. Geräusche kamen auf ihn zu und rauschten unscharf als brausender Lärm an ihm vorbei. Sein Blick richtete sich auf einen Punkt genau zwischen den Scheinwerfern. Einen einzigen Punkt. Einen silbernen Punkt. Als der Punkt größer wurde, bemerkte er darin einen blauen Fleck mit handgeschriebenen Buchstaben. Ford. Amerikanisch. Perfekt. Er hasste amerikanische Wagen. Er konzentrierte sich auf den Fleck. Im Kühlergrill. Des Wagens.

Angsthasen.

Und er wusste, er würde gewinnen. Er würde das Auto in zwei Teile spalten und beide Hälften am Rand einer niederländischen Landstraße zurücklassen. Der Fahrer würde wie betäubt sein und nicht begreifen können, was mit seiner amerikanischen Karre passiert war. Jahre später würde er die Geschichte immer noch seinen Freunden in den Bars von Amsterdam erzählen und sich immer wieder fragen, wer es wohl gewesen war, der sein Auto in zwei Teile gespalten hatte. Wer war dieser allmächtige Radfahrer gewesen?

»Das war ich«, brüllte Henrik, »Thor, der Donnergott.«

Henrik lachte, es brach aus ihm heraus wie ein Echo, das Schauer durch seinen ganzen Körper jagte. Die Farben des Tages waren jetzt hell und fantastisch, eine fluoreszierende Lichtexplosion. Die holländische Landschaft sah aus wie ein Van Gogh in schreienden Neonfarben. Aber so sehr er auch genauer hinsehen wollte, er konnte es nicht, er wollte seinen Blick nicht von dem herannahenden Auto wenden, dessen zwei Scheinwerfer sich immer noch in der Mitte der Straße befanden, genau wie er selbst. Die Lichter blinkten aus und an, aus und an, warnend, herausfordernd, ungläubig.

Irgendwo weit entfernt hörte er ein Hupen. Sein Blick wich nicht aus.

Immer schneller fuhr er, bis er meinte, sein Herz würde aus der Brust springen. Wie ein Pfeil schoss Henrik auf den Herausforderer zu. Näher. Und näher. Schneller. Und schneller.

Zehn Meter.

Acht.

Fünf.

Zwei.

Kontakt.

Henrik spürte das Metall um ihn herum zischend in Flammen aufgehen, er hörte den Fahrer schreien, als Rad und Auto aufeinander trafen. Seine Reifen schnitten durch das Auto wie eine Schere durch weihnachtliches Glanzpapier. Henrik erblickte für den Bruchteil einer Sekunde den Geisterfahrer, der ihn anstarrte, schockiert, dass sein Vorhaben, einen Radfahrer von der Straße zu drängen, zusammen mit seinem billigen amerikanischen Wagen zunichte gemacht worden war. Henrik raste durch den Rücksitz. Ein Stofftier verfing sich in seinen Speichen und flog zerfetzt davon. Er schnitt durch den Kofferraum, durch den Stoßfänger. Dann war er weg. Zufrieden hörte Henrik das kreischende Geräusch von Metall auf Straßenbelag und die zwei Hälften des Autos in die Steinmauern zu beiden Seiten der Straße krachen. Dann wurde es still, bis auf das Hämmern seines Herzens. Er ließ den Ort des Geschehens hinter sich, als sei er aus einer Kanone hinausgeschossen worden.

Die Straße stieg vor ihm an und er zwang sich weiter, härter, schneller, besessener als je zuvor. Sein Herz riss aus der Verankerung in seiner Brust, die Welt um ihn herum begann zu verschmieren wie die dunklen Farben auf einer Maler-Palette, Brauntöne und dunkles Blau, Blutrot und Grün, die Straße erhob sich wie ein wildes Tier und umfing ihn mit dunklen Armen.

Sein Herz schlug wie wild und er machte weiter Tempo, sein Kopf schnappte nach unten, unten, unten, unten.

Sein Kopf schnappte nach unten.

Er krümmte sich einmal, zweimal, und noch einmal. Er machte einen Versuch, den Kopf zu heben, um weiter, wenigstens ein bisschen weiter die Straße hinunter zu sehen. Der Preis war in Reichweite. Er hatte den Schlüssel zum Siegerpodest gefunden, zu einem Leben als Star, und zu einer Welt, die gleich dahinter lag. Früher war sie nicht zu sehen, jetzt brauchte er nur noch zuzugreifen.

Und so fuhr er weiter.

Einmal, zweimal, noch einmal.

Seine Beine bewegten sich im runden Tritt, perfekte Kreise, perfekte Technik. Selbst als er zu sterben begann.

Perfekte Kreise.

Seine Beine beschrieben perfekte Kreise.

Seine Augen schnellten hin und her, sie maßen eine Straße, die nicht existierte.

Beschrieben perfekte Kreise.

Seine Brust krampfte sich zusammen, sein Leben floss als weißer Schaum aus seinem Mund.

Beschrieben perfekte Kreise.

Auf dem Boden. Einer schäbigen Wohnung. Am Stadtrand von

Eindhoven.
    Perfekte Kreise.
    Perfekte Kreise.
    Perfekt.

––––––––––

Die Glanzlederschuhe in der Mode der Jahrhundertwende standen direkt neben dem Erbrochenen. Sie gehörten zu einem braunkarierten Anzug in der Mode der Jahrhundertwende, der am oberen Ende von einem steifen weißen Kragen in der Mode der Jahrhundertwende begrenzt wurde und von einer blutroten Krawatte in der Mode der Jahrhundertwende, die um den scharf hervortretenden Hals hing. Der Hals ging über in ein faltiges, hartes Gesicht, gezeichnet von zu vielen Tagen im Einsatz. Die scharfen Konturen dieses Gesichtes waren umrahmt von einem unordentlichen weissen Haarschopf, auf dem eine schwarze Melone saß.

Vorsichtig schritt die Figur um den Matsch und das Blut herum, das sich auf dem Boden ausbreitete und tippte Henrik Koons mit einer kantigen Schuhspitze an die Schulter.

»Komm jetzt«, flüsterte er.

1
Wieder im Sattel

Er trieb an die Oberfläche des Bewusstseins, zuerst nach oben durch warme Dunkelheit und dann hinein in gedämpftes Licht, vorbei an den gekreuzten roten Linien, hinter denen sich seine Augenlider befanden. Er wollte die Augen nicht öffnen. Nach zu viel hausgekeltertem Rotwein in dem kleinen Café an der Rue de Rivoli schwebten immer noch kleine Traubenstückchen in seinem Blut herum, die nur darauf warteten, wichtige Teile seines Gehirns zu verstopfen. Anquetil konnte so trainieren, dachte er, warum ich nicht?

Anquetil ist tot, sagte er sich. Denk dran.

Genau hinter seinem rechten Auge saßen die brüllenden Kopfschmerzen, und sie erstreckten sich an seinem Ohr vorbei bis zu dieser Stelle hinten am Kopf, wie hieß sie denn noch gleich? Eine schnelle Selbstdiagnose, dann öffnete er das schmerzfreie linke Auge, mit dem er eine kleine Karte von Rhode Island erblickte. Nein, das kann nicht stimmen, dachte er. Auf den Karten in der Grundschule war Rhode Island immer rosa. Rhode Island war rosa, Connecticut blau, Massachusetts grün und welcher Staat war noch mal braun?

Er öffnete das Auge etwas weiter und fokussierte neu. Der schöne und ausnahmsweise braune Staat Rhode Island verwandelte sich in einen Fleck auf der nicht mehr ganz weißen Zimmerdecke. Er betrachtete ihn einen Augenblick lang. In diesem Teil Frankreichs sah man nicht oft einen Umriss von Rhode Island, und er überlegte, ob er das der Vermieterin melden sollte. Dann fiel ihm ein, dass sich der Fleck in den letzten sechs Wochen nicht vergrößert hatte, und er beschloss, dass es weder den Ärger noch die geistige Energie wert war, die er gerade auf die ganze Sache verwandte.

Will Ross wälzte sich auf die rechte Seite. Er betrachtete das Schlafzimmer in der kleinen Wohnung in Senlis, etwa vierzig Kilometer nördlich von Paris. Langsam schlich sich die Morgensonne ins Zimmer und begann, die in der Luft schwebenden Staubpartikel zu beleuchten. Er versuchte, darin ein Muster zu entdecken, dann änderte er noch einmal die Brennweite und sah durch die halb geöffnete Tür zum Badezimmer.

Mein Gott, dachte er, noch etwas verträumt, sie hat einen tollen Arsch. Er lächelte und wickelte das Laken enger um den Hals, dann verzog er das Gesicht. Arsch. Diese Bezeichnung hatte nichts Romantisches. Hintern. Po. Rückseite. Derrière. Nein – der hier sah aus wie die goldenen, mit Sonnenblumen bedeckten Hügel von – wo? Die sanften Hügel von –

Er lächelte.

Cheryl Crane bemerkte, wie Will sie im Spiegel betrachtete. Ein kurzes verschämtes Erröten, dann ein Lächeln. Sie drehte sich um und sah auf der anderen Seite des Zimmers in ein unrasiertes Gesicht voller Narben, das sie verträumt und immer noch betrunken unter einem »Pocahontas«-Laken hervor anstarrte.

»Ja? Kann ich dir irgendwie helfen?«

»Glaub mir«, antwortete er und klang dabei wie der Marlboro-Mann bei vier Päckchen am Tag vom Grund eines Ölfasses, »das hast du schon getan.«

»Was immer du auch denkst, vergiss es. Du bist im Training.«

»Ach, das ist Blödsinn.«

»Was?«

»Dieser Rocky-Mist.« Er ließ seine Stimme zu einem Grummeln herabsinken. »Denk dran, Rocky, Frauen machen Beine schwach.«

»Doch, das stimmt«, antwortete sie. »Wir saugen euch die Kraft aus, damit ihr Männer keine Energie mehr habt, außer fürs Trinken, Rülpsen, Fernsehen und Nicht-Zuhören.«

»Was?«

»Siehst du?«

Will setzte sich auf und schwang die Beine über die Bettkante. Eine morgendliche Erektion lachte ihn an.

»Und dir auch einen guten Morgen.«

»Wie romantisch. Du weißt, was Frauen schwach macht, was?«

»Frauen lieben das. Ich bin ein wortgewandter, lässig-eleganter Kerl, der alles richtig macht, mit einem Gesicht so glatt und rosa wie ein Babypopo. Was soll man an mir nicht lieben?«

Er rülpste nachdrücklich und wedelte dann mit der Hand vor seinem Gesicht herum, um den widerlichen Geruch zu vertreiben.

Cheryl ließ ihren Kopf mit einem »klock« an den Spiegel fallen. Dann wandte sie sich wieder Will zu, der jetzt lustlos auf der Bettkante saß und sich räkelte. Ein dunkler Bartansatz ließ ihn aussehen wie ein satanischer Fred Feuerstein. Sein attraktives, wenn auch nicht gerade gut aussehendes Gesicht war von Narben durchzogen, Resultat einer Begegnung mit dem Heck eines Teamwagens. Jetzt hatte es eher Ähnlichkeit mit der Marsoberfläche.

Im Augenblick war Will unrasiert, seine Stoppeln stachen in seltsamen Winkeln von den rosa leuchtenden Narben ab, er rülpste den Geruch von Wein, Meeresfrüchten und Knoblauchvinaigrette in die feuchte Luft der winzigen Wohnung. In diesem Augenblick wusste sie, dass sie ihn liebte.

Er lächelte schüchtern unter dem wirren Haarschopf.

Süß, dachte sie, ausgesprochen süß.

Er kratzte sich.

Ziemlich süß, dachte sie.

Sie verließ ihn und ging zurück zum Spiegel. Sie musste schließlich eine Mannschaft leiten. Das war eigentlich nicht ihr Job, es wäre schlicht ein Skandal, wenn es jemand wüsste, aber nach einer und einer halben Saison als Soigneur, auch noch als weiblicher Soigneur, für Haven Pharma – Masseurin, Mädchen für alles, Beichtmutter und Troubleshooter für eines der besten Radsportteams Europas – hatte sie im Hintergrund das Kommando übernommen. Dem Teamchef war vor ein paar Monaten ins Knie geschossen worden und es hatte niemanden gegeben, der die administrativen Aufgaben hätte übernehmen können, hauptsächlich deswegen, weil es einer von Carl Deeds' Assistenten gewesen war, der die Schüsse abgegeben hatte. Nach viel internem Hin und Her hatte Henri Bergalis, Prinzregent von Haven, allen Mut zusammengenommen und ihr die Verantwortung übertragen. Im Stillen, natürlich. Ganz im Stillen. So still, dass die meisten Mitglieder der Mannschaft gar nicht wussten, wer der »Mann« an der Spitze war.

Eine Frau, eine junge Frau, die ein europäisches Team managte. Mon dieu. Die Radsportwelt, die Mannschaften, ja, ganz Frankreich würde vollkommen durchdrehen, auch wenn sie wenig mehr tat als Trainingspläne zu erstellen, Reisebüro zu spielen, oder mehrfach am Tag Zettel unterschiedlicher Größe auf Carl Deeds' Tisch hin und her zu schieben. Eingedenk der absehbaren Reaktion wusste niemand davon. Selbst die UCI, die internationale Radsportorganisation, richtete ihre Anrufe und adressierte ihre Post direkt an Henri Bergalis. Und niemand würde es erfahren. Sie würde ihren Job los sein, sobald Carl Deeds aus der Reha zurück wäre. Dann würde sie weg sein.

Egal, was sie getan hatte, oder was sie gerade tat, Cheryl wusste, dass es Zeit war zu gehen, Zeit, wieder selbst aufs Fahrrad zu steigen. Sie hatte von diesem Team gelernt, Taktik, Klettern, und das geschickte Bewegen im Peloton. Sie hatte von diesem reinen hauptsächlich europäischen Männerteam auch etwas über Diskriminierung und widerwillige Akzeptanz gelernt, aber jetzt war es Zeit, aufs Rad zurückzukehren und die Kraft wiederzufinden, den Kick, das Adrenalinhoch, das man erfuhr, wenn man bei Sonnenaufgang einen Berg herunterraste, den Wind in den Ohren und Fliegen zwischen den Zähnen. Sie musste es tun, und zwar für sich selbst, auch wenn es bedeutete, Will zu verlassen.

Sie hatte eigentlich nicht vorgehabt, sich wieder in ihn zu verlieben. Cheryl Crane hatte Will Ross schon einmal geliebt, schrecklich sogar, vor sechzehn Jahren, als er zusammen mit ihrem Bruder durch die Felder Michigans fuhr. Dann war ihr Bruder Raymond bei einem Rennen von einem betrunkenen Farmer getötet worden, der durch die Absperrungen gekracht war, und Will war einfach durchgedreht. Er war vor den Radrennen geflüchtet, vor Stewart Kenally, seinem Trainer und Mentor, vor Cheryls Familie und vor Cheryl selbst. Seine Flucht hatte ihre Mutter sehr getroffen, und das wiederum hatte Cheryl mit einem tiefen und lang anhaltenden Hass auf diesen Mann erfüllt. Und doch, als sie ihn im Frühjahr wieder getroffen und dabei zugesehen hatte, wie er fuhr, wie er sich weiter entwickelte, wie er gewann, und wie er ein- oder zweimal beinahe umgebracht worden wäre, hatte sie sich wieder zu ihm hingezogen gefühlt, und da waren sie jetzt, dachte sie, während sie den BH schloss, ein Liebespaar in Paris mitten im Juni. Sie sah sich im Spiegel an und lächelte. Romantischer konnte es nicht werden.

»Bäh! Mann. Äh. Ich fühle mich zum Kotzen.«

Sie lachte laut auf. Ja, romantischer konnte es nicht werden.

Cheryl zog sich das schwarze Haven-Polohemd über den Kopf und glättete mit der Hand die Haare. »Willst du immer noch mit mir zum Velodrom fahren?«

Will setzte sich schnell auf und sah sich um. Der Morgen war da, und sein aufrechter kleiner Freund war verschwunden. Mit der Hand strich er an einer Narbe unter seinem rechten Auge entlang zum Augenwinkel und wischte sich den Schlaf weg. Will nickte.

»Dann beeil dich, ja? Ich bin fast soweit.«

»Komm aus dem Badezimmer und staune.« Sie sah ihn an. »Entzückend«, sagte er und schob sie beim Hineingehen sanft in Richtung Tür. »Bist du fertig?« Sie nickte. »Gut. Zieh dich draußen fertig an. Ich bin gleich so weit.«

Cheryl ging zum Fenster und öffnete es weit, in der Hoffnung, ein bisschen Luft in die Wohnung zu bekommen. Sie hörte die Dusche und zog sich weiter an. In einer Viertelstunde wollte sie unterwegs sein, auch wenn das bedeutete, ein paar Minuten in dem feuchten Büro im Velodrom warten zu müssen, bevor die Mannschaftsbesprechung anfing. Wenn ihre Familie eins war, dann pünktlich. Pünktlich, ach was, zu früh. Sie dachte daran, dass ihr Onkel einmal so früh dran gewesen war, dass er dafür zwei Jahre im Gefängnis landete. Sie zog ihre Levis an. Sie waren eine Spur zu eng. Zu viel im Auto gesessen, dachte sie, nicht genug auf dem Rad. Das werden wir bald ändern. Sie beugte sich hinunter, um ihre neuen K-Swiss-Trainingsschuhe zuzubinden. Arbeitskleidung. Früher hat man sich anständig angezogen, um zur Arbeit zu gehen, dachte sie, während sie sich in dem marmorierten großen Spiegel betrachtete, jetzt sehen alle so aus, als wollten sie gleich die Garage ausräumen.

Sie grinste, drehte sich vom Spiegel weg und erschrak. Will war – fertig. Er stand in der Badezimmertür, geduscht, rasiert und in einem sauberen rot-schwarz-gelben Haven-Trikot. Das kurze Haar war zurückgestrichen, die Zähne blitzten, und abgesehen von den leuchtenden rosa Narben im Gesicht sah er aus wie ein Werbefoto für die Mannschaft.

»Wie machst du das nur?«

»Was machen?«

»Wie kannst du dich nur so schnell fertig machen? Manchmal machst du mir regelrecht Angst.«

»Hey...«, er lächelte und fasste im Vorbeigehen ihr Kinn, »schnellster Stripper der siebenten Klasse. Entweder warst du schnell, oder jemand hat deine Klamotten aus dem Fenster der Sporthalle geworfen. Ich kann es immer noch.«

»Es ist eine Begabung.«

»Absolut.«

Will ging hinüber zu einem zweigeschossigen, aus Ziegeln und Brettern gebauten Regal, das unter dem einen Krimi und dem riesigen Haufen Rennausrüstung fast zusammenbrach, und zog heraus, was er für den Tag brauchte. Schuhe, Jacke, ein Hemd und ein Paar Jeans. Das alles stopfte er in einen Haven-Rucksack. Es war ja vielleicht richtig, dass man sich selbst in Frankreich nicht mehr für Straßenrennen interessierte, aber trotzdem pflasterte er sich mit den Logos voll. Er war ein Verkäufer, ein Plakat mit Beinen für Haven Pharma und für die Mannschaft. Wer weiß? Es konnte den Unterschied bedeuten zwischen einer weiteren Saison auf der Straße mit guten Trainingsmöglichkeiten und starker finanzieller Rückendeckung – oder einem Karriereende bei einer zweitklassigen amerikanischen Firma, die ohne Enthusiasmus eine Mannschaft sponserte, weil in der Marketingabteilung zufällig ein Fahrradverrückter saß, und die es kaum erwarten konnte, die Mannschaft wieder fallen zu lassen. Er packte sein Rad – einen arg mitgenommenen weißen Colnago-Rahmen, alles andere nagelneu – wandte sich zu Cheryl um, die immer noch wie vom Donner gerührt an der Badezimmertür stand und sagte leise »Sollen wir?«

»Ich bin noch nicht soweit.«

»Dann mach mal los – du hast einen Haufen Kerle herumzukommandieren.«

Der ehemalige Polizeiinspektor Luc Godot zündete sich vorsichtig eine Zigarre an. Kubanisch. Er rollte die Cohiba zwischen den Fingern hin und her, während die Flamme den Rand des Deckblattes küsste, so aromatisch, so früh am Tag, so luxuriös.

Jetzt konnte er sie sich leisten.

Fast dreißig Jahre bei der Pariser Polizei hatten ihn in eine Sackgasse geführt, ihn, sein Büro, und seine Karriere. Hier ist ihre Uhr, danke für die Hilfe, und schieben sie ihre traurige Gestalt aus der Tür. Henri Bergalis und Haven Pharma waren seine Rettung gewesen.

Ich könnte Werbung für die Firma machen, dachte er.

›Haven Pharma hat mir ein neues Leben gegeben. Haven Pharma hilft auch ihnen.‹

Godot, der neue Sicherheitschef von Haven Pharma, lachte leise, zog genüsslich an der Zigarre und blies eine Säule dicken blauen Dunstes zur Decke und in den Luftabzug hinein, der den Rauch in den Morgenhimmel über Paris hinaustrug.

Godots Büro war der Zufluchtsort aller Raucher in der Firmenzentrale geworden. Aus irgendeinem Grund war der Verwaltungsrat zu der Ansicht gelangt, dass eine Firma, die sich einer gesunden Welt verschrieben hatte, nicht voller Leute sein sollte, die ihre Lungen mit Teer, Nikotin und anderen krebserregenden Stoffen füllten.

Wie schade, dachte Godot, noch so eine amerikanische Mode, die auf dem Kontinent Fuß fasste. Aber der Ventilator war Bedingung für seine Einstellung gewesen, erinnerte er sich lächelnd. Natürlich werde ich Sicherheitschef bei Ihnen, sicher nehme ich den Job an, auch das Gehalt und die ganzen Zulagen, aber ... Sie dürfen mir nie – niemals – meine Zigarren verbieten.

Natürlich war es so nicht passiert. Godot war von dem Angebot und dem Gehalt zu schockiert gewesen, als dass er sich darüber Gedanken gemacht hätte, ob er in dem Gebäude rauchen dürfte. Henri Bergalis kannte einfach seine Pappenheimer. Er ignorierte den Qualm und ließ ohne Aufsehen den Luftabzug installieren, und auch ohne offizielle Verlautbarung begannen die Angestellten bald, sich zu allen Tages- und Nachtzeiten in Godots Büro zu versammeln und fröhlich zu paffen, ohne dass irgendwelche Moralapostel sie mit dem Feuerlöscher verfolgten.

Ein Raum im Gebäude war ständig in blauen Dunst gehüllt, und alle waren zufrieden.

Godot schickte eine Kette von Rauchringen an die Decke und sah einen Moment lang zu, wie jeder einzelne Kringel vollkommen kreisförmig zusammenhielt, bevor einer nach dem anderen vom Ventilator gestreckt und angesogen wurde und dann in die Welt draußen verschwand.

Perfekt.

Dann warf er wieder einen Blick in das morgendliche Revolverblatt. Seine Qualität war zweifelhaft, sowohl journalistisch als auch ethisch, aber es brachte doch die Geschichten, die ihn jeden Morgen wirklich interessierten. Heute wurde seine Aufmerksamkeit von einem drastischen Bericht über den Tod eines Radrennfahrers in den Niederlanden beansprucht.

»Fahrt in den Tod« schrie die Schlagzeile.

Er blätterte an die entsprechende Seite im Blatt vor, wo ihn ein grausiges Schwarz-Weiß-Foto von einem jungen Mann in Radrennkleidung begrüßte, der zusammengekrümmt auf einem schmutzigen Fußboden lag. Sein Leben war an beiden Körperenden aus ihm herausgeflossen.

»Gott, was für eine Sauerei«, sagte er laut in sein leeres Büro hinein.

Am Rand der Fotos konnte er die Füße des ermittelnden Polizeibeamten erkennen.

Besser du als ich, Kumpel.

Besser du als ich.

Cheryl ließ den Teamwagen an, einen alten Peugeot, der mit seinen aufgeklebten Teamlogos aussah wie ein Zirkuswagen, und langte nach dem Schaltknüppel. Dann zögerte sie, machte den Motor wieder aus, und wandte sich Will zu.

»Ich habe ein Angebot.«

Will grinste. »Solange ich eine Matratze habe, hast Du immer ein Angebot«, sagte er und leckte sich demonstrativ die Lippen.

Cheryl warf ihm einen eisigen Blick zu und ließ den Wagen wieder an.

»Ich gehe.«

»Was? Nur, weil ich einen dummen Witz gerissen habe? Meine Güte, bist Du empfindlich. Komm schon, lass uns darüber reden.«

Cheryl machte den Motor wieder aus und starrte durch die Windschutzscheibe.

»Nein«, sagte sie leise. »Das ist es nicht.« Sie schaute ihn an, und ihre Augen brannten Löcher in sein Trikot. »Obwohl das eine besonders blöde Bemerkung war.«

»Ich bin ein besonders blöder Mensch. Es tut mir leid. Geh nicht.«

»Warum nicht?«

Er erstarrte. Sie hatte ihre Karten auf den Tisch gelegt und seinen Bluff durchschaut. Wenn er nichts sagte, würde sie gehen und er würde sie nie wiedersehen, nie wieder riechen, berühren, oder mit ihr sprechen, aber trotzdem fühlte er sich wie mit Sekundenkleber auf dem graubraunen Lederimitat des Sitzes festgeklebt. Er sah, wie sie erst ihn anstarrte, und dann wieder durch die Windschutzscheibe nach vorne sah und einen imaginären Punkt in der Ferne suchte, einen Punkt in den sanften Hügeln von –. Gott, lass das nicht passieren, lass sie nicht weggehen, lass es nicht passieren, verdammt nochmal, sag doch was!

Aber er sagte nichts.

Sein Gehirn schrillte Alarm.

Tilt. Tilt. Tilt. Game over.

Cheryl durchbrach schließlich die Stille, die sich zwischen sie gesenkt hatte.

»Erinnerst du dich noch an Stewart Kenally?«

Will schüttelte mit dem Kopf, als ob er auf diese Weise eine herumirrende Erinnerung dort hinbringen könnte, wo er sie bearbeiten konnte. Natürlich kannte er Stewart Kenally. Stewart Kenally hatte sowohl ihm als auch Cheryl das Radfahren beigebracht, und wie man in den Rennen überlebte, auf der Straße und auf der Bahn. Jetzt, im Zeichen eines sich verändernden Marktes, war Kenally angeblich dabei, sich in den Staaten einen Ruf bei den Mountainbikern aufzubauen.

»Stewart stellt ein Team zusammen. Er braucht Fahrer und jemanden, der das Team leitet. Er braucht jemanden, der es anführt. Ich bin jetzt seit anderthalb Jahren bei Haven, seit ich mich in Nevegal bei einer gloriosen Abwärtsfahrt ruiniert habe. Ich muss wieder zurück, Will. Ich muss wieder aufs Fahrrad zurück!«

Wills Herz schlug wie wild, die Brust schnürte sich zusammen. Cheryl zurück im Sattel. Sie würde wieder auf dem Rad sitzen, aber er wäre draußen.

Sie sah, wie seine Augen hin und her schnellten und verzweifelt nach einer Richtung in dieser Unterhaltung suchten.

»Beruhige dich. Du könntest mitkommen«, sagte sie leise, hoffnungsvoll.

Seine Schultern sackten nach unten und er lachte. »Oh nein. Ich bin Straßenfahrer, das weißt du. Vielleicht auf der Bahn. Dieses Mountainbike-Zeug ist nichts für mich. Du bist, wie lange, zwei Jahre lang im Weltcup mitgefahren und hast es überlebt? Dafür muss man ein anderer Mensch sein als ich.«

»Ein richtiger Mann.«

»Oder«, sagte er, »eine richtige Frau.«

»Hey«, lächelte sie, als habe sie gerade einen wichtigen Sieg errungen, »du lernst ja dazu.«

»Es dauert, das gebe ich zu, aber ich bin ja kein totaler Idiot. Nein, ich kann nur nicht verstehen, was daran so toll sein soll, mit 45 Stundenkilometern auf einer holperigen, als Radstrecke verkleideten Skiabfahrt durch den Wald zu brettern.«

»Ah, aber das ist doch gerade der Spaß.«

»Ich würde das nicht Spaß nennen.«

»Es ist auch nicht anders als mit 90 Sachen bei Regen und dichtem Verkehr auf einer engen Straße einen Berg herunterzurasen, oder?«

»Vielleicht. Aber dem Peloton kann ich vertrauen. Man fühlt sich wie in einem Schwarm Fische. Man kann spüren, wo die anderen hinwollen. Aber Mountainbike fahren, Mann, das ist wie beim Amateur-Rodeo auf dem mechanischen Bullen. Alles rast den Berg runter wie ein Haufen Zeichentrickhunde auf der Jagd nach Bugs Bunny. Es ist verrückt.«

»Du hast einfach nicht das fahrerische Können, um Mountainbike zu fahren. Gib es zu.«

Es ärgerte Will, dass Cheryl das so sagte, aber es stimmte. Mountainbiking war eine andere Welt und verlangte einen anderen Fahrer. Jemanden mit anderen Fähigkeiten, einen ganz anderen Typ, vom Kopf und von der Physis. Manche konnten beides, Tomac und Furtado oder Armstrong zum Beispiel, aber die meisten blieben bei dem einmal gewählten Stil, Straße oder Gelände.

Will war Straßenfahrer, klar und deutlich. Cheryl war eine Steinbeißerin. Damit würde er leben müssen.

»Es ist der Job, den ich mir ausgesucht habe«, sagte sie leise und unterbrach damit seinen Gedankengang über diesen nie endenden Krieg zwischen Männern und Frauen, Straße und Wildnis, zu Hause oder weit weg.

»Ja, und dafür opfern wir jetzt Körper und Seele unserer bald entschwindenden Cheryl Crane. Grüß deine Mutter von mir.«

»Du wirst also nicht mitkommen?«

»Ich würde ja gern«, log er so gut, wie das eben spontan ging, »aber ich werde hier gebraucht.«

Cheryl hatte das erwartet. Und trotzdem, sie betrachtete sein Gesicht eindringlich und startete einen weiteren Versuch.

»Ich weiß das. Ich verstehe es. Und ich weiß, warum du hier bist, und was deine Aufgabe ist, aber ich will sicher sein, dass du etwas von mir weißt. Und das ist, dass ich dich liebe.« Der letzte Satz war kaum noch zu hören.

»Und ich ... und ... und ich ...«

Will spürte, wie er rot wurde. Seine Halsschlagader pochte so laut, dass er nichts mehr hören konnte außer seinem eigenen Atmen. Er fühlte sich wie beim Anstieg nach Alpe d'Huez in einem Schneesturm, sein Gesicht war plötzlich heiß, seine Augen brannten, seine Hände waren nass und kalt. Seine Gehirnwindungen waren wie eingefroren, der Blick leer, sein Mund offen und durch seinen Kopf sauste immer nur eins, »Tilt, Tilt, Tilt, Tilt.«

Cheryl versuchte in seinem Gesicht zu lesen. Sie strich ihm mit der Fingerspitze über die Wangen. »Ich weiß. Ich weiß, wo du herkommst, was du erreicht hast und was man dir angetan hat. Aber das ist Vergangenheit. Jetzt ist Gegenwart. Und die Gegenwart, die Realität ist, dass ich dich liebe, Will. Das habe ich Henri gesagt.«

»Dass du mich liebst?«

»Nein, dass ich nach der Tour nach Hause gehe und dass er bis dahin jemanden gefunden haben muss.« Sie zögerte einen Augenblick und fügte dann leise hinzu: »Ich würde mich freuen, wenn du mitkommst.«

Sie atmete tief durch und ließ den Wagen ein drittes Mal an.

»Und ich will nur, dass du das weißt.«

»Aber ich habe hier eine Karriere.«

»Ich weiß. Es muss auch nicht jetzt sein. Es kann dann sein, wenn du beschließt, dass du hier fertig bist.«

»Du denkst, das ist bald, oder?«

»Nein«, sagte sie leise und legte den ersten Gang ein, »wann auch immer das ist.«

Sie sahen sich einen Augenblick lang an, während das leise Brummen des Peugeot das Innere des Wagens erfüllte. Dann fädelte sie in den Verkehr ein, bog um eine Ecke und wurde geschluckt von dem, was man an einem Morgen im Juni in Senlis als Rush Hour bezeichnete.

———

Paul van Bruggen hasste den Luftzug, der durch die Tür neben seinem Laborplatz blies. Als rangniedrigster im Polizeilabor von Eindhoven hatte er den unangenehmsten Dienstplan und den schlechtesten Platz im ganzen Haus. Laborarbeit, das wusste er, war mehr als nur Tests und Computerausdrucke. Sie bestand aus Erkenntnissen und Eingebungen, Reaktionen und Gerüchen, aber die Gerüche des gesamten Labors sammelten sich am Arbeitsplatz neben der verdammten Tür, seinem Platz. Zu bestimmten Jahreszeiten roch es wie der Kopenhagener Fischmarkt.

Er setzte den Deckel auf die Plastikschale mit Frau Juergens' Niere und gabelte sich noch ein Stück Hühnchen von dem Plastiktablett mit seinem Mittagessen. Er steckte es in den Mund und bewegte es darin herum in dem Versuch, eine Andeutung von Geschmack festzustellen. Er kochte wie seine eigene Mutter, dachte er, so lange, bis nicht das geringste bisschen Geschmack mehr im Fleisch zu finden war.

Er stellte Frau Juergens' Plastikschale in den Kühlschrank zurück und beendete seine Notizen in ihrem Bericht. Krebs. Dann drehte er sich zur Seite und spuckte das Hühnchen in den Mülleimer neben seinem Hocker. Frau Juergens war erst 24 gewesen. Verdammt. Das Leben ist zu kurz für schlechtes Essen.

Er schloss den kartonierten Deckel der Akte Eva Juergens und warf die Mappe vorsichtig in seinen »Ausgänge«-Korb. Traurig, dachte er, wir enden nicht im Himmel oder in der Hölle, sondern in dem »Ausgänge«-Korb irgendeines Beamten.

Seine Langeweile nahm langsam kritische Ausmaße an. Van Bruggen rieb sich die Stirn, schloss die Augen, und langte in den Stapel neben seinem Mikroskop. Er wühlte einen Augenblick darin herum und befühlte die Kanten der Mappen in der Hoffnung, etwas zu finden, was ihn interessieren könnte. Nein, nicht die da, die war zu dick, und das bedeutete, durch Jahrgänge vorangegangener Akten waten zu müssen, eine lange Geschichte von Krankheiten und anderen Dingen, die alle auf das unausweichliche Treffen mit dem Todesengel hinausliefen. Auch nicht die da, da waren schon zu viele Zettel dran, und das bedeutete, dass jemand anders den Fall begonnen hatte und schon eine Menge Anmerkungen gemacht und Vermutungen angestellt hatte, die ins Nichts führten und die Sache nur vernebelten, bevor er alles aufgegeben und ihm die Geschichte in den Schoß geworfen hatte.

Mach doch deinen Kram alleine, dachte van Bruggen. Und dann fand er sie, mit einer Kombination aus Fingerspitzengefühl und Intuition. Er tastete mit dem Finger den Rücken der relativ dünnen Mappe entlang und spürte ein instinktives Verlangen, die Akte zu lesen. Das hier, dachte er, ist mein Fall. Das ist der Fall, der mich durch die Labor-Bürokratie emporschieben wird, bis ich endlich der unbestrittene Leiter einer mittelmäßigen Abteilung bin.

Er zog die Mappe heraus und legte sie sorgfältig vor sich, zögerte einen Augenblick lang, und öffnete dann den Deckel.

Auf der obersten Seite stand in verschmierter blauer Tinte der Name Koons, Henrik.

Koons. Er blinzelte das Etikett an.

»An den kann ich mich erinnern. Sie hat ihn erwähnt.«

Cheryl steuerte den kleinen, fröhlich dekorierten Wagen sicher durch den Verkehr. Sie konzentrierte sich auf die Straße, während Will zum Seitenfenster hinaus starrte. Was für eine Art, den Tag anzufangen, schnaubte er verächtlich. Zuerst verlierst du sie an die Staaten, und dann verlierst du auch noch ihr Herz, indem du sie gehen lässt und stumm bleibst wie ein Fisch. Ein seltsamer Druck hielt sich hartnäckig hinter Wills Augen. Er versuchte, sein Gehirn abzuschalten, aber Cheryl war hier, und ihr Geruch erfüllte das Wageninnere. Verdammt nochmal! Warum hatte er nichts gesagt? Weil er Angst hatte, sie für immer zu verlieren? Weil er Angst vor einer festen Beziehung hatte? Gott, war das alt. Gott, war das wahr.

Will hatte keine Freundin mehr gehabt, seit seine Ex-Frau Kim seine Ex-Frau geworden war. Die Scheidung hatte ihn aus der Bahn geworfen, persönlich und beruflich. Er hatte in einer kleinen belgischen Wohnung herumgelungert, während Kim in Havens damaligem Management Karriere machte. Kims Verbindungen zu Havens Rennteam hatten ihm seinen Job verschafft, und dann hatte er den ganzen Frühling über die meiste Zeit damit verbracht, zu versuchen, nicht von ihr oder ihren Freunden umgebracht zu werden, alles Teil eines netten kleinen firmeninternen Übernahmeversuchs. Am Ende hatte er zugesehen, wie sie von einem 175 Pfund schweren russischen Sprinter bei vollem Tempo auf der Zielgeraden von Gent-Wevelgem, einem Eintages-Klassiker, umgenietet wurde. Ihr Hals war gebrochen wie ein trockener Zweig.

Vorbelastet? Wie ein Frachtschiff. Angst vor einer festen Beziehung? Die hatte er sich ehrlich verdient.

Aber Cheryl. Mann, sie verdiente nicht, was er ihr heute angetan hatte.

Mittlerweile hatte sie den morgendlichen Verkehr von Senlis hinter sich gelassen und steuerte nun das Velodrom an. Anscheinend hatte jede französische Stadt ihre eigene Radrennbahn, und jede französische Stadt hatte keine Ahnung, was sie damit anfangen sollte. Viele blieben einfach ungenutzt oder waren zu Schuttplätzen degradiert worden, denn es gab immer weniger Radsportler und immer mehr Menschen, die anderen Menschen im Fernsehen beim Leben zusahen. In Senlis war die städtische Radrennbahn zu neuem Leben erweckt worden. Die Bahn selbst war gerade noch benutzbar, der Turm und die anderen Gebäude waren mit wenig Geld, das meiste davon aus dem städtischen Budget, zu einer Art Trainingszentrum für das Radsportteam von Haven umgewandelt worden.

In Frankreich was so etwas eher ungewöhnlich. Die meisten Mannschaften waren mehr eine Ansammlung unabhängig voneinander operierender Gruppen als eine wirkliche Mannschaft. Man wohnte nicht zusammen, man trennte sich nach dem Rennen, und man traf sich erst an der nächsten Startlinie wieder. Aber Haven war anders. Stefano Bergalis, der verstorbene Firmenchef, der bei Haven die Fäden in der Hand gehalten hatte, war entschlossen gewesen, das amerikanische Modell zu kopieren. So blieb das Team während der Saison so weit als möglich zusammen, zum Training, zu den Besprechungen, und beim Reisen. Das hier war also das Resultat dieser Strategie, ein alterndes Velodrom mit abblätternder Farbe, geschmückt mit einem frischen rot-schwarz-goldenen Haven-Logo. Das war das Zentrum des Teams.

Das Zuhause einer wirklich seltsamen Familie.

Cheryl fuhr auf den Parkplatz und hielt an. Sie machte den Motor aus und schaute in Wills Richtung. Sie lächelte.

»Meinst du, dass du bis heute Abend wieder mit mir redest?«

»Vielleicht«, sagte er mit einem verschämten Lächeln, »wenn – es ein sehr guter Tag war.«

»Ach, du kannst mich mal«, lachte sie und stieg aus dem Wagen. »Komm, du musst arbeiten.«

»Was«, sagte er, während er sich aus dem durchgehangenen Lederimitat-Sitz zog, »keine Überraschungen mehr auf Lager?«

»Nein. Versprochen. Für heute bin ich fertig. Eine ist mein Limit.«

Zusammen betraten sie die kühle Dunkelheit des Hauptgebäudes und Will konnte spüren, wie sich die Spannung löste. Sie war in dieser Hinsicht wirklich unglaublich, wie sie in kürzester Zeit seine

Gefühle in die verschiedensten Richtungen verbiegen konnte, wie ein Clown seine Ballontiere.

Will bewegte den rechten Knöchel, dann dehnte er ihn ein paar Mal hin und her. Irgend etwas hatte sich entzündet. Seine Achillessehne fühlte sich verdammt angespannt an. Vorsicht damit. Die sollte besser nicht reißen.

»Alles in Ordnung bei dir?« Er konnte sie mehr hören als sehen. Seine Augen hatten sich noch nicht an die Dunkelheit gewöhnt.

»Ja, es ist nur empfindlich.«

Er drehte sich um, sah einen winzigen Lichtpunkt am Ende des Ganges und zuckte instinktiv zurück. Er schob Cheryl schon zur Seite, bevor er das wuuusch hörte, bevor er seinen Kopf zurück und weg von dem Geräusch fallen ließ, und der dunkle Stock direkt neben seinem Gesicht durch den Schatten schnitt und an die Wand neben ihnen krachte.

Will schloss die Augen, dann öffnete er sie weit. Erst sah er das Gummi-Ende des Stockes, dann folgte er dem polierten Holz der Länge entlang bis zu einer Hand, dann über die Hand hinweg und den Arm entlang bis zu einer Schulter, und von der Schulter zu einem Gesicht.

Es gab da diese Cartoons, »Life in Hell«.

Aber das hier war schlimmer.

Der Teufel lebte und stand leibhaftig vor ihm.

Carl Deeds war aus der Reha zurück und wieder bei der Mannschaft.

»Hallo, Willie, Cheryl. Nett, dass ihr heute bei uns sein könnt.«

Will fühlte sich plötzlich krank.

»Ich dachte, du hättest gesagt, keine Überraschungen mehr.«

»Habe ich auch. Wenn ich gewusst hätte, dass es so eine Überraschung gibt, dann hätte ich Unterwäsche zum Wechseln mitgenommen.«

2
Mistkerl

Abgesehen vom Schweiß auf der Stirn sah Carl Deeds aus wie ein Mitglied der Kennedy-Administration in den sechziger Jahren. Er war gebräunt, ausgeruht und tatendurstig, und er trug ein taubenblaues Nylon-Polohemd, das ungefähr so bequem sein musste wie ein Smoking aus Frischhaltefolie. Für einen Mann, der erst vor ein paar Monaten einen Schuss ins Knie bekommen hatte, war das gar nicht schlecht. Moderne Rehabilitationsmethoden waren erstaunlich.

»Ihr seid beide zu spät dran«, grunzte er.

»Hi, Carl«, sagte Will mit leicht gekünstelter Begeisterung. »Wie geht's dir?«

Deeds drehte seinen Kopf leicht zur Seite und lächelte. Fast unhörbar sagte er: »Mir geht's gut, Will. Schöner Sieg in Roubaix. Ich hatte bis jetzt keine Gelegenheit.«

»Du hast mir einen Brief geschickt.«

»Ach ja?«

»Ja, sehr nett«, antwortete Will, »obwohl du meinen Namen ein paar Mal falsch geschrieben hast.«

»Oh. Schmerzmittel. Die Schmerzmittel machen einen wirklich fertig.«

»Das muss es wohl gewesen sein. ›Will‹ schreibt man nicht mit ›t‹ und mein Spitzname ist nicht Dorothy.«

»Entschuldigung. Und Cheryl. Henri Bergalis hat mir erzählt, dass du hier in der Zwischenzeit sozusagen der Boss warst.«

»Na ja, also ...«

»Damit ist jetzt Schluss. Ich bin wieder hier. Und ich erwarte, dass du deinen Vertrag seinem Wortlaut nach erfüllst.«

»Mit anderen Worten, ich bin wieder mal das berühmte Mädchen für alles.«

»Schau in deinem Vertrag nach. Da steht, Pflichten je nach Bedarf und ich bedarf eines Assistenten.«

»Ohne offiziellen Titel, natürlich.«

»Werden wir mal nicht gierig. Du bekommst das Geld. Und wenn du gehst, kannst du es in deinen Lebenslauf schreiben, aber bis dahin muss es unter der Hand bleiben. Verstanden?«

Sie sah ihn ausdruckslos an, ohne Bitterkeit oder Frust, sondern mit der Müdigkeit eines weiteren Tages voller Arbeit, aber ohne Belohnung. »Ja, ich verstehe. Das verstehen wir seit Jahrhunderten.«

Sie strich mit den Fingerspitzen zum Abschied über Wills Arm, drehte sich um, und ging still den dunklen Gang hinunter.

––––––––

Will und Deeds gingen zusammen durch den muffigen, düsteren Gang in Richtung der Höhle, die man zum Besprechungsraum gemacht hatte. Will drehte sich um und lächelte ein wenig geistesabwesend. »Wie du siehst, Carl, kommt das ein bisschen überraschend. Ich freue mich, dass es dir besser geht. Ich freue mich, dass du wieder zurück bist«, log er weiter. Das Team hatte auch ohne Carl Deeds' nervöse Energie und seine bahnbrechenden Erkenntnisse sehr gut funktioniert.

»Danke, Will. Ich weiß, wir hatten unsere Differenzen …«

»Entschuldigung. Ich unterbreche nur sehr ungern die Veteranen-Parade«, sagte eine Stimme hinter der Zeitung, »aber ich habe heute Nachmittag eine Verabredung – und – könnten wir das hier hinter uns bringen?«

Tony Cacciavillani hatte sich noch nicht einmal die Mühe gemacht, über den Rand seiner *L'Equipe* zu schauen, sondern seinen Einwurf einfach herausposaunt, während er noch mit dem Bericht über seinen jüngsten Sieg beschäftigt war, den Sprint, den er beinahe verloren hätte, weil er an der Ziellinie in Luxemburg einem achtzehnjährigen Mädchen mit umwerfenden schwarzen Haaren hinterhergesehen hatte. Sie war jetzt Teil der Möblierung in einer viel zu teuren Pariser Wohnung und würde bald eine sehr schmerzhafte Lektion fürs Leben lernen: Alles in Tony C's Leben war entbehrlich, abgesehen natürlich von seinem Rad, seiner Mutter und seinem sagenumwoben standhaften römischen Krieger.

Deeds wandte sich um und schaute die aufgeblätterte französische Sportzeitung an, als habe sie gesprochen, und nicht Cacciavillani. Will wartete auf den Ausbruch, doch der kam nicht.

»Ja, fangen wir an«, war alles, was Deeds leise antwortete. »Will«, er drehte sich um und zeigte ein ausgezeichnet gewartetes Gebiss, »schnapp dir einen Stuhl und lass uns anfangen.«

Will nickte und sah sich im Raum um. Zehn Fahrer waren da, einschließlich ihm selbst. Tourmannschaften bestanden aus neun. Ein kalter Gedanke wanderte ziellos durch seinen Kopf. Wer würde bis Lille aussortiert sein?

Die Zeitung stand für den dahinter versteckten Tony C., er war da und er war sicher. Ebenso Riccardo Paluzzo, ein Mann aus Sizilien im ersten Profijahr, der seinen Enthusiasmus für alles noch nicht verloren hatte. Paluzzos Energie und seine jugendliche Begeisterung hatten ihn beim Team und bei der Öffentlichkeit beliebt gemacht. Miguel Cardone, ein Baske, saß grübelnd an der Seite, sein Ego etwa doppelt so groß wie sein Talent als Super-Domestike, als vielseitig einsetzbarer Helfer. John Cardinal, ein Amerikaner, gehörte in Cardones Kategorie und war ihm ebenbürtig, was das Verhältnis zwischen Talent und Ego anging. Er könnte auf der Kippe stehen.

Heinrich Friel war neu in diesem Teil der Mannschaft, ein Deutscher, bekannt für seine verbissenen Kletterkünste und für seine beinahe hypnotische Konzentration auf dem Rad. Die würde er am Mont Ventoux brauchen, wenn er betend in der Hitze kletterte und auf die Hänge eines erloschenen Vulkans kotzte.

Das Team brauchte einen Kletterer.

Edouard Meerbeeke war ebenfalls hier. Er und Friel waren zusammen in Havens B-Mannschaft gefahren und hatten sich in den Rennen der zweiten Kategorie, die in ganz Europa verstreut stattfanden, gut gehalten. Will kannte ihn nicht. Havens furchtlose Anführer hatten Friel und Meerbeeke in die A-Mannschaft genommen, um zu sehen, ob sie den Herausforderungen eines großen Teams und eines großen Rennens standhalten konnten.

Henri Bresson, ein älterer Fahrer, der in den vergangenen Jahren eine gewisse Größe gezeigt hatte und gleichzeitig zusehen musste, wie sie mit dem Alter dahinschwand, war ebenfalls im Raum. Ein netter Kerl, dachte Will. Er hatte Will damals geholfen, sich bei Haven zurechtzufinden. Es würde eine harte Tour für ihn werden, wenn er in die Mannschaft kommen würde, und selbst wenn, würde es sicherlich ein letzter Sommer im Rampenlicht für Henri Bresson.

Ich hoffe, ich kann mit so viel Klasse aufhören, dachte Will, während ihm bewusst wurde, dass sein eigener Abgang aus diesem rollenden Käfig aus Spandex und Campa-Schaltungen auch nicht weit mehr weg war.

»Allo, Wiill«, sagte Bresson mit übertriebenem Akzent und klang wie eine Kreuzung aus Edith Piaf und Kermit dem Frosch.

»Guten Morgen, Enri«, gab Will mit seiner besten Jacques-Clouseau-Imitation zurück. »Isch glaube, du ast eine neue Bewohner in deine Zimmer.«

Bresson lachte auf. »Warte nur. Ich arbeite gerade an John Wayne.«

Jetzt musste Will lachen. »Wenn du das nicht richtig machst, werde ich dich wegen unamerikanischer Umtriebe anzeigen.« Bresson grinste und wandte sich wieder seiner Zeitung zu.

In einer Ecke saß still ein junger Kerl, der Will irgendwie bekannt vorkam, der ihm aber noch vorgestellt werden musste. Will überlegte einen Augenblick, ob er selber hinübergehen und Hallo sagen sollte, aber er sah, dass der Neue im Moment weder Gesellschaft noch Unterhaltung suchte. War er der überzählige Mann für die Tour?

Und dann war da Richard, Richard Bourgoin, der Leutnant, der seine nicht gerade ausgeprägte Trauer über den tragischen Tod dieses monumentalen Arschloches Jean-Pierre Colgan vor fünf Monaten sehr schnell überwunden hatte, um das Kommando über das Team zu übernehmen. Sein Job war sicher. Und solange Richard sicher war, war Will sicher, denn Bourgoin würde mit keinem anderen fahren.

»Guten Morgen, alter Mann«, sagte Richard von seinem Platz auf der zerlumpten Couch. Er war dabei, fast unmerklich langsam einzusinken und würde bald darin verschwunden sein. »Setz dich zu mir.«

»Oh«, Will lachte vergnügt, »auf keinen Fall. Das Ding ist wie Treibsand. Ich habe gehört, da drin ist eine ganze brasilianische Fußballmannschaft verloren gegangen.«

Bourgoin lächelte erst, aber bei dem Gedanken, was da unter ihm lauern könnte, rutschte er ungemütlich auf der Couch hin und her.

Mit dem Fuß kickte Will ein kleines Stück Teppich in Richtung Couch. Das Stück war sauberer als der Teppichboden. Von dem konnte man sich sicher alles mögliche einfangen. Wenn man ihn genauer inspizierte, waren in seinen Falten ziemlich große Insekten zu finden. Er lehnte sich mit dem Rücken gegen die Couch und schaute Deeds an.

»Nebenbei, Carl: schickes Hemd.« John Cardinal grinste breit und sah sich im Raum nach der Reaktion auf seinen Kommentar um.

Deeds starrte einen Augenblick nach vorne und wandte seinen Kopf dann langsam und sehr bewusst John Cardinal zu.

»Nein ... wirklich. Ich meine das ernst.« Cardinals Gesichtsausdruck wechselte von Amusement zu Panik. Niemand im Raum reagierte. Er wurde knallrot und rutschte ungemütlich auf seinem Metallklappstuhl hin und her.

Oh Mann, dachte Will und rieb sich die Augen in einem nutzlosen Versuch, sich zu verstecken, man sollte ihn besser nicht wütend machen, und ganz besonders nicht so früh am Tag.

»Ja, Mister Cardinal – es ist ein schickes Hemd.«

Oh, dachte Will, er hat ihn ›Mister‹ genannt. Das ist nicht gut.

»Es ist ein neues Hemd. Es ist ein schickes neues Polyester-Hemd, das ich anstelle des Hemdes aus 100 Prozent Baumwolle mit dem eingestickten Haven-Logo trage, das sich in einem meiner Koffer irgendwo im Kennedy Airport befindet, entweder völlig zerfetzt oder für immer verloren. Ich habe den größeren Teil des gestrigen Abends damit verbracht, bei »Gut und Preiswert« einzukaufen und das meiste meiner Garderobe durch die Wunderstoffe der siebziger Jahre zu ersetzen. Wenn du dich später noch mit mir über meine Garderobe unterhalten willst, können wir das tun – wenn – natürlich nur, wenn du dann noch Kraft übrig hast, dich über irgendetwas zu unterhalten.«

Die Bedeutung dieser verschleierten Drohung zuckte durch den Raum wie eine 220-Volt-Leitung in einem Wassereimer. Heute sollte eigentlich ein Ruhetag sein. Leichtes Training, früh Schluss, und dann ein Abend in Paris. Es war ganz offensichtlich, dass Carl Deeds' Rückkehr das ändern würde – wenigstens für heute.

Cacciavillani hatte es gehört. Man konnte sehen, wie seine Hände den Rand seiner Zeitung immer fester griffen und langsam die ganze Seite zusammenballten. Er lehnte sich nach vorne, um den Rest der schlechten Nachricht zu hören.

»Ihr habt trainiert wie Bill Murray in »Stripes«. Ein bisschen hier, ein bisschen da, ein bisschen Trallala.«

Will schaute sich schnell im Raum um und lächelte. Die Europäer hatten diesen leeren Blick, als ob ihnen jemand gerade die Konstruktionszeichnungen für einen schnellen Brüter vor die Füße geworfen hatte.

»Das ändert sich ab heute.« Deeds schwang seinen Holzstock gegen eine hölzerne Kiste. Ein hohles »Bong« gab seinem Satz Gewicht.

»In zwei Wochen finden die nationalen Titelkämpfe und die Tour de France statt. Irgendwie habt ihr es geschafft, das Management zu überreden, die Tour de Suisse auszulassen, die ich noch nie ausgelassen habe, und statt dessen beim Midi-Libre einen Haufen zweitklassiger Fahrer in Grund und Boden zu fahren. Das ist kein Training. Das ist keine Konzentration. Das ist einfach nur Scheiße. Schlecht geplante Scheiße. Wir sollten seit Monaten auf diesen Punkt zielen, aber aufgrund von Umständen, die sich unserer Kontrolle entzogen haben, wart ihr euch selbst überlassen – ungefähr so wie die Kleinen Strolche, wenn sie darüber nachdenken, ob sie in die Schule oder lieber angeln gehen sollen. Also, Freunde, Miss Crabtree ist wieder da und sie hat kein verdammtes Eis für euch dabei. Ich habe euch in diesem Dreckloch versammelt, um euch auf ein Rennen vorzubereiten, das ich gewinnen werde. Heute ist der erste Tag eures Monats in der Hölle. Keiner von euch steigt vom Rad, bis wir in Paris auf der Ziellinie der Tour sind. Fragen?«

Sein gebräuntes Gesicht war blass geworden und feine Schweißperlen betonten die Oberkante seiner Augenbrauen. Deeds hatte sich offensichtlich ein bisschen übernommen, aber trotzdem machte er keine Pause.

»Antworten? Probleme, abgesehen von denen, die ich an den Resultaten jedes einzelnen Rennens gesehen habe? Nein? Gut. In einer halben Stunde fahren wir 200 Kilometer. Zieht euch an, Jungs – die Hölle auf Rädern wartet auf euch, und der Teufel selbst hat wieder das Kommando.«

Carl drehte sich auf dem rechten Bein um, balancierte sich mit dem Stock aus und stakste etwas unsicher aus dem Raum. Auf dem Gang drehte er sich auf der Ferse um und stampfte in Richtung seines Büros. Ein seltsamer Rhythmus folgte ihm den Gang hinunter, klick-klack-stump, klick-klack-stump. Er wurde leiser und endete dann mit dem Krachen einer Tür in der Ferne, das durch das Gebäude tönte.

Alle Augen im Raum wandten sich Will zu. Es gab Fragen, die beantwortet werden mussten, und zwar jetzt, und zwar vom Teamleutnant, dem Hüter allen Wissens, dem Beichtvater, dem Antreiber, dem Nasenputzer, dem Mann, der es wissen musste.

Will seufzte.

»›Stripes‹ ist ein Film – eine amerikanische Militärkomödie. ›Die kleinen Strolche‹ hieß mal eine Fernsehserie im Kinderprogramm. Sie haben immer die Schule geschwänzt und sind statt dessen angeln gegangen. Miss Crabtree war ihre Lehrerin.«

Einen Augenblick bewegte sich niemand, dann begannen die Köpfe langsam begreifend zu nicken.

Es gibt Leute, die meinen, dass Frankreich seine Begeisterung für das Radfahren verloren hat, dass es den Sport von Jacques Anquetil, Raymond Poulidor, Bernard Hinault und Louison Bobet vergessen hat – aber der rollende Trupp, der Haven hieß, berührte immer noch etwas in jedem, an dem er vorbeifuhr. Das gleißende Weiß der Colnago-Rahmen, die surrende Perfektion der Campagnolo-Schaltungen, das scharfe Summen der Mavic-Räder, ein Heer schwarz-rot-goldener Trikots, alle im gleichen Rhythmus, das eine französische Landstrasse entlangraste, nördlich von Paris, Mitte Juni, das die Straße bestimmte wie eine Armee beim Manöver.

Jean Jablom trat vor seinen Fahrradladen, als die Karawane vorbeisauste. Er sah Richard Bourgoin, den französischen Mannschaftsführer, und winkte Will Ross zu, dem amerikanischen Leutnant – ein Stammkunde in seinem Laden, mehr wegen der Konversation als wegen der Ausrüstung – und sah zu, wie die Mannschaft über eine Bergkuppe verschwand, dann in der Ferne auftauchte, verschwand, und wieder auftauchte, bis sie sich am Horizont verlor.

Jablom drehte sich wieder zu seinem Laden um und griff nach der Tür. Drinnen sahen sich gerade ein paar französische Teenager die Mountainbikes an. Die paar Straßenräder, die Jablom immer noch hatte, wurden fast völlig ignoriert. Dass gerade das beste Rennteam Frankreichs vorbeigefahren war, hatte keinerlei Reaktion ausgelöst, nur bei den ganz Treuen. Und es gab nur noch wenige Treue heutzutage.

Während er ihnen dabei zusah, wie sie die Räder der Mountainbikes drehten, lief eine Träne über die faltige Mondlandschaft herab, die Jabloms Gesicht war. Dieses Jahr wird sich das ändern, dachte er. Dieses Jahr wird ein Franzose die Tour de France gewinnen.

Und ihr, wütete er im Stillen in Richtung der Teenager, ihr habt ihn gerade verpasst.

Godot saß in der Vorstandssitzung von Haven Pharma und langweilte sich. Er blickte den polierten Tisch entlang zu Henri Bergalis, seinem Retter und Boss, und versuchte, Interesse in diesen Blick zu legen und den Schlaf daraus zu verbannen. Der Finanzbericht wurde immer noch heruntergeleiert und Godots Augenlider wurden um 40 weitere Kilo schwerer. Währenddessen klapperte in seinem Hinterkopf ständig ein Gedanke herum. Er war sich nicht sicher, was das war, etwas, das ihn seit der Morgenzeitung nervte. Es hatte nichts mit ihm zu tun, nichts mit dieser Firma, es war nichts als eine Hummel, die in dem Gehirn eines Mannes herumbrummte, der dreißig Jahre lang Polizist gewesen war.

Er schlug sich mit der Hand auf den Hinterkopf, sowohl um sich aufzuwecken, als auch, um diesen Gedanken nach vorne zu bekommen, an einen Ort, wo er ihn fassen konnte. Noch einmal schlug er sich auf den Hinterkopf. Dann war er wach genug, um sich im Raum umzusehen und zu bemerken, dass er jetzt der Mittelpunkt des Interesses dieser Ansammlung von Anzügen und Krawatten war.

Jedes Vorstandsmitglied saß steif in seinem schweren hohen Ledersessel. Vor sich hatte jeder sein Minibüro auf dem Tisch liegen. Den heutigen Bericht, einen Pager, ein Handy, und einen Stift. Alle, außer Godot. Wie, dachte sich Godot, wie sollte er ohne seine Waffen in den Kampf gehen? Wie sollte er ohne die richtige Ausrüstung seine Arbeit erledigen?

»Luc?«, fragte Henri leise vom Kopfende des Tisches.

Godot hörte es nicht. In seinem Gehirn hatte sich plötzlich und in aller Stille ein Gedanke festgesetzt. Seine Augen schossen zurück zu den Gesichtern um den Tisch herum. Rochon. Und Bieber. Und Fleming. Und Gardone. Und Sansabelle. Alle mit ihrer Ausrüstung. Alle bereit, ihre Arbeit zu tun.

Und dieser Fahrer. Wie war noch sein Name?

Genau.

Wie würde er es schaffen – ohne die richtige Ausrüstung?

»Luc?«

Godot stand langsam und vorsichtig auf, als wolle er verhindern, dass sich dieser Gedanke losriss und wieder ziellos in seinem Kopf herumirrte. Wie betäubt verließ er unter den stillen Blicken des Vorstandes von Haven Pharma den Raum. Bergalis sah ihm nach, lächelte, und kehrte ohne weiteres Zögern zur Tagesordnung zurück.

Währenddessen marschierte Godot entschlossen zu seinem Büro. Dieser Gedanke hatte lange gebraucht, und er wollte ihn jetzt nicht verlieren.

»Isabelle«, sagte er zu seiner Sekretärin und Geliebten, »sei doch so nett und rufe die Polizei von Eindhoven an, in den Niederlanden, und bitte sie um eine Kopie des Polizeiberichtes über einen ...« Er hielt inne und versuchte, sich an den Namen zu erinnern. »Bitte sie einfach um eine Kopie des Polizeiberichtes über diesen Radfahrer, der gerade gestorben ist.«

»Warum sollten die uns eine Kopie eines Polizeiberichtes geben?« fragte sie, während sie die Bitte notierte.

»Wir sind Haven.«

»Die sind die Polizei.«

Godot hielt einen Augenblick lang inne und kratzte die Stoppel am Kinn. Sie hatte Recht. Nach drei Jahrzehnten als Polizist kannte er die Einstellung, und er kannte sie gut.

»Sag ihnen einfach, dass Luc Godot, von ...« Er machte eine Kunstpause, »von der Pariser Polizei eine Kopie des Berichtes haben möchte. Alles, einschließlich der Fotos. Sag ihnen«, er legte noch eine Pause ein und suchte in der Stofftapete im Büro seiner Sekretärin nach einer Antwort, »sag ihnen, ich habe einen Fall, der eventuell mit ihrem in Zusammenhang steht. Gib ihnen diese Adresse, aber lass den Namen Haven weg.«

»Du könntest Schwierigkeiten bekommen.«

»Erst müssen sie mich erwischen.«

»Und das werden sie nicht?«

»Isabelle, mein Liebling«, sagte er und sah ihr tief in die Augen, »wenn es etwas gibt, das ich bei der Polizei gelernt habe, dann ist es das: Wir haben sie nicht erwischt, sie haben sich erwischen lassen.«

Isabelle Marchant sah ihn verwirrt an.

Godot lächelte.

Die ersten 10 Kilometer aus Senlis hinaus waren wenig mehr als ein Aufwärmen, angenehme 30 Stundenkilometer und wenig bis gar keine Ordnung im Team. Tempo halten, das war alles, was verlangt war. Für die Führenden im Team kein Problem. Will und Richard hatten während des Frühlings zu einem symbiotischen Verständnis gefunden, angefangen mit Paris-Roubaix und perfektioniert beim Giro d'Italia. Das, daran erinnerte Will sich gern, war ein großartiges Rennen gewesen. Haven hatte den meisten Teil des Rennens nicht unbedingt kontrolliert, aber sie hatten die ganze Zeit mitgekämpft. Aus einer mutmaßlichen Position der Schwäche heraus hatte das Team die Führenden unentwegt herausgefordert, auf flacher Strecke, bei den Sprints, in den Bergen. Egal was passierte, oder wo es passierte, Haven war immer da. Rominger und Indurain und Jalabert konnten sich nicht einmal umdrehen, ohne ein schwarz-rot-goldenes Trikot zu sehen, das sie daran erinnerte, das dies wirklich ein Wettbewerb war.

Im Ziel hatte Haven eine Menge bewiesen. Richard war Zweiter geworden. Will hatte gut im Hauptfeld abgeschnitten. Das Team war stark, und die Unannehmlichkeiten des Winters und des Frühjahrs hatten anscheinend nur dazu geführt, dass ein Weltklasseteam entstanden war.

Der Gegenwind brachte Will wieder in die Gegenwart zurück, auf eine Straße, auf sein Rad, und zu den Auspuffgasen des Peugeot, der vorweg fuhr und den Weg für die Mannschaft freimachte.

»Niemand hat etwas von Wind gesagt«, meckerte Bourgoin.

»Du bist doch schon lange genug dabei«, erinnerte ihn Will, »es gibt immer Wind und der bläst dir immer ins Gesicht, egal, in welche Richtung du fährst ... und ... auf dem Rückweg wird es immer noch schlimmer.«

Bourgoin fluchte leise auf Französisch und schaltete. Das Tempo verschärfte sich. Will hätte weniger auf die Unterhaltung achten sollen, denn in diesem Augenblick hatte Deeds Cheryl den Wagen beschleunigen lassen und das Training wirklich begonnen, mit schnellen Intervallen am oberen Ende der aeroben Kondition, in der Hoffnung, Ausdauer für die in nur drei oder vier Wochen bevorstehenden Berge aufzubauen. Es war Wills Aufgabe, eine solche Tempoänderung zu spüren, zu wissen, wann, wo und wie der Pulk angreifen würde und Richard in den Angriff zu führen, nicht umgekehrt. Er hatte einen Schritt verpasst. Als er endlich reagierte, war es eher das Rad gewesen als er, indem es das Problem vorausgeahnt hatte und ein passendes Tempo einschlug.

Deeds würde das später mit ihm diskutieren.

Will konzentrierte sich nach vorne und sah den Kleinwagen in der Ferne davonrasen. Er konnte die Mannschaft um sich herum hören und der Klang allein sagte ihm, dass sich das Feld in die Länge zog. Er platzierte sich als erster, vor Bourgoin und schickte dann mit einer Handbewegung Paluzzo nach vorne.

»Übernimm die Führung, Riccardo. Mach das Tempo.«

Der Jungprofi aus Sizilien nickte, sprang nach vorne wie ein Kind nach zu vielen Schokoriegeln und legte ein Tempo vor, das die

Mannschaft wieder an den verschwindenden Mannschaftswagen heranbringen würde.

Man brauchte ja keine Angst zu haben, den Wagen zu verlieren, dachte Will. Bei den ganzen Logos und Aufklebern wäre es etwa so, wie Ken Keseys psychedelischen Bus in einem weißen Flugzeughangar zu verlieren – unmöglich.

Die Haven-Mannschaft gewann an Tempo.

———————

Paul van Bruggen seufzte tief, als ob ihn die Atmosphäre des Polizeilabors von Eindhoven bedrückte.

Der hier war eine Herausforderung, dachte er, der Beweis dafür, was aus der holländischen Gesellschaft geworden war. Als Paul noch klein war, so schien es jedenfalls, starb nie jemand. Die Menschen wurden erstaunlich alt, die jungen Leute waren höflich und motiviert, und die Welt schien hell, licht und farbenfroh. Jetzt, wo die Drogen legalisiert waren, bestand die Welt nur noch aus Grautönen. Obwohl dank der strengen Verwaltung des Drogenhandels die Kriminalität nicht dramatisch gestiegen war, so war sie doch im holländischen Alltag ein ständiger Begleiter geworden. Und der Tod, so schien es, war immer gleich um die Ecke. Trotz der Qualitätskontrollen kamen ständig tote Junkies durch sein Labor, selbst durch ein Labor, das so weit ab vom Schuss lag wie das in Eindhoven. Aus Erfahrung wusste er, dass die Büros in Rotterdam und Amsterdam die Drogentoten wie am Fließband bearbeiteten. Es war einfach Alltag im neuen Holland.

Aber das hier war etwas neues.

Er pikste bestimmt schon zum zwanzigsten Mal in den weinroten Haufen Leber, der vor ihm lag. An einem Ende war sie aufgedunsen, ein sicheres Zeichen einer Zirrhose oder Steroidmissbrauchs, aber am anderen Ende war sie geschrumpft und zeigte ein unglaubliches Ausmaß an Schäden jüngeren Datums. Außerdem war sie übermäßig schwer. Die Größe war verringert – aber Dichte und Gewicht waren vergrößert? Das war wie ein kollabierender Zwergstern.

Er lehnte sich wieder vor, bis er mit der Nase beinahe die gelee-artige Haut des Organs berührte. Er bemerkte einen seltsam schar-fen Geruch, vage und undefiniert, etwas, das er nicht richtig festna-geln konnte. Van Bruggen atmete tief durch und lehnte sich in sei-nem Laborstuhl zurück. Er legte den Kopf auf die Seite in dem unbewussten Wunsch, die Gedanken der einen Gehirnhälfte wür-den in die andere fließen. Dann langte er mit der rechten Hand hinü-ber und spießte mit dem Stift ein Käsestückchen auf. Er steckte es in den Mund und dachte weiter über Henrik Koons' Leber nach.

Schäden durch Steroide. Das war offensichtlich, aber die Blut-werte zeigten nichts an. Wenn das Steroid überdeckt worden war, dann würde man den entsprechenden Stoff in direkter oder in ver-änderter Form finden.

Nichts.

Er trommelte mit dem Stift im Marschrhythmus gegen die Seite der Schale.

Also ... das Blut sagte, keine Steroide, aber das Aussehen dieser Leber sagte etwas anderes, etwas ganz anderes. Die Enzymwerte waren abnorm hoch und deuteten auf Schäden hin. Natürliche Stero-ide würden bei der Blutanalyse als erhöhte Werte auftauchen, aber keiner der Standard-Tests war positiv ausgefallen.

Das ist verdammt seltsam, dachte er.

Erhöhte Leber-Enzym-Werte und schwere Leberschäden ... aber keine Substanzen, die das Steroid überdecken würden, keine Hin-weise, keine Gas-Chromatograph-Indikatoren. Nur interne Schä-den. Das war alles, zusammen mit einem Herz, das im wörtlichen Sinne aus seinen Verankerungen gerissen worden war. Das klingt nach Amphetaminen, nach ... wie nannte sein Bruder in den Staa-ten das? Crystal Meth. Aber das wäre leicht zu finden. Nein, das hier war neu. Neu und exotisch. Seine Augenbrauen hoben sich, während er das Profil erneut durchlas. Radrennprofi. Das ergab schon Sinn. Dieser Kerl hatte nach der Geldquelle gesucht, die Amateure und Profis rund um die Welt schon ein Jahrhundert lang suchten: Der perfekte Kick – effektiv, unauffindbar und anhaltend.

Und in diesem Falle tödlich.

»Irgendwann« tödlich, wie Steroidmissbrauch, wie Amphetamine. Aber das hier, das war schnell gegangen, wenn man von der Leber ausgehen konnte. Das Organ war bereits am Versagen gewesen. Er spießte ein weiteres Käsestückchen auf und lehnte sich vor, um noch einmal die Fotos des toten Henrik Koons zu betrachten. Hässlicher Tod. Der gewinnt bestimmt nicht die »Todesmaske des Monats« in der Kantine.

Er spürte sie, bevor sie da war. Der Geruch. Das flüchtige Gefühl, dass sich die Atmosphäre im Raum verändert hatte, leichter geworden war, vielleicht sogar farbenfroher, als sie den Raum betrat.

»Hallo, Magda.«

»Paul, du weißt es immer. Du weißt es immer.«

»Ich weiß es, weil meine Welt jedes Mal besser wird, wenn du eintrittst.«

»Meine auch.« Magda Gertz reichte um seine Schultern herum und glitt mit den Händen über seinen Hals und dann die Brust hinunter, bis sie die warme und wachsende Schwellung in seinem Schritt fand. Sie strich massierend darüber, einmal, zweimal, dann zog sie ihre Hände langsam wieder bis zu seinen Schultern hoch.

»Und wie läuft es?« Sie überflog die hingekritzelten Notizen auf dem Papier.

»Meine Arbeit heute? Gut. Mr. Koons gibt langsam sein Geheimnis preis. Langsam. Aber doch.«

Sie hob den Bericht neckisch hoch. »Und wer ist unser heutiger Überraschungsgast?«

»Ein Radrennfahrer mit einem Drogenproblem. Dein Radrennfahrer. Der, den du in der Zeitung gesehen hast.«

»Darüber würde ich liebend gern mehr erfahren«, flüsterte sie, »aber kann er nicht warten?«

»Ah, der kann noch ewig warten, fürchte ich.«

Sie lächelte hintergründig, kalt. »Dann Mittagessen. Lass uns zu Mittag essen. Lange zu Mittag essen. Zusammen. Allein. Und dann kannst du deinen Bericht schreiben. Wie wichtig ist er?«

Sie wedelte mit seinen Notizen. Er griff einmal danach, aber nicht ernsthaft, dann grinste er von einem Ohr zum anderen.

»Nicht so sehr – aber ich habe schon gegessen. Ich habe etwas Käse geknabbert.«

»Wie wäre es dann mit Dessert, mein Mäuschen?« Sie sagte es leise, mit warmem Atem, in Pauls Ohr hinein. Paul fühlte, wie er steif wurde und das Blut von seinem Gehirn in die Hose schoss.

»Mittagessen«, sagte er mit etwas unsicherer Stimme, »Mittagessen ist ein gute Idee. Mit einem Dessert ist Mittagessen eine gute Idee.«

Er zog einen Deckel über die Schale mit den ausgesuchten Körperteilen von Henrik Koons und ging etwas stockenden Schrittes zum Kühlschrank. Er öffnete die Tür und legte die Schale hinein, machte die Tür wieder zu und ging zum Waschbecken, um sich die Hände zu waschen. Er drückte seine Erektion gegen den Waschtisch und dachte an deutschen Fußball, um sie zum Verschwinden zu bringen.

Paul hörte Magda leise sagen, »Verlier das nicht. Ich will noch was davon sehen.«

Van Bruggen errötete und erschauerte unwillkürlich. Oh, das wirst du, dachte er, du wirst heute Nachmittag sogar einiges davon sehen. Er trocknete schnell die Hände an einem Handtuch ab, warf es zur Seite und ging forsch zur Tür. Dann bot er ihr seinen Arm, den sie mit einem Lächeln nahm, machte die Lichter aus und zog die Tür hinter sich zu. Sie schloss mit einem harten »Klack«.

Eine kurze Sekunde lang dachte van Bruggen an seinen Bericht und an die Notizen, die er heute morgen gemacht hatte. Er hätte sie in den abschließbaren Aktenschrank legen sollen.

Auf der anderen Seite war ja die Labortür abgeschlossen, und während er das schlanke Profil neben sich betrachtete, das von einem beinahe unverschämt schönen naturblonden Haarschopf gekrönt war, dachte er sich, dass es sehr viel wichtigere Dinge auf der Welt gab als den Tod eines Junkies. Was könnte wichtiger sein als eine Frau, die den ganzen Weg von Rotterdam gekommen war, um sich mit ihm für ein bisschen Liebe am Nachmittag zu treffen?

Er reichte hinüber und strich mit der Hand über ihren Rücken bis hinunter zu ihrem Hintern, dem er einen spielerischen Kniff gab. Sie warf ihm einen verruchten Blick zu.

Ah ja, dachte er. Das war sehr viel wichtiger.

Vielleicht hatten sie ihren Urlaub von Carl Deeds ein wenig zu leicht genommen. Das Tempo der Haven-Mannschaft blieb hoch, aber es wirkte angestrengt. Das Durchwechseln klappte nicht. Die Reihe war nicht präzise. Die Kraft der Gruppe begann zu schwanken.

»Gottverdammt, ich hab's gewusst«, brüllte Deeds von seinem Ausguck durch das Sonnendach des Wagens. »Ihr habt die ganze Zeit, während ich weg war, Kinderspielchen gespielt!«

Die Stimme stieg und fiel mit der Straße. 150 Kilometer der 200 Kilometer langen Strecke waren vorbei und das Team begann sich aufzulösen. Die Fahrer wurden nervös, besonders die Domestiken weiter hinten. Es waren neue Teammitglieder, von denen manche noch nie in der A-Mannschaft eines großen Teams trainiert hatten, und außerdem hatten sie in der letzten Zeit nicht oft genug zusammen trainiert, um eine wirklich zusammenhängende Einheit zu bilden. Will fühlte sich ziemlich schuldig, denn als Leutnant des Teams war es seine Aufgabe, den Zusammenhang herzustellen. Er hatte sie nicht erfüllt.

»Die Reihe! Bleibt zusammen – verdammt nochmal, Cardinal, nicht abreißen lassen! Und wenn du nicht mitkommst, Bresson, dann gib's auf! Gib's auf!«

Will warf einen kurzen Blick über die Schulter, und in diesem Bruchteil einer Sekunde sah er das schmerzhafte Ende einer Karriere, das aus Henri Bressons Gesicht sprach. Bresson war gut gewesen, das war sicher, zu seiner Zeit, aber zu viele Jahre auf dem Rad hatten ihren Tribut gefordert und der Mann war dem Ende nah, viel früher, als Bresson selbst es geplant hatte. Will wusste, dass es auch auf ihn zukam, er fragte sich nur, ob er in der Lage sein würde, es zu erkennen. Es war klar, dass Bresson das nicht konnte.

Der Abgase spuckende Peugeot schoss wieder vorwärts. Bourgoin beantwortete sowohl das als auch Deeds' Beleidigungen mit einem forschen Antritt. Als er davonschoss, schaute Will sich kurz zu Paluzzo um und brüllte »Bleib dran ... haltet den Anschluss!« Der junge Fahrer nickte und folgte dem Mannschaftsführer, während der Rest des Teams sich hinter ihm einreihte wie folgsame kleine Entchen.

Will ließ sich durch den Pulk zurückfallen, reduzierte das Tempo und nahm es wieder auf, so dass er sauber neben Bresson landete. Bresson kämpfte hart.

»Wie geht's denn?«

Bresson antwortete nicht gleich.

»Henri ...«

»Kann nicht ... reden ... muss mich ... konzentrieren.«

»Komm, Henri. Häng dich an den Kleinen da.« Will schaute nach vorne zu dem jungen Spanier, kaum zwanzig Jahre alt, der so stark fuhr. »Häng dich dicht dran, Mann. Bei dem Abstand macht das doch keinen Sinn. Nutz den Windschatten – ich bleibe hinter dir. Denk dran, in der Mitte ist das Leben einfacher.«

Bresson trieb sich nach vorne, bis ihn nur noch Zentimeter vom Hinterrad des jungen Fahrers trennten, während Will sich hinter ihn hängte. Mit erhobenem Kopf konzentrierte sich Will auf seine Position und spürte den sofort einsetzenden Sog des Windschattens, als ob er von einem gigantischen Magneten angezogen würde. Es war mental und es war der Windwiderstand, das wusste er, aber, und Will lachte, in seinem Alter musste man jeden Trick nutzen.

Die Reihe der Fahrer schoss in die Lücke, die Bourgoin zum Teamwagen geöffnet hatte und gewann auf dem langen geraden Stück engen Asphalts immer weiter an Fahrt, während die Farben des Sommers sich auf beiden Seiten entfalteten. Bourgoin ging aus der Spitze und ließ sich die Reihe entlang zurückfallen, um sich an ihrem Ende hinter Will einzuordnen.

Selbst in der Mitte hatte Bresson noch zu kämpfen.

Will wusste, was Bresson empfand. Diese Art von körperlicher Ausgelaugtheit hatte er selbst schon gespürt – und heute war es auch wieder so weit. Das hier war eine Menge harter Arbeit für einen 32-Jährigen, selbst wenn der 32-Jährige in der großartigen Form war, die Will in den letzten fünf Monaten gefunden hatte.

Es war etwas am Radfahren, das bei ziemlich genau 30 Jahren den Höchststand erreichte. Danach fiel die körperliche Kraft rapide ab. Es war nicht so sehr, dass man nicht mehr fahren konnte, oder nicht gewinnen, aber nichts war mehr einfach und der Spaß am Fahren radikal reduziert.

Das Haven-Team fuhr weiter und durchschnitt die Landschaft wie ein Schwert, den Geruch von Dünger und die grünen Streifen der Weizenfelder, während der Tag in einem Strudel hinter der dahinrollenden Karawane herumwirbelte und dann schnell wieder in seinen eigenen ländlichen Rhythmus zurückfiel.

Will hatte es immer schon so empfunden, selbst damals schon, als er und Raymond Cangialosi noch auf den Landstraßen von Michigan für den Fahrradladen »Two Wheels« in der Kleinstadt Romulus fuhren. Mit jeder Pedalumdrehung, erinnerte er sich, konnte er die Luft um sich herum spüren, die beinahe dick genug war, um einen Namen zu verdienen, erst protestierend, dann nachgebend. Etwas von der Feuchtigkeit blieb immer zurück. Sie klebte an seinem Gesicht, an den Augenbrauen, und hing in seinem wollenen Trikot, das plötzlich schwer von Schweiß wurde. Die grünen Maisreihen schossen vorbei, manchmal so dicht an der Straße, dass Will das »wusch, wusch, wusch« jeder Reihe hören konnte, bevor er im 45-Grad-Winkel durch unübersichtlich enge Kurven flog, das innere Knie hochgezogen, den Kopf gefährlich nah an dem langen Gras am Straßenrand, bevor er kurz vor der Katastrophe wieder in Rennposition ging und in seiner Erinnerung blitzartig davonsprintete. Seltsam. Seine Beine und seine Lunge hatten die Arbeit, den Schmerz, die Anstrengung nie so gespürt, wie – jetzt.

»Mann.« Will langte nach unten und massierte schon zum fünften Mal den Krampf in seiner rechten Wade. Das passierte zu oft. Es war seine eigene verdammte Schuld. Sein rechtes Bein machte ihm Ärger, weil er sich nicht genug aufwärmte. Die ersten drei Kilometer locker zu fahren, das reichte einfach nicht mehr.

Gott, dieses Mal tat es weh.

Die Reihe war schon zweimal auseinandergefallen und hatte sich wieder formiert. Will näherte sich jetzt wieder der Spitze und der Führungsarbeit. Drei Fahrer vor ihm konnte er Cardone an der Spitze sehen, sechs bis acht Meter hinter Deeds. Will drückte seine Wade ein letztes Mal und nahm den Kopf nach unten, um sich auf Bressons Hinterrad zu konzentrieren, das sich vielleicht vier Zentimeter vor seinem Vorderrad befand. Deeds verringerte das Tempo des Mannschaftswagens in Vorbereitung auf das nächste Intervall.

Wills Kopf schoss nach oben. Seine Reaktion kam fast vor dem Ruck, der sich wie eine Welle durch das Team fortpflanzte. Irgendetwas stimmte nicht. Cardone war nicht mehr an der Spitze. Erst dachte Will, er hätte sich an das Ende der Reihe zurückfallen lassen, nachdem er seine Führungsarbeit erledigt hatte, aber er hätte sein Vorbeifahren bemerkt. Will blickte noch weiter nach vorne und sah Cardone hart antreten und das Rad dabei hin und her werfen, vorbei an dem Mannschafts-Peugeot und einem wild gestikulierenden Deeds. Ohne sich umzusehen hob Cardone seinen rechten Arm in einem beleidigenden Salut an Deeds, an den Wagen und vielleicht auch an das Team selbst, und schoss in einer vollkommen überraschenden Attacke die Straße entlang.

Die Reihe verlangsamte unbewusst das Tempo. Die Konzentration des gesamten Teams war durch dieses unerwartete Ereignis gebrochen. Was eben noch wie eine Messerschneide aus zehn Fahrern durch einen Juni-Nachmittag in Nordfrankreich geschnitten war, verwandelte sich in Sekundenschnelle in einen lockeren Haufen Fahrer, ziellos und ohne Zentrum, das zu dem bunt bemalten Peugeot hinübersah, um eine Richtung vorgegeben zu bekommen. Das Tempo verringerte sich langsam: 45 ... 40 ... 30. Der Mannschaftswagen raste davon und bremste dann hart ab, so dass das Heck von der Straße abhob, als wollte der Wagen einen Salto schlagen. Deeds steckte seinen Kopf durch das Schiebedach.

»Meine Herren«, sagte er voller Sarkasmus, »wie manche von euch vielleicht bemerkt haben werden: Er haut euch ab!!!«

Will verstand sofort, was los war. »Die Lücke schließen – los! Allez vite!!« Er brüllte nach hinten und beendete damit die unterschiedlichen Formen der Verwirrung, dann schaltete er in einen großen Gang und begann die Verfolgung.

Als Will an dem offenen Wagenfenster vorbeifuhr, konnte er Deeds hören, wie er ihn, durch den Doppler-Effekt verzerrt, anbrüllte: »... Gottverdammt, du hast wirklich lange genug gebraucht ...«

Das waren die Augenblicke, das wusste er, auf die er bei der Tour achten musste, genau wie beim Giro und der, Gott sei Dank, kurzen Luxemburg-Rundfahrt und dem Midi-Libre, den sie gerade beendet hatten. Die Bedrohung durch andere Fahrer analysieren, ihre Stärken kennen und ihre Schwächen einordnen, ihre Strategie erraten, auf den Ausbruch warten und passend reagieren. Entweder alles ignorieren, weil es keine wirkliche Bedrohung war, oder Bourgoins Arsch heranbringen, genau dahin, genau jetzt. Will musste wissen, was zu tun war, und wann es zu tun war.

Dies war so ein Zeitpunkt, um Bourgoins Hintern nach vorne zu bringen, und zwar schnell.

Die Frage, die sich ihm stellte und die zusammen mit seinem inneren Metronom kontinuierlich und fast brutal in seinem Hinterkopf tickte, war: »Ist das Deeds' Vorstellung von einem Trainingsspielchen?« Das war nicht wirklich sein Stil – kein vernünftiger Mensch attackierte aus der Reihe heraus.

Klick. Klick. Klick. Klick. Klick. Klick.

Will verschärfte das Tempo. Die Verfolgergruppe, die meistens nur aus ein paar Fahrern bestand, war jetzt die ganze Mannschaft. Der Teamwagen führte nicht mehr, sondern folgte der Gruppe. Will war beinahe dankbar dafür. Eine Lunge voller Abgase war in solchen Momenten nicht gerade hilfreich.

Klick. Klick. Klick. Schneller. Klick. Klick. Klick-klick-klick ...

Cardone hatte seinen Absprung perfekt getimt, und wenn man die überraschende Kraft bedachte, war es eine großartige Fahrt, beinahe ein Sprint. Will sah weit nach vorne die Straße entlang und konnte Cardone sehen, wie er in der Ferne über einer Hügelkuppe verschwand. In dem Moment der Verwirrung hatte er schon beinahe eine halbe Minute Vorsprung vor dem Rest des Teams gewonnen, vielleicht sogar noch ein paar Sekunden mehr. Der Mann flog, obwohl er das niemals noch 25 Kilometer durchhalten konnte.

Will ließ sich aus der Spitze zurückfallen. Bourgoin wurde die meiste Zeit in der Mitte gehalten, seine Führungsarbeit war kürzer als die der anderen. Wenn dies ein Sprint wäre, dann wäre es Wills Aufgabe, Cacciavillani, den Sprinter im Team, vorne zu haben für ein kleines Feuerwerk. Bourgoin konnte die Sprinter im direkten Vergleich niemals schlagen, deshalb musste Will in einer solchen Situation nur sicherstellen, dass sich Bourgoin weit genug vorn im Feld platzierte, um auf die Führenden keine Zeit zu verlieren.

Die Welle, die Haven hieß, rollte auf den Ausreißer zu. Das Tempo war jetzt mörderisch, klick-klick-klick-klick-klick, und Will liebte es. Der Krampf in seinem Bein war weg und der Wind, eben noch eine laue Brise in seinem Gesicht, hatte sich in einen von der Mannschaft selbst geschaffenen Mahlstrom verwandelt und brüllte in seinen Ohren. Das war Stärke, das war Freude, das war das Leben. Das war Rennfahren.

Das große Kettenblatt drehte sich perfekt und außer dem Geräusch des Atmens, alle Fahrer fast im gleichen Rhythmus, und dem Summen der Ketten konnte Will nur sein Herz hören, das zusammen mit seiner Kurbel einen Rhythmus trommelte. Die Macht der Straße übertrug sich durch das »Biest« auf Will, und wieder zurück auf die Straße, ein perfekter Kreislauf, eine perfekte elektrische Schleife. Alle Fahrer hielten das Tempo, keiner ließ nach, keiner fiel ab – außer ... Will spürte wieder einen Ruck, und für den Bruchteil einer Sekunde verringerte sich das Tempo. Alle kamen aus dem Tritt, wenn auch nur minimal, bevor der Rhythmus wiederhergestellt war, eine Stufe niedriger als vorher.

Sechs Fahrer hinter der Spitze liegend blickte Will auf und sah Cardinal bei der Führungsarbeit. Das war nicht gut. So etwas konnte bei der Tour in drei Wochen zur Katastrophe werden.

Sie würden sich unterhalten müssen.

Gott, dachte Will, er hasste so etwas. Konfrontation war nicht sein Stil. Zu erwarten, dass jeder seine eigene Arbeit machte und seinen Beitrag leistete, das war sein Stil.

Cardinal ging aus der Spitze und der neue junge Mann begann mit der Führungsarbeit. Auf der Stelle spürte Will wieder eine Veränderung, es ging wie ein Stromstoß durch die Reihe, als der Neue das schnellere Tempo wiederherstellte. Guter Mann. Er hatte instinktiv bemerkt, was schief gelaufen war und es sofort berichtigt.

Sie würden sich unterhalten müssen.

Will lächelte.

Cardone war jetzt in Sicht- und Reichweite. Die Lücke war in wenig mehr als zehn Minuten von der Mannschaft aufgefressen worden. Zehn Minuten, zehn Kilometer näher an zu Hause. Mit Hilfe eines anderen Teams oder eines anderen Mannschaftsmitgliedes hätte Cardone es vielleicht geschafft, bis zum Ziel durchzuhalten, während das Feld versuchte, die Ausreißer bei lebendigem Leibe zu schlucken. Aber allein war so etwas beinahe unmöglich. Und selbst wenn man allein gewonnen hätte, man hätte sich für den nächsten Tag oder den Rest des Rennens zu sehr verausgabt.

»Hey, ich habe gewonnen! Hey, ich bin tot!«

Will übernahm wieder die Führung und beschloss, Cardone hier und jetzt einzufangen. Er schaltete hoch und spürte sofort, wie es härter wurde. Seine Beine, die hübschesten Beine der ganzen Familie, wie seine Mutter zu sagen pflegte, antworteten mit der Energie, die nötig war, um das Tempo zu verschärfen und den jetzt an der Angel hängenden Fisch in das Boot von Haven zu ziehen.

Fünfzig Meter ... 40 ... 30 ... 25 ... 22 ... 25, als Cardone verzweifelt versuchte, noch einmal davonzuziehen. Zwanzig, 15 ... 10 ... 5. Will konnte sehen, wie die Hitze von dem erschöpften Fahrer aufstieg. Schweiß und Erschöpfung und − noch etwas anderes − etwas, das er nicht recht einordnen konnte.

Will und die Reihe rasten vorbei wie ein Zug, der einen Jungen auf einem Skateboard passierte.

»Nach hinten mit dir, Freundchen.«

Cardone warf ihm einen tödlichen Blick zu, aber er ließ sich still zurückfallen, sein Ausflug war ruhmlos zu Ende gegangen. Will sah aus dem Augenwinkel, wie Cardone nach hinten fuhr, und beschloss dann, das Tempo hochzuhalten. Der Stadtrand von Senlis kam näher und sie würden sich durch den Verkehr kämpfen müssen, aber Will hatte beschlossen, das Training ordentlich zu beenden. Außerdem, je höher das Tempo, desto schneller in den Duschen, und Will hatte fürs erste genug von dieser Ausfahrt.

Pedalplatten klickten und schabten auf dem Beton um den Turm des Velodroms von Senlis, bis man schreien musste, um sich durch den Lärm hindurch verständlich zu machen.

Will konnte nicht hören, was Deeds zu Cardone sagte, aber es sah nicht gut aus. Deeds war rot im Gesicht, der Baske auch, und dieser Finger, dieser verdammte Finger von Deeds trommelte einen Marsch auf Cardones Brust und erinnerte ihn daran, dass es Deeds war, und Deeds allein, der einen Ausbruch anordnete.

Gott, dachte Will, ich wette, sie lieben es beide. Sowohl Deeds als auch Cardone.

Will schaute noch einmal in Cardones Gesicht und sah Mordlust in seinen Augen. Dann blickte er zur Seite und sah Cheryl zusammengesunken auf dem Vordersitz des Teamwagens sitzen. Der Stress des Fahrens, des Tempo-Angebens und des Umgangs mit Deeds hatte sie offensichtlich ausgelaugt.

Will spürte, wie ihm jemand auf die Schulter tippte. Er drehte sich um und sah in die Augen von Bourgoin. Gott, dachte er, wie konnte ein Mann, der nach jeder Fahrt so grauenvoll aussah, so verdammt gut fahren? Bourgoins Augen waren rot und tränten, und seine Haut hatte einen Grauton, den Will nicht mehr gesehen hatte, seit Onkel Bill ein letztes Mal an seiner Camel gezogen hatte, während er im Krankenhaus an das Atemgerät angeschlossen war.

Trotzdem konnte Bourgoin fahren wie der Teufel persönlich, egal, wie er aussah.

»Abendessen, Will?« Er schaute in den Wagen. »Cheryl?« Sie rührte sich nicht.

»Klar. Das wäre klasse. Wo?«

»Wo – wie wäre es mit Costes?«

»Nein. Irgendwo anders. Vielleicht das Il Fiore?«

»Nein. Auf keinen Fall.« Cheryl tauchte langsam und unter Schmerzen aus ihrer Niedergeschlagenheit auf und schaltete sich in die Unterhaltung ein. »Ich habe keine Lust, meinen Abend in einem vollgequalmten Raum zu verbringen, zusammen mit einem Haufen unveröffentlichter Schriftsteller, die Kuchen essen und sich über das Literaturgeschäft beschweren.«

Bourgoin nickte zustimmend und dachte einen Augenblick lang nach. »Ich weiß – Au Cochon d'Or. Netter Laden, anständiges Essen. An der Rue du Jour.«

»Klingt gut.«

Cheryl lächelte. »Ist in Ordnung. Nimm uns mit in die Stadt. Wir nehmen danach den Zug nach Hause. Es darf sowieso nicht spät werden.«

»Ah ja«, sagte Will und zeigte auf Deeds. »Die Hölle ist zurückgekehrt, und sie fährt einen Peugeot.«

»Hey, ich fahre den Peugeot«, sagte Cheryl halb beleidigt.

»Entschuldige, das weiß ich ja — aber ich bin zu müde, um mir einen besseren Witz auszudenken.«

Bourgoin lächelte. Sein Gesicht hellte sich auf und die Farbe kehrte zurück. Wenn er nicht gerade Rad fuhr, sah dieser Kerl aus wie ein Filmstar, dachte Will. Kein Wunder, dass er der Mannschaftsleitung nie gestattete, Rennfotos zu veröffentlichen. Niemand wollte den Richard Gere der Radsportwelt mit grauem Gesicht sehen, wie ihm der Rotz an den Lippen hing.

»Also dann, bis gleich.« Bourgoin winkte halbherzig und klackerte in Richtung Duschen.

»Du solltest besser auch aus diesen Klamotten raus und unter die Dusche«, sagte Cheryl. »Nach einem Rennen wie heute nagen die Bakterien bestimmt schon an etwas Wichtigem.«

Will lachte und nickte. Langsam begann er die Fahrt zu spüren. Der Adrenalinrausch der letzten paar Kilometer war verebbt und hatte nur ein rostiges Gestell hinterlassen.

»Und du?«

Cheryl warf den Kopf in Richtung Deeds. »Mein furchtloser Führer braucht mich. Wahrscheinlich bekomme ich einen Anschiss dafür, dass ich Cardone habe abhauen lassen.«

»Ruf, wenn du Hilfe brauchst.«

»Keine Sorge«, flüsterte sie und streichelte eine der Narben, die durch sein Gesicht gingen, »einen einbeinigen Dicken schaffe ich noch.«

»Das habe ich gehört. Ich habe noch zwei Beine, nur ein Knie. Mitkommen, Crane. Gehen wir mal den Papierkram durch und schauen, wie du in meiner Abwesenheit meine Mannschaft ruiniert hast.«

Ihre Finger hoben sich von Wills Gesicht wie die Wolken von einem irischen Hügel. Er genoss den Augenblick mit geschlossenen Augen. Als er sie wieder öffnete, war Cheryl bereits mit dem Hinkebein im Gebäude verschwunden.

Will zog die Fahrradschuhe aus. Er nahm sie in die eine Hand und hob mit der anderen das »Biest« auf, sein alterndes weißes Colnago. Selbst mit der ganzen Ergo-Schaltung von Campa war es kaum schwerer geworden, vielleicht ein paar Gramm. Verdammt, diese

Firma stellte wirklich großartige Räder her. Vier Jahre alt und es war immer noch so scharf wie das Rasiermesser seines Großvaters.

Er spürte jemanden neben sich, und als er sich umdrehte erschrak er. Henri Bresson sah ihn mit Augen an, aus denen die reine Erschöpfung sprach.

»Will«, keuchte er, »Will, danke. Danke. Für das, was du gesagt hast. Ich bin dir dankbar. Sehr dankbar.«

»Kein Problem, Henri. Du würdest das gleiche für mich tun. Besonders, wenn du deinen Rhythmus wiedergefunden hast.«

»Ja.« Bresson schnappte nach Luft. »Wenn, wenn ich ihn wiederfinde, wenn ich ihn wiederfinde ...«

Will schüttelte das Bild ab, während er das »Biest« durch die Tür des Mechanikers trug, es absetzte und zu Luis schob. »Einen extra Sack Hafer, Kumpel, sie war großartig heute.« Luis Bourbon sah Will an, als wäre der gerade von einem Rübenlaster gefallen. Die Analogie ging vollkommen an dem Mechaniker vorbei.

Will wandte sich in Richtung Duschraum. Hinter ihm bastelte der junge Fahrer, der die Reihe wiederhergestellt hatte, an seinem Rad. Er wusste offensichtlich haargenau, was er da tat.

Der Fahrer ignorierte ihn.

»Du hast den Tempoabfall erkannt und das Tempo wiederhergestellt. Guter Instinkt.«

Will spürte, wie sich die Haare in seinem Nacken aufstellten und er fing an zu schwitzen, wie man es tut, wenn das, was man sagt, absolut keine Wirkung auf den Menschen hat, den man erreichen will.

»Ja ... also. Gute Arbeit heute. Gute Arbeit.«

Der Fahrer fummelte weiter an den Zügen herum.

»Äh, nebenbei«, es gab eine unangenehme Pause, da der Fahrer sich immer noch weigerte, aufzuschauen. »Ich bin Will Ross.« Nichts. »Und du bist ...«

Der junge Mann sah langsam auf, irritiert durch die Unterbrechung.

»Ich bin ...« sagte er, sehr leise und deutlich, »... Prudencio. Prudencio Delgado.«

Ohne nachzudenken platzte Will heraus, »Delgado. Irgendeine Verwandtschaft mit Pedro?«

Der Spruch hing in der Luft wie ein Furz von der Größe der Hindenburg. Will wurde puterrot. Das war ein Witz zwischen ihm und einem Freund gewesen, einem Freund, der zu Beginn dieser Saison auf brutale Weise gestorben war. Ein Freund, den er furchtbar vermisste, ein Freund, der den Witz verstanden hatte und der ihn mochte, anders als der Junge, der jetzt vor ihm neben seinem Rad hockte.

»Nein«, sagte der Fahrer, »ich bin nicht mit Pedro verwandt.«

»Tut mir Leid, Mann. Schlechter Witz.«

»Ich bin verwandt mit Tomas. Erinnerst du dich? Der Mann, den du in Mailand umgebracht hast?«

Jetzt ging der Witz auf Wills Kosten.

Und er war überhaupt nicht komisch.

3

Les Misérables

In den Wochen von Deeds' Abwesenheit hatte die Mannschaft nicht auf der faulen Haut gelegen, weder bei den Rennvorbereitungen noch im Training, aber in den zwei Wochen seit seiner triumphalen Rückkehr nach Senlis hatte Deeds jedem das Gefühl gegeben, er sei verdammt nah dran gewesen.

Will hatte ein derartig hartes Training noch nie erlebt: Sprints, Bergfahrten, Intervalle und Langstrecken. Das Einzige, was fehlte, war eine Reise in die USA zum Höhentraining, eine Entscheidung, über die endlos diskutiert wurde.

»Carl, ich kann gewinnen dieses Rennen«, quakte Cacchiavillani aus dem Dunst einer Duschkabine hervor, »wenn ich nur in Vol trainieren kann.«

»Wo?«

»Vol.«

»Vol?«

»Ja, Vol – in den Bergen von Colorado.«

Deeds machte eine kurze Pause und schaute sich dann nach Will um, der noch nicht mal hochsah, während er sich die Füße auf dem Tisch im Duschraum trocknete.

»Er meint Vail. Höhentraining in Vail.«

»Nein. Kein ›Vol‹ dieses Jahr. Ich habe das gesamte Trainingsbudget für die feinen Trainingsanlagen hier in Senlis ausgegeben. Wenn wir diese Tour gewinnen, wird jede Mannschaft irgendwo in Frankreich ein Velodrom haben, in dem sie trainiert. Sieh's doch mal so«, sagte Deeds mit einem Grinsen. Er drehte sich um und marschierte unter Zuhilfenahme seines Stockes davon, mit dem »klack-schlurf, klack-schlurf«, das zu seinem Markenzeichen geworden war. Cheryl, noch rot im Gesicht von der täglichen Mühsal, Deeds überall hin zu folgen, seufzte abgrundtief und folgte ihm den Gang hinunter. Will wusste, dass sie lautlos ihr Mantra wiederholte: »Noch sechs Wochen. Noch sechs Wochen. Nur noch sechs Wochen.«

Tony C. wischte mit dem Finger einen grauen Klumpen Schimmel von der Duschkabinenwand. Von dort schaute er nach oben an die Decke voller Spinnweben und Staubflocken. Dann drehte er sich zu Will um.

»Bald werden alle einen solchen Ort haben – ich bekomme Angst.«

Will lächelte. Er zog seinen Trainingsanzug an und wanderte zur Couch hinüber. Auf dem Weg griff er sich eine Orange und eine Ausgabe von L'Equipe, der französischen Sporttageszeitung. Er hatte heute schon drei Stunden auf dem Rad verbracht und wäre sehr viel lieber darauf sitzen geblieben und sieben Stunden durchgefahren, anstatt drei Stunden zu fahren, zwei zu pausieren, und dann noch vier zu fahren. Kein Profi trainierte so, aber Carl Deeds tat es, und er sagte, er hätte die Idee vom amerikanischen Football übernommen.

Klasse, dachte Will, noch etwas, das wir der NFL zu verdanken haben, während sie tonnenweise Geld verdiente und jeden anderen Sport auf der Welt plattwalzte. Zwei Trainingseinheiten am Tag. Will hatte selten etwas so sehr gehasst, seit dem Football-Training in seinem ersten Jahr auf der High School, als der große Tom Dykstra in Ohnmacht und auf Will gefallen war und dabei Wills Helm in den Boden gerammt hatte, so dass er um ein Haar erstickt wäre, wenn drei Mannschaftskameraden es nicht geschafft hätten, »The Beef« von dem kleinen und mageren Körper eines gewissen Will Ross herunterzurollen.

Seine Tage als Football-Spieler waren in diesem Moment gezählt.

Will nahm sich ein Handtuch, rollte es zusammen und legte es hinter seinen Kopf. Er sank auf das Sofa und schlug die Zeitung auf.

Le Tour. Le Tour. Diese Zeitung gehörte einzig und allein der Tour. Das ganze Jahr hindurch gab es einen Radsport-Teil, aber jeden Sommer bestand die Zeitung fünf Wochen lang aus beinahe nichts anderem als der Tour.

Mannschaftsprofile füllten die Seiten, zusammen mit Analysen und Details über die Favoriten und Sponsoren. Sponsoren beherrschten die Zeitung auf den Werbeseiten und im redaktionellen Teil, als ob ihnen die Welt gehörte, und das war vielleicht gar nicht mal so weit von der Wahrheit entfernt. Heute und im kommenden Monat galt die ganze Aufmerksamkeit der internationalen Öffentlichkeit den Sponsoren. Das war ihr Augenblick in der Sonne, ihre Chance, die Millionen zu ernten, die sie über das Jahr mit ihren Radrennteams gesät hatten.

Will blätterte durch die Seiten. Die Streckenführung kannte er bereits, bis hinunter zu jenem Fels in der Hölle, den er unter dem Namen Ventoux kannte. Er kannte die Konkurrenz. Was den Rest betraf, den würde er in den nächsten paar Wochen aus erster Hand erfahren, also machte es keinen Sinn, sich jetzt den Schädel damit zu verstopfen. Die Fußballergebnisse waren auf einer Seite ganz innen versteckt. Die Fußballfans würden das wegstecken müssen, genau so, wie die Radsportfans den Rest des Jahres mit dem Fußball auskommen mussten.

Der Artikel steckte unten in einer Ecke, genau zwischen Radsport und Fußball. Vier Zentimeter nach rechts und Will hätte ihn für einen weiteren Bericht über randalierende Fans bei einem UEFA-Cup-Spiel gehalten.

Will übersetzte ihn mit seinem Schulfranzösisch, wobei er hier und da ein Wort auslassen musste, aber meistens den Kern der Geschichte mitbekam.

»Holländischer Fahrer ... natürliche Todesursache«, las er in der Überschrift.

Will wusste, dass ihm hier etwas fehlte, denn in der langen Überschrift war irgendwo ein »n« an ein Verb geklebt. Hieß das, »er starb nicht an natürlichen Ursachen?« Nein, die Verneinung schien sich auf den zweiten Teil der Überschrift zu beziehen, wo es um die Ermittlungen ging.

Sein Französisch hatte sich in den letzten paar Monaten sehr gebessert, aber trotzdem war Will kein Maurice Chevalier. Ihm war das auch ganz recht. Unverständlich zu sein gab ihm eine Aura von Undurchdringlichkeit, fand er.

Will hangelte sich durch den Artikel.

Die Ermittlungen im Fall Henrik Koons waren abgeschlossen. Die Autopsie war – unschlüssig? Nach dem Wort musste er Bourgoin fragen. Todesursache war ein Herzinfarkt, verursacht durch Drogenmissbrauch. Was für eine Droge? Trotzdem war kein narcotique in seinem Körper gefunden worden. Das Polizeilabor in Eindhoven hatte zwar Anzeichen gefunden. Aber nichts in le sang, dem Blut. Mann, das müssen Langzeitschäden gewesen sein. Vielleicht hatte er das Zeug jahrelang genommen, wenn man dann versucht, es zu lassen, versagt einem der Körper einfach den Dienst.

Henrik Koons.

Koons. Henrik Koons. Will runzelte die Stirn und versuchte, einen Gedanken aus seiner Erinnerung in den kleinen Teil des Gehirns zu quetschen, das für bewusstes Denken zuständig war.

Koons. Oh Gott. Der Idiot.

Will kannte ihn. Koons war schon seit Jahren im Radrennzirkus und fuhr, wo immer er alte Seilschaften ausnutzen konnte, um überhaupt noch einen Vertrag zu bekommen. In welchem Team waren sie zusammen gefahren? Gott, dieses englische Team. Wie lange war das her, vier Jahre? Das war wirklich eine grauenvolle Mannschaft gewesen. Keine Betreuung. Kein Management. Das Wetter war zum Kotzen, die Räder noch schlimmer. In dem Jahr waren sie nur für drei Rennen auf dem Kontinent gewesen. Kein Geld. Keine Fahrer. Keine Ausrüstung. Überhaupt nicht komisch.

Der einzige Witz war das Team selbst.

Will schüttelte die Erinnerung ab, an das Team und an eine fürchterliche Wohnung außerhalb von London, und versuchte, sich zu erinnern, wie Henrik Koons ausgesehen hatte. Offensichtlich hatte der Kerl wirklich einen tollen Eindruck hinterlassen. Das war viele Jahre und viele Flaschen Wein her, ein Erinnerungsfragment, kein Gesamtbild, nur eine Andeutung einer Person.

Henrik Koons war, offen gesagt, ein Arschloch gewesen. Er war einer von der Sorte, die immer dachten, sie wären besser als sie eigentlich waren und die ständig alle und jeden davon zu überzeugen versuchten. Wenn man ihnen zuhörte, erfuhr man, dass sie eigentlich mehr Geld, Einfluss und Macht verdient hätten.

Eine Erinnerung führte zur nächsten, bis Will merkte, dass er eigentlich doch ein ganz gutes Bild von seinem Kollegen Henrik Koons hatte.

Gott, was für ein Arschloch.

Will konnte Angeber nicht ausstehen, und Koons war eindeutig ein erstklassiger Angeber gewesen. Wenn man bedachte, wie sehr er ernstgenommen und ein Star werden wollte, dann war Henrik Koons der perfekte Kandidat dafür, Drogen für eine praktikable Alternative zu halten.

In der Tat. Was für ein Idiot.

Ein toter Idiot.

Am Ende des Feldes. In Ewigkeit.

Was für ein Pisser.

Die Zeitung knüllte sich in Wills Hand zusammen und rollte sich in seinen Schoß wie ein kleiner Hund, der einen idealen Schlafplatz gefunden hat und dem Beispiel seines Herrchens folgt.

Magda Gertz warf ihren Kopf herum und schwang ihr Haar in einem Bogen von ihrem Ohr weg, um Platz für den Telefonhörer zu machen. Im goldenen Sonnenlicht des Nachmittags war das eine sehr aufreizende Bewegung, und das wusste sie.

»Ja?«

Paul van Bruggen war von der scharfen Dringlichkeit in ihrer Stimme überrascht.

»Hallo, meine Schöne«, sagte er, und zog die Begrüßung in die Länge, als rufe er sie über eine Alpenweide hinweg. »Wie geht es dir heute, meine Süße?«

Sie wartete einen Augenblick und überlegte, wer das wohl ... »Paul ... Paul. Wie geht es dir? Mir geht es gut. Ich packe gerade.«

»Du packst? Was? Ein Urlaub ohne mich? Wie konntest du nur.«

»Es ist eine Dienstreise, mein Liebling. Die Arbeit führt mich fort.«

»Grummel.«

»Gibt es etwas Neues? Was ist mit diesem Drogentoten – dem Radfahrer – was hast du herausbekommen?«

»Was? Du meine Güte, den hast du dir ja richtig zu Herzen genommen, was? Ja, das war ein harter Fall. Wir haben alle möglichen Tests durchführen müssen, um das herauszubekommen. Trickreich. Sehr trickreich. Oberflächliche Tests haben nichts ergeben. Es hat sich nicht im Urin gezeigt. Auch nicht im Blut. Es zeigte sich erst bei der Autopsie. Und das macht es schwer, es bei einem lebenden Menschen nachzuweisen.

»Wo bei der Autopsie?«

Van Bruggen war noch nicht fertig. »Ich habe eine Weile gebraucht, aber dann wurde mir klar, dass es einen Ort gibt, wo niemand wirklich nachgesehen hatte.«

»Wo, Paul?«

Der scharfe Unterton in ihrer Stimme störte seine Konzentration und der bemühte Witz fiel zu Boden wie eine gefüllte Sauciere, die vom Esstisch fällt.

»Das willst du gar nicht wissen.«

»Ah, Paul, du weißt doch, wie sehr mich deine Arbeit fasziniert. Besonders dieser Fall. Sag es mir.«

Trotz der Drähte und der Wände und der Distanz zwischen ihnen erregte ihn der Klang ihrer Stimme.

»In den Augäpfeln, meine Süße. Ich habe es in den Augäpfeln gefunden. Spuren gewisser Substanzen bleiben dort länger als irgendwo anders, sie befinden sich in der Flüssigkeit und im Gewebe.«

»Was für Substanzen?«

»Nichts, was ich erkannt habe. Das ist es ja. Ich versuche immer noch, es zu identifizieren.«

»Was vermutest du?«

»Etwas Synthetisches. Vielleicht etwas aus einem Forschungslabor. Das sieht ganz nach einer großen Firma aus. Es ist sehr sauber. Ich wette, der Hausmeister hat davon gehört und es gegen eine Menge Kohle für seinen Freund Mister Koons herausgeschmuggelt.«

»Den toten Mister Koons.«

»Eh, er hat's versucht ... und er hat den Preis bezahlt.«

»Das klingt sehr kalt, Paul.«

»Ich bin sehr kalt, mein Täubchen. Wann kommst du wieder her, um mich zu erwärmen?«

»Ich fahre nach Paris.«

Van Bruggen wartete darauf, dass die Bombe platzte. »Und ... was, du kommst nicht zurück?«

»Doch. Ich komme zurück, aber erst in etwa einem Monat. Ich habe daran gedacht, eine Weile zum Rennen zu fahren.«

»Nimm mir das nicht übel, meine Liebe, aber wovon redest du?«

»Die Tour de France. Weißt du, ich habe früher für Radrenn-Teams gearbeitet.«

»Das wusste ich nicht.«

»Wirklich nicht? Ich könnte schwören, dass ich es dir erzählt hätte. Ich habe vor Jahren für die Haven-Mannschaft gearbeitet, für das Radsportteam.«

»Was hast du getan, Schatz, ihre Herzen erwärmt?«

Madga Gertz reagierte sofort, ihre Stimme klang wütend und ver-ärgert. »Du weißt, hoffe ich, dass ich zwei Abschlüsse in Chemie und einen in Medizin habe, oder etwa nicht? Weißt du das? Du weißt doch, dass ich mehr Titel habe als du?«

Van Bruggen versuchte verzweifelt, der Unterhaltung eine Wen-dung zu geben. »Oh, Schatz, entschuldige bitte. Es ist nur ... es ist nur ...«

Er versuchte es mit einem neuen Thema: »Musst du wirklich weg-fahren?«

»Nein«, sagte sie, plötzlich ganz ruhig, »aber ich will es ... wer weiß? Vielleicht finde ich deine synthetische Droge? Wenn ein Fah-rer sie hat, dann haben andere sie auch. Wenn andere sie haben, dann werden sie sie während der drei Wochen der Tour benutzen. Und wenn sie sie benutzen, dann werden wir Fahrer am Straßenrand zusammenbrechen sehen. Und wenn das passiert, dann können wir Wirkung, Quelle und Substanz festnageln.

»Warum interessiert dich das?«

»Es interessiert mich, Paul, weil das mein Job ist.«

»BioSyn nimmt dich zu hart ran, mein Schatz. Aber ... wenn das deine Arbeit ist, wo liegt dann das Vergnügen? Vielleicht in einem Stopp in Eindhoven, für einen Nachmittag? Du kannst den Nachtzug nach Paris nehmen. Ein paar Stunden hier – das schadet doch nichts – dann hast du, was, drei Wochen, um das Rennen zu erwischen?«

»Keine Zeit, Paul.« Sie lehnte sich verschwörerisch in eine Ecke und flüsterte, »aber denk nur daran, wie es sich in einem Monat anfühlen wird – eh? Denk mal.«

Sie konnte ihn am Telefon erschauern hören, befreit und voller Vorfreude.

»Ich rufe dich an und sage dir meine Nummer in Paris durch, Paul. Ich muss los ... ich würde gern wissen, was du sonst noch findest.« Ihre rauchige Stimme ließ ihn fast ins Telefon kriechen.

»Arbeite weiter, mein Schatz. Die Zeit wird schnell vergehen.«

Sie küsste den Hörer und hörte etwas wie ein abgewürgtes Gurgeln auf der anderen Seite. Dann legte sie auf und blickte auf die Wand. Die Art-Deco-Neonuhr zeigte 15:45 Uhr.

Noch viel Zeit, bis der Zug fahren würde.

Magda Gertz schritt zum Bett und öffnete ihre Bluse, kletterte hinein und warf ihr Bein über seine Taille.

»Ich habe zwanzig Minuten. Leg los.«

Sie lachte mit dem Klang von tausend Engeln.

Auf der Stelle treten.

Das war alles, was er im Augenblick tat.

Auf der Stelle treten.

Will war seit Monaten nicht mehr so schlecht drauf gewesen. Es war nicht die Trainingsfahrt am Morgen, die hatte ihm nichts ausgemacht. Auch nicht der Mittagsschlaf, der war nötig gewesen. Und auch nicht der Traum. Der war zwar unangenehm gewesen, aber auch nicht mehr als das.

Es war das Mittagessen.

Oder das Fehlen desselben.

Will hätte essen sollen, von dem Augenblick an, als er am Vormittag vom Rad gestiegen war, bis zu dem Augenblick, als er am Nachmittag sein rechtes Bein über den Sattel geschwungen hatte. Er kannte dieses Spiel und hätte es spielen sollen, aber das Nickerchen hatte ihn erfasst und weggetragen, bis zu dem Punkt, dass er jetzt zwar wach war, aber auf dem Rad starb.

Treten, zerren, treten, zerren. Er hatte keinen Rhythmus und das machte ihn fertig.

Er machte den sterbenden Schwan, und die ›Le Surge‹-Energieriegel von Haven nutzten absolut gar nichts. Sie gaben einem vielleicht einen Kick, aber das reichte nie einen ganzen Tag lang, man brauchte echten Brennstoff im Ofen. Die Energieriegel waren so, als würde man Benzin auf die Glut schütten. Sie flammten einen Augenblick auf, aber dann brannte das Feuer niedriger als vorher.

GütigerGottichsterbehier.

Sie werden mich am Straßenrand finden, dachte er, nichts als eine Pfütze Glibber mit einem Haven-Trikot, und mein Fahrrad wird über mir stehen und über meinen unglückseligen Tod heulen wie ein Schlosshund. Will konzentrierte sich wieder und bremste im letzten Augenblick vor Bourgoins Rad ab. Wenn sie sich berührt hätten, wäre es das Ende gewesen, für sie und für den Teil der Gruppe, der sich hinter ihnen befand.

Verdammt. Konzentrier dich. Solche Fehler durften nicht sein.

Nicht mit Bourgoin zusammen. Nicht bei der Tour.

Sein Tempo war immer noch hoch, aber die Anstrengung, es zu halten, wurde langsam unmenschlich. Sein Rhythmus war weg. Genau so, wie sich Fignon bei der 89er Tour in das Stadtzentrum von Paris gekämpft hatte, um das letzte Gramm Kraft zu finden, ein letztes Aufblitzen des Tempos, sich bei der Suche danach ruiniert hatte, den Rhythmus verlor, die Kraft und am Ende das Rennen.

Am Stadtrand von Betz ließ er sich am Straßenrand ausrollen. Der Rest der Mannschaft schoss in Formation vorbei, mit Henri Bresson am Ende, der ebenfalls kämpfte. Will kniff die Augen zusammen und riss sie wieder weit auf. Das hier war ernst. Er sah Muster im Kies am Rand des Straßenbelags, Farben und Formen, die auch nicht mehr Sinn ergaben als alles andere um ihn herum. Er wühlte in seinen Trikot-Taschen nach etwas, das ihm helfen könnte. Einen Augenblick sah er auf, als der Mannschafts-Peugeot der Haven-Mannschaft langsam vorbeirollte. Deeds warf einen Blick auf Wills Gesicht, dann zeigte er mit dem Daumen zurück in Richtung Senlis. Cheryl schaute voller Mitgefühl, wartete einen Augenblick, dann gab sie Vollgas, würgte den Wagen fast ab und brauste dann der Mannschaft hinterher.

Will grub in den Taschen seines Trikots und fand einen Energy-Drink, Haven Formula 45. Er hasste das Zeug aus tiefstem Herzen. Es hatte die Konsistenz von warmem Rotz und schmeckte vage nach süßem Kleister, aber für ungefähr zwanzig Minuten gab es einem einen unglaublichen Kick, bevor man vom Deck rutschte wie ein Passagier auf der Titanic.

Will kippte das Zeug hinunter und drehte das Rad in den Wind um nach Senlis zurückzufahren und seinen Arbeitstag zu beenden. Das »Biest« wehrte sich eine Sekunde lang, als ob es lieber weiter kämpfen wollte. Er rang es nieder und rollte langsam in Richtung Heimat.

Jesus, dachte er, ein Tag wie dieser bei der Tour und er konnte einpacken. Da gab es kein Umkehren mitten im Rennen, kein Abschalten. Egal, wie schlimm es wurde, man durfte nicht aufgeben. Wenn man das tat, tat man es nur einmal, und dann ging man nach Hause.

Das war's, dachte er. Das ist mein einziger Urlaub für den nächsten Monat. Ein ganzer verdammter Nachmittag. Toller Urlaub. Er holte ganz tief Luft und hustete einen riesengroßen Brocken heraus, der zur einen Hälfte aus Schleim und zur anderen Hälfte aus Formula 45 bestand. Das Zeug brachte ihn zum Würgen.

Das Rad fuhr weiter in Richtung Westen, nach Senlis, vielleicht noch zwanzig Kilometer entfernt. Über die letzten sechs Monate war er unzählige Male diese Straße entlanggefahren, und das Pferd kannte den Weg. Wenn er erst in Nanteuil war, konnte er Feldwege benutzen und ungehindert durchfahren. Langsam, aber ungehindert.

Will nahm den Kopf nach unten und trat weiter. Der Tag meinte es nicht gut mit ihm, die Wolken wurden schwerer, der Wind, oder die Brise, oder was ihm da auch immer ins Gesicht wehte, wurde stetiger und begann nach Regen zu riechen. Er nahm den Kopf noch weiter nach unten, um den Windwiderstand zu senken, wenn auch nur ein bisschen, und versuchte, nicht nur das Wetter zu ignorieren, sondern auch die Landschaft und den wachsenden Verkehr, der Nanteuil anzuzeigen begann.

Er konzentrierte sich auf die Kurbeln und seine Füße, seine kleinen Füße, breit, aber kurz, in den Look-Schuhen. Und trat ... und zog. Und trat ... und zog. Und trat, und da sah er seinen Traum wieder.

Tomas. Tomas Delgado. Er saß in der Ferne. Auf einer Kiste italienischer Orangen. Eine warf er in die Luft und sah den Bruchteil einer Sekunde zu, bevor sie zurück in seine Hand fiel. Er drehte das Rad eines Fahrrades, das in der Luft hing. Ein zerbeultes weißes Colnago. Er sagte nichts. Tomas. Sein bester Freund. Ein Top-Mechaniker. Zu früh gestorben in einem Hinterhof in Mailand, Opfer einer Firmenintrige. Opfer einer Bombe, die für Will gedacht und am Sattel seines Fahrrades versteckt gewesen war.

Tomas. Einer, der teilte. Nie urteilte. Niemals beschuldigte. Anders als sein Bruder Prudencio.

Will starrte auf die Kurbel. Einmal, zweimal, und wieder. Er konnte die Verhärtung in seiner rechten Wade spüren. Es war ein Kribbeln, hauptsächlich ärgerlich, aber jetzt spürte er es immer öfter. Noch mal herum. Solange der Energy-Drink wirkte, wuchs zwar nicht seine Kraft, aber seine Kreise waren nicht mehr so unrund.

Kreise. Perfekte Kreise.

Alles war ein Kreis, dachte er. Ein perfekter Kreis.

Die Felder sangen ein langsames Stakkato, als er zwischen ihnen hindurch durch die Schwüle schnitt.

Er fühlte, wie die Luftfeuchtigkeit um ihn herumwirbelte wie ein lauwarmer Strom um einen Baumstumpf, und das war genau das, was er war. Mit 32 Jahren wusste er, dass er vor der Vollendung seines Kreises stand.

Eines perfekten Kreises.

4
Ein Colnago
kennt keinen Schmerz

Sein Zusammenbruch vor drei Tagen war nichts, worum sich Will früher Sorgen gemacht hätte. Jeder stürzt mal ab. Radfahren war keine mechanische Sache, es war eine menschliche Sache, und als menschliche Sache war es allen Launen der Menschheit ausgesetzt: Macht, Ehrgeiz, Motivation und dem Fehlen derselben.

Es war LeMond passiert. Es war Hinault passiert. Und Colgan. Und Indurain. Und Fignon. Und es war Eddy Merckx passiert.

Genauer betrachtet, war es Merckx eigentlich nie passiert, oder? Ah, aber da gab es Menschen und dann gab es Außerirdische.

Von Zeit zu Zeit war es zu erwarten: Ein Fahrer, der alles hatte, das zum Leben nötig war, außer dem Willen, auf dem Rad zu bleiben, dem Willen, die Pedale weiterzubewegen, dem Willen, die Ziellinie zu erreichen.

Es war ein Berufsrisiko.

Aber aus irgendeinem Grund war es diesmal anders.

Er hatte mit Glück und Ehrgeiz, und, wie es schien, weil die richtigen Leute zum richtigen Zeitpunkt ihre Wohnungen in die Luft gejagt hatten, die Stufe gleich unterhalb der Spitze der Pyramide erreicht. Er war nicht der Leader, aber er war der Leutnant, zweiter Mann beim mächtigen Radsportteam Haven Pharma hinter Richard Bourgoin, einem großen Talent, der, wenn auch kein Favorit, so doch ein Kandidat für einen Platz auf dem Siegertreppchen in Paris am Ende der Tour war.

Das sagten jedenfalls die Medien. L'Equipe wollte es so. Bourgoin war die erste französische Chance auf einen Sieg seit Hinault 1985, wenn, und das wurde nicht dazu gesagt, wenn andere davon überzeugt werden konnten zu verlieren.

Trotzdem gab es Unruhe im Team. Wills letzte Tage waren ganz besonders unspektakulär gewesen. Einmal ausgefallen, hatte er auf den nächsten Fahrten Tempo und Rhythmus verloren und hatte öfter nur noch mit dem Lokusdeckel in der Hand das Velodrom erreicht. Deeds hatte nichts gesagt. Cheryl war dafür um so deutlicher.

»Hast du mal daran gedacht, dich durchchecken zu lassen?«

»Ich bin in großartiger Form.«

»Du bist schlapp.«

»Gestern Nacht war ich nicht schlapp.«

Sie lachte leise. »Nein. Aber ich glaube, dafür könntest du von den Toten erweckt werden. Deine Erholungsphasen sind zu lang. Du kommst einfach nicht wieder so schnell in Tritt wie früher.«

»Es geht mir gut. Ich bin nur nicht ganz auf der Höhe.«

»Verdammt, du bist nicht nur nicht auf der Höhe, du bist in einer Talsohle.«

»Gletscherspalte.«

»Noch schlimmer. Und das solltest du nicht sein, besonders nicht jetzt.«

Will konnte das nicht bestreiten.

Das war nicht die Art, die Tour anzugehen, 4000 Kilometer am Rand von Frankreich entlang, über ein paar der schlimmsten Berge, die Gott geschaffen hatte, drei Wochen lang mit nur zwei Tagen Pause dazwischen.

Das war nicht der Weg, es zu schaffen, dachte Will, ganz und gar nicht der Weg, und andere außer Cheryl bemerkten es auch, besonders Miguel Cardone.

Cardone hatte etwas im Sinn – was, da war sich Will nicht sicher. Aber er hatte etwas im Sinn. Wollte Cardone seinen Job als Leutnant? Kannst du haben, und viel Spaß damit, dachte Will. Es war sehr viel schöner, Rennen einfach zu fahren und nur das zu machen, was einem jemand sagte, als den ganzen Tag über nachzudenken, nichts zu übersehen, keinen Schachzug, keine Taktik. Vielleicht wollte

Cardone Mannschaftsführer werden. Viel Glück, dachte er. Bourgoin hatte zu lang gewartet und zu hart gearbeitet, um sich das von einem Burschen wegnehmen zu lassen, nur weil der greinte »will haben, Daddy, will jetzt haben.« Und außer diesen beiden Jobs gab es nicht viele andere, in denen Miguel es zu etwas bringen könnte. Sprinter? Er war bestenfalls mittelmäßig. Kletterer? Vier andere im Team waren da besser als er. Edeldomestike? Das beschrieb seinen derzeitigen Job schon ziemlich gut. Wenn man die Fakten betrachtete, musste es wohl Wills Job als Leutnant sein. Das würde das Gerede erklären.

Niemand hatte direkt mit Will gesprochen, aber er und Cheryl hörten das Geplapper, das durch die Mannschaft ging. Ein Wort hier, ein Wort da, eine Unterhaltung einer Vierergruppe, die mitten im Satz aufhörte, wenn er oder sie den Raum betrat. Sie sagten, Ross ist nicht gut drauf, Ross hält das Team auf, Ross kann uns bei der Tour nicht führen.

Nur Bourgoin und Bresson – der bis vor kurzem noch schlechter drauf gewesen war als Will und plötzlich besser fuhr, stärker, mit so viel Selbstvertrauen wie seit Monaten nicht mehr – hielten sich von denen fern, die Gift verspritzten. Bresson, so schien es, kam genau zur Tour in Form und hatte keine Zeit für solchen Unsinn.

Bei all dem hielt Will den Kopf hoch und zog sich in sein Schneckenhaus zurück.

Er hatte sich während der Scheidung darin vor Kim versteckt und jetzt, Jahre später, wo Kim tot und begraben war, vermied Will immer noch geflissentlich jede Konfrontation mit ihr oder mit allem anderen, was im Leben unbequem war. Irgendwie wünschte sich Will, seine Eltern hätten ihm beigebracht, wie man diskutiert, aber irgendwo hatte er den Zug verpasst und sprang nur auf extreme Gefühle an. Explodieren oder sich verschließen. Hier in Senlis verschloss er sich, sogar vor Cheryl.

Bis jetzt. Will musste ein paar Antworten finden. Die Unsicherheit seiner Situation, so kurz vor der Tour, zerrte an seinem Ego, seinem Herz, ja, seiner Seele.

»Hey, Henri«, rief Will den Gang hinunter zu Bresson. Was irgendwann einmal eine Aircondition in diesem Gebäude gewesen sein sollte, hatte schon lange den Geist aufgegeben. Die Feuchtigkeit der Luft draußen und aus den Duschen hatten den Gang in einen Regenwald verwandelt. Bresson stand schweißgebadet da, sein Trikot bis zum Bauchnabel offen, Arme und Hals dunkelbraun und die Brust so weiß wie ein Grottenolm.

»Ja, Will …«

Will verharrte einen Augenblick und überlegte, wie er wohl eine Unterhaltung über dieses heikle Thema beginnen sollte, ohne paranoid zu wirken. Es gab keinen richtig guten Weg, also warf er sich einfach blind hinein.

»Was läuft hier eigentlich?«

»Läuft?«

»In Bezug auf mich. Ich habe einen schlechten Tag auf dem Rad – ein paar schwache Tage auf der Straße – und auf einmal bin ich hier die Schlagzeile auf den Buschtrommeln.«

Bresson schaute Will mit leerem Gesichtsausdruck an.

»Ich bin Nummer eins auf der Hitliste.«

Noch einmal schüttelte Bresson den Kopf.

»Ich bin das wichtigste Thema bei allen Unterhaltungen hier, und bei den meisten geht es darum, dass ich meinen Job nicht mehr packe.«

»Ah«, nickte Bresson, auf einmal verstehend.

»Du weißt es doch, du hast es auch gehört. Was hast du gehört … und … was denkst du?«

Während er das sagte, wurde Will plötzlich klar, dass er eine Antwort auf die erste Frage wollte, aber nicht unbedingt auf die zweite.

»Ich habe so etwas gehört …«

»Zum Beispiel …«

»Zum Beispiel gar nichts«, Bresson hob beschwichtigend die Hände. »Dinge. Nur Gerede.«

Will sah ihn wartend an.

»Will, mein Freund«, sagte Bresson ruhig, »an eins musst du denken.« Er legte eine Hand auf Wills Schulter. »Denk immer daran, wer du bist. Denk an das, was du erreicht hast.«

Will schüttelte den Kopf, er verstand nicht, was Bresson sagen wollte.

»Du bist ein Teil von Haven. Du bist ein wichtiger Teil. Du bist der zweite Mann. Du hast es verdient, genau so, wie ich meine Chance verdient habe, Rennen zu fahren. Es steht dir zu.«

»Okay, also?«

»Auf der ganzen Welt, Will, gibt es nur 30 ... vielleicht 40 ... Jobs wie deinen. Und obwohl manche besser bezahlt sind, bietet keiner die Betreuung und die Freiheit und die Bedingungen, die dir hier geboten werden ...«

Will sah sich langsam um, um Bressons offensichtlichen Witz zu pointieren. Das waren wirklich umwerfende Bedingungen, kein Zweifel. Bresson griff Wills Gesicht und drehte es wieder nach vorn.

»Ich mache keine Witze, Will. Das ist ein Sport, der aus Champions besteht. Amateurchampions aus der ganzen Welt. Champions, die dann als Profis jahrelang an zweiter, dritter oder letzter Stelle in der Mannschaft stehen und jetzt meinen, es sei ihre Zeit, es stünde ihnen zu. Du, mein Freund, stehst ihnen nur im Weg.«

Will nickte langsam. In dem dunklen und muffigen Tunnel, der leicht nach Schimmel und nassen Handtüchern roch, nur wenige Tage vor dem Start der Tour de France, Wills ganz persönlicher Höllenfahrt, begann er langsam zu verstehen. Nachdem er selbst so viele Jahre lang hinten im Feld gefahren war und den Frust selbst gespürt hatte, war er nun dem Podium nahe und verstand, dass andere seinen alten Frust spürten – besonders die, die schon einmal nahe dran gewesen waren und sich jetzt hinter ihm einordnen mussten.

»Was denkst du, Will – dass sie es auf dich abgesehen haben?«

»Ja, die haben es auf mich abgesehen.«

»Genau so, wie sie es letztes Jahr auf Richard Bourgoin abgesehen hatten, als er Leutnant war. Und auf Jean-Pierre Colgan vor vier Jahren. Und auf jeden anderen Leutnant oder Mannschaftsführer, der die Tour oder den Giro oder die Vuelta oder irgendein anderes Rennen gefahren ist, groß oder klein, das in dieser Welt des Radrennsports existiert. Denk dran, Will – das ist ein Sport der Egomanen. Sonst wäre kein Rennen je einen Pfifferling wert. Das ist ein Sport, der verlangt, dass man nicht nur seine Beine benutzt, sondern auch seinen Kopf. Nicht nur die Lunge, sondern auch die Seele. Ihr Stolz ist sehr oft das einzige, was die Fahrer über die Ziellinie bringt.«

»Und wenn sie Blut im Wasser riechen ...«

Will ließ den Satz offen.

»Dann beißen sie zu«, sagte Bresson leise. Dann lächelte er.

»Sie beißen zu.«

Bei dem Gedanken an eine Art weißen Hai, der in den Abwasserrohren unter dem verrottenden Velodrom in Senlis herumplantschte, begannen beide herzhaft zu lachen, was den Klatschmäulern im Team Stoff für mindestens einen weiteren Nachmittag gab.

»Und du«, sagte Will, »du fährst gut.«

»Der Zauber des Alters. Gott gibt einem immer noch eine Chance, bevor er einen umbringt.«

»Sag das nicht. Ich habe schon zu viele Freunde verloren.«

Biejo Fortuna ließ die schwere Goldmünze noch einmal auf der spiegelnden Oberfläche des Tisches kreiseln. Er musste warten, und er hasste es, warten zu müssen. Um sich die Zeit zu vertreiben, spielte er mit der Münze, trotz der Tatsache, dass jeder Dreh, der nach einem zuversichtlichen Summen in einem verzweifelten Trudeln endete, eine mikroskopisch feine Spur auf dem polierten afrikanischen Ebenholz hinterließ.

Was kümmerte es ihn?

Es war sein Holz. Er konnte es sich leisten, einen ganzen Regenwald abzuholzen, wenn es sein musste, um sich einen neuen Tisch zu besorgen.

Er drehte mit dem Stuhl herum und trat bei jeder Umdrehung gegen ein Tischbein, wie es ein gelangweilter und rastloser Vierjähriger tun würde, und beobachtete, wie sich die Sommernacht über Paris senkte. Er drehte sich wieder und wieder, bis ein Gebäude in der Ferne seine Aufmerksamkeit erregte.

Fortuna sah im goldenen Licht des späten Nachmittags auf die Stadt. Das Gebäude begann zu glühen, als ein Stockwerk nach dem anderen im reflektierten Sonnenlicht aufleuchtete und sich auf das Ende eines weiteren Tages vorbereitete.

Woran arbeitet ihr, dachte er, in euren kleinen Löchern und blitz-sauberen Labors? Was sagen euch eure Computer?

Und wie kann ich es klauen?

Er lächelte. Wenn ich das nicht schon getan habe.

Eine kleine Konsole auf seinem Tisch summte einmal, dann noch zweimal. Fortuna sprang auf. Das war es, worauf er beinahe 20 Minuten gewartet hatte. Er griff nach dem Telefonhörer und klatschte ihn an sein Ohr.

»Ja!?!« Es stieß das Wort heraus.

»Cytabutason, Liebling«, schnurrte sie.

»Was?«

»Hör genau zu. Sie sind drauf und dran, es zu finden. Es zu iso-lieren. Cytabutason. Dieses synthetische Steroid, basierend auf Testosteron und Adrenalin. Das nicht auffindbare.«

»Ja«, sagte er leicht entnervt, »ich kann mich daran erinnern.« Er tippte die Münze einen Augenblick lang auf den Tisch und fragte, »Verschleiernde Medikamente?«

»Immer noch unnötig.«

»Wirkung?«

»Die Wirkung im Testmodul war anscheinend das Doppelte – vielleicht sogar das Dreifache – der normalen Körperfunktion«, sagte sie mit unverhüllter Begeisterung. »Es hat gewirkt wie ein Amphe-tamin in niedriger Dosis, um die Leistung anzukurbeln, dann hat die Steroidfunktion die Erholungsphase unterstützt.«

»Erholungsphase?«

»Es hat tatsächlich Muskelgewebe wieder aufgebaut – beinahe über Nacht – genau so, wie du es vorhergesagt hast.«

Fortuna begann zu lächeln. Das war gut. Das war wirklich sehr, sehr gut. Es würde im legalen oder illegalen Handel ein Vermögen wert sein.

»Nebenwirkungen?«, fragte er.

»Gering – anscheinend. Die wahren negativen Folgen sind im Augenblick unbekannt. Vielleicht Leberschäden, aber das kann auch an einer abnorm hohen Dosis liegen, die kurz vor dem Tod verab-reicht wurde.«

»Tod?«

»Ja, das Testmodul ist ... gestorben – Überdosis.«

Fortuna ließ diesen Gedanken eine Weile lang in seinem Gehirn herumschwirren, spürte ein kurzes Gefühlshoch und seufzte dann.

»Dann nehme ich an«, sagte er, »wir brauchen ein neues Testobjekt.«

Die Leitung war stumm.

»Wann bist du wieder hier?« fragte Fortuna.

»Bald. Du schuldest mir Geld, mein Lieber.«

»Nicht, bis ich die Daten gesehen habe.«

»Du wirst die Daten sehen.«

»Und ich will den Bericht. Den medizinischen Bericht. Gerichtsmedizin. Polizeilabor. Wer immer dieser verdammte Freund von dir dort ist.«

»Wann und wie?«

»Sofort. Was ist mit dem Test?«

»Über die nächsten paar Wochen. Ich baue einen großen Feldversuch auf. Nebenbei, wer, darf ich fragen, wird das alles bezahlen?«

»Kein Sorge. Haven Pharma wird die Rechnung bezahlen.«

»Wirklich? Unser aller Göttin des Bösen? Wie kannst du dir da so sicher sein?«, fragte sie.

»Oh, ich weiß es. Ich weiß es.«

»Wann bekomme ich meinen Anteil?«

»Deinen Anteil? Ich denke immer nur an dein Hinterteil.«

»Ich vermisse dich«, flüsterte sie.

»Halte mich auf dem Laufenden«, sagte er und brach den Flirt mit einem direkten Befehl ab, »und behalte einen Fahrer namens Ross im Auge. Den können wir vielleicht gebrauchen.«

Biejo Fortuna hätte schwören können, dass er ein Kichern im Hintergrund gehört hatte, dann das Klicken eines eingehängten Hörers. Die Leitung war tot. Er legte sein Telefon auf, lehnte sich nach vorne und ließ die schwere Goldmünze auf der spiegelnden Oberfläche des Konferenztisches kreisen. Und kreisen.

»Die letzten zwei Wochen«, brüllte Deeds, »haben wir ziemlich hart gearbeitet.«

(Du und gearbeitet, dachte Will. Du bist Auto gefahren.)

»Und ich weiß, dass sich viele von euch fragen, wann wir endlich mal einen Tag frei bekommen.«

(Manche haben auch gebetet und Messen lesen lassen.)

»Und die Antwort ist: Heute.«

(Was nur beweist, dass Gebete erhört werden und dass die Heilige Jungfrau bei den Messen zuhört, selbst wenn sie weiß, du bist nur da, damit sich deine Mutter nicht im Grabe umdreht – nachdem sie gestorben ist, natürlich.)

»Manche von euch haben Pläne, um zu nationalen Meisterschaften nach Hause zu fahren. In Paris sind Leute von Haven – ich habe also Besprechungen.«

(DankeDankeDankeDankeDanke.)

»Obwohl ...«

(Jetzt kommt's ...)

»Ich denke, Ihr solltet rausgehen und 30 bis 50 lockere Kilometer fahren.«

»Ja!!! Knapp daneben ist zum Glück auch vorbei!«

Will stand plötzlich wie angenagelt mitten im Raum. Alle Augen waren auf ihn gerichtet. Wenn er so seine Gedanken hinausposaunte, wirkte er wie eine Art Homer Simpson des Profiradsports.

»Ja, Will?«

»Nichts, Carl. Reine Begeisterung, das ist alles.«

»Vielleicht sollte Will die 50 fahren – oder mehr«, Cardone sprach mit kalkulierter Gemeinheit aus der hinteren Ecke des Raumes. »Er braucht es bestimmt.«

Will schloss die Augen und wartete auf das, was noch kommen sollte. Ja, er brauchte es tatsächlich. Aber mehr als das brauchte er Ruhe. Vielleicht galt das für alle, als ob Deeds' harter Trainingsrhythmus dazu geführt hätte, dass die ganze Mannschaft ihren Saisonhöhepunkt zu früh erreicht hatte.

Der Fehdehandschuh war voller Schadenfreude hingeworfen worden, aber nicht unbedingt in der Erwartung, dass er aufgehoben werden würde. Will wandte sich Miguel Cardone zu, der langsam in die alles verschlingende Couch sank.

»Hey, Mig – hast du Lust, mit mir 'nen 50er zu fahren?«

77

Alle Augen wandten sich zu Cardone um, der leicht rot anlief.

»Also?«

»Ja«, sagte Cardone steif, »ja, ich fahre 50 mit dir, aber das werden meine 50 sein, harte 50, keine Rentner-50 mit Zeit zum Blumenpflücken.«

»Ich hab nicht so viel für Blumen übrig. Eine schöne Frau lässt mich vielleicht mal einen Augenblick langsamer werden, aber mit dir komm ich schon klar – Kleiner.«

Das Wort hing in der Luft, eine Beleidigung in jeder Sprache.

»Sag wann, Miguel. Ich treffe dich am Start.«

»Eine Stunde, alter Mann. In einer Stunde vor der Tür.«

»Okay, Spanky. Wir treffen uns an der Tür zum Clubhaus.«

Cardone zog sich mit Mühen aus der weichen und eingesunkenen Couch hoch und stampfte aus dem Raum, gefolgt von Cardinal, der schnell zu Cardones Knappen, Kammerdiener und Speichellecker geworden war. Es war kein eleganter Abgang.

Will drehte sich um. Sein Blick beschrieb einen langsamen Kreis um den Raum herum und fiel schließlich auf Deeds und Cheryl, die etwas zur Seite standen.

»Tut mir leid, deine Besprechung ruiniert zu haben, Carl.«

»Ich war fertig.«

»Gut. Schön, dass ich ein bisschen zur Unterhaltung beitragen konnte.«

Deeds lehnte sich nach vorne und flüsterte: »Will, mach diesen Clown fertig und komm wieder zurück. Bergalis will mit dir, Bourgoin und mir zum Abendessen gehen.«

Will lächelte.

»Danke, Carl.«

Deeds drehte sich auf dem Absatz um und klonkte aus dem Raum.

Cheryl sah Will aufmerksam an.

»Bring's hinter dich«, sagte sie.

»Hast du's eilig?« Er grinste anzüglich.

»Nein, ich hab Hunger. Und ich will hier raus.«

Mitten in Wills Fünf-Minuten-Nickerchen starrte Tomas Delgado ihn an. Er sagte kein Wort, er atmete nicht. Die Orange, eine riesige, leuchtend gefärbte Frucht, wurde in die Luft geworfen und kam herunter, hoch in die Luft und wieder runter, hoch und runter, sie traf die Hand des toten Mechanikers jedes Mal mit einem lauten »Schwopp.«

Schwopp. Schwopp. Schwopp.

Das Geräusch eines Plattens auf einer heißen Asphalt-Straße. Das Geräusch einer Orange in der Hand eines Toten.

In der Zwischenzeit drehte sich das Rad des zerschundenen weißen Colnago endlos vor sich hin.

Will konnte das Summen hören.

Godot lag heute zum fünften Mal ausgestreckt auf der Couch in seinem Büro. Die Polizei in Eindhoven hatte zehn Tage gebraucht, um ihm die zusätzlichen Berichte über den Tod von Henrik Koons zukommen zu lassen. Es war ihnen peinlich, darauf konnte er wetten. Sie hatten einen wichtigen Aspekt des Falles übersehen. Sie waren drüber, drunter, drumherum und hindurch gelaufen und hatten das verdammte Ding nicht gefunden. Die Methode. Der Junge sah aus wie ein Nadelkissen, aber es waren keine Nadeln da.

Dann wieder, dachte er, hatte er sich auch nicht gerade mit Ruhm bekleckert. Tagelang hatte er sich das Gehirn zermartert, bevor er im ziemlich wörtlichen Sinn den Gedanken nach vorne in sein Bewusstsein hauen konnte, tagelang hatte er darüber nachgedacht, was in dem Autopsiebericht von Henrik Koons fehlte. Es war gleich hier, das wusste er, genau vor seinen Augen, und als er es bemerkte, fühlte er sich unglaublich dumm, denn es war sowas von einfach.

Der Junkie und sein Stoff.

Der Junkie ohne seinen Stoff. Der Nadelmann ohne Nadel.

Jemand hatte ein bisschen aufgeräumt, nachdem Mr. Koons zu seinem letzten Sieg geradelt war. Jemand, der noch mehr Fragen aufwerfen und sich selbst mehr Zeit verschaffen wollte.

Mit Godots Hilfe hatte die Polizei von Eindhoven ihren Bericht vervollständigt, noch einmal die Wohnung und seine Sachen durchsucht und dann die Ermittlungen unter »Überdosis« neu abgelegt. Vorbei, und, ja, vergessen. Auf Wiedersehen und viel Glück, Henrik, du hast die Ordnung in unseren Akten durcheinander gebracht.

Godots Augen glitten noch einmal langsam über die neuen Seiten in dem Polizeibericht von Eindhoven. Sein Blick stoppte erst am Rand des Schwarzweiß-Fotos vom Tatort, an einer Büroklammer, an der abschließenden chemischen Analyse, und blieb dann endgültig hängen an den Großbuchstaben, in denen stand UNBEKANNT.

Also, was hatte dieser amerikanische Fernsehdetektiv immer in so einer Situation gesagt?

Ah ja.

»Entzückend.«

Will war nur ein paar Minuten lang abgedriftet, aber es war eines dieser Nickerchen, bei denen einem fünf Minuten wie eine Ewigkeit vorkommen, verloren in einem Schlaf, der nichts mit Zeit zu tun hat. Er schüttelte sich wach und fühlte mit einem Mal die Leere, die der Tod von Tomas Delgado in ihn hineingeschnitten hatte.

Oh, Kumpel, du hättest nicht sterben sollen.

Ich hätte sterben sollen. Diese Bombe in Mailand war für mich gedacht gewesen, Dank einer Ex-Frau und ihres Liebhabers, der die Firma übernehmen und das Radsportteam zerstören wollte.

Das hätte ich sein sollen. Das ist auf jeden Fall das, was dein kleiner Bruder Prudencio denkt. Dich hätte es treffen sollen, Ross. Dich.

Ein gemeiner Gedanke schoss durch die Blechbüchse, die sein Gehirn war.

Ich bin froh, dass es nicht mich erwischt hat. Tut mir leid, Tomas. Ich bin wirklich froh, dass ich es nicht war.

Er stand auf, wischte sich den Schlaf aus den Augen und ging in den Raum, wo die Mechaniker waren. Louis Bourbon, seit Mailand der führende Mannschaftsmechaniker, nahm Wills uraltes, aber aufgepepptes Colnago, vom ganzen Team liebevoll »Das Biest« genannt, von der Wand.

»Es ist sehr gut, Will.«

Will stoppte eine Sekunde lang. Bourbon hatte in den vergangenen sechs Monaten keine drei Worte zu ihm gesagt. Jetzt waren da nicht nur Worte, sondern es lag auch Wärme darin. Er wusste nicht, wie er reagieren sollte.

»Danke, Louis.«

Will lächelte und ließ seine Gedanken dann woanders hin schweifen.

Dieses Woanders wurde ihm gerade erst klar. Will hatte nicht über die 50-Kilometer-Herausforderung nachgedacht, oder über Cardone, oder über die sehr reale Möglichkeit, dass er verlieren könnte. Er dachte an Tomas, und darüber hinaus an Cheryl und die sehr reale Tatsache, dass Tod und Distanz schon mehrfach Freunde aus seiner Reichweite entfernt hatten.

Er wollte diese Ausfahrt absagen und nach Hause rasen und wieder mit Cheryl schlafen.

Aber mehr als das wollte er reden. Er begann zu spüren, wie das Gewicht seiner eigenen Gedanken und Gefühle ihm eine Last wurde, wie am Ende des letzten Saison, als er, glücklos, arbeitslos und chancenlos, angefangen hatte, sich ganz langsam in einer dreckigen kleinen Bar in Avelgem zu Tode zu saufen.

Cheryl und Tomas und Haven hatten all das beendet, aber jetzt kam die Last zurück, schwerer als je zuvor, ohne eine Möglichkeit, sich fallen zu lassen. Diesmal lag alles an ihm. Will biss die Zähne zusammen und rieb sich die Brust. Verdammt nochmal, dachte er. Ich muss dieses Zeug einfach loswerden. Er lachte. Warum kann ich es nicht einfach jemand anderem in den Schoß werfen?

Er nahm das Rad und schob es zur Tür.

»Kommen Sie, Doktor«, sagte er kaum hörbar, »wir müssen ein paar Probleme lösen.«

Das Rad antwortete mit einem Vibrieren seines Rahmens, das Will durch seine Handschuhe und Hände und Arme spürte.

Verdammt, dachte er, ich liebe dieses Rad.

Die ersten zehn Kilometer waren eine Spazierfahrt, um den Rhythmus zu finden und sich aufzuwärmen. Keiner der beiden Fahrer achtete auf den anderen. Im Kopf versuchten sie, die kurz- und langfristigen Absichten des anderen einzuschätzen, zu erspüren, zu fühlen, aber nach außen hin war alles glatt und elegant, eine sorglose Ausfahrt.

Will fuhr an der Innenseite der Landstraße nordöstlich von Senlis. Er hatte diesen Kurs schon endlos oft eingeschlagen, es war ein leichter Trainingskurs, um den Knoten zu lösen, der es sich in seiner rechten Wade bequem gemacht hatte.

Heute jedoch ging es um etwas. Vielleicht nicht um alles, aber doch um vieles, und vielleicht auch nicht so richtig, aber doch um das, was alle im Team dachten und was in seinem Kopf widerhallte, bis ... was zum Teufel redete er dann da überhaupt?

Während des kurzen Abschweifens war Will ohne nachzudenken nach links hinübergefahren und in eine andere Straße eingebogen, zum zweiten Teil des 50-Kilometer-Kurses, und er war schneller geworden. Cardone war nicht unkonzentriert gewesen und hatte das bemerkt. Er hängte sich an das Hinterrad des »Biestes«, so eng, dass Will den zusätzlichen Luftzug beinahe durch den Reifen und die Kurbel und die Sattelstütze hindurch in seinem Hintern zu spüren meinte.

Scheiße. Der erste Biss, und Will blutete bereits.

Er trat hart an und baute seine Geschwindigkeit langsam auf dem großen Blatt auf. Er ging nicht aus dem Sattel, sondern konzentrierte sich mit dem Kopf auf einen Punkt in der Ferne und mit den Beinen auf die Bewegung der Pedale.

Perfekte Kreise.

Treten und ziehen in perfekten Kreisen.

Pass auf den Rhythmus auf. Pass auf den Rhythmus auf. Mach's rund. Lull ihn ein.

Cardone hängte sich direkt hinter Will, während die Geschwindigkeit stieg. Über die nächsten fünf, dann zehn, dann 15 Kilometer und über den Wendepunkt bei 25 hinweg gab keiner nach.

Will wusste, dass er riskant war, so lange vorn zu bleiben, denn Cardone bereitete sich schon auf den Sprint durch Senlis vor. Sich vorher so abzuarbeiten konnte leicht Wills Untergang werden. Er musste auf das Tempo achten und es hoch halten, aber zu hoch und zu lange und er würde ausgebrannt sein, bevor er diesen Mistkerl fertig machen konnte.

Will duckte sich und spürte einen neuen Schub vom »Biest«, als ob das Rad das übernahm, was seine eigenen alternden Beine nicht mehr schafften. Das Tempo stieg wieder an, als das Paar beinahe wie ein Mann die Straße zurück in Richtung Senlis schoss. Dreißig Kilometer, und Will hatte den Rhythmus beinahe 40 Minuten lang aufrecht gehalten. Seine Lungen spürten die Anstrengung, während seine Beine, besonders das rechte, nach einem Tempowechsel riefen, nach irgend einer Art von Erleichterung.

Wie als Antwort näherte sich auf der linken Seite aus der Ferne ein Lastwagen. Seine Hände tief unten am Lenkrad konnte Will einen starken und deutlichen Zug nach links feststellen. Verdammt, dachte er, ich habe da ein Ziehen im Vorbau. Der Zug verschwand eine Sekunde lang, und dann drückte er ihn wieder ein winziges Stück nach links, es war beinahe wie ein Hinweis. Tief in seinem Inneren begann sich eine völlig irrwitzige Idee zu formieren.

Mein Gott, das war Wahnsinn.

Will sah nach vorne und schätzte Geschwindigkeit und Entfernung und Gefahr ein.

Eine falsche Bewegung hier, Freundchen, und du bist tot. Deine winzigen Körperteile werden den Asphalt düngen. Bei dem Gedanken würde jede Mutter vor Schreck tot umfallen.

Aber trotzdem ging sein Blick vor und zurück, vor und zurück, er schätzte, maß, rechnete und betete.

Will war klar, dass eine Menge Sachen gleichzeitig passieren mussten. Der Lastwagenfahrer musste auf die Bremsen steigen, Cardone durfte ihm nicht folgen und sein Tempo nicht verringern, und es durften keine anderen Fahrzeuge von hinten kommen, weil Will sich nicht nach hinten umsehen konnte, ohne die ganze Sache vorzeitig zu verraten.

Das hatte nichts mehr damit zu tun, seinem Glück zu vertrauen. Das bedeutete, alles auf eine Karte zu setzen.

Gott im Himmel, dachte er. Was mache ich hier eigentlich?

Der hellblaue Lastwagen kam näher, auf der flachen und freien Landstraße mit mindestens 100 Stundenkilometern. Will starrte auf den seltsamen Anblick einer gigantischen Plastikfliege auf dem Dach des Lasters, dann blickte er weiter nach unten auf die Motorhaube und den schwarzen Kühlergrill und das chromfarbene Mercedes-Zeichen, das in seinem Zentrum leuchtete. Das war sein Konzentrationspunkt.

Konzentrier dich auf diesen Punkt und schließ alles andere aus.

150 Meter.

Halt deinen Kopf nach vorne gesenkt, dreh dich nicht zur Seite. Verrat dich nicht zu früh.

125 Meter.

Halt den Rhythmus gleichmäßig. Nicht anziehen. Schläfer ihn ein.

Einhundert Meter.

Herum. Und nochmal. Herum. Und nochmal.

Fünfundsiebzig Meter.

Sein Blick ging an den Straßenrand gegenüber. Vielleicht 30 Zentimeter war der Randstreifen noch asphaltiert. Der Lastwagenfahrer fuhr mitten auf seiner Spur. Es würde trotzdem eng werden.

Fünfzig Meter.

Schau auf den Stern. Das ist dein Zeichen. Schau auf den Mercedes-Stern.

Fünfundzwanzig Meter.

Abpassen. Abpassen.

Zwanzig.

Abpassen.

Zehn.

Alles passierte gleichzeitig.

Ohne ein Zucken, ohne den Rhythmus zu ändern, schoss Will quer über die Straße. Eine blendende Sekunde lang war nichts vor seinen Augen als ein schwarzer Kühlergrill und ein silberner dreispitziger Stern in einem Kreis, und das Geräusch einer panischen Hupe, dann erschien der Rand des Lastwagens mit einem Seitenspiegel, der genau auf seinen Kopf zielte. Will duckte sich und spürte die untere Kante des Spiegels über seinen Helm bürsten, millimeterknapp. Im Luftsog des Lastwagens ging sein Tempo ein wenig zurück, aber er hielt die Trittfrequenz hoch, durch einen Wirbelwind von Staub und Kieseln und kreischenden Reifen. Der Strudel hinter dem Lastwagen zog ihn zurück zur Mittellinie und er folgte dem Sog und scherte hart rechts hinüber zum rechten Straßenrand, zu

Cardone, der völlig schockiert von dem augenscheinlichen Selbstmordversuch sein Tempo überhaupt nicht verringert hatte. Will hängte sich eng an das Hinterrad seines Folterers, der jetzt Führungsarbeit leisten musste, schnell, hart und gleichmäßig, die Führungsarbeit, der er sich beinahe 35 Kilometer lang verweigert hatte.

Wills Blut kochte, die ansteigende Qual von vor ein paar Minuten war jetzt vom Adrenalinstoß wie weggeblasen, mit dem Tröten der Lastwagenhupe und mit dem kühlen Geschmack einer Chance, die man nimmt, ohne einen Augenblick an den Tod zu denken.

Er konnte später noch über seinen Schachzug nachdenken, unter seinem Pocahontas-Laken in seinem Bett erschauern und Cheryl fest umarmen, verwundert über seine eigene Dummheit, aber jetzt gab es nichts als die absolute Konzentration auf das Rad und die Schultern von Miguel Cardone. Seinen Rhythmus beobachten. Seine Bewegungen sehen. Auf das Zucken achten, das beinahe immer vor dem Sprung kam – außer, natürlich, man hatte einen Coach wie Stewart Kenally gehabt, der einem das mit einem Stockschlag über die Schultern abtrainierte, der brannte wie ein Nachmittag in der Hölle.

Cardone steckte fest, und das wusste er, bis zum Sprint in Senlis. Irgendwo innerhalb der Stadtgrenze, in einer Kurve, an einer Kreuzung, an einem Wendepunkt, würde er Will abschütteln, diese alternde Todesgrimasse, die da an seinem Arsch hing.

Sie kamen wieder auf die Hauptstraße, die nach Senlis hineinführte, zwei Fahrer, zwei Räder, eine mechanische Skulptur. Die Wut dieses Zweikampfes stoppte die Menschen in den Straßen und zwang sie dazu, den beiden ungläubig hinterher zu starren. Es gab keine Möglichkeit, wegzuschauen, sie mussten einfach hinsehen, und als das Paar hinter einer entfernten Häuserecke verschwand, empfand jeder Passant, der nun nicht mehr sehen konnte, wie sich diese Naturgewalt auflöste, ein Gefühl des Verlustes.

In einer harten Rechtskurve kam Will kurz auf den Kies und spürte einen Sekundenbruchteil, wie seine Reifen wegrutschten, aber dann reagierte das Rad fast von allein und setzte ihn wieder in die Spur, direkt hinter Cardone.

Er liebte sein Rad. Oh, sei gesegnet, Ernesto und deine kleinen Elfen im Colnago-Land.

Er konnte die Anstrengung jetzt hören, Cardone keuchte im Rhythmus der Kurbel. Die Anstrengung der ersten 35 Kilometer in Wills Windschatten und die letzten 15 im Wind forderte endlich ihren Tribut. Wills Schachzug mit dem Lastwagen hatte ihn gerettet. In Cardones Windschatten fahrend, fühlte er sich wiederbelebt, wie aufgezogen durch das Adrenalin, trotz der hohen Konzentration, die er bei der rasanten Fahrt durch Senlis aufrecht halten musste.

Fünf Straßen, jetzt vier, bis zur Kurve hinein in die Sackgasse und zum Velodrom. Warte auf den Sprint. Warte auf den Sprint. Vier Straßen, jetzt drei. Plötzlich sah Will die Bewegung, nicht in den Schultern, sondern in Cardones Hintern. Fast ahnte er nur, wie sich Cardones Hintern beinahe unmerklich vom Sattel hob. Will nahm es für das, was es war und sprang nach links, nahm die Kurve in die Sackgasse innen, und zwang Miguel nach außen und aus dem Rhythmus, hatte den Sprint damit schon gewonnen, obwohl Cardone das niemals zugeben würde,

Das Rad war lebendig unter Wills Händen, es griff an, es flog, wie elektrisiert. Zusammen rasten Mensch und Maschine auf eine nicht existierende Ziellinie zu, um ein Rennen zu gewinnen, das zu nichts gut war, als zum Umschichten von Egos auf einer imaginären Skala.

Will nahm den Kopf nach unten und spürte, wie das Rad zwischen seinen Beinen zitterte. Der Wind seiner eigenen Anstrengung brüllte in seinen Ohren. Sein Herz flog. Die Straße glitt wie durch Zauberhand unter ihm hinweg.

Kopf nach unten. Rennen gewonnen. Auf der Innenbahn.

Er sah es nicht.

Er sah das Auto nicht.

Er sah nicht, wie die schwarze Limousine aus dem Parkplatz des Velodroms rollte.

Er sah sich selbst nicht, wie er die linke Vorderseite traf und das Rad unter ihm mit metallischem Kreischen und einem beinahe menschlichen Verzweiflungsschrei explodierte.

Die Zeit wurde langsamer.

Er fühlte, wie er selbst, beinahe aus seinem eigenen Körper herausgetreten, über die Kühlerhaube des Wagens segelte. Langsam drehte Will seinen Kopf und sah die panische Angst des Fahrers, während er mühelos in einer Blase der Stille an der Windschutzscheibe vorbei über die Straße schwebte, sich instinktiv zu einem Ball zusammenrollte, bevor er mit der Schulter in den Kies krachte, und dann Hals über Kopf weiterrollte und nicht an die Schmerzen in seiner rechten Schulter dachte, sondern an das neue Trikot, das er trug, und wie das Ding zerfetzt sein würde, bevor er es geschafft hatte, es richtig einzustinken.

Verdammt.

Seine Schulter fühlte sich an, als hätte sie jemand mit einem Baseballschläger bearbeitet. Der Schmerz raste bis hinunter in seine Fingerspitzen und dann wieder nach oben und hinunter in den Magen. Ihm wurde schlecht. Will wandte sich um und sah, wie Cardone in der Sackgasse im Kreis fuhr, die Hände zum Siegesgruß erhoben. Was auch immer er als Ziellinie genommen hatte, er hatte sie zuerst überfahren und Will würde sich mit dem zweiten Platz zufrieden geben müssen. Sehr schade.

Cardone betrachtete Will mit einem Ausdruck von Triumph und Verachtung.

Klasse, dachte Will, ich hatte den Mistkerl schon besiegt.

Für den Bruchteil einer Sekunde hielt die Zeit an.

Und dann – oh Gott – ein Gedanke packte Will am Hals und zog ihn weg von Cardone und zurück zum Wagen, vorbei an Cheryl und Deeds und den Leuten, die jetzt über das Velodrom-Gelände auf ihn zu rannten. Will lief zu dem Wagen, die Schmerzen in seiner Schulter ignorierend, und griff nach den scharfen Kanten der Karosserie, um sich auf seinen Pedalplatten auf die Fahrerseite herumzuziehen, wo er sein zertrümmertes Rad fand.

Das Rad, die Gabel, der Rahmen selbst waren in Stücke zerbrochen wie die Splitter des Lieblings-Kristallvase seiner Mutter auf dem Betonboden.

Das Vorderrad, das noch vorne an der Limousine lehnte, rutschte mit einem Kreischen und dem Klappern von zertrümmertem Metall zu Boden.

Und in diesem Augenblick wusste Will es.

Sein Rad war tot.

5

Trauerarbeit

Jedes Mal, wenn die Tür zu dem kleinen Restaurant, drei Straßen vom Velodrom entfernt, aufging, zog der Unterschied im Luftdruck eine Wolke von Rauch und Aroma von der Haube über dem Herd über die fünfzehn Tische hinweg, die in einem Raum zusammengedrängt waren, der kaum groß genug für den Zeitschriftenständer und einen Werbeaufsteller für Aspirin zu sein schien.

Will sah zu, wie die Wolke über die Kacheln und die Innenausstattung aus altem Holz und Messing schwebte und erhob sich von seinem Stuhl, um davon zu trinken. Das Essen war wunderbar hier, aber was einen wiederkommen ließ, war das Gefühl, in einer Wolke unglaublicher Gerüche zu schweben. Cheryl, die Angst hatte, sie würde ihn verlieren, zog ihn wieder auf seinen Sitz zurück.

»Wie fühlst du dich?«

»Ich fühle mich scheiße. Wie fühlst du dich?«

»Ich fühle mich gut, aber du hattest den Unfall.«

»Das war kein Unfall.«

»Oh Gott, Will«, seufzte Cheryl, »Mord war es jedenfalls nicht.«

»Es war ein Velozid, das ist mal ganz klar.«

Ihr Lachen brachte Will zum Lächeln. Er sah kurz der Wolke über ihm hinterher, wie sie zum nächsten Tisch weiterschwebte und wandte sich dann versunken wieder seinem Essen zu. Er gabelte in dem dampfenden Nudelteller herum, der wenigstens im Moment bewegungslos vor ihm auf dem Tisch stand. Aber wer weiß? Noch eine Pille, und dann ist vielleicht alles möglich, von einer Überdosis Realität zu tanzenden Nudeln.

Will pickte an ein paar Nudeln, wendete sie und legte sie wieder auf den Essensberg zurück. Selbst eine so kleine Anstrengung ließ seine rechte Schulter mit einem dumpfen Schmerz pochen. Seine Schulter, seine Hüfte, sein Knie, sein Knöchel, seine ganze rechte Seite war ziemlich mitgenommen. Und diese Wade, das wusste er selbst bei diesem vernebelten Gehirn, war gefährlich fest. Egal, wie müde er am Ende dieses Abends sein würde, er musste daran denken, sie zu dehnen.

Irgendwo in der Ferne hörte er das Summen der Unterhaltung, das die letzten paar Minuten konstant geblieben war, aufhören, und spürte, wie die Augen am Tisch sich zu ihm wandten.

»Will, bist du noch bei uns?«

Wills Blick wanderte langsam um den Tisch, er begann bei Cheryl und ging dann an Deeds vorbei, zu irgendeinem Wiesel, das er nicht kannte, zu Henri Bergalis, dann zurück zu Bourgoin, dem Mannschaftsführer des Haven-Teams, der zu seiner Rechten saß.

Bourgoin hatte jetzt seit sechs Monaten Wills wechselnde Launen mitgemacht und sich schon so sehr an den Wechsel von verdrossener Stille und euphorischem Geplapper gewöhnt, dass er Will nur einen Moment lang ansah, mit den Schultern zuckte, und sich ohne große Pause wieder seinem Essen zuwandte.

Henri Bergalis, der Chef von Haven Pharma, erkannte die Zeichen jedoch nicht und machte sich Sorgen um einen seiner besten Fahrer, und, vielleicht, wenn man den Begriff etwas weiter fasste, einen seiner Freunde. Er sorgte sich aus verschiedenen Gründen um Ross. Will war auf seine Art ein guter Fahrer, hart, widerstandsfähig, kompromisslos. Er war unterhaltsam, fähig zu völlig irrem Verhalten, mit oder ohne Rad. Heute war das beste Beispiel, denn wenige Fahrer würden eine solche Wettfahrt riskieren, nur Tage vor dem Start der Tour. Außerdem hatte Will Ross unabsichtlich Henri Bergalis an die Spitze eines internationalen Pharmakonzerns gebracht, nachdem er jahrelang im Schatten seines Bruders gestanden hatte.

Das war Henri Bergalis auf jeden Fall etwas wert.

»Will. Du hast den ganzen Abend kein Wort gesagt. Hast nichts gegessen. Das ist nicht gut. Du brauchst deine Kohlenhydrate.«

»Ich brauche einen Drink.«

»Ist das weise?«

»Ich war noch nie für meine Weisheit bekannt.«

Deeds wandte sich zu ihm um und seufzte. »Jesus Maria und Joseph, Ross, das ist verdammt wahr. Bist du heute auf dem Kopf gelandet, oder was?«

»Carl«, sagte Cheryl leise, »lass ihn mal in Ruhe. Seine Schulter ist kaputt und er ist mit Schmerzmitteln vollgepumpt. Lassen wir ihn einfach in Ruhe.«

»Du vergisst – ich habe all das auch schon durchgemacht. Mich hat man auch nicht mit Samthandschuhen angefasst.«

Cheryl erinnerte sich gut. Sie hatte den Wagen gefahren, als Deeds angeschossen wurde. Die Kugel war für sie gedacht gewesen. Aber sie fühlte sich nicht im geringsten schuldig und hatte auch nicht vor, seine Bitterkeit zu ertragen.

»Du bist am Leben, Carl. Mehr konnten wir in dem kleinen Auto nicht für dich tun.«

Deeds sah beinahe so aus, als wollte er darüber noch diskutieren, aber er seufzte nur und wandte sich wieder seinem Essen zu.

Will bekam die Unterhaltung zwar nur am Rande mit, aber er fühlte plötzlich diese anerzogenen Schuldgefühle, wie sie einen immer beschleichen, wenn man sich nicht sozialverträglich verhielt.

»Entschuldigung«, murmelte er, denn ein Murmeln war das beste, was er zustande brachte, »das ist es nicht. Die Schulter ist in Ordnung.«

»Das will ich hoffen«, gackerte Deeds, »so, wie du die Schmerzmittel in dich reinschaufelst.«

»Haven 22/15er«, sagte der intellektuell aussehende kleine Mann, der rechts von Henri Bergalis saß. »Haven 22/15er. Sie haben die Dosierung um gut 85 Prozent überschritten.«

»Sie haben sie mir weggenommen, bevor ich eine Chance hatte, richtig loszulegen«, sagte Will mit einem nervösen Lächeln.

»Die Dosierung war irrational«, sagte der kleine Mann.

Will lächelte schmerzhaft verträumt. Die Pillen wirkten, dachte er. Er konnte seine Schulter nicht mehr spüren, und er machte sich langsam auch keine großen Sorgen mehr um die anderen vagen, beinahe phantomhaften Schmerzen, die er spürte. Die Stimmen am Tisch, die durch sein Bewusstsein schwebten, waren ihm auch egal. Es klang, als ob sie aus einer Blechbüchse kommen würden.

Will verabschiedete sich langsam in seine eigene kleine Welt.

»Will ... Will?«, fragte Bergalis leise, und wandte sich dann zu Cheryl nach einer Antwort um.

Der Tisch war einen Augenblick lang still, bis sie von ihrem beinahe leeren Teller aufsah und bemerkte, dass alle Augen, abgesehen von den zwei Ping-Pong-Bällen mit Punkten, die zu Will gehörten, auf sie gerichtet waren.

»Äh ... hmpf.« Cheryl schluckte den Bissen so elegant wie möglich hinunter und spülte mit einem Schluck Rotwein nach. Es gab eine lange, unangenehme Pause. »Was?«

»Was ist denn mit Will los? Wie hart ist er auf den Kopf gefallen?« Bergalis schien ernsthaft besorgt. Ungewöhnlich, dachte Cheryl, für den Vorsitzenden eines multinationalen Industriegiganten, besonders für einen, der immer noch daran dachte, dass sie zu Will gegangen war, anstatt zu ihm.

Cheryl schaute zu Will hinüber, dessen Augen gerade einen von den Medikamenten ausgelösten Tango tanzten, und dachte über ihren stillen Freund nach.

»Nun, meine Herren, es ist nicht seine Schulter und es ist auch nicht sein Kopf.«

»Was fehlt ihm denn dann?«

Bergalis und Deeds lehnten sich vor, um die Antwort zu hören.

»Was, schlechte Nachrichten von zu Hause?«, fragte Deeds ohne einen Hauch von Mitgefühl.

»Nein, es ist nicht sein Kopf oder seine Schulter oder seine Familie, Carl – es ist sein Rad.«

»Sein Rad?«

»Ja, sein Rad.«

Der kleine Mann neben Bergalis fing an zu kichern.

Er war damit allerdings der einzige, und als er das bemerkte, schluckte er hart und wurde still.

Bourgoin wandte sich an ihn, seine ruhige Stimme war eisig.

»Ich weiß, Ihnen kommt es komisch vor, Monsieur Engelure, aber es ist sehr real für uns, deren Beruf das Radfahren ist. Wir lernen unsere Räder oft sehr viel besser kennen als unsere Ehefrauen. Wir kennen ihre Stärken, ihre Schwächen, ihre Launen – ja, ihre Launen.

Und für manche von uns ...«, er schaute Will an, der sich noch immer auf seiner privaten Reise nach Schangrila befand, »... für manche nimmt das Rad noch eine andere Bedeutung an, es wird eine Erweiterung ihrer selbst. Ein Teil ihrer Persönlichkeit, ihres Fahrstils.«

»Aber ein Fahrer, oder ist das etwa nicht richtig«, argumentierte Engelure, »hat viele verschiedene Räder, für verschiedene Zwecke – verschiedene Rennen, Terrains?«

»Richtig, richtig«, sagte Cheryl. »Aber für manche gibt es eins, und vielleicht nur ein einziges Rad, das ... na ja ... das mit ihnen spricht. Und dieses Rad hat zu Will gesprochen.«

»Dann ist er verrückt?« fragte Engelure.

»Vielleicht schon, Monsieur Engelure. Vielleicht schon. Vielleicht sind wir alle ein bisschen verrückt. Aber jedermann, der einmal auf einem Rad gesessen hat, einem Rad das er wirklich sein eigen nennen konnte«, murmelte Will und wedelte mit einem Finger in der Luft herum, »würde sofort kapieren, was heute passiert ist.«

»Ich habe schon einmal auf einem Rad gesessen. Ich habe es nie gespürt.« Engelure suchte am Tisch nach Unterstützung, aber in den Augen von Deeds und Bergalis fand er sie nicht.

»Sie haben es einmal gespürt. Sie haben es verloren, als sie größer wurden und Autos und Frauen entdeckten und all die Dinge, die in der Welt der Erwachsenen so wichtig erscheinen. Ein Rad besitzt etwas Magisches, den Zauber des Sehens und des Fahrens, und, verdammt, der Freiheit. Die meisten Menschen werden erwachsen und verlieren ihren Sinn für diesen Zauber. Aber wir nicht.«

Will schaute Engelure mit dunklen leeren Augen an. »Wir nicht.«

»Weil Sie jeden Tag fahren. Das ist Ihr Job.«

»Es ist mehr als ein Job.« Will schüttelte den Kopf und versuchte vergeblich, die Blockade aufzulösen, mit der die Schmerzmittel seinen Gedankengang belegt hatten. »Es ist kein Job. Es ist ...«

Bourgoin unterbrach ihn leise.

»Es ist das Leben.«

Engelure schnaubte verächtlich. »Certainement.« Der Tisch ignorierte seinen Sarkasmus.

»Dieses Rad war für mich so lebendig wie Franklin Roosevelt«, sagte Will schwach.

Cheryl sah ihn verwundert an. »Der ist tot.«

Will dachte eine Sekunde lang nach. »Dann eben Eleanor.«

Cheryl seufzte. »Die ist auch tot, Will, aber«, sie tätschelte seinen Arm, »wir verstehen dich schon.«

Bourgoin nickte.

»Also, heute, nach dem Rennen, das dieses Rad mir ermöglicht hat, nach all den großartigen Rennen, die mir dieses Rad ermöglicht hat, es zerquetscht an der Seite eines Autos zu sehen – Ihres Autos«, er zeigte energisch auf Engelure, »das hat wehgetan. Das hat schrecklich wehgetan.«

»Ja, aber das Rad hat Ihnen das Rennen nicht ermöglicht. Sie ...«, der kleine Mann zeigte genauso energisch auf Will, »... Sie haben sich selbst das Rennen ermöglicht.«

»Wirklich? Habe ich das? Als ich nach rechts geschaut habe, wer ist nach links gezogen, um die Bodenwelle zu vermeiden, die ich nicht bemerkt hatte? Als ich den Absprung verpasst habe, wer hat gezerrt, um meine Aufmerksamkeit zu erregen? Als ich mit 100 Stundenkilometern bergab geheizt bin, wer hat Kurven gehalten, die ich ganz sicher allein nicht hätte halten können?«

Louis Engelure starrte nach vorn, während Will weiter brabbelte, und setzte ein falsches Lächeln auf. Dieser Mann war ganz offensichtlich verrückt, dachte er, auch wenn der Rest des Tisches still blieb. Vielleicht sind sie alle verrückt.

Cheryl, Bourgoin, Deeds und Bergalis nickten stumm und Engelure erkannte plötzlich, dass er sich mitten in einer Sekte befand, die das Licht gesehen hatte, ein Licht, das völlig an ihm vorbei gegangen war.

»Na ja, das mit Ihrem Rad tut mir leid. Haven wird Ihnen sicher ein neues kaufen.«

Will seufzte. »Ja, sicher«, murmelte er in stiller Resignation.

Henri durchbrach die schwermütige Stimmung, die über dem Tisch hing: »Louis ist aus einem besonderen Grund hier. Und ... ich werde ihn das selbst erklären lassen.«

Der kleine Mann nickte seinem Boss zu. Dann schaute er sich am Tisch um mit dem Blick eines ausgebrannten Lehrers am Beginn eines weiteren Schuljahres vor einem Klassenzimmer voller träger

Teenager und sagte: »Ich bin der Chef der Forschungs- und Entwicklungsabteilung von Haven Pharma, und wir müssen einen Feldversuch durchführen.«

Deeds und Bergalis rührten sich nicht. Sie wussten schon, dass der Sturm gleich losbrechen würde.

Bourgoin dagegen schoss wie eine Rakete hoch, während Will den Kopf senkte und begann, ihn wie ein Betrunkener hin und her zu schwenken.

»Was?«, brüllte Bourgoin, »wir sollen Versuchskaninchen sein?«

Engelure wedelte hektisch mit den Händen. Die plötzliche Spannung und Bourgoins wütende Reaktion ließen die anderen Gäste im Restaurant die Köpfe wenden.

»Nein. Nein. Nein. Keine Versuchskaninchen. Die klinischen Tests sind bereits abgeschlossen. Das hier ... das hier ist ein Feldversuch einer Reihe leistungssteigernder ...«

Will unterbrach ihn wie ein betrunkener Seemann. »Was ... Medikamente?« Will schaute Bergalis schockiert an. »Henri, Meister Proper selbst, mit Drogen?«

»Stopp. Nein.« Engelure fiel schwer in seinen Korbstuhl zurück und wischte sich die Stirn mit einem Taschentuch. »Nein. Bitte. Lassen Sie mich doch ausreden.«

Will und Bourgoin lehnten sich zurück, und um sie herum kehrten die Gäste wieder zu ihrem Essen zurück, nachdem sie so unhöflich von den Clowns an dem lauten Tisch da drüben gestört worden waren.

»Gut. Also ...«

Henri Bergalis erhob die Hand.

»Lassen Sie mich.«

»Fein.« Engelure sah die beiden Fahrer mit unverhohlener Verachtung an.

»Die Forschungs- und Entwicklungsabteilung hat ein Vitamin entwickelt, von dem Monsieur Engelure denkt, es sei leistungssteigernd. Keine Droge. Kein Amphetamin, kein Hormon, oder Steroid, oder Epo oder etwas in der Art, sondern ein Vitamin, das sich so in das System einfügt, dass es die Leistung fördert – auf natürliche Weise.«

»Gibt's nicht, sowas.« Will bemerkte plötzlich, dass er klang wie ein Quartalssäufer.

»Vitamine machen Energievorräte zugänglich, aber sie sind bekanntermaßen ineffiziente Transportmittel.«

Will blinzelte heftig mit den Augen. Die Bemühung, zumindest einigermaßen nüchtern zu klingen, hatte ihn in Schweiß ausbrechen lassen.

»Doch, so etwas gibt es, Mr. Ross.« Engelure zitterte leicht vor unterdrückter Wut. »Doch, das gibt es – und wir haben es entwickelt.«

»Und was denkt die französische Regierung darüber?«, fragte Cheryl. »Wie weit ist es schon getestet worden, und an wem, und warum sollte das Team einfach jeden kleinen Cocktail runterschlucken, den die Jungs in der Forschungsabteilung mixen?«

»Weil Sie Angestellte sind und Angestellte das tun, was man ihnen sagt.«

»Reicht nicht, Freundchen.« Will stand von seinem Stuhl auf, lehnte sich schwankend über den Tisch zu Engelure vor und starrte ihn mit roten, wässrigen Augen an. Die Narben in seinem Gesicht leuchteten im Halbdunkel der Brasserie wie Neonröhren. »Das reicht bei weitem nicht.«

»Und warum nicht?«

»Weil«, nach dieser Anstrengung fiel Will wieder in seinen Stuhl zurück, »wenn das Zeug nicht funktioniert, bin ich dran, nicht die Firma. Wenn das Zeug langfristige Schäden anrichtet, ist es mein Arsch, nicht der der Firma. Wenn euch bei eurer Mixerei irgendetwas Illegales reingerutscht ist, um die Testresultate aufzupeppen oder den Zeitplan einzuhalten, ist es meine Karriere, nicht Ihre.«

»Klingt komisch von einem Mann, der heute Nachmittag mit Gewalt von einer Flasche 22/15 weggezerrt werden musste.«

Will schluckte die Anschuldigung und sank tief in seinen Stuhl.

»Das war etwas anderes. Das war heute. Das war Training. Das war Behandlung nach einem Unfall. Wovon Sie reden, ist ein Rennen – ein großes Rennen. Das Rennen.«

»Henri ...«, sagte Cheryl flehentlich.

Bergalis nickte und berührte Engelure am Arm. Der kleine Mann wurde still. Toll, dachte Will, wie ein Kind, das seine aufgeregte Eidechse beruhigte.

Cheryl wandte sich Henri Bergalis zu, dessen Gesichtsausdruck augenblicklich von geschäftlich zu privat wechselte, als er sie ansah. Cheryl errötete kurz, aber dann fragte sie: »Bist du sicher, dass wir das tun sollen – jetzt? Schließlich ist es die Tour de France. Solltest du wirklich bei der Tour mit nicht getesteten Präparaten herumexperimentieren?«

Bergalis konzentrierte seinen Blick ein wenig und flüsterte sanft, eher wie ein Liebhaber als ein Chef: »Wir sind Haven, Cheri. Das ist es, was wir tun. Das ist es, wo mein Vater all seine Medikamente getestet hat, gute und schlechte, legale und illegale. Das ist die Realität von Haven, und das war sie immer schon. Deswegen hat mein Vater die Firma aufgebaut und ist beim Radrennsport geblieben. Der Unterschied ist, wir testen keine Medikamente, wir stellen Vitamine zur Verfügung. Das ist alles.«

Er berührte ihre Hand und brach den Bann. Sie zog die Hand schnell zurück und schüttelte den Kopf.

»Will«, sagte Bergalis ruhig, und wandte sich nicht nur an Ross, sondern an den ganzen Tisch, »das hier ist ein Firmenprojekt. Es wird mit dem Wissen und der Unterstützung der französischen Regierung durchgeführt. Wir haben bis jetzt ausgiebige Forschung betrieben, aber nicht im Bereich von Weltklasseathleten wie dir.«

Will lächelte. Ja, klar. Weltklasse. Durch den Wein und die Pillen meldete sich seine Schulter wieder.

Henri Bergalis erwiderte das Lächeln. Ein bisschen Schmeichelei, dachte er, konnte einen weit bringen.

»Hast Du ein gutes Gefühl dabei, Henri?«, fragte Bourgoin leise. Bergalis nickte.

»Und du, Onkel Carl?«, sagte Will betont.

Deeds nickte, aber ohne Bergalis' Zuversicht, wie Will bemerkte. Will drehte sich wieder zu Louis Engelure um.

»Sie frage ich gar nicht erst.«

Engelures Gesicht fiel langsam in sich zusammen und verwandelte sich in einen hellroten Ball mit zwei glänzenden Augen, keiner Nase, und einem wütend verzerrten Mundschlitz.

»Tun Sie sich bloß nichts an.« Will lächelte über seinen trunkenen Witz.

Er fragte sich, ob es ihm peinlich sein würde, wenn er morgen wieder nüchtern wäre.

Bourgoin blieb still und überlegte die Frage, die ihm am wichtigsten war.

»Pille ... oder ... Nadel?«

Alle Augen schauten auf Henri Bergalis.

»Louis?«

Engelure baute sich zu voller Größe auf, was nicht besonders viel war, und sagte voll unverhüllter und schadenfroher Giftigkeit: »Intravenös.«

Jetzt war es an Will, zusammenzubrechen.

»Toll. Einfach toll.«

Bourgoin wusste genau, was Will dachte. »Na prima«, sagte er und wischte sich ärgerlich das Gesicht mit der uralten roten Serviette. »Fein – intravenös.«

Engelure lächelte triumphierend. »Es ist eine effizientere Methode.«

»Aber ...«, fuhr Bourgoin fort, seine Stimme ruhig, sein Auftreten sicher, »... ich will strikte Kontrollen der Vitaminlieferungen. Lagerung. Zugang. Qualitätskontrolle. Ich will nicht, dass dieses Team durch ein nicht adäquates Produkt Schaden nimmt, weder körperlich noch vom Ruf her.«

»Wir wollen kein neues TCN«, sagte Will.

»Nein«, stimmte Bergalis zu, »wir wollen kein neues TCN.«

»TCN?« Engelure schaute fragend. Will beantwortete seinen Blick ruhig und rief sich eine beinahe schmerzhafte Erinnerung wieder ins Gedächtnis.

»Ganzes Team. Holländisches Team. Stark. Es hieß, es wären flüssige Vitamine gewesen, die bei falscher Temperatur gelagert wurden. Nicht gerade hygienische Bedingungen. Alle wurden krank. Alle waren aus der Tour draußen.«

»Das wird hier nicht passieren«, sagte Bourgoin mit ausdrucksloser Stimme.

»Das wird es nicht«, stimmte Bergalis zu.

»Darauf könnt ihr euren Arsch verwetten«, sagten Will und Deeds synchron.

Ihr könnt mich alle mal, dachte Engelure bei sich.

———————

»Wir haben das Ziel im Visier.«

»Wer?«

»Nicht wer ... was.«

»Also dann, was?«

»Haven.«

»Die Firma?«

»Das Team.«

»Das gesamte Team?«

»Das gesamte Team.«

»Was ist mit medizinischen Kontrollen?«

»Wenn wir es nicht sehen ... können sie es nicht sehen.«

»Es ist also drin?«

»Es ist drin.«

»Fantastisch.«

Magda Gertz legte auf, ohne sich zu verabschieden. Wenn man drauf und dran war, so reich zu werden, wie sie es am Ende des Monats sein würde, konnte man es sich leisten, aufzulegen, ohne sich zu verabschieden.

6

Das nächste Mal,
wenn ich Paris sehe ...

Für ihn war Paris immer noch lebendig. Trotz des Hereinbrechens der modernen Welt hatte Paris viel von dem Jahrhunderte alten Charme und der Atmosphäre der alten Welt behalten. Das war es, worauf die Franzosen unglaublich stolz waren, der Mittelpunkt ihrer Welt. New York mochte in einem Morast von Kriminalität und Müll versinken, London in einem Meer von Rücksichtslosigkeit und schlechter Architektur, aber Paris, obwohl es dort all das auch gab, behielt seinen eigenen Rhythmus, seine eigene Persönlichkeit, eben das gewisse Etwas. Der äußere Eindruck und das Lebensgefühl der Stadt blieben unverändert, trotz Kriegen und Verbrechen, Müll und Streiks, Städtebau und Gier, städtischer Korruption und viel zu vieler Menschen.

Will spürte einen Stoß von hinten und tastete instinktiv nach seinem Geldbeutel.

Noch da.

Mit der eingerollten Ausgabe von L'Equipe scheuchte er eine Taube vom Brückengeländer, dann öffnete er die Zeitung und überflog die Vorberichterstattung zur Tour. Amerikanische Zeitungen schrieben darüber gar nichts; hier standen unglaublich detaillierte Geschichten über jede Mannschaft, jeden Fahrer, Manager, Mechaniker, Soigneur und Mannschaftsarzt. Vitamine, Räder, Mannschaftswagen, Trikots und Sponsoren wurden ebenfalls besprochen, mit mehr Details als die Buchhalter der Firmen ahnten. Die Strecke, die Bergankünfte, die Sprints, die Zeitfahrten – Will lebte täglich mit all dem, seit Paris-Roubaix, als es jedem außer ihm selbst offensichtlich erschien, dass er Mitglied der Tourmannschaft sein würde. Die letzte Woche war die »Tourbibel« sein einziger Lesestoff gewesen. Schade. Zu Hause brannte ein Krimi ein Loch in sein Bücherregal, und es würde mehr als einen Monat dauern, bis seine Augen wieder genug Kraft haben würden, sich auf die Worte zu konzentrieren.

Ohne seinen Gedankengang zu unterbrechen, sah er über das Brückengeländer hinweg die Seine hinunter zur Ile de la Cité und Notre Dame. Die Luftfeuchtigkeit und der schwere, bittere Geruch des Flusses umschlangen ihn und zwangen ihn dazu, tief durchzuatmen, um seinen Kopf frei zu bekommen. Gott, dachte er, ich liebe diese Stadt und ich kann es kaum erwarten, sie wiederzusehen, denn das wird bedeuten, das alles vorbei ist.

Was zwischen den beiden Besuchen lag, umging er in seinen Gedanken vorsichtig.

Will und Cheryl hatten dieses Wochenende so ziemlich für sich. Alle anderen im Team – die Europäer – waren gestern nach Hause gefahren, um an ihren nationalen Meisterschaften teilzunehmen. Die amerikanische Profimeisterschaft fand früher statt, obwohl Will sowieso nicht daran interessiert gewesen war. Es war schwer, Europa zu verlassen, den Atlantik zu überqueren und wie ein Irrer gegen ein amerikanisches Team zu fahren, das sich das ganze Jahr über darauf vorbereitet hatte. Will lachte zynisch. Wen wollte er denn auf den Arm nehmen? Er war nie dazu eingeladen worden, was sollte also diese selbstgerechte Entrüstung? Bis zu diesem Frühjahr war er wenig mehr gewesen als Kanonenfutter für die europäischen Mannschaften, Ami-Müll auf dem Kontinent. Alles, was er je in den Staaten hätte tun dürfen, wäre, am Ende die karierte Flagge zu halten und einen weiteren Sieg von Lance Armstrong anzuzeigen.

Will schaute auf seine Uhr. Er hatte heute nur etwa eine Stunde um spazieren zu gehen, herumzuwandern, die Stadt wieder neu kennen zu lernen und sich selbst wiederherzustellen. Nach dieser Stunde würde er versuchen, genug Geld für ein gutes Restaurant zusammenzukratzen, zum Beispiel das Lassere, und dann seine Taschen packen, um mit einem späten Zug nach Lille zu fahren. Sonntag würde er ein- oder zweimal den Kurs für den Prolog abfahren und sich weiter über Bourgoins Abschneiden bei der französischen Meisterschaft auf dem Laufenden halten. Montag morgen würden die Foto-Sessions für die PR-Kampagne der Firma beginnen. Dann würde es eine späte Mannschaftsbesprechung geben und dann drei letzte Tage Mannschaftstraining für den Prolog und die ersten paar Etappen der Tour, gefolgt von Havens Medien-Party am Freitag mit sorgfältig geplanten Auftritten von Mannschaftsmitgliedern zwischen leichten Trainingsfahrten. Freitagabend würde das Team offiziell und live in einer französischen Fernsehshow präsentiert. Dann wäre Samstag und 3978 Kilometer Tour durch Nordfrankreich und den Süden Englands, von der Normandie in die Bretagne und Poitou, durch die Dordogne und in die Pyrenäen, zwei schnelle Etappen, dann auf den Mont Ventoux und in die Alpen, würden beginnen. Am Ende würde, wer noch übrig geblieben war, im Euro Disney an den Start der letzten triumphalen Etappe nach Paris humpeln, vor einer anschwellenden und fanatischen Menge und einem internationalen Fernsehpublikum. In den Staaten, das wusste Will, würde das Publikum das Glorreiche dieses Sports nicht erkennen, und wenn man ihm mit einer gusseisernen Büste von Victor Hugo auf den Kopf hauen würde. Nein, die würden sich die ganze Sache aus der Sicherheit ihrer Kunstleder-Sessel ansehen, Cheetos knabbern und auf die Meisterschaft im Barschfischen warten, gleich, auf ESPN.

Er schüttelte das Bild ab.

Ah, das war also das Leben, das er gewählt hatte, auf der amerikanischen Hitliste der Sportarten eine Stufe über Rugby, aber vier Stufen unter Monster-Truck-Shows.

Er bewegte seine Schulter und spürte den dumpfen Schmerz eines tief sitzenden Blutergusses. Das würde ihn in den nächsten paar Wochen stören, aber es sollte ihn nicht behindern.

Will schnaubte.

Sollte ihn nicht behindern.

Er war bei der Tour nie gut gewesen. Er hatte sie nur zweimal beendet und beide Male war er solide im hinteren Teil des Pelotons platziert gewesen. Jetzt war er ein wichtiger Mann in der Mannschaft und man erwartete, dass er gut abschneiden würde.

Erstaunlich, was ein bisschen Mord, Tod und Zerstörung so alles für die Karriere eines Mannes tun konnten. Er starrte einen langen Augenblick auf den Fluss, der unter der Brücke hindurchfloss. Er schwitzte, nicht wegen des Sommertages in Paris, sondern aus Angst.

Das war es. Das war das eine Rennen, auf das jeder und alles die ganze Saison über abgezielt hatte. Die Flandern-Rundfahrt, Gent-Wevelgem, Paris-Roubaix, der Giro, jeder Klassiker und jedes Etappenrennen auf der Welt war nebensächlich, verglichen mit der Tour. Es war, als ob die Bedeutung des Lebens und der Fortgang der menschlichen Existenz nur auf dieses Rennen hinauslaufen würden, Superbowl, World Series und Stanley Cup in einem, und noch mehr. Es war das Ereignis, das die Mannschaften besprachen und planten und von dem sie träumten, von dem Moment, an dem die laufende Tour endete, wenn nicht schon davor. Das hier war der Schluss-Stein, der Schlüssel, die Spitze der Pyramide, alles zusammengequetscht in drei Wochen intensives Fahren, schlechte Straßen, mittelmäßige Hotels und schlechtes Essen, alles für den Ruhm von Haven Pharma und der Société du Tour de France und ihrer Sponsoren.

Gütiger Gott. Was zum Teufel hatte er da bloß vor?

Nochmal schüttelte er den Gedanken ab. Bleib auf dem Teppich, Kumpel. Das Rennen war ein Killer, kein Zweifel, ein wirklich verdammt brutaler Killer, der ihn schon früher zur Strecke gebracht hatte und das ziemlich leicht.

Trotzdem stand er auf einer Brücke über der Seine und fühlte sich wie ein Kind zu Beginn eines neuen Schuljahres, in diesem einen Augenblick, in dem alles Versagen der Vergangenheit sich zu einem Versprechen zusammenballte: »Dieses Jahr werde ich lernen ... dieses Jahr werde ich hart arbeiten ... dieses Jahr mache ich keinen Unsinn im Unterricht.«

Dieses Jahr.

Es klappte nie, aber man hatte immer die Hoffnung.

Er stieß einen langen Seufzer aus.

Seine Stunde allein mit Paris war vorbei. Es war Zeit, die lange Fahrt bergauf zu beginnen, an deren Ende er vielleicht wieder heil hier stehen würde.

Cheryl würde im Hotel schon auf ihn warten. Vielleicht würde

Deeds ein Abendessen im Lassere spendieren. Er hatte die Gold Card der Firma. Vielleicht konnten sie Godot und Isabelle fragen. Sie waren jetzt ein Paar. Will konnte Godots Meinung zu dieser Vitamin-Geschichte gebrauchen.

Die verdammte Sache war nicht in Ordnung.

Wills Hand schoss nach oben, gefolgt von einem scharfen Pfiff. Ein Taxi kreuzte lässig zwei Fahrspuren und hielt am Straßenrand. Eine kleine Gruppe Teenager strömte an ihm vorbei, lachend, kichernd, und die Stadt genießend. Will drehte sich nach ihnen um und lachte mit. Als er vom Bürgersteig auf die Straße trat und die Taxitür aufmachte, tastete er instinktiv nach seinem Geldbeutel.

Weg.

Er lächelte.

Der leere Geldbeutel, den er in Paris immer bei sich trug, war weg, während sein Geld, seine Papiere und seine Schlüssel in einer Innentasche seiner Jacke sicher waren.

Gott, ich liebe diese Stadt, dachte er.

Will langte in seine Zeitung und zog eine schwere Brieftasche heraus, die er dem Anführer der Gruppe von Taschendieben abgenommen hatte, als der Junge ihn beklaut hatte. Will holte einen 200-Francs-Schein heraus und gab ihn dem Fahrer. »Royal Monceau, bitte.«

Der Fahrer dankte seinem guten Stern und fädelte den Wagen geschickt in den Verkehr ein.

Will lehnte sich für die letzte bequeme Fahrt zurück, die er im kommenden Monat haben würde, und dachte an das, was ihm seine Mutter immer gesagt hatte.

Es ist gut, eine Begabung zu haben, auf die man zurückgreifen kann.

Heute Abend, Lassere. Und er würde bezahlen.

––––––––––––

Paul van Bruggen schnitt durch die Leberwurst und spießte sie mit der Spitze seines Bleistifts auf. Langsam knabberte er die Ecken ab, wie ein Riese die Ecken eines Sonnenschirms abkauen würde. Normalerweise arbeitete er Samstag nicht im Polizeilabor von Eindhoven, sondern schützte seine Wochenenden vor den Klauen seines Chefs. Sonst würde er am Ende immer am Wochenende arbeiten. »Wir brauchen dies. Wir brauchen das«, schnatterte van Bruggen mit einem sarkastischen Lächeln. Die Chefs konnten bis Montag warten. Der Magistrat konnte bis Montag warten. Die Toten konnten bis Montag warten.

Aber das hier, das war etwas, das er brauchte.

Er saß da und starrte auf die Berichte, die vor ihm ausgebreitet lagen. Seine Notizen, seine Akten, seine Resultate, seine Analyse und die Leber von Henrik Koons.

Den Zeigefinger seiner rechten Hand an die Lippen gelegt, die Finger seiner linken einen winzigen Leberwurst-Schirm drehend, starrte er auf all das, was den Tisch vor ihm bedeckte.

»Sagt es mir«, flüsterte er.

»Sagt es mir.«

Es kam keine Antwort.

»Sagt es mir.«

Der Raum blieb still.

»Sagt etwas!«

Neben van Bruggen klingelte das Telefon und schreckte ihn so aus seiner Trance hoch, dass er die Leberwurst durch den Raum schleuderte. Dann verlor er das Gleichgewicht und polterte von seinem Stuhl, trat gegen den Labortisch und warf das Tablett um, das die letzten oberirdisch vorhandenen sterblichen Überreste von Henrik Koons enthielt.

Sein Kopf bremste seinen Fall.

Van Bruggen blinzelte die Tropfen von Konservierungsmittel und geronnenem Blut weg, die von dem weißen Emaille-Tablett, das schief oben auf dem Tisch saß, auf seinen Kopf tropften. Während sein Bewusstsein wieder an die Oberfläche zurückschwebte, dachte er, so musste es wohl in einem Leichenhaus sein, wenn es durchs Dach regnete.

Er lächelte. Dann wurde ihm klar, wo er war. In Panik krabbelte er unter dem ekligen Wasserfall hervor und kroch würgend zum Waschbecken. Er sah sein Leberwurststück in einer Ecke liegen und es kam ihm wieder hoch. Ohne klar zu sehen, wohin er sich bewegte, knallte er mit seinem Schädel an die Unterkante des Waschbeckens und erfüllte den Raum mit einem hohlen Klang. Er sank auf den Boden und fühlte eine sofort einsetzende tiefe Übelkeit.

Und dann traf ihn der Gedanke, durch das drohende Erbrechen hindurch und an den Schmerzen vorbei. Er kannte alle legalen Produkte der wichtigsten Pharmakonzerne. Er wusste von den illegalen Drogen, die auf dem Markt waren. Die waren alle in der Datenbank. Aber – was würde nicht dort drin sein? Was würde nicht in den Polizeiakten sein? Etwas Neues, natürlich, aber auch noch etwas anderes. Etwas, das gerade erst in einer Kellerküche gebraut worden war – oder – etwas so Altes, dass es nie über die Testphase irgendeines Großkonzerns hinausgekommen war.

Diese Zauberkugel, die Henrik Koons getötet hatte, war neu, aber sie war einfach zu sauber für etwas Hausgebrautes. Hier stand ein großes Geschäft dahinter, viel Geld und großer Forschungsaufwand.

Van Bruggen zog sich am Rand des Waschbeckens hoch, kotzte nonchalant hinein und stolperte dann zu seinem Computer. Er setzte sich davor und richtete sich auf eine lange und schwierige Suche ein.

7

Noch einmal stürmt,
noch einmal, liebe Freunde!

Will lehnte seinen Kopf zurück und richtete die Nase nach der Sonne aus. Er konnte spüren, wie der Zug unten an der Kehle begann und sich dann über die Muskeln hinten am Schlüsselbein forsetzte, während er seinen Kopf langsam nach rechts, nach links und wieder zurück drehte, ganz langsam. Die hinter seinen Augenlidern liegenden Venen erwärmten sich und kühlten sich ab, je nachdem, wo sich der heiße Punkt der Sonne befand. Der Tag war klar und hell, und das war auch gut so, denn Wolken hätten das Licht verflacht, und die Konturen der Strassen von Lille zum Verschwinden gebracht. Eine klare Sonne heute würde diesen Konturen etwas mehr Deutlichkeit geben. Die blauen polarisierten Gläser der Sonnenbrille, die er trug, sollten den Straßen noch mehr Schatten geben und ihn davon abhalten, bei seinem Weg um die fünf engen Kurven und die eine 180-Grad-Wende des Prolog-Kurses die Augen zusammenkneifen zu müssen. Was ihn wirklich störte, war eher die Luftfeuchtigkeit. Der erste Juli in Nordfrankreich hatte etwas von einem Rennen am Grund eines Schwimmbeckens.

Er drehte den linken Arm etwas und schaute auf seine Uhr. 16:15 Uhr. Noch fünf Minuten bis zum Start auf der Rampe, dem Beginn seiner persönlichen drei Wochen in der Hölle der Tour de France.

Von den 198 Fahrern war er fast genau in der Mitte der Prolog-Startreihenfolge eingeteilt. Um 14:50 Uhr hatte der erste Fahrer sein Einzelzeitfahren begonnen. Es war ein Fahrer aus der letzten der 22 Mannschaften, nach der Reihenfolge, die sich aus dem Abschneiden bei der vorangegangenen Tour und/oder ihrem momentanen Stand in der UCI-Weltrangliste ergab. Dann, eine Minute später, war ein Fahrer aus Team 21 vorgesehen, an der 197. Position gestartet, dann 196, 195 und so weiter, bis man ungefähr dreieinhalb Stunden später bei der Nummer eins angelangt sein würde, dem Sieger des Vorjahres.

Die schwächeren Fahrer begannen normalerweise die Parade, obwohl ein Sportlicher Leiter vielleicht manchmal einem seiner schnelleren Fahrer, einem Sprinter etwa, einen frühen Start ermöglichte, mit dem Ziel, etwas Aufregung in die Sache zu bringen, die Menge anzuheizen, oder um die Strategie eines anderen Teams auszuhebeln und eine gute Platzierung zu erreichen, falls sich bei schlechterem Wetter später am Tag die Geschwindigkeiten drastisch reduzierten.

Trotzdem wurde der Prolog normalerweise erst mit den besten 22 Fahrern interessant. Richard Bourgoin war als Vierzehnter eingeteilt, entsprechend dem Stand von Haven. Nach einem enttäuschenden Finish im vergangenen Jahr – ein Einbruch bei den letzten vier Etappen – hatte Bourgoin an seinem Zeitfahren gefeilt, ebenso seinen Kletterkünsten und seinem Sprintvermögen, so dass er Will am vorangegangenen Abend sagen konnte: »Dieses Jahr wird es eine Show.«

Was Will anbetraf, so war ihm die Show egal, er wollte einfach nur überleben.

Nicht stürzen. Nicht die Konzentration verlieren. Nicht langsam fahren. Konzentrieren. Auf die Technik achten. Rund bleiben. Konzentrieren. Nicht träumen. Schnell sein.

Will dehnte noch einmal seinen Hals und ging seinen Weg um den 7,2 Kilometer langen Kurs noch einmal durch. Antritt und Beschleunigung von der Rampe am Grand Place. Kurzer Sprint bis zu einer engen Rechtskurve, noch ein kurzer Sprint zu einer noch engeren Linkskurve, eine lange, gerade Strecke zu einer engen Linkskurve, langer Sprint zum Wendepunkt bei der Hälfte, im Rhythmus bleiben, Rechtskurve, zurück auf die lange Gerade, Rhythmus, scharf rechts, und auf die lange Zielgerade. Alles flach – sehr wenig Anstieg.

Im Rhythmus bleiben. Konzentrieren.

Er schaute kurz auf die Uhr. Fünf Minuten. So nah am Start musste man aufpassen. 1989 hatte Pedro Delgado, der Sieger des vorangegangenen Jahres, seine Startzeit um 2 Minuten und 54 Sekunden verpasst. Man sagte, er sei auf dem Klo steckengeblieben. Das war zu seiner Gesamtzeit addiert worden, und 4000 Kilometer später landete er in Paris 3:34 Minuten hinter dem Sieger. Ohne den Fehler wäre er mit nur 40 Sekunden Rückstand auf den Führenden nach Paris hineingefahren – ein ganz anderes Rennen.

Quelle tragedie.

Die Lehre war – nicht die Startzeit verpassen.

Vor vierzig Minuten hatte Will Prudencio Delgado von der Rampe geschickt. Die harten schwarzen Augen des jungen Fahrers hatten ein Loch in Wills Kopf gebrannt. Kein Wort fiel, nicht ein verdammtes Wort. Man würde denken, die Aufregung vor seiner ersten Tour hätte etwas von dem Hass, den er offensichtlich empfand, verdrängt, besonders, da Prudencio nur wegen eines glücklichen Umstandes dabei war. Vor zwei Tagen war er noch nicht nominiert gewesen, bis Edouard Meerbeeke beschlossen hatte, eine unübersichtliche Kurve zu weit zu nehmen und dabei in einen Coca-Cola-Automaten gekracht war, der dort auf der Straße stand. Warum der Automat dort gestanden hatte, das hatte man Deeds noch nicht vollständig erklären können. Jetzt war Prudencio Delgado an Meerbeekes Stelle, er fuhr hart und schnell und würde sich einen guten Platz im Gesamtklassement der Tour de France erarbeiten.

Vielleicht würde Prudencios Hass auf ihn mit der Zeit abnehmen. Vielleicht könnte sich mit der Zeit eine Freundschaft entwickeln. Vielleicht würde mit der Zeit Atlantis wieder aus dem Meer aufsteigen und Euro Disney aus den roten Zahlen kommen.

Vielleicht, mit der Zeit – mit der Zeit. Zeit.

Will schaute noch einmal auf die Uhr. Fünf Minuten.

Die Zeit stand still, wenn man – die Zeit stand still?

»Wo zum ... wo zum Teufel – Ross! Ross, verdammt nochmal!«

Als die Dringlichkeit in der Stimme seines Mannschaftsleiters seine Betrachtungen unterbrach, erstarrte Will zuerst den Bruchteil einer Sekunde lang, dann hob er sein Rad mit einer Hand und rannte damit etwas ungeschickt in Richtung Startrampe.

»Verdammt nochmal, Will – du bist dran, und du brauchst jede gottverdammte Sekunde, die du haben kannst, wenn du Richard helfen willst und irgendwo anders landen willst als im verdammten Besenwagen!«

Er konnte hören, wie noch jemand anders seinen Namen rief, über Lautsprecher, als ob, Scheiße, als ob er jetzt eigentlich losfahren sollte. Als er sein Rad in die Hand nahm, hatte er zu zählen begonnen: 8-9-10-Rückseite der Startbox ... 11-die Stufen hoch ... 12-13-Bein über den Sattel, rechten Fuß auf die Pedalplatte ... 14-kurz einatmen ... 15-abstoßen. Er war auf dem Weg, die Tour hatte begonnen, mindestens 15 Sekunden zu spät.

Sein linker Fuß fand das Pedal automatisch, und er stand und trat hart an in Richtung der ersten Kurve, 500 Meter vor ihm. Er pumpte länger und härter als vorgesehen. Diese 15 Sekunden. Muss die 15 Sekunden wieder gutmachen.

Pass auf den Rhythmus auf, pass auf die Fahrt auf.

Will fasste den Lenker tief und ignorierte die Aero-Aufsätze. Vor ihm lagen zwei enge Kurven, und obwohl er schon seit Jahren mit den Dingern fuhr, traute er sich nicht, sie in einer engen Kurve zu benutzen. Er brauchte den Schwerpunkt und die bessere Kontrolle mit den Hörnern.

Vor ihm. Scharf rechts. Er machte sich gut, dachte er, der Rhythmus war gut. Achte auf deine Linie. Achte auf deine Linie. Er lehnte sich weit in die Kurve und hielt das rechte Bein den Bruchteil einer Sekunde lang am Scheitelpunkt der Kurve oben.

Als er die Umdrehung beendete, brachte der Druck ihn wieder zur Mitte und richtete das Rad auf. Noch ein halber Kilometer und die nächste Kurve, diesmal nach links. Er griff weit unten, um den Widerstand der feuchten Luft so weit wie möglich zu reduzieren.

Verdammt, war das dick. Wie eine Fahrt im Dampfbad.

Konzentrier dich. Nicht abschweifen. Konzentrier dich.

Die Kurve kam schneller als er erwartet hatte, sehr scharf nach links, beinahe eine Haarnadelkurve. Er machte sich flach, fand die Linie und zog das linke Knie am oberen Scheitelpunkt der Pedalumdrehung nach oben. Will duckte sich in die Kurve hinein, knapp an den Absperrungen vorbei, und kam weit aus der Kurve heraus, zu weit. Der Fahrer eine Minute vor ihm hatte die Kurve offensichtlich nicht richtig eingeschätzt. Er war über die Straße geflogen und mit voller Wucht in ein Absperrgitter gekracht, das nur von einem Credit-Lyonnais-Werbebanner bedeckt gewesen war. Niemand hatte vor der Kurve gestanden, um Will oder den Motorradpolizisten, der vor ihm fuhr, zu warnen, jetzt versuchten die Retter und der Gerettete verzweifelt, ihnen auszuweichen. Will griff in die Hinterradbremse und warf sein Gewicht auf die Seite, das Hinterrad rutschte nach außen weg und brachte ihn sicher um die Kurve. Das Problem war jetzt, dass sein Rhythmus im Eimer war. Er stieg aus dem Sattel und begann hart zu pumpen. Verzweifelt versuchte er, die Kraft seiner Beine, seiner Hüfte, seines Brustkorbes, seines ganzen Körpers auf die Kurbel zu übertragen, anstatt das Rad nach rechts und links zu werfen und damit Kraft zu vergeuden.

Er blickte kurz auf, als er auf der längsten Gerade des Kurses seine Höchstgeschwindigkeit erreichte und sah, wie einer der Gendarme ihm in den Weg sprang, so erschrocken von dem Sturz und Wills plötzlichem Erscheinen, dass er keinen anderen Fluchtweg aus dem Kurs sah, als direkt den Boulevard Vauban hinunter.

»Bougez!«, war alles, was Will einfiel: Hau ab!

Und das tat der Gendarm, mit einem riesigen Schritt nach rechts, gerade weit genug, dass Will links an ihm vorbeizischen konnte, aber nicht, ohne ihm einen harten Schlag mit der Schulter zu verpassen, in die ein heißer Schmerz fuhr. Will schluckte hart und zwang eine Welle der Übelkeit nach unten.

Verdammt, wütete er. Rhythmus weg. Schmerz in der Schulter. Geschwindigkeit weg, zu spät vom Start weggekommen, Geschwindigkeit weg. Verdammt. Er stieg wieder aus dem Sattel und trieb sich nach vorne zur nächsten Kurve, noch über einen Kilometer entfernt.

»Wo waren die verdammten Offiziellen!«, fluchte er laut, um mit der aufsteigenden Wut seine Geschwindigkeit zu steigern. Seine Gedanken flogen davon, zu der kaputten Uhr und dem späten Start und der schweren schwülen Hitze des Tages und der …

Will legte sich auf den Liegelenker. Arme eng beieinander halten. Konzentrieren. Wenn man die Konzentration verliert, verliert man das Rennen. Pass auf, wo du bist und was du tust.

Nächste Kurve, Linkskurve, auf eine weitere lange Gerade. Für diese Kurve blieb er auf dem Liegelenker und riskierte es. Auf den verdammten Dingern war er nie ein Meister gewesen.

Linkes Bein bis zum oberen Scheitelpunkt der Umdrehung, Pause, Hineinlehnen, wusch, durch, Kette rechts, und jetzt flieg, verdammt, flieg!

Die Menge, das spürte er, war riesig, selbst jetzt, in der Mitte eines scheinbar endlosen Feldes. An manchen Stellen mussten sie in sechs oder acht Reihen stehen, und es gab am ganzen Kurs keine Lücke. Er fuhr auf einem grauen Band von Asphalt und Kopfsteinpflaster durch ein Menschenmeer, als ob auf dem Motorrad vor ihm ein Moses säße, der die Menschheit teilte.

Plötzlich wurde ihm bewusst, dass er außer in den beiden Momenten, als er am Start von der Rampe gefahren war und als er auf der ersten langen Geraden den Gendarm verscheucht hatte, kein Geräusch wahrgenommen hatte. Diese beiden Augenblicke hatten seine innere Uhr gestört, als ob sich sein Gehör von innen nach außen gewendet hätte. Er hörte nichts als sich selbst und das nur aus der Entfernung, sein Atem und sein Herz behielten die Konzentration und blieben auf der Straße, selbst wenn sich sein Kopf weigerte.

Jetzt fuhr er eine größere Übersetzung als nötig war, er versuchte, seine Frequenz und die Geschwindigkeit bis zu einem Punkt zu erhöhen, wo er das wieder gutmachen konnte, was er auf dem ganzen Weg verloren hatte. Die Wut brannte tief unten in ihm, während er sich weiter über den verpassten Start und die Fahrfehler ärgerte.

Verdräng es, dachte er, du musst es verdrängen.

Der weite Bogen um einen Kreisverkehr kam näher.

Er duckte sich wieder in den Rennlenker, schaltete ein paar Gänge herunter und schwang elegant um die weite Kurve, dann stieg er aus dem Sattel und trat wieder an, um den Rhythmus zurückzubekommen. Er ging in den Wiegetritt und begann zu spüren, wie die Kraft wuchs. Er fand die Konzentration, fand die Geschwindigkeit. Ja, genau, fand die Kraft.

Er blieb jetzt tief unten im Rennlenker geduckt. Das war die Fahrt, die er vom Beginn des Tages an gesucht hatte. Er hatte sie endlich gefunden. Die Gesichter zogen wie ein Farbschleier an ihm vorbei, mit den Augen suchte er sich den Weg durch die Menschenmenge hindurch hart rechts zurück auf den Boulevard Vauban und seine lange Gerade, dann durch die letzte runde Rechtskurve und das Finish kurz dahinter. Er konnte weder sein Herz noch seinen Atem hören, nichts als den Wind, den Wind, den er selbst erzeugte. Er war im Tunnel. Er war ein Teil der Straße.

Nach rechts lehnen, glatt durch die Kurve, nie von der Ideallinie abgehen, jetzt konnte er hinten im Kopf den aufbrandenden Jubel der Menge hören. Er fuhr eine enge Linie und trat hart in die Pedale, auf dem großen Blatt, bereit für eine explosive letzte Kurve. Die Vorderkante der Barrikaden und die Menschen, die sich darüber lehnten, waren nur Zentimeter von seinem rechten Arm entfernt. Die Aufregung, die sie empfanden, erfüllte ihn mit neuer Kraft und einer aufkeimenden Hoffnung auf ein großes Finish.

Er zog das rechte Bein hoch für die letzte Kurve und fühlte den Aufschrei der Menge mehr, als er ihn hörte. Eine weiß-blau-rote Figur erschien hart rechts, ein Banesto-Trikot, der Fahrer, der Sekunden hinter Will die Box verlassen hatte. Der Schock und die Überraschung, ihn so plötzlich auftauchen zu sehen, so unerwartet, verwirrte Will eine Sekunde lang und er richtete sich auf und verlor Konzentration und Geschwindigkeit gleichzeitig.

»Scheiße!«, brüllte er und beugte sich sofort wieder tief über den Lenker. Was eben noch ein geistiger Spaziergang im Park bis zur Ziellinie gewesen war, wurde jetzt zu einer verzweifelten Herausforderung. Was auch immer im Rennen passiert war, er hatte schon eine Minute auf diesen Kerl verloren und wer weiß wie viel auf die Führenden. Das war schrecklich. Er begann ein 2500-Meilen-Rennen vom Ende des Feldes. Vom Ende des verdammten Feldes. Vom Ende.

Eine kleine Stimme meldete sich hinter seinem Ohr. »Wo du es immer beginnst. Wo du es immer beendest.«

Er schüttelte seine eigene Stimme ab, die eigenen Zweifel, und hängte sich an den Banesto-Fahrer. Den Rest musst du ignorieren, Mann, das hier ist das Rennen. Jetzt – jetzt ist es ein Rennen. Aber der Fahrer aus dem spanischen Team stand bereits und flog davon.

Will hatte den Moment verpasst, war zu spät gesprungen, und sah sich zu einer letzten Aufholjagd gezwungen. Besiegt und gebrochen ließ sich Will nach rechts treiben und rollte eine volle Sekunde hinter dem Spanier über die Ziellinie.

Will bremste und fuhr durch die Menge am Ziel zum Bereich der Haven-Mannschaft und der Erleichterung eines Stuhls und einer Wasserflasche, die auf ihn warteten.

Oh Mann, was für ein Mist. Ein 7,2-Kilometer-Kurs und er war überholt worden. Nach seinem späten Start und der miserablen Fahrt hatte der Kerl eine ganze Minute auf ihn gutgemacht. Für so etwas brauchte man normalerweise 20 Kilometer, natürlich nur, wenn man nicht fuhr wie ein kompletter Trottel. Jetzt begann eine neue Wut die Erleichterung zu ersetzen, dass er über die Ziellinie gekommen war. Irgendwo, irgendwie hatte er den Prolog total versaut. Er hatte eine ganze Minute verloren!

Gott, er musste ausgesehen haben wie ein Kind auf einem Dreirad.

Bevor er die Barrieren erreichte, hinter denen die Zuschauer standen, bremste er und stieg von der Zeitfahr-Maschine. Seine Wut übermannte ihn und er hob das Rad über den Kopf. Die Menge um ihn herum lehnte sich erwartungsvoll vor. Kameras klickten und summten bei dem Versuch, den Moment zu erwischen, in dem der Amerikaner sein 30.000 Francs teures Rad in eine Windschutzscheibe werfen würde, oder auf irgend einen Journalisten, der da gerade zufällig vorbeiging.

Aber dieser Moment ging vorüber, als Wills Ärger abnahm und ihm klar wurde, dass es gar nicht an dem Rad gelegen hatte. Er war es gewesen, seine fehlende Kraft und sein fehlendes Talent und sein fehlendes – alles.

Will setzte das Rad wieder ab, kletterte in den Sattel und begann, sich einen Weg durch die Menge zum Haven-Bus zu bahnen. Er konnte nicht aufhören zu schwitzen. Die Menge drängte sich um ihn herum, nicht, um ihm zu gratulieren, nicht, um zu hören, was er sagte, sondern sie waren einfach da. Es waren Hunderte, so schien es, viele von ihnen ungewaschen, und die schwüle Hitze ließ alles so nah erscheinen, so eng, so unerträglich.

Will konnte nicht durchatmen. Er musste seinen Weg durch diese Menge finden, bis zu der orangefarbenen Plastikabsperrung, die den riesigen Haven-Bus vom Rest der Welt abschirmte. Er wühlte sich den Weg weiter durch die Menschen, die sich am Ziel eingefunden hatten, aber sie arbeiteten alle gegen ihn.

»Na los! Na los!«, brüllte er, wütend nicht nur über seine Arbeit beim Prolog, sondern auch über die Tatsache, dass er nicht bis zu dem verdammten Mannschaftsbus durchkommen konnte.

Er wurde langsam unleidlich. Er war wütend, sein Blutdruck war noch hoch, und er verlor die Geduld mit dieser hirnlosen Gesichterwand, die ihn einfach nicht durchlassen wollte.

Er schob Leute aus dem Weg und brach endlich am Tor zum Haven-Bereich durch die Menge.

»Hier ...«, er warf das Rad beinahe auf Louis Bourbon, den Chefmechaniker der Mannschaft. Louis sah ihn verständnisvoll an. »Danke, dass du das Rad nicht kaputt gemacht hast.«

»De nada.«

Will schnaufte schwer und schwitzte mehr als auf dem gesamten Kurs. Er konnte das Blut in seinen Ohren pulsieren hören und den Druck auf seinem Kiefer, als er die Zähne zusammenbiss.

Dann spürte er die Wade.

Sein rechtes Bein spannte sich wie ein Flitzebogen. Dann explodierte der Schmerz in seiner Wade, seinem Magen, seiner Brust, seinem Kopf. Er nahm ihm den Atem. Die Menge, die ihn ignoriert hatte, selbst, als er sich wütend durch sie hindurchdrückte, wandte sich jetzt um, als er vor Schmerz erst aufquietschte, dann brüllte, und sich das rechte Bein hielt.

Er konnte sich nicht rühren. Er konnte nicht laufen. Er hing da an dem orangenen Plastikpfahl und versuchte, das Bein nicht zu belasten, irgendwie Luft zu holen und nicht zu kotzen.

Will hoppelte auf einen Plastik-Klappstuhl zu, der an einer Seite des Busses stand. Er hüpfte auf dem linken Bein, verzweifelt nach Luft schnappend, und versuchte, sein linkes Bein nachzuziehen, ohne es zu belasten. Der Wadenmuskel schien vor Schmerz auf die fünffache Größe anzuschwellen.

»Hier.«

Er fühlte, wie Hände seinen linken Arm fassten und ihn zu dem Stuhl zogen. Instinktiv lehnte er sein Gewicht auf die Schulter des Samariters und spürte das herrliche Gefühl, das rechte Bein hochziehen zu können. Der Schmerz ging nicht weg, aber er wurde geringer, so dass er tatsächlich wieder atmen konnte. Der Stuhl war jetzt nur noch einen Meter weit weg. Will humpelte noch einen Schritt, drückte sich dann von der Schulter seines Retters ab und fiel schwer auf den Sitz. Eine Sekunde, den Bruchteil einer Sekunde lang hatte er das Gefühl, das Ding würde unter ihm zusammenbrechen, das würde wirklich zu diesem Tag passen, aber der Stuhl hielt stand.

Endlich, dachte er, läuft das Leben so, wie ich mir das gedacht habe. Das Leben, verdammt, die letzten fünf Sekunden laufen so, wie ich mir das gedacht habe. Wollen mal nicht übertreiben mit diesem Unsinn vom Leben.

Den Kopf zurückgelehnt, die Augen geschlossen, versuchte er, sich wieder zu zentrieren und versuchte zum zweiten Mal, seit er die Ziellinie überquert hatte, durchzuatmen. Dann spürte er, wie kräftige Hände seinen verzerrten Wadenmuskel kneteten und begannen, den steinharten Knoten aufzulösen und ihn von der Schmerzexplosion zu befreien, die ihn beinahe hätte zusammenbrechen lassen.

Er lehnte den Kopf weiter zurück, mit geschlossenen Augen und konzentrierte sich darauf, den Knoten mental zu lösen. Die Phantom-Masseurin hatte bereits die oberste Schicht des Knotens gelöst und jetzt lag es an ihnen beiden, das innere Knäuel zu entwirren, das ihn fast dazu gebracht hatte, sein Frühstück über den Place de la Republique zu verteilen. Die Finger fanden den Auslöser. Will zuckte kurz zusammen, dann spürte er die sofortige Entspannung. Er holte tief und lange Luft, dann senkte er langsam den Kopf, öffnete die Augen und starrte auf zwei tiefbraune und absolut unglaubliche Brüste. Unbeabsichtigt stockte ihm der Atem, dann verschluckte er sich und lehnte sich nach vorne, als wollte er aufstehen.

Madga Gertz legte ihm die rechte Hand auf die Brust und drückte ihn auf den Stuhl zurück.

»Noch nicht – Sie sind noch nicht fertig.«

Oh doch, dachte Will, das bin ich. In diesem Augenblick bin ich vollkommen, absolut fix und fertig.

Sie lächelte ihn auf entzückend schiefe Weise an und schaute dann wieder auf ihre Arbeit an seiner Wade. Will schämte sich irgendwie. Ihre Brüste redeten nicht mit ihm, aber wenn man seinem Blick folgte, konnte man denken, er und die beiden wären in eine angeregte Diskussion darüber vertieft, wie man die Welt retten könnte. Er schaute zur Seite, warf einen kurzen Blick zurück, Danke, Gott, und lehnte den Kopf dann wieder zurück und streckte sich auf dem Stuhl aus.

Magda Gertz lächelte.

Meiner.

Sie fand einen Knoten, genau in der Mitte des Soleus, etwa auf der Hälfte des Beines. Sie setzte den Finger an und drückte zu – fest.

Will schoss hoch, versuchte, auf dem linken Bein aufzustehen und das rechte wegzuziehen, in einem verzweifelten Kampf, dem Schmerz zu entkommen. Sie hatte den wahren Auslöser gefunden, tief in seinem Muskel, diesen einen Punkt, manchmal der Knoten selbst, manchmal auch nicht, wo sich die Fasern und Nerven zu einer Art internem Fleischknäuel zusammengeballt hatten. Sie war wie ein Polizist, der den Verkehr auf einer verstopften Kreuzung wieder zum Fließen brachte. Leider musste sie dafür ein paar Autofahrer umbringen.

Magda Gertz hielt Wills rechtes Bein fest, umfasste es von vorne mit der Hand und vergrößerte den Druck. Wills Augen füllten sich mit Tränen. Magda drehte ihn vorsichtig zurück auf den Stuhl und er setzte sich hinein, langsam, als ob die Schmerzen weggehen würden, wenn er nur vorsichtig wäre.

Und sie gingen weg.

»Was zum ... was zum ... haben Sie ... gemacht?«, krächzte er.

»Sie können sich nicht erholen, wenn sie so verkrampft sind. Überhaupt nicht erholen. Und wenn sie damit gelaufen wären – nur eine falsche Bewegung, und sie hätten den Muskel spalten können, von der Ferse bis zum Knie. Wollen sie das? Ich glaube kaum.«

»Nein. Nein«, keuchte er außer Atem.

»Ich glaube auch nicht, dass der es wollte.« Sie schaute zur Seite und ließ den Auslöser los. Dann begann sie mit einer tiefen Massage von Wills Wade.

»Was in des grundgütigen Himmels Namen machen Sie denn da?«
Deeds stellte sich neben seinen verletzten Fahrer.

»Du solltest dich auf deinen Rhythmus konzentrieren, wenn du
läufst, Carl. Du wärst schneller, es wäre bequemer und du wärst besser drauf.«

»Was zum ... Gertz. Verdammt, Gertz. Was machst du denn hier?«

»Ich rette diesem Fahrer die Tour. Vielleicht seine Karriere.«

Deeds stand an der Seite und erwartete offensichtlich, dass Magda
Gertz alles fallen lassen, aufstehen und ihn umarmen würde. Aber
sie konzentrierte sich weiter auf Wills Bein und ärgerte Deeds damit
gewaltig.

»Dieser Junge hat nach seiner Vorstellung heute vielleicht keine
Tour mehr. Sag mir mal, Will – am Start zu sein ... rechtzeitig ... noch
nie davon gehört?«

»Meine Uhr ist stehengeblieben, Carl.«

»Auf sowas bereitet man sich vor, Will. Wir haben dich gesucht.«

»Es tut mir Leid, Carl. Ich habe nur 15 verloren ... vielleicht 20.«

»Mir tut's auch Leid, Will. Du hast 40 verloren. Und dieser Wack-
ler in der Kurve hat dich nochmal vier oder fünf gekostet, und dann
hast du mit deiner atemberaubenden Geschwindigkeit und deiner
unglaublichen Eleganz noch mehr verloren.«

»Wie viel mehr?«, fragte Will, obwohl allein der Gedanke, dass er
schon 40 Sekunden verloren hatte, bevor seine Tour überhaupt
angefangen, bevor er überhaupt auf dem Rad gesessen hatte, ihm
Übelkeit verursachte.

»Eine Minute auf die Durchschnittsgeschwindigkeit – ungefähr
8:45. Du hast es in 9:40 gemacht. Der Kerl, der dich überholt hat,
hat 8:39 gebraucht. Es sind noch ...«, er schaute auf seine Startliste
»... 30 Fahrer. Die schnellen. Bis du ins Bett gehst, bist du nur noch
unter ›ferner liefen‹. Teufel nochmal –«, krächzte er mit einem
wütenden Lachen, »du bist es jetzt schon. Du bist noch nicht einmal
nah dran gewesen. Gott, Cardone hatte recht!«

»Wie, recht?«, sagte Magda, sich in die Unterhaltung einbringend.

Deeds schaute sie an, wog die Frage schnell ab und redete weiter.

»Miguel Cardone hat es gestern Abend und heute Morgen gesagt.
Flash Gordon hier hat bei den Klassikern seinen Höhepunkt gehabt

– Paris–Roubaix. Das war nicht nur der Höhepunkt seiner Saison, sondern seiner Karriere. Mit dem Giro hat der Abstieg angefangen ... Midi Libre war ein Witz ... und jetzt das – Mr. Champion verpasst seinen gottverdammten Start!«

Die Worte hingen schwer in der Luft. Will fiel nichts dazu ein. Sein Gehirn war leerer als eine Tafel in einer Schule in den großen Ferien. Er starrte nach vorn und suchte nach einem Punkt auf dem Straßenbelag vor ihm.

»Und?« Magda Gertz trieb die Unterhaltung voran.

Ohne eine Reaktion von Will redete Deeds jetzt mit ihr.

»Also, nach der heutigen Vorstellung nehme ich vielleicht Miguels Vorschlag an und lasse ihn Bourgoin assistieren. Hilft dir vielleicht, pünktlich zu sein. Verdammt, Cardone ist 22 Plätze hinter dir gestartet und liegt volle 45 Sekunden vor dir. Faszinierend, was?«

»Was bedeutet, dass, wenn man den Spätstart abzieht und die Tatsache, dass er sich seinen Weg durch einen Unfall auf dem Boulevard Vauban bahnen und danach wieder in den Rhythmus finden musste, Will und Cardone beinahe die gleiche Zeit hatten. Faszinierend. Ein Mann fährt ohne Probleme, tut sein Bestes, ist gut, oder was er als gut bezeichnet, während der andere Fahrer einen Kurs fährt, der voller eigener und fremder Hindernisse ist und schafft es trotzdem ...«. – »... trotz dem ...«, sagte sie, und hob eine Hand, um Deeds zu bremsen, »was die Uhr sagt – und was du sagst, ist, ... hey ... du bist verdammt schlecht, vielleicht tausche ich dich aus. Carl«, sie flüsterte verschwörerisch, »du bist besser als das. Lass dir nicht von deinem Ehrgeiz die Sicht auf das verstellen, was Wirklichkeit ist.«

Will hatte sich nie vorstellen können, dass er so etwas einmal erleben würde. Carl Deeds war in die Ecke argumentiert worden. Deeds kochte einen Moment lang, dann atmete er tief ein, als ob er so seine Laune neu kalibrieren könnte.

Er wandte sich langsam zu Will um.

»Tut mir leid, Will. Das passiert wohl jedem einmal. Denke ich. Wir sehen uns heute Abend im Hotel.« Er warf einen Blick auf Magda Gertz. »Aber deine Anwältin ist nicht willkommen.«

Sie zog ein Gesicht und lachte.

Deeds lächelte und sah sie von oben bis unten an, ohne an einer bestimmten Stelle anzuhalten.

»Siehst gut aus, Magda. Siehst gut aus.«

Sie lächelte. »Danke, Carl. Es ist immer schön, dich zu sehen.«

Deeds wandte sich zurück zum Mannschaftswagen, in dem er Bourgoin folgen würde. Über seine Schulter rief er: »Was die Beinmassage anlangt, Magda, wie haben haarige hässliche Männer, die das tun – verwöhn ihn nicht.«

Will sah zu, wie sein Directeur Sportif, sein Sportlicher Leiter, in den brandneuen Fiat stieg, der von den Organisatoren gestellt worden war.

Will wandte sich wieder Magda zu. Sie warf ihr blondes Haar aus dem Gesicht und lächelte. Ein sehr warmes, gewinnendes Lächeln.

»Danke.«

»Das war gar nichts«, sagte sie und wandte sich zum Gehen.

»Warten Sie, warten Sie«, Will humpelte ihr hinterher und machte dabei vorsichtig seinen Wadenmuskel wieder mit der wirklichen Welt bekannt. »Wir, äh, wir wurden nicht ... wir wurden nicht vorgestellt.«

Sie drehte sich wieder zu ihm um.

»Magda Gertz. Tour-Fan.«

»Ich bin Will Ross. Äh ...«

»Und was tun Sie, Mr. Ross?«

Er lachte und war auf einmal vertraut mit dieser nordischen Erscheinung.

»Ich ... äh ... mache meinen Bossen Probleme und bereite ihnen schlaflose Nächte, während sie darüber nachdenken, warum zum Teufel sie mich je als Radfahrer angestellt haben.«

»Ist mir ein Vergnügen.«

»Ja, mir auch.«

Sie gaben sich die Hand und Will durchzuckte es wie ein Stromstoß. Wow. Die Frau war geladen.

Positiv.

»Woher, äh, woher kennen Sie, äh, Carl?«

Sie lachte und warf den Kopf wieder in den Nacken. »Carl und ich kennen uns schon ewig – ich habe für ein paar seiner Teams medizinische Untersuchungen durchgeführt.«

»Kontrollen? Drogentests?«

»Tests, ja – aber es waren Produkt-Tests. Forschung und Entwicklung. Nichts Aufregendes. Ich war gerade mit dem Studium fertig. Ich war völlig unerfahren.«

»Ein Greenhorn.«

»Was?«

»Nichts.«

»Ich habe dann damit aufgehört ... aber ich bin zurückgekommen. Ich mag die Fahrer. Ich mag den Sport. Und ich helfe gern, wo immer ich kann.«

»Also ... danke. Mein Bein fühlt sich so gut an wie schon seit Wochen nicht mehr.«

»Bewegen Sie es. Sie steuern auf einen Muskelfaserriss zu, wenn Sie das nicht tun. Jeden Abend und jeden Morgen.« Sie wandte sich um.

»Ich, äh, ich kann das wirklich nicht allein tun.«

Magda Gertz stoppte und setzte zu einer sehr effektiven Drehung aus der Hüfte an, die ihren Hintern und ihren Busen betonte. Ihr Kopf schwang langsamer herum und sie warf ihr Haar in einem langen, langsamen, glänzenden Bogen zur Seite.

»Das müssen Sie auch nicht ...«

»Sie werden in der Nähe sein?«

»Es gibt haarige, hässliche Männer, die das für Sie machen können. Von Haven zur Verfügung gestellt.«

Will sank sichtbar in sich zusammen.

Magda Gertz drehte sich wieder um und begann zu gehen.

»Keine Sorge«, rief sie über die Schulter zurück, »ich werde in der Nähe sein.«

Sie lächelte unbemerkt in sich hinein.

Wie aufs Stichwort kam Cheryl Crane hinzu, vollgekleistert mit Tour-Pässen und Ausweisen. Die Schwüle des Tages hatte ihr Haar und ihr Make-Up schwer in Mitleidenschaft gezogen. Will wandte sich um und wollte sie begrüßen, aber er erschrak sichtbar.

»Tausend Dank.« Sie sah, wie sich die Menge um die abgehende Magda Gertz schloss. »Wer war das?«

»Ich weiß es eigentlich nicht«, antwortete Will tonlos, »irgendeine Freundin von Carl.«

»Also, darf ich dir einen wichtigen Sicherheitshinweis geben?«

»Was? Ja, klar.«

Sie lehnte sich weit vor und flüsterte ihm ins Ohr, »Die sind nicht echt.«

Und dann biss sie zu. Fest.

Paul van Bruggen wischte sich den Schlaf aus dem Augenwinkel und schnippte ihn lässig in eine Ecke des Flurs. Das ist biologisch abbaubar, dachte er, also nicht wirklich Müll. Er war spät dran. Sein Versuch, die Polizeiakten für den Distrikt von Eindhoven durchzuarbeiten und gleichzeitig nach der geheimen Droge zu suchen, hatten seinen Tagesplan erschwert. Heute war es beinahe Mittag, als er in seiner Tasche nach dem Schlüsselbund suchte.

Er rasselte mit den Schlüsseln und versuchte, den zu finden, der in das Schloss der Labortür passte. Da, der blaue. Er blinzelte einmal, zweimal, und versuchte, einen klaren Blick zu bekommen, während er den Schlüssel ins Loch steckte und ihn umdrehte.

Es gab keinen Widerstand. Die Tür war unverschlossen.

Er drehte leise den Türknauf, öffnete langsam die Tür und spähte an der Türkante vorbei ins Labor, bereit, den Flur hinunter zum Aufenthaltsraum der Polizisten zu sprinten, falls er von einem Eindringling überrascht würde.

Der Raum war leer. Der Raum war still, abgesehen von dem Ventilator eines Computers, der leise in einer Ecke summte.

Er hatte in der Nacht zuvor das Labor nach einem weiteren 15-Stunden-Tag verlassen und den Computer allein weitersuchen lassen, auf der Suche durch die Dateien der Aufsichtsbehörden in Belgien und Deutschland, den Niederlanden und Frankreich nach seiner Formel, nach etwas, das für Tests registriert worden, aber aus irgendeinem Grund nie auf den Markt gebracht worden war.

Offensichtlich hatte er vergessen, die Tür hinter sich abzuschließen.

Trotzdem, als er an die vergangene Nacht zurückdachte, konnte er den blauen Schlüssel in seiner Hand sehen.

Ach. Er wurde langsam verrückt. Zu viele Stunden in einem schlecht belüfteten Raum voll exotischer Chemikalien und verrottendem Fleisch. Das konnte jedem passieren.

Er ließ die Tüte mit seinem Mittagessen auf den großen Labortisch fallen und ging zur Computerstation hinüber. Im Vorbeigehen schaltete er die Lichter im Labor an und schaute kurz in die Ecken, nur für den Fall, dass er nicht vielleicht doch unerwarteten Besuch hatte.

Offensichtlich wurde er verrückt. Das Labor war leer. Die Fläschchen und die Akten waren unberührt. Der Computer stand allein in seiner Ecke und blinkte geduldig mit der Antwort auf seine Frage.

Er setzte sich in den hölzernen Bürostuhl und dehnte noch einmal die Augenlider. Dann atmete er tief durch und griff nach der Maus. Es war sein persönlicher Augenblick der Wahrheit.

Am unteren Bildschirmrand blinkten die Worte ›Suche beendet‹.

Er bewegte den Cursor vom ›Zurück‹-Symbol zum ›Vorwärts‹-Pfeil und klickte zweimal. Einen Augenblick lang war der Bildschirm dunkel, dann kam eine Seite aus einem französischen Register auf den Schirm, die erste von beinahe 500 eines Berichts.

Die Titelzeile sprang ihm ins Auge: ›Cytabutason/HP‹.

Genau so, wie die folgende Zeile, dick und rot, ›Nicht fortgesetzt‹.

Will starrte an die Decke des uralten Hotels am südlichen Stadtrand von Lille. Es gab bessere Hotels auf der Welt, und es gab bessere Zimmer in besseren Hotels auf der Welt, aber Deeds hatte den Tour-Organisatoren gesagt, sie sollten das Haven-Team nicht in eine der modernen Hotelketten buchen wie Ibis oder Novotel. Deeds war konservativ, wenn das Wort konservativ überhaupt für Leute gedacht war, die gern in Hotels übernachteten, die schon Napoleon abgelehnt hatte. Also, anstatt auf einem großen Doppelbett zu liegen und Kabelfernsehen zu schauen, war er hier, bei der Tour de France und suchte in den Wasserflecken in der Stuckdecke nach Bildern der Madonna.

Langsam konzentrierte sich Wills Blick wieder auf den blauen Beutel und sah zu, wie die Lösung in den Behälter tropfte, um dann den langen Plastikschlauch entlang in seinen Unterarm zu laufen.

»Ich hasse das Zeug.«

»Du hasst was?« Henri Bresson wälzte sich auf die Seite und zog mit der Bewegung die Apparatur für die Infusion näher an sein Bett.

»Ich hasse Infusionen. Ich hasse Nadeln.«

»Die Nadeln machen mir nichts aus«, sagte Bresson beinahe verträumt. »Was mich stört, ist Monsieur Engelure, wenn er in meinem Arm nach einer Vene herumwühlt. Einmal, zweimal, dreimal stochert der dort herum. Es würde mich nicht stören, wenn es eine Krankenschwester wäre mit grande tetons, aber es ist nur er mit seinem fusseligen Bart und schlechten Atem. Das ist es ... was ich hasse.«

»Das verstehe ich.«

Aber eigentlich verstand er es nicht. Will konnte nicht verstehen, wie sich jemand auf eine Nadel freuen konnte, egal, wie sehr es bei der Regeneration half. Heutzutage war es bei der Tour üblich, denn die Einsätze waren einfach zu hoch, um sich nur auf homöopathische Mittel oder Vitamine aus der Flasche zu verlassen, oder gute Ernährung, oder einen guten Schlaf.

Will schaute zu seinem Zimmergenossen hinüber. Die Spannungen der letzten paar Wochen waren nur noch eine leise Erinnerung, nachdem das Team für die Tour bekannt gegeben worden war. Will war ein Platz sicher, aber Bresson hatte wirklich auf der Kippe gestanden. Meerbeeke, Cardinal, Delgado und Bresson hatten alle darauf gewartet, dass die Axt fallen würde, und als sie fiel, fiel sie auf Delgado. Der Zufall hatte Prudencio wieder zurück in die Mannschaft geführt, und der Zufall hatte Bresson einmal mehr an die Startlinie gebracht.

Würde er auch im Ziel dabei sein? Will sah den Schlauch entlang zu dem Beutel mit der Infusionslösung, ein langsames Tropf, Tropf, Tropf, das ihn noch gute dreißig Minuten auf dem Rücken halten würde.

»Genug«, sagte Will und zog die Nadel aus dem Arm. Er stopfte ein Stück Baumwolle auf das Loch, aus dem das Blut quoll.

»Engelure wird ausflippen.«

»Das wird er, bestimmt. Aber ich bin heute nur neun Minuten gefahren.«

»Ein bisschen mehr als neun.«

»Heute ein bisschen mehr als neun.«

»Eher zehn.«

Will begann zu lachen.

»Ja, in der Tat, eher zehn. Es wären weniger als neun geworden, aber ich war 40 Sekunden lang damit beschäftigt, auf eine kaputte Uhr zu starren und dann bin ich um die Ecke gekommen, wild entschlossen, irgendeinem Offiziellen einen Reifenabdruck auf die Hosen zu fahren. Aber ... es waren weniger ... weniger –«, betonte er und zeigte mit dem Finger auf Bresson, »– weniger als zehn. Und deswegen – brauche ich heute Abend keinen verdammten Tropf.«

»Engelure will einen vollständigen Test. Vom ersten Tag an.«

»Ja, und ich will einen Porsche und einen Blaupunkt und eine Frau mit Namen ...«

Will erstarrte und blickte auf das Fenster.

»Eine Frau mit Namen ...«

»Eine Frau, das ist alles, was ich will«, sagte Bresson verträumt. »Es ist mir egal, wie sie heißt.«

Will starrte auf das Fenster und fühlte, wie sich etwas um sein Herz legte, es fühlte sich an wie ein Tennisball in einem Schraubstock. Er hatte Cheryl sagen wollen.

Aber das Gesicht in seinem Kopf war jemand ganz anderes.

———

Das Abendessen war unspektakulär.

Was auch immer die Franzosen für Beiträge zur Welt der Kochkunst gemacht hatten, sie waren ganz bestimmt nicht von diesem Koch, diesem Hotel, oder diesem Essen gekommen. Das Essen war geschmacklos und lasch, die Pasta zu lang und das Fleisch zu kurz gekocht. Will säbelte in das Steak, blassbraun außen und kaltblau innen. Der Gedanke, dass dieses Stück Fleisch noch vor wenigen Stunden eine kalte Kuh gewesen war, drehte ihm den Magen um.

Er setzte sein Marlon-Brando-Gesicht auf und sagte, mit einer Stimme, die irgendwo zwischen Brooklyn und Jersey City lag, »Hey, Cheech, das ist zu fett.«

Bourgoin sah von seinem Teller voller Spaghetti auf, die er gerade verschlang. Undeutlich fragte er: »Ist das, schmatz, wieder ein Film?«

»Ja, das ist ›Serpico‹.«

»Nie gesehen.«

»Solltest du aber.«

»Gut?«

»Nein, aber Pacinos Bart ist klasse.«

Bourgoin lachte und prustete ein paar kleine Pasta-Stücke über den Tisch in Richtung Miguel Cardone.

»Au! Jesucristi!«

Es war ein perfekter Schuss gewesen, dachte Will, direkt in Cardones Gesicht. Die wird er sich noch Tage aus dem Zifferblatt puhlen. Es wäre nur besser gewesen, wenn es geplant gewesen wäre.

»Jetzt bleib mal locker, Miguel. In den nächsten paar Wochen wirst du noch ganz andere Sachen ins Gesicht bekommen.«

»Regen.«

»Matsch.«

»Winzig kleine Steinchen.«

Der Tisch wurde lebendig, jeder versuchte, den anderen zu übertreffen.

»Coca-Cola.«

»Wein.«

»Kuhdung.«

»Schafscheiße.«

»Abflusswasser.«

»Und das ist nur das, was von den Fahrern kommt«, kicherte John Cardinal vom Ende des Tisches und löste damit allgemeine Heiterkeit aus.

»Überfahrene Tiere.«

»Stinktiere.«

»Frösche.«

»Hunde, Katzen, Vögel.«

»Schmiere.«

»Öl.«

»Auspuffgase.«

»Kotze.«

»Pisse.«

»Durchfall.«

»Alle möglichen Gase – Furze, Rülpser – mit und ohne Beigaben.«

»Und kleine Pasta-Stückchen. Du solltest froh sein. Eine Sache hast du schon hinter dir.«

»Na ja, Miguel«, sagte Will und lehnte sich nach vorn, »bei der Tour sieht man von allem etwas – und eine Menge Scheiße. Sag was, und du wirst es sehen.«

»Und du, nehme ich an, siehst alles von hinten, was, Ross?«

Das Geplapper am Tisch erstarrte und hing in der Luft, es folgte ein kollektives Einatmen, als sich alle nach Will umdrehten, um seine Reaktion zu sehen.

Will wartete und hob langsam die Augen, bis er Cardone direkt ins Gesicht sah. Das Lächeln, das bis eben noch Ausdruck der allgemeinen Heiterkeit war, hatte jetzt eine Schärfe, eine kalte und brutale Schärfe, die noch niemand vorher gesehen hatte. Sie lehnten sich vor. Nur diejenigen, die Will und Cardone am nächsten saßen, konnten hören, was er sagte, und später am Abend sprachen alle darüber, was das für die Mannschaft und ihre Chancen bei der Tour bedeuten könnte. Schlechtes Karma, sagten sie, wenn zwei Mannschaftsmitglieder so offen feindselig waren.

»Dieses Jahr nicht, Arschloch«, sagte Will sotto voce. »Ich werde vielleicht nicht gewinnen, aber ich werde ganz bestimmt vor dir ins Ziel kommen.«

Cardone reagierte nicht.

Er musste es nicht tun.

Er hatte bekommen, was er wollte.

———

Drei Uhr früh.

Will stand am Fenster, den Kopf an einen Arm gelehnt, und den an den kalten Verputz, der um den Rahmen ging. Heute Nacht war das so ungefähr das einzige Kalte im Zimmer.

So viel Geld hatte Haven ins Rennen geworfen, für die Mannschaft und die Fahrer, aber an der Wahl der Unterkunft konnte man das auf keinen Fall sehen. Die Zimmer waren klein und sehr kalt, aber nur, was die Atmosphäre betraf. Ohne Aircondition waren sie in einer heißen und schwülen Nacht wie dieser unerträglich.

Die Hitze des Tages hatte sich einfach nach drinnen verzogen, draußen war es still und schwer und ein paar Grad kühler.

Will wischte sich die Augenbrauen, in denen der Schweiß stand.

Er musste etwas Schlaf bekommen, aber die Hitze und seine eigene Anspannung standen dem im Weg.

In ein paar Stunden musste er aufstehen, nach unten zur Mannschaftsbesprechung und dann um 7:30 Uhr zum Frühstück gehen – und noch mehr von dieser schrecklichen Pasta. Dann, nach der Abfahrt aus dem Hotel um 9 Uhr, gab es den Start um 10:30 Uhr in Euralille und die erste 234 Kilometer lange Etappe nach Armentières.

Er fühlte sich ein wenig schuldig wegen Cheryl. Sie hatte angerufen und eine Nachricht hinterlassen. Heute Abend hatten sie sich nicht gesprochen. Jetzt war sie wahrscheinlich schon auf und ging ihre Listen durch, jede Kleinigkeit der heutigen Etappe. Seltsamerweise war es aber Magda, an die er dachte, mehr eine Fantasie als eine wirkliche Frau, aber was für eine Fantasie.

»Weiche von mir, Versuchung.« Will lachte und unterdrückte es dann schnell. Er konnte Cheryl hören. Er konnte sie sehen. Sie würde sich von dieser Magda-Dame absolut nichts gefallen lassen. Will lächelte. Das Bild von Cheryl wuchs in seinem Herz und verdrängte die reißverschlusslose Fantasieform, zu der Magda Gertz im Verlauf des langen heißen Abends geworden war.

Ich frage mich, wie gut sie Deeds kannte.

Er schaute von den Sternen zu dem Halbmond, der trübe über der französischen Landschaft hing ... bis zu den wenigen Wolken, die gelangweilt vorbeizogen, zum Kirchendach und den steilen Dächern der Stadt, zum industriell gefertigten Dach der Brasserie gegenüber, zur Straßenlampe, zum Fenster, zum Fenstersims, als ihm klar wurde, dass er endlich, nach einer langen Nacht des sich Herumwälzens und Schwitzens und Sich-Sorgen-Machens, endlich müde wurde. Langsam schlurfte er zu seinem Bett hinüber, vorsichtig, um den Bann nicht zu brechen, und schlüpfte zwischen die zerknitterten Laken. Er schlief schon, als die Füße am Ende des Bettes ankamen.

Henri Bresson war noch wach.

Er hatte aufmerksam dem Streit zwischen Ross und Cardone beim Abendessen zugehört. Während seiner ganzen Karriere hatte er immer inmitten solcher Streitigkeiten gesessen. Irgendeiner macht einen immer an, dachte er.

Bresson langte unter sein Bett und spürte den Lederbeutel. Mit dem Finger die Kante entlang zu fahren gab ihm ein Gefühl von kühler Sicherheit. Das war etwas viel wichtigeres als jedes andere Gepäckstück, das er je besessen hatte.

Es war ein Rennen. Es war eine Karriere.

Es war noch eine Saison im Rampenlicht.

8
Der Tanz um das goldene Kalb

Das Klopfen kam um sieben. Einer der neuen Soigneurs – es gab jetzt drei –, leider nicht so niedlich wie Cheryl, sondern klein und rundlich, klopfte zweimal und grunzte, dann ging er den Gang hinunter, um an die Tür von Bourgoins Einzelzimmer zu hämmern. Was Will anbetraf, war es echt zu früh. Er hatte bis um drei nicht einschlafen können, davor hatte er sich in der drückenden Wärme des winzigen Zimmers unruhig hin und her gewälzt.

Er wusste, er würde sich davor grauen.

Die nächsten drei Wochen würde er 30 Sekunden, bevor der Soigneur an die Tür kam, aufwachen und hellwach sein, und er würde dem Klopfen, das einen neuen Tag markierte, mit Grauen entgegensehen. Es würde nicht anders sein als damals, als er noch in der Grundschule war, als seine Mutter jeden Morgen den Kopf ins Zimmer steckte und fröhlich rief: »Aufwachen, die Sonne scheint.«

Das hatte er auch zu hassen gelernt.

Henri Bresson schnarchte friedlich auf seiner Seite des Zimmers. Will watschelte nach drüben und trat gegen sein Bett, in der leisen Hoffnung, er würde sich einen Zeh brechen und die nächsten paar Wochen am Straßenrand verbringen, in einem etwas weniger traditionellen Hotel, mit Aircondition und Zimmerservice. Kein Glück. Bresson grunzte, drehte sich in Richtung Fenster und begann wieder zu schnarchen.

»Mach nur«, murmelte Will. »Ich überlasse dich deinem Schicksal.«

Er versetzte dem Bett noch einen ordentlichen Tritt. Härter. Kein Glück. Seinem Fuß ging es blendend.

Bresson rülpste und grunzte. Will trat noch einmal.

»Komm schon«, meckerte er.

Bresson rülpste wieder. Interessante Reaktion, dachte er.

Will stolperte ins Bad und pinkelte. Es gab eine Wanne, aber keine richtige Dusche. Anstatt das ganze Ritual zu vollziehen, rieb er sich einfach mit Alkohol ab und dachte darüber nach, ob Jean Jabloms alte Weisheit, dass das die Haut abhärtete, wohl stimmte. Dann zog er einen Haven-Trainingsanzug aus Fallschirmseide an – »zum Fliegen leicht« – und wanderte wieder in das Zimmer zurück. Seine Rennuniform würde er nach dem Frühstück anziehen.

Bresson saß auf der Bettkante und sah ziemlich mitgenommen aus.

»Morgen.«

»Hm-hm.«

»Du solltest dich beeilen, wenn die meisten da sind, fängt Deeds mit seinen Morgenbesprechungen einfach an.«

»Hm-hm.«

Will wusste, Bresson würde da sein. Henri hatte noch keine Sitzung verpasst.

Im Restaurant – eigentlich eher eine Ecke der Lobby – nahm Will sich eine Schüssel und füllte sie mit Müsli, einer Kombination aus Getreideflocken, Rosinen, Nüssen, Holzspänen und was noch so in der Küche herumgestanden hatte. Er warf ein paar Erdbeeren darauf und goss Milch darüber.

»Café, monsieur?«

»Oui, café. Noir, s'il vous plait.«

Als der Kaffee kam, starrte Will ihn einen Augenblick lang an, bevor er daran nippte. Igitt, war der widerlich. Für ein Land, in dem das Kochen angeblich so wichtig war, hasste man das Essen wirklich sehr.

Will sah von seiner Tasse mit dem schwarzen Teufelszeug auf und ließ seinen Blick um den Tisch wandern. Bourgoin sah schlechter aus als Will sich fühlte. Cardone schien übel gelaunt. Deeds war mit Papierkram beschäftigt; er trug genug Logos und Ausweise und Tagestickets, um auszusehen wie eine Litfass-Säule. Die anderen, die hereinkamen, sahen auch etwas angegriffen aus. Bei der Hitze konnte niemand gut schlafen. Schlechte Aussichten für die nächsten drei Wochen.

Nur Tony Cacciavillani sah fit aus, immer noch braungebrannt vom Giro, ausgeruht nach fast zwei Wochen leichten Trainings, nachdem er bei der dritten Etappe des Midi Libre ausgeschieden war. Er war startklar, bereit zu fliegen, bereit zu gewinnen.

Er musste eine herumgekriegt haben.

»Bon giorno, Kameraden.«

»Warum bist du denn so verdammt gut gelaunt?«

»Das Leben ist schön, mein amerikanischer Freund.«

»Du klingst wie jemand in einem Film.«

»Ich bin jemand aus einem Film. Ich bin ›The Flash‹, der schnellste Mensch der Welt.«

»Flash ist eine Comicfigur.«

»Sag ich doch, Filme.«

»Das sind Comic-Heftchen. Ich kenne Flash. Ich habe Flash besessen. Meine Mutter hat einen Stapel Flash-Hefte weggeworfen, die mich hätten reich machen können. Du, mein Herr, bist nicht Flash.«

»Warte nur bis heute Nachmittag ... mein langsamer, später Freund. Dann wirst du Flash sehen.«

»Nein, irgendein Teenager in Armentières wird Flash zu sehen bekommen – oder vielleicht sogar den ›Kleinen Flash‹?«

»Pfui, was du auch immer denkst!« Cacchiavillani machte einen übertriebenen Schmollmund und brach dann in ein Lachen aus, das den ganzen Raum erfüllte.

»Vielleicht nenne ich ihn von jetzt ab Flash.«

»Ich bin nicht sicher, dass du das solltest. Vielleicht erschreckst du sie damit.«

Langsam erwachte der Tisch zum Leben.

Weitere Mannschaftsmitglieder kamen herein, auch Bresson und Delgado. Der Raum füllte sich mit dem Geräusch ziellosen Geplappers, quer über den Tisch, quer durch den Raum, laut und lebendig.

»Bei Le Cateau hänge ich dich heute ab.«

»Weißt du etwas über den neuen Sprinter bei Banesto?«

»Bis Le Cateau? Ich ziehe dich schon oben bei Avesnes ab.«

»Was? Weil ich Italiener bin, soll ich jeden Italiener auf der Welt kennen?«

»Was? Der ist vierte Kategorie, kaum ein Buckel in der Straße. Nein, heute wirst du meinen Hintern betrachten.«

»Na ja, es ist wahrscheinlicher, dass du die Italiener im Rennen kennst als ich. Kennst du den Kerl?«

»Darauf würde ich nicht wetten.«

»Ja, ich kenne ihn.«

»Der erste in Seclin bezahlt.«

»Und ...«

»Bezahlt was?«

»Und, was?«

»Abendessen.«

»Mann! Taugt er was?«

»Das Abendessen ist umsonst.«

»Ja. Er ist Italiener.«

»Das ist alles?«

»Das ist alles?«

»Ja.«

»Ja.«

»Mann.«

Deeds hob die Hand, um die Unterhaltung zu beenden, aber das Geschwätz ging einfach weiter. Es erfüllte den Raum und wurde immer lauter.

Dann trat Magda Gertz die zwei gekachelten Stufen in den Raum hinunter.

Sie war angezogen wie eine Touristin auf den griechischen Inseln: pfirsichfarbene Hosen, ein passendes Top in einem etwas helleren Farbton, ihr blondes Haar mit einem pfirsichfarbenen Tuch zu einem Pferdeschwanz zusammengebunden. Um den Hals trug sie eine schwarze Kordel, an deren Ende ein Tour-Pass auf ihrem Busen lag.

Tony C. murmelte: »Oh, wenn ich nur dieses Stück Plastik wäre.«

Will schnaubte, dann bemerkte er, dass auch er zu reden aufgehört hatte und Magda anstarrte.

Er bemerkte auch, dass alle am Tisch aufgehört hatten zu reden und starrten.

Madga Gertz bemerkte es ebenfalls.

»Guten Morgen, Jungs.«

Und die Jungs, beim Glotzen erwischt, wandten sich peinlich berührt wieder dem Tisch zu.

»Ich sollte sie mitnehmen«, murmelte Deeds zu sich, »um des Effektes willen, wenn schon für nichts anderes.«

Cacchiavillani hatte ihn gehört. »Es gibt immer etwas anderes, Carl.«

»Gib's auf, Tony. Sie ist mindestens zwanzig. Sie ist zu alt für dich.«

»Setz die auf die Rückbank des Wagens und fahr vor uns her, ja?«

Deeds wandte seine Aufmerksamkeit wieder dem Team zu.

»Ein interner Hinweis. Monsieur Engelure ist sehr verärgert. Zwei von den Vitamin-Infusionen wurden von den Fahrern anstatt von den medizinischen Assistenten herausgezogen. Das könnte Infektionen verursachen und euch aus dem Rennen werfen. Bourgoin und Ross, tut das nicht mehr. Engelure möchte uns daran erinnern, wie wichtig es ist, dass Ihr jeden Tag eure gesamte Infusion bekommt. Andernfalls ... bekommt ihr nicht die volle Menge an wunderbaren Haven-Vitaminen, die euch mit sehr großer Geschwindigkeit über die Ziellinie befördern werden. Wenigstens sagt die Werbung das.«

Er betrachtete die Fahrer um den Tisch, manche angespannt, manche aufgeregt, manche der jüngeren Fahrer, Paluzzo und Delgado, mit Angst vor dem, was vor ihnen lag.

»Esst auf. Esst richtig. Denkt dran – ihr habt heute eine lange Etappe. Und das ist nur der Start.«

»Gestern war der Start«, sagte Cardone, »und Ross hat ihn verpasst.«

Will hatte sich schon gefragt, wann das zur Sprache kommen würde, und jetzt war es so weit. Er wartete auf die Explosion von Deeds und den Hohn des Teams. Sie kamen nicht.

»Was war es denn, Will? Die Uhr?«

»Ja. Die Batterie war leer.«

Deeds griff in eine Tasche und warf ihm einen kleinen Lederkasten zu.

»Henri Bergalis hat das für dich rübergeschickt. Er dachte, du könntest es gebrauchen.«

Will öffnete den Kasten und fand darin eine neue Trainingsuhr. Eine Ogden. Das Beste vom Besten, von der schlanken Form bis zu den zwei Stoppuhren auf dem Zifferblatt. Der Haven-Boss mochte die feineren Dinge des Lebens und das machte seine Freundschaft mit Will Ross noch fragwürdiger. Will lächelte.

»Wenn ich meine Uhr kaputtmache, kann ich dann auch eine neue haben?«

Deeds ignorierte Cacchiavillanis Bemerkung und begann mit seiner Beschreibung der ersten Etappe.

»Was wir hier haben, sind 234 Kilometer, viele Flachstücke und zwei Anstiege, beides vierte Kategorie, kein großer Grund zur Sorge.«

»Ja! Sprinter-Tag!« Cacchiavillani grinste und boxte mit den Fäusten in die Luft.

»Mann, kannst du dich nicht mal entspannen?«

Aber Will kannte die Antwort: Tony C. konnte sich nicht entspannen. Er war nicht so konstruiert. Sprinter waren eine eigene Kategorie. Nur am Anfang und am Ende der Tour konnten sie zeigen, was sie drauf hatten, hatten sie eine Chance, einen Tag im Gelben Trikot zu verbringen, während sie eigentlich Punkte für das Grüne Trikot sammelten, den Preis der Sprinter. Wenn sie erst am Fuß der Alpen und der Pyrenäen angekommen waren und in die Berge einrollten, würden die Sprinter wegbrechen, zurückfallen und nichts weiter versuchen, als ihre Position in der Punktewertung zu halten und zu vermeiden, wegen Überschreitung der Karenzzeit auszuscheiden.

»Die Kategorie-Vier-Anstiege – wie sehen die aus?«

»Wie schön, dass du deine Rennbibel so genau studiert hast, John. Einer hat ungefähr 150 Höhenmeter, der andere ungefähr halb soviel. Die sollten kein Problem darstellen. Gentlemen – und dieser Begriff ist nicht unbedingt wörtlich gemeint – «, sagte Deeds und schaute Cacchiavillani fest an, der gerade damit beschäftigt war, mit den Augen Magda Gertz den BH auszuziehen, »ihr seid selbst dafür verantwortlich, zu wissen, was ihr heute und jeden weiteren Tag zu tun habt. Ich bin nicht eure Mutter.«

Cacchiavillani verlor sich immer tiefer in Magda Gertz' Ausschnitt.

»Tony, ich bin nicht deine Mutter.«

»Ja, Mama. Nein, Mama.«

Deeds verpasste ihm einen Schlag auf den Hinterkopf.

»Los geht's in Euralille um 10:30 Uhr, der offizielle Start ist dann in der Innenstadt von Lille um 10:45 Uhr. Dann gibt es etwa achteinhalb Kilometer neutralisiertes Rennen durch die Stadt, dann der fliegende Start kurz nach 11.«

»Wozu die ganze Zeremonie?«

»Weil es der erste Massenstart bei der diesjährigen Tour ist, und weil die Handelskammer von Lille über eine Million dafür ausgegeben hat, ein Teil der Tour und im Fernsehen zu sein. Hörst du mir zu, Ross?«, sagte Deeds.

Will tat schockiert. »Also wirklich, Carl. Ich war der einzige, der dir zugehört hat. Alle anderen waren mit der Lady beschäftigt.«

Auf der anderen Seite des Raumes sah Magda hoch. Sie war es nicht gewohnt, eine Lady genannt zu werden. Sie war es nicht gewohnt, irgendetwas genannt zu werden. Normalerweise war sie es, die andere etwas nannte.

Der Haven-Tisch brach in ein geradezu babylonisches Sprachgewirr aus, zehn Stimmen, zwanzig Gespräche.

»Genug«, Deeds wedelte mit den Armen, »genug!« Schnell wurde es wieder ruhig.

»Es gibt drei Zwischensprints und eine Verpflegungskontrolle. Ihr müsst heute an zwei Männer denken. Ich will eine gute Platzierung für Richard und ich will Tony vorne sehen. Tony, du weißt, wo du sein musst ...«

»Ich habe Sprints bei 36, 160 und 220 Kilometern und den letzten Sprint in Armentières.«

»Ah, du hast also das Buch gelesen.«

»Carl, ich bin Profi.«

»In der Tat«, sagte Deeds sarkastisch. »Will, du bleibst dicht bei Richard. Du hast heute das Funkgerät. Ich werde dir im Ohr sitzen.«

»Wir haben immer noch eins von den Dingern? Womit habe ich so viel Glück verdient?«

»Du warst brav, und es ist dein Job, verdammt. Außerdem ist es ein neues Gerät, mit einem Sender, der in deine Tasche passt, also wirst du mich nicht nur hören können, ich werde auch die ausgesprochene Freude haben zu hören, wie du auf meine Anordnungen reagierst, Mr. Ross.«

Will salutierte.

»Das Feld wird sich wahrscheinlich vor jedem Sprint teilen und danach wieder zusammenfahren. Eventuell wird es bei dem größeren der beiden Anstiege Attacken geben, das ist gleich nach 90 Kilometern. Aber ich erwarte nichts Spektakuläres, und ich erwarte nicht, dass jemand sich da draußen umbringt. Heute ist der erste Tag, und es ist noch ein langer Weg bis Paris. Heute gibt's nichts zu gewinnen.«

»Wer hat Gelb?«

»Ein Neuer. McReynolds ... Engländer. Der Typ, der auf seinem selbst zusammengeschraubten Vehikel den Stundenrekord angegriffen hat. Er will noch vorne sein, wenn wir den Kanal überqueren. Eine Frage des Stolzes.«

»Er hat drei Tage, da kann eine Menge passieren«, bemerkte Will.

Cardone konnte sich die Vorlage nicht entgehen lassen. »In 40 Sekunden kann auch eine Menge passieren, Ross. Wo bist du jetzt – zwei Minuten von der Spitze entfernt?«

»Er führt nicht, Miguel«, sagte Bourgoin kalt, »aber du auch nicht. Ohne seinen Spätstart wäre er immer noch fünf Sekunden vor dir. Und du – du hattest auf dem Weg keine Probleme.«

Der Raum wurde unangenehm still.

Deeds ließ es eine Sekunde lang nachwirken, dann machte er weiter.

»Tony, ich will, dass du im Sprint dabei bist, wenn wir ins Ziel kommen. Ich will Richard knapp hinter dir sehen. Wir verlieren hier keine Zeit – nada. Das ist unser bestes Jahr ... seit dem letzten Jahr jedenfalls. Und dieses Jahr muss sich niemand von euch mit Jean-Pierre auseinandersetzen. Also geht da raus und macht eure Arbeit und macht Haven stolz und gewinnt dieses Rennen. Ich bin überzeugt – überzeugt – das wir es schaffen können. Dieses Jahr mehr als jedes andere Jahr. Gut. Fragen?«

»Kann ich mir ein neues Müsli holen? Meins ist ist ganz matschig geworden.«

Der Raum explodierte vor Gelächter.

Deeds sah Will frustriert an. Es würde nicht einfach werden.
Will erstarrte.

Zwei Hände hatten sich auf seine Schultern gelegt und bewegten sich auf und ab. Die Hände waren sanft und glatt und bewegten sich mit zarter Grazie. Er konnte sie spüren, bevor er sie gehört und gerochen hatte.

Magda Gertz lehnte sich über Will hinweg nach vorn und blickte über den Haven-Tisch. Das Lachen erfror. Selbst Carl Deeds war still und starrte.

»Ich wollte nur sagen«, sagte sie, langsam und ruhig nach dem richtigen Ausdruck suchend, »dass ich euch allerbestes Glück wünsche.«

Die Nervenenden in Wills Hinterkopf waren hellwach geworden, jedes Haar suchte verzweifelt in der Luft nach einer Berührung, wie leicht sie auch wäre. Er blickte fest geradeaus, in der Hoffnung, dass er nicht vor ihr und dem ganzen Team himbeerrot werden würde.

Sie lächelte und drückte Wills Schultern, dann wandte sie sich zum Gehen und wischte dabei mit ihrem Oberteil an Wills Hinterkopf entlang. Seine Kopfhaut war wie elektrisiert, als habe er eben gerade eine 200-Volt-Leitung geküsst.

Jetzt wurde er rot.

»Sie werden doch in der Nähe bleiben, oder?«, rief Tony C. hinter ihr her.

»Oh ja«, sagte sie über die Schulter hinweg, »ich werde in der Nähe bleiben. In ihren Träumen, Mr. Cacchiavillani.«

Tony C. lächelte. »Ich bin ...«, sagte er steif, »... ein glücklicher Mann.«

Die gesamte Mannschaft sah zu, wie Magda den Raum verließ, abgesehen von Will. Er musste sie nicht gehen sehen. Er konnte es fühlen. Sein Hinterkopf hatte Augen bekommen wie eine strahlenverseuchte Kartoffel.

Die Röte verließ langsam sein Gesicht, bis nur noch das Muster der Narben rot leuchtete, das er sich bei einem Zusammenstoß mit einem Auto während der Ruta del Sol am Anfang der Saison eingefangen hatte. Sein Gesicht sah aus wie eine Karte der Kanäle auf dem Mars.

Tony Cacchiavillani sah herüber und grinste.

»Na, mein Freund, wie geht es jetzt deinem ›Kleinen Flash‹?«

Jetzt musste Will lachen.

Neun Uhr.

Will zog sich fertig an. Den Koffer musste er nicht packen, denn sie würden am Ende des Tages ins Hotel zurückkehren – die Etappe war eine große Schleife und das Ziel in Armentières nur zwanzig Kilometer von Lille entfernt. Er dehnte sich im düsteren Flur und zog dann den Reißverschluss seines neuen Haven-Trikots hoch. Das war die Tour. Alles war neu. Alles war hell. Alles leuchtete.

In seiner rechten Wade spürte er ein Ziehen.

Alles, außer dem Fahrer.

Er trat zurück ins Zimmer und begann, sein Bein ein weiteres Mal zu dehnen. Er spürte ein Ziehen, als ob das Bein sich gegen ihn wehren wollte, als er seinen Fuß vor und zurück bewegte, vor und zurück. Darauf würde er achten müssen. Früher konnte er sich einfach auf dem Rad locker machen, aber das war lange her und weit weg. Langsam knirschte es mächtig im Gebälk. Alt zu werden war zum Kotzen. 32 Jahre war er alt und gehörte fast zum alten Eisen.

Bresson kreiste langsam mit dem Kopf, um Hals und Schultern zu lockern. Heute hatte er nicht viel gesagt, und es gab auch nicht viel zu sagen. Bei der Besprechung am Frühstück waren die Aufgaben für den Tag verteilt worden und Henris Aufgabe war nicht viel mehr als der Hausputz. Die Gruppe beobachten, bereit sein zu springen, Tempo zu machen, es zu verringern, oder Nachrichten zu überbringen, Aufopferung und Selbstdisziplin, die Welt des Wasserträgers.

Will hatte das auch schon getan und er sollte es eigentlich immer noch tun, dachte er. Er wusste, was Henri heute empfand, und es war wirklich nicht besonders lustig.

»Kommst du? Der Mannschaftsbus steht unten.«

Die Wirbel in Bressons Hals krachten laut und seine Schultern sanken.

»Da. Ich hab's. Mein Hals hat mich fast umgebracht.«

»Fertig?«

»Eine Minute. Ich muss noch ein paar Sachen in meine Renntasche packen.«

»Okay.« Will wandte sich zum Gehen. »Henri – fahr mit mir. Wir sind die alten Männer im Team. Lass uns zusammen fahren und uns gegenseitig bei Laune halten.«

»So weit wie's geht«, sagte Bresson, ohne seinen Blick vom Fenster abzuwenden.

»Du fährst jetzt mit den großen Nummern, Will. Zu dieser Welt gehöre ich nicht.«

Will verstand das Gefühl. Es war wirklich eine Klassengesellschaft. Will nahm seine Handschuhe, Helm, Sonnenbrille, Rennschuhe und ging aus dem Zimmer. Leise schloss er die Tür hinter sich.

Bresson wartete einen Augenblick. Dann griff er nach dem ausgebleichten Baumwoll-Vorhang und zog ihn zu. Ohne auch nur die letzte Spur der Morgenbrise wurde das kleine graue Zimmer sofort noch stickiger.

Er griff unter das Kissen und zog den zusammengerollten Lederbeutel hervor. Er rollte ihn auf und griff nach der klassischen Spritze, die Nadel bereit, gefüllt mit der schweren gelben Flüssigkeit. Nur eine Einheit zum Anfang, gerade genug, um der Fahrt die Spitze zu nehmen.

Henri Bresson war schließlich noch Jungfrau. Er hatte keine Ahnung, wohin ihn das alles führen würde.

Oder wie lange es gehen würde.

Oder wie schnell.

Oder was ihn an der Ziellinie erwartete.

———————

Das Peloton, die Hauptgruppe der Fahrer, befand sich immer noch nördlich von Valenciennes. Knapp außerhalb der Stadt würde der Anstieg nach Avesnes-sur-Helpe beginnen. Es waren keine großen Anstiege, kaum mehr als Höcker auf der Straße, aber trotzdem konnte ein Fahrer den Zug auf der Kette spüren, wenn er nicht in der Gruppe versteckt war und ihre Kraft und Geschwindigkeit nutzte, um ihn über den Berg zu tragen.

Die Fahrer dachten schon voraus an die zwei Etappen in den Pyrenäen, und an die Alpen, wo die Anstiege über 2000 oder 2200 Meter gehen würden, Tag um Tag. Ventoux. Alpe d'Huez. Val Thorens. Selbst Gott konnte einem da nicht mehr helfen. Es war die einfache Realität von Berg und Mensch und Maschine.

Der Berg gewinnt.

Immer.

Will war die ersten 50 Kilometer dicht bei Bourgoin geblieben und hatte auf ein Wort von Deeds gewartet, das nicht kam. Es gab keinen Grund dafür. Nichts passierte. Es gab keine Attacken, noch nicht mal von den Neulingen, die sich nach Tour-Ruhm und Medienrummel sehnten. Kein Mucks. Es war eine ruhige Fahrt über Land, bei gleichmäßigem, monotonem Tempo, bei der die Gefahr nicht von der Geschwindigkeit drohte, sondern davon, dass 198 Fahrer auf viel zu engen Straßen wie Krautsalat zusammengepackt waren.

Bourgoin driftete von Will ab und begann eine Unterhaltung mit Willard Kruse, einem weiteren Tour-Favoriten. Die letzten paar Jahre hatte es oft Kruse gegen Indurain geheißen, und der Spanier hatte jede Konkurrenz effektiv niedergemacht. Aber dieses Jahr war anders. Kruse hatte in Colorado in der Höhe trainiert und Bourgoin wollte etwas über das Leben in Vail wissen.

Will kannte das alles schon und driftete daher etwas davon. Bourgoin war im Moment sicher. Will ließ sich in die Mitte des Feldes zurückfallen und sah sich nach einem bekannten Gesicht um. Dann sah er eines vor sich, ein Fahrer in den Farben von Lexor Computer.

»Hey, Webster.«

»Hey, Will, wie geht's denn?«

Will kannte Chris Webster von seinem Jahr bei einem britischen Team, das mehr eine Peinlichkeit war als ernsthafte Konkurrenz. Nur Webster hatte das Blutbad am Ende der Saison überlebt. Während der Rest der Mannschaft, Will eingeschlossen, bestenfalls als Kanonenfutter für schwache Teams dienten, hatte Webster einen sehr guten Job bei Lexor bekommen und war dieses Jahr sogar beim Giro d'Italia um den Titel mitgefahren.

»Wie geht's Frau und Kindern, Chris?«

»Sie wachsen. Sie freuen sich, dass ich weg bin. Und freuen sich, wenn ich wiederkomme. Ist ein gutes Leben. Solltest du mal versuchen.«

»Hab ich schon. Hat gereicht.«

»Es hat mir Leid getan, als ich das von deiner Frau gehört habe.«

»Was meinst du damit, als du das gehört hast? Es ist direkt vor dir passiert. Wenn du nicht nach links ausgewichen wärst, hättest du ihr direkt ins Gesicht geschaut.«

»Du weißt, was ich meine.«

»Ja. Danke.« Unterhaltungen über Kim, seine vor kurzem verstorbene Ex-Frau, die in diesem Frühjahr von einem schnellen Sprinter überrollt worden war, als sie ohne zu schauen auf den Kurs lief, scheuerten unangenehm auf dem noch jungen Schorf. Zeit, das Thema zu wechseln. »Hey – was war mit diesem Fahrer bei euch – dem Drogentoten?«

»Wer? Koons? Keine Ahnung, ob das Drogen waren. Niemand ist sich so recht sicher, was mit dem passiert ist. Wurde tot in seiner Wohnung gefunden. Die Bullen haben gesagt, es sah nach Drogen aus, es hat nach Drogen gerochen, und es hat wie Drogen gequakt, aber keiner hat einen Frosch gefunden.«

»Wie haben sie es denn genannt?«

»Drogen. Inoffiziell. Offiziell war es das holländische Pendant zu ›Tod aufgrund einer Verkettung unglücklicher Umstände‹. Die Bezeichnung fand ich schon immer gut.«

»Ich mochte immer ›Tod durch hohes Alter nach einem guten Essen und tollem Sex‹.«

»Viel Glück.«

»Dann oder jetzt?«

»Beides«, sagte Webster mit einem Lächeln und stieg auf seinen Time-Pedalen aus dem Sattel, um sich durch die Menge zu drücken und seinen Kapitän zu finden.

Valenciennes, das auch auf der Route von Paris-Roubaix lag, war schon vorbei, schnell und glatt. Will hörte den Knopf in seinem Ohr knacken. Es war der erste Kontakt mit Deeds und dem Mannschaftswagen seit kurz vor St. Amand-les-Eaux.

»Ja, was gibt's?«

»Such Bourgoin. Ihr kommt langsam zum ersten Anstieg. Du wirst bei ihm bleiben wollen, falls er was braucht, oder falls jemand ausreißt.«

»Was meinst du damit, falls jemand ausreißt? Diese Truppe ist ungefähr so aggressiv wie eine Touristengruppe in Disneyland.«

»Will, es gibt Zeiten, da verstehe ich dich einfach nicht.«

Will lachte. »Soll das etwa eine Art Code sein?«

»Was?«

»Schon gut. Hey, Carl, wir sind eben bei Valenciennes vorbeigekommen.«

»Ja, und?«

»Willst du deine Kniescheibe besuchen gehen?«

»Arschloch.«

»Vielleicht kannst du deinen Schuh wiederbekommen.«

»Wie ich schon sagte ...«

Deeds Satz wurde von atmosphärischen Störungen in zwei Hälften geteilt. »... Bourgoin und bleib bei ihm.«

»Aye, aye, Skipper.« Will war wegen der Unterhaltung über Funk im Feld ein wenig zurückgefallen, also stand er auf und sah über die 130 Fahrer vor ihm hinweg, um Bourgoin zu suchen. McReynolds fand er schnell, den Mann in Gelb, der aus dem Schwarm von Barracudas herausstach, die um ihn herum schwammen. Sie warteten auf seinen Schachzug, seine Inspiration, seinen Ausbruch, hofften ohne große Hoffnung, dass etwas von seinem Zauber auf sie abfärben würde.

Kruse. Pantani. Jalabert. Bresson.

Bresson fuhr stark an der Spitze. Interessant. Toll. Schön für ihn. Der Kapitän von Haven war links hinter Bresson und nutzte die Kraft des Bretonen, der ihn auf der nun ansteigenden Straße nach vorn zog. Langsam stieg die Geschwindigkeit. Man wollte schnell zur Verpflegungsstation und über die Ziellinie aber auch den kommenden Anstieg bewältigen und den ganzen Irrsinn beenden. Das hier war die Tour, das größte Rennen der Welt, aber die harte Realität sah so aus: Es war ein Sechseinhalb-Stunden-Tag auf dem Rad, und alle wollten ihn so schnell wie möglich hinter sich bringen. Der Einzige, der wirklich etwas wollte, war Winston McReynolds, der hoffte, die Führung zu behalten und das Gelbe Trikot noch vier Tage lang durch seine Heimat Angleterre hindurch zu tragen.

Will suchte sich eine Linie und folgte ihr durch das Feld hindurch bis zu Bourgoins Hinterrad. Dort würde er die Situation analysieren und entweder Bourgoin oder Bresson in seinem Windschatten mitziehen, oder einfach mitfahren. Was auch immer. Es war Zeit, sich an die Arbeit zu machen.

Wills neues Rad war eine elegante Maschine. Frisch aus der Kiste von Colnago aus Cambiago, ausgestattet mit der besten Campagnolo-Gruppe, sang es beinahe auf der Straße. Das Problem war, es sang nicht zu ihm. Jedenfalls noch nicht. Es war ein Rad, einfach nur ein Rad. Ein großartiges Rad, keine Frage, aber eben nur ein Rad.

Will schloss zu Bourgoins Hinterrad auf und trat dann ein bisschen härter, um sich neben ihn zu schieben. Irgendwie wünschte er sich, dass er wieder auf dem »Biest« säße.

»Hallo Jungs – was macht die Kunst?«

Bourgoin, der über die letzten Monate etwas lockerer geworden war, hatte Spaß daran entwickelt, mit Will Ross herumzuflachsen, selbst auf dem Rad, selbst mitten in einer Krise oder im Spurt ins Ziel.

»Der geht's prima.«

»Ha. Witzig. Hätte ich gar nicht von dir erwartet.«

»Henri ... ça va?«

Keine Antwort. Will wollte noch etwas sagen, aber er merkte schnell, dass Bresson voll konzentriert war. Seine Form war großartig, seine Technik sauber und seine Reflexe erstklassig. Er befand sich offensichtlich in einer anderen Welt, und mit ihm zu reden würde nur den Bann brechen. Will konnte sich nur vorstellen, dass Henri Bresson, warum auch immer, im Tunnel war. Das war sein Tag, seine Etappe, sein Rennen, genau so, wie Will es vor drei Monaten bei Paris-Roubaix gespürt hatte. Den musste man einfach machen lassen.

Bourgoin duckte sich tief hinter Bresson, und Will fuhr hinter dem Kapitän. Ihre Räder waren nur Zentimeter voneinander entfernt, während die Geschwindigkeit stieg. Die ersten beiden Anstiege lagen kurz vor ihnen, und nach dem Gipfel war noch eine halbe Etappe zu fahren. Es war sanft, aber Will spürte die fortschreitende

Geschwindigkeitserhöhung, als ob sie sich auf einer leichten Abfahrt befänden, und nicht auf einem Anstieg.

Bresson begann langsam und mit ruhiger Entschlossenheit, vom Feld wegzurollen. Er zog Bourgoin und Ross mit, wie zwei Zweige, die in einem Strudel gefangen waren. Die Beschleunigung war so still, so langsam, so unauffällig, dass die meisten im Feld gar nichts bemerkten. Von hinten sah es wie ein Positionswechsel aus, nichts weiter.

Als die drei Fahrer sich vom Feld trennten und eine eigene Formation bildeten, sagte Will ein Wort in sein Mikrofon. »Attacke.«

Das Hotel in Lille war schnell wieder zur Ruhe gekommen, nachdem die Mannschaft zum Start aufgebrochen war. Die Sommerhitze hatte jede unnötige Bewegung, jede unnötige Unterhaltung gestoppt. Im La Punaise Couchez lag nur noch ein Haufen Versorgungsbeutel für nach dem Rennen, die Cheryl und zwei Soigneurs in einen Lieferwagen stapelten, den sie direkt zum Ziel in Armentières fahren würden. So viele Menschen waren ein- und ausgegangen, dass Monsieur Lucher nicht mehr aufpasste und hinter seiner Theke ein Nickercken hielt.

Die Person in der Lobby sah er nicht.

Die beiden aufgerollten Lederbeutel sah er nicht.

Er sah auch nicht, wie die beiden leise und vorsichtig in die Taschen zweier Fahrer gelegt wurden.

Alles, was er sah, war der Film an der Innenseite seiner Augenlider, und alles, was er hörte, war das Geräusch seines eigenen rhythmischen Atmens, während die Hitze und die Schwüle eines Sommertages ihrem Höhepunkt entgegenstrebten.

In seinem Ohr krachte es, es folgte ein schabendes Geräusch, als hätte jemand in Panik das Mikrofon erst eingeschaltet und dann fallen gelassen, bevor er es wieder zu fassen bekam und dann nichts zu sagen hatte.

»Wer? Wer?« Der Tonfall in Wills Ohr war hektisch.

»Wir.« flüsterte Will.

»Was?«

»Wir. Verdammt nochmal, wir.«

»Gottverdammt, Ross – du und diese gottverdammten ungeplanten Ausbrüche. Wenn ich dich jetzt erwischen könnte, würde ich dir den Hals umdrehen!«

Will fiel leicht zurück und mühte sich, an Bourgoins Hinterrad zu bleiben.

»Mann, Carl, das bin nicht ich – es ist Bresson. Der Kerl spinnt!«

»Scheiße. Scheiße. Scheiße. Scheiße. Habt ihr Gesellschaft?«

Will warf einen kurzen Blick nach hinten. Ein Lexor-Fahrer ... einer von Banesto ... und zwei aus dem Lotto-Team hatten reagiert und begonnen, die wachsende Lücke zu den Ausbrechern von Haven zu schließen.

»Ja. Wir haben Gesellschaft. Vier, vielleicht fünf, die aufgepasst haben.«

»Nehmt Bourgoin wieder in die Mitte. Ihr habt noch 130 Kilometer. Halte Bresson, wenn du kannst. Es ist zu früh.«

»Er hört nicht zu, Carl.«

»Gottverdammt, in diesem Team glaubt jeder, er ist eine Reinkarnation von Eddy Merckx! Wann wird endlich mal jemand auf mich hören!?!«

»Ich höre, Carl.«

»Halt's Maul, Will.«

Will pfiff kurz und scharf, um Bourgoins Aufmerksamkeit zu bekommen. Als der Franzose zurückschaute, zog Will seinen Finger quer über den Hals. Bourgoin verstand sofort. Den Ausbruch abbrechen. Bourgoin drehte sich um und pfiff nach vorne zu Bresson, der nicht reagierte, sondern sein stetiges Staccato zur Spitze des Anstiegs und zur Ziellinie 130 Kilometer weiter fortführte.

Langsam fielen Will und Bourgoin wieder zurück ins Peloton, das die letzten Augenblicke für eine Finte gehalten hatte, während Bresson und vier weitere mittelmäßige Fahrer vorne verschwanden. Niemand war da, um ihm zu helfen. Niemand war da, um die Führungsarbeit zu teilen. Henri Bresson machte es allein.

Zu früh, dachte Will. Er war zu früh gegangen. Bresson hatte 130 Kilometer einer mörderischen Fahrt vor sich.

Noch nicht einmal Gott konnte ohne Hilfe so lange alleine durchhalten.

Das Summen der Sprechanlage schreckte Godot auf. Jetzt, wo die Tour richtig angefangen hatte, war der Firmensitz von Haven Pharma so kalt und einsam wie der Mount Everest im Winter. Das scharfe Summen der Sprechanlage hatte ihn zusammenzucken lassen, ein Baby-Rauchkringel entwich aus seinem Mund und wurde zum Abzugsventilator gezogen.

Er drückte auf den Knopf und hustete laut. »Oui?«

»Wie attraktiv«, kam die körperlose Stimme von Isabelle Marchant, seiner Sekretärin und Freundin. Der Laustprecher krachte einmal und brummte laut. »Wie lange bleiben wir noch?«

»Was hast du denn vor?«

»Ich könnte ein frühes Abendessen vertragen und dann eine Show.«

Godot lächelte. Der heutige Abend versprach, ein romantischer zu werden.

»Was denn für eine Show?«

»Eine gute Show. Und ein teures Abendessen.«

»Es ist noch eine Stunde bis Büroschluss.«

»Die Katze ist weg. Sollten die Mäuse jetzt nicht spielen gehen?«

Er lächelte in sich hinein. In der Tat. Alle Manager von Haven Pharma waren in Lille, unterstützten die Mannschaft, kungelten mit den anderen Sponsoren und schleimten sich bei Kunden ein, genossen den bezahlten Urlaub und versuchten gleichzeitig, Henri Bergalis davon zu überzeugen, dass, jawohl, dass hier hart gearbeitet würde. Toller Urlaub. Godot konnte Rad fahren nicht ausstehen. Es war anstrengend, und alle, die etwas damit zu tun hatten, waren Spinner. Diese Lektion hatte er im Frühjahr gelernt.

Er drückte auf den Schalter der Sprechanlage. »Irgendwelche Ideen für heute Abend?«

»Keine einzige. Das macht es ja gerade aufregend, meinst du nicht?«

In der Tat.

Er drückte das Ende der Cohiba aus und schaltete den Ventilator hoch. Bis morgen früh würde es zwar immer noch nach Zigarren riechen, aber wenigstens würde der blaue Dunst fort sein. Er öffnete die Tür und machte das Licht in seinem Büro aus.

»Fertig, meine Liebe?«

Isabell sah ihn nicht einmal an, sondern schaltete in einer eleganten Bewegung Computer und Schreibtischlampe aus, deckte eine Plastikfolie über den Computer, schaltete ihr Telefon auf Voice-Mail, schnappte ihre Handtasche und stand auf.

»Ja.«

Luc Godot lachte und bot ihr seinen Arm an. Isabelle nahm ihn und rümpfte dann die Nase über den Zigarrengeruch, der aus seinem Jacket aufstieg.

»Ich werde mich umziehen. Fünf Minuten. Fünf Minuten zu Hause. Ich werde mich umziehen.«

»Das möchte ich hoffen.«

Sie gingen zur Tür und er streckte die Hand nach dem Lichtschalter aus. Gerade, als er den Schalter umlegen wollte, bemerkte er einen braunen Umschlag, der am Rand seines »Eingänge«-Korbes lag.

»Was ist das?«

Isabelle warf einen Blick zurück und zuckte mit den Schultern. »Späte Post. Ich bin mir nicht sicher.«

Er seufzte. Er schaute auf den Umschlag, dann auf sie, dann wieder auf den Umschlag. Sie zog ihn am Arm, und er schaute sie wieder an. »Der kann warten. Er kann warten glaube ich, bis morgen.«

Sie lächelte verrucht. »Wer sagt, dass wir morgen hier sind?«

»In der Tat.« Godot lachte. »In der Tat.«

Sie traten aus der Tür und zogen sie mit einem tiefen »Klack« zu. Der leichte Luftzug von der Tür ließ den Express- Umschlag, der auf der Kante des Postkorbes balancierte, erst wackeln, und dann kopfüber auf den tief ockerbraunen Teppich fallen, so dass die Intitialen »P.V.B.«, die sauber über einer Ecke der Aufschrift »Labor. Polizeibezirk Eindhoven« geschrieben waren, nicht mehr zu sehen waren.

Der Hauptteil des Feldes war bei der Ankunft in Armentières nur acht Sekunden hinter den Ausreißern. Das gesamte Peloton hatte bei dem Rennen in die Innenstadt an Kraft und Tempo gewonnen und dabei diejenigen geschluckt, die so unhöflich gewesen waren, zu versuchen, einen Vorsprung vor der Masse herauszufahren. Die Sprinter hatten sich nach vorne gearbeitet und schossen an den vulgären Eindringlingen vorbei auf die Ziellinie zu. Bei einer so flachen und leichten Etappe hatte sich niemand wirklich verausgabt, niemand hatte das Rennen wirklich als eröffnet betrachtet. Um die paar frühen Ausreißer brauchte man sich wirklich keine Sorgen machen.

Trotzdem, als die besten fünf Sprinter über die Ziellinie rollten, der erste mit erhobenen Armen in Siegerpose, hatten sie nicht bemerkt, dass ein Fahrer vorne geblieben war.

Bresson, in der drückenden Julisonne in Nordfrankreich schwer atmend und schwitzend, war schon vom Rad gestiegen und saugte an seiner Trinkflasche, als der Zweitplatzierte seinen vermeintlichen Triumph feierte.

Irgendwie war Bresson durch das Netz von Beobachtern und Checkpoints geschlüpft. Er war nie ernst genommen worden. Jetzt war es viel zu spät. McReynolds trug immer noch Gelb, aber der Schock, die Kommunikation in seinem Team so völlig und total versagen zu sehen, machte ihn völlig fertig. Er sah Bresson zu, wie er auf das Podium stieg, um den Tagessieg zu feiern und drehte sich mit leerem Gesichtsausdruck zu seinem Team-Manager, seinem Directeur Sportif um.

Will hatte Bourgoin früh herangefahren und ihn für den Sprint des Hauptfeldes vorne platziert. Für diese Etappe würden sie alle die gleiche Zeit gutgeschrieben bekommen. Im Gesamtklassement würde sich nicht viel ändern.

Abgesehen natürlich von Bresson, der einen großen Sprung nach vorne machte, zum Ärger einiger der größten Fahrer der Welt, zur Freude der internationalen Radsportpresse. Wochenlang hatten die Journalisten über die Favoriten geschrieben, die Taktik und das, was passieren würde, wenn. Hier war jetzt jemand, und jemand neues, ein Gesicht vom Ende des Feldes, das sich nach vorn gekämpft hatte, um seinen Preis entgegenzunehmen, und die um ihn herum schockierte.

Was für eine Story.

Will kletterte im Gesamtklassement zwei Plätze nach oben. Er hatte zehn Sekunden auf zwei glücklose Fahrer gutgemacht. Bourgoin war auf Platz 11 gefallen, wegen Bressons Sprung über beinahe 50 Plätze, mit dem er auf Platz 5 gelandet war.

Es war wirklich ein spektakulärer Tag gewesen.

Ein bisschen zu spektakulär.

———————

Louis Engelure stand daneben, als die Ärzte des Haven-Teams Bressons Augen untersuchten und seine Herzfrequenz und seinen Blutdruck maßen. Deeds lehnte sich dicht an sein Gesicht.

»Was zum Henker geht hier vor, Bresson? Bist du plötzlich taub geworden?«

»Nein. Ich bin plötzlich stark geworden.«

Engelure stellte sich vor seinen Schützling, einen der wenigen in der Mannschaft, die auf ihn hörten und tatsächlich von den Vitamin-Gaben begeistert waren. Deeds ging auf und ab und versuchte, um den schwitzenden Forschungsleiter herumzusehen und herumzureden.

»Gibt es da etwas, das ich wissen sollte?«, fragte Deeds scharf.

»Zum Beispiel was?«

»Zum Beispiel ... Hilfe?«

»Die Hilfe sind Vitamine – meine Vitamine«, bellte Engelure.

»Halten Sie die Klappe.«

Bresson schaute erst überrascht, dann beleidigt.

»Nichts. Gar nichts. Es war einfach ...«

»Was?«

»Es war einfach mein Tag.«

»Du hast keinen Tag. Nicht, wenn ich den Laden schmeiße. Du hast mich völlig ignoriert.«

Es klopfte an der Tür des Lieferwagens.

»Medizinische Kontrolle. Bresson und Bourgoin.«

»Keine Stichproben?«

»Nein. Nicht heute.«

Deeds wandte sich wieder Bresson zu.

»Zeit, in die Flasche zu pinkeln. Du solltest mir besser die gottverdammte Wahrheit erzählen, Bresson. Ich führe einen sauberen Laden. Wenn du Scheiß machst – wenn du mich in Schwierigkeiten bringst – dann reiße ich dir die Lippen ab und benutze sie als Türstopper.« Er stand Nase an Nase mit Henri. »Hast du mich verstanden?«

»Oui.« Bresson drückte Deeds sanft zur Seite, stand auf und ging zur Tür des Busses. Er sah Engelure an, lächelte und bedeutete ihm mit erhobenen Daumen o.k., bevor er in der drückenden Sonne von Armentières zum Bus der medizinischen Kontrolle ging.

Engelure lächelte und sah zu, wie Bourgoin Bresson zur Kontrolle und den goldenen Flaschen voller Antworten folgte.

»Seht ihr? Seht ihr? Sie werden nichts finden, weil es nichts zu finden gibt. Keine verbotenen Substanzen. Sie ...«, er deutete auf Will, »Sie ... und Bourgoin haben beschlossen, dass Sie keine Infusionen brauchen. Sie würden meine Vitamine nicht brauchen. Sehen Sie, was die heute erreicht haben? Das hätten Sie sein können, da auf dem Podium.«

Will hörte nicht zu. Er war zu sehr damit beschäftigt, sich an den Eiern zu kratzen. Er musste aus diesen Shorts raus, schnell, sonst würde er später alle möglichen Probleme bekommen, Juckreiz, Pilze, oder Sitzpickel, so groß wie ein Reihenhaus. Diese verdammten Shorts waren nach Stunden im Sattel eine feuchte Brutstätte für jedes fiese Bakterium, das der Menschheit bekannt war.

Engelure redete weiter, während Deeds kochte und Will sich weiter hinten in dem gut ausgestatteten aber jetzt schon unordentlichen Mannschaftsbus an unfeinen Stellen kratzte wie ein Spaniel, der gerade entdeckt hatte, dass er es konnte, als Magda Gertz eintrat.

Alle drei Männer stoppten das, was sie gerade taten, und starrten sie an, Will mit seiner Hand immer noch tief in seinen Shorts vergraben.

Magda Gertz lächelte.

»Juckt Sie da etwas ... oder freuen Sie sich nur so, mich zu sehen?«

9
Parieren und zustoßen

Cheryl Crane stapfte schwer in den kühlen Haven-Bus hinein. Ein Tag auf der Straße, verantwortlich für eine Unzahl unterschiedlicher und wichtiger Details, hatte sie sichtbar angestrengt. Sie war fertig und es war ihr egal, wer das sah. Ihre Haut war leicht gerötet und hatte den schmutzigen Überzug derer, die den ganzen Tag in einer Sandkuhle zugebracht hatten.

Sie trat die Stufen hinauf und sah erst Madga Gertz an, groß, blond und schön, nicht ein Haar war verrutscht, dann die Haven-Männer, Deeds und Engelure, die um Gertz herumschwärmten wie Fliegen um ein totes Känguruh. Will hopste derweil im Hintergrund herum, Shorts heruntergezogen und eine offene Flasche Isopropyl-Alkohol neben sich.

»Entschuldigung«, murmelte Cheryl und drückte sich an Madga und den Glotzern vorbei. »Entschuldigung.«

Sie stellte sich hinter Will und sagte mit kaum gedämpfter Stimme: »Du solltest warten, bis du wieder im Hotel bist, wenn du dir einen runterholen willst.«

Will erschrak und spritzte einen Schuss Alkohol auf seinen Penis.

»Oh Mann, oh Mann, jetzt hast du's geschafft«, krächzte er und wedelte sein plötzlich höllisch brennendes Glied in der Hoffnung auf Abkühlung durch die Luft.

Alle Augen im Wagen wandten sich zu Will, der bis zu diesem Moment in der Lage gewesen war, seine Nacktheit und sein Großreinemachen für sich zu behalten. Deeds sah peinlich berührt aus, Engelure kicherte. Nur Madga Gertz sagte etwas.

»Ist es nicht ein bisschen spät um zu angeln?«

Will drehte sich um und versteckte sich hinter Cheryl im hinteren Teil des Busses.

»Gott, das tut mir Leid«, flüsterte Cheryl, »wenn ich gewusst hätte, dass du so reagierst, hätte ich vorher geläutet.«

»Ist schon gut. Ist schon gut«, murmelte er und versuchte ohne Erfolg, nicht an das Brennen zwischen seinen Beinen zu denken. Will zog schnell seine Rad-Shorts aus und ersetzte sie durch khakifarbene Haven-Shorts.

»Ziemlich mutig, oder nicht?«, fragte Cheryl mit einem schiefen Lächeln. »Dich hier umzuziehen, während deine Freundin, die nordische Prinzessin und ihre Kumpel dabei sind?«

»Ich habe mich schon auf Pressekonferenzen nach einem Rennen umgezogen. Das ist für niemanden etwas Neues.«

»Na ja, für mich ganz bestimmt nicht ... aber ... vielleicht ist es für das Fräulein neu.«

»Oh Mann, willst du das nicht mal lassen? Ich habe sie nicht eingeladen.«

»Nein, du warst die Show.«

»Lass gut sein. Schau mal, du hast es doch gesehen. Es kümmert sie nicht. Und ich wette einen Muffin, dass sie schon beeindruckendere Dinge gesehen hat als den guten Major Tom hier. Und viertens, und das ist wahrscheinlich das wichtigste, ich kann mir nicht vorstellen, dass sie interessiert sein könnte. Warte, fünftens, und das ist das wichtigste, es hat wie verrückt gejuckt und ich musste das verdammte Ding ausziehen. Da ist es mir egal, wer zuschaut.«

Cheryl fühlte die Eifersucht vergehen wie eine warme Brise. »So lange du nicht ›angelst‹.«

»Niemals.« Er lehnte sich zu ihr vor und küsste sie auf die Stirn und spürte ein wenig von dem langen heißen Tag im Mannschaftswagen mit dringenden Aufträgen von Deeds. »Außerdem habe ich keinen Köder.«

«Und du bist zu schnell.«

»Meine Güte. Wir sind heute ganz besonders frostig, was? Weißt du, was das Problem mit Masseuren ist?«

»Hau ab«, sagte Cheryl scharf. »Ich bin eine Profifahrerin, die dazu degradiert wurde, Taschen durch die Landschaft zu schleppen und die Probleme von meinem Kommandanten da hinten zu lösen.« Sie zeigte mit dem Daumen über die Schulter auf Deeds. »Ich kann deinen Sarkasmus nicht gebrauchen.«

Will lächelte mitfühlend. »Ah, Ärger im Paradies. Aber denk immer dran: Du bist im Showgeschäft.«

Sie boxte seine Hand weg, und er lachte still. Sie lächelte zurück und zeigte ihm den Finger.

»Der Typ, der hinter dem Elefanten herläuft, ist auch im Showgeschäft.« Sie öffnete den Kühlschrank, nahm eine Flasche Wasser heraus und fiel auf den Sitz gegenüber von Will. »Und im Moment habe ich das Gefühl, er befindet sich eine Stufe höher in der Nahrungskette.«

»Wie wär's mit Abendessen heute?«

»Kommt drauf an«, brummelte sie zwischen den Schlucken, »kommt auf Deeds und seine verdammte Liste an. Das Ding wächst mit beunruhigender Geschwindigkeit, Stunde um Stunde. Es ist wie ein Pilz.«

»Sag nein.«

»Kann ich nicht. Ich bin zu gut erzogen.«

»Zu mir sagst du dauernd nein.«

»Das ist etwas anderes. Du bist ein kleiner Wicht, ich schubse dich herum, um meine feministischen Tendenzen zu befriedigen.«

»Danke, Germaine Greer«, lachte er und gab seinem Hodensack durch den Reissverschluss hindurch einen letzten Wisch mit dem Alkohol.

»Weißt du was, das ist ein ekelhaftes Bild. Es sieht so aus, als würdest du für einen Taschenfußball-Wettbewerb üben.«

»Willst du den Anstoß haben?«

Cheryl bellte ein Lachen und rülpste.

»Meine Güte, was für ein entzückendes Bild.«

Madga Gertz hatte sich von der Schar ihrer Bewunderer losgerissen. Sie stellte sich zwischen Will und Cheryl, während die beiden lachten. Ihre plötzliche Anwesenheit ließ beide abkühlen.

Cheryl war genervt. »Oh, Entschuldigung. Ich wollte sie nicht erschrecken.«

»Oh, Sie haben mich nicht erschreckt, meine Liebe«, sagte Madga

Gertz extrem freundlich, »ich hätte nur ein solches Geräusch nicht von einer so zierlichen Person erwartet.«

Will lächelte, mehr aus Höflichkeit als aus irgendeinem anderen Grund. Cheryl Crane war vieles, aber zierlich war nicht eines davon. Er blickte in ihre Richtung und sah, dass ihr Gesichtsausdruck sich nicht verändert hatte, sondern nur ein wenig kühler geworden war. Die Röte in ihren Wangen war verschwunden, als der unerwartete emotionale Frost ihre Außentemperatur senkte.

»Das habe ich von meinen Brüdern gelernt«, war alles, was Cheryl dazu einfiel. Ihr einzige Hoffnung war, dass diese Frau damit zufrieden wäre und gehen würde.

»Die müssen wirklich stolz drauf sein.« Magda Gertz lächelte und drehte sich mit einer schnellen Kopfbewegung um, so dass ihr Haar wie ein Wasserfall über ihre Schultern floss. Cheryl seufzte und ließ den Kopf mit einem »Klonk« zurück an das Fenster fallen.

»Will, würden Sie mit mir zum Abendessen gehen?«

»Wie bitte?«

Madga ignorierte seine Begriffsstutzigkeit und lächelte. »Würden Sie gern mit mir essen gehen?«

Will schüttelte den Kopf, als ihm plötzlich klar wurde, worum es ging.

»Nein. Tut mir Leid. Ich kann nicht.«

»Verpflichtungen?« Sie lächelte, ohne Cheryl hinter sich zu beachten und lehnte sich lässig gegen eine Wand.

»Ja. Mannschaftsverpflichtungen.«

»Nun, ich bin sicher, Carl wird Sie davon entbinden.« Sie rief, »Carl, das wirst du doch, oder?«

»Natürlich, für dich immer, Magda«, antwortete Deeds geistesabwesend.

»Dann ist es ausgemacht.«

Will war still und Madga Gertz löste sich von der Wand. Kurz bevor sie sich zum Gehen wandte, schaltete sich endlich Wills Gehirn ein. »Nein, warten Sie. Ja. Ja, ich bin heute Abend beschäftigt, und, nein, ich kann nicht mit Ihnen essen gehen.« Die Worte kamen einzeln, in einem unregelmäßigen Singsang. »Ich kann nicht. Es tut mir Leid.«

Madga Gertz schaute zu ihm zurück, den Rücken immer noch demonstrativ Cheryl zugedreht.

»Mir auch«, flüsterte sie. Sie lehnte sich vor. »Dann ein anderes Mal.«

Will errötete. Als Madga Gertz ging, sah Will direkt in Cheryl Cranes Augen. Sie schauten wütend und verletzt.

Er hob die Hände in einer wehmütigen Geste und bewegte nur die Lippen: »Was?«

An der Treppe drehte sich Magda Gertz um und winkte fröhlich in den Bus zurück. »Ciao, allerseits. Ciao.«

Die Männer vorne am Bus unterbrachen ihre Unterhaltung und winkten zurück wie die Munchkins der guten Hexe Glinda zum Abschied. Will winkte zerstreut. Cheryl wedelte die Faust, einen Finger nach oben gestreckt.

»Das ist nicht sehr nett.«

»Na, dann entschuldige vielmals, Will«, sagte Cheryl scharf. »Während du damit beschäftigt warst, ihr in den Ausschnitt zu kriechen, wollte sie mich wohl raten lassen, was für ein Datum auf der Münze in ihrer Gesäßtasche stand. Entschuldige bitte, aber ich habe es nicht besonders gern, wenn mir jemand seinen Hintern ins Gesicht schiebt.«

»Beruhige dich. Ich gehe nicht mir ihr essen.«

»Das ist nicht das Problem, Freundchen«, sagte sie, stand auf, und ging nach vorne. »Das Problem ist, du wolltest es tun.«

Will öffnete den Mund, um zu protesieren. Aber es kam nichts heraus. Sein Gehirn hatte sich wieder abgeschaltet.

10

In die Höhle des Löwen

McReynolds würde es nicht schaffen. Winston McReynolds hatte gehofft, er hatte darum gebetet, die Chance zu bekommen, das Gelbe Trikot nach England und am Mittwoch durch seine Heimatstadt Goudhurst zu fahren. Der erste Engländer seit Jahren, der das Gelbe Trikot trug, arbeitete hart daran, es zu Hause zu zeigen. Es war ein großer Traum, vielleicht ein wenig zu groß für die Zeit, den Ort und den Mann.

McReynolds war auf den ersten beiden Etappen stark gefahren, aber die Konkurrenz nagte langsam an der phänomenalen Zeit, die er auf dem Prolog-Kurs erzielt hatte, Konkurrenten wie die Sprinter mit der Energie für die lange Strecke und dem Kick am Ende, aber auch seine eigenen Fehler und die seines Teams machten ihm das Leben schwer. Cippolini kam langsam näher. Und auch DuChateau. Und Bresson.

Team ComNet, das musste er einsehen, war nicht stark genug, um einem ernsthaften Angriff auf das Trikot zu widerstehen. Wenn er am Ende des 60-Kilometer-Mannschaftszeitfahrens am Eingang des Eurotunnels angelangt war, würde sehr wahrscheinlich jemand anders das Gelbe Trikot tragen.

McReynolds betrachtete gedankenverloren seine Socken.

Will stand an der Seite und schaute ihm zu, wie er seine Socken betrachtete, und er fühlte mit ihm.

Alle wollten das Gelbe Trikot tragen. In beinahe einem Jahrhundert hatten es nur sehr wenige geschafft, und noch weniger hatten es in der Stadt getragen, wo es wirklich wichtig war, in Paris, am Ende des Rennens.

Und solange man es nicht dort in der Lichterstadt tragen konnte, war es kein luftiges Lycra-Trikot, sondern ein Kettenhemd, das den Träger mit seiner Verantwortung und seiner Geschichte beschwerte, und ihm eine Zielscheibe auf den Rücken malte. Er wurde der Gejagte. Er wurde die Beute. Jeden einzelnen Tag ging das Rudel zu den Rädern, und aller Augen und Gedanken waren auf ihn gerichtet und auf niemand anderen sonst.

McReynolds war der Gejagte und fühlte sich heute morgen auch so.

»Viel Glück, Mann«, sagte Will leise neben ihm. Es war nur ein Flüstern gewesen, aber es erschreckte McReynolds trotzdem. Es zerrte ihn brutal zu diesem Augenblick an der Startlinie in Calais zurück und zwang ihn dazu, sich wieder darüber klar zu werden, wer er war, und was ihm jetzt bevorstand. Der Engländer sah Will einen Moment lang an, ohne ihn wirklich zu sehen, nickte gedankenverloren und versank dann wieder in seiner eigenen privaten Hölle. Er starrte wieder auf seine Socken, als wolle er mit den Augen einen einzelnen Faden herausziehen.

Es ging um das Gelbe Trikot.

Carl Deeds war heute Morgen in selten guter Form. Ohne eigenes Zutun hatte er einen Fahrer, der das Maillot Jaune in Angriff nahm. Eigentlich nicht der Fahrer, von dem er das erwartet hatte, aber nichtsdestotrotz ein Fahrer. Henri Bresson stand nur zwei Schritte vom Thron entfernt, und alle anderen waren plötzlich aufmerksam geworden, besonders nach dieser irren Fahrt auf der zweiten Etappe.

Zwischen Roubaix und Bologne-sur-Mer war Bresson auf der Abfahrt von einem Berg der Kategorie 4, dem Mont des Cats, bei Kilometer 50 auf der 200 Kilometer langen Etappe mitten im Feld gestürzt. Die Abfahrt war in der Tourbibel als eine der zwei Gefahrenpunkte des Tages verzeichnet gewesen: ›descente sinueuse et étroite.‹ Ein Neuprofi hatte auf der ›engen kurvigen Abfahrt‹ die Kontrolle verloren, war zur Seite gedriftet und hatte Bressons Rad berührt.

Bresson krachte auf den Asphalt, rutschte auf dem Rücken die Straße entlang und rollte sich dann auf dem Kies ab. Das Blut lief von seinem Kopf und einem Ohr herab, sein Trikot und seine Haut hingen in Fetzen seinen Rücken hinunter. Sein Rad war ruiniert, Gabel und Vorderrad in eine Form verbogen, die eine gewisse Ähnlichkeit mit der normannischen Küste hatte. Das Feld sah es und rollte vorbei, als der Mannschaftswagen, von Will alarmiert, vorpreschte, um den bestplatzierten Fahrer des Teams wieder zusammenzuflicken.

Bresson schüttelte den Schmerz in seinem Kopf und das Klingeln in den Ohren ab, bevor er wie ein Irrer nach einem neuen Rad zu schreien begann. Er nahm sein kaputtes und verbogenes Rad und warf es den kurzen Abhang hinunter in die Büsche unterhalb der Straße. Als der Mannschaftswagen ankam und schlitternd im Kies bremste, rannte Bresson darauf zu, Blut überall, während der Mechaniker bereits ein Ersatzrad vom Dach des Fiat zog.

Louis Engelure sprang vom Rücksitz und versuchte, mit antiseptischen Tüchern etwas von dem Blut vom Rücken des Fahrers zu wischen. Während Bresson die Zähne zusammenbiss, flüsterte Engelure ihm etwas zu. Bresson nickte.

Das Rad war unten.

»Bist du soweit?«, brüllte Deeds über die Kühlerhaube hinweg.

Bresson antwortete nicht, sondern warf sein Bein über das neue Rad, das bereits auf ihn angepasst war. Dann stand er still.

»Allez. Allez!«, brüllte Deeds und wedelte wild mit den Armen, um Bresson wieder in die Schlacht zu treiben. Der Fahrer ignorierte seinen Sportlichen Leiter und sah den Wagen hinterher, die mit heulenden Motoren, quietschenden Bremsen und spuckenden Auspuffrohren an ihm vorbei jagten. Engelure stieg wieder aus dem Wagen und tippte mit der Fingerspitze an eine Spritze aus Metall und Glas. Er wollte gerade eine Ecke von Bressons Shorts hochziehen, um den Gesäßmuskel freizulegen, als er bemerkte, dass schon ein Loch in die Shorts gerissen war. Er wischte mit einem Alkohol-Tupfer das Blut und den Dreck ab, hörte ein scharfes Einatmen von Bresson und stieß die Nadel hinein, während er gleichzeitig den Kolben hinunterdrückte. Dann zog er die Spritze heraus, wischte noch einmal über den kleinen sauberen Fleck und klopfte Bresson auf den Rücken, mitten auf seine aufgeschürfte Stelle.

»Los!«

Bresson ging vor Schmerz aus dem Sattel, wandte sich mit einem hasserfüllten Blick zu Engelure um, aber dann konzentrierte er sich auf die Aufgabe vor ihm und verschwand die Straße hinunter. Deeds rief nach vorne zu Will durch und beorderte Cardinal oder Cardone nach hinten, um Bresson zu helfen, die Lücke von 45 Sekunden zum Feld wieder zu schließen. Cardone weigerte sich und fuhr allein weiter, aber Cardinal verlangsamte das Tempo und wartete darauf, dass Bresson aufholte.

Das war nicht nötig.

Obwohl ihm das Blut noch immer aus dem Riss in der Kopfhaut durch das Gesicht lief, und trotz der schmerzenden Schürfwunde schoss Bresson wie eine Rakete ins Peloton zurück und suchte sich dann auf dem Kategorie-Drei-Anstieg bei Cassel seinen Weg zurück nach vorne. Die nächsten flachen 80 Kilometer nutzte er zu seinem Vorteil, zeigte sich vorne und jagte dann mit den Sprintern zum großen Finale davon. Er gewann die Etappe und stieg an den dritten Platz im Gesamtklassement auf, nur 15 Sekunden hinter McReynolds im Gelben Trikot.

Zum ersten und einzigen Mal in seinem Leben stand Henri Bresson im Mittelpunkt der Aufmerksamkeit.

Während er im Mannschaftswagen den Kommentar des Zieleinlaufes verfolgte, hatte sich Deeds zu Engelure umgedreht und fragte ihn: »Was zum Henker haben Sie ihm gegeben?«

»Antibiotika für die Schürfwunde.«

»Und nichts anderes?«

»Ein kleines Etwas, eine eigene Mischung.«

»Sie haben ihn nicht gedopt? Als Etappensieger wird er getestet.«

»Nein. Nein. Eine Vitamin-Kombination. Es funktioniert, ich sage es ihnen doch, Carl. Die Vitamine wirken.«

»Anscheinend.«

»Haven wird Millionen verdienen.«

»Oh, gut«, sagte Deeds, ohne auch nur die leiseste Spur von Enthusiasmus.

————

Will war vom Abendessen aufgestanden, als Deeds Cardone zum dritten Mal zusammenstauchte, und ihn aufforderte, Teamgeist zu zeigen und seine individuellen Bedürfnisse beiseite zu legen, um denen zu helfen, die gewinnen konnten, und wenn Cardone in der Mannschaft bleiben wolle, dann würde er sich zusammenreißen und seine Arbeit machen müssen.

Will stand auf und sah sich kurz im Speisesaal nach Magda Gertz um. Sie war nicht zu sehen. Na ja. Es war ein gefährliches Spiel, das er hier spielte, es hatte etwas von der Motte und dem Licht, besonders gefährlich, weil Cheryl in der Nähe war, aber er konnte nicht leugnen, dass er es spannend fand. Als Will an jenem Abend um die Ecke in den Flur bog, hörte er noch, wie Deeds noch einmal Cardones Strafe verdoppelte, weil er seine Befehle missachtet hatte. Sie stand jetzt bei 1000 Francs.

Will stoppte in der Lobby.

Er hatte vorhin auf ihrem Zimmer versucht, mit Henri zu reden, aber der war in seiner eigenen Welt. Es waren die Schmerzen von dem Unfall, die während des Rennens wohl vom Adrenalin überdeckt waren, aber auch seine eigenen Gedanken, als er auf der Schwelle eines lange gehegten Traumes stand. Konnte er es gewinnen? Konnte er es tragen? Und würde das Maillot Jaune immer noch seinen Rücken schmücken, wenn er durch die Innenstadt von Paris fuhr?

Will verstand und verließ das Zimmer, um zum Abendessen zu gehen. Bresson würde im Zimmer essen.

Will sah auf die Uhr und fragte sich, ob Henri schon schlief. Vielleicht. Vielleicht nicht. Anstatt ins Zimmer zurückzugehen, wandte er sich zur Eingangstür des Hotels, trat in die kühle Nacht von Calais und ging in Richtung Meer, das sechs Straßen entfernt lag.

Ein nagender Zweifel saß in seinem Hinterkopf, etwas Dunkles, etwas, mit dem er sich nicht konfrontieren wollte, weil es etwas über ihn aussagte, aber auch, weil es etwas über Bresson aussagte. Will fühlte sich wegen dieses Gedankens plötzlich klein. Er sollte sich für Henri freuen und für all das, was er heute erreicht hatte.

Aber dennoch.

Will trat an die Hafenmauer und sah über das graue Wasser in die Dämmerung.

Die Brise hatte sich verstärkt. Etwas blies vom Kanal herüber. Etwas kam von der See.

———————

Nach 40 von den 60 Kilometern des Mannschaftszeitfahrens fühlte Will sich wie elektrisiert. Er war schon überall Mannschaftszeitfahren gefahren, von der Provinz in Michigan bis zu den Straßen von Moskau, aber das hier, das war etwas Neues. In der Vergangenheit waren seine Mannschaften wenig mehr als zusammengewürfelte Haufen gewesen, manche Fahrer stark, manche peinlich schwach, einschließlich seiner selbst, aber das hier, das war eine Mannschaft die fantastisch fuhr, und, zumindest heute, ohne ein schwaches Glied, das sie behinderte.

Hier war eine Mannschaft mit zwei Fahrern in den Top Ten, Bresson und der Mannschaftsführer Bourgoin. Beide waren in einer Position, aus der sie ins Gelbe Trikot fahren konnten, wenn nicht jetzt, so doch bald. Bresson befand sich nur 15 Sekunden vom Augenblick des Ruhms entfernt.

Es war nicht einfach gewesen.

Der Kurs bestand nur aus Bergen, die einzeln kein großes Problem darstellten, die aber in einer Reihe von neun an der Kraft der Teams knabberten und am Ende die schwächeren Fahrer zurückfallen ließen. Zu viele Fahrer zu verlieren konnte die Zeit für die Mannschaft ernsthaft gefährden, denn die Uhr wurde nicht angehalten, bevor nicht der fünfte Fahrer die Ziellinie überquert hatte.

Das schien heute für Haven kein Problem zu sein. Deeds' Mannschaftstraining machte sich bezahlt, als Haven von Wissant nach Sangatte die Küste entlang schoss wie auf Schienen, schaltend, tretend, kurbelnd, alles unisono, alles mit voller Kraft, mit Bourgoin und Bresson als Zugpferden.

Haven war das dritte Team von hinten, ComNet und McReynolds waren ganz am Schluss, zehn Minuten hinter Haven gestartet. Es war unmöglich, dachte Will, dass McReynolds' Mannschaft dieses Tempo halten konnte. Wenn die Tour für den Transfer nach England in den Tunnel fuhr, würde jemand anderes Gelb tragen, und

Will hatte das vage Gefühl, dass er mit ihm in seinem Zimmer wohnen würde.

Will konzentrierte sich wieder und ging nach vorne.

Haven flog.

Und als sie auf die letzte 5-Kilometer-Schleife gingen, feuerte die Menge ihre französische Equipe an.

Die Farben des Tages explodierten in einem fluoreszierenden Regenbogen um sie herum. Die Mannschaft bog auf die letzte Gerade und ging mit vollem Tempo nebeneinander über die Ziellinie. Die Arme in Siegerpose erhoben, sahen sie aus wie neun Alpengipfel in Rot, Schwarz und Gold, und die Menge schrie ihre Freude heraus.

Minuten später kam das ComNet-Team um die Kurve. Die Mannschaft war dezimiert worden. Die ersten vier gingen durchs Ziel, angeführt von McReynolds. Der fünfte quälte sich 90 Meter dahinter auf die Linie zu, während die Uhr tickte. Und tickte. Und tickte. Winston McReynolds war schon in Tränen aufgelöst, bevor der fünfte ComNet-Fahrer die weiße »Fiat«-Aufschrift auf der Ziellinie überquerte. Die Menge war wie von Sinnen.

Heute würde Frankreich Gelb tragen.

––––––––

Der Zug raste durch den Tunnel im Kalk unter dem Kanal zwischen Frankreich und England. Will warf verstohlene Blicke auf die Wände, in Erwartung eines Tropfens, wenn schon keines Wasserstrahls, der den Tunnel füllen und ihr Schicksal besiegeln würde. Das würde interessant werden. Die gesamte Tour befand sich hier drin. Ein kleines Unglück wie dieses würde das Rennen ziemlich schnell stoppen ...

Will wandte sich wieder der Rennbibel auf seinem Schoß zu. Er hatte sie schon unzählige Male durchgelesen und kannte die morgige Strecke Dover-Brighton wie seinen Handrücken. Er schaute schnell auf seinen Handrücken. Das stimmt, dachte er, genau so gut, wie ich den kenne. Wo war denn dieser kleine Leberfleck hergekommen?

Er wandte sich zu Henri Bresson um, der neben ihm im Zug ein glückliches Leuchten ausstrahlte, gedankenverloren, immer noch im Gelben Trikot, als ob er es für immer aufgeben müsste, wenn er es einmal auszog.

»Wie fühlt es sich an?« Will rollte eine Flasche Haven Power Juice in der Hand hin und her und sah zu, wie winzige Blasen am Glas entstanden und gleich wieder platzten. Das widerlich schmeckende Elektrolyt-Getränk sollte die Regeneration unterstützen. Im Moment unterstützte es ihn nur in dem Verlangen, das Abendessen herauszukotzen.

»Wie es sich anfühlt?« Bresson lächelte. »Es fühlt sich ... es fühlt sich ...«, er rieb seinen Arm an der Seite des Gelben Trikots, an der schwarzen Aufschrift ›Credit Lyonnais‹ entlang, die auf der linken Brustseite stand, »es fühlt sich golden an.«

Bresson hob die Flasche eines lila Getränkes an die Lippen, dessen Geschmacksrichtung die Jungs in der Forschungsabteilung mutig »Traube« nannten und leerte sie in einem Zug. Dann öffnete er eine weitere Flasche und nahm einen kleinen Schluck, nahm aus der Schachtel, die Engelure eben auf den Sitz geworfen hatte, eine Handvoll der Vitamine in die Hand und schaufelte sie in den Mund. Dann schluckte er hart und spülte die Kapseln mit dem Getränk hinunter. Seltsam, dachte Will. Monsieur Engelure hatte ihm keine kleine Schachtel gegeben.

Während er beobachtete, wie Bresson seine Vitamine herunterdrückte, war Will dankbar, dass er keine hatte. Schon der Gedanke an die rauhen, kantigen kleinen Dinger, die auf dem halben Weg nach unten in seinem Hals steckenbleiben würden, schnürte ihm Hunderte von Fuß unter dem Ärmelkanal den Hals zu. Nein, das Getränk war schon schlimm genug. Engelures Profi-Vitamine schmeckten auch scheußlich. Will konnte sich nur vorstellen, was Getränk und Vitamine zusammen mit Bressons Innenleben anstellten.

»Ich habe nie gedacht, dass ich hier sein könnte und mich so, so gut fühlen würde. So stark. Aber ich habe es geschafft. Du solltest auf Monsieur Engelure hören. Bourgoin auch.«

»Richard hört ja auf ihn«, entgegnete Will. »Vielleicht nicht so wie du, aber ganz sicher mehr als ich. Er nimmt seine Infusionen und schluckt Wagenladungen von diesen Pillen und ruht sich aus.«

»Und du?«

»Ich hasse Nadeln. Aber ich versuche mein Bestes. Ich nehme meine Infusionen. Ich versuche, ein braver Junge zu sein.«

Die kurze Zugfahrt war vorbei. Will und Bresson schulterten ihre Taschen und gingen zusammen mit den anderen Fahrern zu einer Reihe von Bussen, die sie zu ihren Hotels bringen sollten. Eine Handvoll Fans war da, um sie zu begrüßen.

»Eh ... félicitations!« Das junge Paar lächelte, offensichtlich stolz darauf, einen Landsmann im Gelben Trikot zu sehen. Bresson winkte zurück, stark, sicher, selbstbewusst. Das Mädchen errötete und rannte dann plötzlich los, um Henri um den Hals zu fallen und ihn voll und lang auf die Lippen zu küssen.

Bresson küsste zurück.

Der Freund lächelte stolz. »Wir sind nach England gekommen, um Sie anzufeuern.« Bresson winkte. Das Mädchen rannte lächelnd zu seinem Freund zurück.

Henri lächelte auch und wandte sich zu Will um.

»Hättest du es nicht auch gern, wenn dir so etwas passieren würde?«

»Bei meinem Glück sind die einzigen Leute, die mich verfolgen würden, um mich zu küssen, kleine alte Ladies und Leute mit modrigen Zähnen.«

»Quelle tragedie.«

»So ist das Leben eines wahren Siegertypen.«

»Was?«

»L'homme magnifique.«

»Dein Französisch ist grauenhaft.«

»Du solltest mein Italienisch hören.«

»Nein, danke.«

»Immerhin kann ich sagen, ›der Frosch ist im Haus‹ und ›ich habe ihre Tochter nicht geschwängert‹.«

»Das ist gut.« Bresson lachte, als sie sich zusammen in den ersten Bus setzten. Dann war er wieder still. Selbst in diesem fröhlichen Moment spürte er das Gewicht des Trikots, das er trug.

»Anstrengend, was?«

»Hä? Oh, ja. Vor dem heutigen Tag habe ich mir um das Morgen nie Gedanken gemacht. Jetzt schon. Ich mache mir Gedanken über morgen. Und Freitag. Sonntag. Die nächsten zwei Wochen. Ich frage mich, wie lange ich es behalten kann. Wie viele Etappen, bevor ich zusammenbreche und zusehen muss, wie alle anderen Fahrer, gute oder schlechte, über mich drüberfahren. Ich mache mir Gedanken. Ich mache mir Sorgen.«

»Es gibt keinen Grund auf der Welt, warum du es nicht bis nach Paris bringen kannst, Mann.«

»Ah. Meinst du, Bourgoin wird das zulassen? Oder Deeds? Meinst du, ich bekomme die Unterstützung? Wohl kaum.«

»Bourgoin wird das cool sehen. Und Deeds will, was für die Mannschaft das Beste ist, mit anderen Worten, was das Beste für Deeds ist. Fahr einfach so gut wie du kannst. Die Mannschaft wird dich unterstützen.« Er fing schon an, wie sein Vater zu klingen.

»Mannschaft oder nicht«, flüsterte Bresson, wie zu sich selbst, »ich werde mir das Herz aus dem Leibe fahren.« Er nahm einen letzten Schluck des bizzligen lilafarbenen Getränks, das er immer noch in der Hand hielt.

Weißt du, dachte Will, ich wette, das wirst du. Ich wette, das wirst du.

Bresson schnarchte friedlich im Bett neben ihm. Zum ersten Mal bei dieser Tour war das Zimmer kühl. Die Luft, die vom Kanal herüberkam, war sauber und klar.

Will konnte nicht schlafen.

Er hatte sich an die Hitze und die Luftfeuchtigkeit gewöhnt, an die Geräusche und Gerüche zweier Sportler, die sich ein kleines Zimmer ohne Durchzug teilten. Die ganze letzte Woche hatte er sich ein Zimmer und eine Nacht und eine Brise wie diese gewünscht. Jetzt hatte er sie, und sie hielt ihn wach.

Das und der Gedanke, der ständig an seinem Gehirn nagte. Könnte er? Würde er?

Tat er's?

Oder brannte Henri Bresson in der Saison, die vor drei Wochen noch wie seine letzte schien, wie eine Supernova, und ergriff seine letzte Chance auf den Erfolg?

Will hatte ein schlechtes Gewissen.

Eifersucht?

Vielleicht.

Neid?

Ganz sicher.

Er setzte sich auf die Bettkante, legte den Kopf in seine Hände und rieb sich die Augen. Gott, lass Bresson doch in Ruhe. Selbst wenn er irgend etwas nimmt, er scheint zu wissen, was er tut. Andere tun es ja auch. Es existiert. Lass es ihn ausleben.

Aber irgendwie, ob aus Sorge oder Ego oder Selbstgerechtigkeit, glaubte Will seinem eigenen Argument nicht. Nicht jetzt. Nicht heute Nacht. Die nachmitternächtliche Dunkelheit umgab ihn und ihm wurde kalt.

In der Lobby des englischen Hotels war das Feuer im Kamin heruntergebrannt. Will ging um den hohen Sessel herum, um zu dem kleinen Stoß Feuerholz zu gelangen, und erschrak, als er aus dem Augenwinkel Prudencio Delgado sah, der still im Schatten saß.

»Oh Mann – du hast mich zu Tode erschreckt.«

Delgado sagte nichts, sondern sah weiter in die Glut.

Will redete weiter, einerseits, um die Peinlichkeit der Situation zu überdecken, aber andererseits auch, weil er Kontakt suchte zu diesem einen Mannschaftskameraden, diesem einen Menschen, diesem einen Fahrer, diesem jüngeren Bruder des Mannes, der Wills bester Freund gewesen war, und zwar über lange Zeit, trotz lausiger Teams und schlechter Fahrten und einer sterbenden Karriere.

»Also ...« Es kam keine Antwort, keine Bestätigung. »Du fährst gut.« Wieder keine Reaktion. »Du warst heute gut beim Zeitfahren. Deeds war sehr zufrieden mit dir. Ich auch. Tomas wäre stolz.«

Ohne ein Wort wandte Prudencio Delgado langsam seinen Kopf und starrte Will Ross an. Das Feuer reflektierte in seinen Augen, die Will anfunkelten. Das erste Gefühl von Peinlichkeit, das Gefühl, wie auf rohen Eiern zu laufen, wich plötzlich kalter Wut. Will hatte hier schon zu viele Spielchen mit Delgado gespielt, er hatte zu viel mitgemacht, hatte zugelassen, dass es zu lange so ging. Vielleicht würden sie keine Freunde werden, aber die Tage, in denen er in Sack und Asche ging, waren jetzt vorbei.

Will verlagerte sein Gewicht von einem auf das andere Bein und fragte: »Darf ich?«

Er zeigte auf den anderen Sessel. Delgado blickte auf den Sessel und dann wieder auf Will.

»Nein. Klar gesagt, du darfst nicht.«

»Pech.«

Will setzte sich auf den harten uralten Sessel. Die Polster pusteten eine Wolke hellbraunen Staub in Richtung Zimmerdecke. »Also«, sagte Will ohne weitere Vorrede, »wo liegt dein Problem?«

»Meines? Wieso?«

»Du weißt, wieso.«

Prudencio blickte ihn scharf an, dann setzte er sich zurück in seine Sesselecke und verschränkte defensiv die Arme.

»Du hast meinen Bruder umgebracht.«

»Ich habe deinen Bruder nicht umgebracht.«

»Oh doch«, sagte er tonlos. »Du hast ihn umgebracht. Es war dein Rad. Dein Rennen. Deine Ex-Frau.«

»Meine Ex-Frau wollte mich umbringen. Dein Bruder war zufällig im Weg.«

»Zufällig?« Seine Stimme wurde lauter. Der kleine Mann am Empfang mit der beginnenden Glatze wachte beinahe aus seinem unruhigen Schlaf auf. »Er war ein Opfer. Ein Opfer der Spiele, die du«, und er deutete mit dem Finger auf Will, »die du gespielt hast.«

»Ich war genauso unschuldig. Ich wusste nicht, warum ich in die Mannschaft gekommen war. Ich wusste nicht, warum sie mich haben wollten. Ich wusste nicht, was da los war.« Will spürte, wie ihm der Schweiß ausbrach. »Ich ... ich war genau so eine Figur wie dein Bruder. Die haben mich zum Clown gemacht, und es war der Tod deines Bruders, der mich zu dem Entschluss gebracht hatte, bei dem Spiel nicht mehr mitzuspielen.«

»Fein. Du solltest tot sein.«

»Das stimmt, Prudencio. Ich sollte tot sein. Ich sollte tot sein, anstelle von Tomas. Aber weißt du was? Ich bin es nicht. Die verdammte Kugel ist an mir vorbeigegangen ...«

»Bombe.«

»... die verdammte Bombe ist an mir vorbeigegangen und mein bester Freund ist gestorben. Wirklich wahr. Mein bester Freund. Und jetzt muss ich tagtäglich um seinen kleinen Bruder herumschleichen, als ob ich ein Aussätziger wäre. Das bin ich aber nicht, Kleiner. Das habe ich alles schon mal mitgemacht. Jetzt nicht mehr. Du bist bei Haven. Ich bin einer der führenden Fahrer bei Haven. Wenn du bei dem Spiel dabei sein willst, dann kannst du dich ruhig ein bisschen besser benehmen. Du willst eine gute Platzierung bei der Tour erreichen, damit du zu einer anderen Mannschaft gehen kannst, die keine Brudermörder dabei hat? Dann fahr gut. Jemand wird dich schon einstellen. Aber denke immer an eins: Ohne mich kannst du nicht gut abschneiden. Ganz recht. Damit jemand bei diesem verdammten Rennen gut ist, braucht er das ganze Team. Wir müssen alle zusammenarbeiten. Und du tust es nicht. Du lehnst dich zurück und machst es dir bequem. Willst du das? Fein. Kannst du haben. Aber dann brauchst du nicht mir die Schuld geben, wenn dich niemand mehr beachtet.«

»Ich will keine Gefallen.«

»Ich biete auch keine an, Kleiner. Ich biete dir keine Freundschaft an, keinen Waffenstillstand und keine Therapie. Ich biete dir überhaupt nichts an, offen gesagt, bis du endlich schlau wirst und anfängst, zu zeigen, dass du weißt, was man braucht, um ein Fahrer bei der Tour de France zu sein. Nichts weiter. Du musst nicht mein Freund sein, oder mein Kumpel. Du musst einfach nur der knallharte Prudencio sein und fahren wie der Teufel. Dann – ja, dann – werde ich glücklich sein.«

»Mein Bruder ist immer noch tot«, sagte Prudencio mit leerer Trauer.

»Ja.« Wills Wut verschwand wie die Luft aus einem billigen Ballon. »Ja, dein Bruder ist tot. Mein Freund ist tot.«

Er atmete tief durch. »Er wäre noch am Leben – vielleicht – wenn ich nicht gewesen wäre, oder meine Ex-Frau, oder ihr Boss, oder wenn es Mailand–San Remo nicht gegeben hätte, wenn es eine Menge Dinge nicht gegeben hätte.« Beide starrten einen langen Augenblick lang ins Feuer. »Aber all diese Sachen sind zusammengekommen und direkt auf Tomas herabgestürzt.« Plötzlich fühlte sich Will bis in die Knochen müde. Er hatte heute Abend absolut gar nichts erreicht, außer, Prudencio noch wütender zu machen.

Er stand aus dem Sessel auf. Die Staubwolke, die von dem heftigen Wortwechsel aufgewirbelt worden war, stieg an seinem Kopf vorbei zu dem Kronleuchter auf, der schief von der Decke hing.

»Das hier ändert überhaupt nichts«, sagte der Bruder leise.

»Hatte ich auch nicht erwartet. Schlaf ein bisschen.« Er klopfte Prudencio auf die Schulter. »Wir haben morgen 200 Kilometer mit einer ganzen Menge Steigungen vor uns.«

Will ging zur Tür in Richtung des Flurs, der zu seinem Zimmer führte. Hinter ihm hörte er, wie Delgado aufstand und zu seinem Zimmer im anderen Flügel des Hotels ging. Vielleicht, dachte Will, vielleicht haben wir uns doch irgendwie verstanden. Auch wenn es nur ein Augenblick war. Wenn man es einmal geschafft hatte, kann man es wieder schaffen. Vielleicht.

Er griff nach dem Türknauf und drehte ihn. Abgeschlossen. Abgeschlossen. Schlüssel. Verdammt. Kein Schlüssel. Um halb drei Uhr früh aus seinem eigenen Zimmer ausgesperrt, und eine weitere Etappe wie der grimmige Tod selbst vor seinen Augen. Plötzlich fühlte er sich so schwer wie eine Tonne Ziegelsteine. Am liebsten hätte er sich gleich hier auf dem Fußabtreter zum Schlafen zusammengerollt.

Er rüttelte vorsichtig am Türknauf.

»Henri«, zischte er und rüttelte noch einmal.

Hinter sich hörte er das Klicken einer Tür und spürte das Parfüm.

»Wollen Sie das wirklich? Den Führenden der Tour um, was, um halb drei Uhr am Morgen aufwecken?«

»Ich habe mich ausgesperrt, Magda.«

»Das kann ich sehen.«

»Ich bin müde.«

»Das kann ich auch sehen.«

»Ich, äh, habe meinen Schlüssel vergessen.«

»Diese Schlussfolgerung liegt nahe.«

»Ich muss schlafen.«

»Sicher.«

»Also, nun ... ich werde einfach in die Lobby gehen«, murmelte er und zeigte über die Schulter zurück, »und mir einen Schlüssel holen.«

»Oh, warum den Portier aufwecken? Er schien so schön zu schlafen. Kommen Sie.« Sie machte auf dem Absatz kehrt, so dass sich das lange weiße Männerhemd, das sie trug, um sie herum aufbauschte. Selbst die Luft musste glücklich sein. An der Tür hielt sie einen Augenblick lang an und schaute dann über die Schulter zurück.

»Kommen Sie?«

Will stand da wie angenagelt. Er starrte ihr hinterher, aber dann nickte er stumm und schlurfte langsam auf ihre Tür zu. Sie lächelte. Männer.

»Ich habe gehört, was Sie zu dem jungen Delgado gesagt haben«, sagte sie aus dem Bad ins Zimmer hinein. »Das war eine schreckliche Geschichte in Mailand, die Bombe und das alles. Es war ein schrecklicher Saisonstart für Sie und Haven ... aber ... Sie haben Recht, sich nicht schuldig zu fühlen. Sie waren eine Zielscheibe – das ist alles – und der Bruder, Tomas, ist einfach in den Weg geraten.« Sie strich sich mit der Hand am Kinn entlang und berührte dann die Unterlippe. »Es war nicht deine Schuld, Will. Überhaupt nicht deine Schuld. Der junge Mann muss das irgendwann einmal verstehen.«

Die oberen beiden Knöpfe des Hemdes waren schon offen, und jetzt machte sie noch einen dritten auf. Sie griff nach einer kleinen Flasche französischen Parfüms und berührte mit dem Stöpsel die Lücke zwischen ihren Brüsten. »Aber es war nett von dir, mit ihm zu reden. Es war nett von dir, ihm die Realität klar zu machen. Selbst wenn er dich nicht mag.« Sie lächelte. »Obwohl manche von uns das tun, Will. Dich mögen ...«

Sie trat aus dem Bad und ließ in einem wohldurchdachten Manöver das Licht an, um ihre Figur durch den dünnen Stoff des Hemdes zu akzentuieren. Es war beinahe eine Präsentation.

»Ah, fertig.«

Als vom Bett keine Reaktion kam, strengte sie die Augen an und trat aus dem Lichtkegel heraus, um besser zu sehen, obwohl es das Tableau ruinierte. Als sich ihre Augen an die Lichtverhältnisse gewöhnt hatten, wurde ihr klar, dass Will überhaupt nicht im Bett lag. Sie sah sich schnell im Zimmer um und fand ihn schlafend und sanft schnarchend in einer Ecke der kleinen Couch zusammengerollt. Sie überlegte, ob sie ihn wecken und zum Bett manövrieren sollte, aber dann legte sie sich allein hinein.

Du bist anders, dachte sie. Du wirst Zeit brauchen. Und ich habe Zeit.

Auf der Couch konzentrierte Will sich darauf, gleichmäßig zu atmen. Als er sah, wie sie sich im Bett ausstreckte, entspannte er sich. Diese Minicouch war verdammt unbequem, aber es war in jedem Fall besser als mit Magda Gertz im Bett. Er schaute noch einmal hinüber und sah ihre Umrisse klar durch das dünne Laken hindurch.

»Oh, Cheryl«, dachte er, als er über die unsichtbare Linie ins Land der Träume glitt, »du hättest den Schlüssel nicht vergessen.«

Und dann war er eingeschlafen.

Will bewegte sich auf dem unbequemen kleinen Sofa in Magda Gertz' Zimmer. Einen Moment lang fehlte ihm die Orientierung, aber als er realisierte, wo er war, setzte er sich auf und schüttelte den Kopf, um der Verwirrung vorzubeugen, die schon wieder einzusetzen drohte. Er warf einen Blick auf seine neue Uhr. Halb acht. Frühstück. Dann schaute er zum Bett und sah, dass Magda nicht dort lag. Sie war im Bad. Er dachte noch daran, etwas zu sagen, danke, auf Wiedersehen, irgendetwas, aber er beschloss, sich statt dessen leise davonzustehlen und so wenig Aufhebens wie möglich von dieser Nacht zu machen. Er schlüpfte in seine Schuhe und schlich dann vorsichtig zur Tür. Ohne Erfolg versuchte er, das Knarren der Dielen auf ein Minimum zu reduzieren. Er drehte den Türknauf. Als der nicht nachgab, öffnete er das Schloss, langsam und leise. Vorsichtig zog er die Tür auf und trat auf den Flur.

Gott sei Dank ist das vorbei. Will fuhr sich mit der Hand durchs Haar und marschierte zum Speisesaal.

Schauen wir mal, überlegte er, ich habe fünf Stunden Schlaf bekommen, wenn ich gut esse und mich mit Monsieur Engelures Pillen vollstopfe, halte ich diese Etappe vielleicht durch.

Lebend.

In dem Spiegel in der Lobby erhaschte er einen schnellen Blick auf sich selbst. Die Narben von seinem Zusammenstoß mit dem Peugeot in diesem Frühjahr hatten sich mit Bartstoppeln gefüllt. Kombiniert mit der Blässe eines Mannes, der kaum die Hälfte von dem Schlaf bekommen hatte, den er brauchte, sah Will Ross' Gesicht aus wie eine Karte von Downtown Kalamazoo.

Kein Wunder, dass kleine Kinder Angst vor mir haben.

Er ging schnell durch die Lobby zur Tür des Speisesaals und trat hindurch. Das gesamte Team wandte sich wie ein Mann zu ihm um. Keiner sagte ein Wort.

Einen unangenehmen Augenblick lang blieb es still, dann begann Tony Cacchiavillani breit zu grinsen und zu applaudieren. Der Rest der Mannschaft machte es ihm nach und der Raum erfüllte sich mit Geräusch und Lachen.

Will stand still da, das Gesicht vor Peinlichkeit verzogen. Scheiße, dachte er. Was nun?

Plötzlich stand Magda Gertz neben ihm. »Kein Sorge«, flüsterte sie. »Jetzt bist du ein Held.«

Sie wandte sich um und lächelte geheimnisvoll zum Haven-Tisch hinüber, bevor sie die rechte Faust erhob und mit der linken Hand auf den Ellbogen klatschte. Man konnte das als Beleidigung verstehen, oder als Größenangabe.

Der Tisch brach in brüllendes Gelächter aus, aber dann wurde er so plötzlich still, wie er eben laut geworden war.

Will folgte den Blicken der anderen zur Tür, in der Cheryl Crane stand, in einem Haven-Trainingsanzug aus zerknitterter Ballonseide, um den Hals einen Wald von Tour-Pässen.

Sie schaute auf die Fahrer an den Tischen, dann wandte sie den Blick erst zu Magda Gertz, dann zu Will.

Will spürte, wie jede einzelne Narbe in seinem Gesicht knallrot wurde.

Cheryl drehte sich um und ging ohne ein Wort in die Lobby.

Na toll, dachte er. Einfach wunderbar.

Luc Godot stolperte in sein Büro, als es bereits auf elf Uhr zuging. Selbst bei seiner Arbeitsmoral kam es ihm lächerlich vor, um sieben in ein leeres Gebäude zu kommen, wenn das Management woanders beschäftigt war. Er pickte noch einmal in seiner Post herum. Blödsinn, zum großen Teil. Selbst diejenigen, die ihm normalerweise Briefe schrieben, hatten angesichts der Tour aufgegeben und schickten ihm nichts als bedeutungslose Pressemitteilungen und glänzende Anzeigen für Alarmanlagen, die nur Technik-Amateuren etwas nutzen würden.

Der Stapel wuchs schon seit Tagen, während er Isabelle nackt durch die Zimmer ihrer Wohnung gejagt hatte. Wie faszinierend, dachte er, dass innerhalb eines Jahres ein Leben enden und ein neues beginnen konnte. Er hatte noch einmal den Schlüssel zum Leben gefunden.

Isabelle.

Er seufzte zufrieden. Wenn sie ihn nur in der Wohnung rauchen lassen würde. Dann wäre das Leben wirklich perfekt.

Als er nach einem weiteren Umschlag von dem wackeligen Turm langte, blieb er mit seinem Ring an der Ecke eines Briefes hängen. Er wollte den Brief herausziehen, aber der Stapel schwankte erst zur einen, dann zur anderen Seite und verteilte sich dann auf dem Fußboden seines Büros.

»Merde«, brummelte er.

Sitzend versuchte er, die Post aufzugabeln, aber schließlich musste er aufgeben und auf alle Viere gehen, um die Post aufzusammeln wie ein Bauernmädchen die Weizengarben.

Anzeigen, Flugzettel, ein oder zwei Zeitschriften stapelte er auf dem Boden auf. Ganz unten kam ein brauner Umschlag zum Vorschein. Er warf ihn achtlos auf den Stapel und ließ den dann auf dem Boden stehen.

Er zog sich hoch und ließ sich wieder in seinen Stuhl fallen. Seine Jahre und der Sex der letzten Tage hatten seine Energiereserven aufgebraucht.

Er wickelte eine Cohiba aus und schnitt die Spitze ab. Er rollte die Zigarre genußvoll zwischen den Fingern. Dann griff er nach einem langen hölzernen Streichholz. Aber seine Hand blieb mitten in der Bewegung in der Luft stehen, als ihm ein Gedanke kam. Er hielt inne und lehnt sich langsam zurück, wie um den Gedanken nicht zu stören, und wandte den Kopf zu dem braunen Umschlag, der jetzt als zweiter von oben unter einem bunten Aufruf einer Tierschützer-Gruppe lag, die den Norwegischen Blauen Papagei oder so was Ähnliches retten wollte.

Er schob den Papageien-Flyer zur Seite und schaute sich den einfachen Umschlag darunter genau an, und versuchte zu verstehen, was ihn so plötzlich daran gefangen genommen hatte. Er war an ihn adressiert, allerdings ohne den Namen von Haven Pharma. Der Umschlag trug einen Stempel vom Polizeibezirk von Eindhoven und die Initialen P.V.B. in einer Ecke. Godot griff danach und machte ihn auf.

Die vier fotokopierten Blätter waren handschriftlich an Polizeiinspektor Luc Godot adressiert, und sie sollten das Durcheinander um die Todesursache eines gewissen Radrennfahrers namens Henrik Koons aufklären.

Godot überflog die Seiten schnell und versuchte, sich zu erinnern, worin ursprünglich über einfache Neugier hinaus sein Interesse an diesem Fall bestanden hatte. Er wollte den Bericht schon beiseite werfen, als inmitten des Chemie-Kauderwelsches ein einziges Wort in Großbuchstaben herausstach.

Ein bis eben noch kleines unbedeutendes Rätsel erblickte jetzt das Licht eines Pariser Morgens. Godot atmete tief durch und drückte die unangezündete Cohiba in den Aschbecher.

Mitten in einem unverständlichen Wust von Worten sah Godot ein riesiges Problem sitzen, das versprach, in den kommenden Monaten ein ordentliches Durcheinander anzurichten, wenn man es je freiließe oder überhaupt seine Anwesenheit anerkannte.

Eine Maus rannte schnell an der Wand entlang unter die Couch, dann blieb sie in einer Ecke stehen und stellte sich auf die Hinterbeine, um die Luft in dem Büro zu schnuppern. Sie war voller abgestandenem Zigarrenrauch und Angst.

Godot reagierte nicht auf den Eindringling. Seine Augen klebten an einer einzelnen Zeile mit Großbuchstaben in dem holländischen Polizeibericht: ›Cytabutason/HP‹.

11
Jugend forscht

Godot biss auf das Ende der Cohiba und zog das Blatt näher zu sich hin. Cytabutason/HP. Er las den Bericht durch, eine zusammengefasste Version, die auch jemand verstehen konnte, der kein Chemiker war, und erschauerte bei der Beschreibung: Verjüngung, Erholung, verstärkte Kraft, gefolgt von erhöhten Dosen, Leberschäden, unkontrollierbaren Halluzinationen, Demenz und Tod.

Klingt wie eine lustige Fahrt, dachte er.

Sein Blick sprang zu dem Foto vom Tatort, das er aus dem Stapel am Ende seines Sofas herausgezogen hatte, das er scherzhaft sein Aktensortiersystem nannte, und bemerkte, dass nur ein Teil von Henrik Koons Leiche zu sehen war. Zumindest eine Zeitlang eine lustige Fahrt.

Er blickte zurück auf die chemische Analyse. Cytabutason/HP.

Ich frage mich, dachte er, was das HP bedeutet. Irgend etwas Medizinisches. Er zog tief an der Zigarre und ließ seine Gedanken abschweifen. Dann spürte er, wie sich sein Magen zusammenzog. Er blies den Rauch aus, und eine kleine Welle der Übelkeit kam über ihn.

HP. Er wusste es, auch wenn er sich weigerte, es zuzugeben.

Irgendetwas Medizinisches.

Oder ein Firmenkennzeichen.

Ich hoffe, dass ich falsch geraten habe, dachte er.

Ich hoffe, ich habe Unrecht.

———

Will hatte sich das Timing seiner Aktion den ganzen Tag lang überlegt. Er hatte sich eng hinter eine Gruppe von jungen Fahrern geklemmt, die ihn während der Etappe im vorderen Feld halten würden. Er suchte nicht nach einer Position für den Zielsprint. Er suchte nach einer Position für Cheryl. Wegen ihrer Erfahrung und ihrer Position bei Haven hatte man sie gebeten, heute den zweiten Mannschaftswagen zu fahren. Was keiner erwähnte, war, dass der übliche Fahrer, ein Assistent des Directeur Sportif, nach einer nächtlichen Sauftour das hatte, was mannschaftsintern als eine enorme Erkältung bezeichnet wurde.

Will wollte nichts weiter als eine Chance, mit ihr zu reden, wenn auch nur für einen Augenblick.

Der erste Mannschaftswagen blieb hinter dem Hauptfeld bei Bourgoin, dem Führenden des Rennens, und als Will zusammen mit einer Ausbrechergruppe eine Minute Vorsprung herausgefahren hatte, beorderte Deeds den zweiten Wagen nach vorne zu den Ausbrechern. Der Ausbruchsversuch würde wahrscheinlich nicht lange anhalten, aber im Augenblick war es Wills beste Chance, an Cheryl heranzukommen, das wusste er.

Er ließ sich ans Ende der Gruppe fallen und fuhr an das Fenster auf der Fahrerseite des Haven-Wagens heran.

Ohne hinzusehen sagte er: »Ich wünschte, du würdest mir zuhören.«

Ohne hinzusehen antwortete Cheryl: »Ich wünschte, du würdest aus meinem Leben verschwinden.«

Will warf einen Blick zu ihr hinüber und sah, dass sie die Zähne zusammenbiss und nach vorne starrte.

Er langte nach dem Türgriff, nur, um die Balance zu halten, aber von dem UCI-Kommissär auf dem Beifahrersitz kam sofort der Schrei.

»Hände weg!«

»Ich habe nicht mit ihr geschlafen«, sagte Will wild entschlossen. Sein Tonfall ließ den Kommissär in Cheryls Gesicht nach einer Reaktion suchen.

Sie blickte nur starr nach vorn.

»Du kannst mich mal«, war alles, was sie sagte, dann zog sie den Wagen scharf nach links, sodass Will in Richtung einer uralten Steinmauer am Straßenrand abgedrängt wurde. Er kämpfte um die Kontrolle über sein Rad und bekam es wieder in die Hand, als eine Verfolgergruppe ihn zu überholen begann.

Er ging ihren Rhythmus mit und fuhr die Etappe weiter, mit ihnen, aber nicht mit ihnen zusammen.

Zwei Gedanken hatte er zu diesem Zeitpunkt im Kopf. Erstens wie er seine Beziehung mit Cheryl so versauen hatte können, und zweitens, dass sein altes Rad, das »Biest«, es niemals zugelassen hätte, so nahe an diese Steinmauer zu geraten.

Godot war beschäftigt gewesen.

Er hasste diesen Teil seines Berufes, der ihn tagelang auf einem Bürostuhl festhielt, während er sich durch Papiere und Aufzeichnungen und Berge von Ausdrucken wühlte. Er saß wie in einem Fuchsbau und durchsuchte endlose Mengen von alten internen Berichten, die man als Ausdrucke aufbewahrte, um den damals teuren Speicherplatz in den Computern zu sparen.

Als ob das Platz sparen würde. Der Raum war angefüllt mit Papierkisten aus dem Keller der Firma. Es sah aus wie eine Bergkette in Beige, gemalt von Picasso.

Godot überflog eine weitere Seite Computerpapier und bemerkte plötzlich, dass seine Augen über die Seite gegangen waren, ohne wirklich etwas zu sehen. Er lehnte sich frustriert zurück und rieb sich fest die Augen.

Das hier, dachte er, war wirklich kein Spaß, so früh am Tag schon nichts mehr zu sehen. Er schaute sich im Büro um, und sein Blick blieb an der Wanduhr hängen. 16 Uhr. Es war ja gar nicht mehr früh am Tag. Er rief Isabelle an.

»Ja?«

»Ist Bergalis schon zurück?«

»So weit ich weiß, ja.«

»Setz dich mit ihm in Verbindung. Ich muss mit ihm sprechen.«

»Irgendwas besonderes?«

»Nur das, was ich gerade mache. Würdest du nicht auch gern Schluss machen?«

»Ich rufe ihn sofort an.«

Er hörte ein scharfes Klick und legte auf. Er blickte den Hörer verächtlich an. Es war eines dieser klassischen französischen Telefone mit geschwungenem Hörer. Trotz der Liebe zu seinem Heimatland wollte er eines von diesen kantigen, schweren, schwarzen amerikanischen Telefonen aus den vierziger Jahren. Die großen Detektive hatten alle so eins gehabt. Spade. Marlowe. Columbo.

Das hier war eins für Catherine Deneuve.

Verrückt.

Godot blickte sich wieder im Zimmer um und bemerkte, dass der Rauch der Zigarren und Zigaretten begonnen hatte, in seinem Büro ein Eigenleben zu entwickeln. Beinahe in Klumpen hing er an den Wänden und in den Ecken bei den Sofas. Während der Rest des Gebäudes hell und lebendig schien, hatte seine kleine Raucherinsel eine graubraune Tönung angenommen.

Es verursachte ihm Übelkeit.

Er langte über seinen Kopf und drehte den Ventilator voll auf. Dann ging er zum Fenster, riss die Vorhänge weit auf und öffnete das schwere Fenster mit dem Holzrahmen. Der erste Luftzug, schwer und feucht, schlug ihm ins Gesicht. Er konnte den Geruch von Auspuffgasen erkennen, aber verglichen mit der Atmosphäre im Zimmer war es beinahe ein lieblicher Geruch.

Vielleicht sollten wir von jetzt an draußen rauchen, dachte er.

Er ging durch das Büro zum Fenster nach Westen und zog die Vorhänge beiseite. Der Raum füllte sich plötzlich mit direktem Sonnenlicht. Godot erwartete beinahe, die Rauch-Gnome in Deckung gehen zu sehen, als ob sie im Sonnenlicht sterben müssten.

Er rüttelte an dem jahrhundertealten Fenster. Das wollte sich wohl mit ihm anlegen. Er zog. Er zerrte. Er strengte sich an. Das Fenster rührte sich nicht. Godot nahm ein großes Buch und warf es durch die antike blaugrüne Fensterscheibe. Die Glassplitter fielen geräuschlos zwei Stockwerke tiefer ins Gras, während er den ersten wirklichen Durchzug einatmete, den dieser Raum seit Jahren erlebt hatte.

Hinter ihm hörte er das Klicken der Tür.

»Luc?«

»Henri, ich bin hier drüben und kämpfe mit dem verdammten Fenster.«

»Ich glaube, Sie haben gewonnen. Isabelle hat mir gesagt, Sie seien mitten in einer Untersuchung.«

Godot atmete wieder tief ein. »Ja. Der Autopsiebericht der Polizei von Eindhoven über Koons, diesen Radrennfahrer, erwähnte eine Droge.«

»Und?«

Godot atmete einen letzten Zug Frischluft ein und drehte sich dann zu seinem Boss um, dem Chef eines multinationalen, milliardenschweren Konzerns. »Sie war mit einem HP gekennzeichnet.«

»Hm. Das ist nicht gut. Das wäre dann ein Haven-Pharma-Produkt.«

»Das habe ich auch gedacht.«

»Was für eine Droge war es denn?«

»Etwas mit dem Namen Cytabutason.«

Henri Bergalis starrte ihn an. Godot sah fasziniert zu, wie alle Farbe aus dem Gesicht dieses Mannes verschwand, bis er aussah wie eine vier Tage alte Wasserleiche.

12
Laborratte

Seine Augenlider fühlten sich an wie zwei schwere Vorhänge. Er atmete noch einmal tief ein, um sein Gehirn durchzupusten, und schüttelte heftig mit dem Kopf.

Es nutzte nichts.

Paul van Bruggen war am Ende eines weiteren 13-Stunden-Tages angekommen, und der Tag hatte gewonnen. Er stand auf und trat von dem Computer weg. Er war zwar wild entschlossen, seine privaten Überstunden auf der Suche nach dem mysteriösen Cytabutason mit Erfolg zu krönen, aber er spürte auch, dass er morgen ausgeruht weitermachen musste.

Ohne besonderen Grund ging er zur Tür und versuchte, durch das Milchglas hindurch auf den dunklen Flur zu schauen. Hatte er etwas gehört, oder wollte er nur seine Ohren testen? Egal. In ein paar Augenblicken würde er draußen sein und wie die anderen Angestellten des Polizeilabors in irgend einer schmuddeligen Bar von Eindhoven ein Bier trinken und etwas essen. Natürlich nur, wenn er so lange noch wach bleiben konnte.

Er ging zum Computer zurück und begann mit dem Download. Wenn er die Information auf Diskette speicherte, würde er morgen am gleichen Punkt weitermachen können, und nicht erst Zeit damit verschwenden, nach dem Anfang zu suchen.

Der Computer arbeitete lautlos. Das blinkende Licht am Laufwerk und ein Symbol auf dem Bildschirm waren die einzigen Anzeichen, dass tatsächlich das passierte, was van Bruggen wollte.

Er ging hinüber zum Labortisch. Die Tischplatte war mit zerhacktem und zerschnittenem schwarzem Gummi bezogen. Er lehnte sich rückwärts darüber, und sein Rückgrat krachte und knackte wunderbar mit jedem Zentimeter, den er sich der Tischplatte näherte.

Sein Kopf berührte die Platte und van Bruggen döste ein.

Er erwachte in völliger Dunkelheit. Van Bruggen befand sich immer noch in dieser seltsamen Position, rückwärts über einen schmuddeligen Labortisch gebeugt, aber er war plötzlich hellwach. Irgendetwas war seltsam, aber er wusste nicht, was.

Langsam rutschte der Labortechniker am Tisch entlang nach unten, bis er auf dem Boden saß, den Rücken gegen die Schubladen des Labortisches gelehnt.

Er atmete tief durch und versuchte, sich daran zu erinnern, wo er war und was er tat. Er warf einen schnellen Blick auf die Seite und sah den Computermonitor. Er war leer, nur ein kleines Symbol blinkte zu ihm hinüber: »Dokument gelöscht«.

»Dokument gelöscht.«

»Dokument gelöscht.«

Van Bruggen wischte sich mit der Hand in einer langsamen, bewussten Bewegung über das Gesicht, von der Stirn bis zum Kinn. Was, dachte er, was war hier los? Als er die Hand vom Kinn nahm, bemerkte er, dass sie mit kaltem Schweiß überzogen war.

Er atmete noch einmal tief durch und begann, zum Computer hinüberzukrabbeln. Sein Gehirn gab immer noch keine Auskunft, was los war, wo er sich befand, oder wie er hierher gekommen war. Er traute sich nicht, aufzustehen. Er blinzelte noch im Krabbeln heftig, als ob er so die Nachricht ändern könnte, die ihn vom Bildschirm herunter ansah.

»Dokument gelöscht«.

Er zog sich am Stuhl hoch und starrte auf den Bildschirm.

»Nein«, sagte er zu niemand speziellem, »nein – ich habe dich doch kopiert.« Er drückte eine Taste. »Ich habe dich runtergeladen.« Er drückte auf eine ganze Reihe Tasten. »Ich habe dich gespeichert«, rief er, laut, und beinahe verzweifelt. Er hämmerte wie wild in die

Tasten, in dem Versuch, irgend etwas auf dem Monitor zu einer Reaktion zu bewegen. Dann hörte er auf und starrte einfach auf das Zyklopenauge, das zurückstarrte.

»Ich habe dich gespeichert, verdammt nochmal. Ich habe dich gespeichert«, murmelte er.

Er starrte auf den Bildschirm, dann wanderte sein Blick langsam nach unten zum Laufwerk. Es war leer. Die Diskette, die er eingelegt hatte, war weg.

»Mein Gott«, dachte er, »man hat mich beraubt.«

Hinter sich spürte er eine Bewegung, bevor er etwas hörte.

Er stand auf, drehte sich um, und rief dann in den menschenleeren Flur, auf einer menschenleeren Etage, in einem menschenleeren Gebäude in einem menschenleeren Bezirk von Eindhoven.

Menschenleer, bis auf ihn und den anderen, der jetzt vor ihm stand.

Das letzte, was er bewusst sah, war das Loch in dem Rohr, dicker als der Lauf einer Waffe, dachte er noch, und das Wölkchen, das daraus hervorkam. Das letzte, was er hörte, war das hohle »Wump«, das sich zu dem Wölkchen gesellte, als es das Loch am Ende des Rohres verließ. Das letzte, was er spürte, war ein Klatsch auf die Stirn, gerade oberhalb des Brillensteges, das zu dem »Wump« kam, das sich zu dem Wölkchen gesellte, als es das Loch am Ende des Rohres verließ.

Der Klatsch schob ihn etwas zurück, und er beugte sich rücklings über den Computermonitor in derselben unbequemen Haltung, in der er eben noch geschlafen hatte.

Blitzschnell schossen verschmierte Bilder und Gefühle und Geräusche durch seinen Kopf; Farben und kaltes Blau und Schwarz ... Dunkelheit.

Eine Hand schubste die Leiche von Paul van Bruggen auf den Boden, dann berührte sie drei Tasten am Computer.

Ein Symbol erschien und fragte »Sind Sie sicher?«

Die Hand berührte die »J«-Taste. Und der Computer tat, was man ihm gesagt hatte.

Die Hand entfernte den Schalldämpfer vom Ende der Waffe und steckte ihn in die Tasche einer leichten Sommerjacke. Das Gewicht zog die Jacke an dieser Seite leicht herunter. Die Waffe, ein 9-Millimeter-Mitglied der Glock-Familie, wurde in eine Innentasche gesteckt. Die Hand berührte eine Tasche auf der anderen Seite, fühlte die Diskettenhülle und vergewisserte sich, dass die Diskette sicher war.

Die Hand griff nach der Tür und drehte den Türknauf, aber vorher schauten sich die Augen, die zu dem Körper mit den Armen und der Hand gehörten, noch einmal um und sahen eine Nachricht, die noch auf dem Bildschirm aufblinkte. »Festplatte gelöscht«.

Die Nachricht blinkte einen Augenblick lang, dann verschwand sie. Nur noch ein einsamer Cursor blinkte mitten in einer blauen See.

Die Hand zog die Tür zu.

Die Tür schloss sich mit einem lauten »Klick«.

Der Cursor blinkte weiter.

13
Liebe deinen Nächsten

Heute beginnt die Hölle, dachte er, heute geht es in die Berge. Will saß auf dem zentralen Platz der südwestfranzösischen Stadt Cahors und zog seine hauchdünne Haven-Teamjacke enger um sich. Er schaute in die Gegend und dachte über den Tag nach, der vor ihm lag.

Es waren noch drei Stunden bis zum Start der zweitlängsten Etappe der diesjährigen Tour.

Eigentlich sollte er jetzt erst aufstehen, aber Will hatte die ganze Nacht kaum geschlafen und immer wieder seinen Zimmergenossen betrachtet, halb besorgt, halb eifersüchtig, halb verwundert.

Moment mal. Das waren drei Hälften.

Für einen Träger des Gelben Trikots schlief Henri Bresson verdammt gut. Er hatte es sechs Etappen zuvor angezogen und zum Erstaunen der ganzen Welt, der Mannschaft und seines Zimmergenossen trug er es immer noch. Bresson war ein Gigant der Straße geworden, während Will sich zu früh für diesen Job gemeldet hatte und dann wieder in die Rolle des Domestiken zurückgefallen war, trotz seines Titels als Teamleutnant, trotz seines Platzes in der Mannschaftsrangfolge.

Gestern Abend war es ganz besonders unangenehm gewesen.

Miguel Cardone, der alles genau beobachtete und immer eng bei Bourgoin geblieben war, hatte sich langsam im Gesamtklassement nach oben gearbeitet und war jetzt drauf und dran, unter die besten 30 vorzurücken. Bourgoin war an Platz elf eines starken Feldes gerutscht, aber die Zeitrückstände waren so knapp, dass er immer noch eine Chance auf den Gesamtsieg hatte. Trotzdem musste er jetzt ohne starken Leutnant fahren, in einem Team, das sich immer mehr auf Bresson konzentrierte.

Will musste zugeben, dass sich der Leutnant im freien Fall befand. Er verpasste Attacken, wurde immer schlechter und richtete allgemeines Chaos an.

Cardone hatte angefangen.

»Ich denke, es sollte eine neue Ordnung im Team geben.«

Deeds legte den Kopf zur Seite. »Ordnung – wie was zum Beispiel?«

»Ordnung, wie, dass der Teamleutnant auf einem guten Platz stehen sollte, um dem Führenden helfen zu können. Unser Leutnant tut das nicht. War er in letzter Zeit auch nur in der Nähe eines Zieleinlaufes? Wie hilft das Richard?«

Alle Augen am Tisch hatten sich Bourgoin zugewandt. Deeds wusste, dass es ein Problem gab, dass Wills Leistung nachließ, aber die Entscheidung musste von Bourgoin ausgehen. Er war der Kapitän. Er führte die Mannschaft auf der Straße.

Bourgoin sagte nichts.

Will spürte, wie die Narben auf seinen Wangen vor Verlegenheit zu brennen begannen.

»Also«, Deeds ließ nicht locker, »wenn es hier ein Problem gibt, dann will ich es jetzt gelöst haben, bevor wir in die Berge fahren.«

»Kein Problem«, sagte Bourgoin langsam.

»Bist du sicher?«

»Ja. Ich bin mir sicher.«

Bourgoin sah nicht von seinem Teller auf.

Wills Haut begann zu spannen.

Cardone explodierte. »Dann weiß keiner von euch, was ein Problem ist.« Er warf seine Serviette auf den Tisch.

Dann wandte er sich zu Will um.

»Dieser Mann. Dieser Mann ist ein Problem. Er ist ein Problem für die Mannschaft. Er ist überbewertet worden und bringt es nicht als Teamleutnant. Er hat Bourgoin nicht unter die ersten zehn gebracht. Er hat Bourgoin nicht einmal in die Nähe des Podiums gebracht.«

»Es ist noch ein langer Weg. Das Rennen wird oft in den Bergen gewonnen«, sagte Bourgoin leidenschaftslos.

»Ja. In den Bergen. Aber nicht von Leuten wie ihm.« Cardones Stimme wurde immer heller und härter, als er auf Will zeigte.

Alle warteten auf eine Reaktion.

»Du wärst erstaunt«, sagte Will leise und betonte jedes Wort, als er vom Tisch aufstand, »was ein Mann wie ich tun kann.«

Will sah über die Gesichter am Tisch. Alle wichen verlegen seinem Blick aus. Selbst Bourgoin hatte die Augen abgewandt. Nur Cardone und zwei andere blickten direkt zurück.

In Cheryls Blick lag eine gute Portion an. Seit der Begebenheit mit dem »Zimmer der anderen Frau« stand ihre Verärgerung wie eine Mauer zwischen ihnen, die nur Cheryl einreißen konnte, wann und wo es ihr gefiel. Prudencio Delgado beobachtete ihn vorsichtig.

Will wandte sich zu Deeds um.

»Mach, was du willst, Chef«, sagte er ruhig. »Lass es mich morgen am Start wissen.«

Als er zur Tür stapfte, tauchte plötzlich Magda Gertz vor ihm auf. Der Mannschaftstisch wurde sofort still.

»Will, ist alles in Ordnung?« Sie berührte seinen Arm.

Er hob den Kopf und sah einen Augenblick lang in ihre eisblauen Augen, bevor er ihre Hand wegzog und entschlossen sagte: »Hör mal, ich will ja nicht unhöflich sein, aber hast du nicht schon genug angerichtet? Lass mich verdammt nochmal einfach in Ruhe.«

Er ging hinaus auf den Flur.

Magda Gertz stand einen Moment wie erstarrt, dann sah sie zum Haven-Tisch hinüber, wo der Geräuschpegel langsam wieder stieg, und wo sie Cheryl Cranes Blick erhaschte. Die beiden starrten sich einen Augenblick lang still an. Dann drehte sich Magda um und ging zu der Tür, die zur Straße führte.

Cheryl sah ihr zu, wie sie ging.

Ein Lächeln spielte um ihre Lippen.

Will schüttelte den Kopf und rieb sich die Augen. Die morgendliche Kühle auf dem Platz war noch nicht verschwunden, obwohl es Mitte Juli in Südfrankreich war.

Sie machen sich Gedanken um das Falsche, dachte Will. Leutnants und Kapitäne, Stars und Wasserträger können immer mal Mist bauen. Man denke nur an Helfiger. Letztes Jahr lag er an zweiter Stelle. Gestern war er auf einem engen Stück ins Trudeln geraten, gestürzt, hatte sich das Schlüsselbein gebrochen und war aus dem Rennen. Das war nichts Neues. Aber ein Fahrer, ein älterer Fahrer, der nach einer vierjährigen Durststrecke das größte Rennen der Welt dominierte, das, das war ein Problem und trotzdem stellte sich niemand die entscheidende Frage, nämlich, wie?

»Aaaaaargh.«

Will bemerkte gar nicht, dass er seinen Frust laut herausbrüllte, und auch nicht, dass der gesamte Platz voller Funktionäre eine Pause einlegte, um diesen seltsamen Mann anzustarren, der den Frühnebel anheulte.

Vielleicht gab es kein Problem. Bresson hatte jeden Drogentest mit Bravour bestanden und war dann folgsam in sein Zimmer gegangen, um zu duschen und sich seine Infusion mit Monsieur Engelures magischen Vitaminen geben zu lassen. Der Rest der Mannschaft machte es ebenso, einschließlich Bourgoin, so sehr der die Nadeln auch hasste, und Will, der schnell bemerkt hatte, dass er jede Hilfe brauchte, die er kriegen konnte.

Und trotzdem kam Will aus dem Staunen nicht heraus. Mit jedem Tag und jeder Etappe wurde Bresson stärker und bekam als Belohnung literweise Infusionen. Will war abgrundtief schlecht, aber auch er bekam seine flüssigen Vitamine. Er tappte mit dem Fuß gegen die Bürgersteigkante.

Er bekam auch seine Vitamine.

Bekam er sie wirklich?

Warum hatten Bressons Beutel einen leicht gelblichen Farbton, während seine blassblau aussahen? Die Nummern darauf waren die gleichen. Will hatte nachgesehen. Die Zutaten waren die gleichen. Aber die Farben waren anders.

War es nur eine optische Illusion, wie Engelure gemeint hatte?

Oder bekamen sie unterschiedliche Infusionen? Da war der Farbton, da war die Reaktion im Rennen, und da war diese Schärfe.

Henri Bresson war irgendwie aggressiver geworden. Sein Fahrstil hatte etwas beinahe Mechanisches bekommen, dachte Will, zusammen mit einer emotionalen Schärfe, die vorher nicht da gewesen war.

Er trat gegen einen Stein und sah zu, wie er auf die Spitze eines Ameisenhügels rollte. Ein wilder Haufen winziger Bewohner erschien plötzlich, um das Hindernis zu entfernen.

Man konnte es dem Effekt zuschreiben, den das Gelbe Trikot hatte, das Verlangen, es zu behalten, die Bürde, die es vor dem Rennen darstellte, und die Erleichterung, wenn man endlich auf der Straße war, aber irgendwie spürte Will, dass da noch etwas war, etwas Falsches, Unwirkliches, das irgendwann aufstehen und Henri Bresson und das gesamte Haven-Team in den Hintern beißen würde.

Andererseits war es vielleicht auch nichts weiter als ordinäre Eifersucht. Laut den medizinischen Kontrollen der Société du Tour de France war Bresson frei von allen verbotenen Substanzen, »Stimulantien, Steroiden, Schmerztabletten, Herzmitteln« und zeigte keine Anzeichen von Blutdoping. Will hatte keine Chancen mehr, vorne im Rennen mitzumischen, und es sah auch nicht so aus, als würde sich das ändern. Bei seinem unsicheren Status würde er sich glücklich schätzen müssen, wenn er in Paris noch auf dem Rad saß.

War er einfach nur eifersüchtig auf den Mann, der noch vor einem Monat der schlechtere Fahrer gewesen war und jetzt ganz oben stand, in Gelb, wie ein Gott?

Ja. Will wusste, dass das kleine grüne Monster da war, und es war gar nicht so klein.

Und nein. Irgendetwas roch hier faul, und das war nicht der vorbeifahrende Hänger mit Dünger für die Felder von Aulery.

Will blinzelte, um den letzten Schlaf aus den Augen zu bekommen, und schaute sich durch den lichtgrauen Schleier die Stadt an. Laut Vorhersage sollte der Nebel bald verschwinden und den ganzen Tag lang der Sonne Platz machen. Genau das, was man auf dem harten, langen Anstieg auf den Hautacam brauchte: 1130 Höhenmeter in etwas unter 13 Kilometern. Hors categorie. Außer Kategorie. Ein Berg, der nicht mehr auf der Skala war. Wunderbar. Genau das Richtige für heute. 263,5 Kilometer und den höllischen Anstieg vor dem Ziel, während einem den ganzen Weg lang die Sonne ein Loch in den Schädel brannte.

Wenigstens war morgen, ausgerechnet in Lourdes, ein rennfreier Tag. Vielleicht würde man ihn im Brunnen baden lassen, aber bei der Menge Sünden würde er sich in dem Wasser wahrscheinlich auflösen. Will gratulierte sich zu diesem Witz am Morgen und betrachtete dann das Geschehen auf dem Platz.

Die Rennorganisatoren sortierten gerade die Fahrer der Werbe-Karawane für den heutigen Tag. Die größten Sponsoren – Fiat, Coca-Cola, Crédit Lyonnais – bekamen die besten Positionen an der Spitze. Das bedeutete, sie würden durch die Zuschauermengen fahren, wenn sie noch aufmerksam waren, und nicht schon gelangweilt von der Jagd nach Werbegeschenken und genervt von der Warterei auf das Rennen.

Die Karawane war wie jedes Jahr ein riesiges Ereignis, die Chance, eine Stunde vor dem Rennen sein Produkt oder sein Team der wartenden Menge vorzustellen. Für viele Firmen war das immer wichtiger geworden, und es gab eine Anzahl multinationaler Rennsponsoren. Aber heute bemerkte Will zwischen der Cola- und der Farbfilmwerbung zum ersten Mal zwei alte hellblaue Mercedes-Transporter. Einer trug eine riesige Fliege auf dem Dach, der andere eine gigantische orangefarbene Fliegenpatsche. Beide trugen einen Namen, Les Insect Guys, den irgendjemand scheinbar niedlich gefunden hatte, der aber wahrscheinlich die Mehrheit der Franzosen ob der brutalen Amerikanisierung ihrer Sprache mit den Zähnen knirschen ließ. Die beiden Fahrer, ein Mann und eine Frau, stritten sich. Die Frau fuhr anscheinend den Wagen mit der Fliegenpatsche. Sie stand verteidigend vor der Wagentür. Dann drehte sie sich um und marschierte auf Will zu.

Oh nein, dacht er. Nicht hierher.

»Pardon monsieur.«

»Oui?«

»Sie sind Amerikaner?«

»Oui?«

»Sprechen Sie Französisch?!«

»Ein bisschen.«

»Bitte, würden Sie uns helfen, einen Streit zu schlichten?«

»Ich, äh, werde – verdammt – ich werde tun, was ich kann.«

»Jacob, mein Mann –«

»Bonjour.«

»Bonjour.«

» – er glaubt, dass er weiß, wie man unsere Dienstleistung an die Leute verkauft.«

»Ihre Dienstleistung?«

»Ja. Wir sind – «, sie machte eine dramatische Pause, »Les Insect Guys.«

»Ich bin erfreut, Sie kennen zu lernen.«

»Wir sind Teil der Karawane.«

»Das sehe ich.«

»Wir bewerben unsere Dienstleistung, indem wir vor dem Rennen in der Karawane mitfahren und Werbematerial in die Menge werfen.«

«Gut. Was zum Beispiel?«

»Wir werfen ihnen tote Fliegen zu, Monsieur, was denken Sie denn?« Der Mann schnaubte Will verächtlich an und schüttelte den Kopf.

»Nein, nein«, sagte die Frau schnell, »wir werfen ihnen Fliegenpatschen und solche Dinge zu. Alles mit dem Namen und der Telefonnummer von »Les Insect Guys« deutlich auf der Seite aufgedruckt. Verstehen Sie?«

»Ja. Was gibt's da nicht zu verstehen?«

»Amerikaner. Sie sind Amerikaner. Wir haben Sie von Ihrem Bild in L'Equipe erkannt. Amerikaner verstehen kein Französisch.«

Dieser Kerl hatte echt Humor.

»Vielleicht verstehe ich Französisch nicht immer. Aber ich verstehe das mit den Tieren und dem Umbringen.«

Marie sprach langsam und deutlich mit dem Amerikaner. Amerikaner konnten verkaufen. Dieser Amerikaner würde sie verstehen.

»Mein Mann denkt, dass die Fliege nach der Fliegenpatsche kommen sollte. Er meint, es wäre ein guter Witz und brächte uns Aufmerksamkeit. Ich meine, die Fliegenpatsche sollte der Fliege folgen. Sonst machen wir uns lächerlich. Was meinen Sie?«

Der Amerikaner schaute sie lange an, was Marie zu mehreren Schlussfolgerungen führte: dass er sie nicht verstand, dass er offensichtlich der Trottel war, für den Jacob ihn hielt, dass er nachdachte, oder, dass er tot war und nur leer in die Landschaft schaute, bevor er umfallen würde.

»Ähm – Monsieur?«

»Ich denke, die Fliege sollte der Patsche folgen – aber nicht jeden Tag.« Will sprach stockend, in grässlichem Französisch. »Zweimal die Woche, vielleicht – viele Etappen auseinander – denn das wird Aufmerksamkeit erzeugen, aber jeden Tag, das sieht so aus, als könnten sie die Fliegen nicht umbringen, die ihnen folgen.«

Jacob machte einen Luftsprung.

»Aha! Bravo, Monsieur!!«

»C'est rien.«

»Ihr Französisch ist zum Kotzen, Monsieur.«

»Hä?«

»Rien.«

Das Ehepaar ging wieder über den Platz zurück zu ihren Lastwagen, den ganzen Weg lang schimpfend. Die Lastwagen mit der Fliege und der Fliegenpatsche standen Kühlerhaube an Kühlerhaube, wie zu einem Duell, und sahen ziemlich mitgenommen aus, als wäre die Tour für sie härter als für die Rennfahrer.

Es musste schwer sein, dachte Will, einen Lastwagen mit einer fünfzig Pfund schweren Fliege auf dem Dach zu fahren. Die Aerodymamik war sicher fürchterlich. Er drehte den Kopf zur Seite, um eine andere Perspektive auf das Tier zu bekommen. Verdammt großes Vieh. Wahrscheinlich eine Bremse.

»Ein Ungezieferproblem?«

»Hm?«

Will wandte sich um und sah Cheryl hinter sich stehen. Er zuckte zusammen, überrascht, dass sie überhaupt mit ihm redete, und auch noch mit freundlicher Stimme.

»Ich habe auch ein Ungezieferproblem«, murmelte sie leise, »ich meine ein großes, blondes, nordisches Ungeziefer.«

»Sie ist Holländerin, aber was soll's.«

»Darf ich mich setzen?«

Will lächelte und rutschte auf dem leeren und breiten Bürgersteig zur Seite, als ob er ihr einen Platz anbieten wollte.

»Also, da war ich nun und habe mich um meinen eigenen Kram gekümmert«, sagte sie, »und mich darauf vorbereitet, wieder einen Tag lang Havens Unterwäsche durch die Gegend zu kutschieren, da schaue ich mich um und sehe diese Haven-Mannschaftsfarben mitten in einem Streit über Insekten. Konsultierst du immer zwei Kammerjäger vor einem Rennen?«

»Ich muss mich tatsächlich um ein paar Plagen kümmern, aber ich habe sie nicht konsultiert. Sie haben mich konsultiert.«

»Ah. Bist du jetzt ein Insektenexperte?«

»Ich weiß, wie man die Guten umbringt und die am Leben lässt, die stechen, beißen und die Ernte ruinieren.«

»Wirklich. Das ist eine Begabung.«

»Ich bin ein talentierter Kerl, wenn es um so etwas geht.« Er machte eine kurze Pause und sagte dann leise: »Ich habe dich in letzter Zeit nicht viel gesehen.«

»Hast du mich vermisst?« Sie rutschte näher.

»Ja«, sagte er und nickte mit übertriebener Ernsthaftigkeit. »Ja, das habe ich. Schrecklich. Und ich habe keine Reaktion von dir bekommen.«

»Was hast du denn erwartet?«

»Ich erwarte Freundschaft. Vielleicht ein bisschen Mitgefühl.«

»Ach ja. Du kommst aus dem Zimmer dieser Dame gestiefelt, sie macht einen auf in flagranti erwischt, du haust ab und versteckst dich ohne Erklärung –«

»Ich habe mich nicht versteckt«, unterbrach Will.

» – sodass ich die Wut und den Frust und die Beleidigungen von all den anderen Kerlen abkriege, die mir liebend gern nochmal erklären, dass du ihre Traum-Barbie gevögelt hast.«

»Habe ich nicht.«

»Was?«

»Ich habe sie nicht gevögelt.«

»Wen?«

»Sie. Ich habe sie nicht gevögelt.«

»Wen, sie?«

»Magda. Magda Gertz.«

»Ich weiß.«

Will starrte sie völlig überrascht an.

»Was?«

»Ich weiß. Ich weiß, dass du sie nicht zur Frau gemacht hast.« Cheryl grinste breit und zufrieden.

»Also, was zum«, Will verstotterte einen Fluch, »Himmel, oh, verdammt.«

»Und du willst damit sagen?« Der Sarkasmus war unüberhörbar.

»Also, wenn du gewusst hast, dass ich es nicht getan habe, warum hast du mich dann die ganze letzte Woche lang wie Luft behandelt?«

»Weil ich es nicht gewusst habe.«

»Du hast was nicht gewusst?«

»Ich habe nicht gewusst, dass du nicht mit ihr geschlafen hast.«

»Aber du hast doch gerade gesagt – «

»Ich habe gesagt, ich wusste es, aber nicht vor gestern Abend.«

»Was war gestern Abend?«

»Schau mal«, sagte sie, nahm seine Hände und schaute ihm fest in die Augen, damit er diesen zugegeben etwas komplexeren Sachverhalt verstehen würde. »Ich wusste es nicht, bis du dich gestern Abend im Speisesaal mit Sturmführerin Ilse duelliert hast. Jemanden, mit dem du geschlafen hast, behandelst du nicht so.«

»Woher weißt du, wie ich Frauen behandle, mit denen ich schlafe? Abgesehen von dir, natürlich?«

»Du warst sogar zu deiner Ex-Frau nett. Weißt du noch? Ich war diejenige, die sie erschießen musste.«

»Du hast sie nicht erschossen.«

»Ich habe auf sie geschossen. Mein Onkel sagt, das ist dasselbe. Jedenfalls weiß ich, wie du mit Frauen umgehst, und du hast sie nicht wie eine ehemalige Bettgenossin behandelt. Denen gegenüber benimmst du dich immer so, als hätten sie dir ein ganz besonderes Geschenk gemacht. Sie hast du behandelt, als hätte sie dich über den Tisch gezogen, nicht ins Bett.«

»Das konntest du von einer kurzen Unterhaltung in der Tür sehen?«

»Problemlos.«

»Verdammt. Du bist besser als Dick Tracy.«

»Eigentlich konnte ich noch mehr daran sehen, wie sie mich angesehen hat, als sie dich an der Tür verloren hatte. Es war kein unbedingt trauriger Blick, es war der Blick einer Frau, die gerade Schachmatt gesetzt wurde, als ob man ihr etwas vorenthalten hätte, das sie wirklich gern haben will.«

»Und das wäre dann was?«

»Ein Candlelight-Dinner auf deinem Bettvorleger, was weiß ich?«

»Ach, wirklich?« Will lächelte.

»Was soll das Grinsen?«

»Ich meine - warum? Warum will sie gerade mich?«

»Schau mal, mir ist klar, dass du nicht gerade ein Hauptgewinn bist, aber warum nicht einfach nur, um mich zu ärgern? Frauen machen so was manchmal.«

»Nein, ich meine es ernst«, grinste Will, »warum, bei all den Talenten, die sie haben könnte, warum sollte sie mich auswählen?«

»Vielleicht, weil sie denkt, dass du nicht gewählt werden willst.«

»Hä?«

»Du bist eine Herausforderung.«

»Also, wenn du mich fragst: Das ist zu abwegig.« Dann grinste er verschlagen. »Meinst du, sie will mich immer noch?«

»Aber sicher, nur nicht, wenn ich Mister Wunderbar mit einer Gartenschere abschneide und in die Kühltruhe werfe.«

»Gibt's dafür einen besonderen Grund?«

»Ich, mein Lieber, beanspruche hiermit Besitzrechte.«

Will lächelte und legte seinen Arm um sie. Er zog sie näher zu sich heran und küsste sie sanft.

»Und die sollst du gerne haben, meine Liebe. Herzlich gern.«

Der Nebel über dem Stadtzentrum von Cahors lichtete sich langsam. Will und Cheryl sahen zu, wie er sich lautlos über die Dächer und Kirchturmspitzen in den Himmel verzog. Es würde ein glasklarer Tag werden.

Und heiß. Sehr heiß.

Jetzt war er verwirrt.

250 Kilometer in das Rennen hinein, durch Lourdes hindurch, wo er bemerkte, dass niemand, aber auch absolut niemand fluchte,

durch Ayros und jetzt auf den Fuß des Hautacam zu, direkt vor 1100 Metern steilsten Anstiegs, war Will überhaupt nicht bei der Sache.

Deeds hatte schon vor einigen Kilometern aufgehört, ihm ins Ohr zu brüllen, nachdem Will den Sprint angezogen hatte, der Cacchiavillani dem Grünen Trikot einen weiteren Schritt näher gebracht hatte. Es war leichte Arbeit. Egal, was die Leute vielleicht von Tony C. als Mensch dachten, einen Sprint für ihn anzuziehen war nicht schwieriger, als eine Rakete anzuzünden und zuzusehen, wie sie losging.

Ein Knall, ein Swusch, und weg war er.

Die Sprinter und ihre Helfer begannen jetzt, am Beginn des Anstiegs, zurückzufallen. So sehr sie auch kämpfen mochten, das war einfach nicht ihr Terrain. Will fiel mit ihnen zusammen zurück.

Cardone war dicht bei Bourgoin. Wenn es nötig sein würde, konnte er Richards Hintern auf den Berg ziehen. Das war in Ordnung. Bourgoin wollte dort rauf, egal wie, und Will konnte es einfach nicht, warum auch immer, und da musste Richard sich eben anderswo umsehen. Wenigstens hatte es ihre Freundschaft nicht belastet, so schien es wenigstens. Es war einfach die Realität des Lebens auf dem Rad.

Und Bresson? Bresson fuhr wie ein Irrer. Angreifend, fluchend, sprintend, und jetzt auf den Hautacam kletternd, war der Mann in Gelb wild entschlossen, der Mann in Gelb zu bleiben. Will hatte sich schon vorher eng an Bresson geklemmt und begonnen, Henris Geschwindigkeit Tritt für Tritt mitzugehen. Aber obwohl Will verzweifelt herumschaltete, bemerkte er schnell, dass seine Beine von der Anstrengung fast platzten. Er hatte noch nie so ein Brennen in seinen Oberschenkeln gespürt, aber Bresson schien das Tempo überhaupt nichts auszumachen.

Wie zum Henker machte der das bloß?

»Henri, Henri«, schnaufte Will und fühlte sich wie das kleine Dickerchen, das seine Freunde bittet, auf ihn zu warten, »bring mich nicht um.«

»Bleib dicht dran, Will, ich zieh dich auf den Berg.« Bresson lachte hell auf. Mit einer plötzlichen Explosion von Kraft und Tempo hob das Rad beinahe vom Boden ab, und Henri Bresson sprang von Will weg wie ein Sportwagen von einem alten Ford »Modell T«. Will konnte nur noch erstaunt zusehen, als Bresson mitten am Berg davonrauschte, als ob er sich auf einem gemütlichen Sonntagnachmittagsausflug im flachen Land befand.

Will sah zu, wie Henri in der Ferne verschwand, eine Gruppe von Fahrern im Schlepptau, und konzentrierte sich dann wieder auf seine eigenen Probleme und auf die Kurbel. Ziehen und treten. Ein Kreis. Mach einen Kreis. Schön rund treten.

Er konzentrierte sich so stark, dass seine Gedanken verschwammen. Ziehen und treten. Ziehen und treten. Die Wiederholung hypnotisierte ihn und er schwamm auf einem Meer von Gesichtern davon. Cheryl. Richard. Henri.

Gertz. Magda Gertz. Was spielte sie für ein Spiel? Verdammt. Ziehen und treten. Was hatte sie vor? Warum zum Teufel hatte sie sich ausgerechnet ihn ausgesucht? Er fühlte sich geschmeichelt, keine Frage. Schließlich sprach nicht alle Tage ein solcher Busen mit ihm.

Will atmete tief ein, hustete und schleuderte einen riesigen Rotzball in Richtung der Zuschauer, die an der Pass-Straße standen.

Ziehen. Ziehen und treten.

Klaus Schwabe vom deutschen BelJanus-Team fiel aus der Spitze zurück wie eine Feder im Wind. Er hatte schon seit Tagen mannhaft gegen eine Grippe angekämpft, aber sie hatte ihn schließlich eingeholt. Sein Rhythmus war weg und, was noch schlimmer war, unkontrollierbarer Durchfall floss seine Beine hinunter. Er war entschlossen, ins Ziel zu kommen, aber es war weder für Schwabe noch für die Zuschauer, die zu nah an den Absperrungen standen, ein schöner Anblick.

Nicht den Tritt verlieren, dachte Will und würgte einen Augenblick lang, als er beim Überholmanöver durch Schwabes Geruchswolke fuhr. Schau auf die Pedale, konzentrier dich auf die Pedale. Ziehen und treten. Ziehen und treten.

———————

Luc Godot ging in seinem Büro auf und ab wie ein nervöser Zirkustiger. Er stand am Fenster, er saß am Tisch, dann sprang er wieder auf und marschierte den Pfad entlang, den er schon in den Teppich getrampelt hatte.

Er hatte eine wahnsinnige Lust auf eine Zigarre, aber er hatte sich selbst versprochen, ohne durch die Tour de France zu kommen. Das Leben mit Isabelle hatte den Ausschlag gegeben, die Art, wie sie ihn liebte, die Art, wie er sie noch jahrelang lieben wollte.

Aber er vermisste seine zweite Liebe auch. Wie sagten die Amerikaner?

»Eine Frau ist eine Frau, aber ... « Was? Wie ging das weiter?

»Eine Frau ist eine Frau, aber eine Zigarre ist eine Zigarre.« In der Tat, dachte er. Eine Zigarre ist eine Zigarre. Er wanderte weiter durch sein Zimmer, sein Gehirn nur scheinbar leer, als sei sein nervöses Herumlaufen nichts weiter als das Verlangen nach Nikotin, aber Godot wusste, dass da noch etwas anderes war, das ihn störte, etwas, das an seinen Gedanken knabberte, etwas, das sich mitten in der Nacht beinahe schuldbewusst in eine kleine Ecke seines Unterbewusstseins schlich.

Er blieb stehen und starrte aus dem Fenster.

Das war sein neues Leben. Ein Büro, ein Gehalt, eine Frau mit Namen Isabelle, und Loyalität allen dreien gegenüber.

Trotzdem war ein Teil seiner Vergangenheit entschlossen, sich bemerkbar zu machen. Egal, wie sehr er es auch versuchte, nach 30 Jahren als Polizist konnte er einfach nicht aufhören, Polizist zu sein. Egal, wie sehr er versuchte, es zu verbergen. Egal, wie sehr er versuchte, die Fragen zu ignorieren, die sich ihm stellten.

Als er aus dem Fenster auf das Panorama von Paris blickte, das sich vor ihm ausbreitete, hörte er die Frage, die er hätte stellen sollen, aber nicht gestellt hatte, aus Angst, aus Freundschaft, und aus Unkenntnis dessen, wer er war und woran er glaubte.

»Warum, Henri«, fragte er statt dessen nun die Stadt, »warum willst du, dass ich das nicht anrühre?«

Er tippte mit den Fingern auf das neue Fensterglas und dachte über sein eigene Frage nach, die einen Wust weiterer Fragen nach sich zog.

»Warum? Warum willst du, dass ich diese Sache in Ruhe lasse? Warum macht dir Cytabutason solche Angst? Warum hast du jedes

Mal abgewehrt, wenn ich gefragt habe, auf welche Weise Haven etwas damit zu tun hat? Was macht dir solche Angst? Warum kommst du ins Schwitzen, mein Freund?«

Er bemerkte, dass er auf dem Ende seines Kugelschreibers herumgekaut hatte. Godot zog ihn aus dem Mund, ließ ihn abwesend auf den Boden fallen und trat ihn mit dem Fuß in den Teppich.

Er sah aus dem Fenster, atmete tief Luft ein und langsam aus.

»Lass uns ein paar Antworten finden, ja?«, sagte er zu niemand Besonderem.

Ziehen und treten.

Ziehen und treten. Der Anstieg war der helle Wahnsinn. Es war der erste Berg bei dieser Tour, der außerhalb der Kategorien lag, der erste Berg, der so steil und verrückt und hoch war, dass sie nicht einmal wussten, wie sie ihn beschreiben sollten. Noch drei Kilometer direkt nach oben, dann der Menge zuwinken, und zurück nach Lourdes fahren, den ganzen Weg keuchend und nach Luft schnappend und kotzend.

Es ist ein so feiner Sport.

Die Straße flachte ein wenig ab und Will spürte, wie die Menge ihn in Richtung Mittellinie drückte. Das würde eine Fahrt durch eine schmale Gasse werden, mit einer Spur, die weniger als einen Meter breit war, durch eine Menschenmenge, die acht Reihen tief stand. Alle würden drängeln, ihnen auf die Schulter klopfen, und ihren Helden und allen anderen, die zufällig im Weg standen, Wasser über den Kopf schütten.

Ziehen und treten. Immer auf der Linie bleiben.

Will konnte nicht mehr atmen. Es war, als würde die Menge den Sauerstoff aus der Spur saugen und nur schlechte Gerüche und dünne Luft zurücklassen. Es war schwieriger, hier zu fahren als auf dem Gipfel des K2.

Ziehen und treten.

Ein Fahrer vor ihm, Prudencio Delgado, kämpfte sich durch die Menge und wehrte die Drängler, die Anfeuerungsrufe und die Wasserflaschen, die ihm ins Gesicht geworfen wurden, mit aller Macht ab. Seine Wut und seine Erschöpfung entluden sich in einem Kampf mit der Menge, einem Kampf bis ins Ziel.

Ziehen und treten.

Will nahm seinen Kopf nach unten und schaute auf die Gasse. Folge dem Weg durch die Menge, folge dem Weg. Ziehen und treten. Schön rund.

Er sah auf und wurde einen Augenblick geblendet von etwas, das man ihm ins Gesicht geschüttet hatte, etwas, das heiß war und brannte. Er blinzelte und setzte sich auf, um sich das Gesicht abzuwischen. Das verdammte Zeug war heiß. Kurz vor der Panik bemerkte er den Geruch. Jemand hatte ihm Kaffee ins Gesicht geschüttet.

Arschloch.

Ignoriere es. Geh wieder an die Arbeit. Ziehen und treten. Ziehen und treten.

Jeder Atemzug wurde anstrengend. Ziehen und treten. Er begann, das Rad nach vorne zu zerren. Ziehen und treten. Die Erschöpfung wich einer völlig neuen mentalen Ebene. Ziehen und treten. Kreise. Perfekte Kreise.

Los doch. Ziehen und treten. Er schnaufte wild. Er fühlte sich wie von sich selbst entfernt, sein Blick verzerrt, sein Gehör nichts als ein weit entferntes Summen. Es gab keinen Sauerstoff in dieser Menge. Ziehen und treten. Vorwärts. Immer nur vorwärts.

Vor sich sah er, wie Prudencio in die Menge zu seiner Rechten kippte. Wie ein Mann richteten sie ihn wieder auf und schoben ihn nach vorn, hundert Hände, die ihn wie eine menschliche Welle zur Linie trugen.

Ziehen und treten.

Das Kreischen der Menge, die Anfeuerungsrufe waren nur entfernte Echos in Wills Kopf. Die Straße selbst war wie verwandelt, sie sah aus wie eine Lakritzstange, die von einem bösartigen Zappelphilipp hin und her gebogen wurde. Ziehen und treten. Ziehen und treten. Hier zählten nur noch Instinkt, Adrenalin und gute Nerven.

Ziehen und treten.

Er fuhr schon seit Jahren durch diese Menge – ziehen und treten – und kam absolut nicht vorwärts. Es war ein endloser Weg. Und er führte – wohin?

Ziehen und treten.

Plötzlich fielen alle zurück, und die Gasse wurde breit wie der Mississippi. Ziehen und treten. Auf allen Seiten war plötzlich Platz, und die Fahrer blinzelten, als ob sie das nicht begreifen könnten.

Die Brise traf Will wie ein kalter Wasserstrahl und füllte seine Lungen mit neuer Energie. Er ging aus dem Sattel und begann instinktiv mit dem Angriff auf das Ziel. Sein Kopf wurde klar und er konzentrierte sich auf die Linie in 300 Metern Entfernung, auf der »Fiat« stand.

Ich, dachte Will. Die gehört mir.

Es war eine sinnlose Übung und irgendwie wusste er das auch. Den Sprint hier gewinnen zu wollen war verschwendete Energie, aber er tat es nur für sich. Es bedeutete niemandem etwas, nur ihm. Es war nichts als ein weiteres Etappenziel, eine weitere Platzierung im Gesamtklassement, ein weiterer Kilometer auf dem Weg nach Paris.

Nur für ihn.

Ziehen und treten. Er begann, das Feuer zu schüren. Das neue Rad, noch nicht ganz das »Biest«, reagierte sofort und sauber.

Trotzdem spürte er, dass das Rad nicht mit ihm sprach. Noch nicht.

Der Banesto-Fahrer bemerkte den offensichtlichen Sprintversuch, ebenso wie Prudencio, und machte ein Rennen daraus.

Zweihundert Meter.

Prudencio kam eng von rechts heran, er gab keinen Zentimeter preis und drückte Will an den linken Straßenrand. Selbst die Mitte behauptend, Ellbogen ausgefahren, pumpte er wie wild. Der Banesto-Fahrer hielt sich eng hinter Prudencio.

Sie stießen aneinander. Einhundertundfünfzig Meter.

Sie stießen noch einmal aneinander, hart.

Einhundertundfünfundzwanzig. Das Tempo verschärfte sich.

Einhundert Meter. Ein Gedanke schoss durch Wills Kopf. Das Gesicht von Tomas Delgado. Sein Freund. Der Bruder. In diesem Augenblick zog Prudencio hart nach links und drückte Will in die Absperrung am linken Fahrbahnrand. Dreißig Meter weiter sah Will einen Gendarmen an der Absperrung stehen. Er hielt eine riesige Orange in der Hand und machte einen Schritt zurück, um den drohenden Unfall abzuwenden, der da auf ihn zu rollte.

Will war einen Augenblick lang von diesem Traumbild blockiert und schickte einen kurzen Gruß an Tomas himmelwärts.

Dann war es wie eine Art Funken und eine Eruption, die aus seiner Magengegend aufstieg und wie Feuer brannte. Er biss die Zähne zusammen und warf das Rad zur Seite mit einem Stoß, der Prudencio Delgado über den holperigen Straßenbelag nach rechts schickte. Der Banesto-Fahrer dahinter fuhr direkt in Delgados Rad hinein und flog durch die Luft.

Will schoss über die Linie, allein, und hatte gewonnen. Ein Sieger an 83. Stelle.

Er bremste sofort ab, um nicht in die Menge zu rasen, die sich im Zielbereich versammelt hatte, Presse- und Fensehteams, Mannschaftspersonal, Fahrer und Mitläufer, alle wuselten herum, um zu gratulieren, zu trösten, oder das von den Werbegeschenken abzugreifen, was unbeobachtet herumlag.

Will setzte sich auf und spürte die Müdigkeit in den Beinen. Ein langer, harter Tag war zu Ende. Er brauchte Wasser und eine Dusche und ein Bett. Allein.

Der Gedanke an Cheryl schoss durch seinen Kopf.

Oh ja. Allein. Mist.

Er atmete tief durch, stieg vom Rad und schnappte aus dem rechten Pedal. Als er vom Rad stieg, fühlten sich seine Beine an wie Pudding, sodass er zur Seite greifen und sich an einem Fotografen festhalten musste. Der Mann schüttelte ihn ab, dann drehte er sich um, schaute an Will vorbei, hob die Kamera und machte in rascher Folge fünf Aufnahmen. Will wandte sich um, um zu sehen, worum es ging, und sah Prudencio über die Ziellinie gehen. Er trug sein Rad, das Vorderrad verbogen, Blut rann ihm die Beine hinab. Weiter hinten lag der Banesto-Fahrer noch auf der Straße, sein Gesicht blutig und seine Kleider in Fetzen.

Das war ja ein richtiges Gewühl, dachte Will. Er grinste, drehte sich um, und ging in Richtung Haven-Bus. Ein Gewühl, das ich gewonnen habe.

Er pfiff eine Melodie aus einem vergessenen Musical und machte sich auf die Suche nach einer Wasserflasche.

––––––––––

Isabelle Marchant schob den Saucentopf zur Seite, drehte das Gas ab und klemmte sich den Telefonhörer zwischen Schulter und Ohr, alles mit einer glatten Bewegung.

»Sag's nicht. Um Gottes Willen, sag nicht, dass du später kommst«, sagte sie. Sie musste nicht fragen, um zu wissen, wer anrief.

»Ich komme später«, sagte er leise, mit einer Spur jungenhaften Schuldbewusstseins in der Stimme.

»Oh, Luc, um Himmels Willen. Was kann es geben, das dich heute Abend in einem leeren Büro festhält?«

»Eine Frage.«

»Aber es gibt keine Antworten heute Abend, weil niemand da ist, um sie dir zu geben. Sie sind alle in Lourdes, von Henri Bergalis zu François, dem Hausmeister.«

»François, der Hausmeister? Der ist zur Tour eingeladen worden?«

»Nein, der hat Verwandte da. Warum kommst du später?«

»Ich muss etwas wissen.«

»Was? Vielleicht ist es etwas, das ich beantworten kann.«

»Ich muss etwas über meinen Computer wissen.«

»Der kleine schwarze Knopf an der Seite schaltet ihn ein.«

»Ich lasse ihn etwas suchen.«

»Du? Du lässt ihn etwas suchen? Deinen Computer?«

Sie lachte auf eine Art, die Godot erröten ließ wie einen Schuljungen, den man in einem Kochkurs erwischt hatte.

»Du meine Güte«, kicherte sie, »das ist wirklich das Millennium, was? Ist das nicht vielleicht das letzte Zeichen vor der Wiederkunft Christi?«

»Bitte. Ich brauche deine Hilfe.«

Sie schaute kurz auf die Sauce und schob sie beiseite. Sie wurde schon langsam fest. Das Abendessen konnte sie sowieso abschreiben, aber er hatte sie so amüsiert, dass sie schon gar nicht mehr böse war.

»Was«, fragte sie, »was kann ich für dich tun?«

»Ich suche nach etwas.«

»Ja.«

»Nach einer Substanz. Einer Chemikalie.«

»In welchem Ordner suchst du denn?«

»Na ja, ich weiß nicht so genau. Ich bin schon durch die Verwaltung, Memos und irgendwas anderes durchgegangen.«

»Da würde es auch nicht stehen.«

»Wo denn?«

»Das kommt darauf an.«

Er wartete darauf, dass sie fortfuhr. »Ja – auf was denn?«

»Es kommt darauf an, was es ist. Ist es eine Industriechemikalie oder ein Düngemittel? Ist es ein Vitamin oder ein Medikament? Ist es Standard oder experimentell? Ist es schon genehmigt? Ist es ein Putzmittel oder ein Kunststoff?«

»Ja, in Ordnung. Ich verstehe. Es ist eine Chemikalie, nein, ein Medikament. Es ist ein Medikament. Ein leistungssteigerndes Medikament.«

»Ist es auf dem Markt?«

»Nein.«

»Dann ist es in der Forschungsabteilung.«

»Kann ich da ran?«

»Sie haben einen Ordner, aber der Zugang ist beschränkt.«

»Und wie komme ich da rein?«

»Mit dem Passwort.«

»Ich habe das Passwort nicht.«

»In der obersten Schublade in meinem Schreibtisch ist ein blaues Buch mit rotem Rand. Hol's dir.«

Godot tat, was sie ihm sagte.

»Ich habe es.«

»Mach es in der Mitte auf. An der Stelle, die am Rand gelb markiert ist.«

»Alles klar. Das habe ich.«

»Das Passwort für die Forschung sollte das dritte oder vierte von oben sein.«

»Hier ist was, da steht F/Francour.«

»F steht für Forschung, Francour ist das Passwort.«

»Danke«, sagte Godot, tippte das Wort mit zwei Fingern ein und sah, wie sich der Bildschirm veränderte, als er eine tiefere, geheime Welt von Haven Pharma betrat. »Hm-hm. Ich bin drin. Wenn ich so unverschämt sein darf«, sagte er ein wenig geistesabwesend, »könntest du bitte dem Sicherheitschef deiner Firma erklären, wie du an das Passwort für einen Sicherheitsbereich kommst?«

»Oh, Schatz, das solltest du wissen. Ich habe es von Helene im Verkauf, die hat es von Claudine im Marketing, und sie hat es von Marta in der Verwaltung.«

»Du hast ja ein richtiges Netzwerk.«

»Natürlich. Sekretärinnen, das weißt du doch, sind die wirkliche Macht hinter dem Thron.«

»Ich fange langsam an, das zu glauben.« Er schaute auf den Bildschirm. »Was jetzt?«

»Jetzt gehst du auf ›Suche‹, tippst deine Chemikalie ein, und schaust, was passiert.«

Godot klickte auf das Suche-Feld und tippte das Wort Cytabutason ein. Er drückte die Return-Taste, lehnte sich zurück und sah zu, wie eine winzige Uhr erschien und verschwand, immer wieder.

»Was passiert?«, fragte sie, nahm den Topf und spülte ihn aus. Sie dachte schon darüber nach, wohin Godot sie zum Essen ausführen müsste.

»Ich schaue einer Uhr zu.«

»Er sucht.« Durch das Telefon hörte sie den unmissverständlichen Piepton, der ihr sagte, dass die Suche beendet war.

»Was sagt es dir?«

»Na ja«, sagte er und wandte den Kopf zur Seite, als könne er so den Bildschirm aus einem Winkel betrachten, der ihm das Verständnis erleichtern würde. »Ich habe nicht die geringste Ahnung.«

»Also, beschreib es mir.«

»Alles in meinem Suche-Feld ist ...«, er blinzelte auf den Bildschirm, »eine 89 zwischen zwei Pfeilen.«

»In welche Richtung deuten die Pfeile?«

»Nach links. Sie zeigen nach links.«

»Du bist nicht mehr im Computer.«

»Doch, ich bin noch im Computer.«

»Nein, mein Schatz, du bist nicht mehr im Computer. Haven hat erst 1989 auf Computer umgestellt. Du bist nicht mehr im Computer, sondern bei den Akten.«

»Akten?«

»Papier. Die Akten. Du wirst dich durch das Papier wühlen müssen.«

»Wo mache ich das?«

»Da bin ich mir nicht sicher. Vielleicht im Keller. Oder in einem der Ordner im Firmenarchiv. Das ist in der Nähe des Gare du Nord. Vielleicht schon vernichtet. Mehr weiß ich nicht.«

Er war einen Moment lang still.

»Wohin führst du mich zum Abendessen aus?«

»Ich bin mir noch nicht sicher.«

»Über den Ort?«

»Über das Abendessen. Ich muss noch einen Zwischenstopp einlegen. Danke, mein Liebling. Warte nicht auf mich. Ich weiß nicht, wann ich zu Hause sein werde.«

Isabelle Marchant seufzte frustriert. Ohne »Auf Wiedersehen« zu sagen, hängte sie ein. Dann warf sie mit aller Kraft den Kochtopf gegen die Küchenwand.

»Merde!«, rief sie in die leere Wohnung hinein. »Merde!« Wenn ich mich in einen Polizisten hätte verlieben wollen, dann hätte ich mich in einen Polizisten verliebt.«

Dann brach sie in Lachen aus.

Schließlich war es genau das, was sie getan hatte.

Will war schon bei der zweiten Wasserflasche, als der Sturm losbrach.

Henri Bresson hatte einen Klappstuhl aus Metall hochgehoben und schleuderte ihn durch die Windschutzscheibe eines schlecht geparkten Lexor-Computer-Mannschaftswagens.

»Das ist es, was ich von deiner Frage halte, salaud!«

Dann hob Bresson einen zweiten Stuhl hoch und trümmerte ihn gegen den brandneuen Haven-Mannschaftsbus, sehr zum Ärger von Monsieur Engelure, der vortrat, um seinen tobenden Schützling zu beruhigen, aber für die Mühe nur ein Stuhlbein an die Stirn bekam. Engelure fiel zu Boden, Blut tropfte ihm von der Stirn. Niemand trat vor, um ihm zu helfen. Niemand trat vor, um Bresson zu stoppen.

Der schlug weiter auf den Bus ein.

Will ging zu dem Journalisten hinüber, einem Redakteur der amerikanischen Radsport-Zeitschrift VeloNews.

»Um Gottes Willen, was haben Sie ihn denn gefragt?«

»Ich habe keine Ahnung, warum er ausgerastet ist. Ich habe nur gefragt, ›Können Sie das Gelbe Trikot bis Paris tragen?‹ und dann kriegt er so einen komischen Blick und fängt mit dem Möbelweitwurf an.«

Bresson hörte auf, warf einen Blick auf Engelure, warf den zweiten Stuhl über die Köpfe der Menge und marschierte zur Tür des Haven-Busses. Alle Augen in der näheren Umgebung waren auf ihn gerichtet, aber es war, als würde er die Menge gar nicht sehen. Er donnerte mit der Hand gegen das Sicherheitsglas des Fensters und stampfte dann in den Bus. Louis Engelure stand langsam auf, ignorierte sowohl die Menge als auch seine blutende Stirn und folgte Bresson.

Aus der Stille wurde erst ein Murmeln, dann wieder das laute Geplapper, wie immer nach dem Rennen.

»Was ist mit Ihnen«, fragte der Journalist, »schaffen Sie es bis Paris?«

»In Gelb oder nur bis Paris?«

»Was für Chancen haben Sie denn, Gelb zu tragen?«

»Weniger als keine. Aber ich werde in Paris dabei sein.«

»Was ist mit Cardone? Er ist sozusagen der Teamleutnant geworden, oder? Er hat heute Bourgoin ins Ziel gebracht.«

»Die Mannschaft tut das, was sie eben tut. Deswegen heißt es Mannschaft. Wenn einer nachlässt, tritt der nächste für ihn ein.«

»Ist irgendwie eine Enttäuschung, oder?«

»Was?«

»Gewinner bei Paris-Roubaix, unter ›ferner liefen‹ bei der Tour?«

»Keine Ahnung. Es ist wohl einfach meine Runde in der Hölle.«

Will hatte das als Witz gemeint, aber der Journalist hatte das nicht verstanden. Irgendwo anders erklang ein Ruf, und der Journalist machte sich auf die Suche nach einer anderen Story und einem netteren O-Ton.

Mit einem Zug trank Will die zweite Wasserflasche aus und begann langsam, an Regenerierung zu denken. Er wollte gerade nach einer dritten Flasche Wasser und irgend etwas Essbarem suchen, als Deeds ihm die Hand auf die Schulter schlug und ihn zu sich herumdrehte.

»Was zum Teufel hast du dir denn dabei gedacht?«

»Was meinst du, Carl?«

»Was hast du dir dabei gedacht, Delgado und Melzi aus dem Rennen zu hauen? Das hier ist doch kein Autoscooter! Wir brauchen Delgado! Herrgott, Will, was ist denn in dich gefahren?«

»Carl«, Will streckte die Hände aus, um Deeds zu beruhigen, obwohl er sah, dass der so wütend war, dass er sie ihm am liebsten abreißen würde, »ich bin der Geschubste gewesen, nicht der Schubser. Delgado, der kleine Mistkerl, hat mich in die Absperrung gedrückt und ich habe so reagiert, wie es richtig war. Ich werde die gottverdammte Tour nicht verlieren, nur weil so ein kleiner Scheißer mir was beweisen will.«

»Delgado sieht das aber anders. Ebenso die Zuschauer und Banesto auch.«

»Also, Delgado lügt, Banesto hat Unrecht, und die Zuschauer sind Idioten.«

»Verdammt nochmal, Will, deine Tour ist vorbei. Wenn der UCI nicht gefällt, was auf dem Video zu sehen ist, dann schmeißen die dich so schnell hier raus, dass du denken wirst, das war schon letzte Woche. Gott im Himmel, Will, was hast du dir nur dabei gedacht?«

Jetzt wurde Will wütend. Er spürte, wie ihm das Blut ins Gesicht schoss.

»Schau mal, Carl, was ich gedacht habe, war, zu überleben. Überleben. Wenn Prudencio mich umbringen will, dann darf er das ruhig versuchen, aber ich werde mich dagegen zur Wehr setzen. Selbst, wenn das bedeutet, ihn dabei umzubringen.«

»Mann, Will – denk nach, denk doch mal nach!« Deeds klopfte ihm mit der Hand auf den Kopf. »Lass ihn doch den blöden Sprint gewinnen. Das ist es nicht wert! Was zum Teufel hast du dir nur dabei gedacht? Verdammt nochmal. Ich glaube, du hast von dieser Komödie, die du mit Gertz abziehst, eine weiche Birne bekommen.«

»Was? Was soll denn das heißen?«

»Du weißt ganz genau, was das heißen soll.«

»Was zum – oh mein Gott – du bist eifersüchtig!«

»Leck mich am Arsch, Will, und bleib beim Thema.«

»Bleib selber beim Thema, Carl.«

Die Menge war angesichts des öffentlichen Schlagabtausches zwischen Deeds und Will still geworden. Jetzt teilte sie sich, als Prudencio Delgado, blass, zitternd und über und über voller Pflaster, sich seinen Weg zum Haven-Bus bahnte. Er brach in die Lichtung um Will und Deeds herum und stellte sich mit offenem Hass in den Augen vor Will.

»Danke, Mr. Ross. Du hast mich fast umgebracht.«

»Beruhige dich, Prudencio. Du hast gestoßen, und du wurdest zurückgestoßen.«

»Was – du kannst ein bisschen Konkurrenz nicht ertragen, ohne einen gleich umbringen zu wollen?«

»Was?«

»Umbringen. Du kennst das Wort. Du kennst die Idee. Umbringen.«

Die Menge wurde noch stiller. Instinktiv hoben die Fotografen die Kameras.

»Du weißt schon – umbringen. Was ist denn los, hat dir mein Bruder nicht gereicht?«

Wills Rechte schoss nach vorn. Er schlug Delgado quer übers Gesicht, dann zurück, und wieder hin und her, das Klatschen seiner Hand hallte in der Menge wieder und die Motoren der Kameras rasten mit Höchstgeschwindigkeit.

Irgendwie hatte Will das Gefühl, die Augen der ganzen Welt lägen auf ihm. Eine Warnglocke rasselte in seinem Hinterkopf, aber es war zu spät, und er handelte nur noch aus reinem Gefühl und auf purem Adrenalin.

Will schlug Delgado noch ein letztes Mal.

»Hör endlich auf mit dem Scheiß«, war alles, was er sagte, bevor er in den Bus stieg.

Die Menge stand sprachlos.

Jetzt hörte man nur noch das Geräusch der Kameras mit ihren Motoren.

Zupp, zupp, zupp, zupp.

Der leichte Nieselregen schien zur Stimmung auf dieser Straße zu passen. Das Archiv von Haven Pharma war in der Nähe der Rue de Chartres versteckt, in Sichtweite des Gare du Nord.

Godot blieb einen Augenblick lang im Auto sitzen und starrte die einzelne Glühbirne an, die eine schwere Metalltür beleuchtete. Er beobachtete, wie der Nebel um sie herumwirbelte. Schlechter Ort, dachte er, schlechte Tageszeit, aber jetzt war er auf der Jagd und alles andere war wirklich egal.

Er stieg aus dem Firmenwagen und wühlte in seinen Taschen. Ein großes schwarzes elektronisches Schloss befand sich an der Seite der Tür. Er nahm die Schlüsselkarte aus der Brieftasche und zog sie durch das Schloss.

Nichts.

Er versuchte es noch einmal. Nichts.

Interessant, dachte er, dass der Chef der Sicherheit von Haven Pharma keinen Zugang zum eigenen Archiv bekam.

Er zog die Karte noch ein drittes Mal durch und versuchte, sein in dreißig Polizistenjahren antrainiertes Misstrauen zu unterdrücken.

Nichts.

Er steckte die Karte wieder in die Tasche und begann, durch das Unkraut um das langgestreckte, eingeschossige Gebäude herum zur Rückseite zu gehen. Dort, etwa zwei Meter über dem Boden, fand er, was er gesucht hatte: Ein Fenster, gerade groß genug, dass sich ein rundlicher Ex-Polizist hindurchquetschen könnte.

Dann begann er, auf dem Boden nach dem passenden Schlüssel zu suchen.

14
Ruhetag

Heute war Will der Ausgestoßene. Der Ruhetag in Lourdes war zur Erholung und Wiederherstellung gedacht, eine Chance, einen Tag lang auszuspannen und sich darüber klarzuwerden, wo man sich im großen Spiel der Tour de France befand. Für die meisten Mannschaften, Haven eingeschlossen, war es genau das. Ein Tag zum Schlafen und Essen, für Mannschaftsbesprechungen und endlose unglaublich langweilige Diskussionen über die Positionen der Teams.

Außer bei Bresson, der in der Nacht voller Feuer und Wut zu sein schien, hatte Will wenig Unterstützung von der Mannschaft gefunden, nachdem er auf der Zielgeraden in Hautacam mit Delgado Rennrad-Billard gespielt hatte. Die Presse, die Fans, die anderen Fahrer standen auf Prudencios Seite und gegen Will. Die UCI war sich uneins und schaute sich immer noch die Videoaufzeichnungen an. Sie würde heute eine Entscheidung treffen. Für Bresson war es keine Frage.

»Er hat dich gestoßen, Will – du stößt zurück. Wenn es sein muss, bringst du ihn um.«

»Danke, Hank, so weit würde ich nicht gehen ...«

»Hank. Das gefällt mir, Hank. Ich würde ihn trotzdem umbringen.«

Dann zog Bresson sich sein sonnengelbes Trikot über und ging auf eine zweistündige Trainingsfahrt, was entweder von wahrer Besessenheit zeugte oder von krankem Wahnsinn.

Will musste nicht trainieren, das stand fest. Seine Beine fühlten sich an wie aufgewärmter Haferbrei, und er konnte den Kopf nicht frei bekommen. Der Nebel, der seit Tagen darin saß, wollte nicht verschwinden, und eine wachsende Müdigkeit saugte jegliche Energie und alle Begeisterungsfähigkeit aus ihm heraus und leitete sie in die Fußbodendielen ab. Er konnte einfach nicht regenerieren. Vielleicht, dachte er, sollte er mit Engelure sprechen und die Vitamin-Dosis in seiner Infusion erhöhen lassen. Irgendwas. Was er tat, funktionierte jedenfalls nicht.

In jener Nacht war er in einen tiefen Schlaf gesunken, den Schlaf der Toten mit den Träumen der Toten.

Tomas saß vor ihm, still und ernst. Sein toter Freund blickte finster und voller Abneigung gegenüber dem, was auf der Ziellinie passiert war. Die Orange lag zerquetscht auf dem Boden des Himmels, oder wo auch immer die Träume herkamen.

Verdammt, dachte Will am nächsten Morgen und fühlte sich schuldig, deprimiert, erschöpft, selbst meine Träume sind gegen mich.

Will duschte sich, zog sich an und ging auf den Flur, wo Deeds ihn auf dem Weg zum Frühstück erwischte.

»Das solltest du vielleicht lieber auslassen.«

»Was meinst du? Ich habe Hunger. Und ich muss mit Engelure reden. Ich bin total fertig, Mann.«

»Also, Engelure hat bestimmt nicht vor, dir im Augenblick zu helfen. Prudencio ist einer seiner Lieblinge. Der ist ganz heiß auf die Vitamine. Und Dank Cardone steht die Mehrheit der Mannschaft ebenfalls nicht hinter dir. Der Sprint und dann diese Geschichte mit den Ohrfeigen ist um die Welt gegangen, und so ziemlich jeder will dich raus haben.«

»Gibt's schon was von der UCI?«

»Nein. Die haben gesagt, sie würden um elf eine Verlautbarung machen. Hier.« Er griff in die Tasche und holte 500 Francs heraus. »Verschwinde für heute. Mach 'ne Stadtrundfahrt. Iss was Gutes. Ich lade dich ein. Wir werden sehen, was passiert.«

»Was denkst du denn, was passiert ist, Carl?«

»Offen gesagt, Will, gestern abend wollte ich dich umbringen. Dann habe ich das Video gesehen. Ich finde es zwar nicht gut, wie du gehandelt hast, aber ehrlich gesagt, ich kann deinen Standpunkt verstehen.«

»Wie wird die UCI es sehen?«

»Wer weiß? Erinnerst du dich noch an Bauer und Criquielion bei der Weltmeisterschaft? Wie hast du das gesehen? Wie haben sie das gesehen? Jeder hat es anders gesehen. Sie haben eine Entscheidung getroffen und dann hat es wie viele Jahre gedauert, bis sich alle wieder beruhigt hatten?«

»Was ist mit Richard?«

»Er wartet ab. Er ist in deiner Ecke. Er will, dass du wieder in Form kommst. Er kann Cardone nicht ausstehen. Aber bis du wieder vernünftig fährst, hat er keine andere Wahl.«

»Verstanden.«

»Verschwinde erstmal. Nimm die Hintertür. Bleib allein. Die UCI wird nachher eine Entscheidung treffen und dann können wir mit unserem Leben und diesem verdammten Rennen weitermachen.«

»Danke.«

»Nebenbei – was war das für eine Sache mit den Ohrfeigen?«

»Lange Geschichte.«

»Die will ich hören. Irgendwann mal. Bis dahin, wenn du jemanden ohrfeigen willst, nimm Cardone.«

»Führ mich nicht in Versuchung.«

An jenem Morgen nahm Will sich Zeit, er frühstückte lang und gemütlich, trank viel Kaffee und las Zeitung. Sein Bild war überall zu sehen. Zwei oder drei verschiedene Aufnahmen. Am besten fand er die, auf der Delgado und der Italiener im Hintergrund auf der Straße lagen, während er lächelnd im Vordergrund stand, ein fieses, berechnendes Arschloch.

Aber es war ein zu schöner Tag, um sich darüber Gedanken zu machen. Die morgendliche Brise in Südfrankreich war warm und einladend und roch süß, trotz des Verkehrs, der um das Café in Lourdes herumbrummte und hupte.

Vielleicht, dachte er, sollte er beim Heiligtum vorbeischauen. Seine Mutter würde begeistert sein, aber er hatte doch nicht genug

Zeit. Die Ankündigung der UCI war nur eine Stunde entfernt und so lange würde es auch dauern, zu Fuß ins Hotel zurückzuschlendern, sich die Schaufenster anzusehen, mit Leuten zu plaudern, zu leben.

Der Gedanke, dass er plötzlich kein Mitglied der Mannschaft mehr sein sollte, schoss ihm durch den Kopf, keine Mannschaftsbesprechungen, keine Kameradschaft, keine Unterstützung. Wenn das so sein sollte, dann sollte es eben so sein. Er war auch vorher ein Einzelgänger gewesen und hatte es überlebt. Er konnte es wieder tun.

Als er an einer Pharmacie vorbeikam, sah er aus dem Augenwinkel ein Schild, auf dem für BioLode-Vitamine geworben wurde, eine amerikanische Firma für Sportmedizin, die versuchte, auf dem europäischen Markt Fuß zu fassen und Haven Konkurrenz zu machen. Es war nichts Besonderes auf dem Schild, das ihn ansprach, sondern eher ein Gefühl, eine Vermutung, dass er eine Veränderung brauchte. Vielleicht hatte er ja einfach zu viel von dem Haven-Zeug gehabt und befand sich in einer Art Vitamin-Stillstand. Vielleicht könnte BioLode ihm einen Tritt in den Hintern geben.

Wer weiß?

Es konnte nicht schaden, besonders jetzt, wo Monsieur Engelure sich nicht gerade überanstrengen würde, um ihm zu helfen. Er schaute nach, was von dem Geld übrig war, das Deeds ihm gegeben hatte: 325 Francs. Das würde für den Anfang reichen. Er betrat die Apotheke und kaufte jedes BioLode-Produkt, das er finden konnte, und eine Flasche Perrier, um zwei Hände voll dieser Dinger herunterzuspülen.

Die Hintertür des Hotels war verschlossen. Scheiße, dachte Will, warum schleiche ich denn überhaupt hier hinten herum? Es gibt absolut keinen Grund auf der Welt, warum ich nicht zur Vordertür hineingehen kann, direkt in die Lobby, wie ein richtiger Mann.

Er wartete einen Moment und klopfte dann leise.

Nichts.

Will ging um das Hotel herum und betrat die Lobby. Bresson saß in einer Ecke und las die L'Equipe von gestern. Das Bild auf der ersten

Seite zeigte einen gewissen Henri Bresson, der gedruckt viel besser aussah als im Augenblick in Wirklichkeit.

»Ist alles klar bei dir?«, fragte Will, mit ernst gemeinter Sorge.

«Nein. Ehrlich gesagt, ich habe kein Problem damit, dir zu sagen, dass es mir nicht gut geht.« In diesem Licht hatte Bresson eine beinahe gelbliche Gesichtsfarbe, die Falten waren tief eingegraben und ließen ihn deutlich älter aussehen.

»Was ist denn? Soll ich Deeds oder Engelure holen, um nach dir zu sehen?«

Will wollte schon losgehen, als Bresson seinen Arm festhielt.

»Non. Nein. Das wird schon wieder. Das wird schon wieder. Ich habe nur ein bisschen übertrieben.«

»Das ist untertrieben.«

»Und das holt mich jetzt ein. Ich glaube, das holt mich jetzt ein.«

»Ist etwas bei deiner Trainingsfahrt heute früh passiert?«

»Nein. Ja. Zuerst bin ich einfach gefahren. Ich habe mich großartig gefühlt. Und dann konnte ich gar nichts mehr machen. Ich konnte nicht treten. Ich konnte nichts sehen. Will. Ich war blind. Ich musste mich in die Stadt zurückfahren lassen.«

»Du musst zum Arzt.«

»Nein. Lass mich einfach nur ausruhen.«

»Kann ich irgendetwas tun?«

»Lass mich nur ausruhen.«

»Du hast den Tag, Mann. Nimm ihn dir.«

Bresson drückte sich langsam aus dem Stuhl hoch. »Ich brauche den Tag. Ja. Ich brauche den Tag.«

Will stand wie ein Trottel in der Lobby und wusste nicht, was er tun sollte, oder wie er es tun sollte. Er legte die Hand auf Bressons Schulter und klopfte sie zweimal vorsichtig, dann sah er zu, wie der Mann in Gelb zu seinem Zimmer schlurfte. Wenn es jemand verdient hatte, kaputt zu sein, dann war es Henri Bresson. Will hoffte nur, dass er sich bis morgen und den zwei Anstiegen der hors catégorie wieder erholen konnte.

»Ross? Sind Sie Ross?«

»Hä? Was, ich? Ja. Oui.«

»Eine Frau sucht nach Ihnen.«

»Merci.«

Der Mann am Empfang zeigte auf einen dunklen Raum, dessen schwere Eichentür halb offen stand. Will nickte. Er trat ein und zog die Tür hinter sich zu, während sich seine Augen an das Halbdunkel gewöhnten.

»Hallo?«

»Meine Güte, du bist heute wirklich das einzige Thema auf ESPN.«

»Cheryl?«

»Hi, Will. Ça va?«

»Würdest du bitte kein Französisch mit mir sprechen? Diese ganze Französisch-Quatscherei weicht mein Gehirn auf.«

»So scheint's wohl zu sein. Erst drückst du irgendeinen armen spanischen Jungen in irgendeinen armen französischen Jungen, und dann fängst du an, Leute zu verhauen.«

»Ich weiß nicht, warum ich das getan habe.«

»Aber sicher weißt du es. Du hattest die Schnauze voll.«

»Danke für diese Einsicht.«

»Du bist nur durcheinander, weil dieser Junge irgend eine Verbindung mit Tomas hat.«

»Bruder.«

»Oh, Scheiße.«

»Und wie geht's dir so?«

»Nein. Die richtige Frage lautet, wie geht's dir? Ich habe den ganzen Tag nach dir gesucht. Deeds hat mir gesagt, er hätte dich weggeschickt. Bis du wiedergekommen, um die Entscheidung live mitzukriegen?«

»Ich kann's kaum erwarten. Ich hoffe nur, dass die heutzutage keine Verbrecher mehr auf dem Scheiterhaufen verbrennen.«

»Und, wann geht's los?«

»Noch zehn Minuten.«

»Möchtest du Gesellschaft haben?«

»Weiß nicht. Wird das nicht deinem Ruf bei der Mannschaft schaden?«

»Ich habe keinen Ruf bei der Mannschaft, weißt du noch? Ich bin nur noch das Mädchen für alles.« Sie sah ihn einen langen und stillen Moment lang an. »Wie geht's dir wirklich?«

»Beschissen, danke«, sagte Will. »Ich explodiere wegen eines dummen Jungen, und ich kann mich anscheinend nicht mal davon erholen, einmal über die Straße gelaufen zu sein. Es ist beinahe so, als wäre ich gegen Haven-Pharma-Produkte, die Vitamine für Könige, immun geworden. Also habe ich mir etwas Neues besorgt.«

»Was?«

»BioLode. Ich habe mir heute Morgen einen Berg von dem Zeug gekauft.«

»Gute Marke. In den Staaten ist das der Renner. Ich wusste nicht, dass man gegen Vitamine immun werden kann.«

»Ich auch nicht. Wer weiß? Das Zeug, das ich nehme, funktioniert jedenfalls nicht.«

»Du könntest Recht haben. Eine andere Zusammensetzung hilft dir vielleicht.«

»Hm.«

»Ja. Äh, schau, diese UCI-Geschichte geht in ein paar Minuten los, und ich muss noch einen Sitzplatz finden. Außer, natürlich, du willst, dass ich mit dir gehe.«

Er drückte fest ihre Hand und lächelte ihr in die Augen. »Nein, ist schon gut. Geh nur vor, ich komme gleich nach.«

»Okay. Immer hart bleiben.«

»Okay.«

»Ich liebe dich, Will.«

Die Stille, die auf diese drei Worte folgte, krachte in Wills Ohren. Er spürte, wie sich die Haut an seinem Hals zusammenzog, seine Augen brannten und seine Handflächen patschnass wurden. Plötzlich kam ihm das kleine dunkle Zimmer stickig vor.

Er atmete tief durch, aber er bekam keinen Sauerstoff. Das war doch lächerlich, dachte er, nichts weiter als hysterisches Hyperventilieren.

Cheryl schüttelte den Kopf und tätschelte seine Hand. »Nur nicht aufregen, Will. Ich bin hier, egal, was passiert.«

Sie lächelte verständnisvoll und trat durch die Tür in die sonnendurchflutete Lobby. Will sah ihr hinterher, und als die schwere Schwingtür endlich still stand, schlug er sich mit der Hand gegen die Stirn.

»Arschloch. Das ist es, was du bist. Ein Arschloch.« Er trat kräftig gegen die Tür. Sie schwang auf und donnerte mit einem Krach in die Seite des Empfangstisches.

»Hey, pass doch auf.«

Will lehnte sich vor und sah Magda Gertz, die am Tisch lehnte. Die Schwingtür hatte sie nur um Zentimeter verfehlt.

»Oh. Entschuldigung.«

»Was hast du denn vor? Willst du mich jetzt auch schlagen?«

»Lass das.«

»Obwohl mir das vielleicht nichts ausmachen würde, in der richtigen Situation.« Sie lächelte und hob eine Augenbraue.

»Bitte.«

»Entschuldigung. Was? Schlechte Neuigkeiten von zu Hause? Oder nur Neuigkeiten von zu Hause? Ich bin immer deprimiert, ob es nun schlechte Neuigkeiten sind oder nicht.«

Will lächelte.

»Wohin gehst du?«, fragte er so höflich, wie er konnte.

»Ich dachte, ich schaue mir die UCI-Enscheidung über dein Schicksal an. France 2 bringt es live. Teil ihrer ›Ruhetag‹-Übertragung. Ich habe Henri gesagt, dass ich ihn wissen lassen würde, was passiert ist.«

»Toller Ruhetag«, murmelte Will. »Du hast Henri gesehen?«

»Hm? Ja, ich habe ihn gesehen, bevor ich hier herunterkam. Es wird ihm morgen besser gehen.«

»Wirklich«, Will legte den Kopf auf die Seite, als er sie ansah, als wollte er fragen, ›woher willst du das wissen?‹ und schüttelte den Gedanken ab. Na, ich hoffe es, dachte er weiter, er hat zu lange gewartet und zu hart gearbeitet, um nur bis hierher zu kommen. Es wäre wirklich eine große Enttäuschung, wenn ihm auf halbem Weg der Sprit ausgehen würde.

»Er hat es verdient, das Gelbe Trikot in Paris zu tragen.«

»Ja, aber sag das lieber nicht den anderen Jungs.«

»Sie haben einen Fernseher in den Speisesaal gestellt«, sagte sie, »willst du mich begleiten, um dein Schicksal zu erfahren?«

»Ja«, antwortete er, alle Sinne plötzlich alarmiert. »Ich werde mit hingehen. Ich bin schon den ganzen Tag lang wie auf dem Weg zum Galgen. Die können die Falle genausogut zuschnappen lassen.«

Sie bot ihm mit einer übertriebenen Geste ihren Arm. Will lächelte, aber er drückte sich durch den engen Türrahmen an ihr vorbei und begann, durch die Lobby zu gehen. Er blieb stehen, drehte sich um und schaute sie an.

»Kommst du?«

Magda Gertz stand wie eine Salzsäule in der Tür, den Arm immer noch in der Luft. Sie ließ ihn langsam sinken und ging zu Will hinüber.

»Du bist unverschämt.«

Will ließ langsam die Sonnenbrille auf die Nase gleiten, um seine Augen zu verstecken.

»Ja, da hast du Recht. Das bin ich.«

Er grinste sie an und wandte sich zum Speisesaal.

———

Die Maus war nicht an Gesellschaft gewöhnt.

Das war ihr Gebiet, und das ihrer schnell wachsenden Familie. Sie war nicht an Gesellschaft gewöhnt, menschliche oder andere. Sie untersuchte die Hand vorsichtig nach Lebenszeichen oder Anzeichen für Gefahr.

Nichts. Sie trat darauf, ängstlich, und trippelte schnell in die Mitte der Handfläche, Nerven und Muskeln angespannt.

Auf der weichen Stelle an der Daumenbasis kräuselte sie sanft ihre Zehen und spürte ein Zucken in der Hand. Einen Moment lang stand sie still, um die Reaktion zu analysieren.

Das kostete sie das Leben.

Ohne bewusst nachzudenken, warf Luc Godot seine Hand zur Seite und schleuderte das, was darauf gesessen hatte, an die Betonwand an der Rückseite des Archiv-Gebäudes. Während er sich noch zum Aufwachen zwang, hörte er ein leises Klatschen und ein kurzes Quietschen.

Er schaute in Panik auf seine Hände und versuchte aufzuwachen und zu verstehen, was da gewesen war. Er atmete einmal tief durch, dann noch einmal und blinzelte.

Eins nach dem anderen. Wo war er?

Er drehte sich einmal um sich selbst und erkannte den Ort nicht wieder, die nackten Wände mit metallenen Bücherregalen und Bergen von Papier, ein paar billigen Möbelstücken und einer anscheinend einzelnen Glühbirne in der Mitte des Raumes.

Er atmete noch ein weiteres Mal tief durch und versuchte, sich zu beruhigen. Langsam begann er, sich an die vergangene Nacht zu erinnern, von seinem Einbruch durch das Fenster über die Suche nach dem Lichtschalter bis zu dem Blättern in endlosen unverständlichen Laborberichten über jedes Produkt, das Haven je hergestellt hatte, außer, natürlich, über das, nach dem er suchte, wie hieß es doch gleich nochmal? Er konzentierte sich auf das Problem, das am nächsten lag.

Cyta ... Cyta ... Cyta ... irgendwas.

Verdammt.

Das letzte, woran er sich erinnern konnte, war, dass er auf die Uhr geschaut hatte und dass sie 4 Uhr 12 am Morgen angezeigt hatte. Jetzt war es beinahe 11 und er war in einer Sackgasse gelandet.

Entweder musste er jemanden finden, der sich wirklich in diesen Akten und dem, was man darin finden konnte, auskannte, oder er musste sich tatsächlich Henri Bergalis stellen, der vor vier Tagen nicht das leiseste Interesse daran gezeigt hatte, mit ihm über die Sache zu reden.

Gott, dachte er, er hatte noch nie gesehen, wie Bergalis so schnell so kalt wurde. Die Farbe war dem Mann aus dem Gesicht gewichen wie Kaffee aus einer kaputten Tasse.

Godot begann, sich mit der Hand über das Gesicht zu wischen, aber als ihm klar wurde, dass das die gleiche Hand war, auf der eben noch etwas gesessen hatte, wechselte er zur anderen und rieb sich damit die Augen.

Er lehnte sich in dem Bürostuhl zurück, den er in einer Ecke des Archivs gefunden hatte und überlegte seinen nächsten Schritt.

Frühstück. Frühstück wäre schön.

Und ein Anruf bei Isabelle, mit einer Entschuldigung.

Und vielleicht ein Telefonat nach Eindhoven und zu diesem Labormenschen, der den Bericht über diesen holländischen Fahrer geschrieben hatte.

Er legte die Hände auf die Knie und drückte sich hoch. Beim Aufstehen spürte er jeden Augenblick dieser Nacht durch sein Rückgrat ziehen. Er richtete sich auf, legte die Daumen in die Seite und drückte fest zu. Er spürte ein befriedigendes Krachen in den Wirbeln.

Er seufzte vor Erleichterung.

Dann sah er die Tür.

Der Speisesaal war voll. Lexor und Rol, der Versicherungskonzern, waren auch in diesem Hotel untergebracht, genau wie Haven. Ein großer Fernseher stand am Ende des Raumes und zeigte gerade eine weitere Wiederholung von Wills Stoß. Die Offiziellen von der UCI würden gleich dran sein. Obwohl alle wie gebannt auf den Bildschirm gestarrt hatten, wandten sich doch alle Köpfe um, als Will und Magda den Raum betraten. Sie langte nach vorne, griff sich seinen Arm und zog ihn eng an ihre Brust. Will zog fest und spürte dann, wie sich ihre Fingernägel in seinen Bizeps bohrten.

»Herrgott.«

Sie wandte sich um und lächelte ihn an. »Beruhige dich, Will, und genieße den Augenblick.«

»Ja, ja«, kreischte Cardone. Er hopste auf und ab und zeigte erregt auf den Fernseher. »Das ist es. Das ist es!«

Der Sportreporter in Paris gab ab zum Livebericht von der UCI-Pressekonferenz in Lourdes. Als das Bild auf den Schirm kam, wurde es undeutlich, blieb stehen, und klärte sich dann langsam auf. Probleme mit dem Satelliten. Der Offizielle begann, auf Französisch zu sprechen.

»Wir haben in den vergangenen 24 Stunden die Videoaufzeichnungen und die Fotos des Ereignisses, das sich gestern auf der Zielgeraden der 12. Etappe in Hautacam ereignete, genauestens studiert. Wir haben außerdem viele Augenzeugen dieses Ereignisses und die Offiziellen befragt, die in der Nähe standen. Es ist die Schlussfolgerung der UCI, dass der fragliche Fahrer, William Ross von Haven Pharma —«

»Jetzt kommt's! Adieu, lieber Ross!«

»... berechtigt war, so zu handeln, wie er es tat, um nicht in die Bande gedrückt zu werden. Wir meinen, dass mit den Fahrern hinter Monsieur Ross und dem Fahrer Prudencio Delgado ein schwerwiegender Unfall hätte geschehen können, wenn Monsieur Ross in die Absperrung gefahren wäre. Prudencio Delgado von der Haven-Mannschaft wird eine Zeitstrafe wegen Behinderung bekommen. Wir haben entschieden, dass es in dieser Sache keine weiteren Maßnahmen geben wird, und dass Monsieur Ross in der diesjährigen Tour de France für das Haven-Team weiterfahren darf.«

Der Raum war still. Auf dem Bildschirm verschwand der Livebericht aus Lourdes und es erschien wieder der französische Journalist, der genauso schockiert zu sein schien, wie alle Zuschauer im Speisesaal, abgesehen von Magda Gertz.

»Jaaaa«, schrie sie, wandte sich Will zu, nahm sein Gesicht in beide Hände und küsste ihn satt auf die Lippen.

Die Überraschung der Bekanntgabe und der Kuss, weich und voll, die Weichheit ihrer Lippen und der schwere Geruch ihres Parfüms, erwischten Will unvorbereitet.

Er küsste zurück.

Sie zog den Kopf zurück, lächelnd, triumphierend, siegessicher.

Er zog den Kopf zurück, aufrecht, verlegen und verzweifelt nach einem Fluchtweg suchend.

Sie lachte und wandte sich den versammelten Fahrern, Mechanikern, Trainern, Soigneurs und Leitern zu.

»Ich schlage vor, Sie machen sich alle mit der neuen Situation vetraut.« Sie lächelte Cheryl direkt ins Gesicht. »Die Götter haben gesprochen.«

Sie lachte und wandte sich zum Gehen, Will mit sich ziehend. Im Umdrehen sah Will, wie Cheryl Crane sich zu ihm durchkämpfen wollte.

Er hätte stehenbleiben sollen.

Aber er wurde von einem ungemein kraftvollen Strudel davongezogen.

Godot untersuchte die Tür sorgfältig. Die elektronischen Sperren, die das Gebäude von außen schützten, erstreckten sich nicht auf diesen Raum, denn die Tür war mit drei Bolzen gesichert.

Godot dachte einen Moment lang über das Problem nach, das Dilemma, in der Firmenzentrale nach den Schlüsseln zu suchen, darauf zu warten, dass Henri Bergalis ihn in das Geheimnis einweihte, oder es einfach selbst zu machen.

Als sich das dritte Schloss seinem Dietrich beugte, dachte er immer noch darüber nach, was er tun sollte. Er drückte die schwere Metalltür auf und sah sechs große Aktenschränke aus Metall mit schweren Zahlenschlössern.

Die Schilder auf den ersten beiden deuteten auf 40 Jahre finanzieller Vorgänge hin. Auf dem dritten stand ›ALTE SUBSTANZEN‹. Das war eine Möglichkeit, dachte Godot. Auf dem vierten stand ›PERSONAL‹, auf dem fünften ›ABSATZ‹. Das sechste Schild war leer. Er schubste diesen Schrank, um zu sehen, ob er leer war. Er rührte sich nicht.

»Also«, sagte Godot laut, »werde ich mit dir anfangen.«

Er zog seine Jacke aus und legte sie vorsichtig über die staubigen Schränke. Er betrachtete die schwere Stahlhülle und das Sicherheitsschloss genau, bevor er das Archiv verließ und zu seinem Wagen ging, um die richtige Kombination zu holen.

Er kam mit einem Hammer und einem Stemmeisen zurück und machte sich an die Arbeit.

15

Mut aus dem Glas

D er Regenbogen bewegte sich träge über die Oberfläche der braunen Flüssigkeit. Er bog sich zur einen Seite des Glases, berührte sie und breitete sich dann dünn in beide Richtungen aus. Dann wanderte er langsam um das Gefäß, bis die Oberflächenspannung ihn wieder ihn die Mitte zurückdrängte. Während er zusah, wie sich dieses Drama zum dritten Mal abspielte, kreiste ein einziger Gedanke durch Wills Kopf:

»Ein verdammt dreckiges Glas.«

Das würde ihn aber nicht davon abhalten, seinen Whiskey zu trinken.

Angesichts seiner Situation wäre es wahrscheinlich nicht das Klügste, was er jemals getan hatte, aber Will fühlte sich gerade ohnehin nicht besonders klug. Er fand, dass er viel mehr Glück als Verstand hatte.

Er hatte die von der UCI durchgeführte »Inquisition« überlebt, obwohl wirklich so ziemlich jeder auf der Welt, von seinen Teamkameraden über seine Freunde bis hin zur Presse (und vielleicht sogar der Hund seines Vaters) seinen Kopf auf einem Tablett sehen wollte. Aber sie kriegten ihn nicht. Jetzt saß er in einer schmutzigen kleinen Bar in Lourdes, einem seltsamen Ort zum Trinken, das war klar, und die versammelten Massen waren woanders, um sich entweder von ihrem Schock zu erholen oder um ihrer Enttäuschung laut und verärgert Luft zu machen.

Es war die Mikroversion des OJ-Simpson-Urteils.

Will starrte den doppelten Jameson an und hob ihn an die Lippen. Der Geruch traf ihn und zauberte ein Lächeln auf sein Gesicht.

Es war lange her. Als die ersten Tropfen seine Lippen berührten, fühlte er eine Hand über seinen Rücken und seine Schultern streichen. Der Schock der Berührung und die Berührung selbst, ein liebevolles Drücken, ließen ihn den Drink verschütten. Die Flüssigkeit schwappte über sein Kinn.

»Oh, entschuldige, Will«, säuselte Magda Gertz, während ihr Busen sein Gesichtsfeld früher als sie selbst erreichte.

»Das macht nichts«, murmelte er und wischte sich mit der Hand über das Kinn und dann über sein Hosenbein, »ich nehme mir jeden Tag etwas Zeit für einen kleinen Säufersketch.«

»Wie bitte?«

»Entschuldige. Eine alte Geschichte.«

»Ich habe keine Ahnung, wovon du sprichst.«

»Macht nichts«, erwiderte er, »was kann ich für dich tun, Magda?«

»Ich bin zu dir gekommen, um zu feiern.«

»Ah, das Wunder meiner Auferstehung. Ich feiere aus dem gleichen Grund.« Er erhob das Glas in einer abrupten demonstrativen Geste und sogleich spritzten weitere Tropfen über den Rand des Glases.

»Machst du das schon länger?«

Er betrachtete die größer werdende Whiskeypfütze auf der Plastikoberfläche der Bar vor sich und schüttelte den Kopf.

»Überhaupt nicht, überhaupt nicht.« Fast hätte er angefangen zu weinen. »Das ist 'ne tolle Party, nicht wahr?«

»Oh, ich möchte nur bei dir sein«, flüsterte sie, »das solltest du doch mittlerweile wissen.«

Will senkte seinen Kopf und kratzte sich mit den Fingernägeln die Stirn. Er suchte den einen Fleck, der von der letzten Ladung Sonnenbrand nicht weh tat.

»Ich denke, das weiß ich«, lallte er, »aber ich weiß nicht warum. Ehrlich. Echt, bei meinem Leben, ich habe keine Ahnung, was du mit mir willst oder warum du es willst und wie du es bekommen willst. Nimm es mir nicht übel, aber so bin ich. Ich verstehe Anspielungen nicht, außer sie stehen auf fünfzehn Meter hohen Werbetafeln, und selbst dann kannst du nicht sicher sein, dass ich es kapiere.

»Ich will dich. Ist das nicht genug?«

»Nein, wirklich. Das sollte es sicher sein.« Er schüttelte den Kopf und dachte zurück an eine Menge verpasster Gelegenheiten, was wahrscheinlich etwas mit der guten Erziehung seiner Mutter zu tun hatte. »Es sollte genug sein, aber ist es nicht. Ich kann dir nicht sagen, was oder warum oder wie, ich weiß nur, dass es so ist, dass ich so bin.«

Er hob das schwere Glas Irischen Whiskeys an seine Lippen, aber sie hielt es kurz vor seinem Mund auf, indem sie ihre Hand auf sein Handgelenk legte. Für einen kurzen Moment waren sie in einem sanften Kampf der Willensstärke verbunden, er wollte trinken, sie wollte, dass er ihr in die Augen schaute.

Mitten im Kampf sah Will traurig zu, wie ein weiterer Schluck über den Rand des Glases auf die Bar schwappte.

Er seufzte, stellte das Glas ab und sah sie an.

Er sah ihr ganz fest in ihre fesselnden blauen Augen.

»Ich will dich, Will. Ich will dich festhalten und lieben und bei dir sein. Ich will dir bei diesem Rennen helfen. Nach dem Rennen will ich noch mehr mit dir zusammen sein, anders als mit jedem anderen Mann, mit dem ich zusammen war. Du hast doch Zeit, nicht wahr? Ich habe ein Apartment am Cap d'Antibes. Wir beiden könnten die freie Zeit dort zusammen verbringen, wir beide allein. In der Sonne, im Dorf, im Bett.«

Er starrte sie einen Moment lang an, seine Augen schienen sich in ihren zu verlieren. Sie lächelte verführerisch.

»Wie willst du mir bei diesem Rennen helfen?«, fragte er und wischte damit fast alles, was sie gesagt hatte, mit einem Satz vom Tisch.

»Ähm«, Magda atmete tief ein und war plötzlich nicht sicher, welche Richtung sie einschlagen sollte. Bei einer Verführung hatte sie nie Widerstand gespürt. War dieser Mann wirklich so unglaublich dumpf, dass er ihren Vorschlag nicht kapierte?

»Äh, ich ...«

»Bitte, sag's mir. Wie könntest du mir bei der Tour helfen? Die anderen Sachen, die weiß ich zu schätzen, ich bin sehr geschmeichelt, aber momentan beschäftigt mich ein Rennen quer durch Frankreich, das mich wahrscheinlich umbringen wird. Daher bin ich von deinem Angebot fasziniert. Vor allem von dem Hilfsangebot.«

»Nun, ich, äh, ich bin ...« Sie zog ihre Hand von seinem Arm und brauchte einen Moment, um sich zu konzentrieren. »Ich bin Forscherin. In der Medizin.«

»Eine Assistentin oder eine richtige Wissenschaftlerin?«, fragte er.

»Ich bin nicht bloß Assistentin«, sagte sie, voller Bitterkeit. »Ich bin Ärztin, ich habe meine Diplome in der Tasche.«

»Tut mir Leid. Das war sexistisch, ich weiß, aber ein Mann muss auf sein Niveau achten.«

Mit wachsendem Selbstvertrauen sagte sie: »Ich forsche für ein großes Unternehmen, das die Medizin beliefert. Wir haben ein Sortiment von Vitaminen und Zusatzstoffen, die die Produkte von Haven Pharma im Hinblick auf Erholung und Aufbau übertreffen.«

»Echt? Rein damit, und ab geht's? Also, wie ist die chemische Zusammensetzung? Was ist das für ein Zeug? Richtig harte Multivitamine oder eine andere chemische Kombination? Steroide oder Aufputschmittel oder so etwas in der Art?«

»Jedenfalls nichts Verbotenes«, sagte sie, leicht beleidigt, »aber ein Mix aus Vitaminen und Chemie, der bei der Regeneration hilft und gleichzeitig die Leistungsfähigkeit steigert.«

Er nickte: »Ach so, eine Superpille. Ich gehe davon aus, dass Henri Bresson mit an Bord ist?«

Sie lächelte zurück: »Vielleicht. Eine Frau hat so ihre Geheimnisse.«

Er lächelte auch: »Und gehe ich recht in der Annahme, dass er auch eine Einladung nach Cap d'Antibes bekommen hat?«

Ihre Hand schoss nach vorne und knallte ihm eine, ziemlich hart, und ließ einen weiteren Schluck Whiskey über den Rand des Glases auf die Bar tropfen. Er verband sich mit dem Schnapssee, der vor ihm immer größer wurde.

»So spricht kein Gentleman.«

Will lachte. »Mir hat noch nie jemand vorgeworfen, ...«

»Das ist das zweite Mal heute, dass du mich so eklig behandelst.«

»Gewöhne dich lieber daran, denn ich bin ein oberflächlicher und ekliger Kerl.« Er zögerte einen Moment. »Wann war das andere Mal?«

»Also, es ist nicht gentlemanlike«, murmelte sie, »wenn du deinen Triumph mit mir feierst und dann aus der Lobby verschwindest, wenn ich kurz auf mein Zimmer gehe.«

»Ich hab doch gar nicht mit dir gefeiert. Ich stand nur gerade neben dir, als die UCI ihre Entscheidung verkündete.«

»Aber du hast mich geküsst.«

»Du hast mich geküsst.«

»Du hast zurückgeküsst.«

»Gewohnheit.«

»Und dann bist du einfach verschwunden.«

»So sind wir Kerle aus der Familie Ross halt. Wir sind flüchtig.«

»Wie bitte?«

»Wir segeln mit dem Wind. Wir sind wie Geister.«

»Das stimmt tatsächlich«, sagte eine Stimme hinter ihnen, »sie sind wirkliche Irrlichter, jeder von ihnen.«

Cheryl Crane setzte sich zu seiner Linken, gab seinem Arm einen Schubser und ließ so eine weitere Kaskade über den Rand des Glases springen. »Wodka auf Eis«, rief sie zum Ober hinüber und dann fügte sie hinzu: »Ich würde fast sagen, dass dieser Junge aus einer langen Ahnenreihe von Waldnymphen stammt.«

Magda machte sich nicht die Mühe, ihre Enttäuschung über das Erscheinen von Cheryl Crane zu verbergen. Und Cheryl machte sich nicht die Mühe, ihre Freude darüber zu verbergen, dass sie Magda eine Enttäuschung bereitet hatte.

Will tauchte seinen Finger in den Jameson-Teich vor ihm auf der Bar und probierte. Oh, dachte er, sehr mild. Bevor er es noch einmal versuchen konnte, brachte der Barkeeper Cheryls Drink und wischte dabei die Bar mit einem schmutzigen Lappen ab.

Will seufzte.

»Und wie geht es euch so heute Abend?«

Magda Gertz antwortete Cheryl nicht, aber Will schaute eifersüchtig zu ihr hinüber, als sie den ersten Schluck von ihrem Drink nahm.

»Pass auf, dass du das Altöl von der Oberfläche abschöpfst.«

»Nee«, sagte Cheryl, »das gibt extra Geschmack.«

»Entschuldigung«, unterbrach Magda sie, »aber wir haben hier eine private Besprechung.«

»Oh, tut mir Leid. Ich dachte bloß. ›Hi. Hier bin ich, ein einsames Mädchen in Lourdes, auf der Suche nach einem Drink.‹ Da sehe ich zwei meiner besten Freunde und denke, vielleicht kann ich mich kurz zu ihnen setzen. Und da bin ich.«

Will lächelte. »Herzlich willkommen.«

Die Tür des Apartments wurde aufgerissen, und Luc Godot stand einer schwierigen Situation gegenüber.

Isabelle Marchant stand vor ihm, mit flammendem Blick und fest zusammengepressten Lippen. Ihre Fäuste waren geballt und sogar ihr Kleid schien vor Wut zerknittert zu sein.

»Hallo«, sagte sie tonlos.

»Ja, ich weiß.«

»Was weißt du?«, fragte sie, und der Ärger in ihrer Stimme wuchs.

»Ich weiß, ich bin zu spät.«

»Spät? Spät? Ha!«, krähte sie. »Spät, das ist eine Stunde. Vielleicht zwei. Drei mit einem Telefonanruf. Das ist es, was ich unter spät verstehe.«

»Also, was bin ich?«, fragte Godot.

»Du bist tot. Für tot erklärt.« Der Damm brach, die Worte strömten jetzt aus Isabelle Marchant hervor.

»Du rufst nicht an, du schreibst nicht. Du lässt nichts von dir hören. Du verschwindest einfach spurlos, für ...«, sie schaute auf ihre Uhr, »27 Stunden, und du sagst mir kein Wort!«

»Ich hätte dich anrufen sollen.«

»Ja, das hättest du, aber hast du nicht. Ich hatte keine Ahnung, ob du lebst oder im Krankenhaus bist, du hättest auch tot sein können oder vielleicht die Stadt verlassen haben, um dich zu amüsieren, während ich hier sitze und geduldig auf dich warte und warte und warte. Ich bin sogar heute zur Arbeit gegangen in der Hoffnung, dich dort zu finden, aber da warst du auch nicht. Tatsächlich habe ich dort niemanden angetroffen, denn außer dir ist niemand bei Haven Pharma bescheuert genug, um während der Tour de France zu arbeiten.«

»Bist du fertig?«

»Oh, ja, das bin ich. Vielleicht, vielleicht bin ich wirklich fertig. Vielleicht gehe ich jetzt gleich durch diese Tür. Dann kannst du sel-

228

ber kochen und putzen und dieses wunderbare Leben wieder beginnen, das du in deiner schäbigen Mietwohnung in der übelsten Gegend der Stadt hattest, bevor du zu mir gekommen bist.«

Voller Groll atmete sie tief durch und spürte, dass ihr Ärger den Höhepunkt überschritten hatte und dass sie sich langsam wieder beruhigte. »Verdammt noch mal«, dachte sie, »warum kann ich nie länger auf jemanden sauer bleiben?«

»Bist du jetzt fertig?« fragte er.

»Du bist«, weinte sie, »du bist ein Schuft.« Sie zögerte. »Ja, ich bin fertig.«

»Gut.« Da er sie jetzt nicht mehr als Selbstschutz brauchte, stellte Godot die zwei Aktenkartons auf den Boden. »Du hast jedes Recht -« er hob den Finger, als sie sprechen wollte. Sie hielt inne und er redete weiter, »jedes Recht, wütend auf mich zu sein. Ich habe nicht angerufen. Ich hätte dir sagen sollen, wo ich war oder was ich gemacht habe. Dafür entschuldige ich mich.«

»Das solltest du auch.«

Es tut mir leid. Ehrlich«, sagte er aufrichtig, auch wenn er nicht sicher war, ob er glaubte, was er sagte oder ob er es nur sagte, um die Situation zu entschärfen.

»Aber - ich habe an einem Fall gearbeitet.«

»Du bist aber kein Kommissar mehr! Wie kannst du einen Fall bearbeiten? Was für ein Fall ist das denn?«

Godot fuhr fort, »Da gibt es etwas, was mich seit ein paar Wochen wegen dieses toten Rennfahrers stutzig macht.«

»Jemand bei der Tour?«

»Nein. Dieser holländische Fahrer Henrik Koons.«

»Das war doch schon vor Wochen und ist weit weg. Ich hab nie verstanden ...«

»Ich weiß. Vielleicht liegt es einfach daran, dass man alte Gewohnheiten nicht ablegen kann, aber der Fall hält mich doch gefesselt. Ich wollte es wissen, wollte alles wissen.«

»Also hast du beschlossen, nach Holland zu fahren, ohne mich, um einen Tod zu erforschen, für den sich niemand interessiert, nur damit du ein Held sein konntest, aber für wen eigentlich?«

Godot musste sich zurückhalten. »Ich bin nicht in Holland gewesen. Ich war hier, nur ein paar Straßen weiter und habe mich durch Aktenberge gewühlt.«

»24 Stunden lang?«

»Ja. Ich habe in einem Stuhl geschlafen. Ich habe in die Ecke gepinkelt. Ich habe Schlösser und Fenster aufgebrochen, damit ich finden konnte, wonach ich gesucht habe.«

»Und hast du es gefunden?«

Sein Ärger und der Rest seiner Energie waren verpufft. »Ich weiß es nicht. Ich weiß es einfach nicht.«

Er ließ sich in den Stuhl fallen.

Isabelle betrachtete ihn einen Moment lang, schob den Schmerz und den Frust, die im Laufe der Nacht riesengroß geworden waren, beiseite und stellte sich neben ihn.

»Gib mir deinen Mantel. Der muß gereinigt werden. Zieh dich aus und stell dich unter die Dusche. Du riechst wie ein Komposthaufen. Leg alles vor die Tür, ich werde es waschen. Lass dir Zeit, ich mach dir was zu essen. Und dann, wenn du soweit bist, gehen wir das, was du mitgebracht hast durch, um zu finden, was du suchst.«

Er griff nach ihrer Hand, nahm sie und küsste sie.

»Seit wann ist sie hier?«

»Sie war von Anfang dabei. Sie war schon in Lille beim Prolog, Boss.«

Carl Deeds ließ sich in den riesigen Ledersessel am Ende des Konferenztisches im Zimmer des Aufsichtsrats sinken, einen schweren Mahagoniblock, so groß wie einen halbes Basketballfeld. Deeds wischte einen Schweißtropfen von seiner Stirn. Trotz einer Aircondition, die schon Überstunden einlegte, schwitzte der Sportdirektor von Haven noch stark. Er ließ seine Hände über den Tisch gleiten und spürte kleine Rillen in der sorgfältig polierten Oberfläche. Aber während seine Finger sie noch untersuchten, konzentrierten sich sein Gesicht und sein Verstand auf etwas anderes.

Am anderen Ende des Tisches wanderte Henri Bergalis unruhig auf und ab durch einen Lichtstrahl, den die sinkende Sonne hereinwarf, in die absolute Dunkelheit auf der anderen Seite des Raumes und dann wieder zurück.

»Sind Sie sicher, daß Sie sie beim Prolog gesehen haben?«

»Ja, es ist schwer, sie zu übersehen. Sie wissen, was ich meine.«

»Ja«, antwortete er kühl, »warum haben Sie mir nichts gesagt?«

»Also, ich habe gedacht, es sei nichts dabei. Schließlich ist sie auch schon früher mal aufgetaucht, vor ein paar Jahren, und es hat niemanden gestört. Ich habe mir nichts dabei gedacht, bis Sie mich heute Abend angerufen haben. Sie war bei den meisten Etappen dabei und hat sich dann mit Bresson oder Ross oder Cardone gezeigt. Oder mit dem jungen Delgado.«

»Wie drückt Will sich aus? ›Sie beackert das Feld‹.«

»Genau.«

»Und sie war mit Will zusammen. Meinen Sie, da läuft was?«

»Weiß nicht. Bei den beiden weiß ich es nicht. Will und Cheryl scheinen aber ziemlich dicke miteinander zu sein, obwohl ich vor ein paar Tagen noch dachte, sie würde ihn vor die Tür setzen.«

»Wirklich? Warum?«

Bergalis' plötzliches Interesse an der Beziehung zwischen Will und Cheryl ließ die Alarmglocken in Deeds' Kopf klingeln. Auf der anderen Seite, dachte er, war Bergalis zu Beginn der Saison selbst hinter Cheryl her gewesen. Vielleicht war das noch nicht abgeklungen.

»Keine Ahnung. Es war irgendein Krach. Sie war sauer. Weiß nicht, vielleicht wegen Magda. Jemand sagte, er habe Will eines Morgens aus ihrem Zimmer kommen sehen, und er sah wohl etwas mitgenommen aus.«

»Interessant. Bei Magda kann man sich darauf verlassen, dass bestimmte Leute sich in einer bestimmten Weise verhalten werden.«

»Das stimmt wohl.«

»Carl«, sagte Bergalis und trat leise wieder in die Dunkelheit des Zimmers, »was denken Sie, was hat sie vor?«

»Cheryl?«

»Magda.«

»Tut mir Leid, Boss. Sie wechseln andauernd das Thema.« Deeds dachte für einen Moment nach, während er unbewusst mit den Händen über die polierte Tischplatte strich.

»Ich komme nicht drauf. Für wen arbeitet sie jetzt?«

»BioSyn.«

»Worin sind die groß?«

»Im Klauen anderer Leute Ideen.«

Deeds saß einen Moment still, dann erhellte sich seine Miene, als er eine mögliche Antwort gefunden hatte. »Verdammt, wenn ich einen Tipp abgeben müsste, würde ich sagen, sie ist hinter dem her, was Louis zusammenbraut.«

»Engelure?«

»Ja, das ist das Einzige, was ich mir vorstellen kann.«

»Hmm. Interessant. Hat sie überhaupt schon mal mit Engelure gesprochen?«

»Weiß nicht, ich habe nichts gesehen, aber ich achte nicht auf Engelure. Er machte seinen Kram und ich meinen. Er kommt mir nicht in die Quere und ich ...«

Bergalis hielt die Hand hoch und stoppte Deeds mitten im Satz.

»Verstanden, Carl, verstanden.«

»Tut mir Leid.«

»Wo ist sie jetzt?«

»Magda. Ich weiß nicht. Das letzte Mal, als ich sie gesehen habe, verließ sie mit Will im Schlepptau nach dem UCI-Kommuniqué den Essensraum, dann habe ich gesehen, dass sie sich in der Lobby umsah und wenige Minuten später durch die Tür verschwand.«

»Mit Will?«

»Nein, sie war allein, aber sie schien jemanden zu suchen.«

»Will?«

»Tut mir Leid, das weiß ich nicht.«

»Cheryl?«

Wieder hob Deeds seine Hände und zuckte gleichzeitig mit den Schultern.

»Also, behalten Sie sie im Auge.«

»Wen, Cheryl?«

»Nein, Magda Gertz. Beobachten Sie sie genau. Ich will über alles, was sie tut, Bescheid wissen, über jeden, mit dem sie spricht, jedes Mal, wenn sie sich Monsieur Engelure nähert.«

»Wie soll ich das anstellen? Ich habe ein Team zu leiten.«

»Wenn Sie es nicht tun, werden Sie vielleicht kein Team mehr zu leiten haben. Da ist was faul, Carl. Bleiben Sie so nahe bei ihr wie möglich. Schlafen Sie mir ihr, wenn es sein muss.«

»Wer? Ich?«

»Keine Sorge, Carl«, sagte Bergalis sanft und eine Mischung aus brutaler Ehrlichkeit und bitterem Sarkasmus erfüllte seine Stimme, »sie schläft mit jedem.«

Deeds erkannte auf einmal, das sein Hemdrücken feucht war, aber nicht so feucht wie sein Hals, der wiederum nicht so nass war wie sein Gesicht, das nicht so nass war wie seine Hände, die eine Wasserspur über die Platte des dunklen Holztisches zogen.

»Ich sollte es wissen«, sagte Bergalis abwesend, »ich sollte es wissen.«

Will schaute auf den Boden des schweren Schnapsglases und studierte sorgfältig den restlichen Whiskey, der durch das mehrmalige Verschütten zu einem Tropfen geschrumpft war, gerade noch genug, um ein Q-Tip nass zu machen. Er stellte das Glas vorsichtig auf die Theke und kippte es leicht nach rechts, so dass sich der Drink in einer Ecke des Glases sammelte. Er wollte mit einem Finger in das Glas, um die Reste aufzuwischen, verkalkulierte sich aber mit dem dicken Boden, so dass es umkippte. Der letzte Rest der goldenen Flüssigkeit lief an seinen Fingern herunter und auf die gesprenkelte Oberfläche.

Will seufzte schwer.

»Hast du ein Alkoholproblem?«, fragte Cheryl.

»Mein Problem ist«, antwortete er und leckte seine Finger mit Vergnügen, »ich hab keinen mehr.«

»Ich weiß ohnehin nicht, ob es klug ist zu trinken. Schließlich bist du im Rennen.«

»Dankeschön, lieber Schutzengel.«

Beide schauten zu Magda Gertz hinüber, die dort saß und sie mit unverhohlener Verachtung anstarrte. Sie lächelte Will weiter zu, aber dieses Lächeln hatte nicht mehr viel Verführerisches, als ob sie das Spiel langsam leid würde.

Zumindest war eindeutig, dass sie von Cheryl die Nase voll hatte und zwar schon seit den ersten Tagen der Tour, denn bei solchen Dingen mochte sie keine Konkurrenz.

Die Unterhaltung war jetzt ins Stocken geraten. Will sah auf die Uhr, die neben einer Art Kasse hing. Zwanzig nach. Präzise. Unterhaltungen kamen immer um zwanzig vor oder zwanzig nach zum Stillstand.

Er wusste nicht mehr, wo er das gehört hatte, aber es schien wahr zu sein.

―――――

Nachdem er seinen Verpflichtungen für den Tag schließlich nachgekommen war, trat Louis Engelure aus der Hotellobby in die kühle Abenddämmerung. Er schlug den Kragen seiner Jacke hoch und schaute erst nach links, dann nach rechts, dann nach hinten, als ob er sichergehen wollte, dass niemand sah, wie er den heutigen Tag beendete.

Morgen würde er dafür bezahlen, das wusste er, wenn das Rennen weiter ging und er kämpfen würde, die Augen offen zu halten. Im Augenblick aber war er froh, dem überwältigenden Druck von Haven entkommen zu sein, wenn auch nur für kurze Zeit.

Er drehte sich um, um sich noch einmal zu vergewissern, dass er einen Hauch von Geheimhaltung bewahrt hatte und eilte davon, auf der Suche nach dem wahren Leben.

―――――

»Sag mir noch einmal, wonach wir eigentlich suchen?«

»Alles was irgendwie mit einer Chemikalie namens Cytabutason zu tun hat.«

»Gut, habe verstanden«, antwortete Isabelle Marchant. Traurig schaute sie auf die Papierstapel, die nun auf dem Fußboden ihres frisch geputzten Wohnzimmers verstreut waren. Sie gähnte und fuhr fort, Blatt für Blatt dieser Forschungsberichte nach diesem flüchtigen Wort abzusuchen.

Nach kurzer Zeit sah sie ein, dass sie nur ein paar Blätter nacheinander überfliegen konnte, bevor Wörter und Formeln anfingen zusammenzulaufen, wenn sie nicht in regelmäßigen Abständen eine Pause machte. Sie rieb sich die Augen und blinzelte, dann setzte sie ihre Arbeit fort. Die Papiermassen waren endlos, ihr Wohnzimmer ein Chaos, und sie hatten noch nicht einmal die erste Kiste mit Aufzeichnungen durchgearbeitet.

»Daran sitzen wir ewig«, murmelte Isabelle.

»Ja«, sagte Godot und rieb sich die Augen, »das ist wohl wahr.«

»Gibt es denn keine Möglichkeit, die Suche einzugrenzen?«

»Nun, dies ist die wahre Freude der Polizeiarbeit«, sagte er liebevoll, »sie besteht nicht darin, böse Buben zu jagen und sie mit einem Lächeln kalt zu machen, sondern man wühlt sich durch Akten und hofft, dass man nicht zu müde ist, um den entscheidenden Hinweis zu bemerken, wenn er Schwarz auf Weiß auftaucht.«

»Aber es muss einen Weg geben, dies einzugrenzen. Ein Datum, ein bestimmter Test. Etwas, was uns sagt, wo wir suchen müssen. Es ist doch alles datiert. Diese Kisten sind ja in chronologischer Reihenfolge sortiert.«

Godot überlegte einen Moment, dann lächelte er. Sie half ihm bei einer Sache, von der sie gut und gern hätte sagen können, dass es sie nichts anging. Es war Sklavenarbeit. Es war wirklich mühevoll. Er sollte in der Lage sein, die Suche zu straffen.

Godot lehnte sich in das Sofa zurück und spürte eine angenehme Dehnung in seiner Wirbelsäule. Er starrte in die Ecke des Raumes und dachte darüber nach, wer seine Suche für ihn datieren könnte, wer ihm helfen könnte, dieser Suche einen Umfang zu geben, den man überblicken konnte.

Plötzlich hellte sich sein Blick für einen kurzen Moment auf. Es gab da einen Mann, der Bursche, der den Verdacht über die ganze Zeit verfolgt hatte, aber als er auf die Uhr schaute, sah er, dass es wahrscheinlich zum Telefonieren zu spät war. Sie mussten entweder weitermachen oder bis zum Morgen aussetzen.

»Was denkst du?«

Godot wandte sich Isabelle zu und lächelte. »Ich denke langfristig, aber es könnte funktionieren.« Er kämpfte sich vom Boden hoch, streckte sich und spürte dabei, dass sich zwei weitere Wirbel mit lautem Knacken in Position brachten.

»Oh, Gott, das konnte man hören.«

»Stell dir vor, wie es von meiner Seite geklungen hat.« Er watschelte zum Telefon in der Diele und versuchte, seine Hüftmuskeln zu dehnen. Auf dem Weg zum Telefon hob er einen Umschlag auf, öffnete ihn, überprüfte die Nummer, knackte mit den Fingern und wählte.

Voller Neid schaute Will auf Magda Gertz, die gerade ihr drittes Glas Wein leerte. Er wusste, er sollte das, was mit seinem Drink passiert war, einfach ignorieren und einen neuen bestellen, aber er konnte einfach nicht. Er hatte sich selbst einen erlaubt und er hatte einen gehabt. Pech, dass der Drink überall auf der Bar gelandet war, nur nicht in seinem Mund. Er hatte seinen Drink bekommen.

Will rieb sich die Stirn.

»Müde?«, fragte Magda und ignorierte Cheryl einfach, »vielleicht sollte ich dich ins Hotel zurückbringen?«

Will spürte plötzlich ein nahezu unkontrollierbares Bedürfnis, sich zu ducken.

»Nein, mir geht's gut.«

Cheryl reagierte nicht. Erleichterung überkam ihn. In der letzten Stunde hatte er beobachtet, wie sich die Kanone zum Abschuss bereit gemacht hatte.

»Gut«, sagte Magda, »ich muss jedenfalls zum Hotel zurück. Morgen ist ein großer Tag. Ich treffe viele Leute, es gibt viel zu besorgen.«

»Da habe ich keine Zweifel.«

»Wie bitte?« Magda Gertz warf Cheryl einen bösen Blick zu.

»Nichts«, erwiderte Cheryl mit einem leicht niederträchtigen Lächeln.

Magda Gertz ließ nicht locker: »Darf ich freundlicherweise fragen, was Sie für ein Problem mit mir haben?«

Cheryl schaute keinen Augenblick von ihrem Glas auf. »Wollen Sie das wirklich wissen?«

»Natürlich.«

Will hatte das verzweifelte Bedürfnis, wegzugucken. Die Familie Ross war bekannt dafür, Kreativität an den Tag zu legen, wenn es darum ging, Konflikten aus dem Weg zu gehen. Gemäß dieser Philosophie sah sich Will nach einem heimlichen und sicheren Rückzug um.

»Entschuldige, dass du zwischen die Fronten geraten bist«, flüsterte Cheryl unüberhörbar.

»Bitte nichts werfen«, sagte Will und klang dabei zu seiner großen Überraschung viel ruhiger, als er sich fühlte.

»Magda«, sagte Cheryl, und ihre Stimme arbeitete sich langsam in die Höhe, »mein Problem mit Ihnen ist, dass ich Sie nicht mag.«

»Ich mag Sie auch nicht«, antwortete diese.

»Das habe ich mir gedacht. Aber ehrlich gesagt, geht es über Sympathie oder Antipathie hinaus, denn ich mag es nicht, wenn sich mir Leute in den Weg stellen. Ich kann es nicht ausstehen, wenn ich mir den Arsch aufreiße, etwas im Leben und in einer Männergesellschaft zu erreichen, und wenn dann jemand ankommt, mit dem Hintern wackelt, sich jedem auf den Schoß setzt und einem alles kaputt macht.«

Eine Andeutung von Triumph zeigte sich auf Magdas Gesicht. »Sind Sie eifersüchtig?«

»Na klar. Zweifellos. Ich kann aber nicht anders, wenn Sie hier hereinkommen und anfangen, den Schwanz von jedem Mann im Raum zu massieren.«

»Das ist nicht fair. Wissen Sie, wieviele Abschlüsse in Chemie ich habe?«

»Das ist doch unwichtig, denn die benutzen Sie ja doch nicht, oder?«

Die Spannung setzte beinahe die Luft um Will herum in Brand, und er spürte, wie seine Beine ihn im Stich ließen und er vom Barhocker zu rutschen drohte. Er war kurz davor, in die Pfütze auf dem Boden zu fallen.

»Was meinen Sie damit?«

»Verdammt noch mal, Gertz. Sie wissen es und ich weiß es. Vielleicht sind Sie ja Albert Einstein, aber Sie benehmen sich wie eine

Schlampe. Mir ist egal, wie schlau Sie sind, denn Ihnen ist es anscheinend auch nicht wichtig. Sie nutzen Ihren Kopf nicht. Sie manipulieren die Menschen. Sie bekommen, was Sie wollen, indem Sie Männern Ihre«, sie suchte nach den richtigen Worten, »Ihre Gaben ins Gesicht strecken.«

Wieder zog ein Lächeln über Magda Gertz' Gesicht. »Gaben, die Sie gerne hätten.«

»Stimmt«, sagte Cheryl entnervt, »klar. Die will jeder. Aber der Punkt ist, dass Sie sich einen Dreck um andere Menschen kümmern. Will oder sein Team oder sein Rennen sind Ihnen doch völlig egal. Sie interessieren sich für nichts außer sich selbst und das, was Sie hier gerade verfolgen. Das ist in Ordnung. Aber tun Sie bloß nicht so, als ob Sie besorgt seien. Weil es nicht stimmt. Sie kümmern sich nur um sich selbst und was auch immer das für ein Spiel ist, das Sie hier spielen.«

»Ich spiele gar kein Spiel.«

Cheryl kicherte voller Bosheit: »Aber sicher, Schwester. Was es ist, weiß weder ich noch unser kleiner Freund hier«, sie deutete auf Will, der ängstlich grinste, »aber irgendetwas haben Sie vor. Es hat etwas mit dem Team zu tun, und ich werde es herausfinden, und dann wird die Rache süß sein.«

»Es gibt kein Spiel.«

»In dem Fall, Magda, verschwenden Sie eine Menge Zeit darauf, mit dem Arsch zu wackeln.«

»Ich frage mich, warum Will Sie attraktiv findet, wo Sie so viel Zeit darauf verschwenden, herumzuätzen und sauer auf andere zu sein.«

»Ich bin intelligent, zielstrebig und toll im Bett.«

»Wirklich? Ich auch, aber ich habe es nicht nötig, damit in französischen Bars herumzuprahlen.« Magda wandte sich zu Will, der wie festgefroren an der Bar saß. Seine Hände umklammerten das leere Schnapsglas, die Augen starrten geradeaus. Sie strich mit der Hand über seine Schulter und fragte: »Kommst du? Nein.« Die Hand glitt über seinen Rücken hinab, »nein, natürlich nicht«. Sie wandte sich zu Cheryl und sagte: »Nicht heute Nacht.«

Als Magda Gertz aufstand, nahm sie ihre Handtasche und ließ ihre Hand über das Leder gleich hinter dem Griff gleiten. Will bemerkte diese Bewegung und fragte sich, um was sie so besorgt war. Sie hob die Hand und wedelte damit übertrieben in der Luft herum. Magda wandte sich um und ging selbstbewusst zur Tür. Sie winkte: »Ciao, ihr alle, ciao!«

Cheryl sah sie gehen, wandte sich Will zu, der ihren Abgang im Spiegel über dem Tresen beobachtet hatte, ein Blickwinkel, der es ihm erlaubte, alle Theorien, die Cheryl eben verkündet hatte, zu bestätigen.

»Also«, sagte Will leise, »das ist noch einmal gut gegangen.«

»Ich hab's verbockt, nicht wahr?«

»Du hast gegen die harten Realitäten des Lebens angekämpft.«

»Und was könnten die sein?«

»Sex sells. Du kannst das verlässlichste Auto der Welt haben, aber jeder auf der Welt will den heißen sexy italienischen Schlitten, der nicht einmal 100 Meter fahren kann, ohne eine Woche in der Werkstatt zu sein.«

»Willst du damit sagen, dass ich ein Ford Escort bin?«

»Nein, ich will sagen, dass du ein Mustang bist. Wild, entschlossen und clever, mit tollen Kurven und erprobter Zuverlässigkeit.«

»Gute Antwort.«

»Danke. Während ihr beide gestritten habt, hatte ich Gelegenheit, mir einige griffige Analogien auszudenken.«

»Es war kein Streit.«

»Nun, dann sagen wir, während eurer Unterhaltung. Eurer ›hitzigen‹ Unterhaltung.«

Sie waren einen Moment lang still, dann sagte Cheryl leise: »Du warst eine verdammt große Hilfe.«

Will starrte vor sich hin und eine gewisse Ruhe kehrte langsam bei ihm ein.

»Mein Vater sagte mir immer«, meinte er, »man solle nie zwischen zwei Kämpfer gehen.«

»Was hat er sich dabei gedacht?«

»Weil der Friedensstifter immer auf der Strecke bleibt.«

———

Vorsichtig legte Isabelle Marchant das dritte Bündel Forschungsunterlagen auf das zweite. Die wenigen Augenblicke, in denen sie hinschaute, blieb der Turm aus Papier stehen, aber in dem Moment, in dem sie sich umdrehte, rutschte er prompt zur Seite. Sie stöhnte heftig und überlegte, das Chaos zu beseitigen, aber dann machte sie eine vage und wegwerfende Handbewegung. Morgen wird sich alles klären, dachte sie, etwas verwundert über ihren Stimmungsumschwung gegenüber dem Anfang der Suche vor vier Stunden.

Sie hob einen weiteren Stapel auf, der mit einem breiten, festen Gummiband zusammengehalten wurde und zog das Band ab. Sie blinzelte, zweimal, um wieder scharf zu sehen, dann tauchte sie wieder hinab in dieses Meer von Worten, von denen sie keines verstand.

»Cytabutason«, murmelte sie, um sich selbst zu erinnern, wonach sie suchte, »Cytabutason, Cytabutason, Cytabutason …«

Das Knarren des Bodens ließ sie zu dem Türbogen aufblicken, der zur Diele führte. Godot stand dort, mit einem Blick auf seinem Gesicht, der eine Mischung aus Schock, Frust und Sorge war.

»Was ist es, Luc?«

Er sagte nichts, sein Mund bewegte sich, aber es kamen keine Worte.

»Was ist? Hast du deinen Mann gefunden? Hast du bekommen, was du brauchtest? Oder musst du morgen wieder anrufen?«

Er sah sie an und sagte völlig emotionslos: »Ja, nein, und nein!«

»Was heißt das?«

»Ja, ich habe meinen Kontakt gefunden. Nein, ich habe nicht bekommen, was ich wollte. Nein, ich brauche morgen nicht zurückzurufen.«

»Weil …?«, fragte sie erwartungsvoll.

»Weil Paul van Bruggen tot ist und seine Aufzeichnungen verschwunden und es wäre eine Zeitverschwendung, noch einmal anzurufen, denn heute war seine Beerdigung.«

»Oh je. Wie ist er gestorben?«

»Er ist erschossen worden. Zwischen die Augen.«

Trotz vieler Jahre Polizeiarbeit, während der sie die schrecklichsten Berichte getippt hatte, konnte Isabelle Marchant nicht anders, als ihre Hand vor den Mund zu halten und auszurufen: »Du meine Güte!«

»Ja«, sagte er sanft, «da stimme ich dir zu.«

Godot strich sich mit der Hand über den Kopf und streckte sich noch einmal, bevor er sich zu der zweiten Kiste mit Akten begab und den Deckel öffnete. »Ich hoffe, du bist bereit für eine lange Nacht, heute und morgen«, sagte er ruhig, »denn irgendwo hier drin ist die Antwort.«

Isabelle nickte.

»Das hoffst du.«

Godot stierte auf die verpackten Bündel in dem Karton.

»Ja, das hoffe ich.«

16
Der letzte Mann
auf dem Berg

E s war schnell klar, dass es ein höllischer Tag werden würde.
Es hatte schon hart begonnen. Nach dem offiziellen Start in
Lourdes und neun Kilometern neutralisiertem Rennen begannen schon die Anstiege. Es waren nicht viel mehr als kleine Erhe-
bungen auf einer langen und kurvenreichen Strecke in die Hölle der
Pyrenäen, aber es waren trotzdem Anstiege. Will hatte sein Fahrrad
an die Spitze des ersten Sprints getrieben, einem Sprint mit einer
scharfen Kurve am Ende. Und das Rad hatte die ganze Zeit mit ihm
gekämpft. Das war nicht sein »Biest«, dachte er und überlegte tatsächlich, abzusteigen und sein Fahrrad zum Gipfel zu schieben.

Wenigstens hatte er heute die Energie für derartige Gedanken.

Will hatte brav seine Infusion erduldet, so wie Monsieur Engelure
sie ihm verschrieben hatte. Er lag direkt neben Henri Bresson, inständig hoffend, dass Henri nicht auffallen würde, wie er ihm verstohlene Blicke zuwarf. Er wollte ein Auge auf Engelure werfen und
sehen, was er Bresson gab. Zweifellos, dachte er, als er auf die Landschaft schaute, die durch die gelbliche Flüssigkeit hindurch schimmerte, die in Henris Arm tropfte, während in seinen eine blaue Flüssigkeit lief, zweifellos sind dies zwei verschiedene Mischungen.

Sehr kaltblütig, dachte Will, sehr verschlagen.

Als er fertig war, zog Engelure die Infusionsnadel heraus, klopfte
Will auf die Schulter und sagte: »Machen Sie sich keine Gedanken.
Ich habe ihn jetzt.«

»Wen?«, fragte Bresson, der fit und erholt von dem Schwächeanfall des vorherigen Tages aussah.

Will schaute Engelure an, dessen Lippen sich bewegten, ohne das ein Laut herauskam.

»Monsieur Engelure singt gerade für dich. Er singt den berühmten Sonny- und-Cher-Hit, ›I've Got You, Babe‹. Aber jede Ähnlichkeit zwischen dem Lied und seinen persönlichen Gefühlen für dich ist rein zufällig.« Will drehte sich um und ging schnell zum Badezimmer, während Engelure neben Bresson kniete, um dessen Nadel zu entfernen. Henri schlug ihn ziemlich hart auf den Kopf.

Will lächelte: »Wenn er auf Drogen ist, ist das eine gute Nebenwirkung.«

Will betrat das Badezimmer, öffnete seinen Rasierbeutel und holte die Pakete BioLode-Vitamine, die er für den Tag brauchen würde, hervor. Er brauchte zwei oder drei Minuten, um alle Pillen herauszusuchen, die er nehmen wollte und er brauchte drei Handvoll, mit einem großen Glas Wasser, um sie herunterzuspülen.

›Wer braucht zu essen, dachte er bei sich, wenn es Chemie gibt?‹

Er räumte das Durcheinander auf und trat in den Raum zurück. Engelure war fort, also saß Bresson alleine dort.

»Du denkst nicht, dass ich es schaffe, nicht wahr?«

»Bis vor kurzem nicht. Ich bin dabei, meine Meinung zu ändern.«

»Du denkst, ich hänge an der Nadel?«

Will zögerte. Bresson war immer ehrlich zu ihm gewesen, was immer auch passiert war, und er war für ihn ein Freund gewesen, sogar während der harten Zeit vor dem Rennen. Er verdiente eine aufrichtige Antwort, aber die konnte Will ihm nicht bieten.

»Nein, das denke ich nicht.«

»Tue ich auch nicht.«

»Hab ich auch nicht gedacht.«

»Doch, hast du, Will. Jeder hat es gedacht und denkt es immer noch.« Bresson hielt einen Moment inne und schaute Will mit einem Blick an, der so eisig-kalt war, dass er geradewegs durch Will hindurch auf dessen tiefste und geheimste Stelle traf.

»Wer bist du, Will? An was glaubst du?«

»Was?«

»Wer bist du wirklich, Will?«

»Drehst du jetzt durch, oder ist das ein Philosophie-Seminar für Anfänger?«

»Will, ich muss es wissen.«

»Was denn?«

»Wer bist du, Will? Woran glaubst du?«

»Ich bin Will Ross und glaube, ich brauche jetzt mein Frühstück.«

»Du hast keine Ahnung, nicht wahr, mein Freund?«

»Ich habe eine ziemliche Ahnung, nämlich davon, dass ich Hunger habe.« Er ging schnell aus dem Raum und schloss die Tür hinter sich, dabei wischte er sich das schwitzende Gesicht mit seiner kalten Hand.

Verdammt, dachte Will, jetzt war es raus. Bresson hängt an der Nadel. Im College hatte jeder, der auf Drogen war, die gleichen blöden Fragen gestellt.

»Eh, Mann, wer bist du wirklich? Fühlst du nicht, wie die Erde atmet, Mann? Hast du jemals daran gedacht, dass eine Haarschuppe eine ganze Welt in sich trägt? Darum wasche ich mir nie die Haare.«

Will schüttelte seinen Kopf und schaute den Gang zur Lobby des Hotels herunter. »Frühstück?«, fragte er sich selbst. Eine Frage, auf die er mal eine Antwort wusste.

»Guter Plan.«

––––––––––

Will war dabei, sein Fahrrad über den zweiten Berg zu zwingen, vierte Kategorie, leichter als der erste, weniger steil, aber das Fahrrad schien die ganze Zeit gegen ihn anzukämpfen. Es war so, als müsse er in einem Rollstuhl eine Treppe hochklettern. Als er den Gipfel erreichte, verminderte Will die Geschwindigkeit, hob seine Hand und ließ sich an die Seite rollen, als der Haven-Mannschafts-wagen herankam.

»Was ist?« Luis war schon aus dem Wagen und Will riss das Vorderrad heraus.

»Es wehrt sich gegen mich, wie ein Truthahn, der nicht in die Röhre will. Ich glaube, ich verliere den Anschluss.«

Luis hatte schon ein Laufrad vom Dach des Wagens herunter genommen, nahm die Gabel aus Wills Hand und steckte das Rad hinein. Mit einer einzigen glatten Bewegung hatte er es eingepasst. »Da. Fertig. Und los!«

Will saß wieder im Sattel und kletterte weiter Richtung Gipfel. Die ganze Unterredung hatte nicht länger als 20 Sekunden gedauert. Beim dritten Berg, dem Mauvezin, kämpfte das Rad wieder gegen ihn. Das, er wusste es, hatte nichts mit der Mechanik zu tun. Dies war ein Kampf der Willenskräfte.

Jetzt hieß es, das Fahrrad oder er. Jeder andere konnte dieses Gerät fahren und hätte gefunden, dass es ein tolles Fahrrad war, aber er hatte es in diesem Rennen mit einem Rad zu tun, das bockig war. Er ließ seine Hände auf den Lenker krachen und fühlte seinen Schlag bis in den Rahmen hinein wirken.

Das ist keine Art, mit ihm umzugehen, dachte er, aber sein Frust drohte ihn zu überwältigen.

Es gab einen falschen Gipfel 500 Meter vor dem Mauzevin, dann folgten nach einer flachen Passage weitere 50 Meter mit einem steilen Anstieg bis zur wahren Spitze des Kamms.

Will blieb im Feld, aber es war hart.

Mein Gott, dachte er, es ist, als ob man eine Yacht zieht.

Auf der Rückseite des Mauvezin wurde die Geschwindigkeit deutlich höher, nach der schnellen Abfahrt folgten 50 Kilometer flache Strecke, ehe die vier wichtigen Anstiege des Tages begannen: zwei Berge der Kategorie Eins, gefolgt vom Col du Tourmalet mit 2100 Metern und dem Anstieg nach Luz-Ardiden mit 1700, beide gleich hintereinander. Auf 1200 Höhenmeter folgten sofort die nächsten 1000. Es folgte dann auch Wills Frühstück, in die Menge gekotzt, und er hoffte, es traf jemanden, den er nicht mochte.

Das Fahrrad war immer noch gegen ihn.

»Ich tausche dich gegen ein verdammtes Mofa ein«, fluchte Will. Plötzlich schoss er durch das Feld hindurch und erntete dafür Rufe wie »Hey« und »Pass auf« und »Verdammter Amateur!«. Er kämpfte das Rad wieder unter seine Kontrolle und starrte vor sich hin.

»Aha«, flüsterte er und schaute auf den Renncomputer, »du lebst also zumindest.«

Auf dem Weg zum Frühstück war Magda Gertz neben ihm aufgetaucht, hatte ihren Arm um ihn gelegt und ihn damit fürchterlich erschreckt.

»Wo kommst du denn her?«

»Schön, dass ich so eine beruhigende Wirkung auf dich habe. Wo warst du letzte Nacht nach unserer kleinen Unterhaltung? Es war ein Ruhetag. Ich dachte, wir hätten uns zusammen ausruhen können.«

»Du gibst wohl nie auf?«

Sie zuckte mit den Schultern: »Niemals. Du weißt, du bist immer willkommen.«

»Tut mir Leid. Ich habe eine gespaltene Persönlichkeit. Sogar wenn ich alleine schlafe, sind eine Menge Leute bei mir und das wäre nichts für dich.«

Trotz ihres Geruchs und ihrer Wärme und trotz ihrer weichen Haut fühlte Will sich unwohl bei ihr, insbesondere nach dem Streit mit Cheryl letzte Nacht.

Er war nervös. Und voller Vitamine. Und er war hungrig.

Gemeinsam betraten sie den Speiseraum und Will wandte sich dem Tisch von Haven zu. Magda Gertz stand wie festgefroren. Will hatte das Gefühl, sein Arm sei in einer gusseisernen Ritterrüstung gefangen.

»Ich muss fort«, flüsterte sie schnell in sein Ohr. »Hab dringende Dinge zu erledigen.« Sie ließ schnell los, drehte sich um und ging zügig, fast im Laufschritt, zur Eingangshalle.

Will drehte sich um und schaute zum Mannschaftstisch. Cheryl trat durch die Tür und kam zu ihm.

»Ich habe gerade gesehen, wie deine kleine Freundin in die andere Richtung verduftet ist. Hat sie plötzlich herausgefunden, dass du deine Zehennägel abkaust und sie hinter das Sofa schmeißt?«

»Nein, es war etwas Ekelhaftes.«

»Oh, der süße Atem der Leidenschaft. Er vergeht so schnell.«

Die meisten Fahrer hatten ihr anfängliches Interesse für die Seifenoper, die sich zwischen Will, Cheryl und Magda abspielte, schon verloren, außer Tony C., der an allem interessiert war, was mit Sex zu tun hatte. Niemand blickte von seinem Müesli und Joghurt auf.

Nur Bergalis starrte auf den Fleck im Universum, den noch vor wenigen Sekunden Magda eingenommen hatte. Cheryl fiel es nicht auf, aber Will fühlte sich plötzlich wie ein nackter Mann in einem Schaufenster, dem auch noch ein Popel aus der Nase hing.

»Will und Cheryl, kommt zu mir«, winkte Henri Bergalis sie zu den Plätzen neben sich heran.

»Hier, Cheryl«, sagte Bergalis und klopfte auf einen Platz neben sich. Cheryl setzte sich, ohne zu sehen, dass es der einzige freie Platz am Tisch war. Henri verwickelte Cheryl sofort in eine Unterhaltung, während Will sich sein Frühstück nahm und nach einem Stuhl suchte. Der einzige Platz, den er fand, war ein kleiner Tisch, nicht einmal gedeckt, in einer Ecke direkt hinter Cheryl und Bergalis.

Will schlug kräftig zu, obwohl der größte Teil des Essens wie eine Mischung aus Kleister und alten Schuhen schmeckte.

Das machte ihm kaum was aus. Was ihn störte war, dass Onkel und Tante ihn bei diesem Familientreffen wieder an den Kindertisch gesetzt hatten.

Sie näherten sich den beiden einzigen Sprintwertungen des Tages. Toni Cacciavillani war wie eine Rakete auf die Linie zugeschossen und die anderen Sprinter der Tour hatten sich an ihn gehängt, alle wissend, dass dies vermutlich der letzte Moment des heutigen Tages oder sogar der ganzen restlichen Tour war, an dem irgendeiner von ihnen bemerkt werden würde. Innerhalb weniger Kilometer würde es ein ganz anderes Rennen werden, ein ganz neues Geschehen, das Rennen um das Bergtrikot und ein ganz neues Rennen um Gelb.

Nur wenige glaubten, dass Henri Bresson in Gelb bleiben würde, nicht einmal Will. Aber Henri glaubte daran.

Bresson jagte den Sprintern nicht hinterher, etwas, das er im früheren Verlauf der Tour gemacht hatte, um sicher zu gehen, dass er das Trikot behielt. Jetzt blieb er im Feld zurück, mit mehr Vertrauen in seine Fähigkeiten und seine Position, aber auch in dem Bewusstsein, dass er eine Zielscheibe war, von jedem Fahrer im Feld beobachtet. Beim kleinsten Zucken von ihm würde das Feld reagieren. Also wartete er auf die anderen, während sie auf ihn warteten, wie er auf sie wartete.

Er stellte sich in die Pedale.

Ein Ruck ging durch das Feld.

Er streckte seinen Hals, um die Straße entlang zu schauen.

Das Peloton machte das Gleiche.

Er sprach in sein Handgelenk, als habe er ein Funkgerät.

Das Feld lehnte sich herüber, um zu hören.

Und dann war er fort wie ein Blitz und flog von Wut getragen die Straße entlang. Will war überrascht von diesem Antritt, und noch mehr war er überrascht davon, dass er an Bressons Hinterrad klebte. Er fuhr tatsächlich mit dem Führenden dieses Rennens mit und es erschien ihm so selbstverständlich wie ein Furz nach einem Teller Chili.

Zwölf andere Fahrer hängten sich ihnen sofort an die Fersen, dicht zusammen, während sich der Rest des Feldes hinter ihnen aufreihte und versuchte, mit dem furiosen Tempo mitzuhalten. Sie wollten vom Spitzenreiter nicht schon am Fuß der ersten von vier großen Steigungen, die weniger als 30 Kilometer vor ihnen lagen, abgehängt werden.

Das Tempo war wild, es war verrückt, wenn man bedachte, was ihnen bevorstand, aber da war auch Methode im Wahnsinn, und die war, sich davonzustehlen und beim Aufstieg wieder einholen zu lassen, aber nicht ganz.

Dann hieß es, sich bei der Abfahrt wieder davonzumachen, schnell, glatt, außer Kontrolle bei 90 Kilometern in der Stunde. Dann kam die Verfolgungsjagd. Beim nächsten Anstieg ließ man sie wieder näher kommen und beim nächsten auch und man musste irgendwie durchhalten, man musste den Ausreißversuch und ihre Erschöpfung so berechnen, dass man es wieder in Gelb über die Ziellinie schaffte.

Auf der anderen Seite war das nicht Will Ross' Problem. Er fühlte sich so sicher wie ein Kind in den Armen der Mutter. Niemand kümmerte sich um ihn. Er hätte auch zwei Stunden vor dem Feld liegen können, und niemand würde sich darum kümmern. Will war eine Ziffer, die irgendwo in den hinteren Gefilden verloren ging. Ein Nachmittag an der Spitze des Feldes wäre nicht schlecht, das würde ihm gut tun.

Bresson war ein anderer Fall. Das gesamte Feld reagierte nun auf jede Bewegung von Henri Bresson. Einige reagierten mit eigenen wilden Attacken, andere mit Resignation. Einige sahen sich Sportdirektoren gegenüber, die in ihre Funkgeräte schrien, dass Bresson sie alle im Regen stehen lassen könnte, wenn er nicht auf dem Col de Peyresourde unterging.

Lass ihn ziehen, fahr dein Rennen, beobachte die anderen.

Schnapp ihn dir jetzt, oder deine Chance ist vorbei.

Mitten in dieser ganzen Aufregung griff Bresson an.

Will hielt sein Rad fest im Griff und rief Bresson zu, er solle ihn nach vorne lassen. Bresson reagierte nicht, fuhr auch nicht zur Seite, hörte nichts. Er raste auf den ersten Berg zu, der erste Kategorie-Eins-Berg dieses Rennens, wie ein Mann, der von Dämonen besessen war. Dämonen in Gelb.

———

»Oh, mein Gott, sag mir nicht, du warst die ganze Nacht an der Sache?«

Luc Godot rieb sich die Augen und blinzelte zweimal, zog sich aus der Ecke des Sofas und brach dann aber mit einem Ächzen zusammen.

»Äh, ja«, sagte er und wandte sich Isabelle zu, die in der Tür ihres Schlafzimmers stand und ihren Bademantel schloss, »ich glaube schon.«

»Du hast versprochen, du hast es versprochen: Nur noch zehn Minuten.«

»Ja, aber daraus wurde so etwas wie 10 weitere Stunden.«

»Du wirst heute nicht arbeiten. Ich werde nicht zulassen, dass dieser Laden dich umbringt. Das ist dir doch klar, oder?«

»Das ist mir schon klar.«

»Also mache ich dir jetzt Frühstück und dann schicke ich dich ins Bett. In diesem Zustand nutzt du niemandem etwas.«

»Ich denke, du hast Recht.«

Er starrte mit müden, schmerzenden Augen von seinem Ausguck auf dem Sofa herab und überprüfte das Meer von Forschungsprotokollen, die den Boden des Wohnzimmers bedeckten. Isabelles Teppich, vielmehr der Teppich ihrer Mutter, war unter einem Ozean von Weiß und Grau und Schwarz verschwunden.

Er kniff seine Augen zusammen und gähnte.

»Hast du was gefunden?«

»Was?«

Isabelle streckte ihren Kopf durch die Durchreiche in der Küche und wiederholte ihre Frage: »Hast du was gefunden?«

»Was, nein. Hab ich nicht. Alles, was ich herausgefunden habe, ist, dass Haven Pharma Jahre und Millionen verschwendet hat, um Hunderte von Formeln zu entwickeln, aus denen nichts wurde.«

»Wo könnte es denn sonst noch sein?«

»Weiß ich nicht. Kommt darauf an, wie wichtig es für jemanden ist.«

»Vielleicht hat derjenige nicht gewollt, dass es in den Archiven ist, wo jemand wie du es finden könnte. Wo jemand Zugang hat. Diese Aufzeichnungen könnten überall sein, in einem Büro, in einem Haus oder nirgendwo, längst zerstört.«

»Diese hier waren doch hinter einer doppelt verschlossenen Tür, weggeschlossen in einem Sicherheitsschrank.«

»Wie bist du denn an die Schlüssel gekommen?«, fragte sie und kletterte über einen Hügel von Papier, um ihm eine große Tasse mit schwarzem Kaffee zu bringen.

Voller Stolz sagte er: »Ich habe sie selbst gemacht. Ich bin sehr fingerfertig.«

»Das weiß ich.«

Sie saßen einige Minuten auf dem Sofa und starrten auf die Papiere und Kisten und Stapel von Gummiband, bis sein Blick auf eine schmale Ledertasche fiel, die mit einer kleinen, aber soliden Messingschnalle geschlossen war.

»Ist das deine?«, fragte er.

»Was denn?«

»Das da.«

Die Dörfer Bertren und Estenos flogen vorbei, Schauplätze der letzten beiden Sprintwertungen. Die Menschenmenge stand noch bereit und wartete auf die Führenden, ihre Helden.

Will und Bresson rasten in wilder Fahrt gleich hinter den Sprintern vorbei, und die Menge applaudierte höflich. Die zwölf Fahrer, die hinter ihnen herfuhren, bekamen auch Applaus, allerdings nur mit gedämpfter Begeisterung.

Als sie dann die Vororte von Estenos erreichten, hörte Will es hinter sich, den Ausbruch von Applaus, das wilde Schreien, das ganze Dorf explodierte.

Will überlegte.

Zarrabeitia.

Antonio Zarrabeitia stand in den Pedalen und begann seinen Ansturm auf das Maillot Jaune. Dies war sein Terrain. Dies waren seine Leute. Die Namen der Dörfer klangen jetzt nicht mehr französisch, sondern spanisch. Die Leute aus den Bergen an der Grenze zu Spanien sprangen auf und feierten ihn als einen der ihren. Nun feuerten sie ihn an, und er lag nur 45 Sekunden zurück.

Plötzlich begriff Will, dass dies kein Ausreißversuch war, es war die reine Verzweiflung. Er griff nach seinem Funkgerät, um Informationen über die Mannschaft und einen Zeitcheck zu bekommen. Einen Moment lang verlor er seinen Rhythmus, war aber bald wieder an Bressons Hinterrad. Er hatte kein Funkgerät. Er hatte seines an Cardone abgegeben, der eigentlich bei Bresson bleiben sollte, wogegen Will bei Richard bleiben sollte. Richard sollte bei den Führenden bleiben, um auf den Tagessieg zu fahren.

Mann, o Mann, das entwickelte sich zu einem ziemlich verkorksten Tag.

Unbewusst wechselte Will den Gang.

Ein Farbtupfer, der sich rückwärts bewegte, ließ ihn für einen Moment Henri Bressons Hinterrad aus den Augen verlieren. Sie fuhren durch die Gruppe der Sprinter hindurch, so schnell, dass einige sogar rückwärts zu fahren schienen.

Luchon raste vorbei, eine Ansammlung verschwommener Gesichter und wilder Schreie.

An der steilen Wand des Col de Peyresourde hielt Bresson das

Tempo hoch. Will hatte noch gar nicht bemerkt, dass sie kletterten. Das war gut so. Er fragte sich, ob er den Alpha-Zustand wieder erreichen und konservieren konnte, bis er in wenigen Tagen die Ziellinie in L'Alpe d'Huez überqueren würde.

Nein, kein Glück. Innerhalb weniger Sekunden spürte er das erste Kribbeln des Anstiegs in seinen Oberschenkeln. Noch hatte er sich nicht in eine Serie von gedankenlosen immer gleichen Bewegungen verkrampft, aber dies war ja erst der erste von Vieren. Er würde später noch genug Zeit zum Schreien haben.

Will warf einen Blick zurück. Von den zwölf Fahrern, die mitgegangen waren, waren noch sieben übrig. Schnell schaute er über die Schulter auf das Hauptfeld, das kurz dahinter angejagt kam. Die 45-Sekunden-Lücke blieb bestehen, aber es schien kein entschlossener Wille da zu sein, sie einzuholen, obwohl der Mann in Gelb an der Spitze war.

Zumindest jetzt noch nicht.

Das Feld schwamm wie ein Hai mit den Führenden mit, die Favoriten auf den Gesamtsieg waren alle noch dabei, sie kreisten langsam das Ziel ein und waren jederzeit in der Lage, anzugreifen, aber nur wenn sie sich zum Angriff bereit fühlten.

Und offensichtlich, schloss Will, fühlten sie sich nicht bereit.

Will wandte sich nach vorn und sah, dass Bresson seine Hatz den ersten Anstieg hinauf fortsetzte. Der Mann braucht eine Pause, dachte Will, oder er macht schlapp, wenn er es überhaupt nicht erwartet und es sich nicht erlauben kann.

»Henri«, schrie Will, »lass mich führen.«

Bresson hörte nicht.

»Henri, verdammt, lass mich führen. Wir fahren zusammen.«

Bresson reagierte nicht.

Die Jagd ging weiter, Will eng am Hinterrad von Henri Bresson, und dann endlich bemerkte er es. Sein Fahrrad kämpfte nicht mehr gegen ihn an. Vielleicht gab es keine Symbiose, keine elektrische Leitung zwischen den beiden, aber er spürte auch keinen Widerstand mehr, kein Ringen um jeden Pedaltritt. Will hatte den Willen des Fahrrads nicht gebrochen, vielmehr hatten sie wohl einen Waffenstillstand geschlossen. Sie waren jetzt neutral, jeder achtete jetzt aufmerksam auf den nächsten Affront, auf die nächste Anmaßung, auf das nächste Mal, in dem die Regeln der Physik herausgefordert würden.

Die Jagd ging weiter.

———————

»Oh Gott«, stöhnte Isabelle, »wenn es das ist, wonach wir gesucht haben, will ich nicht mehr leben.«

»Warum denn, mein Schatz?«, fragte Godot und untersuchte sorgfältig das Schloss auf der Ledertasche.

»Weil die gestern Abend auf der obersten Kiste lag und ich sie zur Seite gelegt habe, als ich anfing zu arbeiten.«

Ruhig sagte er: »Die Ersten werden die Letzten sein und die Letzten die Ersten.«

Ruhig betrachtete er das Schloss, eine schwere Messingausführung in einem großen Gehäuse. Er überlegte, welche Werkzeuge er benötigte, um es zu zerstören. Er ging kurz in die Küche und kam mit einem kleinen Holzmeißel und einem Hammer zurück.

»Feinarbeit?«, fragte sie.

»Ja«, antwortete er und schlug den Hammer mit aller Kraft auf den Kopf des Meißels. Der Knall schüttelte alles im Raum durch, inklusive Isabelle.

»Was machst du denn da?«, rief sie überrascht.

Er schaute sie nicht an, sondern konzentrierte sich weiter auf seine Aufgabe. Nun zog er den Rest der Lasche aus der Halterung. »Feinarbeit«, flüsterte er.

»Feinarbeit.«

———————

Sie erreichten den Gipfel des Col de Peyresourde auf 1569 Metern und schossen auf der anderen Seite mit zusammengebissenen Zähnen herab. Dieses Stück, dachte Will, war der lustige Teil des Tages. So einen Spaß gab es nicht bei der Siegesfeier, nicht im jagenden Feld, nicht beim Anstieg, nein, da bestimmt nicht, diesen Spaß gab es nur bei der Abfahrt, mit dem großen Kettenblatt, bei der Abfahrt, bei der man sich die Lunge aus dem Leib trat. Das war Spaß, wenn man auf gerade 10 Kilometern 2500 Höhenmeter verlor, während die Reifen eine Melodie sangen und man den Asphaltstreifen herunterschoss und irgendwo im Hinterkopf wusste, dass ein Steinchen, ein Loch im Reifen, ein Riss im Asphalt, ein Fan oder ein Fotograf, es konnte auch ein Motorrad sein oder ein Lieferwagen, ein falsch geparktes Auto, vielleicht sogar ein Vogel, ein Hund, ein bisschen Abfall genügen konnte, um einen aus der Spur zu werfen und dann würde man in die Leitplanken knallen oder in die Bäume, in den Äther, auf dem Weg in den Himmel, in die Hölle oder ins Krankenhaus.

Was sagte der Typ bei den 500 Meilen von Indianapolis immer? »Dies ist das reine Rennvergnügen.«

Er hatte absolut keine Ahnung.

Sie näherten sich Bordéres-Louron, ohne langsamer zu werden. Will schrie zu Bresson rüber, bekam aber immer noch keine Reaktion. Will hielt das Tempo hoch, zog seinen Kopf ein und lugte unter seinem rechten Arm hindurch. Niemand zu sehen. Irgendwie waren sie den restlichen Fahrern der Ausreißergruppe davon gefahren und waren jetzt ganz alleine.

Will setzte sich auf, als sie die Verpflegungsstation erreichten, aber Bresson spielte nicht mit. Er fuhr weiter einen dicken Gang, wie ein Besessener, und fegte durch die Station, ohne einen Blick zur Seite zu werfen. Der Verpfleger von Haven war überrascht, aber dann zog er einen zweiten Beutel von seiner Schulter und hielt sie beide für Will bereit. Der schnappte sie bei hoher Geschwindigkeit und kugelte sich dabei fast die rechte Schulter aus.

Will warf die Beutel über seine Schulter und beschleunigte sofort wieder, um Bresson einzuholen.

Noch während der Abfahrt lud Will den Inhalt der Beutel schnell in die Taschen seines Trikots um, die Energiedrinks, das Obst, das Sandwich und das Wasser. Er warf seinen leeren Sack an die Seite der Straße und schrie Bresson wieder an. Wieder erhielt er keine Antwort. Er fuhr neben ihn und schrie diesen Mann an. Der war so konzentriert, so im Tunnel, dass er sich keine Zeit zum Essen gönnte.

Aber er musste sich diese Zeit nehmen, oder er würde unweigerlich an den Hängen des Tourmalet zusammenbrechen, da gab es keinen Zweifel. Niemand konnte so viel Bestrafung, so viel Anstrengung ertragen, ohne gefüttert und aufgetankt zu werden.

Der Franzose ignorierte ihn noch immer.

Sie erreichten gerade den Beginn eines weiteren Anstiegs und Will spürte sogleich die Erbarmungslosigkeit des neuen Berges, des Col d'Aspin.

Aspin?

Aspen?

Da würde ich gerne hinfahren und es mir mit Ivana Trump gemütlich machen. Besser als der Blödsinn hier. Er trank eine Flasche Wasser aus und warf sie einem Radfahrer zu, der an der Straßenseite stand. Ein Souvenir. Der Junge duckte sich, und die Flasche mit dem Coca-Cola-Werbeaufdruck sauste an ihm vorbei.

Hmmh. Er war kein richtiger Star. Wäre er Jalabert oder Riis oder Kruse gewesen, der Junge wäre danach gesprungen und hätte sie sich an die Brust gedrückt wie einen Lageplan zu König Salomons Schätzen.

Der Energiedrink, eine dickliche grüne Masse, die mit Kohlenhydraten angereichert war, saß hinten in seiner Kehle wie eine Novembergrippe, kalt, unbeweglich und störrisch.

Er spülte den Sirup mit einem Schluck Wasser herunter und spürte sofort etwas Erleichterung in seinen Oberschenkeln, als die Milchsäure von den Kohlehydraten verdrängt wurde, wenn auch nur für einen Moment.

Wieder schrie er zu Bresson hinüber, immer noch im Tunnel, immer noch konzentriert, immer noch gleich schnell.

Wegen des Tempos und der kurvigen Strecke waren sie bis jetzt über weite Strecken allein gewesen, weit weg vom Blick der Hubschrauber, Mopeds und Kommissäre, aber bei ihrer frühen Ankunft am Hang des Col d'Aspin bekamen sie schnell Gesellschaft von einer wachsenden Menschenmenge.

Als dann die letzten Verfolger zurückfielen, hängte sich das Auto des Rennleiters an die zwei Haven-Fahrer, die nun in Führung lagen. Das Motorrad von France 2, dem Fernsehsender, der Livebilder und Aufzeichnungen von der Tour in alle Welt sendete, brauste von hinten heran und drehte Meter um Meter an Videofilm, der zwei Fahrer zeigte, die mit allen konventionellen Weisheiten brachen und einsam und hart vor dem Feld herfuhren.

»Wo sind sie, wo sind sie, verdammt nochmal?«, schrie Deeds in die Runde.

Vom Rücksitz des Haven-Mannschaftswagens aus erwiderte der Mechaniker Luis Bourbon, das Tour-Radio habe gemeldet, sie näherten sich dem Gipfel des Col d'Aspin, 25 Sekunden vor der Verfolgergruppe, 50 vor dem Hauptfeld.

»Dreckskerl«, schrie Deeds und hämmerte auf das Lenkrad, »dieser Dreckskerl.« Er schlug mit seinen Händen wuchtig auf das Lenkrad. »Ich wünschte, irgendjemand in diesem verdammten Team würde auf mich hören.«

Bourbon nickte. Er hatte all dies zuvor gehört, schon viele Male.

»Gut, lass uns ihnen Unterstützung schicken. Sie werden sie brauchen.«

Bourbon nickte wieder mit dem Kopf und sprach schnell und leise in das Funkgerät.

Ganz vorne auf dem Beifahrersitz saß Louis Engelure und dachte über das Unbegreifliche nach. Wie war es möglich, dass Will Ross mit Bresson mithalten konnte? Er war sich so sicher gewesen.

Mittlerweile hätte Ross längst zusammenbrechen müssen.

»Ist es das, was du gesucht hast, Luc? Hast du es gefunden?«

Isabelle Marchant war begierig darauf zu sehen, was Godot in der Ledertasche gefunden hatte, jene Tasche, die sie vor so vielen Stunden beiseite gelegt hatte, nur um sie jetzt wieder zu entdecken.

»Ist es das, worauf du gehofft hast, Luc?«

Godot antwortete nicht. Er war in seine Gedanken versunken und in ein wachsendes Erschrecken darüber, was er in der Hand hielt und was es für ihn bedeutete, und nicht nur für ihn. Er war entsetzt davon, was dies hier bedeutete, für jeden, der mit dieser Substanz, dieser Medizin, diesem Dämon in Berührung kam.

Er fuhr fort, die Seiten und die Berichte zu durchforsten und er wusste, dass das, was er hier hatte, für das Unternehmen eine Zeitbombe war, wenn es etwas gab, was jemals diesen Namen verdient hatte.

»Luc«, sagte Isabelle leise, »ist - es - das - was - du - gesucht - hast? Hast du es gefunden?«

Er starrte auf die Seiten, blätterte sie hin und her, eine nach der anderen und untersuchte die Namen, die auf den Seiten regelmäßig auftauchten, ob in Unterschriften, Betreffs oder Verteilern.

»Luc«, sagte sie angespannt, »was hast du entdeckt?«

»Die Hölle. Eine neue Dimension der Hölle.«

Die Menge umsäumte den Gipfel des Col d'Aspin. Dies waren die Leute, die von den Hängen des Tourmalet und von Luz-Ardiden zurückgeschickt worden waren und die dann in der Dunkelheit des gestrigen Abends dem Verlauf des Rennens gefolgt waren, auf der Suche nach einer Stelle, wo sie parken, schlafen, essen, trinken und feiern konnten.

Französische, spanische und baskische Flaggen wehten in der Nachmittagssonne.

Die Farben faszinierten Will, auch wenn sie nur für einen flüchtigen Moment vorbeihuschten, dann zwang er sich wieder, auf die dünne schwarze Linie von Bressons Hinterrad zu achten.

»Oh Mann, Henri, bitte lass mich die Führung machen, damit du was essen kannst.«

Die Menge jubelte und spritzte Wasser, Cola und Wein auf sie, als sie vorbeisausten.

»Henri, bitte, um Gottes Willen.«

Will bemerkte, dass seine Stimme einen flehenden Ton angenommen hatte, er bat Bresson beizudrehen, wenn auch nur für eine Sekunde, aber der Führende der Tour de France, der Mann in Gelb, hatte keineswegs vor, seinen Rhythmus aufzugeben, auch wenn er auf diese Weise Will Ross eine Freifahrt ermöglichte.

Dann überquerten sie den Gipfel des Col d'Aspin auf 1489 Metern, und sie schalteten für eine kraftvolle Abfahrt auf das große Blatt. Will nutzte die Abfahrt, fuhr neben Henri und schrie ihn an. Es gab immer noch keine Antwort, kein Anzeichen, dass Henri überhaupt registrierte, dass Will neben ihm war.

Plötzlich setzte Bresson sich auf, nahm die Hände vom Lenker und das bei 50 km/h, dann setzte er seine Sonnenbrille ab und wischte sich die Stirn. Er setzte die Brille wieder auf und beugte sich für den Rest der Abfahrt wieder tief herunter.

Im Bruchteil einer Sekunde standen Will die Haare zu Berge und er spürte etwas wie eine eiskalte Hand auf dem Rücken.

Bressons Augen waren blutrot gewesen. Nicht nur unterlaufen, nicht das Rosa der Bindehautentzündung, sondern das tiefe, fette Rot einer Blutung: Dies war ein schlechtes Zeichen, das war nichts anderes als eine eindeutige, saftige, saugefährliche Gehirnblutung.

Will griff wieder nach dem nicht vorhandenen Funkgerät.

Verdammter Cardone.

Von hinten fuhr ein Motorrad mit einem Pressefotografen heran.

Will kreuzte quer über die Spur und fuhr zu ihm hin. Der Fahrer fuhr langsamer und Will schrie gegen den Lärm des Motors und des Windes dem Fotografen zu: »Holen Sie Deeds her. Holen Sie ihn sofort her. Aber dalli!«

Der Fotograf schüttelte den Kopf.

»Ich kann Ihnen nicht helfen. Ich darf nicht einmal mit Ihnen reden.«

»Verdammt. Holen Sie ihn! Ich nehme das auf meine Kappe.«

Will klopfte dem Fotografen auffordernd auf die Schulter und dann fuhr er wieder an Bresson heran. Der Hubschrauber von France 2 hatte alles gefilmt und weit vor sich konnte Will das Auto der UCI-Kommissäre sehen, voller Funktionäre, die sich Notizen machten.

»Scheiße. Das ist echt toll.«

Ste. Marie-de-Campan schoss vorbei, und plötzlich kletterten sie wieder. Will schaltete zweimal und versuchte einen Gang zu finden, um mit dem Verrückten vor sich mithalten zu können. Er stieg in die Pedale und das Fahrrad schaltete ein drittes Mal, diesmal von selbst. Verdammt, er hasste es, wenn es das tat. Seine Finger griffen nach dem Campagnolo-Brems-Schalt-Hebel, aber dann zog er sie wieder zurück. Dies war der bessere Gang.

»Klasse«, dachte Will, »jetzt schaltet schon der Zufall besser als ich.«

Die Menge wurde immer größer. Der Straßenrand am Col du Tourmalet war gesäumt von Ausflüglern, Fahrradfahrern, Familienkutschen und Fans. Viele standen an den unmöglichsten Stellen, eingepfercht zwischen Felsen und Bäumen auf der engen Pass-Straße.

Der Anstieg wurde jetzt steiler. Trotz der Verpflegungsstelle, trotz des Zugpferdes, dem er den ganzen Tag gefolgt war, trotz der ungeheuren Konzentration spürte Will die Steigung ganz tief in seinen Beinen, in seiner Brust, in seinen Lungen und in seinem Herzen. Wenn er dies in seiner geschützten Position spürte, wie erst musste sich Bresson fühlen?

Ein Fan lief mit, schwenkte die französische Fahne und warf einen Becher Wasser auf Bresson, der ihn völlig ignorierte. Seltsam, dachte Will, die normale Reaktion auf diese Idioten bestand darin, sie mit der Hand abzuwehren, aber Bresson wandte seinen Blick nicht eine Sekunde von der Straße ab.

Die Augen, diese Anspannung, diese Besessenheit. Das wurde wirklich furchterregend.

Wo blieb Deeds, verdammt noch mal.

Wie auf Befehl tauchte das Haven-Auto neben ihnen auf. Will fuhr an die Seite des Wagens heran. Das Motorrad war weit voraus, das UCI-Auto nicht zu sehen, daher schnappte Will sich den Fensterrahmen und fuhr ein Stück mit.

»Was geht hier vor? Warum machst du keine Führungsarbeit für ihn, Will?«

»Bei Gott, Carl, das würde ich liebend gerne machen, aber er lässt mich nicht. Jedes Mal, wenn ich versucht habe, die Führung zu übernehmen, hat er mich ignoriert. Er ist durchgeknallt.«

»Achtung, UCI, lass los.«

Will begann zu treten und ließ den Wagen los. Der Wagen mit den Verbandsoffiziellen bog vorne um eine weitere Kurve und Will schnappte sich das Auto wieder.

»Da stimmt was nicht, Carl. Er ist heute völlig besessen.«

»Er fährt in Gelb. Da fährt man so.«

»Das hier ist was anderes – du musst dir bloß seine Augen ansehen.«

»Seine Augen?«

»Ja, seine Augen. Es ist, als ob jede Blutbahn in seinem Kopf geplatzt wäre – seine Augen sehen aus wie zwei rote Ping-Pong-Bälle. Das macht mir Angst, Carl.«

Deeds schaute einen Moment geradeaus, die Straße entlang. Er murmelte »Oh, Scheiße«, und nickte dann Will zu.

»Bleib an ihm dran.«

Will riss sich von dem Auto los und hängte sich wieder an Bresson. Der stampfte immer noch wie eine Zahnradbahn den Berg hoch. Deeds brüllte: »Ihr habt immer noch 30 Sekunden auf die Verfolger und 40 Sekunden auf die Meute. Henri – hey, Henri – Bresson!«

Keine Reaktion.

»Bressssssoon.«

Nichts passierte.

Will zuckte mit den Schultern, als ob er sagen wollte, »na, siehst du?«, dann stieg er wieder in Henris Rhythmus ein und folgte ihm zur Spitze des Tourmalet hinauf.

»Wir haben ein Problem«, sagte Deeds steif in sein Handy hinein.

Henri Bergalis stellte das Weinglas ab und wandte sich vom Rest der Menge ab, die den Haven-Gästebereich in Luz-Ardiden bevölkerten.

»Was ist los?«

»Wir haben ein Problem.«

»Was für ein Problem denn?«

»Den Hasen im Pfeffer.«

»Carl, um Gottes Willen.«

Deeds wartete einen Moment und versuchte verzweifelt den Code zu vereinfachen, ohne alles zu verraten.

»Das HP. Erinnern Sie sich noch an HP? Ich glaube, heute sehen wir es.«

»Was?« Bergalis zögerte. Der Groschen beginn zu fallen. »Oh, Gott.«

»Genau.«

»Wo ist es?«

»An der Spitze.«

»Woher wissen Sie es?«

»Zum Einen vom Verhalten her. Aber vor allem seine Augen. Sie haben es erwähnt, nicht wahr? Ross sagte, die Augen seien leuchtend rot.«

»Mon dieu. Wir müssen ihn aus dem Verkehr ziehen.«

»Wie, wo, jetzt? Das können wir nicht. Das geht nicht.«

»Er hat innere Blutungen, Carl. Wir müssen ihn rausnehmen.«

»Er wird fahren, oder wir befinden uns mitten in einem noch viel größeren Skandal.«

»Was ist, wenn er zusammenbricht?«

»Sie überqueren gerade den Tourmalet. Noch ein Anstieg und die Sache ist gebongt.«

»Gebongt?«

»Beendet. Dann ist es vorbei. Dann kümmern wir uns um ihn.«

»Was ist mit den Kontrollen?«

»Es ist bis jetzt noch nicht aufgetaucht, es sollte auch nicht jetzt auftauchen.« Dann kam eine lange Pause. »Nicht wahr?«

»Ich weiß es nicht.«

»Großartig. Wirklich großartig.« Deeds klappte das Handy zu, zog die Ellenbogen aus den Speichen des Lenkrades und beeilte sich, ans Ziel zu kommen.

———————

Sie hatten den Scheitel des Tourmalet überquert und dabei ein paar Sekunden verloren, aber sie waren immer noch ein gutes Stück vor der Verfolgergruppe und dem Peloton. Trotz der Leichtigkeit, mit der er den ganzen Tag hinter Bresson hergefahren war, begriff Will jetzt, dass er sich langsam dem göttlichen Zustand des ultimativen Kollapses näherte, denn seine Gedanken kreisten die ganze Zeit um das Ende und ließen die Pedale rund und rund und rund gehen, so lange bis die verdammte Ziellinie überquert war und er im Mannschaftsbus zusammenbrechen würde.

Sie begannen jetzt die steilste Abfahrt des Tages, 1400 Meter über eine Distanz von nur 18 Kilometern, eine Abfahrt, gespickt mit Kurven, Klippen, felsigen Stellen und ekligen Seitenwinden. Will warf einen Blick nach vorn, an Bresson vorbei und bemühte sich, das nächste Hindernis zu erkennen.

Scharfe Rechtskurve.

Die beiden lehnten sich in die Kurve, dicht an der Mauer vorbei, dann richteten sie die Räder wieder auf und rasten weiter bergab. Will spürte die Luft wärmer werden, als sie talwärts fuhren. Die Luftfeuchtigkeit stieg mit jedem Meter. Das Paar schoss durch eine scharfe Linkskurve wie auf Schienen. Sie passierten das erste Schild nach Luz-St. Sauveur, das Dorf, noch weit voraus, das das Ende der Abfahrt markierte und den Beginn des letzten Anstieges des heutigen Tages.

Scharfe Rechtskurve, eine Haarnadelkurve, dann scharf links. Ihre Geschwindigkeit nahm weiter zu. Will wusste, dass es keinen Sinn hatte, mit Bresson zu reden. Sein Kopf, seine gesamte Konzentration gingen in die Fahrt. Vielleicht kam dies nur durch die Chemie, aber es war trotzdem so. Dieser Mensch war zur Maschine geworden, und Will konnte nur folgen.

Eine lange Gerade.

Der Computer neben dem Vorbau zeigte 55 Meilen an. Will schaltete immer wieder hin und her zwischen Meilen und Kilometern. Dann 57 – 59 – dann 60. Eine scharfe Rechtskurve vor ihnen. Bresson segelte durch die Kurve, ohne auch nur zu bremsen, die Fliehkraft drückte ihn auf die äußerste linke Fahrbahnseite. Will folgte ihm und der Schweiß stand ihm dabei auf der Stirn, obwohl ihn ein von 60 Meilen in der Stunde erzeugter Sturm umgab – 61. Will konnte spüren, wie der Lenker in seinen Händen leicht zu schwingen begann – 61. Er umfasste den Unterlenker fest und schob den Hintern hinter den Sattel, um das Colnago unter Kontrolle zu bringen. Er schaute auf.

Scharfe Linkskurve.

Er war zu schnell.

Bresson sah sie überhaupt nicht.

Will bekam es mit der Angst zu tun, er griff in die Bremsen und zog mit allem, was er hatte. Er hört das Kratzen und ein dünnes, hohes Quietschen auf dem Asphalt, dann spürte er das Hinterteil des Fahrrades ausbrechen. Er stürzte. Er warf sein Gewicht vor und nach rechts und spürte, wie der Straßenbelag durch den Stoff um seine Hüfte biss und begann, an seiner Haut und an dem Muskel, der direkt darunter lag, zu nagen.

Obwohl er die Alarmglocken des herannahenden Schmerzes schon hören konnte, sah Will noch im Fallen fasziniert, dass Henri Bresson in seinem goldgelben Trikot einfach weiter fuhr, durch eine schmale Lücke in der Leitplanke, dann über den Rand des Felsvorsprungs hinaus und hoch in die Luft, aber immer weiter tretend, mit stetigem Rhythmus. Bresson trat immer noch rund, während die Sonne, die ihren Höhepunkt überschritten hatte, einen schockierenden goldenen und blauen Hintergrund erzeugte. Bresson radelte mehr, als dass er durch die Luft flog, er segelte hinaus und hinunter und verschwand aus Wills Blickfeld, gerade als Will wieder auf der Straße aufschlug. Will rollte und überschlug sich, aber er spürte das Reißen und Ziehen auf der Haut nicht, sondern dachte, wie wunderschön es ausgesehen hatte, wenn auch nur für einen Moment, wie schön es gewesen war, Henri Bresson fliegen zu sehen.

Erst die Pfosten der Leitplanken stoppten Will.

Plötzlich.

Und der Schmerz begann.

Das offizielle Auto hatte weiter vorn gehalten und funkte um Hilfe.

Das Motorrad des Fotografen weiter hinten war in den letzten beiden Kurven langsamer geworden und schloss auf, als Will gerade gegen die Leitplanke knallte. Bresson war schon über die Klippe verschwunden. Der Motorradfahrer funkte Hilfe herbei und begann dann, die nachfolgenden Fahrer vor der Unfallstelle zu warnen.

Der Helikopter von France 2 fing die letzten Erschütterungen der Barriere noch ein, als Will darin hin und her wackelte und schließlich über den Boden in Richtung seines Fahrrades kugelte. Dann zielte die Kamera über den Rand der Straße hinweg auf der Suche nach Henri Bresson. Verzweifelt rief der Pilot um Hilfe.

Die Verfolgergruppe schoss vorbei. Die Fahrer setzten sich nur für einen Moment auf, um zu sehen, was mit den beiden passiert war, die sie den ganzen Tag lang verfolgt hatten.

Eine Kette von Fahrern, unter ihnen Bourgoin, Cardone und die anderen Gesamtführenden, passierten wie auf einer Schnur aufgereiht die Unfallstelle. Sie waren dem Hauptfeld enteilt und verfolgten die Verfolgergruppe. Will stand da, mit wackligen Beinen und winkte dumpf dem Regenbogenmuster der vorüberfliegenden Trikots zu.

Der Mann, der neben Will stand, trug Kleidung, die Will nur von uralten Fotos seines Urgroßvaters kannte. Der hagere Mann, der einen braunkarierten Anzug im Stil der Jahrhundertwende und gewienerte, spitze Glanzlederschuhe trug, legte eine eiskalte Hand auf Wills Schulter.

»Mach dich davon«, sagte der Kerl wie von weit her, »ich kümmere mich um ihn.«

Will nickte abwesend. Wo kam der denn her? Aber egal. Es gab ein Rennen zu Ende zu bringen und das allein zählte. Er griff nach seinem Fahrrad und musste kotzen, als er sich bückte. Das Erbrechen ließ ihn sich verkrampfen, bis sein Kopf sich anfühlte, als würde er explodieren. Der groß gewachsene Mann mit der Adlernase und dem seltsamen altmodischen Anzug lächelte: »Du musst fort.«

»Was ist mit mir?«

»Du wirst leben.«

»Danke.«

———

Aus der Luke des Hubschraubers heraushängend, peilte Ernesto Degas durch sein Videoauge, als sich das Drama vor ihm abspielte. Er war live auf France 2, aber er konnte nicht anders.

Er zoomte auf Will, wobei das Bild von der Unruhe des Hubschraubers im Seitenwind verwackelt wurde. Ganz laut äußerte

Degas die Frage, die Millionen von Radsportfans an den Fernsehern in aller Welt sich in diesem Moment stellten:

»Mit wem redet der denn?«

Will schwang sein Bein über den Sattel und klickte den rechten Fuß ins Pedal ein.

Das Hauptfeld rauschte mit einem rasenden Surren und Krachen von Gangschaltungen und Ketten und Rädern vorbei, während die Autos und die Verpflegungswagen dicht dahinter folgten.

Er schob das Fahrrad vom Fahrbahnrand auf die Straße, nur umständlich fand sein Fuß das linke Pedal.

Der hagere, vornehm aussehende Mann in dem braunkarierten Anzug sah, wie Will talwärts schlingerte.

»Du wirst leben, vorläufig«, flüsterte er, als Will auf die Straßenseite zu rutschte und sich dann wieder in die Mitte der Straße mühte.

Will war aus dem Tritt. Er schaltete und spürte den vetrauten Zug in seinen Oberschenkeln. Er schüttelte seinen Kopf und wischte sich die Nase ab. Blut.

Autos in Hülle und Fülle erschienen am Ort des Geschehens. Er konnte das Durcheinander hinter sich hören, als er den Berg in Richtung Luz-St. Sauveur herab fuhr.

Sirenen. Hupen. Stimmen. Plötzlich weit entfernt. Alles weit weg.

Er konnte keine kontrollierte Linie fahren, deshalb kauerte er sich zusammen und ließ sich wie ein Ball den Berg hinunterrollen. 35, jetzt zeigte der Computer 35 an, dann 37, dann 40.

Vierzig ist gut, das ist sehr gut.

Er konnte den Schmerz in seinem Kopf spüren, so als ob jemand seine Ohren mit einer Käseraspel bearbeitet hätte, aber er konnte damit leben. Der Schmerz war weit weg. Lang her und weit weg. Und erst sein Ellbogen. Sein gesamter linker Arm zitterte. Alles schien von seinem Ellbogen auszustrahlen. Und dann seine Hüfte, seine linke Hüfte. Da war ein kaltes, brennendes Gefühl in seiner linken Hüfte.

Fünfzig – 50 ist gut.

Er sah auf und konnte das Ende des Hauptfeldes vor sich sehen, wie durch ein zerbrochenes Stück Buntglas. Sie hatten ihn nicht abgehängt, ihn nicht, nein, niemals Will Ross. Er berührte die eine Seite seines Gesichtes. Die Sonnenbrille zerfiel in ihre Einzelteile und der Schock des Sonnenlichts ließ ihn blinzeln und aufsitzen.

Fünfundfünfzig.

Er fuhr nun im großen Gang und näherte sich dem Ende des Feldes. Den Mühsamen und Beladenen. Ihr habt mich nicht abgehängt, dachte er. Ihr habt mich nicht abgehängt.

Luz-St. Sauveur. Noch siebzehn Kilometer. Er schaute zur Seite. Leute aus dem Dorf und Autos säumten die Straße. Da war eine seltsame Ruhe, als ob er durch einen gläsernen Tunnel führe und dabei von einer Gruppe Außerirdischer beobachtet würde.

Er winkte. Ein Kind zeigte auf ihn. Fünfundvierzig.

Fünfundvierzig ist in Ordnung.

Er schaute auf seine Hände und bemerkte, dass sie mit getrocknetem Blut bedeckt waren. Wie besoffen wischte er sie an seinem Trikot ab und radelte weiter. Wo war Bresson? War er nicht den ganzen Tag Bresson gefolgt?

Fünfundvierzig.

Ein kurzer Anstieg aus Luz-St. Sauveur heraus. 35, dann 30. Weitertreten – 25 – einfach weitertreten. Abfahrt. Eine kurze Abfahrt.

35 ist gut, fahr weiter.

Er war wieder allein, in einer Lücke zwischen der Tour und dem Unfall, den er hinter sich gelassen hatte.

Luz-Ardiden. Welche Kategorie? Keine. Der Anstieg wurde steil. Aber keine Kategorie. Weiter mit dir! Er schlängelte sich durch das Peloton. Welche Kategorie? Dreißig. Keine. Er schaute um sich. Das Feld war in der Ferne verschwunden. Weiter. Finde einen Fahrer. Finde ein Hinterrad. Fünfundzwanzig – 20 –.

Zwanzig ist gut. Weiter so.

Seine Baumwollkappe fühlte sich seltsam an. Er fuhr sich mit der linken Hand durchs Haar. Die Kappe löste sich und es brannte. Das getrocknete Blut war von frischem weggewaschen worden, wogegen seine Kappe, Schwarz und Rot und Gold, jetzt durchtränkt von einer roten, klebrigen Masse war, die in seinen Haaren hing. Will wollte sie auf die Seite werfen, aber sie klebte fest. Sie klebte an seinen Händen. Er warf sie mit Wucht und es krachte etwas in seinem Arm. Eine Erschütterung ging durch seinen Ellbogen, die ihm den Atem nahm. Wie in Zeitlupe löste sich die Mütze von seinen Fingern. Er schaltete. Er konnte nicht mehr treten.

Tritt doch.

Treten und ziehen – 17.

17 ist gut, dachte er.

Treten und ziehen.

Fünfzehn.

Ein Motorrad fuhr an seine Seite. Außerhalb seines Kopfes hörte Will etwas Entferntes, ein Summen, wie ein Käfer, der ihn anschrie, ganz nah an seinem Ohr. Schreien. Bzzzz. Bzzzz. Bzzzz. Er schlug es mit seiner Hand weg und schwankte. Er hielt das Lenkrad fest und konzentrierte sich auf sein Vorderrad. Ein weißer Fleck tauchte auf, ein Punkt auf dem Reifen. Rund und rund und rundherum.

Will versuchte sich schneller zu bewegen, aber das klappte nicht. Immer herum. Der weiße Punkt. Der große weiße Punkt.

Will schaute auf den Fahrradcomputer. Zehn.

Zehn ist auch gut.

Er spürte einen dumpfen Schmerz in seinem Ohr, der sich bis zu seinem Kiefer ausdehnte und dann zu seinen Zähnen, aber nur zu den Zähnen auf der linken Seite. Die unteren Zähne. In der Mitte seines Kiefers hörte der Schmerz auf. Verdammt, das war aber seltsam.

Weiter fahren. Weiter. Er schaltete wieder. Den weißen Punkt konnte er nicht mehr sehen. Da war er. Na los, weißer Punkt, komm schon. Er bemerkte langsam, dass er eine andere Farbe bekam. Sein linker Arm, der den linken Lenkergriff umklammerte, links von dem weißen Punkt auf dem Reifen, war rot. Leuchtend rot. Abgesehen von einer Stelle, ungefähr von der Größe einer Kiwi unterhalb seines Ellbogens, war der Arm schreiend rot. Seiner rechter Arm war braun, tief braungebrannt, außer da, wo sein Trikot hochgerutscht war und wo ein Bizeps, so weiß wie Schnee, zu bewundern war. Er schaute von einem Arm zum anderen. Das Rot gefiel ihm am besten. Braungebrannt war okay. Weiß war scheiße.

Wieder hörte er dieses Summen und schaute nach links. Da war ein Motorrad, das versuchte näher zu kommen, der Fahrer winkte heftig, damit er was tat? Was sollte er tun? Hau ab, ich fahre ein Rennen. Ich fahre die Tour de France. Wenn du mich anrührst, werden die kleinen UCI-Ärsche mich disqualifizieren, bevor du was sagen kannst? Wie ging das nochmal? Bevor du »Fischers Fritz« sagen kannst. Er schnaufte und spürte, dass der Rotz ihm aus der Nase lief. Er wischt ihn mit der rechten Hand ab. Ha! Die wurde jetzt auch rot.

Sieben – 7 ist gut.

Ein weißer Punkt. Ich mag dich, weißer Punkt. Da ist er wieder.

Er schaute zur Seite. Das Motorrad fiel zurück. Plötzlich waren da Leute auf allen Seiten. Einige schrien, einige zeigten, manche weinten. Einige schoben ihn. Schieben ist gut. Zur Hölle mit der UCI. Lass die ruhig schieben.

Sieben – 7 ist gut.

Er hatte aufgehört zu treten. Das Schieben brachte den weißen Punkt zurück. Wieder und wieder. Er spürte etwas Kaltes auf sein Gesicht spritzen. Einen Augenblick konnte er nichts sehen und kippte nach rechts. Hände, tausende Hände richteten ihn auf und schoben ihn einen Weg entlang, den er nicht sehen konnte. Er blinzelte und sah jetzt den Streifen Straßenbelag inmitten der Menge.

Fünf – 5 ist nicht sehr gut. Er begann wieder zu treten. Sechs, sechs ist besser.

Nun fühlte sich das Schieben wie Schläge an. Schläge auf seinen Rücken. Jeder von ihnen schoss seinen Rücken hinunter, durch seine Hüfte und in sein Knie hinein. Das Treten allein verursachte ihm einen solchen Schmerz, dass er jedes Mal dachte, ein Messer würde durch sein Knie getrieben. Er schaute auf seinen Fuß und jedes Mal, wenn das Knie wieder auftauchte, war Blut auf dem Knie und irgend ein Fetzen, so als ob er die Tür zu seiner Kniescheibe offen gelassen hätte. Plötzlich hatte er die Menge hinter sich gelassen und fand sich auf einer breiten Straße mit Barrieren auf beiden Seiten. Wieder kam das Motorrad nahe, als ob es sein Knie berühren wolle. Will stellte sich in die Pedale und machte sich davon. Er konnte aus dem Augenwinkel noch sehen, dass der Typ auf dem Motorrad ihm frustriert hinterher winkte.

Acht – 8 ist gut.

Will sah, dass die Absperrung auf der rechten Seite angeschwungen kam, sich auf ihn zu bewegte. Er drehte das Vorderrad und verlagerte sein Gewicht, dann bemerkte er plötzlich, dass die linke Absperrung auf ihn zu kam. Scheiße. Bleib in der Spur. Er konnte seine Schulter nicht mehr spüren. Er spürte seine linke Schulter nicht. Zehn. Weiter treten.

Zehn ist gut.

Er konnte die Menge hinter der Absperrung sehen. Keiner winkte mit Fahnen. Keiner jubelte. Wo war er? Wo war die Spur? Wo war die Ziellinie?

Neun – 9 ist gut.

Der weiße Punkt. Siehst du ihn? Genau da ist er. Auf einem schwarzen Reifen. Auf einem weißen und blauen Feld. Auf einem schwarzen Reifen auf Asphalt. Auf einem schwarzen Reifen auf einem blauen Feld mit einem großen »F« darauf. Ein weißer Punkt auf einem schwarzen Reifen auf einer weißen Linie.

Und dann griffen die Leute plötzlich nach seinem Fahrrad und nach ihm. Dieses Mal packten sie fest zu, zogen ihn vom Fahrrad, zogen das Rad weg, er aber kämpfte weiter, mit allem Kampfgeist, den er noch hatte, dabei drehten sich die Pedale noch, auch wenn seine Füße nicht mehr darauf waren. Jemand zog ihn am linken Arm hoch und dann weg von seinem Fahrrad. Da, wo vorher kein Gefühl gewesen war, explodierte jetzt ein Feuerwerk des Schmerzes. Er spürte, dass sein Magen sich aufbäumte, um sich einen Weg durch seine Kehle zu bahnen und das Frühstück durch die Nasenlöcher zu blasen. Die Hände stellten ihn aufrecht, dann ließen sie ihn los und erlaubten ihm auf seinen eigenen Beinen zu stehen, wie ein junges Fohlen. Er schwankte für einen Augenblick und schaute sich unsicher um, dabei wackelte sein Kopf unkontrolliert, wie der Kopf eines Nickdackels auf der Hutablage eines Autos. Dann sah er Richard Bourgoin auf sich zu rennen und Cheryl Crane mit Tränen in den Augen, dann auch Carl Deeds und Henri Bergalis.

Langsam, ohne irgendwelche Hast, beugte er sich vor, um die anderen zu begrüßen, dann fiel er um, wie ein gefällter Telefonmast. Mutter Erde war so gnädig, seinen Fall zu unterbrechen, indem sie sich in den Weg seines Gesichtes stellte.

17

Ein harter Schnitt

Die Nadel senkte sich in seine betäubte Haut.
»Das sieht sehr übel aus.«
»Hmmm.«
»Ziemlich verrückt, auf einer solchen Straße eine so schnelle Abfahrt zu versuchen.«

»Hm.« – »Ihr Freund hat es teuer bezahlt.«

Der Fetzen Haut auf Wills Knie war fast eine Nebensächlichkeit. Er hatte in den letzen drei Stunden unter einem Berg von Mullbinden versteckt gelegen und war in dem wuseligen Durcheinander und dem ganzen Irrsinn einer Notaufnahme an einem Spätsommernachmittag fast vergessen worden.

Einen Teil seiner Haare hatten sie abrasiert, um seine Kopfhaut wieder zusammennähen zu können. Wills Frisur sah jetzt aus, als stamme sie von Frankensteins Friseur.

Vier Schwestern hatten vierzig Minuten gebraucht, um die Steinchen aus seiner Hüfte zu pulen und mit einer Plastikbürste und einem Desinfektionsmittel den Schmutz von seiner Haut abzuschrubben. Sein Ellbogen war jetzt immerhin von einer Bandage aus Plastik und Stoff bedeckt, so dass seine Hand schläfrig kribbelte. Das zweite Finale hatte darin bestanden, dass sie seine Lippen geklammert hatten, um den Riss zu schließen, den er sich geholt hatte, als er kurz hinter der Ziellinie den Staub geküßt hatte. Das war sozusagen sein Trostpreis dafür, dass er das Rennen beendet hatte.

»Ich brauche mehr Fäden.«

Es war das dritte Mal, dass der Arzt mehr Nadel und Faden verlangt hatte.

»Dies sind selbstauflösende Fäden. Die anderen tun weh, wenn man sie zieht. Diese schmerzen, wenn sie sich auflösen.«

Er lachte über seinen eigenen Witz, dann versuchte er sein Lachen zu unterdrücken, als er bemerkte, dass Will nicht mitlachte. Tatsächlich war Will noch nicht so recht auf der Höhe, denn sein Bewusstsein bemühte sich noch, in die Realität vorzustoßen. Dies aber war ein langer, schwieriger Prozess nach einem langen, hässlichen Tag.

Das Geschehene kam ihm eher wie ein Traum vor und jetzt blieb eine eigenartige Unwirklichkeit zurück, angefangen bei dem Ausreißversuch und seinem Anteil daran, bis zu der Abfahrt, dem Crash, dem Flug von Henri Bresson. Dann waren da noch diese Augen, diese leuchtend roten Augen, die ihn angestarrt hatten und ihn bis jetzt verfolgten.

Will wandte sich von dem Flickenteppich seines Knies ab und schaute sich in dem kalten Raum unter den blassgrünen fluoreszierenden Lichtern um. Er sah einen Sauerstofftank, der so verrostet war, dass das Gas, so meinte er, nur noch durch die eigene Oberflächenspannung darin gehalten wurde.

Das Ziehen und Zerren in seinem Knie wurde stärker. Entweder ließ die örtliche Betäubung nach, oder seine Näherin hatte den Einflussbereich des nächsten Nervenstranges erreicht.

»Sie sind ganz schön ruiniert.«

»Hm.«

»Sie müssen starke Schmerzen haben.«

»Hm-hm.«

Falls dem so war, spürte Will bis jetzt noch wenig. Allerdings würde es das Schlafen heute Nacht sehr interessant machen. Schlafen, allein in einem Raum. Bresson ist nicht da.

Erinnerst du dich?

Jeder, so schien es, hatte um das Thema »Henri Bresson« einen großen Bogen gemacht. Cheryl weinte nur und hielt Wills Hand, sie knetete sie wie einen kleinen Laib Brot, ohne zu begreifen, dass jeder Druck eine Schockwelle bis in seine Augäpfel hinein sandte. Deeds drückte seine kleine Kappe in die Form verschiedener Comicfiguren. Und Henri Bergalis? Der Chef von Haven war einfach verschwunden.

Es brauchte auch keiner über Henri Bresson zu reden. In der Sekunde, als Will diesen kopflosen, von Drogen herbeigeführten, aber doch großartigen Flug gesehen hatte, wusste er, dass Henri einen Sarg und das Begräbnis bestellt hatte.

Er schnaubte. Blut und Rotz spritzten aus seiner Nase.

»Nicht bewegen.«

»Hm.«

Der Arzt warf die letzte Klammer in eine Metallschale auf dem Rollwagen neben Will. Es gab ein hohles »Klong«, dann wischte er mit einer rötlich-braunen Flüssigkeit über das Knie. Es brannte wie der Vorhof zur Hölle. Will hielt die Luft an und spürte, wie es entlang der Naht an seiner Lippe zog.

»Tschuldigung.«

»Hm.«

Der Arzt drehte sich nach einem Pflaster um und Will lockerte den Klettverschluss an der Ellbogenbandage. Das Blut floss in seine Finger zurück und er spürte, wie das Kribbeln in seinen Fingerkuppen nachließ.

»Ahh-ah-hey. Das sollte fest bleiben – das ist nämlich eine ziemliche Zerrung. Ich denke nach wie vor, dass es eine Fraktur ist, aber ich bin überstimmt worden.« Er wollte den Verschluss wieder festziehen, aber Will schob schweigend seine Hand weg.

»Gut, gut. Ja, Sie sind ein König der Landstraße, nicht wahr? Ein König? Was weiß schon ein einfacher Doktor aus Lourdes, ist es nicht so? Sie kommen in Einzelteilen hier rein, und ich flicke Sie wieder zusammen – ich flicke sie wieder zusammen. Sie sagen kein Wort dazu und jetzt nehmen Sie ihre Flicken noch auseinander. Wunderbar. Ich gehe davon aus, dass Sie jetzt ihre Nähte noch einmal selbst nachziehen wollen, was?«

»Ich entschuldige mich, Doc.«

»Er spricht. Das muss in die Abendnachrichten. Der Held spricht.«

Will glotzte mit trüben Augen, während der Arzt sarkastisch plappernd durch den OP lief, dann seinen Kopf aus der Tür steckte und die Neuigkeit herausposaunte. Dabei wedelte und schlenkerte er mit seinen Armen in einer völlig überdrehten und absurden Imitation eines Mannes in totaler Ekstase.

Der Arzt hielt inne, drehte sich und schaute Will tief in die Augen. »Tut mir Leid. Ich hatte einen üblen Tag.« Er zog die Klett-Bänder, die den linken Arm zusammenzuhalten schienen, fester an, als sie es vorher gewesen waren. Will spürte gleich, wie die Blutzufuhr in seiner Hand unterbrochen wurde.

»Lassen Sie das in Ruhe. Ich weiß, Sie wollen nicht, aber lassen Sie es.«

»Hm.«

»Und lernen Sie wieder sprechen. Der Schlag auf den Kopf hat Ihre Fähigkeit zu sprechen nicht beeinträchtigt.«

»Hm.«

»Ich gebe Ihnen etwas gegen die Schmerzen. Wenn die örtliche Betäubung nachlässt, wird es an Stellen weh tun, von denen Sie nicht wussten, dass Sie sie haben.« Wieder kicherte er über seinen eigenen Witz.

Der Arzt öffnete eine neue versiegelte Plastikpackung und entnahm ihr eine Spritze. Er setzte die Nadel auf, zog die blaue Spitze ab und warf sie achtlos in eine Ecke. Er nahm eine Ampulle mit einer klaren Flüssigkeit und zog die Spritze zur Hälfte, nein, drei Viertel auf. Will sah, wie der Arzt die Flasche wegstellte und nach einem Tupfer griff.

Sein Gehirn war immer noch sehr vernebelt, aber er begriff, wenn er dieses Zeug bekam, egal was das war, dann war seine Tour beendet. Es war sicher auf der schwarzen Liste der UCI. Vielleicht würden sie eine Ausnahme machen. Vielleicht würde er gar nicht überprüft werden. Aber nein, ganz sicher würden sie ihn holen, und er würde die Teststreifen aufleuchten lassen wie den Weihnachtsbaum an der Rockefeller Plaza in New York.

Scheiß-Dilemma.

Der Arzt säuberte eine Stelle von Wills Bein und wollte gerade zustechen, da hielt Will sein Handgelenk fest.

»Das tut nicht weh. Es wird den Schmerz lindern.«

»Der Schmerz macht mir keine Sorgen.«

»Was denn?«

»Ich kann nicht auf Drogen fahren. Es ist illegal.«

Dr. Paul Flacon kicherte. »Junger Mann, Sie scheinen nicht zu verstehen: Ihre Tour ist vorbei.«

Er machte Anstalten, die Nadel einzustechen, aber Will schob seine Hand weg.

»Nein, ist sie nicht. Ich werde morgen fahren, egal, was Sie oder Carl oder sonst jemand dazu sagt.«

»Wer ist Carl?«

»Schauen Sie, ich brauche etwas gegen die Infektion. Ein Hammer-Antibiotikum.«

»Das haben Sie schon bekommen – die Spritze hält bestimmt drei Wochen.«

»Ich will nichts gegen die Schmerzen.«

»Sie hatten schon schmerzstillende Mittel.«

»Örtliche Betäubung zählt nicht. Die kann ich erklären. Das da nicht.«

»Sie werden nicht fahren.«

»Doch.«

»Wie denn? Wie wollen Sie die Bergfahrten schaffen, die Sie heute geschafft haben?«

»Morgen ist ein Tag mit flachen Strecken. Sprints. Die Anstiege am Sonntag sind alle am Anfang der Etappe, wenn ich noch frisch bin. Dann kommt eine weitere flache Etappe – bis auf den Ventoux am Ende. Das heißt drei lockere Tage und ein echter Killer am Ende.«

»Sie werden es nicht schaffen.«

»Wollen wir wetten?«

Dr. Flacon hielt die Spritze hoch und ließ das schwache Licht des Raumes durch die kristallklare Flüssigkeit schimmern. »Um Mitternacht werden Sie um diese Spritze flehen.«

»Vielleicht haben Sie Recht. Aber die Chancen stehen auch gut, dass ich um Mitternacht so weit weg sein werde, dass nur meine Träume die Schmerzen spüren.«

»Dann nehmen Sie diese hier.« Er warf Will eine gelbe Büchse zu, »Aspirin. Sogar die UCI erlaubt eine gewisse Menge Aspirin. Bis Mitternacht werden Sie den Boden der Dose auslecken.«

»Ihr Mitgefühl ist überwältigend.«

»Man tut, was man kann.«

Will rutschte von der Trage und trat in etwas Klebriges auf dem Boden. Sein eigenes Blut. Allein schon der Wechsel vom Sitzen zum

Stehen ließ seinen Kopf und seinen Ellbogen schmerzhaft pochen. Oh ja, das würde lustig werden. Doktor Flacon lächelte selbstzufrieden und überlegen, als Will zur Tür humpelte. Will drehte sich noch einmal zu ihm um.

»Bin ich fertig?«

»Oh, ja, Sie sind fix und fertig. Sie glauben es mir nur noch nicht.«

»Doktor, ich glaube Ihnen. Auch wenn ich Ihrem Rat nicht folgen kann. Danke, Doktor.« Er drehte sich wieder um und für den Bruchteil einer Sekunde verwischte die Welt jenseits der Tür. Ein kalter Schweiß brach ihm aus und er lehnte sich auf die Seite zur Unterstützung. Dr. Flacon rührte sich nicht.

»Oh, ja. Sie sollten sich langsam bewegen. Sie haben viel Blut und Flüssigkeit verloren. Sie könnten in den nächsten Tagen etwas Schwindel verspüren.«

Will zog sich langsam am Türrahmen hoch und hüpfte in den Flur.

»Viel Glück beim Rennen. Ich werde zuschauen. Es wird bestimmt spannend.«

»Noch ein Grund zu fahren«, murmelte Will, »nur um es Ihnen zu zeigen, Sie überbezahlter Quacksalber.«

Er ging langsam den Flur hinunter. Er konnte mit dem linken Ohr nichts hören und das störte seinen Gleichgewichtssinn. Er hoppelte an der Wand entlang, hopp, Schritt, lehn – hopp, Schritt, lehn. Er näherte sich dem Wartezimmer, wo die Wand aufhörte. Durch eine offene Bürotür sah er einen Schirmständer voll mit Gehstöcken. Will lehnte sich gegen die Tür und schaute sie an, dann suchte er sich einen aus, der einen Messingadler auf dem Griff hatte.

Das half ihm. Jetzt konnte er ohne Wand hopp, Schritt, lehn machen. Eine Welle von Stolz und Freiheitsgefühl überkam ihn, zusammen mit einer Welle von Schwindel und kaltem Schweiß.

Cheryl und Luis Bourbon, der Chefmechaniker des Teams, saßen im Wartezimmer.

»He, Luis, bist du mein Chauffeur?«

»Äh, also, ich weiß nicht. Man hat mir gesagt, du würdest über Nacht im Krankenhaus bleiben. Ich soll nur nach deinem Zustand sehen und anrufen.«

»Mein Zustand heißt ›Entlassen‹. Sag ihnen, Sie sollen der Buchhaltung die Rechnung schicken und lass uns jetzt hier verschwinden.«

»Jesus Maria, Will!« Cheryl rannte auf ihn zu und umarmte ihn voller Liebe und Erleichterung, aber der Aufprall warf Will zur Seite und ließ seine Augen vor Schmerzen explodieren. Für einen kurzen Moment glaubte er, dass sie wirklich aus dem Kopf springen würden.

»Um Gotteswillen, das tut mit Leid, Will.«

»Macht nichts, Cheryl, ist in Ordnung.« Er schaute in ihr verweintes Gesicht und grinste leicht schief, dabei verzog der Riss in seiner Lippe sein Lächeln.

»Ich muss hier raus, einfach raus.«

Will schlingerte hektisch zur Tür und warf sich gegen das Glas, um die Tür mir seinem Gewicht aufzudrücken. Ein Energiestoß zuckte durch sein Gehirn, verbunden mit dem erneuten Wunsch, sich zu übergeben. Cheryl trat zwischen ihn und die Tür und er stützte sich auf sie, als sie hinaus gingen. Die frische Nachtluft tat ihm gut.

Louis Bourbon folgte ihnen durch die Tür und nahm unterstützend seinen linken Arm. Der Schmerz zog ihm fast die Schuhe aus. »Nein, au, nein, nein aua«, stöhnte er und ließ sich auf Cheryls Schulter hinabsinken. »Es tut mit Leid, Luis. Tut mit echt Leid.«

Wie betrunken lallte er: »Fass einen Mann da nie an«, und er lachte dabei.

Indem er den Stock als im Grunde nutzlose Stütze für die linke Seite gebrauchte, watschelten Will und Cheryl über den kleinen Parkplatz zu dem einzigen wartenden Wagen, der dekoriert war wie das Werbeauto eines Zirkus.

Unterdessen kritzelte Dr. Paul Flacon unleserliche Bemerkungen in die Akte von William Edward Ross, Beruf: Radrennfahrer, dann schloss er mit einem Klick seinen goldenen Kugelschreiber. Radrennfahrer? Pah. Nicht mehr, nicht mit solchen Verletzungen. Er verließ das Behandlungszimmer und ging den Flur entlang, zuerst zum Schwesternzimmer und dann zu seinem Büro. Als eine Schwester an ihm vorbei kam, warf er ihr ohne Vorwarnung die Akte zu. Sie zuckte zusammen, als der schwere Ordner gegen ihre Brust klatschte. Flacon lachte. Sie reagierte nicht. Sie hatte das schon viel zu oft hinter sich, um es noch amüsant zu finden.

Flacon betrat sein Büro und setzte sich in seinen Ledersessel, dann lehnte er sich zurück und nahm sein Diktafon an sich, ehe Schwerkraft und Müdigkeit ihn in eine liegende Position beförderten. Er sprach eine kurze Bemerkung persönlicher Natur in seinen Rekorder, dann schaute er sich an, was auf dem Gang so ablief.

Er sollte in Paris sein, dachte er bei sich, Chef einer Notaufnahme in Paris. Er starrte einen langen Moment auf den Ständer vor sich, dann brüllte er nach der Schwester auf dem Flur, die sich immer noch die Brust massierte, die von einer Ecke des Aktenordners getroffen worden war.

»Wo ist er?«

»Wer?«

»Der Spazierstock.«

»Welcher Spazierstock?«

»Der mit dem Adlerkopf!«

»Welcher Stock war denn das?«

»De Gaulles Stock.«

»Hm. Sie meinen Charles de Gaulle?«

»Ich meine den Stock mit dem Adlerkopf.«

»Ich weiß nicht. Ist er nicht da?«

Wie rasend begann Flacon sein Büro zu durchstöbern. Die Schwester aus der Notaufnahme mit Namen Aimee Panoncillo sah ihm kurze Zeit zu, bis das Auto, das aussah wie eine Litfass-Säule, am Portal der Notaufnahme vorbei in die Dämmerung von Lourdes röhrte. Er lenkte ihre Aufmerksamkeit von der Komödie in der Notaufnahme ab.

Sie lächelte.

Viel Spaß mit dem Stock, dachte sie.

»Der da«, schrie Flacon, »der Hurensohn hat meinen Stock gestohlen.«

Der Arzt lief zur Tür, öffnete sie und rannte auf den Parkplatz hinaus, um dem Auto hinterherzujagen.

Nach ein paar hundert Metern hielt er an, griff sich an die Seite und schnappte nach Luft.

»Ich krieg dich, du Schweinehund. Ich krieg meinen Stock schon zurück.«

———————

»Wo hast du den her?«, fragte Cheryl und deutete auf den fein geschmückten Stock, den Will schwächlich in der Linken hielt.

Er schaute auf den Adlerkopf aus Messing und die aufwendigen Schnitzereien an den Seiten, die in einer schön geformten Messingspitze endeten.

Will wandte sich Cheryl zu und sagte träge: »Er ist mir nachgelaufen, Ma. Kann ich ihn behalten?«

Dann verlor er das Bewusstsein.

———————

Für eine letzte Nacht war das Hotel in Lourdes die Heimat der Mannschaft von Haven Pharma. Der Start des nächsten Tages in Bagnères-de-Bigorre war nur 40 Kilometer entfernt. Es lohnte sich nicht umzuziehen, und besonders nicht heute Abend. Das Team, um zwei Fahrer dezimiert, saß schweigsam im Speisesaal des Hotels und aß ohne großen Appetit das, was der Chefkoch und der Ernährungsexperte des Teams zubereitet hatten. Nur Cardone futterte kräftig.

Deeds betrat den Raum. Bei jedem Schritt machte sein kaputtes Bein ein hohles »Klonk« auf dem Fußboden. Wenn er sich Mühe gab, konnte er völlig geräuschlos gehen, wie ein Mann, der nicht durch einen Schuss ins Knie zum Krüppel gemacht worden war, aber heute Nacht konnte er nicht daran denken, er dachte nur an Henri Bresson. Er war einfach jemand, der einen Angestellten, einen Mannschaftskameraden und einen Freund verloren hatte.

»Was ist der letzte Stand, Carl?«

Deeds kam schwerfällig an den Tisch heran und ließ sich in den Stuhl neben Bourgoin sinken.

»Der Start ist um 10 Uhr 30 morgen früh von Bagnères-de-Bigorre. Wir werden vorne fahren, für die ersten sieben Kilometer. Es ist ein Tribut an Bresson.«

278

Am Tisch wurde es still. Sogar Cardone hörte auf zu essen.

Schließlich sprach Bourgoin, der Kapitän, wieder und fragte leise, als ob er Angst vor der Antwort hätte: »Carl, was ist passiert?«

»Das wissen wir noch nicht. Unten auf dem Felsen war sein Körper so kaputt, dass es einige Zeit dauern wird, bis man wirklich herausfindet, was passiert ist.«

»Was denkst du denn?«

Deeds musste nicht nachdenken. Er wusste die Antwort, aber er sagte nichts.

Bourgoin nickte. Niemand sonst am Tisch reagierte. Cardone aß weiter.

»Was ist mit Will?«, fragte Bourgoin, dann erstarrte er und schaute zur Tür, als ob dort die Antwort auf seine Frage stünde.

»Ja. Waf iff mip mir?« Will erkannte plötzlich, dass es mit dem Nachlassen der Wirkung der Medikamente immer schwieriger werden würde zu sprechen. Seine Lippe fühlten sich so groß an wie ein Boxhandschuh und sein Ellenbogen tat saumäßig weh. Er kaute auf zwei Aspirin herum und fragte sich gerade, ob es wirklich so superschlau gewesen war, auf schmerzstillende Mittel zu verzichten.

»Beim Allmächtigen, Will, was tust du hier?« Deeds sprang auf und rannte an das Ende des Raumes. Er packte Wills linken Arm und Will jaulte vor Schmerz.

»Tut mir Leid, tut mir Leid.« Deeds nahm Wills anderen Arm und führte ihn sachte zum Mannschaftstisch hinüber. Vorsichtig setzte sich Will auf den gepolsterten Stuhl und belastete dabei nur seine rechte Gesäßhälfte.

»Du solltest eigentlich heute Nacht im Krankenhaus sein, Will. Eigentlich solltest du dich weiter beobachten lassen.«

»Eigentlich solltest du tot sein.«

Es wurde still am Tisch und alle Augen richteten sich auf Cardones Mund, aus dem ein paar schlaffe Nudeln hingen. »Na ja – was erwartet Ihr nach so einem Crash?«

»Ich erwarte von dir ein wenig Manieren.«

»Manieren sind was für Weicheier, Carl. Es ist wirklich schade, Will. Ein großartiger Rennfahrer stirbt und du überlebst. Da zeigt sich wieder, dass es keine Gerechtigkeit auf der Welt gibt.«

Will grinste schief. »Nein, ef gib keine Gerechtigkeit, Mig. Du wirf eine Fanfe an der Fpipfe der Mannfaft bekomm.«

Lass es sein, dachte Will, lass es sein. Du bist echt nicht in der Form, um es mit diesem Halunken aufzunehmen.

»Es wird ja auch Zeit.« Cardone ignorierte die Blicke des Teams um sich herum und wandte seine Aufmerksamkeit wieder der pampigen Pasta vor sich zu.

»Du solltest nicht hier sein, Will. Du solltest im Krankenhaus sein. Mensch, Junge, dich hat's ganz schön zerfetzt.«

»Du siehst furchtbar aus, Will«, sagte Bourgoin ruhig.

»Fo fühle if mif auch, Richard«, erwiderte Will, »aber if wollte auf keinen Fall in dem Krankenhauf bleiben«, er atmete tief durch, »und wollte die Tour nicht faufen laffen.«

»Was sagst du da?«, fragte Deeds ungläubig. »Was denkst du dir? Du fährst nicht weiter. Ich ziehe dich zurück. Du hast doch jetzt schon mehr Nähte als ein Markenhemd. Du wirst morgen nicht fahren.«

Will drehte seinen Kopf langsam zu Deeds und sah ihn an.

»Wie gehpf meim Rad?«

»Dein Fahrrad ist in Ordnung. Es hat keinen Kratzer abbekommen. Dein Rad ist schlauer als du, denn es versteht sich auf das Fallen.«

»Fein. Bring'f bitte morgen um 10 an den Ftart.« Will nahm zwei Bananen und zwei Scheiben Brot vom Tisch und sagte: »Nacht, Kumpels.« Er lächelte seine Teamkollegen benommen an und stützte sich schwer auf den Messingadlerknauf, um aufzustehen.

»Was – du willst ein Rennen fahren?« Cardone prustete los und katapultierte mit seinem unangebrachten Heiterkeitsausbruch Stückchen halbgegessener Pasta quer über den Tisch. »Das will ich sehen.«

Will drehte sich langsam: »Daf wirf bu. Verlaff bich brauf.«

Cardone grinste: »Willst du morgen jemand anderen umbringen? Das wird bestimmt interessant. Wer wird es sein? Wer ist es?«

»Lass gut sein, Miguel.« Deeds' Stimme hatte einen scharfen Befehlston.

»Warum? Warum sollte ich? Er tötet Henri Bresson, den Mann, der das Gelbe Trikot der Tour de France trug und er äußert kein einziges Wort dazu, nicht einmal ›Tut mir Leid, Leute‹?«

Will drehte sich um und machte einen schlurfenden Schritt auf den Eingang der Raumes zu.

»Übrigens, Will, wie hast du ihn umgebracht? Hast du ihn geschnitten oder hast du einfach nur die Kontrolle verloren und ihn über die Klinge springen lassen?«

Will blieb stehen.

»Du hast ihn umgebracht. Das weißt du, oder? Er ist tot. Und du lebst? Gott ist ein echter Spaßvogel.«

Es schien eine so sichere Sache zu sein, so einfach, das Klassengroßmaul macht sich über das Kind im Rollstuhl her, aber plötzlich, ohne jede Vorwarnung, schoss der Stock in Wills rechter Hand hervor, beschrieb einen Bogen und knallte dann mitten in Miguels Teller hinein. Das Porzellan zerbrach, Pasta und Porzellansplitter flogen in alle Himmelsrichtungen. Cardone fiel mit seinem Stuhl nach hinten gegen die Wand, und bevor er wieder nach vorne kippen konnte, fühlte er, wie der Knauf mit dem Adlerknopf gegen seinen Adamsapfel gepresst wurde. Er würgte und rang nach Luft.

»Hör pfu, du Schwein!« Mit einem Ruck der rechten Hand drückte Will den Schnabel des Messingadlers noch ein weniger tiefer in Cardones Hals. »Sag über mich, waf du willst du Arsch, aber ich hab Henri Breffon nich umgebracht! Henri hat fich felbf getötet. Er fuhr vor mir. Er ift über die Kante gefahren! Fallf du daf noch aufdifkutier'n willf, dann laff morgen Plapf in dei'm Terminplan.«

Er nahm den Griff des Stockes von Cardones Hals. Der schnappte nach Luft und konnte endlich seinen Kopf heben. Er blickte in die leuchtend roten Narben in Wills Gesicht. Mit der geschwollenen Lippe und den Klammern sah er aus wie Sonny Corleone, nachdem man ihn durch die Mangel gedreht hatte.

Nur mit Mühe wandte sich Will von der Tischkante ab, setzte den Stock wieder auf den Boden und schlurfte langsam und mühsam zur Tür, durch die Halle und den Flur entlang zum Zimmer auf der anderen Seite.

Der Speisesaal war mucksmäuschenstill.

Bourgoin drehte sich Cardone zu und warf diesem einen Blick zu, der nichts und zugleich alles sagte.

Cardone rieb sich die Kehle.

»Erspar mir das, Bourgoin. Er kann nicht fahren. Das weißt du. Schau ihn dir doch an. Er ist so weit zurückgefallen, noch 30 Sekunden und er hätte das Zeitlimit überschritten. Er liegt an 151. Stelle im Klassement. Noch zehn, und er ist der allerletzte. Er kann dem Team nicht helfen. Und er wird mir bestimmt nicht in die Quere kommen, wie das Bresson passiert ist.«

»Das weißt du doch nicht.«

»Ich weiß, was ich weiß. Und ich weiß, dass er nicht fahren kann.«

Bourgoin schwieg einen langen Augenblick und lächelte dann Deeds an.

Deeds sah das Lächeln, dachte einen Moment nach, dann erwiderte er das Lächeln. Er wandte sich Cardone zu. »Miguel, für einen Besserwisser bist du ein unglaubliches Arschloch.«

»Was?«

»Du hast mich schon verstanden. Es ist sonnenklar!«

»Sonnenklar«, sagte Bourgoin

Will merkte, dass er seinen Schlüssel nicht hatte, aber der Mann an der Rezeption war dem verletzten Fahrer gefolgt und öffnete ihm die Tür.

»Woher wussten Sie das?«

»Sie haben doch keine Taschen, um was reinzustecken«, antwortete er.

Will wollte lachen, aber konnte es einfach nicht. Er merkte erst jetzt, dass er immer noch in den leichten Krankenhausgewändern rumlief, die schon anfingen zu kleben und zu stinken. Er betrat das dunkle Zimmer und schloss die Tür hinter sich. Er warf das Essen und den Stock auf das Bett neben der Tür. Er schleppte sich zum Badezimmer und zum ersten Mal betrachtete er im Spiegel die Katastrophe, die von seinem Gesicht übrig geblieben war. Von der Stirn bis zum linken Ohr hatten sie ohne viel Federlesens sein Haar wegrasiert, um Platz für die Nähte zu machen. Die Nähte erstreckten sich bis zum Ohrläppchen. Die dunkelrote antiseptische Flüssigkeit bedeckte eine Seite seines Halses bis zur Schulter. Er füllte ein Glas mit Wasser und trank es aus. Dann noch zwei weitere und zwar mit so vielen Vitamintabletten, wie sein schnell schrumpfender Mund noch bequem aufnehmen konnte. Regeneration. Denk an die Regeneration. Morgen wird viel zu tun sein. Er öffnete die Dose und schluckte noch drei Aspirin. Verdammt, waren die bitter. Ein weiteres Glas Wasser. Noch mehr Vitamine. Dieser Schmerz. Der Schmerz war unglaublich. Er konnte sich kaum noch auf den Beinen halten. Will drehte sich um und hüpfte auf dem rechten Bein wieder in die Dunkelheit. Er aß einen Bissen, aber der Schmerz in der Backe war nicht auszuhalten. Verdammt. Er legte den Rest des Brotes auf das Tischchen und den Stock auf den Boden. Vorsichtig schälte er eine Banane und biss behutsam ein Stück ab. Die Konsistenz war perfekt für ihn. Er zermatschte die Banane mit der Zunge und sie rutschte problemlos die Kehle herunter. Er aß die zweite Banane und trank noch ein Glas Wasser, bevor er sich vorsichtig auf seiner rechten Seite einrichtete, mit dem Rücken zum Fenster und Henri Bressons persönlichen Gegenständen. So driftete er in einen tiefen und traumreichen Schlaf. Die Träume von Bresson, Tomas und einem Typen in einem braunkarierten Anzug im Stil der Jahrhundertwende wurden nur von gelegentlichen Schmerzanfällen unterbrochen und einer Stimme, einer entfernten Stimme, die sehr sanft und vorsichtig rief: »Will? Will? Will?«

Magda Gertz.

Ich frage mich, dachte er, als er einschlief, was aus ihr geworden ist.

»Will?«

Magda Gertz wartete geduldig, bis das Atmen tief und regelmäßig wurde. Sie hatte sich in der Dunkelheit versteckt und ihn im Spiegel beobachtet, wie er mit den Vitaminen und dem Wasser kämpfte. Armer Narr. Was für ein armseliger Haufen.

Jetzt war es still.

Sie öffnete den Koffer des toten Henri Bresson wieder und suchte weiter.

18
I did it my way

Irgendein alter Sesselfurzer mit einem Regelbuch hatte doch tatsächlich versucht, ihn zu stoppen.
Fast eine halbe Stunde hatte Will mit ihm darüber streiten müssen, wie klug seine Entscheidung war, die Tour fortzusetzen. Schließlich hatte er den Offiziellen mit dem Messingknauf seines Stockes beiseite geschoben und war dann halb zum Tisch gehüpft, halb gehoppelt und hatte sich in das riesige Blatt mit der Starterliste eingetragen.

Der Funktionär, ein untergeordneter Niemand mit einem übertriebenen Geltungsbedürfnis und ansonsten für das Rennen bedeutungslos, hatte Will am linken Ellbogen gepackt, dem schlechten, und dafür einen kräftigen Schlag mit dem Stock auf die Finger geerntet. Danach versuchte niemand mehr ihn aufzuhalten.

Egal, was die anderen sagten, egal, was sie taten, Will Ross würde bei der heutigen Etappe dabei sein, gerade mal zehn Tage vor Paris.

Seine Lippen waren unterdessen schon kaum mehr größer als normal; seine Kopfhaut pochte, aber die würde ohnehin den ganzen Tag unter einer Kappe sitzen. Seine Hand war kalt und leuchtend violett. Sie hatte ihm 30 Minuten wehgetan wie tausend Nadelstiche, als er nämlich die Bandage gelockert hatte und das Blut wieder frei fließen konnte. Seine linke Pohälfte bekam schon einen Schorf und das Knie sah immer noch sehr böse aus.

Er hatte genug Antibiotika genommen, um einen Elefanten von der Syphilis zu heilen, und der Fetzen Haut auf der linken Seite seines linken Knies machte ihm daher die meisten Sorgen. Sein Kopf fuhr nicht, auch sein Arm nicht, damit konnte er leben. Mit seinem

Hintern konnte er sich arrangieren, je nachdem wie er auf dem Sattel saß, aber sein Knie musste arbeiten. Er würde den ganzen Tag lang schief sitzen, das war klar. Er konnte viel Arbeit auf die rechte Seite verlagern, das war ohnehin seine starke Seite, trotz des fortgesetzten Stechens in seiner rechten Wade. Aber er wusste, dass er irgendwann mit links würde ausgleichen müssen. Verdammter Mist.

Wie kam er bloß immer wieder in solche Situationen?

Er trank noch eine Flasche von dem neuen Elektrolytgetränk, Haven CrocJuice. Er hatte versucht, Henri Bergalis zu erklären, dass Gatorade für das Footballteam der Florida Gators entwickelt wurde, daher auch der Name, aber das hatte ihn nicht interessiert. CrocJuice war ein großer Hit bei französischen Teenagern, und das war der Markt, den Bergalis anstrebte. Am Namen hing alles, daran und an dem Krokodil, das im Fensehspot cool eine Gauloise rauchte. Eine Kreuzung aus Marlboro-Mann und Paulchen Panther, eine interessante Mischung. Das Zeug schmeckte so etwa wie Studentenpisse nach einem Saufgelage – ein echtes Weltklasseprodukt.

Will wandte sich der Morgensonne zu und schaute auf seine Uhr: 10 Uhr 30. Wie auf ein Stichwort begannen die Stadtväter, die eine hübsche Summe bezahlt hatten, um die Gastgeber des heutigen Starts zu sein, ihre Reden. Will winkte dem Haven-Team zu und schob Deeds seinen Stock hin.

»Hier, Mann, den darfst du bis Albi behalten.«

»Bist du dir ganz sicher?«

»Denk mal nach. Was würdest du tun, Carl?«

Die leichte Morgenbrise hob einige Strähnen von Deeds' restlichem Haar und formte sie zu einem Ring um seinen Kopf.

»Tu, was dich glücklich macht, Will.«

Will starrte einen Moment auf den Platz und lächelte dann.

»Danke, großer Guru.«

»Denk nur an eins, Will«, flüsterte Carl, »ich tue heute alles, was ich für dich tun kann, aber von der Mannschaft bekommst du nichts geschenkt. Wenn du zurückfällst, fällst du zurück. Wir können nicht auf dich warten. Du bist allein. Das Team hat dafür keine Kraft. Ich kann sowieso nicht begreifen, warum ich dich das wirklich machen lasse.«

»Mach dich locker. Du bist ein viel zu großer Pedant«, sagte Will grinsend.

»Ein was?«

»Ein Korinthenkacker, aber Pedant klingt besser.«

Will schnappte sich eine letzte Flasche CrocJuice aus der Kühlbox im Wagen und nahm von Luis Bourbon das Rennrad entgegen. Er machte eine angedeutete Dehnübung und musste dabei vor Schmerz winseln.

»Oh Gott«, stöhnte Deeds, »wir sehen uns dann in 20 Kilometern, wenn du am Straßenrand zusammenbrichst.«

Will zog seine Sonnenbrille herunter und grinste: »Nee, Carl. Ich werd im Sattel bleiben. Bis zum Ende.«

Deeds dreht sich um und marschierte davon, seine Schultern gesenkt, sein Gang noch unsteter als am Tag zuvor. Der Tod von Henri Bresson war für ihn ein schrecklicher Schlag gewesen und in vielerlei Hinsicht auch ein Schlag für die Motivation des Teams. Carl hatte aussteigen wollen, aber der Havenkonzern in Gestalt von Henri Bergalis hatte ihn zum Gespräch gebeten. Jetzt saß er fest. Es spielte keine Rolle, dass seine Lust, hier zu sein, um ein Team zum Erfolg zu bringen, in den letzten 24 Stunden größtenteils auf den Nullpunkt gesunken war.

Die Show musste weitergehen.

»Wie kannst du dieses Zeug trinken?«

Will schaute nun von Deeds zu Cheryl Crane, um deren Hals ein ganzer Wald von Pässen und Tour-Ausweisen hing.

»Französische Achtklässler finden es cool.«

»Französische Achtklässler finden auch Britney Spears cool.«

»Die ist cool.«

Cheryl starrte ihn fassungslos an.

»Also, dieses Zeug«, sagte sie und wechselte das Thema, »ich habe schon Sachen ausgekotzt, die besser schmeckten. Was für ein Geschmack ist das? Traube? Das ist der Schlimmste.«

»Cheryl«, sagte Will und trank eine weitere Halbliterflasche aus, »keine Traube kam auch nur in die Nähe dieses Gesöffs, außer vielleicht, wenn beim Transport der Laster an einem Weinberg vorbeigefahren ist, deswegen schmeckt es nicht nach Traube, sondern nach

Violett. Das ist der Unterschied. Nein, mein Schatz, dieses ist das einzige, woran ich mich noch aufrichten kann. Auch wenn ich davon in einer halben Stunde pinkeln muss wie ein Brauereigaul.«

Das kalte Getränk ließ Will ein wenig frösteln. Vielleicht hatte er es übertrieben. Die fehlende Rekonvaleszenzzeit letzte Nacht, das fehlende Essen am Ende des Tages, das war für ihn potenziell gefährlicher als die Verletzungen. Er hatte versucht, seine Genesung zu beschleunigen und sich jeden möglichen Kick verpasst, angefangen mit einem zeitigen Frühstück, bei dem er doppelt so viel gegessen hatte wie seine Teamkollegen, bis hin zu einer stetigen Aufnahme von Vitaminen und Energy-Drinks, sogar einer von Engelures Infusionen, bevor er sich mit Alkohol abgerieben und sich für den Tag angezogen hatte.

Engelure, daran erinnerte er sich, war nicht erfreut gewesen, aber das war nichts Neues zwischen Will und dem Herrn der Vitamine.

»Sie sollten nicht fahren.«

»Das stimmt.«

»Sie werden sich selbst und Ihr Team zum Narren machen.«

»Das stimmt.«

»Haven verdient das nicht.«

»Das stimmt.«

»Henri Bresson verdient das nicht – die Erinnerung an ihn verdient etwas Besseres als Ihr ewiges ›Das stimmt‹.«

»Sie haben völlig Recht.«

Engelure seufzte.

»Bei Ihnen ist Hopfen und Malz verloren.«

»Sie haben ganz bestimmt völlig Recht.«

Will schüttelte die Erinnerung ab, als er vorsichtig sein Bein über den Lenker hob, es absenkte und sanften Druck auf sein Knie ausübte. Er fühlte, wie die aufgeschürfte Haut an seinem Hintern knirschte und sang.

»Es ist keine Schande, wenn du aufgibst«, sagte Cheryl.

»Nein«, antwortet er leise, »das weiß ich. Am Ende des heutigen Tages werde ich vielleicht auf dem Rad sitzen und heulen, aber jetzt bin ich dabei. So ziemlich der Letzte, aber dabei.«

»Wo tut es denn nicht weh?«, fragte ihn Cheryl.

Er dachte einen Moment nach und deutete auf einen Punkt gerade unterhalb seines rechten Auges. Sie küsste ihn dort, zärtlich.

»Oh Gott, du riechst toll.«

»Du riechst wie ein ganzes Krankenhaus.«

»Danke, du hast Glück, dass ich gestern nicht beim Abdecker gelandet bin.«

»Viel hat nicht gefehlt.« Sie nahm ihren Daumen und entfernte zärtlich etwas von ihrem Lippenbalsam von seinem Gesicht. »Ich sehe dich dann am Ziel.«

»Darauf wette ich. Und die Getränke gehen auf Henri Bergalis.« Will schaute einen Moment auf den Boden. »Du weißt, er ist immer noch hinter dir her.«

»Ja, ich weiß«, antwortete sie, »aber ich nicht hinter ihm. Ich mag einen dünnen Fahrradfahrer, der in Einzelteilen ins Ziel kommt, zum Selbstzusammenbauen.«

Will spürte ein warmes Gefühl an der rechten Seite seines Kopfes, als ob eine geplatzte Blutbahn die Gedanken in seinem Kopf unkontrolliert durcheinander wirbelte.

Sag es doch. Nicht lange nachdenken. Sag es einfach.

Die abgedrehten Fragen von Henri Bresson kamen ihm wieder in den Sinn. Wer bist du, Will? Woran glaubst du, Will?

»Ich glaube ...«

»Was?« Cheryl schüttelte ihren Kopf vor Sorge, als Will auf den Boden starrte und etwas murmelte.

»Ich glaube.«

»Will, so kannst du nicht fahren. Du bist total besoffen.«

»Nein, ich glaube.«

»Was glaubst du?«

»Ich glaube, dass ich dich liebe.«

Sie starrte ihn für einen Augenblick an, dann brach sie in Gelächter aus. Das Lachen ließ alle Blicke auf sie fallen, inklusive Deeds, der sie gesucht hatte. Er begann sich zu der kleinen Gruppe von Fahrern durchzuschlagen, bei der Cheryl und Will standen.

»Dein Timing ist echt fantastisch.«

Jetzt wurde Will rot, weil es ihm peinlich war, wogegen Cheryl aus ganz anderen Gründen rot anlief.

»Es ist wahr. Ich liebe dich.«

»Mit anderen Worten heißt das, wenn ich will, dass du deine Gefühle aufrichtig zum Ausdruck bringst, muss ich dich bei 90 km/h vom Fahrrad werfen?«

Sie bereute den Witz sofort. Der gestrige Tag war zu schmerzhaft gewesen und würde zu viele böse Träume erzeugen, als dass man darüber scherzen konnte.

»Schau«, sagte sie und fasste ihn an der einzigen Stelle des Armes an, die nicht lädiert schien, »ich wünschte, du würdest heute nicht fahren ...«

»Crane, verdammt, Crane«, schrie Deeds aus der Menschenmenge heraus.

» – aber auf eine seltsame Weise liebe ich dich umso mehr weil du fährst – «

»Na los, Crane, wir müssen los. Lass den Quasimodo hier in Ruhe und komm.«

» – verstehst du das?«

»Weißt du, ich bin sicher, ich werde viel mehr verstehen, wenn ich das hier hinter mir habe und nicht mehr solche Schmerzen. Aber ich danke dir. Und ich liebe dich, Cheryl. Ich liebe dich wirklich. Und es tut mit Leid, dass es so lange gedauert hat, bis dass ich das kapiert habe.«

»Du hast danach gehandelt. Das war eine Zeit lang genug. Aber ich muss zugeben, dass ich froh bin, dass du es endlich auch sagst.«

Deeds hatte den Rand der Menge erreicht und hielt an.

»Komm jetzt, Crane. Wir müssen die Besprechung hinter uns bringen und dann losfahren. Du fährst heute mit mir.«

Cheryl wandte sich von Will ab, ohne den Blick von ihm zu wenden.

»Wie komme ich zu der Ehre, Carl?«

»Cheryl, bitte«, jammerte Deeds, »können wir heute noch losfahren?« Er blieb drei Meter von Cheryl und Will entfernt stehen.

»Er würde dich ja holen kommen, aber er hat Angst, ich sei ansteckend.«

»Verflucht, Ross. Heute musst du allein zurecht kommen. Ich wasche meine Hände in Unschuld.«

»Danke, Herr Pilatus.«

Cheryl beugte sich vor und schaute tief in Wills Augen: »Fahr vorsichtig, Schatz. Wo immer du ankommst, ich werde dort auf dich warten.«

»Schau am besten zuerst auf der Müllkippe nach«, lächelte Will schief und küsste ihre Hand. Cheryl wandte sich Deeds zu und folgte ihm. Will sah, wie ihr Kopf sich durch ein Meer von Gesichtern, Helmen und Fahrradkappen bewegte, bis er vom Coca-Cola-Zeichen verschluckt wurde.

Will setzte sich auf den Sattel und stieß sich abwechselnd mit den Füßen voran, als sei das Sportgerät eine Laufmaschine aus grauer Vorzeit, lange vor der Erfindung des Kettenantriebs. Am Rand des Pelotons stand ein mittlerweile ziemlich angeschlagener Haufen von Fahrern, die vom größten Rennen der Welt bereits in die Knie gezwungen worden waren. Die meisten von ihnen versuchten nur noch, die nächste Woche durchzuhalten, und nun warteten sie darauf, dass die letzte der unglaublich langweiligen Ansprachen zu Ende ging.

Zwei Wochen auf der Straße hatten ihren Tribut verlangt. Mehr als zwanzig Fahrer waren ausgestiegen, von den übrigen standen zwanzig, vielleicht sogar vierzig, wie Will auf der Kippe und vertrauten vor allem dem Glück und ihrem eigenen Stolz, viel mehr jedenfalls als ihrem Talent und ihren körperlichen Reserven. Dies, so hofften sie, würde sie über die Berge und nach Paris bringen. Die Zahl der ausgestiegenen Fahrer würde sich verdoppelt haben, wenn die Meute in sieben Tagen die Alpen überwunden hatte. Sieben Etappen. Bei Gott. Noch eine ganze Menge Renntage übrig.

Will saß zwischen den anderen, wartete auf den neutralen Start und schaute sich nach vertrauten Gesichtern um. Dreiundzwanzig Fahrer waren ausgestiegen. Er fragte sich, ob er die Nummer 24 sein würde. Auf einmal traf ihn der Gedanke: Zweiundzwanzig Fahrer waren ausgeschieden, die meisten von ihnen nach tagelangem Kampf am Ende des Feldes.

Ein Fahrer war gestorben.

Ein Fahrer in Gelb.

Will stützte sich vorsichtig auf sein linkes Bein und ließ seinen rechten Schuh ins Pedal schnappen.

Er hatte es in den letzten 18 Stunden verdrängt.

Völlig verdrängt.

Er hatte nicht nur einen Menschen sterben sehen, er hatte einen Freund sterben sehen. Dann war er wieder aufs Rad gestiegen und war davongefahren.

Er war davongefahren, als ein Mann, der ihm ein Freund gewesen war, über einen Felsvorsprung gesegelt und in sein Verderben gestürzt war.

Ein furchtbares Gefühl der Schuld legte sich auf Wills Schultern und drückte ihn auf das Fahrrad nieder. Er war davongefahren, als ein Freund in Schwierigkeiten war.

Ein toter Freund.

Eine Flut von Gedanken löschte plötzlich jedes Gefühl in seinem Körper aus, denn er begriff auf einmal, dass sein Freund Henri Bresson schon auf dem Fahrrad mausetot gewesen war. Will war mit einem Toten gefahren.

Er schaute zu der einen Seite der Straße, dann zu der anderen, als ob er nach einer Antwort suchte, die sich nicht ergeben wollte.

Er war mit einem Toten gefahren. Wie ein zertretener Grashüpfer hatte Henri Bresson nur noch die Bewegungen imitiert, bis er die Kurve verpasst und der Sensenmann seine Ernte eingefahren hatte. Will hatte es beobachtet, fasziniert, und war davongefahren, um Henri bei einer Gestalt mit einem altmodischen karierten Anzug zurückzulassen.

Schuldgefühle nagten an ihm, aber sie wurden langsam von etwas anderem verdrängt, einer Art Ofen, der angezündet wurde und in ihm brannte, ein kleiner heißer Kern der Wut, der mehr und mehr in ihm zu schwelen begann.

Henri Bresson, das wusste Will, hatte sich umgebracht, aber er hatte viel Hilfe dabei bekommen.

Henri hatte abgedrückt, aber jemand anders hatte die Pistole gekauft und sie an seine Schläfe gesetzt.

Das Feld um ihn herum begann sich in Vorbereitung auf den Start zu bewegen wie ein Windhauch um einen toten Baum. Will verlagerte sein Gewicht auf sein linkes Bein und der Schmerz schoss sogleich hinein.

Nutz den Schmerz, dachte er, um dein Ziel im Auge zu behalten.

Nutz deine Wut, dachte er, um nachzudenken.

Seine Gedanken kehrten immer wieder zu einer Person zurück.

Magda Gertz öffnete lautlos die Tür und schaute den Gang hinunter. Er war leer, das war gut. Sie hatte seit ungefähr 5 Uhr früh wach in ihrem Zimmer gesessen und dem immer hektischer werdenden Treiben zugehört, während Haven einpackte und nach drei Nächten Lourdes verließ. Sie war nun unter dem Mädchennamen ihrer Mutter gemeldet und hielt sich so weit wie möglich von den Haven-Leuten entfernt. Der Anblick von Henri Bergalis hatte ihr das Blut in den Adern gefrieren lassen.

Sie schaute wieder auf ihre Uhr: 10 Uhr 35. Die Etappe war gerade gestartet. Die Haven-Mitarbeiter waren vor etwa einer Stunde durch die Flure gegangen und hatten alle Taschen und Koffer und alles Material für den Umzug in ihr nächstes Hotel in Albi mitgenommen.

Alles war ruhig.

Sie hatte beim Nachtportier bezahlt. Sie hatte ihm erzählt, dass sie sehr früh abreisen und den Schlüssel daher einfach im Zimmer lassen würde. Angesichts des Preises, den sie bezahlte, war es ihm egal.

Sie wartete.

11 Uhr.

Die Stille war so tief, dass sie ein seltsames Brummen in den Ohren hörte, als ob ihr Gehirn verzweifelt nach einem Geräusch suchte, das die Leere füllen könnte.

Sie wartete.

Heute würde sie nach Castres fahren, dem Startort der morgigen Etappe. Sie hatte noch Sachen zu erledigen und Leute zu treffen.

Sie nahm ihre Tasche und warf dann ihren Kopf zurück, damit ihr das Haar nicht ins Gesicht fiel. Sie setzte ihre Sonnenbrille auf und trat leise an die Tür. Einen Moment lauschte sie, dann zog sie den Riegel zurück, drückte die Klinke herunter und öffnete die Tür zu sich hin.

Sie erschrak.

Henri Bergalis stand vor ihr im Türrahmen.

»Hallo, Miss Gertz. Macht es Ihnen etwas aus, wenn ich hereinkomme?«

Sie erholte sich schnell.

»Ja, schon, ich habe Termine ...« Sie versuchte sich an ihm vorbei zu drängen.

Er packte ihren Arm oberhalb des Ellbogens, mit einem Griff so fest wie ein Schraubstock.

»Das kann warten. Das kann sicher warten.«

»Was willst du?«

«Nur einen Augenblick deiner Zeit, s'il vous plait.«

Er drängte sie in das Zimmer zurück und schubste sie unsanft auf die Kante des ungemachten Bettes, ehe er zur Seite trat und sich wieder zur Tür wandte.

»Dafür kann ich dich verklagen, dass dir Hören und Sehen vergeht.«

»Das tust du nicht, Magda. Dein Risiko ist viel zu groß.«

»Henri – «, sagte sie atemlos, als ob ihr jemand gerade in den Magen geboxt hätte.

»Gehst du irgendwo hin?«

»Ja, ich habe einen Geschäftstermin.«

»Ich weiß – in diesem Restaurant in Castres?«

»Stimmt.«

Bergalis nickte. »Gut, gut. Ich bin froh, dass du den Termin wahrnehmen willst!«

Magda Gertz senkte ihre Augen und schaute auf den Boden, ihre Augen schossen dabei von links nach rechts, in dem vergeblichen Bemühen, einen Weg aus dem Raum heraus zu finden. Henri nahm ihr Kinn zärtlich in seine Linke und hob es an, bis Magda ihm wieder ins Gesicht sah.

»Es ist schön, dich wiederzusehen, Magda.«

»Ebenfalls, Henri.«

»Sicher.« Dann war Stille.

»Kann ich jetzt gehen?«

Henri Bergalis ging ruhig zur Tür und schloss sie. Das Zimmer wurde dunkel und nun auch unheimlich.

»Nein, noch nicht ganz.«

»Wann denn? Ich habe Termine einzuhalten, wie du weißt.« Sie versuchte ihre Stimme nicht zu erheben, aber ein Beben schlich sich ein, ohne dass sie es verhindern konnte.

»Ja, ja – beschäftigt. Magda ist immer beschäftigt.« Bergalis hielt inne, schaute weg, dann wieder zu ihr hin.

»Sag mir, mit wem triffst du dich heute, Magda?«

»Du weißt schon.« Sie hob ihre Arme in die Luft, um zu zeigen, dass es unbedeutend sei.

»Aha, Freunde und Geschäfte. Was wird denn dein Freund davon halten, wie du die Situation gemeistert hast?«

»Er wird nicht glücklich sein.«

»Nein, Mr. Fortuna wird nicht glücklich sein, nicht wahr?«

Sie seufzte: »Um Himmels Willen, Henri.«

»Mr. Biejo Fortuna wird überhaupt nicht glücklich sein.«

Langsam wurde sie wieder mutiger. »Oh – nein. Nein«, stöhnte sie sarkastisch, »nicht Fortuna.«

Sie merkte, dass sie immer noch schwitzte. Ihre Haltung war nur Fassade, denn ihre Haut kribbelte vor Furcht. Für einen Augenblick überlegte sie, ob sie schreien sollte.

»Ein Treffen zum Lunch, nicht wahr. Ja, Mittagessen wäre nett«, er lächelte und zeigte die Zähne, »ja, ich würde gerne zu Mittag essen. Aber«, fügte er mit unverhohlener Giftigkeit hinzu, »aber auch Henri Bresson würde gerne mitessen wollen. Erinnerst du dich an ihn? Henri Bresson? Er würde auch Lunch haben wollen. Vielleicht sollten wir heute einen Tisch für drei Personen reservieren. Oder?«

Magda Gertz spürte, dass das Blut in ihrer Halsschlagader pulsierte. Das Atmen fiel ihr schwer.

»Du kennst Henri Bresson, nicht wahr? Du hast doch Henri ganz intim kennengelernt? Ich wäre überrascht, wenn nicht.« Bergalis ließ seine Hand in seine Tasche gleiten und holte einen silbrigen Gegenstand hervor; er hielt ihn vor sich und bedeckte ihn mit seiner Hand.

»Also, schauen wir mal. Letzte Nacht hast du etwas in Bressons Zimmer gesucht. Will Ross kam rein – hast du überhaupt mit ihm gesprochen? Hast du ihn auch bearbeitet, wie verlangt? Egal. Es scheint mir, dass du in Henri Bressons Gepäck etwas gesucht hast.

Etwas Persönliches? Ein Erinnerungsstück? Du bist nicht gerade der Typ für Souvenirs.«

Sie starrte auf seine Hände und auf das, was sie versteckt hielten.

»Nein. Du bist nicht sentimental, überhaupt nicht, nicht wahr, meine Liebe?« Bergalis warf ihr ein kaltes, hartes Lächeln zu.

»Also hast du etwas anderes gesucht. Etwas, was du Bresson gegeben hattest? Etwas, was laut und deutlich von dir erzählte, erkennbar für jeden, der dich kennt? Etwas, was von dir und Biejo Fortuna und eurem kleinen Unternehmen kündet?« Seine Stimme hob sich und wurde schärfer. Diese Stimme ließ Magda erstarren. »Etwas, was nur du einem Mann als ein Zeichen von Liebe und Freundschaft geben konntest?«

Magda Gertz schüttelte blindlings ihren Kopf, Tränen liefen ihr Gesicht herab.

»So etwas, Magda?«

Er öffnete seine Hände und hielt ihr einen Plastikbeutel hin. Darin war deutlich das klassische Design der Spritze aus Glas und Metall zu sehen. Ein getrockneter Tropfen einer gelben Flüssigkeit befand sich auf der Innenseite.

»Die meisten Leute benutzen Plastik, heutzutage hat alle Welt Wegwerfspritzen. Denk mal darüber nach. Die sind nicht nur hygienischer, sie fallen auch nicht so auf.«

Magda sah Henri Bergalis ins Gesicht, ihre Augen rot und geschwollen, die Tränen liefen ungehemmt ihre Wangen herunter und zerstörten ihr Make-Up.

»Bevor du ihn umgebracht hast, Magda – «

»Das hab ich nicht. Ich nicht.«

»Ich hoffe, du hast mit ihm gevögelt?«

»Nein. Nein.«

»Für all den Ärger hätte er wenigstens das verdient.«

»Nein, habe ich nicht.«

»Du hast einen Fehler gemacht, Magda.«

»Nein, habe ich nicht.«

»Doch. Und du wirst dafür bezahlen.«

»Nein, ich war's nicht.«

Die Wut explodierte aus ihm heraus und zwar so abrupt, dass Magda kaum reagieren konnte. Bergalis schlug mit der offenen Hand hart gegen Magdas linke Wange, ein Schlag, in den er das gesamte Gewicht seines Körpers legte. Sie fiel an der Bettkante entlang und über das Fußende auf den Boden. Sie weinte.

»Denk an das, wenn du das nächste Mal die Dosis erhöhst, du Schlampe.«

Das Klatschen der Ohrfeige hallte in dem kleinen dunklen Zimmer noch nach und wurde leiser, bis nur noch Magdas Weinen zu hören war. Bergalis drehte sich zur Tür, öffnete sie und trat hinaus. Als er die Tür von außen schloss, konnte er das leise Schluchzen hören und eine entfernte Stimme, die wieder und wieder sagte: »Ich war's nicht. Nein, ich war's nicht.«

Die Reden waren vorbei.

Die französische Flagge wehte bedeutungsvoll im Wind, dann wurde sie zu Boden gesenkt, von einem kleinen verschwitzten Bürgermeister, der einem Gartenzwerg auf der Flucht ähnlich sah.

Will drückte sich mit seinem linken Fuß ab und spürte das Brennen in seinem Oberschenkel. Seine rechte Seite übernahm die meiste Arbeit und forcierte das Tempo, während sein linker Fuß, so gut es ging, das Pedal bewegte und so etwas wie Umdrehungen hinkriegte.

Er merkte sofort, dass das niemals ein runder Tritt werden konnte. Da er sein linkes Bein schonte, war er leicht nach rechts über das Fahrrad geneigt und lehnte sich auf die Seite. Das konnte in den nächsten Stunden zum Problem werden und ihm eine ganze Menge Druckstellen an empfindlichen Stellen, die nicht dafür vorgesehen waren, bescheren.

Wenn er sich leicht nach rechts drehte, konnte er auch seinen bandagierten linken Arm in die Nähe des Brems-Schalt-Hebels bringen. Das meiste Schalten würde von der rechten Hand kommen, aber es gab genug zu tun, um das Leben auch für die Linke aufregend zu machen.

Er nahm Geschwindigkeit auf, ungefähr 30 Stundenkilometer, und verlagerte experimentierend sein Gewicht von hier nach da über den Sattel und über den Körperschwerpunkt, bis er schließlich einen Punkt gefunden hatte, einen winzigen Fleck in diesem Universum, wo alle Teile zu Balance und Rhythmus zusammenfanden, einen Fleck, von dem er wusste, dass er von dort aus die nächsten sechs Stunden fahren konnte, wenn er nicht seine Konzentration oder sein Ziel aus den Augen verlor.

Sechs Stunden.

Verdammt, dachte er. Selbst Dinge, die ich mag, tue ich nicht sechs Stunden lang.

Ja, er war im Rennen. Er hätte absteigen und die nächsten zehn Stunden hinten im Mannschaftsbus mitfahren können, er hätte auch auf Spesenrechnung in den Straßen von Paris verschwinden können, stattdessen hatte er sich für einen Tag an der Sonne entschieden. Es musste da einen Weg geben, das wusste er, da viele Fahrer es täglich demonstrierten. Lange Strecken? Kein Problem. Ein Bein? Ein Arm? Eine besondere Herausforderung. Aus dem Weg.

Die Konzentration und der Wunsch, diesen wunderbaren Punkt zu finden, hatten ihn von der Streckenführung abgelenkt. Er hatte nicht gemerkt, dass sie über die Startlinie gefahren waren, bis er das Auto des Rennleiters hupen hörte und die kleine Fahne sah. Das Auto flitzte davon. Will schaute zur Seite und wartete, bis das Feld anfing, an ihm vorbeizufahren. Der Tribut an Henri Bresson war zu Ende, und sie rauschten vorbei.

Er hörte das Surren, das mechanische Geräusch von zirka 160 Fahrrädern zunächst hinter sich, dann neben sich, dann voraus und schon bald in der Ferne verschwinden.

Er versuchte aufzublicken, spürte aber, dass er ins Rutschen kam und fragte sich, ob es das wert sei. Mach dir über sie keine Gedanken, dachte er sich. Das Feld ist da vorne. Das Feld wird da vorne bleiben. Das Feld wird heute das schaffen, wofür du wahrscheinlich bis morgen brauchen wirst.

Der Schmerz in seinem linken Oberschenkel ließ nach, als die automatische Dehnung durch die Tretbewegung zu wirken begann. Sein Ellbogen pochte, aber das war zu erwarten gewesen, ebenso wie das stetige Trommeln in seinem Kopf. Damit konnte er umgehen, damit konnte er leben. Aber das linke Bein musste er in Bewegung halten, noch einen Kilometer, immer einen Kilometer nach dem anderen.

Er konzentrierte sich auf Rhythmus und Trittfrequenz und beobachtete den gesprungenen Plastikdeckel des Tachometers, der ihm sagte, dass er 47 Stundenkilometer fuhr. Langsam baute er seine Geschwindigkeit auf. Seine Fitness hatte ihn bis hierhin gebracht. Ohne Hilfe jedoch wusste er nicht, wie lang er das Tempo aufrecht halten konnte.

Vorsichtig schob er sich jetzt in die Mitte des Sattels. Der Schmerz rumorte durch sein linkes Bein und seine Seite, hielt an verschiedenen Stellen auf dem Weg inne, um ihn daran zu erinnern, dass diese teuflischen Schmerzen ein langfristiger Zustand sein würden. Noch ein letzter Schubser, noch ein Stich mit einem heißen Eisen in seine Seite, und er saß wieder gerade.

Es geht doch, dachte er. Es geht doch.

Weiterhin generierte das rechte Bein die meiste Kraft. Das Stechen in der rechten Wade, das ihm vor dem Rennen Sorgen gemacht hatte, hatte sich entweder weichgearbeitet, oder es fiel ihm angesichts der Schmerzen auf der anderen Seite seines Körpers nicht auf.

Will konnte das linke Pedal bei weitem noch nicht mit der Präzision und Stärke treten, die er früher gehabt hatte, aber es drehte sich. Es war ein Kreis, wenn auch etwas ungenau. Er überquerte gerade ein Feld mit langem Sommergras und blickte über ein Meer von Sonnenblumen, hoch und leuchtend gelb und zur Sonne erhoben. Die Straße war nichts als ein graues Band mittendurch. Da begriff er, dass er in Frankreich war, mitten im Sommer und beim größten Rennen der Welt mitfuhr, irgendwo hinter 170 der besten Ausdauerathleten dieser Welt her. Und er liebte das Leben, den Wind in seinem Gesicht, die Sonne auf seinem Rücken und eine Frau, die viele Kilometer entfernt war und gerade mit Schildern, Ausweisen und Carl Deeds' wütenden Kommentaren überschüttet wurde. Sie liebte ihn auch und glaubte an ihn, auch wenn er ein Widerling war.

Trotz des permanenten Schmerzes brachte dieser Gedanke ein Lächeln auf sein Gesicht. Sein Tempo stieg jetzt an. Er geriet, fast unbemerkt, in das High, das jeder Ausdauersportler kennt, in den Alphazustand, der den Schmerz der Straße und das Ziehen in seiner rechten Wade auf eine neue Ebene erhob, eine Ebene weit über seinem tatsächlichen Sein. Er konnte den Lärm der Rotoren des France-2-Hubschraubers weit über sich hören, aber das war nur eine kleine Verzierung des Tages. Es hatte keinen Einfluß auf seine Welt.

Er fuhr.

———————

Ihr Gesicht brannte noch immer.

Als sie in ihrem Porsche südlich der Rennstrecke über die Hauptstraße Richtung Castres fuhr, berührte sie leicht ihre Wange mit den Fingern. Ein wenig geschwollen, aber nicht so schlimm. Möglicherweise ein blaues Auge. Sie hoffte es nicht, aber es war durchaus möglich, auch wenn sie sich noch leicht weggedreht hatte, bevor er traf.

Henri hat sich geändert, dachte sie.

Er hat Rückgrat bekommen.

Sie berührte ihre Wange noch einmal.

Dieser Schweinehund.

———————

Die Anstiege des Tages gingen früh und schnell vorbei.

Will kam aus dem Vorgebirge heraus, aber er ließ nun langsam nach, bis der Besenwagen direkt hinter ihm saß. Der Wagen funktioniert gewissermaßen als Sicherheitsnetz, indem er die Straße nach hinten sicherte und Ruhe versprach. Und doch kam er ihm vor wie ein kreisender Geier, der nur noch wartete, bis das Abendessen sich müde gekämpft hatte. Ein scharfes Hupen und ein versprengtes Motorrad fuhr an Will vorbei, um zum Rennen aufzuschließen und zu den Fahrern, die vorne gerade den Heldentod starben.

Will setzte sich einen Moment lang auf und fühlte zum ersten Mal heute die Anspannung in seinem Rücken.

»Du Hurensohn, ich werde es zu Ende fahren.«

Schon das Schreien war anstrengend. Er rutschte sich wieder auf dem Sattel zurecht. Bis zum Ende des Rennens, in etwa vier Stunden, würde die Straße so flach wie eine gebügelte Zeitung sein, mit der Ausnahme von zwei Höckern, die so taten, als seien sie Berge.

Will kannte Berge. Dies waren keine.

Er fuhr weiter einem Zieleinlauf entgegen, der niemandem etwas bedeuten würde.

Außer ihm selbst.

Das Straßencafé in Castres war entzückend, denn es lag in einer Art mittelalterlichem Blumengarten. Schwere Rosen hingen von einer Balustrade, Blumentöpfe und Blumenkästen aus altem Terrakotta grenzten den Restaurantbereich ab.

Magda Gertz strich mit dem Finger über ihr Gesicht, gerade unter dem linken Auge. Es fühlte sich nicht mehr so wund an. Sie rückte die übergroße Audrey-Hepburn-Sonnenbrille zurecht und leerte ihr Glas Wein. Sie schnippte mit dem Finger, deutete auf ihr Glas und bestellte noch eines.

In der Dunkelheit des Restaurants hörte sie mehrere Stimmen, die sich zur Tür bewegten und, angeführt von Biejo Fortuna, in das gleißende Sonnenlicht einbrachen.

»Magda, oh, meine Magda. Ça va?«

»Ganz wunderbar, Biejo«, sagte sie, und ein ekliger Klumpen bildete sich in ihrer Kehle, »und du?«

»Fein. Wunderbar. Sehr gut. Es könnte nicht besser gehen.«

»Das kann ich mir denken.«

»Warum die Sonnenbrille, meine Liebe?«

»Grelles Licht bringt mich zum Niesen.«

»Und was ist das?«, sagte er und deutete auf die Stelle unter ihrem linken Auge.

»Ich bin gegen einen Schrank gelaufen.«

»Du solltest vorsichtiger sein.«

»Ja, das sollte ich wohl«, sagte sie verärgert.

»Was? Was schaust du mich so seltsam an. Warum? Weswegen?«

»Wie kannst du das durch die Sonnenbrille feststellen?«

»Ich brauche deine Augen nicht zu sehen.«

»Du hast nicht einmal in meine Augen geschaut, seit du gekommen bist.«

Er lachte und war wieder in ihrem Netz gefangen.

»Ich habe einmal geschaut. Und es ist so lange her, dass ich alles andere gesehen habe.«

»Hör auf, so zu starren.«

»Touché. Möchtest du etwas bestellen?«, fragte er und hielt ihr die Speisekarte entgegen.

»Nein, danke. Ich bin heute nachmittag nicht sehr hungrig. Nur noch ein Glas Wein.«

»Liegt dir sonst noch etwas auf der Seele?«, fragte er aufmunternd. Ein wenig Hoffnung lag in seiner Stimme, wenn auch kein Flehen.

»Ja«, sagte sie lächelnd, »ich hätte gerne etwas über das Spiel gewusst, das wir spielen.«

Er lächelte und wurde rot, zog eine 100-Francs-Note aus der Tasche und warf sie auf den Tisch. Er stand auf und streckte seine Hand zu ihr aus. Eine Sekunde lang bewegte sie sich nicht, dann nahm sie schweigend seine Hand und stand neben ihm auf.

»Alles«, flüsterte er geheimnisvoll in ihr Ohr, »alles, meine Liebe. Denn du bist diejenige, die das Spiel bis hierher so gut gespielt hat und es auch weiterhin spielen wird.« Eine leichte Drohung lag in seiner Stimme.

Gemeinsam verließen sie den wunderschönen Innenhof und gingen hinein in die feuchte Dunkelheit des Restaurants.

————————

Will war von der Verpflegungskontrolle überrascht worden. Er war so in Gedanken versunken gewesen, dass er über die kleine Armee von Assistenten, die da auf einmal herumwuselte, direkt erschrocken war. Schließlich erspähte er Francois, den Verpflegungsmann von Haven, drei Viertel des Weges der menschlichen Hecke entlang. Will brauste vorbei und schnappte sich problemlos einen Sack von dem heraushängenden Arm, dann griff er sich einen weiteren vom Arm eines Trottels von Lexor, der nicht aufgepasst hatte.

Will setzte sich im Sattel auf und schlang sich beide Beutel über die Schulter. Allein den linken Arm vom Lenker zu heben ließ seine Schulter vor Schmerzen geradezu explodieren. Aufrecht sitzend trat er weiter seinen Rhythmus und stopfte den Inhalt der Säcke in die

Rückentaschen seines Trikots und die Flaschenhalter am Rahmen seines Fahrrads. Als der Haven-Sack leer war, fing er an, durch den Lexor-Beutel zu wühlen und nach Süßigkeiten und anderen Überraschungen zu suchen. Er grinste. Der Beutel war offensichtlich von einem älteren Pfleger gepackt worden und enthielt etwas ganz anderes als die üblichen im Labor entwickelten Energiespender. Da gab es tatsächlich ein Sandwich, mit Schinken und fettem Streichkäse, in Zellophan verpackt. Richtiges Essen für richtige Männer. Es gab Dosen mit Elektrolytgetränken, zwar eine andere Marke als das Zeug von Haven, aber genauso geschmacklos. Außerdem noch Früchte und Le-Surge-Riegel und alle möglichen künstlichen Sachen, die ihn bis zum Schluss bei der Stange halten würden. Er aß und trank aufrecht sitzend. Das Essen und die Körperdehnung gaben ihm das Gefühl, wieder etwas mehr Mensch zu sein. Er beschleunigte.

Er sah sich um. Will war allein, bis auf den ständig folgenden Besenwagen. Sogar die Fans, die den ganzen Morgen gewartet hatten, um sich mitten in der Pampa einen Platz zu sichern, waren schon weg und hatten kleine Überreste ihres Lebens entlang der Straße hinterlassen.

Will trat weiter.

Vor ihm, am Fuß eines kurzen Anstiegs, bemerkte er, dass die Straße Bahnschienen überquerte, auf denen sich gerade das erste Drittel eines sehr langsamen, langen Güterzugs befand. Trotz all des Frusts, allen Schmerzes und aller Müdigkeit musste er lachen. Das Geräusch rollte in hohen, unkontrollierten Wellen aus ihm heraus, als ob es das Schicksal besiegen wollte.

Will hielt am Bahnübergang und drückte die Stoppuhrfunktion am silbernen Rand seiner neuen Uhr.

Er machte es sich gemütlich und wartete geduldig auf die lanterne rouge, die rote Laterne, die das Ende des Zuges anzeigte.

»Was soll das alles?«

»Ich arbeite mit dir zusammen, meine Liebe.«

Biejo Fortuna spielte mit seinem Glas und schaute auf die weiße Tischdecke.

»Ich weiß, dass du mit mir zusammenarbeitest«, sagte Magda kalt, »ich möchte gerne wissen, warum wir das Spiel fortsetzen.«

»Welches Spiel?«

»Dieses Versteckspiel. Katz und Maus.«

»Es ist notwendig.«

»Ich sage dir hiermit«, erklärte sie und pikste ihm mit einem fein manikürten Nagel in den Arm, »ich werde das nicht auf mir sitzen lassen. Ich werde den Schwarzen Peter nicht behalten.«

»Ich verstehe nicht, was du sagen willst.«

»Ich werde es nicht tun«, flüsterte sie ärgerlich, »eher gehe ich zur Polizei oder zur Presse.«

»Tatsächlich?«, fragte er mit kaltem Lächeln.

»Ich werde dieses Spiel nicht mehr mitmachen.«

»Ich weiß nicht, was du meinst, meine Liebe.« Er zeigte ihr ein kaltes und wertloses Grinsen und eine Menge Goldfüllungen.

»Ich übernehme die Verantwortung nicht.«

»In Ordnung«, sagte er leise, »dann kannst du dich ja zu deinem Freund gesellen, wie war noch gleich der Name, van Bruggen?«

Magda Gertz spürte einen eiskalten Hauch den Rücken herunterlaufen. »War das wirklich notwendig? Paul zu töten?«

»Ja, das war es tatsächlich. Erzähl mir jetzt nicht, du hättest angefangen, Gefühle für ihn zu entwickeln?«

Er lächelte lüstern.

»Das nicht gerade«, sagte sie, und ihre Hände zitterten leicht. Sie starrte sie an, als ob sie ihnen befehlen wolle aufzuhören. »Aber er war keine Bedrohung.«

»Oh doch, das war er. Er hatte eine heiße Spur, die Spur von Cytabutason. Er war seiner Entwicklung auf der Spur. Er war dabei, die Informationen an den Haven-Sicherheitsdienst weiterzugeben. Er war eine Bedrohung. Und es war richtig von dir, Magda, ihn zu töten.«

Sie spürte einen ekelhaften Krampf im Magen, als ihr mit einem Schlag klar wurde, dass sie dieses Spiel bis zum Ende spielen musste, dass sie die Karten, die das Schicksal ihr zugeteilt hatte, jetzt bis zum Ende ausreizen musste.

Aber sie begriff auch, dass sie es nicht unbedingt nach den Regeln dieses Mannes spielen musste, der gleichzeitig in zwei separaten

Welten lebte, der zur gleichen Zeit ein Unternehmen aufbaute und ein anderes zerstörte.

Er sah, wie ihre Augen sich bewegten, als sie ihre Situation überdachte, lehnte sich vor und flüsterte: »Bist du bereit, mit Biejo zu spielen?«

»Um Himmels Willen! Lass doch endlich diesen Biejo-Fortuna-Quatsch. Wir hängen zusammen in dieser Sache und glaube mir – wenn ich untergehe, gehst du mit.«

Biejo lehnte sich zurück und lächelte, aber hinter seiner kalten Maske erkannte er, dass das Spiel aus dem Ruder zu laufen drohte und dass die unmittelbare Zukunft mit Zeitbomben gefüllt war.

Während sie ihn anstarrte, griff Magda ruhig auf die Seite und ließ ihre Finger über ihre Handtasche gleiten. Dort spürte sie eine von diesen Zeitbomben, eine Diskette, die sie am Tatort eines Mordes ihrem toten Liebhaber gestohlen hatte, eine Diskette, der sie in den letzten Tagen immer neue Dateien hinzugefügt hatte.

In den letzten ungezählten Stunden, einen Sechsminutenstopp wegen eines Zuges eingerechnet, hatte Will auf seinem Rad gesessen, aber er hatte keine Verbindung mit dem Sportgerät mehr gespürt. Das Fahrrad kannte den Weg heim zur Ranch, er bewegte nur die Pedale auf und ab, ein Tritt nach dem anderen. Der Rhythmus der Fahrt öffnete die Tür zu einer anderen Welt, einer Welt, in der er klar denken konnte, ohne die Ablenkungen seines eigenen ungeordneten Lebens.

Henri Bresson war tot. Will hatte gesehen, wie ein toter Mann mit dem Rad ins Jenseits gefahren war.

Magda Gertz war schön und schlau, aber kalt wie eine Schlange.

Louis Engelure war ein Schleimer, der ihn mit Placebos fütterte.

Miguel Cardone war ein Arschloch.

Prudencio Delgado war verbittert.

Henri Bergalis war verwirrend.

Cheryl Crane verschwendete hier ihr Leben und ihr Talent.

Carl Deeds war unberechenbar.

Richard Bourgoin wollte gewinnen und würde dafür auch eine Freundschaft aufs Spiel setzen.

Und Will Ross war wieder auf seinem Fahrrad. Zwar fühlte er sich wie Pferdekotze, aber er saß trotzdem wieder im Sattel. Falls nichts Ungewöhnliches passiert war, während er seinen Gedanken nachhing, dann fuhr er entweder bei Etappe 13 hoffnungslos hinterher oder er führte Etappe 14 souverän an.

Trotz des stechenden Schmerzes auf der linken Seite wandte er sich um und sah schockiert, dass die Zuschauer geblieben waren – und das so lange, nachdem das Feld schon durch war? Erstaunlich. Er drehte sich nach vorne und sah ein helles rotes Schild, das die Ziellinie in fünf Kilometern ankündigte.

Das war längst überfällig.

Will kämpfte wieder darum, die richtige Haltung auf dem Rad zu finden. Es saß schon weiter in der Mitte, als er ursprünglich erwartet hatte. Er versuchte, in dieser Sitzposition das Tempo zu erhöhen.

Vier Kilometer.

Er konnte eine weitere Etappe der Tour de France beenden und keiner würde ihn daran hindern.

Er war gerade noch so im Zeitlimit. Wenn er zu weit hinter dem Etappensieger ins Ziel fuhr, würde er automatisch eliminiert, aber er war ja sowieso schon aus dem Rennen. Er war tot in den Augen der Funktionäre, tot in den Augen seines Teams. Es gab keine Unterstützung, abgesehen davon, dass Francois mit einem zusätzlichen Beutel durch die Verpflegungszone latschte.

Er war als ein Tourist mit einer Nummer auf dem Rücken gefahren.

Er war für sie so tot wie Henri Bresson. Vielleicht sogar noch toter. Denn an Henri Bresson dachten sie voller Verehrung.

Dann begriff er.

Zwei Kilometer.

Es war eine richtige Show. Die Menge wurde jetzt dichter und johlte auch. Niemand hatte das Ziel verlassen.

Es war eine Show, aber nicht für ihn.

Er konnte fahren und die Ziellinie überqueren, und jeder würde jubeln, aber die große Show war für jemanden, der gestern gestorben war, eine Demonstration für einen Radrennfahrer, der gestern auf dem Höhepunkt seines Erfolges gestorben war. Niemand sagte etwas über die Möglichkeit, dass Drogen im Spiel sein könnten.

Die Tour mochte diese Art von Publicity nicht, auch die Fahrer nicht, die Teams nicht, Haven insbesondere, auch nicht die Freunde, die Familien, die Sponsoren, oder die Fachpresse. Es würde ein Gerücht geben, aber es würde niemals in das grelle Licht der Öffentlichkeit geraten.

Die hatten ja vielleicht ein Recht, es zu wissen, aber jetzt machte es doch nichts mehr aus, oder?

Fünfhundert Meter noch.

Will kapierte nun, was hier ablief. Die fehlende Unterstützung. Die geduldige Bewachung durch den Besenwagen. Sie bereiteten sich auf ein Drama vor. Wenn er auf der Strecke schlapp gemacht hätte, dann hätten sie einfach ihre Sachen zusammengepackt. Aber jetzt, da er sich nach Albi hineinkämpfte, hatten die Renndirektoren ein wunderbares Schauspiel, das sich bei der internationalen Vermarktung des Rennens auf jedem Nachrichtensender bezahlt machen würde. Das beste daran war, dass ein Amerikaner im Mittelpunkt des Dramas stand. Sogar die amerikanischen Nachrichtensendungen, die einem in drei Minuten die gesamte Welt des Sports präsentierten, würden das örtliche Baseballteam hintenan stellen, um diese Geschichte zu bringen.

Sie suchten nach einem Augenblick, einer Geste, und in dieser Sekunde begriff Will, was sie sehen mussten, was er tun musste, was sowohl er als auch die Menge fühlen mussten.

Er steuerte in die Straßenmitte und wurde noch ein wenig langsamer. Er setzte sich gerade aufs Rad, zog sein Trikot herunter und machte sich für das Ziel ansehnlich. Die Menge um ihn herum wuchs und brüllte, die Straßen von Albi waren zum Bersten voll mit Fans, Flaggen und Feten.

Das Jubeln der Menge wurde zu einer gigantischen Welle, die über Will zusammenbrach, als er sich dem Ziel näherte. Die Fans wussten, was sich hier abspielte und sie verstanden, dass sie an einem Stück Radgeschichte teilnehmen durften. Für die nächsten 50 Jahre würden sie sagen: »Ich war dabei.« Und die Zahl der Leute, die dies sagten, würde wachsen, wie bei Woodstock, bis die Menge fünf- oder sechsmal so groß sein würde wie in diesem Augenblick.

Will näherte sich der Ziellinie.

Er setzte sich auf. Das Rad blieb perfekt in der Spur, obwohl er so schief über dem Rahmen hing. Das Fahrrad schien das wie von selbst zu kompensieren.

Will blickte in den Himmel, seinen Kopf zurückgelehnt, als ob er in der Sommersonne baden wollte. Er hob seine Arme zum Himmel, als ob er beten wolle. Ganz kurz bevor er die Linie überquerte, öffnete er die Augen und zeigte mit einem Finger gen Himmel, als wolle er sagen: »Du!«

Die Menge schaute ebenfalls in den Himmel, im Gedenken an Henri Bresson, den Träger des Maillot Jaune, der jetzt im Himmel fuhr. Um Ross herum explodierte ein ohrenbetäubender Lärm. Eine Frau, die wohl zu lange in die Sonne gestiert hatte, schrie: »Ich sehe ihn, ich sehe ihn.« Wild gestikulierte sie zum Himmel: »Ich kann ihn sehen.« Dann wurde sie in einem Anfall von religiöser Ekstase ohnmächtig. Der Mann neben ihr beugte sich über sie, legte seine Jacke unter ihren Kopf und stahl dann ihre Handtasche.

Will behielt das Lächeln auf seinen Lippen und den Arm in den Himmel gerichtet, aber anstatt zur Horde der Reporter zu fahren, die jedes Wort aus ihm herausquetschen wollten, machte er eine harte Rechtskurve und rollte direkt zum Haven-Bus und zu dem Gesicht, das er dort erblickt hatte.

Luc Godot stand schweigend neben dem Teamwagen. Will hielt direkt vor ihm. Godot sagte kein Wort. Will ließ seinen rechten Fuß aus dem Pedal schnappen und jaulte, als der Fuß zum ersten Mal seit Stunden festen Boden unter den Füßen hatte.

Godot schwieg noch immer.

»Wir beide müssen reden.«

Godot starrte Will schweigend an.

»Wollen Sie das hier beenden, bevor noch mehr Leute sterben?«

Godot rührte sich nicht.

»Wollen Sie für ein oder zwei Minuten aufhören, ein Sicherheitstyp zu sein und mal wieder ein Bulle werden?«

Langsam bildete sich ein Lächeln auf dem Gesicht, das rätselhafterweise wieder große Ähnlichkeit mit dem des Fernsehdetektivs Columbo bekam.

19

Eine letzte Chance

Der Wind kam von Norden, scharf und weit kälter als gewohnt für Mitte Juli im Süden Frankreichs. So wurde es der kälteste Juliabend seit dem Beginn der Messungen. Die versammelten Journalisten überarbeiteten ihre Aufmacher noch einmal. Aus dem neuen Mann in Gelb und dem wackeren Nachzügler, der so weit über dem Zeitlimit lag, dass er fast im Rennen des nächsten Jahres gelandet war, wurde die Natur, die meteorologische Kapriolen schlug. Der Wind pfiff durch die mittelalterlichen Straßen von Castres bis zu der Einbahnstraße mit dem geschlossenen Hotelfenster, dann schlug er gegen die knirschende Scheibe und schoss schließlich in Millionen Richtungen davon, um den Geruch, den Staub und die Abfälle des Tages davonzutragen.

Das blaugrüne Fenster war auf der einen Seite kühl, auf der anderen durch die Feuchtigkeit der alten Dusche, die gerade abgestellt worden war, beschlagen. Das heiße Wasser gab dem Raum etwas von einem Dampfbad, aber nach der Kälte des späten Nachmittags schien das keinem der beiden Männer etwas auszumachen.

»Ich habe einen Job«, sagte der eine.

»Ich weiß. Ich sage ja nicht, dass Sie ihren Job nicht tun sollen.«

»Sie sagen, dass eine Frau namens Magda Gertz dahinter steckt. Das glaube ich nicht.«

Will Ross stolperte über einen Riss im Teppich und fluchte leise vor sich hin. Sein linkes Knie hatte heute schon einiges mitgemacht und es hämmerte darin. Er wandte sich Luc Godot zu.

»Wer steckt dann Ihrer Meinung noch dahinter? Sie hatte die Gelegenheit. Sie hat Bresson an dem Tag, bevor er ums Leben kam, getroffen. Sie war diejenige, die sagte: ›Ihm geht es gut‹. Und bei Gott, es ging ihm gut. Was wollen Sie noch mehr?«

»Sie haben mir nur eine Gelegenheit genannt. Sie brauchen auch ein Motiv, Sie brauchen eine Waffe, Sie brauchen präzise Beweise, dass ein Verbrechen vorliegt. Ich habe keinen eindeutigen Beweis. Laut dem vorläufigen Autopsiebericht wurden keine Drogen in Henri Bressons Körper gefunden.«

»Mir ist egal, was Sie sagen. Mir ist auch egal, was bei der Autopsie herauskommt, er war auf Drogen. Godot, Sie hätten seine Augen sehen sollen. Sie waren leuchtend rot. Er starb im Sattel und konnte nicht mehr anhalten. Er konnte nicht mehr aufhören zu treten.«

Will sah, dass er zitterte. Er streckte sich auf dem Bett aus, spürte den Zug im Knie und breitete seine Hände aus. »Henri Bresson – verdammt noch mal – er hätte das Zeug seit Lille haben können. Ich weiß es nicht. Ich weiß nur, dass er drauf war. Er war auf Stoff und konnte nicht mehr davon loskommen.«

Die beiden Männer starrten einander einen Moment lang an und eine kleine Dampfwolke schwebte zwischen ihnen durch.

Godot sah sie vorbeiziehen, dann wandte er sich Ross zu. In seinem Gesicht sah man ein Schlachtfeld von Fragen, Argumenten, Siegen und Niederlagen.

»Vielleicht haben Sie Recht, Will. An dem, was Sie sagen, mag etwas dran sein, aber ich sehe es noch anders. Sie und ich, wir suchen nach den gleichen Antworten, aber wir sind auf unterschiedlichen Wegen, um sie zu bekommen.«

»Also, wie sehen Sie es?«

Godot erhob seine Hände, als ob er die Frage abwehren wollte. »Jetzt im Moment kann ich das nicht sagen, aber Sie werden es bald wissen.«

»Wieviele Fahrer werden bis dahin noch sterben?«

»Das hängt von den Fahrern ab. Das hängt von Ihnen ab. Das hängt auch von dieser Magda Gertz ab. Und es hängt von mir ab und davon, wie schnell ich mich in meinem Alter noch bewegen kann.«

Will schaute ihn für einen Moment an und sagte dann ruhig: »Das ist alles gut und schön, Inspektor Godot, aber denken Sie bitte auch daran, dass sie trotz Ihres Alters jeden Morgen in den Spiegel schauen müssen. Sie müssen sich ansehen, und Sie müssen mit den Entscheidungen, die sie treffen, leben, mit der Erinnerung an die bösen Buben, die Ihnen durch die Lappen gegangen sind und mit der Erinnerung an die Opfer, die Sie nicht gerettet haben.«

Godot sagte nichts.

»Hab ich Sie, nicht wahr? Denn vor allem sind Sie immer noch Polizist.«

»Nein, ich bin kein Polizist mehr.«

»Es ist mir scheißegal, wer Ihr Gehalt bezahlt, Godot!« Will wischte über die billige Kommode und warf Hotelschnickschnack und ein Foto von Cheryl runter. Es war nicht geplant, aber es hatte eine gewisse Wirkung auf den Sicherheitschef von Haven Pharma.

»Das wäre wie ein Rennfahrer – ein echter Rennfahrer – der in seinem neuen, gut dotierten Job auf seinem Arsch sitzt und als Fernsehkommentator nicht mehr ins Schwitzen gerät, wenn es einen Ausreißversuch gibt und er ist nicht dabei. Aber er ist es doch – sehen Sie – er ist noch dabei. In seinen Gedanken schreit er – da – da – da ist deine Lücke – geh da rein. Er kann nicht loslassen, so wenig wie Sie loslassen können.«

»Ich kann Ihnen nicht sagen, was ich weiß.«

»Ich habe Sie nicht darum gebeten – ich habe Sie gebeten, über Ihren Schatten zu springen. Geben Sie sich einen Stoß und tun Sie das, was Sie gelernt haben: Untersuchen Sie alle Möglichkeiten. Verdammt: Wen schützen Sie?«

»Ich schütze niemanden.«

»Es klingt aber sehr danach.«

»Ich – «

»Schauen Sie, Luc. Leute sterben. Der junge Kerl von Lexor, der mitten in seinem Apartment den Abgang gemacht hat. Erinnern Sie sich an den? Und wer weiß, wieviele andere noch an der Nadel hängen. Ist Ihnen das Ihr Gehalt wert?«

»Sie glauben, Sie wissen es – nicht wahr? Sie denken, es ist jemand bei Haven, denn Sie hassen die Firma immer noch, ist es nicht so, Ross? Obwohl die viel für Sie getan hat.

Alles wegen Martin Bergalis und was er ihnen im Frühjahr angetan hat.«

»Was soll denn das, verdammt noch mal? Ich habe überhaupt nichts über Haven gesagt. Ich habe überhaupt keinen Hass auf irgendjemanden – außer vielleicht auf das kleine Arschloch, der mir in der achten Klasse vor allen anderen auf dem Flur die Hose runtergezogen hat.«

Godot schaute ihn irritiert an.

»So etwas vergesse ich nie.«

Godot zuckte mit den Schultern.

»Schauen Sie. Die Sache läuft so. Leute sind gestorben, Leute werden noch sterben. Das Zeug ist noch irgendwo im Peloton. Jetzt muss mal einer dazwischen hauen, auch wenn's staubt.«

»Bitte, wie?«

»Was ich will, ist Ihre Hilfe. Können Sie Ihre Liebe zu Haven überwinden und Ihren monatlichen Scheck und was Ihnen sonst noch hoch und heilig erscheint?«

Godot dachte nach: »Ich brauche – «

»Ja?«

»Ich brauche mehr Informationen.«

Will seufzte tief.

»Will, bis jetzt war nichts Auffälliges an Bressons Tod. Es war nichts in seinem Blut. Er war sauber.«

»Was ist mit der endgültigen Autopsie?«

»Die ist morgen in Paris.«

»Werden Sie es dann glauben?«

»Was glauben, Will? Dass Haven dahinter steckt? Dass ein Groupie das Feld zu Tode jagt? Dass ein Drogenboss für Tote sorgt? Sie sagen mir, ich soll mich wie ein Polizist benehmen. Das tue ich jetzt. Ich bin ein mistverdammter Sherfuck Holmes.«

Will lächelte über Godots fantasievolle Fluchversuche.

»Aber, aber, da ist nichts – einfach nichts. Gar nichts.«

»Noch nicht.«

»Noch nicht. Stimmt. Noch nicht. Das heißt aber nicht, dass ich auf meinem Derriere sitze und darauf warte, dass noch mehr Leute sterben. Es passt mir nicht, dass Sie behaupten, ich tue das, nur weil ich von Haven bezahlt werde. Ich bin Polizist. Tief in meinem Innersten bin ich Polizist und werde es auch immer bleiben. Immer wenn ich von einer Straftat in der Zeitung lese, oder von einer Sache wie dieser hier, frage ich mich, welche Beweise am Ort des Geschehens gefunden wurden, was der Laborbericht ergeben hat, was die Zeugen gesehen haben. Ich frage mich dann auch, wo das große oder kleine oder gar winzige Stückchen ist, das zum Täter führen wird, wenn er denn überhaupt zu finden ist. Ja, Will, ich bin immer noch Polizist, aber so sehr ich amerikanische Krimiserien im Fernsehen liebe, ich kann dieses Verbrechen nicht in 50 Minuten aufklären. In diesem Fall liegt nichts offensichtlich herum, das ich aufheben und begutachten und damit den Killer überführen könnte, falls es überhaupt einen Killer gibt. So ist das eben, wenn man Ermittler ist, Will. Man ermittelt. Man sitzt in stickigen Räumen, schaut sich verstaubte Fotos an und langweilige Akten und dann macht man noch Computerrecherchen, bis einem die Disketten aus den Ohren kommen.«

Will grinste über das Bild.

»Aber man kann nicht einfach aufspringen, beschuldigen und festnehmen. So funktioniert das nicht. Im Moment ist Henri Bergalis in meinen Augen kein Verdächtiger. Sie sind genauso verdächtig wie Henri Bergalis. Wenn nicht sogar verdächtiger, denn Sie waren Henri Bressons Zimmerkamerad. Sie kannten ihn. Sie haben ihn ständig im Blick gehabt. Haben im gleichen Raum geschlafen. Wie konnten Sie sein Drogenproblem nicht bemerken, wenn es eines gab?«

Will blickte Godot besorgt an.

»Ich habe nie etwas gegen Henri Bergalis gesagt.«

»Na, sehen Sie, wie einfach man zum Verdächtigen wird? Natürlich bin ich beunruhigt. Ich bin bei der Arbeit. Ich verrichte meine Routinearbeit. Ich will keine Leute sterben sehen. Nicht einmal Sie.«

»Danke, wie nett.«

»Aber ich werde das so angehen, wie es einer polizeilichen Ermittlung gebührt. Ich werde Fakten sammeln. Ich werde Recherchen und die Laufarbeit erledigen.«

»Und die üblichen Verdächtigen zusammentrommeln.«

»Richtig. Und das werde ich ohne Ihre Hilfe tun.«

Es klopfte an der Tür.

»Außerdem, Will, ich brauche mehr Informationen. Zwei Tote und eine Autopsie sind nicht genug.«

Will ging zur Tür: »Ich weiß nicht, was ich Ihnen sonst noch liefern soll, ich könnte höchstens selbst noch mit 'ner Überdosis auf der Bahnhofstoilette zusammenklappen wie ein Junkie.«

»Das liegt dann wahrscheinlich am amerikanischen Fast Food, aber ich würde Ihren Fall trotzdem mit allen gesetzlichen Mitteln verfolgen.«

Das Klopfen wurde hartnäckiger.

»Ja? Une minute.« Will lächelte Godot an. »Da bin ich mir sicher. Und ich würde in diesem Wissen glücklich in die ewigen Jagdgründe eingehen.«

Er öffnete die Tür hinter sich und wandte sich dann um. Carl Deeds stand mit versteinerter Miene vor ihm.

»Hallo, Carl.«

»Wir brauchen deine Startnummer, Will. Du bist draußen.«

»Blödsinn, Carl.«

»Du warst außerhalb des Zeitlimits, Will.«

»Wer sagt das?«

»Die Tourregeln, Will. Na los. Du kennst die Regelung – mehr als soundsoviel Prozent über der Siegerzeit, und du bist draußen. Mann, der Besenwagen hat dich fast eingesammelt. Er hat dich fast eingesammelt, Will.«

Will spürte, wie er rot anlief. Die Narben vom Sturz im Frühjahr sangen wie eine Amsel über Venedig. Deeds hatte natürlich Recht, so waren die Regeln. Er lag mindestens viereinhalb Minuten über dem Zeitlimit. Er war der Letzte gewesen. Will Ross von Haven.

Direkt hinter Deeds standen zwei Männer, beide ziemlich alt, beide wichtig aussehend, auch wenn sie dies vor allem in ihren eigenen Augen waren. Der eine trug die Pässe eines UCI-Kommissärs, der andere, so sagte es jedenfalls das Hemd, repräsentierte die Société du Tour de France.

Es sah nicht richtig gut aus für Will oder das Team. Am liebsten wäre es ihnen zweifellos, man würde eine Virusgrippe erfinden und ihn verschwinden lassen wie Jimmy Hoffa, den unliebsam gewordenen Gewerkschaftsboss, bis die letzte Etappe vorbei war.

»Nein.«

»Gib mir deine Nummer, Will.«

»Du kannst dich bei der Société du Tour de France beschweren, Carl, aber ich bleibe drin. Ohne Scheiß. Ich bleibe drin, es sei denn, sie kommen und halten mir eine Knarre unter die Nase.«

»Regeln sind Regeln.«

»Ja, aber man hat die Regeln schon öfter gedehnt, es gibt Ausnahmen.«

»Nicht dieses Mal.«

»Da kannst du aber drauf wetten, auch dieses Mal. Was ist mit dem Zug? Sechs Minuten wegen des Zuges. Warum haben sie das nicht berücksichtigt? Und warum sind sie nicht gekommen und wollten mich rausschmeißen, als ich eine Stunde lang mit den Journalisten gesprochen und mir einen wunden Hintern geholt habe, für nichts? Wenn Sie nämlich diesen Sechsminutenzug einrechnen, liege ich immer noch 90 Sekunden im Zeitlimit, Carl. Ich bin also noch dabei.« Er kam langsam in Fahrt.

»Und wie ist es damit? Ich besorge ihnen mehr amerikanische Zuschauer, indem ich stürze, mir meinen Arsch in Fetzen fahre und mich dann trotzdem über die Ziellinie schleppe. Indem ich nicht aufgebe. Du willst mir erzählen, dass sie jetzt sagen: ›Hey, danke für die Mühe. Du bist draußen, das amerikanische Fernsehen kann sich die ganze nächste Woche über die Italiener ansehen.‹ Jawoll. Die meisten Amis kennen Tomatensauce nur aus dem Glas, jawohl, Glas, Carl. Sie kümmern sich nicht um die Italiener, die Franzosen und die Engländer. Verstehst du das? Sie sind sogar noch engstirniger als die blöden Russen, Carl! Außer da gibt es einen Amerikaner, der in den Nachrichten ist, erster oder letzter, Lokomotive oder Schlusslicht, es ist ihnen schnurz. Carl, es ist ihnen egal!«

Der Mann mit dem Poloshirt von der Tourdirektion sprach leise.

»Wir sind nicht da, um dem amerikanischen Fernsehen zu gefallen.«

»Nein? Sind Sie sicher?«

»Bitte, Will. Das war peinlich heute. Auch dies hier ist peinlich.«

»Und morgen könnte es noch peinlicher werden, Carl, aber es ist dann real. Und es ist ein dramatisches Ereignis! Und es wird die Story sein, die ESPN bringt, wenn sie morgen die Berichterstattung des britischen Fernsehens klauen, wenn sie einen neuen Kommentar drunterlegen, um die Bilder für die amerikanischen Zuschauer aufzubereiten. ›Hey, wo ist der Typ, der sich gestern bis zum Ziel durchgekämpft hat, der Amerikaner, der nicht aufgeben wollte?‹«

Er schaute an Deeds vorbei auf die Diele.

»Sie meine Herren, würden das begrüßen, nicht wahr? Die Tour de France, präsentiert von Coca Cola, einem stolzen amerikanischen Unternehmen, heute mit einem kaputten und blutenden amerikanischen Helden, dem Fahrer, der niemals aufgab und dann von der Welt eine Stunde lang interviewt wurde, weil er als letzter eintraf. Als Allerletzter. Der Kerl, der knapp vor dem Kühlergrill des Besenwagens lag, nur zehn Minuten vor den Touristen mit dem »Ride-the-Tour«-Paket. Der Fahrer, der nach seinem kleinen Stunt eine Stunde lang von der Weltpresse interviewt wurde? Der Rennfahrer, über den Amerika heute Abend spricht und den man übermorgen auf der ›Killersteigung zum Ventoux‹ leiden sehen will? Wie wird es aussehen, wenn Sie ihn nicht fahren lassen? Nicht gut. Überhaupt nicht gut.«

»Dies ist kein Spiel, Will!«

»Quatsch, Carl, es ist alles ein Spiel. Und der Reiz des Spiels besteht darin, anzukommen, und soviel Presse wie möglich zu bekommen, denn Presse bedeutet Aufmerksamkeit, Aufmerksamkeit bringt Sponsoren und Sponsoren bringen Geld.«

»Will – «

»Wie geht der Spruch? Ohne Knete keine Fete? Wie wäre denn das: Ohne Francs auch keine Tour de France? Ganz eingängig.« Er blickte auf den Flur. »Meine Herren, Ihre Antwort?«

»Wenn wir Ihnen die Zeit einräumen für den Zug und wenn der Fahrer des Besenwagens diese Zeit bestätigt, dann können wir über das Zeitlimit hinwegsehen und Sie morgen fahren lassen.«

Deeds explodierte: »Was? Verdammt? Wir hatten doch eine Absprache. Sie sind zu mir gekommen – Sie, wir wollten ihn draußen haben. Verdammt, leckt mich doch alle am Arsch.« Er drehte sich und schlurfte schnell – ka-plonk – den Flur entlang. Weg von diesen Leuten, diesem Streit, dieser Situation. Seine Wut blieb in der Luft zurück wie ein Schwarm fieser kleiner Schnaken.

Die beiden Funktionäre standen einen Augenblick lang da und sahen zu, wie Deeds den schmalen, dunklen Korridor entlang verschwand.

Der UCI-Kommissär sagte: »Sie begreifen hoffentlich, dass Ihnen ein großer Gefallen gewährt worden ist, auch wenn Ihr Teamchef es nicht so sieht.«

Der Tour-Funktionär fügte hinzu: »Sie dürfen starten. Weitere Vergünstigungen wird es nicht geben. Sie werden morgen als der letzte Fahrer aufgeführt. Das ist keine besondere Ehre. Sie dürfen nur starten. Wenn Sie morgen nicht innerhalb des Limits ankommen, sind sie fertig. Klar?«

»Sonnenklar, meine Herren«, sagte Will und zog sich langsam in sein Zimmer zurück. »Sonst noch was?«

Die beiden Herren standen schweigend auf dem Flur.

»Dann darf ich Ihnen eine fröhliche und freudenreiche Gute Nacht wünschen. Möge das Sandmännchen eine schöne Geschichte erzählen. Entschuldigen Sie mich. Ich brauche meine Ruhe und meine Erholungszeit.« Er schloss die Tür geräuschlos und sah Godot ins Gesicht. Plötzlich und ziemlich unkontrolliert begann er zu zittern und schwitzen.

»Das«, sagte der Sicherheitschef, »war eine brillante Vorstellung und der größte Haufen Mist, den ich je gehört und gesehen habe.«

»Danke sehr. Es war eine große Ehre, vor solch ausgewähltem Publikum auftreten zu dürfen.«

»Und es war Blödsinn, nicht wahr?«

»Vielleicht. Aber an wen erinnert man sich: an die 62er Yankees oder die 62er Mets?

»Wen?«

»Egal. Amerikaner lieben die Sieger. Aber sie lieben auch den Underdog. Der Typ, der chancenlos als Letzter ankommt, sorgt meistens für die beste Geschichte und ist auch irgendwie interessanter als der blitzsaubere Champion mit den geraden Zähnen und dem Werbevertrag mit der Müsliriegel-Firma.«

»Ich verstehe kein Wort von dem, was sie erzählen.«

»Zum Beispiel bei der Tour. Bis vor kurzem war es so, dass Fahrer, die eine schlechte Tour fuhren, um den letzten Platz kämpften, die rote Laterne, man bekam sogar einen Preis dafür. Warum? Die Nummer fünf ist nicht interessant, ebensowenig sechs oder acht oder sechzehn. Aber 121, wenn es keine 122 gibt, das ist eine Leistung. Man wird bemerkt.«

»Der Underdog.«

»Genau.«

»Was ist ein Underdog?«

Will starrte Godot für einen langen Moment an, dann lächelte er.

»Werden Sie mir helfen?«

»Bei Ihrem Rennen oder bei Ihrem Bemühen, jeden, der mit Henri Bresson zu tun hatte, ins Gefängnis zu bringen?«

»Denken sie an Henrik Koons.«

»Will, der Tod eines Junkies ist einfach noch nicht genug. Ich halte meine Augen offen, aber glauben Sie mir, ich brauche mehr.«

»Sie bekommen mehr. Ich hoffe nur, dass sie keine weitere Leiche vor die Füße geworfen bekommen, bevor Sie diese Sache ernst nehmen.«

––––––––––

Die Nacht war kalt und einsam, obwohl er die Decken vom anderen Bett noch aufgelegt hatte. Godot konnte die Kälte, die er verspürte, nicht abschütteln. Er wünschte sich, Isabelle wäre da. Sie könnten reden. Sie könnten sich lieben. Sie könnten einander warm halten. Sie könnte ihm helfen, den richtigen Weg zu finden.

Während er in der Dunkelheit lag, konnte er nicht umhin, vor sich einen medizinischen Bericht aus den Niederlanden zu sehen, den Bericht eines Labortechnikers aus Eindhoven, der Bericht, der ein synthetisches Steroid, eine mögliche Ursache für den Tod von Henrik Koons, eines zweitrangigen Fahrers für ein zweitrangiges Team, mit dem Herstellercode benannt hatte.

HP. Ein Code, den er in den Archiven von Haven Pharma wiedergefunden hatte, angehängt an eine Liste, auf der auch eine gewisse Magda Gertz stand.

Und andere. Godot hoffte inständig, dass Will Ross all seine Vermutungen für sich behalten konnte. Er lächelte. Sehr unwahrscheinlich.

Trotz all seiner Aufschneiderei hatte Ross in einem Recht gehabt. Godot würde sich jeden Morgen in die Augen schauen und daran denken müssen, dass er nichts getan hatte, weil sein monatlicher Gehaltsscheck in Gefahr war.

Die Gedanken hingen wie ein erleuchtetes Neonschild in der Luft und hielten ihn die ganze Nacht wach.

———————

Der Klumpen Biolode-Vitamine war in seinem Magen so fermentiert, dass er von dem Geschmack in seinem Mund aufwachte. Will setzte sich in seinem Bett auf und gähnte zweimal, dann nahm er einen großen Schluck aus der Wasserflasche in der Hoffnung, die brennenden Bs und As und Cs in seine Gedärme zurückzuspülen. In der Einsamkeit des Zimmers fühlte er sich verloren, in der stillen Kühle dieser späten Nacht oder dieses frühen Morgens in dem Dorf. Er dachte über den morgigen Tag hinaus, wo er einen Sprintertag vor sich hatte und sich in der Gruppe verstecken konnte. Er konnte in der Menge Kraft und Unterstützung bekommen, aber er dachte schon an Montag, denn jenseits der morgigen Ruhepause erwartete ihn dort eine Herausforderung, die er selbst geschaffen hatte, ein Fehdehandschuh, den er Deeds und der Tour und der UCI und in gewisser Weise auch Godot hingeworfen hatte.

Ventoux.

»Gott im Himmel, Cheryl«, sagte er laut zu den Staubflecken und den dreckigen Socken, »was habe ich mir nur dabei gedacht?«

Sie strich mit der Hand über seinen kühlen Rücken zur Schulter hinauf und zog ihn auf das Kissen zurück.

20

Unter dem Vulkan

Montpellier liegt auf einem Hügel, zehn Kilometer vom Mittelmeer und dem Golf von Lion entfernt, östlich von Toulouse, südwestlich von Avignon – dem Sitz des abtrünnigen Vatikanstaates im 14. Jahrhundert und direkt westlich von Marseille.

Will war begeistert hier zu sein. Nach Tagen des Schwitzens und Frierens im Binnenland, nach Tagen, in denen er in der Hitze und dem Regen wie der Mülleimer eines Krankenhauses roch, war Will dankbar für die Brise, die von der See kam und den Startbereich auffrischte und seine neu erworbene Entschlossenheit verstärkte.

Er trat gegen ein loses Stück Bordstein, das endlich abgebrochen war, nachdem es jahrelang schlecht geparkte Renaults hatte halten müssen und ließ seinen Blick über die Menge von Fans und Mannschaften am Start schweifen.

Er holte tief Luft und ging zum Haven-Teambereich, wo Luis Bourbon sein Fahrrad hielt.

Gestern war für ihn wie ein Wunder gewesen, ein Tag auf dem Fahrrad, den man einfach nicht bezahlen konnte. Jeder war geschockt, sogar Will selbst. Es war keine Frage des Überlebens gewesen, auch keine der Kraft, sondern eine taktische Frage. Will, dem man nichts als ein Fahrrad und in Herepian einen Essensbeutel angeboten hatte, und der darüber hinaus keine Hilfe von Haven bekommen hatte, war zum Parasiten geworden. Er initiierte nichts. Er unterstützte niemanden. Er suchte sich einen Anhaltspunkt, jemanden, der nicht zu aggressiv und nicht zu verhalten aussah und hängte sich an sein Hinterrad. Glücklicherweise hatte er gut gewählt.

Nach den Pyrenäen hatten die beiden Sprinttage die Zusammensetzung des Feldes dramatisch verändert, denn die Fahrer, die auf den ersten Etappen geglänzt hatten, hatten sich nun zum letzten Mal an der Spitze des Feldes gezeigt. Meistens ließ der Rest der Meute sie einfach ziehen. Es lagen zu viele Bergetappen vor ihnen, als dass man seine Energie darauf verschwenden wollte, aus Bedarieux heraus zu sprinten.

Also nutzte er die anderen aus. Er lutschte. Er setzte sich so gerade wie möglich auf das Fahrrad, während seine linke Seite immer noch eine Symphonie des Schmerzes spielte, und hängte sich dicht hinter die Fahrer verschiedener Teams, bis sie ihn mit einem Fluch und einer geballten Faust wegjagten. In der Nähe des Ziels, außerhalb von Aniane, am Beginn eines Berges der vierten Kategorie nach Puechabon, war Will in eine Gruppe von Haven-Fahrern hineingeraten und fuhr an Miguel Cardone heran.

»Hey, hau ab, mach dich weg.«

Cardone schlug mit seiner Hand, als ob er eine Fliege wegscheuchte.

Will grinste und machte »bzzz bzzz« zu Cardone, was ihn noch ärgerlicher machte.

Cardone stieß einen wütenden Fluch aus und sprintete davon, die Straße entlang. Will schaute ihm nach und fuhr dann neben Richard Bourgoin.

»Bonjour, Richard.«

»Oh, bonjour, Will.«

»Wie geht es dir, mein Freund?«, fragte Will mit aufrichtiger Anteilnahme. Mit der Hilfe des Teams war Bourgoin auf Platz vier des Gesamtklassements vorgerückt, aber wie immer sah er, jetzt, während des Rennens, aus wie jemand, den man mit schmutzigen Socken zu erwürgen versucht hatte. Sein Gesicht war aschfahl, einen Schritt entfernt von totenbleich, während ihm beständig der Rotz aus der Nase lief.

»Du hast mir gefehlt, Will.«

»Du mir auch.«

»Du hast das Rennen verpasst.«

Will lachte. »Richard, ich weiß nicht, was ich hier verpasst habe, aber, glaube mir, das Rennen habe ich nicht verpasst.«

»Will – « Richard schwieg einen Moment, von seinen Gefühlen oder von der Anstrengung überwältigt, Will wusste es nicht.

»Will«, sagte Richard leise, »es tut mir Leid.«

»Was tut dir Leid?«

»Dass ich dich ignoriert habe. Dass ich dir den Rücken zugekehrt habe. Dass ich mich bei den Mannschaftsbesprechungen nicht für dich eingesetzt habe. Ich bin un traitre.«

»Ein Verräter? An wem? Mann, Richard, ich versteh's doch. Ich hätte mich selbst auch nicht unterstützt. Ich war völlig am Ende. Wie konntest du mir helfen? Du konntest es nicht. Ich musste mir selbst helfen. Und ich weiß noch nicht, ob ich es geschafft habe oder nicht.«

»Du bist doch noch dabei.«

»Das ist das, was ich meine. Ist das gut oder schlecht? Richtig oder falsch? Ich bin nur hier. Das hier ist die Wirklichkeit.«

»Du hast Herz gezeigt. Und courage.«

»Nein, eher Dummheit und Sturheit. Aber manchmal ist das wichtiger als Talent.«

Bourgoin lachte und schüttelte seinen Kopf. »Siehst du? Das. Das habe ich vermisst. Jeder andere nimmt dieses Rennen so verdammt ernst. Jede Etappe, jeden Ausreißversuch. Aber mit dir macht das Rennen richtig Spaß.«

»Ich weiß. Mit mir kommt man zwar nicht auf das Podium, aber dafür lacht man sich in jeder Ecke Frankreichs kaputt.«

»Manchmal denke ich, das ist wichtiger.«

»Wenn du wirklich jemanden lachen hören willst«, sagte Will verschwörerisch, »dann erzähl das Carl.«

Bourgoin lachte wieder und lächelte dann seinen Freund an. Obwohl er sich diesem Mann gegenüber so mies verhalten hatte, war der hier, fuhr neben ihm und munterte ihn auf. Bourgoin lächelte traurig.

»Es tut mir Leid.«

Cardone kam zurück zu Bourgoin, während er die ganze Zeit wild in sein Funkgerät plapperte.

»Allez, Richard«, brüllte Cardone, »Deeds will, dass wir nach vorne gehen und uns für den Anstieg in Position bringen.«

»Anstieg«, sagte Will laut, »das ist doch kein Anstieg.«

»Leck mich am Arsch, Ross«, sagte Cardone, »das ist nicht mehr dein Team. Allez! Allez!«

»Will – « sagte Bourgoin, während er zusah, wie Cardone die Truppe sammelte.

»Hey«, antwortete Will, bevor Bourgoin neue Schuldgefühle bekommen konnte, »fahr ordentlich. Das ist das Ein und Alles. Gut fahren. Stark fahren. Weit vorne ankommen. Ich möchte dich in Paris auf dem Treppchen sehen.«

»Und wo wirst du sein, mein Freund?«

»Ich komme drei Tage später.«

Bourgoin lachte laut, worauf Cardone Will einen weiteren ärgerlichen Blick zuwarf. Bevor er wieder Anweisungen schreien konnte, war Bourgoin in den Pedalen aufgestanden und sprintete los, um seinen Teamkameraden zu folgen.

Prudencio Delgado, der während dieser Unterhaltung zwei Meter hinter Bourgoin gefahren war, überholte Will. Will rief ihm zu: »Gute Fahrt, Prudencio.«

»Zur Hölle mit dir«, antwortete Delgado.

»Da lande ich sowieso«, antwortete Will, »aber trotzdem: gute Fahrt.«

Delgado, der jetzt stärker aussah als in den vorherigen zwei Wochen der Tour, ging aus dem Sattel und fegte nach vorn, um das Team einzuholen.

»Fahrt gut, meine Freunde«, flüsterte Will, als das Schwarz, Rot und Gold des Haven-Teams in der Ferne verschwand.

»Fahrt gut.«

Er strampelte für eine Weile alleine dahin, bis eine andere Gruppe zu überholen begann. Will wich etwas aus und hängte sich dann fest an das Hinterrad eines anderen Fahrers. Er ignorierte die Flüche und die Provokationen, die sie ihm gelegentlich mit einer Wasserflasche zusammen zuwarfen.

Auf diese Weise war er gestern in Montpellier angekommen, müde und unter Schmerzen, aber schön versteckt im Mittelfeld der Tour.

———————

Heute drängelte sich Will in einer Mischung aus Watschelgang und Paradeschritt durch die dichte Menge. Er konnte seine linke Seite immer noch nicht voll belasten und daher brauchte er den Stock überall. Auf seiner rechten Seite wurde die Wade schon wieder hart, trotz zwanzig Minuten Dehnungsübungen. Will richtete seinen rechten Zeh gen Himmel und lief auf seiner Ferse, um der Wade eine letzte Chance zum Dehnen zu geben. Fans in der Menge wichen ihm aus, einem Mann, der vernarbt und zerfetzt war und offensichtlich auch nicht ganz bei Trost.

»Das sieht stilvoll aus.«

Will drehte sich nach dem Sprecher um und schaute in die Augen von Magda Gertz.

»Willst du mich abschleppen?«

»Ich habe bloß Hallo gesagt.«

»Also wenn du mich abschleppen willst, dann musst du mich tragen«, er zeigte, »da drüben hin.«

»Ich verstehe nicht.«

Will schaute sie an und seufzte. Es war ein schwacher Witz, das war klar, aber er wusste, dass sie ihn verstanden hatte. Er hatte das Gefühl, schon vom äußeren Eindruck, dass sie immer etwas vorhatte, immer auf der Jagd nach dem nächsten Fang war. Sie ließ nicht viel aus. Er hatte viele solcher Männer gekannt, aber nicht viele Frauen. Gegen sie wirkte sogar seine Ex-Frau Kim, die jetzt bestimmt die zweite Harfe in einem himmlischen Chor spielte, wie ein Pfadfindermädel.

»Ich habe gehört, sie haben versucht, dich rauszuwerfen.«

»Ja, vielleicht, aber nicht so richtig«, begann Will, »die Tourleute wollten mich draußen haben. Die UCI wollte mich draußen haben. Das Team auch. Ich habe alle an die harten Regeln des Marktes erinnert, und sie haben mich weitermachen lassen. Jetzt fühlt sich das Team hintergangen, die UCI fühlt sich vernachlässigt und die Tour-Offiziellen hoffen, dass ich von selber den Abgang mache. Ganz offen gesprochen kann ich es ihnen nicht verdenken, gestern war ich nämlich ziemlich allein. Keine Unterstützung, keine Hilfe. Wenn ich sterben würde, müsste jemand anders als das Haven-Team meine Einzelteile von der Straße kratzen.«

Er merkte, dass er nervös vor sich hin brabbelte.

»Jedenfalls bin ich hier, die anderen sind alle sauer, und das Leben geht weiter. Erstaunlich, wie das so geht, nicht wahr?«

»Ja, allerdings.« Sie schaute auf den Place de la Comédie, zumindest das, was man vor lauter Füßen in Sportschuhen von Montpelliers Marktplatz noch sehen konnte und murmelte: »Es ist schade, dass du mich nicht leiden kannst, Will.«

Das war ihm plötzlich peinlich. »Es ist nicht so, dass ich dich nicht mag, Magda.« Er fühlte sich in seinem Misstrauen ihr gegenüber befangen, das hatte sich in seinem Gesichtsausdruck und in seinem Handeln ihr und Cheryl gegenüber gezeigt. Er traute ihr nicht. Er wusste, dass sie in den Tod von Bresson verwickelt war, aber er fühlte sich auch auf seltsame Weise zu ihr hingezogen und das schon seit diesem ersten Tag in Lille, vor gerade erst zwei Wochen. Er fühlte sich zu ihr hingezogen, obgleich er wusste, dass er einer Motte glich, die von einer Lötlampe angezogen wurde.

»Ich – ich – «

»Ich verstehe, Will. Manchmal lassen Beziehungen so etwas nicht zu.« Sie lächelte. »Sind wir Freunde?«

Alarmglocken ertönten in seinem Kopf, aber seine natürliche Neigung, Konflikte zu vermeiden und Frieden zu halten, brachten ihn dazu, seine Hand anzubieten und zu erwidern: »Klar, sind wir Freunde.«

Ihre Hände berührten sich für einen Augenblick, und er spürte die Spannung durch ihre Haut fließen. Sie lächelte, zog ihn an sich und küsste ihn leicht.

»Ich habe sehr enge Freunde«, sagte sie, drehte sich um und verschwand schnell in der Menge.

Wieder wusste Will nicht, wie er sie einordnen sollte. Ihre Anwesenheit brachte eine Flut widersprüchlicher Gefühle hervor. Er suchte die Menschenmenge noch einmal nach ihr ab. Er erinnerte sich selbst daran, dass sie gefährlich war. Er erinnerte sich daran, dass sie eine Verdächtige war. Er brauchte sich nicht daran zu erinnern, dass sie umwerfend erotisch war.

Gefahr im Verzug, Freundchen.

Er sah noch einmal in die Runde und sein Blick landete schließlich auf dem Kopf von Magda Gertz, die sich angeregt mit Prudencio Delgado unterhielt. Will sah zu, wie sie die Köpfe zusammensteckten.

Sie lehnte sich vor und küsste Delgado auf die Lippen, ein langer, inniger und leidenschaftlicher Kuss. Will spürte etwas tief in sich – Eifersucht, Neid oder Angst?

Er wackelte durch die Menge zum Haven-Mannschaftswagen.

———

»Warum sind Sie nicht in Paris?« Die Frage hatte einen leicht spöttischen Unterton, so als ob ein Angestellter beim Blaumachen erwischt worden wäre, aber da war noch etwas anderes. Der ärgerliche Arbeitgeber zeigte hier sein Missfallen darüber, dass sein Angestellter zur falschen Zeit und am falschen Ort aufgetaucht war.

Henri Bergalis lehnte sich in seinem Stuhl im privaten Bereich der Haven-VIPs zurück und schaute über die weißen Plastikstühle hinweg zu Luc Godot, seinem Sicherheitschef. Der stand hier im Süden Frankreichs, mitten im Juli, in einem zerknitterten Anzug und einem schäbigen Trenchcoat.

»Wir sollten Ihnen Kleidergeld bezahlen, meinen Sie nicht auch?«

»Vielleicht.«

»Luc, Sie sollten die Zuschläge nehmen, wo immer Sie können. Es kommt der Tag, an dem das Geld nicht mehr fließt, und dann gehen Sie plötzlich leer aus.«

»Nun, so ist das Leben.«

»Ja, das stimmt. Also«, sagte Bergalis plötzlich scharf und wechselte direkt das Thema. »Was kann ich für Sie tun?«

Godot kratzte sich einen Moment am Kopf und seine Haut begann zu schwitzen, sowohl wegen der schwülen Luft im Zelt als auch wegen der Spannung des Moments. Er wusste nicht so recht, wie er anfangen sollte.

»Schauen Sie, Luc«, sagte Bergalis ruhig, »falls es ein Problem mit dem Personal in Paris ist, dann kümmern wir uns nächste Woche darum. Wenn es ein Sicherheitsproblem ist, dann ist das Ihr Ressort, und ich erteile Ihnen volle Zuständigkeit. Ich vertraue Ihrem Urteilsvermögen. Wenn es irgend etwas anderes ist, dann wollen wir uns darum jetzt einfach nicht kümmern. Das kann warten. Verstanden?«

Bergalis wandte sich um, als ob die Audienz vorbei sei. Er griff bereits nach einem Stapel Papiere, Verkaufsverträge, die Haven in den letzten zwei Wochen abgeschlossen hatte. Es war ein gewinnbringendes Rennen gewesen. Ein wenig Gastfreundschaft, ein paar Drinks, ein Foto mit den Rennstars und einen Beutel voller Haven-Schnickschnack, und schon konnte man fast alles an fast jeden verkaufen. Sie würden kein schlechtes Gewissen bekommen, bis sie kommenden Monat erst die Lieferung und kurz darauf die Rechnung erhalten würden.

Henri Bergalis lächelte. Jetzt begriff er, wieso sein Vater in diesen Sport und in dieses Rennen so vernarrt gewesen war.

Bergalis wandte sich wieder um und war überrascht. Godot stand immer noch da, obwohl Henri ihm, so fand er, eine ziemlich deutliche Abfuhr erteilt hatte. Godot wartete und schaute in der stickigen Luft des Zeltes ziemlich ungemütlich drein.

»Ja, Luc? Gibt es noch etwas anderes, womit ich Ihnen helfen kann?«

»Ja, Henri.«

»Und was wäre das?« Er zog die Frage sarkastisch in die Länge.

Godot atmete tief ein: »Das wäre«, er wartete einen Moment, »Cytabutason.«

Bergalis' Hand blieb in der Luft stehen, seine Finger waren einen Moment lang wie gelähmt, ehe sie sich vor Spannung langsam zur Faust ballten. Henri fing sich schnell und zwang seine Hand, locker zu lassen.

»Ich dachte, wir hätten uns schon vor Wochen darum gekümmert.«

»Ja, haben wir.«

»Es geht um diesen holländischen Fahrer, nicht wahr?«

»Ihn«, bestätigte Godot, »und möglicherweise auch andere. Möglicherweise Henri Bresson.«

»Bresson? Das ist doch ein Witz. Die Autopsie hat doch noch nicht einmal begonnen. Wie können Sie da zu so einer Schlussfolgerung kommen?«

»Es ist eine Vermutung. Nur eine Vermutung.«

»Eine tolle Vermutung.«

»Manchmal sind Vermutungen wahr, manchmal nicht.«

Henri Bergalis seufzte. »Was soll ich Ihnen denn noch erzählen, Luc? Was müssen sie denn noch wissen? Ja, Haven hat Cytabutason als eine synthetische Steroidersatz-Therapie entwickelt. Es hatte unerwartete Vorteile und unerwartete Nebenwirkungen. Mein Bruder entschied sich, es zu produzieren, wogegen ich beschloss, zu meinem Vater zu gehen und die weitere Forschungsarbeit einzustellen. Dies führte zu einem Bruch zwischen Martin und mir, der niemals geheilt ist. Aber ich musste es tun, Luc. Es gab zu viele offene Fragen.« Seine Stimme driftete in das Reich der Erinnerung. »Es gab zu viele Probleme.«

»Ja, ich weiß«, sagte Godot ruhig, »ich bin in Toulouse gewesen.«

Henri Bergalis spürte, wie sein Mund trocken wurde.

Zum ersten Mal seit Tagen saß Will richtig auf seinem Rad. Es war eine seltsame und irgendwie schmerzhafte Position, nachdem er für zwei Etappen in einer Rennhaltung wie eine Mischung aus Reiten im Damensattel und dem Buchstaben Q gefahren war. Der Hautfetzen am äußeren Rand des linken Knies war schon schön vernarbt und nässte auch seit dem vorherigen Tag nicht mehr. Das hatte Will ermutigt, heute auf den Verband zu verzichten und der Wunde, wie sein Vater immer gesagt hatte, etwas »Luft zu geben«. Darüber hinaus fühlte sich sein Ellbogen lockerer an, als am Tag zuvor und in seinem geschorenen Schädel spürte er langsam nicht mehr diese Nadelstiche, die ihn seit dem Unfall genervt hatten.

Der Unfall. Vor drei Tagen, nur drei Tagen, und es erschien ihm wie eine Ewigkeit, während Henri Bresson bereits in das kollektive Unbewusste der Presse hinabsank und in Zukunft nur für Berichterstattungen über Höhepunkte und Tour-Dokumentationen hervorgeholt werden würde.

Will fuhr an einen Lexor-Computer-Fahrer heran und hängte sich an sein Hinterrad, als ginge es um Leben und Tod, auf einem Sprint durch Dions. Der Fahrer fluchte und gestikulierte, denn Will hatte ihm den Sprint versaut. Als sie die östliche Begrenzung dieser kleinen Stadt passierten, zog Will davon und suchte nach einem anderen Hai, an den sich das Neunauge hängen könnte. Der Lexor-Fahrer macht eine grobe Geste der Verachtung, woraufhin Will lächelte und grinste. Das machte den Fahrer noch wütender, was Will umso mehr erfreute.

»Ja, ich muss gestehen, ich habe offenbar immer schon diese magische Wirkung auf andere Leute gehabt«, kicherte er.

Als er aus Dions herauskam, begann Will die ersten von drei Hügeln vor dem Fuß des Mont Ventoux zu überwinden.

Ventoux.

Er spürte, dass seine Stirn warm und feucht wurde.

Er hätte auf den Arzt hören sollen.

»Also, Godot, erzählen Sie«, begann Henri Bergalis ruhig, »was wissen Sie über Toulouse?«

»Ich habe die Akten gesehen. Die Notizen.«

»Wo haben Sie sie gefunden?«

»In den Archiven.«

»Aha, das kleine, verlorene Gebäude im Niemandsland. Ich habe immer gesagt, dass wir das verlegen sollten.«

»Man könnte es mal renovieren.«

»Ja. Wie sind Sie reingekommen? Nur ich habe Zugang.«

Godot schwieg einen Moment lang, dann fuhr er aufrichtig fort. »Ich bin eingebrochen.«

»Aha. Eine kreative Lösung für das Problem der Neugier. Das erklärt alles. Vor ein paar Tagen habe ich einen Bericht der Pariser Polizei erhalten, der von einem Einbruch auf dem Gelände berichtete.« Er hielt inne. »Haben Sie gefunden, wonach Sie gesucht haben?«

»Ja, habe ich. Und nein. Habe ich nicht.«

»Nein? Warum? Führten die Antworten zu neuen Fragen?«

»Ja, das taten sie.«

»So geht es oft«, nickte Bergalis, »und was habe Sie nun gefunden, mein lieber Luc?«

»Ich habe Aufzeichnungen gefunden. Von Ihnen unterschrieben. Ich fand Berichte, deren Kopien an Sie gingen. Ich fand Geschichten von Verurteilten, von unzurechnungsfähigen Kriminellen, die als Versuchskaninchen bei Experimenten für ein Steroid verwendet wurden, das Sie nicht kontrollieren konnten.«

»Wir konnten es kontrollieren, Luc. Anfangs hatten wir es unter

Kontrolle. Was die Verurteilten angeht, so können wir, dank Brigitte Bardot, jetzt keine Tiere mehr benutzen.«

Godot ignorierte den Witz und die harte Selbstzufriedenheit, die sich in diese Stimme schlich.

»Ich fand Experimente an Menschen, die von ihnen autorisiert wurden und von ihrem Forscherteam durchgeführt wurden.«

»Sowas gibt's«, sagte Bergalis traurig.

Godot fuhr fort. »Ein Forscherteam, geleitet von einer Frau namens Magda Gertz.«

———————

Der Anstieg begann bei Kilometer 168 und würde so ziemlich genau die nächsten 22 Kilometer weitergehen. Dies war erst das dritte Mal in 25 Jahren, dass die Tour zu den Hängen des Ventoux zurückkehrte, erst das dritte Mal, seit Tom Simpson, der englische Fahrer, bei seinem Angriff auf das Gelbe Trikot kurz vor dem Gipfel des erloschenen Vulkans gestorben war. Viele hatten später gesagt, es sei eine Kombination von Ehrgeiz, Besessenheit, Hitzekollaps und Amphetaminen gewesen.

Will pflanzte sich hinter einen Banesto-Fahrer, der das Tempo anzog, und kletterte zu dem Dorf hoch, das den echten Beginn des Anstiegs markierte. Sie lagen noch vor dem Peloton und würden gleich geschluckt. Will ließ den Banesto-Mann ziehen und landete direkt in einer Gruppe von Haven-Fahrern: John Cardinal, Tony Cacciavillani und Prudencio Delgado. Im wesentlichen beachteten sie ihn nicht, obwohl Tony C. ihm kurz zublinzelte und lächelte, eher er sich wieder seiner verzweifelten Situation widmete. Dies war kein Tag für die Sprinter und Tony baute stark ab. Normalerweise würde er sich jetzt von der Tour verabschieden, aber er war zu weit vorne bei der Jagd nach dem Grünen Trikot, um jetzt aufzugeben.

Cardinal und Cacciavillani konnten beide das Tempo nicht mitgehen, deshalb hängte sich Will, der bis zum Anschlag mit Vitaminen und Sportdrinks voll war, an Delgado.

Der junge Fahrer schaute sich kurz um, verzog das Gesicht, versuchte, ihn wegzuschicken und konzentrierte sich dann wieder auf die Straße. Letztendlich beachtete er die Klette, die jetzt an ihm hing, nicht.

Will grinste und machte es sich für die Fahrt bequem. »Es geht nichts über Leute, die sich freuen, einen zu sehen«, murmelte er.

Er setzte sich zurecht und konzentrierte sich auf seinen Tritt und auf den bevorstehenden Anstieg.

»Sehen Sie, Luc«, erklärte Henri Bergalis, »das war meine kleine Welt. Die Forschungs- und Entwicklungsabteilung bei Haven gehörte mir, sie war mir von meinem Vater anvertraut worden, mit der ausdrücklichen Weisung, Martin solle seine Finger davon lassen.« Henri wartete, bis sein kleiner Wutanfall verraucht war. »Da ich das wusste, konnte ich mir meine Mannschaft aussuchen. Und da habe ich an eine wichtige Stelle eine Wissenschaftlerin mit besten Referenzen platziert.«

»Magda Gertz.«

»Genau.«

»Ich habe ihre Empfehlungen gesehen.«

Bergalis lachte. »Man kann sie kaum übersehen.«

Godot ließ das Lächeln abebben. »Ihr Lebenslauf war in der Akte.«

»Ja«, gluckste Bergalis, »in der Tat. Äh – hm – von da an haben wir geforscht und wie Sie den Unterlagen entnehmen können, nur mit Freiwilligen. Wir haben ihnen von den Gefahren erzählt und von den Risiken. Wir boten ihnen eine Verkürzung ihrer Haftzeit und Besuche von den Ehepartnern an, wenn sie teilnahmen. Viele taten es.«

»Magda Gertz leitete die Forschung. Was haben Sie gemacht?«

»Ich organisierte das Projekt innerhalb meiner Abteilung. Alles, so war es jedenfalls geplant, sollte über mich gehen.«

»Und tat es das?«

»Das dachte ich. Aber offensichtlich tat es das nicht, wenn Cytabutason jetzt im Peloton ist.«

»Wer war sonst an dem Projekt beteiligt?«

»Ungefähr zehn Leute. Drei oder vier sind gestorben, es sind ja schon etwa zehn Jahre vergangen. Andere haben das Unternehmen verlassen und machen jetzt andere Forschung. Ein paar sind geblieben.«

»Wer zum Beispiel?«

»Nun, da ist zum einen Louis Engelure.«

Will ignorierte die Schmerzen, die sich um sein linkes Knie herum ausbreiteten. Die gestrige Fahrt und die ersten fünf Stunden der heutigen Etappe hatten keine allzu große Belastung auf die Wunde ausgeübt. Aber nun, nach etwa der Hälfte eines 2000 Meter hohen Berges, begann Will den Druck an der vernarbten Stelle zu spüren. Außerdem spürte er, dass seine rechte Wade fester und fester wurde.

Und doch konzentrierte er sich weiter auf das Hinterrad von Delgado, während sie eine Gruppe wütender Männer passierten, die neben ihren LKWs standen und den Berg hinauf kletterten. Delgado war wie eine Lokomotive auf Schienen.

»Welche Rolle spielte Engelure bei all dem?«, fragte Godot.

»Er war ein Assistent. Er hat viel mit Magda zusammengearbeitet. Als das Projekt zusammenbrach, war er einer der wenigen, die so begeistert waren, dass sie es fortsetzen wollten. Er sagte, dass ein Fehlschlag noch nicht Grund genug sei, um so viele Chancen zu ignorieren.«

»Ein Fehlschlag.«

»Ja. Alle Testpersonen starben.«

Will schaute zu Delgado hinüber, denn trotz der Spannung, die sich während der letzten Tage zwischen ihnen aufgebaut hatte, spürte er immer noch so etwas wie Fürsorge für den Bruder seines besten Freundes, seines toten besten Freundes. Zumindest, dachte Will, könnte er seine Führungsarbeit anbieten, egal wie beschissen er sich fühlte. Er hatte dieses Bedürfnis oder diesen inneren Zwang bei keinem anderen Fahrer oder Team vorher verspürt, aber jetzt, das wusste er, musste er zumindest ein Angebot machen.

»Prudencio«, schrie er, »lass mich mal die Führung machen.«

Delgado schnaubte und schüttelte seinen Kopf wie ein wütender, junger Bulle, von dem der Schweiß und der Rotz in alle Himmelsrichtungen davonfliegt. Er zog seine Schultern ein und kämpfte weiter, Will dicht an seinen Fersen.

»Entschuldigung«, rief Will, dann ging sein Blick wieder zu Delgados Hinterrad. Ein verstreuter Gedanke brach sich in seinem Kopf Bahn.

»Das habe ich doch schon mal gesehen«, murmelte er, »das habe ich doch schon mal gesehen.«

Er dachte weiter darüber nach, während er auf den dünnen schwarzen Reifen starrte, der sich den Bergrücken hochkämpfte.

»Oh, mein Gott.«

»Sie hatten damit aber ein Problem, will ich hoffen?«, sagte Godot und dachte an einen Haufen toter Strafgefangener, die sich freiwillig als Versuchskaninchen gemeldet hatten.

»Ja, hatte ich«, erwiderte Bergalis, »für mich war es ein Problem. Mich hat es krank gemacht. Aber das Problem war, das es meinem Bruder nichts ausmachte. Haben Sie sein Memo gesehen? Es muss oben in der Akte gewesen sein. Er wollte weitermachen. Engelure auch. Engelure meinte, es sei ein Verbrechen, dass dieses Produkt nicht von Haven oder sonst jemandem getestet würde.«

»Und Magda?«

»Damals hörte sie auf mich.«

»Damals?«

»Ja. Damals war sie meine Frau.«

Godot stand schockiert da, während Bergalis beiläufig auf den Monitor schaute. Auf dem Bildschirm sah er eine große Zahl von Fahrern, die bei der Chalet-Reynard-Abzweigung des Mont Ventoux durch eine Blockade von Lastwagen aufgehalten wurden.

»Hm«, bemerkte Bergalis, »hier scheint es auch ein Problem zu geben.«

Bei 1600 Metern sah Will sich um und stellte fest, dass Delgado und er die Lücke gefunden hatten, jenen fast mystischen Ort im Rennen oder auf der Straße, wo der Verkehr entweder vor dir oder hinter dir ist, aber nicht in deiner Nähe. Sie waren auch in einer kleinen Lücke, was die Zuschauermenge anging, denn es schien, dass die Polizei die Fans bei Chalet Reynard zurückgehalten hatten. Nur wenige hatten sich hingegen von der anderen Seite vorgewagt, um einen Tag auf den heißen, kargen, sonnenverbrannten Hängen des Ventoux zu verbringen.

Mein Gott, dachte Will, ich hasse das hier. Obwohl, dachte er weiter, in 400 Metern werde ich den Gipfel überqueren und nach Carpentras herunterschießen und wissen, ja, wissen, dass ich den Ventoux bezwungen habe. Er lachte laut auf. Überquert von mir, dem alten Knacker.

Er schaute sich wieder um. Der Hubschrauber von France 2 hing in der Ferne und filmte gerade etwas, von dem er nicht wusste, was es war. Was immer jetzt gerade das Peloton aufhielt, war für ihn nicht sichtbar. Trotz der Höhe, auf der sie sich befanden, konnten sie die anderen nicht mehr sehen. Will veränderte seine Sitzhaltung auf dem Fahrrad, um von einem anderen Winkel aus sehen zu können, aber er sah trotzdem niemanden mehr. Oh, dachte er sich, das muss ein netter Stau sein.

Er drehte sich nach vorne und fuhr wieder an Delgados Rad heran. Vor sich sah er die marmorne Gedenktafel, die an den Punkt erinnerte, wo Tom Simpson 1967 zusammengebrochen und gestorben war.

Während sie weiter Richtung Gipfel stürmten, bemerkte Will plötzlich, dass eine seltsame Erschütterung in den Rhythmus kam, hoch und runter, hoch und runter, eins, zwei, drei – dann eins, drei, zwei – eins, eins, eins. Delgados Tempo brachte ihn durcheinander, und er spürte einen Stich in seinem linken Knie. »Gott, nein, nicht jetzt«, schimpfte er, »nicht so nahe am blöden Gipfel.«

Delgado schüttelte seinen Kopf. Einmal. Zweimal. Der Rotz und der Schweiß spritzen über die Straße.

Und plötzlich spritzte auch Blut.

21
Der Tod trägt Melone

Will schaute fasziniert zu, wie Spritzer von Blut und Schweiß um den Kopf von Prudencio Delgado kreisten, fast wie in einer Zeitlupenaufnahme von einem Labrador-Retriever, der gerade mit einer Ente im Maul aus einem Teich gestiegen war.

Im harten, ungefilterten Licht des Nachmittags auf dem Mont Ventoux sahen die tiefroten Tropfen aus wie Rubine in einem Diamantregen.

Plötzlich hörte Delgado auf zu treten und begann über die leere Straße zu trudeln. Er verlor Geschwindigkeit und Schwung und rollte unkontrolliert in die Richtung eines flachen Straßengrabens voller spitzer Felsen.

»Prudencio«, schrie Will, immer noch in der Zeitlupe gefangen, »Prudencio!«

Sein Schrei brach den Bann der scheinbar verlangsamten Zeit und gleichzeitig zog Delgados Vorderrad nach rechts. Er schlug hart auf der Straße auf. Den Schmerz in seinen Beinen ignorierend, sprang Will vom Rad und schubste es in Richtung des Grabens. Das Fahrrad, fast so, als hätte es ein eigenes Leben, wandte sich im letzten Moment von dieser Gefahr ab und fiel auf die Straße.

Wills Pedalplatten kratzten wild auf dem Asphalt. Er kniete sich neben seinem Teamkameraden hin, und die glühend heißen Steine bohrten sich in sein Knie. »Verdammt, Prudencio, verlass mich nicht, Mann, verlass mich nicht«, schrie er und öffnete das Trikot des Fahrers. Will drehte Delgado schnell um und zog sein eigenes Trikot aus. Er ballte es zu einem Kissen zusammen und schob es unter den Kopf des jungen Fahrers.

»Komm schon, Mann, komm schon«, bettelte er, als er sah, dass Delgados Augen wild in seinem Kopf umherrollten, als ob er auf einer Straße führe, die nur in seinem Kopf existierte.

Will sprang auf und drehte sich einmal um die eigene Achse auf der Suche nach jemandem, der ihm helfen konnte. Die Straße vor ihm, die sich zu Simpsons Gedenkstein und zum Gipfel weit oben hinzog, war leer. Als er sich in die andere Richtung drehte, sah er den Hubschrauber von France 2 in der Ferne in der Luft schweben.

»Hey, hey, verdammt noch mal, hey«, brüllte er und winkte wild zu dem Hubschrauber hoch. Kein Glück. Ihr Interesse lag woanders. Er verschwendete seine Zeit.

Er drehte sich wieder Delgado zu und blieb vor Schreck wie angewurzelt stehen. Neben Prudencio kniete ein Mann, der einen altmodischen braunkarierten Anzug aus der Zeit der Jahrhundertwende trug.

Er trug einen hohen gestärkten Kragen, der vom vielen Tragen etwas gelb war und eine eng geknotete, braun-blaue Seidenkrawatte. Am Rand der zurückgeschobenen Melone sah er wenige Strähnen schütteren Haares über einem scharf geschnittenen Gesicht.

»Himmelarsch und Zwirn! Wer zum Teufel sind denn Sie?«

»Ich bin hier, um zu helfen.«

»Kann ja sein, aber wer sind Sie, verdammt noch mal, und woher kommen Sie?«

»Ich habe gesehen, dass Sie Probleme hatten, darum bin ich vorbeigekommen.«

»Ja, aber woher kommen Sie?«

»Das ist nicht wichtig. Ihr Freund ist wichtig. Machen sie sich keine Sorgen. Ich bin hier, um ihm zu helfen. Ich werde seine Schmerzen lindern. Sie können weiterfahren. Ich kümmere mich um ihn.«

Einen Augenblick lang keuchte Will vor Furcht und Anstrengung, dann machte er unbewusst einen Schritt auf das Fahrrad zu. Etwas, ein noch nicht begriffener, halb-erinnerter Gedanke hielt ihn auf.

»Einen Moment«, sagte er mit wachsender Ungläubigkeit, »warten sie eine verdammte Minute.«

»Sie gebrauchen dieses Wort zu oft.«

»Zu dumm, zu verdammt dumm, Freundchen, ich kenne Sie, ich kenne Sie«, sagte Will, und seine Stimme wurde lauter, als er sich dem Paar wieder zuwandte.

Der Mann nickte schüchtern.

»Ich habe Sie schon auf dem Tourmalet gesehen«, sagte Will voller Panik, »ich habe Sie dort mit Henri Bresson gesehen und da haben Sie das Gleiche gesagt. Sie sagten mir, ich solle fahren – machen Sie sich keine Sorgen, fahren Sie los – Sie würden jetzt helfen. Und dann war er tot.«

»Dann war er tot.«

Will ging langsam auf die Gestalt zu, in panischer Angst, aber wild entschlossen, zwischen ihn und Delgado zu treten.

»Er war tot, in der Tat, er war tot«, leierte Will, »und wer sind Sie?«

»Ich kenne Sie, und ich kenne Ihre Familie.«

»Oh Gott«, sagte Will, während es ihm langsam klar wurde, »ich wette, das stimmt.« Trotz seiner Angst schob er sich weiter vorwärts.

»Ich kenne Ihren Hund, Hartley, nicht wahr? Ich kenne Ihre Großeltern und Onkel und einige Ihrer Tanten. Ich kenne Tomas. Und Kim. Auch Martin Bergalis. Henrik Koons, Paul van Bruggen. Na ja, den kennen Sie nicht, aber ich. Und Henri Bresson. Habe ich nicht beinahe einmal ihren Vater kennen gelernt?«

Der Damm, der seine Gefühle und seine Angst zurückhielt, brach, und Will warf sich nach vorn. Er legte seine Hände auf die Brust des Fremden und schob ihn von Prudencio Delgado fort, der plötzlich auf dem heißen Teer am Mont Ventoux um Luft zu ringen begann.

»Ja. Ja. Ich kenne Sie auch ziemlich gut, Sie mieses Schwein.«

Will kauerte sich neben Prudencio und begann ihn hochzuheben. »Aber ihn hier – ihn kriegen Sie nicht.«

Der Fremde blickte ihn gelassen an. »Da mache ich mir keine Sorgen, Will. Ich bekomme ihn. Heute, morgen oder in 50 Jahren.« Er lächelte kalt. »Da besteht keine Eile.«

»Nicht heute. Heute kriegen Sie ihn nicht.« Will hob Prudencio an den Schultern und unter den Knien. Er ruckte einmal und zog mit seinem Rücken, so dass er den Zug der Muskeln spürte. Er verlagerte den Druck auf die linke Seite und spürte das schreckliche

Reißen, als die Nähte an der Seite des Knies platzten. Das Blut begann, sein Bein herunterzulaufen.

»Sie können ihn nicht retten, Will. Warum retten Sie sich nicht selbst?«

Will drehte sich abrupt um, um den Berg hinabzuschauen und begriff, dass da immer noch keiner war.

Was, zum Teufel, geht hier vor, fragte er sich.

»Ein Protest«, antwortet der Fremde auf die ungestellte Frage, »ein Protest. Die Lastwagenfahrer demonstrieren gegen ein neues Regierungsprogramm, das ihnen ihre Vergünstigungen und den Lohn zusammenstreicht. Deshalb haben sie den Ventoux zur Tour blockiert. Sie haben es gut organisiert und niemanden gewarnt. Das sollte ihren Forderungen große nationale und vielleicht sogar internationale Aufmerksamkeit bescheren.«

Will hatte zwei Schritte den Berg hinunter gemacht, dann wandte er sich wieder zum Gipfel. Der war näher. Der war viel näher, als der Protest und die Barrieren jemals sein konnten und er wusste ja nicht, was ihn bei den Blockaden erwartete.

Er begann, in Richtung Gipfel zu gehen, Prudencio Delgado hing wie ein Schluck Wasser in seinen Armen und Wills Muskeln ächzten bereits jetzt unter dem ungewohnten Gewicht. Seine Rennschuhe begannen auf dem heißen Straßenbelag zu rutschen. Er zog sich im Stehen die Schuhe aus und begann seinen Kampf Richtung Gipfel. Bei jedem Schritt brannte ihm der Teer durch die Socken.

Der Fremde schlenderte neben ihm her.

»Lass ihn gehen, Will, lass ihn gehen«, flüsterte er, »rette dich selbst. Du wirst mit ihm auf dem Ventoux sterben. In jedem Fall ist deine Karriere zu Ende. Deine Tour ist vorbei. Fini. Steig auf dein Rad, und du kannst heute ganz vorne landen. Da sind nur einige vor dir. Wirklich. Vierzehnter? Wäre es das nicht wert, Will? Besser als das hier, oder nicht, Will? Delgado hasst dich, Will. Er hasst dich seit dem Moment, an dem sein Bruder starb. Warum willst du deine Karriere für ihn opfern? Er hat immer nur über dich gelacht, Will. Bei jeder Etappe der Tour. Er hat dich in den Dreck gezogen, er hat dich ausgelacht. Er hat einen Narren aus dir gemacht.«

Will keuchte: »Das ... kann ... ich ... auch ... allein.«

Will lief weiter, aber er wurde langsamer. Er blickte starr nach vorne und konzentrierte sich auf das Denkmal für Simpson, das jetzt nur noch wenige Schritte entfernt war. In der Ferne, auf dem Gipfel waren ein paar Leute, die die ganze Zeit hinuntergeschaut hatten, und sahen, wie sich das Drama mit Will und Prudencio entwickelte. Sie deuteten auf sie und rannten in zielloser Panik umher, um die richtige Person zu finden und die richtige Sache zu tun.

Der Fremde flüsterte weiter. »Lass ihn los, Will. Rette dich selbst und dein Rennen. Rette deine Karriere.«

Delgado bekam in Wills Armen einen Hustenanfall. Er kotzte eine weiße milchige Flüssigkeit heraus. Beim zweiten Hustenkrampf spürte Will seine rechte Wade reißen und er ließ Prudencios Beine los, während sie beide zu Boden gingen.

»Oh, Will, das ist nicht gut. Jetzt ist dein Wadenmuskel gerissen. Jetzt ist deine Tour wirklich vorbei. Da kannst du dich nicht mehr rausreden. Übrigens habe ich deinen Verweis auf Coca-Cola neulich Abend genossen. Das war gut.«

Will ignorierte den Fremden, kämpfte seinen Ekel hinunter und konzentrierte sich darauf, den Gipfel zu erreichen. Er kämpfte, um wieder hoch zu kommen, zog Delgado am Arm mit sich und verlagerte den gesamten Druck auf das linke Bein. Der Hautfetzen, der von Narben und Nähten gehalten worden war, hing nun an der blutenden Seite seines Beines herunter.

Er legte Prudencios Arm über seine Schulter und machte einen Schritt nach vorn. Sein rechtes Bein knickte vor Schmerz ein, und Will kotzte über seinen entblößten Oberkörper.

»Da siehst du es, Will? Er ist fast weg. Und was schuldest du ihm, Will? Was schuldest du ihm? Gib ihn mir. Dann sind deine Schmerzen vorüber und du kannst einfach da liegen, bis Hilfe kommt, Will. Gib ihn mir, gib ihn mir, Will.«

Die Worte klingelten in Wills Ohr, wurden aber plötzlich von einem anderen Geräusch überdeckt, von der Erinnerung an eine Explosion hinter einem billigen Hotel in Mailand und an den Freund, dessen Einzelteile über die ganze Nachbarschaft verstreut waren, weil ihn eine Bombe zerrissen hatte, die für Will bestimmt gewesen war.

Prudencio hatte die ganze Zeit Recht gehabt. Will hatte Tomas Delgado umgebracht. Will und ein paar Milligramm C4-Plastiksprengstoff. Will hatte ihn umgebracht. Will hatte seinen besten Freund umgebracht.

»Lass ihn los, Will. Dafür und aus vielen anderen Gründen hasst er dich. Gib ihn mir«, flüsterte er.

Will schrie vor Schmerz und schlug mit dem freien Arm unkontrolliert in Richtung des Fremden. Er schlug ihm die Melone vom Kopf und verlor dabei selbst das Gleichgewicht.

Er schrie wie ein Besessener: »Verschwinden Sie, verdammt noch mal! Verdammt noch mal, hören Sie mich? Verschwinden Sie. Sie werden ihn nicht bekommen.« Will spürte die Wut und den Frust und den Schmerz in seinen Ohren schreien und aus seinen Augen fließen. »Sie kriegen ihn nicht«, brüllte er, indem er sich wieder dem Gipfel zuwandte und Prudencios Arm über seine Schulter zog.

»Sie kriegen ihn nicht, Sie mieses Schwein.«

Er machte einen humpelnden Schritt.

»Sie kriegen ihn nicht.«

Er machte einen weiteren Schritt.

»Sie kriegen ihn nicht.«

Noch einen Schritt. Und noch einen. Der Schrei wurde zu einer Mantra.

»Sie ... kriegen ... ihn ... nicht. Sie ... kriegen ... ihn ... nicht.«

Delgado hustete und würgte.

Will warf ihm einen ängstlichen Blick zu. »Stirb bloß nicht. Stirb mir bloß nicht weg, du Mistkerl. Wag es ja nicht.«

Er mühte sich an dem Gedenkstein für Tom Simpson vorbei und trottete weiter, einen Schritt nach dem anderen, hin zum Gipfel, seine Socken in Fetzen, seine Füße blutend und voller Blasen. Vor sich konnte er ein Auto die Straße herunter auf sie zu rasen sehen, auf die beiden Fußgänger zu, die vor wenigen Minuten noch Rennfahrer gewesen waren. Hinter sich hörte er ein anschwellendes Geräusch, so als ob die Barrikade geöffnet worden war, als ob die Flutwelle der Tour wieder auf sie zurollte.

Ein Schritt. Und noch ein Schritt, ein Fuß vor den anderen. Noch ein Schritt und sein rechtes Bein knickte ein. Noch ein Schritt.

Sein linkes Bein hämmerte, sein rechtes war eine Masse gerissener Muskeln und Sehnen, seine Kehle war plötzlich trocken und zugeschnürt in dieser Wüste mit Namen Ventoux.

Er ging weiter und weiter und nutzte sein rechtes Bein nur, um das Gleichgewicht zu halten, ehe er es wieder herumzog.

»Sie kriegen ihn nicht«, flüsterte Will, während seine Wut zusammen mit seiner Kraft nachließ.

»Sie können ihn nicht haben.«

Will spürte einen Windstoß. Noch so ein Trick, dachte er. Noch so ein Trick.

»Sie kriegen ihn nicht.«

Plötzlich waren Autos und Leute um ihn herum, während er immer weiter ging, noch einen Schritt auf den Gipfel zu, der jetzt nur noch wenige hundert Meter vor ihm lag. Er machte noch einen Schritt, und noch einen.

Die Videokameras surrten und die Fotoapparate klickten, Will spürte die Hitze eines starken Blitzlichtes direkt vor seinem Gesicht.

Wer brauchte an so einem wunderbaren Tag ein Blitzlicht, fragte er sich.

Er kämpfte weiter und fühlte, dass Arme an Prudencio zogen, um ihn mitzunehmen.

»Ihr kriegt ihn nicht«, brüllte er alle an, und den Fremden, der nicht mehr da war.

Ein weiterer Blitz traf ihn unvorbereitet und plötzlich war da ein Gesicht vor ihm, das Gesicht der Frau, die er liebte, das Gesicht von Cheryl Crane.

Völlig hilflos begann er zu weinen, wegen nichts, wegen allem.

»Rette mich«, flüsterte er durch die Tränen hindurch, »rette mich, Cheryl.«

Sie nahm ihn in die Arme und zog ihn zu sich, dabei stützte sie die beiden Männer, bis die Notärzte unter Wills Arm griffen und Prudencio Delgado mit sich nahmen.

»Rette mich«, flehte er, als seine Beine unter ihm nachgaben.

»Rette mich.«

Sie drückte ihren Rücken ein wenig durch, um sein Gewicht zu stützen und streichelte sein Haar.

»Jetzt bist du sicher, Will. Du bist sicher.«

Während sie ihn hielt, rauschte gerade das Peloton an den Autos und den Notärzten vorbei. Fast zehn Minuten lang waren sie von einer großen Gruppe demonstrierender Lastwagenfahrer auf ihrem Weg auf den Gipfel von Ventoux aufgehalten worden. Sie wussten genau, dass ihnen wieder einmal, zum dritten Mal in zwei Wochen, Will Ross, ein mittelmäßiger oder noch schlechterer Fahrer aus dem Haven-Team bei den internationalen Medien die Schau gestohlen hatte.

Die Ketten surrten, die Reifen sangen, und die Hitze des Ventoux stieg gen Himmel.

22
Visionen kommen teuer

Als Will halb gezogen, halb getragen auf dem Gipfel des Mont Ventoux ankam, war Prudencio schon von einem Hubschrauber nach Avignon, die nächste größere Stadt, geflogen worden. Will musste bleiben, wenigstens vorläufig, da es keinen weiteren medizinischen Transport gab, weil sich die Krankenwagenfahrer zu den protestierenden Lastwagenfahrern unten am Fuß der Berges gesellt hatten.

Zwei Notärzte aus der Motorrad-Staffel dokterten hektisch an Will herum; sie bandagierten sein linkes Knie, um die Blutung zu stoppen und bearbeiteten den gerissenen Muskel in seinem rechten Bein, in der Hoffnung, die Krämpfe und Schmerzen darin zu lindern.

Will lehnte sich auf einer Art Gartenstühlchen zurück und trank alles, was in Sichtweite stand, zwei Flaschen Wasser, vier Flaschen Haven CrocJuice, und irgendetwas Rotes und Ausgezeichnetes, das ihm ein Zuschauer mit Tränen in den Augen gereicht hatte.

In der Traube von Menschen um ihn herum konnte Will das Surren der Videokameras hören und das Schnappen der Fotoapparate. Seine Welt wurde vom Blitzlichtgewitter erleuchtet.

Die Lastwagenfahrer hatten allen Grund, sich darüber zu ärgern, dass sie und die restlichen Fahrer der Tour von diesem Ereignis in der französischen Öffentlichkeit an die zweite Stelle gedrängt wurden. Das Bild des Tages war der verletzte Amerikaner, der mit dem bewusstlosen Spanier in den Armen den Ventoux hinaufhumpelte.

Das war Dramatik, das war Opferbereitschaft, das war pures Hollywood. Das würde ein Meilenstein der Tour-Geschichte, wie nichts anderes seit LeMond '89. Es würde jedes Bild des ganzen Rennens überschatten.

In diesem Augenblick wurden 30 Kilometer weiter in Carpentras dem Etappensieger und dem Gesamtführenden an einer beinahe menschenleeren Ziellinie ihre Trophäen übergeben. Die Medien waren an anderer Stelle beschäftigt, und die Fans umringten ihre Fernseher, um die Übertragung des Dramas am Ventoux zu sehen.

Will stand wieder einmal im Mittelpunkt des Interesses. Nicht einen Etappensieg hatte er auf dem Konto bei der diesjährigen Tour. Er hatte, genau gesagt, die Rote Laterne. Aber zum dritten Mal beschäftigte er die Fantasie der Radrennpresse rund um den Globus.

Etappensieger Winston McReynolds, früherer Träger des Gelben Trikots, warf nach der Zeremonie angewidert seine Rosen auf den Boden.

Auf einem leeren Marktplatz fiel das kaum jemandem auf.

Oben am Ventoux hatte man endlich einen Mannschaftslastwagen aufgetrieben und Decken auf der unebenen Ladefläche aus Metall ausgebreitet. Zwei breitschultrige Notärzte hatten Will aus dem Gartenstuhl gezogen und ihn in den Lastwagen getragen. Er war weit genug wiederhergestellt, um langsam hineinzukriechen und auf den Decken zusammenzubrechen.

Cheryl Crane und Carl Deeds krochen hinter ihm hinein, bevor die Türen geschlossen wurden und alles Licht aussperrten, bis auf das wenige, das durch zwei winzige runde Fenster zu beiden Seiten des Transporters schimmerte.

Der Motor startete ratternd, und der Wagen begann die schwankende Fahrt den Berg hinab.

»Wohin fahren wir?«, flüsterte Will.

»Ich würde vermuten, Carpentras«, antwortete Cheryl, während sie seine Hand massierte. »Dort gibt es ziemlich gute medizinische Betreuung, und die Mannschaftsärzte können ein bisschen an dir herumdoktern. Vielleicht müssen sie nähen.«

Deeds saß still in einer Ecke, sein Gesicht zum großen Teil im Schatten.

»Dunkel hier drin«, murmelte Will, »wie in einem Schwarz-Weiß-Film.«

»Ja«, antwortete sie und streichelte seine Stirn.

»Will«, fragte Deeds mit offener Wut in der Stimme, »was ...«

Cheryl stoppte ihn mit einem scharfen Blick mitten im Satz. »Nicht jetzt.«

»Was?«, sagte Will und stützte sich langsam auf dem rechten Ellbogen hoch. »Nein, mach nur, Carl. Was musst du wissen?«

Cheryl lehnte sich frustriert an die Wand des Transporters. Eine scharfe Kurve schleuderte sie zur Seite und Deeds verlor hinten ebenfalls die Balance. Der Fahrer klopfte von der Fahrerkabine gegen die Wand und rief ein gedämpftes »excusez-moi«.

»Nichts ist passiert, Carl«, sagte Will ruhig.

»Was meinst du?«

»Ich meine, dass das ›Nichts‹, das mit Bresson passiert ist, eben wieder passiert ist, diesmal mit Prudencio Delgado.«

»Wovon redest du? Bresson war clean. Sie haben nichts gefunden.«

Will nickte. »Das ist genau das Nichts, von dem ich rede. Was auch immer für ein Nichts Henri direkt vom Hang des Tourmalet getrieben hat, hat dazu geführt, dass Prudencio am Hang des Ventoux in Flammen aufgegangen ist, mit mir gleich dahinter.«

»Will, du ziehst voreilige Schlüsse, die niemand nachvollziehen kann.«

»Verdammt, Carl«, spuckte Will, »was zum Henker brauchst du noch?« Er begann, die imaginären Punkte in der Luft abzuhaken, eine unsichtbare Liste, die wild schwankte. »Stärke, aber unregelmäßig. Unfähigkeit, irgend etwas um sich herum zu erkennen. Blutungen. Kollaps. Gott, was willst du denn? Ein Apothekenschild?« Er fiel schwer auf die Decken zurück, gerade, als der Lastwagen über eine Unebenheit in der Straße ratterte. Wills Kopf schnellte hoch und krachte dann mit einem harten, dumpfen »Donk« wieder auf den Boden.

»Scheiße.«

»Bist du sicher?«

»Ja, ich bin sicher«, sagte Will wütend und blickte starr nach oben.

Cheryl lehnte sich vor und versuchte, Will zu beruhigen. Deeds wollte weiterreden, aber Cheryl hob die Hand.

»Schau mal, Carl. Ich weiß nicht, warum du es nicht glauben willst, aber Will hat die beiden gesehen, und wenn er sagt, da ist etwas dran, glaube ich ihm, auch wenn du es nicht tust. Und wenn du jetzt nicht etwas dagegen unternimmst, dann werde ich es tun.«

Sowohl Will als auch Deeds war klar, dass sie absolut kein Problem damit haben würde, in das Büro der UCI zu marschieren und zu sagen, dass es da eine Droge gab, eine Droge, die dabei war, die Haven-Mannschaft zu dezimieren.

Deeds lehnte sich in einen Sonnenstrahl vor, der in den Lastwagen schien, und zeigte wütend mit dem Finger auf Cheryl. »Hör zu«, bellte er und pikste mit dem Fingernagel in die Luft um sie herum, »ich habe eine sauberes Team.«

Plötzlich schlugen die Sorge und die Angst um Will, die sich über die vergangene Stunde hinweg angesammelt hatten, in Wut um. Cheryl boxte seinen Finger weg und schrie: »Carl, es ist kein sauberes Team, nur weil du denkst, es ist eins! Es ist nicht sauber, wenn du dich weigerst, zuzugeben, dass du vielleicht ein Problem hast! Du machst dir was vor! Du bist so verdammt wild darauf, dieses Rennen zu gewinnen und jemanden aufs Podium zu bekommen, dass du gewillt bist, an einem völlig offensichtlichen Problem vorbeizusehen. Verdammt nochmal, wenn Will sehen kann, dass es ein Problem gibt, dann muss es größer sein als der Mount Everest.«

»Herzlichen Dank«, sagte Will sarkastisch.

Ohne nachzudenken, trat sie gegen seinen Ellbogen. Der Schmerz aus der alten Verletzung hob ihn zentimeterweit von der Ladefläche ab.

»Oh, Mist, tut mir Leid«, sagte sie.

Deeds hatte auf Cheryls letzte Tirade nicht reagiert. Er saß in der Ecke des Lastwagens, um die Realität des Situation zu begreifen. Langsam sackte er in sich zusammen, bis er im Schatten aussah wie ein Halloween-Kürbis, der zu lange auf der Veranda gestanden hatte.

»Da ist was.«

»Was?«, fragte Cheryl.

»Da ist was, ich weiß nicht, was es ist, im Peloton.«

»Du meinst, eine Droge.«

»Ja«, sagte Deeds leise, »ich meine eine Droge.«

»Warum hast du denn nichts gesagt?«

»Weil ich es nicht wusste. Ich hatte einen Verdacht, wie alle anderen, aber, ja, ich habe weggesehen. Ich wollte gewinnen. Ich war sicher, dass Bresson an der Nadel hing, aber ich konnte nichts beweisen. Er hätte ohne Hilfe nicht so fahren können. Niemand hätte das gekonnt. Nicht mit dieser Kraft, nicht mit dieser Ausdauer. Aber, ja, ich wollte auf das Podium. Nach 25 Jahren in diesem Sport wollte ich endlich einmal dort stehen. Als dann der Autopsiebericht bei Bresson nichts Eindeutiges ergab, habe ich weggesehen. Ich hätte es nicht tun sollen. Aber ich habe es getan.«

»Oh Carl«, sagte Cheryl, und ihre Wut ebbte wieder ab, »mach dich deswegen nicht fertig. Wir konnten es alle sehen. Es war offensichtlich. Aber wer hat hingeschaut? Wer hat etwas getan? Wir müssen uns alle Vorwürfe machen. Ich habe die gleichen Dinge gesehen wie du. Ich hätte etwas sagen können, aber ich dachte nicht, dass es angemessen wäre.«

»Bergalis hat es für einen Einzelfall gehalten.«

»Was? Bergalis hat es gewusst?«

»Vermutet«, sagte Carl abwesend. »Henri dachte, Bresson sei ein Einzelfall, aber er sagte, er wisse, wer dahinter steckte. Er sagte, er könne das erledigen.«

»Berühmte letzte Worte«, murmelte Will.

»Also habe ich es ihn erledigen lassen.«

»Wer ist es? Wen hat Bergalis verdächtigt?«

»Was?«

»Wenn Henri Bergalis jemanden im Verdacht hatte, wer war es?«

»Verdammt, Cheryl«, sagte Deeds überrascht, »lebst du wirklich so hinter dem Mond?«

»Was meinst du damit?«

»Es ist Magda Gertz.«

»Ach nein«, sagte Cheryl lächelnd, als der Lastwagen in Carpentras hielt, die Türen aufflogen, und einen Blick auf die versammelte Medienhorde freigaben.

———

Henri Bergalis schaltete den Ferrari auf seinem Rennen ins Krankenhaus von Avignon einen Gang hinunter und nahm die Kurve mit 55 km/h, dann beschleunigte er wieder. Luc Godot grub seine Finger aus dem Sitz und lehnte sich in das tiefe, teure Leder zurück.

Beide Männer wollten aus ungefähr den gleichen Gründen mit Prudencio Delgado sprechen.

346

Der eine wollte seine Firma retten. Der andere wollte seine Firma retten und ein Verbrechen aufklären.

»Was meinen Sie, Luc«, sagte Bergalis und nahm die Unterhaltung wieder auf, die in der Kurve abgebrochen war, »meinen Sie, es ist das Gleiche wie bei Bresson?«

»Von den Berichten her würde ich sagen, ja. Alle Symptome sind vorhanden, bis hin zu dem milchig-weißen Erbrochenen. Koons hatte das in Eindhoven, Bresson am Fuß der Klippe, und ich habe gehört, Delgado hatte es überall auf dem Trikot.« Godot starrte nach vorne und klammerte sich in Erwartung der nächsten Kurve an den Sitz. Bergalis nahm sie, ohne die Geschwindigkeit zu reduzieren.

»Wohin, meinen Sie, wird uns das führen? Zurück zum Toulouser Projekt?«

»Mehr als wahrscheinlich. Wir werden sehen müssen, wer von der Belegschaft noch im Geschäft ist«, meinte Godot, »um festzustellen, wer Zugang hatte, eine Gelegenheit, und das Motiv, nicht nur für die Morde, denn es sind Morde ...«

»In diesem Fall«, sagte Bergalis leise, »hoffe ich, es bleibt hier bei versuchtem Mord.«

»... sondern auch für den Diebstahl der Formeln und der Forschungsergebnisse.«

»Das sollte einfach sein. Zwei Leute sind immer noch aktiv im Geschäft, Gertz und Engelure. Dort sollten wir anfangen. Industriespionage, meinen Sie?«

»Was, Gertz und BioSyn? Könnte sein. Aber es ist vielleicht auch Rache. Erpressung ...«

»Es wurden keine Forderungen gestellt«, sagte Bergalis.

»Vielleicht nicht, bis nach dem Rennen. ›Sie haben gesehen, was wir tun können. Jetzt zahlen Sie, oder es passiert Schlimmeres.‹ Etwas in der Art.«

»Ich verstehe.«

»Also sollten wir schnell arbeiten, aber sorgfältig, und nichts übersehen.«

»Einschließlich Mr. Delgado. Sagen Sie mir, warum haben Sie es so eilig, mit ihm zu sprechen?«, fragte Bergalis.

»Ich habe mit Deeds gesprochen. Er sagt, Delgado geht es ziemlich schlecht. Wenn er stirbt, haben wir einen Zeugen weniger und ein Opfer mehr.«

»Und wir würden wieder am Anfang stehen.«

»Ja.«

Henri Bergalis' schwarzer Ferrari durchschnitt die feuchte Luft des späten Nachmittages, als er die Außenbezirke von Avignon passierte. In der Entfernung konnte man den Umriss des Krankenhauses sehen, das auf einem freien Feld stand.

»Luc«, sagte er langsam, »ich will Ihre Untersuchung nicht beeinflussen. Es ist Ihr Job. Es ist Ihre Fähigkeit. Es ist der Grund, warum ich Sie eingestellt habe. Aber ich will, dass Sie hier eine Verbindung bedenken. Eine Verbindung zwischen Magda Gertz und Louis Engelure. Sie standen sich damals sehr nahe, und vielleicht stehen sie sich jetzt sehr nahe.«

Godot betrachtete das Gesicht von Henri Bergalis genau. Was immer er hier auch andeutete, verursachte ihm offensichtlich enorme innere Spannungen, Schuldgefühle vielleicht, als ob er zwei alte Bekannte, Angestellte, sogar Freunde verriet, um einer wichtigen Frage auf den Grund zu kommen.

»Nein, ich meine es ernst, Luc. Madga schläft mit jedem, um das zu bekommen, was sie will. Sie könnte jetzt gemeinsame Sache mit Engelure machen. Vielleicht schläft sie mit ihm.«

Vor Überraschung hob Godot die rechte Augenbraue und blieb stocksteif sitzen, als Bergalis die letzte scharfe Kurve nahm und mit Schwung auf den Parkplatz des Bezirkskrankenhauses von Avignon fuhr.

Der Arzt in Carpentras fluchte über den Schaden an Wills linkem Knie, dem losen Hautstück, so groß wie der Deckel eines Mayonnaiseglases, das an der ausgerissenen Nahtkante völlig ausgefranst war.

»Sie hätten nicht fahren dürfen«, sagte er, jedes Wort betonend.

»Das weiß ich«, ahmte Will seinen Rhythmus nach.

»Aber Sie haben es getan, und jetzt sind Sie hier«, sagte der Arzt voller Ekel. »Ich weiß nicht, was Sie von mir erwarten. Was soll ich damit anfangen?«

»Ich erwarte von Ihnen, dass Sie das saubermachen, es so gut wie möglich vernähen und es verbinden, wie es der hypokritische Eid von ihnen verlangt.«

»Hippokratische.«

»Meiner gefällt mir besser.«

Cheryl stand in einer Ecke des Sanitätszeltes und lächelte.

Will hatte im Augenblick genügend Schmerzmittel intus, um in hemdsärmeliger Laune zu sein. Er lächelte zurück und sagte: »Weißt du, als ich einmal ein Rennen in Colorado gefahren habe, war ich in einem Krankenhaus, wo sie gerade einen Typen mit einer Kohlenmonoxid-Vergiftung reinbrachten. Ein Nachrichtenteam vom Fernsehen ist dann aufgetaucht, und da stand also dieser Reporter vor mir und gab einen Livebericht ab, und sagte, ›Man hat ihn eben in eine Überdruckkammer gebracht‹. Ich konnte mich einfach nicht zurückhalten und habe gebrüllt, ›Mein Gott, er wird platt wie eine Briefmarke wieder herauskommen‹. Live im Fernsehen. Wahre Geschichte.«

Cheryl brach in Lachen aus und sogar der Arzt lächelte.

Das Lachen tat Will gut.

Obwohl er zugeben musste, dass die Medikamente auch nicht schlecht waren.

Godot trat vorsichtig durch den Wald von Monitoren und Infusionsständern, um zum Bett von Prudencio Delgado zu gelangen. Henri Bergalis nahm den direkteren Weg, er ignorierte die Krankenschwestern und schob die Geräte beiseite.

Godot wandte sich an eine Krankenschwester, die am Fußende des Bettes stand und Bergalis wütend anstarrte, weil er ungefragt in ihr Territorium eingedrungen war und nun auch noch die Möbel umstellte.

»Können Sie schon etwas zu seinem Zustand sagen?«

»Nicht offiziell. Er wird überwacht.«

»Was bedeutet das?«, verlangte Bergalis.

»Ja«, sagte Godot leise, »was bedeutet das?«

»Das bedeutet, wir haben seinen Blutdruck und seinen Herzschlag stabilisiert«, sagte sie und nahm nicht einen Augenblick lang ihre Augen von Henri Bergalis, »aber wir wissen noch nichts über eventuelle innere Verletzungen und wir sind uns nicht sicher, wo er morgen sein wird.«

»Prudencio«, rief Bergalis. »Prudencio?«

Godot sah fasziniert zu, wie Bergalis versuchte, eine Reaktion von dem Fahrer zu bekommen.

»Prudencio!«, sagte er scharf und rüttelte ihn am Arm.

»Sie können so lange mit ihm reden und ihn schütteln wie Sie wollen, Sie können piksen, stochern und schlagen«, sagte die Krankenschwester, »aber sie werden nicht mehr aus ihm herausbekommen, als das Gebrabbel, das er von sich gibt, seit er hier eingeliefert wurde.«

»Oh«, sagte Bergalis, und er schaute ihr direkt ins Gesicht. »Und was wäre das bitte?«

»Ja«, sagte Godot leise, »was hat er gesagt?«

»Er hat nur einen Namen gerufen. Ein- oder zweimal ...«

»Magda«, sagte Godot.

»Magda!«, rief Bergalis.

»Ja«, murmelte die Krankenschwester überrascht, »Madga.«

»Magda«, flüsterte Prudencio Delgado.

Aber niemand hörte ihn.

———

Will stakste wackelig aus dem Sanitätszelt. Sein rechtes Bein war eingegipst und die Zehen zeigten nach oben, um den gerissenen Muskel während der Heilung zu dehnen. Sein linkes Knie sah aus wie ein gestopfter Socken. Ein schwarzer Rand bildete sich langsam um den Rand der Wunde herum. Darüber hinaus war es fest bandagiert und mit einer Schiene versehen, um die Haut in Position zu halten.

Will stützte sich rechts mit einem Stock ab und schwang den linken Arm wie einen Rammbock durch die Menge. Die meisten Journalisten und Fernsehteams waren weitergezogen, aber ein paar Mitglieder der amerikanischen Radsportpresse waren für einen letzten O-Ton und ein letztes Bild geblieben.

»Sind Sie aus dem Rennen?«

»Darauf können Sie wetten«, lächelte Will und sah auf seine Uhr. »Im Augenblick befinde ich mich, mal sehen, zwei Stunden und 45

Minuten über dem Zeitlimit. Selbst Perry Mason könnte sich jetzt nicht mehr herauswinden.«

»Nein, wohl nicht. Was kommt als nächstes?«

»Nach Hause und ein heißes Bad, würde ich sagen.« Will schaute nach unten auf seine Beine. »Mit dem Kopf unter Wasser und beiden Beinen nach oben gegen die Wand.«

»Bedauern Sie es, dass Sie in Paris nicht dabei sein werden?«

»Sie meinen das Ende, das Siegertreppchen?« Will dachte eine Sekunde darüber nach, was er in den letzten paar Wochen gesehen und erlebt hatte, und überlegte, ob es das alles wert gewesen war. Er lächelte. »Natürlich. Natürlich bedauere ich es.«

Es war die Wahrheit, trotz allem. Trotz Henri und Prudencio und allem anderen, denn dies war das Rennen der Champions, das Rennen, das man beenden wollte. Auf seltsame und perverse Art und Weise war alles andere wirklich egal.

Der Wagen gab eine blaue Wolke von sich und verschwand in der Dämmerung.

Plötzlich stellten sich Wills Nackenhaare in Erwartung einer Berührung auf. Die Hand strich seine Schulter entlang und sanft seinen Arm hinab. Bevor er sich umdrehte, wusste er, wer das war, und er sagte den Namen leise.

»Magda.«

Cheryl, die seine Vorahnung nicht teilte, drehte sich um, sah Magda hinter sich stehen, und fuhr zusammen.

»Verdammt! Klopfen Sie denn niemals an?«

Madga Gertz ignorierte Cheryl Crane und sah tief in Wills Augen. Ihre Hände streichelten seine vernarbten und schmutzigen Wangen.

»Und du?«

»Ich bin Will Ross.«

»Nein, ich frage, wie es dir geht?«

»Mir geht's prima, Magda.«

»Ja, ihm geht's prima«, sagte Cheryl und wollte nur zu gern Magdas Hände von Wills Gesicht wegziehen und ihr eins überbraten.

Magda ignorierte Cheryl weiterhin und konzentrierte sich voll auf Will Ross.

»Danke, Will. Danke für das, was du für Prudencio getan hast.«

»Ich dachte mir schon, dass du begeistert sein würdest.«

»Er ist nur ein Junge, Will. Nur ein Junge. Zwischen uns ist nichts, Will. Gar nichts.«

»Gar nichts«, wiederholte er und versuchte dabei, nicht sarkastisch zu klingen.

»Gar nichts«, sagte Cheryl, und gab sich diese Mühe nicht.

»Danke für sein Leben. Du bist ein Held.«

»Ja. Ich bin ein richtiger Johnny Weissmüller.«

»Wer?«, fragte sie.

»Es tut mir Leid, Magda«, antwortete er und blieb ihr die Erklärung schuldig, »aber ich muss wirklich gehen. Mein Hintern juckt wie die Pest. Ich stecke schon seit Stunden in diesen Shorts. Ich kann nicht gehen, und ich muss was trinken. Etwas, das ich trinken kann, ohne dass morgen jemand in meinem Urin danach sucht.«

Cheryls Gesicht hellte sich auf. »Oh, du gibst einen aus?«

»Eigentlich ist es Carl Deeds«, sagte Will triumphierend. »Ich wusste ja, dass wir heute Abend unser Gepäck nicht mehr einholen würden, also habe ich gedacht, ich klaue seinen Geldbeutel und lebe von dessen Inhalt.«

»Du bist böse.«

»Ja, das bin ich.«

»Darf ich mich zu euch gesellen?«

Magda Gertz schaute halb hoffend, halb nicht, während Cheryl und Will sie anstarrten.

»Nein, ich glaube nicht. Nicht heute«, sagte Cheryl höflich.

Will beobachtete Magda Gertz, die Cheryl ansah, und er sah dabei, wie Magdas Hände zu der großen Ledertasche gingen, die sie ständig bei sich trug. Ihre rechte Hand strich über das Leder am oberen Teil, wie um sich zu vergewissern, dass etwas Wichtiges noch drin war. Einem Gefühl folgend, ließ sich Will einfach in ihre Richtung kippen. Instinktiv hob sie die Arme, um ihn aufzufangen. Und auffangen tat sie ihn, aber es war ihr Busen, in dem Wills Gesicht landete bevor er langsam zu Boden sank.

Als Magda Gertz ihn absenkte, sprang ihm Cheryl zur Seite und stützte seinen Arm.

»Alles klar?«, fragte sie.

»Ja, tut mir Leid. Es tut mir Leid, Magda«, murmelte er. »Ich habe das Gleichgewicht verloren.«

»Ist schon gut, Will. Ist schon gut.«

Will versuchte ungeschickt, aufzustehen, bis ihm die beiden Frauen rechts und links unter die Arme griffen und ihn in den Stand zogen.

»Es tut mir Leid. Es tut mir sehr Leid.«

»Sowas passiert schon mal, Will«, sagte Magda Gertz beruhigend.

»Ich muss sagen ... ich habe es genossen.«

Sie warf einen triumphierenden Blick auf Cheryl, die mit einem frostigen Lächeln antwortete und ihr hinter dem Rücken den Finger zeigte.

»Also«, sagte Magda, »ich muss jetzt wohl gehen. Soll ich euch irgendwohin mitnehmen, euch ... zwei?«

»Nein«, sagte Will, »wir kommen zurecht.«

»Alles klar. Einen schönen Abend noch.«

Magda wandte sich mit einer eleganten Bewegung um, so dass ihr Haar in einem Bogen um sie herum schwang. Die Strahlen der späten Abendsonne ließen es sehr effektvoll aufleuchten als sie davonschritt.

»Na, das war ja entzückend.«

»Was war entzückend?«

»Dein kleiner Stolperer. Konntest es dir wohl nicht verkneifen, nochmal zuzupacken?«

»Wenn ich das gewollt hätte, dann hätte ich beide Hände benutzt.«

»Deine Hände habe ich nicht gesehen. Wo waren sie?«

»Bei der Arbeit«, antwortete Will.

»Darauf wette ich«, sagte Cheryl mit einem bitteren Lächeln.

Will drehte sich um und griff in seine Shorts, die mittlerweile jeder Petrischale Konkurrenz gemacht hätten.

»Oh Gott, was willst du da herausziehen?«

Will drehte sich zurück und hielt eine Diskette in einer durchsichtigen Plastikhülle hoch.

»Was ist das?«

»Wer weiß? Aber ich habe beobachtet, wie sie in den letzten paar Tagen diese Tasche bewacht hat wie eine Henne ihre Küken. Und ich habe einfach beschlossen, dass ich mal nachsehen wollte, was da Interessantes drin sein könnte. Und das ist das, was ich gefunden habe.«

»Wo hast du denn das gelernt?«, fragte sie, nahm seinen Arm und richtete ihn auf das Stadtzentrum aus.

»Wer, ich? Ich interessiere mich für alle möglichen Sportarten.«

»Das möchte ich wetten«, lächelte sie.

»Nebenbei«, sagte er und sah sich auf dem mittlerweile leeren Marktplatz um. »Wie kommen wir jetzt von hier weg?«

———

Godot lehnte sich mit geschlossenen Augen und leerem Gehirn in dem tiefen Ledersessel zurück. Er schwenkte den Alkohol in dem Glas herum und hob das Glas dann zum wiederholten Male an diesem Abend an die Lippen. Er wurde langsam betrunken, angenehm und völlig betrunken. Das dämpfte die Fragen ab, die unablässig durch sein Gehirn spukten.

Er atmete tief durch und öffnete die Augen. Das Hotelzimmer hatte begonnen, sich langsam um ihn herum zu drehen. Bergalis hatte ihn hier abgeladen, das Zimmer bezahlt und ihm die Hand geschüttelt.

»Halten Sie den Laden in Schwung«, hatte er gesagt, bevor er wie ein Irrer in seinem Ferrari davonfuhr. »Nebenbei, Luc«, fügte Bergalis noch hinzu, »gute Arbeit hier. Ich werde mich daran erinnern, wenn ich wiederkomme.«

Godot nickte. Im Büro würde man wieder arbeiten, wenn er morgen mit dem Zug nach Paris zurückkehrte.

Er atmete durch, um seinen Blick zu klären, und dann trank er seinen dritten doppelten Bourbon aus. Er bedeckte einen Augenblick lang die Augen. Dann nahm er die Hand vom Gesicht und warf das schwere Glas mit so viel Kraft und Genauigkeit, wie er noch aufbringen konnte, an die gegenüberliegende Wand.

Er lehnte sich wieder in seinen Sessel zurück.

»Merde.«

23
Nachtzug nach Paris

Er wusste, dass die französische Landschaft in rasender Geschwindigkeit vorbeizog, eine Kette von Wäldern und Dörfern, Landstraßen und Autobahnen, verborgen im Dunkel der Nacht und nur sporadisch erhellt durch eine vorbeihuschende Laterne.

Er starrte aus dem Fenster und versuchte vergeblich, in der Dunkelheit ein Anzeichen dafür zu erhaschen, irgend eines, wo sie sich im Verhältnis zu dem Punkt befanden, an dem sie die Reise begonnen hatten, und zu dem, an dem der TGV am Ende halten würde.

Der Hochgeschwindigkeitszug durchschnitt die Nacht und seine rasende Fahrt erzeugte bei Will eine Art Hypnosezustand, der zu einem leichten Dösen überleitete, das sich süßer anfühlte als Sex, bevor – peng! – wieder ein Licht vorbeischoss, diesmal dicht an dem Zug vorbei, und ihn wach rüttelte. Er fühlte sich schlimmer als zuvor. Beide Beine schmerzten, das linke von der frisch vernähten Wunde am Knie, aus der die Schmerzmittel mittlerweile verschwunden waren, das rechte von dem Riss in seiner Wade, der die symmetrische Form dieses Beines bis zu Wills Tod beeinträchtigen und ihm Tag für Tag einen neuen Grund zur Sorge geben würde.

»Es wird wieder passieren, das wissen Sie doch«, hatte der Arzt in Avignon gestern am späten Nachmittag gesagt, nachdem er Wills Verletzungen untersucht und einen neuen Verband angelegt hatte. »Es wird wieder passieren.«

»Wann?«

»Irgendwann. Jederzeit.«

»Aber wird es nicht mit der Zeit kräftiger werden?«

»Ja, genauso wie eine zerrissene Hose. Wenn man die eine Weile im Schrank liegen lässt, flickt sich das Loch auch von selbst. Noch was?«

»Schmerzmittel, die richtig reinknallen, das wäre schön.«

»Ich habe Haven 22/15er«, sagte er und bot ihm eine kleine Probepackung an.

»Nein, ich verzichte.«

Der Zug raste weiter durch die Nacht, und Cheryl Crane schlief sanft in dem Sitz, der Will gegenüber lag.

Sie sah blass aus, ausgelaugt und übermüdet, aber, aus Wills sehr voreingenommener Perspektive, einfach schön.

Er lächelte, zog sich in einen wackeligen Stand hoch und drückte sich vorsichtig an ihr vorbei in den Gang. Dafür, wie schnell dieser Zug fuhr, dachte Will, war die Fahrt unglaublich sanft. Er war in Amerika in Amtrak-Zügen gefahren, die kaum Schritt-Tempo erreichten und trotzdem die Passagiere wie in einer Salatschleuder durcheinanderschüttelten.

Mit dem Stock aus solidem Walnussholz in der einen Hand, und der anderen Hand auf den Lehnen der Sitze, arbeitete Will sich dorthin vor, wo er eine Bar, einen Speisewagen oder sonst etwas in der Art erhoffte.

Die Türen zwischen den Waggons öffneten sich mit einem leisen Zischen und Will trat hindurch. Obwohl es schon so spät war, oder so früh, je nachdem, aus welcher Perspektive man das betrachtete, hielt der Barkeeper noch Wache über sein kleines Häuflein. Zwei Leute schliefen ihren Rausch an einem Tisch aus, während ein Mann in einem verwitterten Trenchcoat in einer Ecke an der Wand lehnte. Er war wach, aber nicht mehr sehr frisch.

Und er kam ihm bekannt vor.

Will ging leise auf ihn zu. »Hallo? Inspektor?«

Godots Augenlider zogen sich von ihrer Halbmast-Position hoch und er schaute Will mit einer Mischung aus Schock und Wiedererkennen an, während er versuchte, seinen Platz im Universum wiederzufinden. Godot schüttelte den Kopf und drückte sich von der Wand weg, wobei er erst die Bar und dann Will als Stütze missbrauchte.

»Ich kenne Sie.«

»Ja, das stimmt.«

»Sagen Sie es mir nicht.«

»In Ordnung, ich sag's nicht.«

Godot atmete einmal tief durch und wartete einen Augenblick, bis die letzten Blasen der Drinks von letzter Nacht geplatzt waren.

»Ah. Äh, Blärp.« Er rülpste. »Will. Will Ross.«

»Gott sei Dank, ich dachte, Sie hätten meinen Namen gerülpst.«

»Hä? Nein. Nein«, sagte Godot und verscheuchte diese Idee zusammen mit den Dämpfen, die direkt aus der Hölle gekommen zu sein schienen.

»Alles klar bei Ihnen?«

»Was, bei mir? Ja, ja, mir geht's prima«, antwortete Godot leicht beleidigt. Er schaute an Will hinunter zu der Schiene um sein linkes Knie und dem Gips an seinem rechten Bein. »Es scheint mir aber, dass bei Ihnen nicht alles klar ist.«

»Es tut weh.«

»Welches?«

»Beide. Aber ich werd's überleben.«

»Hübscher Stock.«

»Danke.«

»Sieht aus, wie etwas, das de Gaulle gehört haben könnte. Hm. Seltsam.«

»Nur guter Geschmack.«

»Ich scheine mich da an einen Artikel in einer Zeitung aus Lourdes zu erinnern. Irgendetwas über einen Arzt, der behauptet hat, ein Radrennfahrer hätte ihm seinen Stock gestohlen. Eine Antiquität. Ein Adlerkopf aus Messing am oberen Ende. Hat mal Charles de Gaulle gehört.«

»Wirklich?«

»Wirklich. Nebenbei, die Polizei ermittelt.«

»Faszinierende Geschichte. Ich werd's mir merken.«

»Das wäre weise von Ihnen.«

Der TGV raste weiter durch die Nacht, und die beiden Männer wandten sich der vor ihnen liegenden Aufgabe zu. Der eine trank sich in den Schlaf und der andere trank den Kater vom Vortag weg.

»Das ist mein zweiter Zug heute.«

»Wirklich?«

Godot nickte. »Ich habe den ersten verpasst, weil es auf dem Bahnsteig Probleme gegeben hat.«

»Gepäck?«

»Nein. Kotze. Ich habe gerade in einen Mülleimer gekotzt, als der Zug losfuhr.«

»Oh«, sagte Will und versuchte, nicht zu sehr an das Bild zu denken, das sich in seinem Kopf formte, »na ja, wir haben fast die ganze letzte Nacht und den Großteil des heutigen Tages gebraucht, um von Carpentras zu den Lastwagen von Haven zu kommen, unser Gepäck zu finden, dann zurück nach Avignon zu fahren, um nach Prudencio Delgado zu sehen und den Arzt meine verschiedenen Verletzungen anschauen zu lassen, und dann durch die Stadt zum Bahnhof zu rasen. Wir haben den Zug gerade noch erwischt.«

Godot starrte einen Augenblick lang an die Wand und betrachtete den Schein eines reflektierten Lichtes, das an dem Zug vorbeisauste. »Delgado«, sagte er abwesend, »war das nicht der auf dem Ventoux? Der, den Sie getragen haben? Oder war das der in Mailand, der, den eine Bombe zerfetzt hat?«

Will seufzte. »Beides. Tomas war das – das Bombenopfer. Sein Bruder Prudencio war der auf dem Ventoux.«

»Also«, sagte Godot, ohne Wills Gefühlszustand zu bemerken, »Sie haben im Himmel bestimmt Punkte gesammelt. Einen verloren und den anderen gerettet.«

»Vielleicht. Vielleicht.«

»Wie geht es ihm?«

»Prudencio?« Will setzte sich auf und versuchte, den plötzlichen Anfall von Schwermut zu bekämpfen, »es steht fifty-fifty. Sie haben alles aus ihm rausgepumpt und hoffen das Beste. Mehr wissen sie noch nicht.«

Godot legte seinen Kopf auf die Seite und zeigte auf Wills Beine. »Schlimm?«

»Schlimm genug. Ich habe sozusagen fertig.«

»Keine Tour mehr?«

»Kein gar nichts mehr. Sieht so aus, als sei ich fertig mit dem Rad fahren.«

»Werden Sie wieder nach Amerika zurückkehren?«

»Ich weiß es nicht. Mir gefällt es hier, ich weiß nur, ich kann keine Rennen mehr fahren.«

»Was wollen Sie denn tun, wenn Sie nicht mehr fahren können?«

»Ehrlich gesagt, ich habe noch nicht darüber nachgedacht. Ich könnte es ja hier drüben als Trainer versuchen. Ich weiß es noch nicht. Ich habe so viele Jahre damit zugebracht, das Ende zu verdrängen«, lachte er und klopfte sich gegen die Schiene, »das unvermeidliche Ende, dass ich es mir gar nicht vorstellen konne. Ich meine, verdammt nochmal, Godot, das ist es, was ich tue. Das ist es, was ich zwanzig Jahre lang getan habe. Ich kann nichts anderes. Ich bin schon in der High School Rad gefahren. Ich bin Rad gefahren, wenn die anderen im Sportunterricht Gymnastik gemacht haben oder Seile hochgeklettert sind. Ich bin während der Football-Saison und während der Basketball-Saison Rad gefahren. Ich bin Rad gefahren, als ich eigentlich im College sein sollte. Ich bin drüben Rad gefahren, ich bin hier Rad gefahren. Und wenn mein Vater sich beschwerte, habe ich ihm gesagt, ich würde eine Bildung auf dem Kontinent bekommen, die man mit Geld gar nicht bezahlen könnte.«

Er seufzte.

»Und jetzt bin ich hier mit einem geschälten Knie und einer zerrissenen Wade und genügend Metall und Gips drumherum, um eine Tankstelle daraus zu bauen, und ich stehe wieder am Anfang. Ich stehe am Anfang, Luc, und die Straße ist nicht hell und freundlich, sondern grau. Ich fahre in einer Suppe herum, die ich mir selbst eingebrockt habe, und ich habe keinen Schimmer, was mich am Ziel erwartet, oder ...«

Godot beendete den Satz für ihn, »oder ... ob Sie überhaupt ein Ziel erwartet.«

Will sah den Ex-Polizisten mit milder Überraschung an. »Ja«, sagte er traurig, »das ist es genau.«

»Ich kenne das, Will. Ich kenne es gut, dieses Gefühl«, sagte Godot leise. »Ich habe beinahe dreißig Jahre lang bei der Polizei zugebracht, für einen Hungerlohn und ein Dankeschön, und ein ›Auf Wiedersehen, wir haben jetzt andere Leute, die Ihren Job besser machen als Sie‹. Ich habe am Ende meiner Karriere einen Job angenommen, der mir in zwei Jahren mehr Geld zu bieten schien, als ich bei der Polizei in zehn Jahren verdient hatte. Jetzt werde ich respektiert und gut bezahlt, und ich habe eine wunderschöne Frau an meiner Seite, und doch will jetzt das Einzige, das die Polizei mir gegeben hat, nämlich, der Sinn dafür, was richtig ist und was falsch, sich erheben und alles zerstören, was ich habe. Auch für mich, Will, ist der Weg grau. Was noch vor ein paar Tagen so klar und einfach war, ist jetzt nur noch grau.«

»Und natürlich ...«, sagte Will und machte in Erwartung des nächsten Satzes eine einladende Geste.

»Ich kann nicht darüber reden.«

»Natürlich nicht.« Will nickte verständnisvoll. »Aber können Sie damit leben? Das ist die Frage?«

»Können Sie's?«

»Ich kann es. Ich kann es jetzt«, antwortete Will, »ich habe meine Schulden bezahlt. Alle außer einer. Und darum werde ich mich kümmern, wenn ich in Paris bin.«

»Und das wäre ...?«, fragte Godot.

»Das kann ich nicht sagen. Noch nicht. Es ist eine persönliche Geschichte. So eine Art Vendetta.«

»Vendettas können gefährlich sein.«

»Ja«, sagte Will, »aber was ich gelernt habe, ist, dass das Leben selbst auch gefährlich sein kann.«

»Tödlich«, sagte Godot mit tiefer Traurigkeit.

»Ja«, sagte Will abwesend, »tödlich.«

Der Zug raste durch die Nacht, und plötzlich gab die Dunkelheit des Himmels einem seltsamen Grauton nach. Zuerst konnte Will nur Dinge erkennen, die kaum eine Armlänge vom Zug entfernt lagen. Aber von Minute zu Minute stieg die Entfernung an, so dass er bald schon weit in die morgendliche zentralfranzösische Landschaft hineinblicken konnte.

»Also«, sagte Will und setzte sein Glas sehr viel kräftiger ab, als er vorgehabt hatte, »jetzt, wo die Sonne aufgegangen ist, bin ich so weit, dass ich schlafen kann.«

»Ja«, antwortete Godot und rieb sich seine grauen Bartstoppeln, »ja. Ich könnte auch ein paar Minuten gebrauchen.«

»Eine Mütze voll.«

»Mütze?«

»Den Ausdruck sollten Sie kennen, Godot. Es wäre ein toller Columbo-Spruch, »ich brauch jetzt 'ne Mütze voll Schlaf.«

»'Ne Mütze voll Schlaf.«

»Genau.« Will quälte sich in die Senkrechte und peilte seinen Wagen an.

»Was auch passiert, Will, viel Glück. Ich hoffe, Sie treffen die richtigen Entscheidungen bei Ihrer ›Vendetta‹.«

»Ihnen auch. Ich hoffe, wenn Sie ihre Entscheidung treffen, werden Sie glücklich damit.«

»Ja. Danke.«

Die beiden Männer nickten einander zu. Sie hatten in den vergangenen sieben Monaten einiges voneinander gesehen, und nicht alles davon war angenehm gewesen. Dieser Abend war allerdings angenehm gewesen, und sie wünschten beide, wenn auch nur einen Moment lang, sie hätten über das sprechen können, was sie beschäftigte, mit jemandem, dem etwas vergleichbar Großes und Wichtiges bevorstand wie ihnen selbst.

Als Will sich auf den beschwerlichen Weg zurück zu Cheryl machte, fragte er sich, ob er Godot die Diskette hätte zeigen sollen und ihn vielleicht um Rat fragen.

Als Godot in den Sessel in der Lounge sank und die Augen schloss, fragte er sich, ob er Will Ross die Akte hätte zeigen sollen und ihn vielleicht um Rat fragen.

Beide Männer schüttelten den Kopf, während der Zug über die Grenze zwischen der Nacht und einem Julimorgen in Frankreich raste.

Magda Gertz hatte alles mindestens zweimal durchsucht, wahrscheinlich sogar dreimal. Ihre Ledertasche lag zerrissen und in Einzelteile zerlegt neben dem Bett.

Am späten Donnerstag hatte sie bemerkt, dass die Diskette weg war. Als sie in der Nähe des Zielbereiches der Etappe nach L'Alpe d'Huez stand und zum zwanzigsten Mal an diesem Tag zwanghaft auf ihre Tasche klopfte, hatte sie plötzlich mit Schrecken festgestellt, dass die Kante der Diskette, die sie so zuversichtlich berührte, die Kante ihres Schminkspiegels war.

Sie hatte sich mitten in der Zuschauermenge auf den Boden gekniet und die Tasche auseinandergezogen, mit wachsender Panik, während der Schweiß sich einen Weg durch ihr Makeup bahnte und das schöne Bild ruinierte, das sie den ganzen Tag über aufgebaut hatte.

Obwohl sie eigtenlich zwei Fahrer zu »inspirieren« gehabt hätte, war sie in ihr Hotelzimmer zurückgerast und hatte es auf den Kopf gestellt. Sie hatte die Frist für das Auschecken ignoriert, den Weg der Tour zu ihrer nächsten Etappe, sie hatte alles und jeden ignoriert auf der Suche nach ihrer Diskette, ihrem Schicksal, ihrer Zukunft.

Am Schluss war sie in einem Sessel eingeschlafen, überzeugt, dass Fortuna jetzt die Diskette und damit sie selbst in der Hand hatte. Als sie aufwachte, nahm sie sich eine Stunde Zeit, um sich selbst davon zu überzeugen, dass er es nicht gewesen sein konnte. Trotz Fortunas Verbindungen hatte er während der Etappe zum Ventoux, wo sie die Diskette zuerst vermisst hatte, keine Gelegenheit gehabt. Sie konnte sich daran erinnern, sie Mittags gesehen zu haben, während sie in ihrer Tasche nach etwas anderem gesucht hatte. Nach dem Ventoux hatte es ebenfalls keine Gelegenheit gegeben, da die Tasche immer bei ihr gewesen war.

Sie dachte noch einmal über den Tag am Ventoux nach, von dem Moment, als sie im Transporter der Lexor-Mannschaft mitgefahren war, die Tasche zwischen ihren Füßen auf dem Boden, einen Riemen um ihren Knöchel gewickelt, bis zu der Verzögerung an der Absperrung, als sie zu den Fahrern hineingerutscht war, um Nathan Sandeloz, einem ihrer »Jungs« die Hand zu streicheln und ihm zuzublinzeln.

Nein. Es hatte keine Gelegenheit gegeben. Da war der Unfall und die Szene oben am Ventoux, die Tasche immer an ihrer Seite. Dann Will Ross und diese Frau in Carpentras. Dann zurück ins Hotel, allein, die Tasche neben ihr auf dem Beifahrersitz.

Und im Bett. Allein.

Nichts. Außer – sie dachte zurück, und ihre Hand ging unbewusst nach oben zu ihrem Busen, an die Stelle, wo Will aus Versehen mit seinem Gesicht gelandet war. Wo Will aus Versehen ...

Sie erinnerte sich an den Sturz. Wie sein Kinn über ihre Brust strich und wie er, aus der Balance gebracht, an ihrer Vorderseite hinab auf den Boden gerutscht war und dabei ihren rechten Arm weggedrückt hatte, sodass seine Hände frei waren um zu suchen und zu klauen.

Magda Gertz lächelte. Was für ein verdammt mieser Trick, dachte sie, was für ein gemeiner Trick. Sie sah auf die Uhr: 18 Uhr 15. Mit etwas Glück wussten sie noch nicht, was sie da hatten und ließen sich Zeit damit, er herauszufinden. Das könnte ihr vielleicht die Zeit geben, die sie brauchte, um von Deeds oder Engelure zu erfahren, wo die beiden waren, sie zu finden, und herauszufinden, was sie wussten.

Dann würde sie sie töten.

Genau wie Paul. Und Bresson. Und Koons. Sie schloss ihre schnell gepackte Reisetasche. Und vielleicht auch wie Biejo Fortuna, ein für allemal.

Sie lachte, und der Klang von tausend Engeln erfüllte ein leeres Zimmer.

24

Trautes Heim

Paris hieß das müde Dreiergespann mit einer Hitzewelle willkommen. Als sie aus dem Zug stiegen, hatten sie das Gefühl, das heiße Maul eines Drachens zu betreten.

Nur Augenblicke später begann Will wegen seines Gipsbeins zu jammern.

»Ich schwitze jetzt schon da drin. Mann, das macht mich wahnsinnig. Ich kann die kleinen Tropfen spüren, wie sie in dem Scheißding an meinem Bein runterlaufen.

»Ich werde versuchen, ein wenig Sympathie für dich aufzubringen, wenn du wenigstens eine dieser Taschen nimmst.«

»Ich bin verletzt.«

»Selbst mit deinem Stock hast du immer noch eine Hand frei. Nimm die hier.« Sie warf ihm die leichteste Tasche zu, und er fing sie mit der linken Hand auf. Das konnte er schaffen, dachte er. Vielleicht würde ihm das sogar eine bessere Balance geben.

»Ich dachte, du wolltest jetzt ein bisschen Mitleid für meine missliche Lage aufbringen?«

»Entschuldige«, sagte Cheryl und blinzelte dramatisch, »ich wünschte, es gäbe etwas, was ich für dich tun kann.«

»Das ist keine Sympathie«, schmollte er, »das ist Sarkasmus.«

Sie lachte. »Ja, das war's wohl. Tut mir Leid, das ist das beste, was ich im Augenblick zustande bringe.«

»Du könntest mich wenigstens die Treppe hochtragen.«

»Klar doch. Ich glaube an die Kraft des Willens. Was man wirklich will, das schafft man auch.«

»Echt, ich hasse diese Kiosk-Psychologie.«

Godot zeigte zur Seite. »Da drüben ist ein Aufzug.«
Cheryl schüttelte den Kopf. »Er braucht das Training.«
Godot zuckte mit den Schultern.

»Ich glaube«, sagte Will mit tiefer Erleichterung, »unser lieber Freund hier hatte eine fantastische Idee.« Er tätschelte Godot die Schulter und begann, ihn mit in Richtung Aufzug zu zerren.

Cheryl signalisierte stummes Einverständnis. Der Riemen einer der Taschen schnitt schon jetzt tief in ihre Schulter und würde einen schrecklichen Abdruck hinterlassen, ob sie nun die Treppen hinaufgingen oder nicht. Die Tasche abzusetzen, wenn auch nur für Augenblicke, würde sehr hilfreich sein.

Will drückte auf den Knopf, und die Aufzugtüren öffneten sich. Als sie drin waren und die Tür wieder zuging, wurden alle drei still, drei Leute, gefangen in einem kleinen Raum, der sich bewegte, und die sich weigerten, einander anzusehen oder miteinander zu sprechen.

Sobald sich die Tür öffnete, setzte sich auch die Unterhaltung fort.

»Was machen Sie heute Abend, Inspektor?«, fragte Cheryl.

»Ich bin kein Inspektor mehr«, antwortete Godot leise.

»Entschuldigung. Ich wusste nicht, wie ich Sie anreden sollte.«

»Nennen Sie mich Luc. Oder Godot.«

»Also, dürfen wir Sie zum Essen einladen? Ich würde heute lieber in Paris und in klimatisierten Räumen bleiben, als in eine stickige Wohnung in Senlis zu fahren. Das hat noch bis morgen Zeit. Was meinst du, Will?«

»Klingt gut. Wir sind gut ausgestattet«, sagte er und tätschelte seinen Geldbeutel.

»Luc? Wollen Sie mit uns essen gehen?«

Godot dachte einen Augenblick darüber nach, als ob er seine Optionen abwägen müsste, während in Wirklichkeit seine einzige Sorge einem möglichst schnellen Abschied von diesen beiden und einem möglichst schnellen Wiedersehen mit Isabelle galt.

»Äh, nein. Nein. Ich habe für heute Abend schon Pläne. Ich habe Dinge zu erledigen.«

»Na ja«, sagte Cheryl ruhig, als sie seine Unruhe bemerkte, »dann ein anderes Mal.«

»Ja.«

Sie standen vor den Türen nach Paris, und Godot streckte Will seine Hand entgegen. »Viel Glück, was immer Sie auch vorhaben, Monsieur Ross. Sie haben mein Leben interessant gemacht.«

»Danke, Monsieur Godot. Ich fasse das als Kompliment auf. Viel Glück bei Ihrer Entscheidung, wie auch immer sie ausfallen mag.«

»Danke. Ich kann es brauchen. Kümmern Sie sich um Ihr Problem. Passen Sie auf, dass es nicht auf Sie zurückfällt.«

»Danke.«

Sie schüttelten sich die Hände, unsicher, ob sie sich je wiedersehen würden.

Cheryl lehnte sich vor und gab Godot einen Kuss auf die Wange. »Alles Gute für Sie und Isabelle.«

»Danke.« Godot deutete auf Will. »Passen Sie auf den da auf. Das ist ein Bruchpilot.«

»Ja, das werde ich tun. Der Ärger scheint ihm wirklich an den Hacken zu kleben, was?« Sie lachte, um die Tränen in ihren Augen zu verbergen.

»Auf Wiedersehen. Bonne chance.«

Godot lächelte, wandte sich um und ging langsam und mit gebeugten Schultern in die Hitze und das Sonnenlicht eines Pariser Sommertages hinein.

»Weißt du«, sagte Cheryl und wischte sich dabei eine Träne weg, »irgendwie werde ich ihn vermissen.«

»Ja, ich auch«, sagte Will. Er nahm die Tasche und ging auf den Ausgang auf der gegenüberliegenden Seite des Bahnhofes zu. »Ich werde vermissen, wie er versucht hat, mir einen Mord anzuhängen. Ich werde vermissen, wie er versucht hat, mich fertig zu machen. Ich werde vermissen, wie er meine Wohnung in die Luft gejagt hat.«

»Philippe hat deine Wohnung in die Luft gejagt.«

»Ja, aber Godot hat meiner Vemieterin gesagt, dass sie die Tür aufschließen soll.«

»Er hat's überlebt.«

»Ja, aber die Reste meiner Vemieterin habe ich nie aus meinen Socken rausgekriegt.«

»Ih, eklig«, rief sie. Sie boxte ihm in die Schulter, sodass er vor Schmerzen beinahe ohnmächtig wurde. »Ich verstehe einfach nicht, warum ich mich mit dir abgebe.«

»Weil ich dein Leben spannend mache.«

Sie gingen durch die Glastüren und wurden von der Hitze der Stadt beinahe überwältigt. Als sich die automatischen Türen hinter ihnen schlossen, wandte sich Will zu Cheryl um und sagte: »Ach ja, nebenbei, ich muss irgendwo einen Computer finden.«

Louis Engelure zu finden, war leicht gewesen. Er saß über seine Berichte gebeugt im hinteren Teil des medizinischen Transporters. Ihn zum Reden zu bringen, war noch leichter gewesen.

»Louis. Ich muss Will Ross finden.«

»Warum? Warum sollte irgendwer Will Ross finden müssen?«

»Ich würde dir ja erzählen, dass er mir Geld schuldet, aber ...«, sagte sie mit einem kleinen Lacher.

»Er schuldet Deeds eine Kreditkarte. Carl Deeds ist davon überzeugt, dass Ross ihm seine Kreditkarte geklaut hat.«

»Warum das denn?«, fragte sie mit leichtem Nachdruck, obwohl das hier wahrscheinlich gar nicht nötig war.

»Er ist ein Dieb. Ein Taschendieb. Er hat im Frühjahr Deeds' Kreditkarten geklaut und sich mit denen eine schöne Zeit gemacht. Wenn Ross Geld braucht, schließt Deeds seinen Geldbeutel weg.«

»Aber dieses Mal ...«

»Nicht schnell genug, cheri.« Engelure schüttelte den Kopf. »Carl war einfach nicht schnell genug. Ich habe ihm vorgeschlagen, dass er zur Polizei geht und diesen klauenden Mistkerl verhaften lässt, aber Deeds hat beinahe so ausgesehen, als würde ihm die Sache Spaß machen.«

»Spaß machen?«

»Ja.« Engelure hörte auf, die letzten Vitamingaben einzutragen und wandte sich zu ihr um. »Ja. Es ist für ihn beinahe wie ein Spiel. Er weiß, dass er sie irgendwann wiederbekommt.« Er schüttelte noch einmal den Kopf und machte sich wieder an seine Arbeit.

»Irgendeine Ahnung, wo Ross jetzt ist?«

»Nein. Einer der Mechaniker hat gesagt, dass er und Cheryl ihr Gepäck geholt haben und gestern früh nach Avignon gefahren sind, um Delgado zu besuchen. Dann wollten sie einen Zug nach Paris zurück nehmen.«

»Paris. Sie wohnen in Paris?«

»Nein. Sie haben nicht genug Stil für Paris«, schnüffelte er. »Sie haben eine Wohnung in Senlis.«

»Zusammen?«

»Oh ja, sie sind unzertrennlich.«

Sehr gut, dachte Magda. Zwei Fliegen. Eine Klappe.

»Es macht mir auch gar nichts aus, dir zu sagen, dass die Manager hier ziemlich wütend auf die kleine Miss Crane sind. Anscheinend ist sie einfach ohne ein Wort abgehauen und sie haben jetzt große Schwierigkeiten, die Lücke zu stopfen, die sie hinterlassen hat.«

»Vielleicht kann ich das ja in ein paar Tagen übernehmen«, sagte sie mit unverhülltem Sarkasmus.

»Oh, fein.« Engelure schnaubte. »Du und niedere Tätigkeiten. Das habe ich schon seit Jahren nicht mehr gesehen.«

»Vielen Dank, Louis.« Sie stand auf, lehnte sich vor und küsste ihn auf die Wange. Er lächelte ein wenig enthusiastisches ›Auf Wiedersehen‹ und wandte sich sofort wieder seiner Aufgabe zu.

»Ganz nebenbei«, sagte sie und blieb an der Tür stehen, »als die Tour anfing, hast du mir gesagt, wir würden eine Kontrollgruppe haben. War Will in dieser Kontrollgruppe?«

Er legte den Bleistift mit einer entnervten Geste auf den Tisch zurück und schaute an der Frau empor, die, als vor zehn Jahren das Toulouser Projekt zusammengekracht war und beinahe seine Karriere ruiniert hatte, als einzige zu ihm gestanden hatte.

»Ja. Dir werde ich es sagen«, sagte er und schob seine Halbbrille vom Nasenrücken auf die Stirn hoch. »Es gab zwei Gruppen. Groupe Jaune und Groupe Bleu. Bleu bekam ein Placebo. Zuckerwasser. Jaune war die mit dem Vitamincocktail.«

»Wer war in deiner Kontrollgruppe?«

»Will. Will Ross.«

»Und ...«

»Und niemand. Er war alles, was ich brauchte.«

»Wie erklärst du dir dann seine Leistung später im Rennen?«

»Wer weiß?«, fragte er. »Ha! Vielleicht war es unser Toulouser Zaubertrank, was?«

»Warum sagst du das?«

»Warum nicht? Ein Wunder, das seit zehn Jahren nicht mehr existiert, darf nicht mal erwähnt werden?«

»Apropos erwähnt, hast du jemandem erzählt, dass du Will nur Wasser gegeben hast?«

»Es war eine Glukose-Lösung. Es hat schon etwas zur Erholung beigetragen. Wer brauchte das zu wissen?« Er zuckte mit den Schultern und ging wieder an seine Arbeit.

Statt einer Antwort lächelte sie und machte eine unbestimmte Geste mit der Hand, halb abwertend, halb als Abschied.

Er ist immer noch ein Weichei, dachte sie, als sie ging.

Sie trägt immer noch zu viel Make-Up, dachte er, wie als Antwort.

Zwei Stunden später saß sie in einem Flugzeug nach Paris.

»Du weißt doch, dass deine Karriere bei Haven vorbei ist, oder?«

»Du musst gerade reden«, antwortete er, während er sich die Haare mit einem der schweren weißen Handtücher des Hotel George V trocknete. »Du hast mitten im Rennen einfach deinen Job hingeschmissen. Deeds wird sicher begeistert sein.«

»Ich wollte sowieso in vier Tagen gehen«, sagte sie und konnte ihre Schuldgefühle nicht verbergen. »Vielleicht können sie mich ein paar Tage krank schreiben oder sowas.«

»Wohl eher eine Woche.«

»Danke. Diese Unterstützung kann ich echt gebrauchen.«

»Ach was, Cheryl, sie werden's schon überleben«, sagte er, setzte sich neben sie auf die Couch und legte ihr einen Arm um die Schultern. »Haven hat die meisten Helfer von allen Teams bei der Tour. Du hattest wieviele Assistenten? Jeder von ihnen ist jetzt froh, dass du weg bist, und er einen weiteren Schritt auf der Karriereleiter hochgerutscht ist. Du wirst vermisst. Ich bin sicher, es hat gestern ein paar chaotische Stunden gegeben. Aber jetzt würde ich mir keine Gedanken mehr darum machen.«

»Tu ich aber.«

»Okay. Dann entschuldigst du dich eben bei Carl Deeds und Henri Bergalis, bevor du in die Staaten fliegst um Mountainbike zu fahren. Das sind große Jungs. Sie werden das schon verstehen.«

»Vielleicht.« Sie starrte auf den Fußboden. »Aber was soll ich zu dir sagen?«

»Was?« Ihre Frage traf ihn unvorbereitet.

»Was werde ich zu dir sagen, Will? Werde ich ›Auf Wiedersehen‹ sagen oder werde ich sagen«, sie lächelte, »willst du den Fensterplatz?«

»Ich weiß nicht recht«, sagte er und nahm seine Hand von ihrer Schulter. Er schob sich in den Stand und begann, im Zimmer herumzuhumpeln, von ihr weg. »Das weiß ich einfach nicht. Ich bin schon seit beinahe zehn Jahren nicht mehr in den Staaten gewesen. Ich weiß nicht, ob ich zurück will.«

»Was ist hier?«

»Ohne dich gab es immer noch Haven«, sagte er und sah vielleicht zum ersten Mal die Hoffnungslosigkeit der Position, in der er sich nun befand, »aber jetzt gibt es das auch nicht mehr.«

»Außer, natürlich«, sagte sie, »du kannst Deeds davon überzeugen, dass er in der nächsten Saison einen neuen Assistenten braucht. Du könntest ihm helfen, die Mannschaft zu leiten.«

»Wie viele europäische Mannschaften wollen schon, dass zwei Amis das Sagen haben? Carl hat französische und italienische Helfer. Er wird mich nicht wollen.«

»Das ist eine gute Einstellung. Erschieß dich selbst, bevor du dir eine Chance gegeben hast. Was ist mit Amerika?«

»Was gibt's da schon?«

»Ne Menge mehr McDonald's als damals, als du nach Europa gegangen bist, das ist mal klar.«

»Na toll. Ich kann einen neuen Satz lernen: ›Wollen Sie Pommes-Frites dazu?‹ Toll.«

»Ich weiß nicht, Will. Komm mit. Du kannst ja meiner Mutter den Rasen mähen. Du könntest mit ihr zusammen ins nächste Jahrtausend leben, bevor du arbeiten müsstest. Aber du wirst eine Entscheidung treffen müssen.«

»Warum?«

»Weil ich kommenden Montag fliege.«

Er hatte sich bis auf die gegenüberliegende Seite des Zimmers vorgearbeitet. Die Neuigkeit klang ihm noch in den Ohren, als er begann, wieder zurückzugehen, über den feinen orientalischen Teppich, zu der Couch, auf der sie saß. Als er kam, streckte er seine Hand nach ihr aus. Sie stand auf, nahm sie, und zog ihn eng an sich. Trotz der Schmerzen in seinen Beinen, in seinen Armen und in seinem Gesicht überwältigte der Schmerz in seinem Herzen alles andere.

Sie küssten sich minutenlang.

––––––––––

Isabelle Marchant erschrak, als sie ihre Wohnungstür aufmachte. Der Inhalt einer offenen Tasche, verschiedene verschmutzte Kleidungsstücke, lag auf dem Teppich verstreut. Das letzte davon führte zu einem Flaschendeckel, der zu einem Fuß, und der zu einer verwaschenen grauen Hose, einem sehr zerknitterten beigen Trenchcoat und schließlich zu dem blassen Gesicht von Luc Godot, der in seinem Lieblingssessel saß und eine Halbliterflasche Bourbon austrank.

»Gütiger Gott, Luc – mich hat fast der Schlag getroffen. Wann bist du zurückgekommen?«

»Heute morgen.«

»Und ich sehe, du warst seitdem sehr beschäftigt.«

»Das stimmt.«

»Wirklich?«

»Ja. Ich war beschäftigt. Ich habe nachgedacht.«

»Oh ja, das ist immer harte Arbeit«, sagte sie sarkastisch und begann, die Kleidungsstücke aufzuheben und sie wieder zurück in die zerrissene alte Tasche zu stopfen.

»Das ist es. Das.«

»Ja, Schatz.«

»Das ist es. Das ist es!«, rief er. Er stand aus dem Sessel auf und schwankte in einem weiten Bogen. »Das ist harte Arbeit!«, rief er noch einmal, bevor er in den Sessel zurückfiel.

Isabelle hatte jetzt Angst, vor ihm, und vor den Dämonen, die von ihm Besitz ergriffen hatten.

»Was, Schatz?«, fragte sie leise, »was ist schwer?«

»Ich muss meinen Boss des Mordes bezichtigen. Den Mann, der mir das Leben gerettet hat. Ich muss ihn des Mordes bezichtigen.« Er weinte jetzt und bekam die Worte kaum mehr heraus.

»Wie findest du das, hä? Hä? Ist das schwer, was meinst du? Hä?«

Er schloss die Augen und ließ den Kopf hinabsinken. Sein Atem bekam einen zerbrechlichen, aber regelmäßigen Rhythmus. Isabelle Marchant wollte etwas sagen. Ihre Lippen bewegten sich, aber es kamen keine Worte aus dem Mund.

———————

Während Magda Gertz durch die Halle des Flughafens Paris-Orly schritt, schaute sie auf die Uhr und plante den Rest des Tages: Ein Auto mieten, oder nein, kein Auto mieten, das würde Spuren hinterlassen, ein Taxi anheuern, mit dem Zug nach Senlis fahren, die Wohnung finden, beide umbringen, die Diskette nehmen, mit dem nächsten Zug zurück, Taxi zum Flughafen und nach Moutiers zurück, um noch heute Abend oder morgen früh bei der Tour aufzutauchen, damit niemand Verdacht schöpfte.

Sehr gut. Bei Paul hatte es ja auch funktioniert. Es würde jetzt auch klappen.

Sie nahm eine kleine Tasche vom Gepäckband und trat in die spätnachmittägliche Sonne. Sie hob die Hand und ein Taxi kam schnell an den Bürgersteig.

»Gare du Nord«, sagte sie.

Fast ohne anzuhalten, fädelte sich das Taxi wieder in den Verkehr ein.

25
Heiß ersehnter Besuch

Ein Sonnenstrahl schien durch den halb geöffneten Vorhang des Hotel George V. – »Fünf Sterne im Herzen von Paris« – und wanderte langsam über die teuren Teppiche des geräumigen Zimmers, bis er erst Wills Fuß und dann sein Bein und sein Knie zu wärmen begannen.

Cheryl war mit dem Packen schon fertig, als sich das Sonnenlicht über seine Schiene hinweg auf seinen Albino-weißen Oberschenkel zu bewegte.

»Du strebst doch nicht etwa eine nahtlose Bräune an?«

»Ich bin manchmal überwältigt von der Präzision dieser Linie hier«, sagte Will und strich mit dem Finger am oberen Ende der Bräune entlang.

»Sehr sexy. Du solltest dir mehr Gedanken über Hautkrebs machen.«

»Ja, sollte ich wohl. Danke, Walter Cronkite, für diese willkommene Dosis Angst in meinem Leben.«

»Ah, Cronkite gibt's schon seit Jahren nicht mehr im Fernsehen, jetzt wäre es eher eine Talkshow wie Geraldo oder Barbara.«

»Streisand?«

»Walters.«

»Echt?«

»Wie geht es dir?«, fragte Cheryl und schwang die schwarze Ledertasche über die Schulter.

»Na ja, für einen Mann, der die letzten zwei Tage die Beine über den Badewannenrand heraushängen musste, während er seinen Hintern in lauwarmem Wasser eingeweicht hat, ganz gut, würde ich sagen.«

»Hm. Den Rekord musst du wohl jetzt abgeben, was?«

»Was für einen Rekord?«, fragte Will, während er den Gurt des Haven-Dufflebags um das obere Ende seines Stockes wickelte.

»Den Rekord als schnellster Stripper. Jetzt brauchst du nach deinen eigenen Maßstäben ewig, also nicht schneller als normale Menschen.«

»Danke. Ich bin dir dankbar, dass du dir solche Gedanken um mich machst, aber ich hielt diesen Rekord sowieso nur in der siebten Klasse.«

»Und da gibt es wirklich noch Leute, die sagen, das waren deine besten Zeiten.« Sie schüttelte den Kopf, lachte, und machte sich auf den Weg in die Lobby.

»Weißt du was«, sagte er, während er auf wackeligen Beinen die Zimmertür aufmachte, »es gibt Leute, deren Job es ist, solche Dinger zu tragen.«

Magda Gertz kämpfte in der stickigen Wohnung in Senlis mit dem Schlaf. Sie hasste sich selbst und die Lage, in der sie sich befand.

Gestern Abend hatte sie gewartet, bis es dunkel geworden war. Dann war sie vorsichtig und leise durch ein gekipptes Fenster ins Badezimmer eingestiegen. Sie schlüpfte lautlos über die Toilette auf den Fußboden, wo sie wie eine Katze kauerte, um nach Geräuschen von Will oder der Frau zu lauschen.

Alles war im Zeitplan.

Sie überprüfte schnell die 9mm-Glock und drehte den Schalldämpfer noch einmal mit der Hand fest. Dann schlich sie sich an die Badezimmertür heran und wartete.

Sie hörte nichts, abgesehen von den wummernden Bässen aus dem Stockwerk darüber, irgend eine trashige Technoband, die im Umkreis von einigen Kilometern Küchengeschirr und Plomben erschütterte. Plötzlich wurde ihr peinlich bewusst, dass sie gar nicht leise zu sein brauchte. Sie schlich vorsichtig in das Zimmer hinein und sah ein Doppelbett mit Comic-Bettwäsche, einen Computer, ein älteres Macintosh-Modell, zwei Bücherregale voller Radausrüstung, einer toten Kakerlake und einem amerikanischen Krimi mit dem Titel »Harm's Way«, der noch ungelesen aussah. Ein ehemals dick gepolsterter Sessel stand in einer Ecke.

Was für eine Absteige, dachte sie. Genau die richtige Wohnung für Will und die kleine Miss Crane, die so gern mit den großen Jungs mitspielen wollten. Sie schüttelte voller Abneigung den Kopf und zog den Sessel in eine dunkle Zimmerecke, um einen Vorteil über jeden zu haben, der durch die Tür kommen würde. Dann machte sie sich auf ein langes Warten gefasst.

Ein Gedanke schlich sich ungefragt in die coole und siegessichere Einstellung hinein, die sie so sorgfältig aufzubauen versuchte. Sie war ganz in schwarz gekleidet, genau richtig für nächtliche Aktivitäten, aber sehr, sehr auffällig, wenn der Zeitplan versagen und sie tags-über schnell verschwinden musste. Was würde passieren, wenn ihre Freunde heute Abend nicht auftauchen würden?

Sie gab sich Zeit bis um fünf Uhr früh.

Als Magda um acht aufwachte, wusste sie, dass sie ein Problem hatte. Sie konnte nicht mitten am Tag durch Senlis spazieren, ohne dass sie eventuell gesehen würde und sich jemand an sie erinnern könnte. Sie konnte in der heißen kleinen Wohnung auch kein Fenster öffnen, ohne dass Will und Cheryl vielleicht Verdacht schöpfen würden, dass sich jemand in der Wohnung aufhielt. Sie konnte nicht in der Wohnung herumlaufen, jetzt, wo der Rockstar von oben die Musik ausgestellt hatte. Und sie konnte sich nicht davonschleichen, um es später noch einmal zu versuchen, ohne dass ihr 60er Jahre Emma-Peel-Outfit den ganzen Angestellten auffallen würde, die in ihren verknitterten Anzügen und leichten Sommerkleidchen ins Büro gingen.

Wo, zum Henker nochmal, blieben die beiden denn?

Magda Gertz strich sich mit dem kühlen Schalldämpfer über die Stirn und dachte über ihre missliche Lage nach. Es gab, dachte sie, einen einfachen Ausweg. Sie erhob sich vorsichtig aus dem Sessel und ging so leise wie sie konnte zu einer Schranktür hinüber. Sie öffnete die Tür lautlos und betrachtete die Möglichkeiten, die sich in Cheryls Kleiderschrank boten.

»Oh, das tut mir Leid. Ich bin gestern Nacht sofort eingeschlafen«, sagte Cheryl leise, während der Norden von Paris an den Fenstern des Zuges vorbeizog.

»Ja, ich weiß«, sagte Will mit sarkastischem Unterton, »als ich zurückgekommen bin, warst du schon im Land der Träume.«

»Entschuldigung. Du hast doch keinen Sex erwartet?«

»Ich erwarte immer Sex. Ich hatte nur in den letzten paar Wochen niemanden, von dem ich es erwarten konnte.«

»Ich bin sicher, deine blonde Freundin hätte dir gern aus der Patsche geholfen«, sagte sie und versuchte erfolglos, den Sarkasmus aus ihrer Stimme zu verbannen.

»Ich weiß nicht recht.«

»Na, komm schon.«

»Nein. Du musst verstehen«, meinte er, gerade, als seine Konzentration von einem Autowrack abgelenkt wurde, das an dem Vorortzug vorbeisauste, »ich habe das nie so empfunden. Jedenfalls nicht das, was du gesehen hast. Ich habe mich in ihrer Gegenwart immer irgendwie unwohl gefühlt, wie ein Gottesanbeterin-Männchen. ›Hey, toller Sex, aber warum beißt du mir jetzt den Kopf ab?‹«

»Du bist eine echt harte Nuss.«

»Das ist korrekt, Sherlock.«

»Apropos blonde Freundin, hast du gestern noch einen Computer gefunden?«

»Nein. Ich habe es auf einem der Hotelcomputer versucht, aber die haben so ein seltsames System, und der Laden, in dem ich war, hat nur Microsoft verkauft.«

»Und das hier?«, fragte sie und zeigte auf die Diskettenhülle, die er zwischen den Fingern herumwirbelte.

»Dafür, sagte jedenfalls dieser Typ, brauche ich einen Mac. Also müssen wir wohl warten, bis wir zu Hause sind, um herauszufinden, was für elektronische Spiele die kleine Miss Magda gern spielt.«

»Das wäre ein guter Titel für einen Film, ›Die kleine Miss Magda‹.«

»Ich wünschte wirklich, es wäre ein Film.«

Sie wedelte sich mit einer Zeitschrift frische Luft zu.

Sie wischte sich mit einem Handtuch ab.

Sie konzentrierte sich auf einen Punkt weit weg und versuchte, sich geistig an einen kühlen Ort irgendwo in den Alpen zu versetzen. Nichts funktionierte. Magda Gertz stand auf und schlich zur Badezimmertür, wo eines von Cheryl Cranes Kleidern jetzt an einem Haken hing. Sie zog die Tür so leise wie möglich hinter sich zu, öffnete das Fenster und atmete die paar letzten kühlen Luftzüge des Morgens, bevor die Sonne anfing, das Fensterbrett zu braten.

Als sie hörte, wie die Wohnungstür klapperte und dann geöffnet wurde, erstarrte sie. Dann griff sie nach ihrer Waffe.

»Meine Mutter hat immer so einen Schlager gesungen«, sagte er, »Junge komm bald wieder, komm bald wieder nach Haus.«

Cheryl wartete einen Augenblick, dass er weitersingen würde, bevor sie selber einsetzte: »Junge, fahr nie wieder, nie wieder hinaus.«

»So geht das weiter?«

»Irgendwie so.«

»Ich habe immer gedacht, dass nach ›Haus‹ Schluss ist«, sagte er und warf die Tasche auf das Bett. Er ging hinüber zum Computer und schaltete ihn ein, »sie hat wohl immer nur die erste Zeile gesungen.«

»Wie bitte?«

»Egal.« Er wartete einen Augenblick, während sich die Symbole auf dem unteren Bildschirmrand aufreihten. »Oh Mist, Cheryl«, rief er in die Küche, wo sie die letzten Fenster aufmachte, »kannst du mir die Diskette bringen, sie ist in meiner Tasche.«

Cheryl stand im Durchgang zur Küche und lachte, »du wirst deinen Zustand so weit ausnutzen, wie es irgend geht, was? Nebenbei, Herr Heimwerker, die Badezimmertür klemmt und ich muss mal. Komm doch erstmal richtig an, dann kannst du immer noch mit dem Computer spielen.«

Er schob den schweren Kirschenholz-Stuhl vom Computertisch und begann, langsam in Richtung Badezimmertür zu watscheln. Er griff an den Türknopf und zog. Die Tür öffnete sich einen Spalt, aber dann schnappte sie wieder zu, als ob jemand von der anderen Seite ziehen würde. Beim nächsten Versuch bewegte sie sich noch weniger.

»Verdammt, das ist aber seltsam. Cheryl, das musst du dir ansehen.«

Cheryl sagte gar nichts, sondern bewegte sich rückwarts durch das Zimmer. Sie wandte die Augen nicht von dem Türspalt, in dem sie eben die schwere schwarze Glock 9mm mit einem sehr beeindruckenden und wahrscheinlich sehr effektiven Schalldämpfer gesehen hatte.

»Will«, hauchte sie.

»Ja, was denn? Schau dir mal die Tür an.«

»Will, du musst für mich in der Apotheke ein paar Aspirin besorgen.«

»Ich habe vielleicht welche in meiner Tasche.«

»Na komm schon, Will«, bat sie und versuchte ziemlich erfolglos, nicht allzu dringlich zu klingen, »der Spaziergang wird dir gut tun.«

»Ich bin eben erst sechs Blocks marschiert, ich sehe nicht ein, wie gut noch drei sein ...«

Cheryl trat schnell auf ihn zu, nahm sein Kinn in die rechte Hand, zog sein Gesicht zu sich herum und zwang ihn, ihr in die Augen zu sehen. »Jetzt, Will. Ich brauche Aspirin.«

»Was?«

»Jetzt!«

Wie auf Kommando sprang die Tür auf und die Wucht schleuderte Will rückwärts in den Durchgang zur Küche. Er drehte sich im Fallen und landete auf der linken Seite. In seinem Ellbogen explodierte der Schmerz in tausend Farben.

Cheryl spürte, wie eine Handfläche auf ihrer Brust sie von der Tür wegdrückte. Sie griff instinktiv nach der Hand, aber sie rutschte an dem glatten schwarzen Spandex ab, bis sie nichts als Luft in der Hand hatte. Sie stolperte über einen kleinen Beistelltisch und stürzte schwerfällig auf den Rand des Teppichs neben der Eingangstür.

Sie hatte ein ungutes Gefühl, was sie sehen würde, wenn sie die Augen aufmachte.

»Verdammt«, brüllte Will, »da ist wohl der Boiler explodiert oder so was. Ich habe noch nie eine Tür so aufgehen sehen, Mann, hast du das gesehen? Hey, Cheryl, alles klar bei dir?« Will konnte sich nicht hochziehen, er fand in der engen Küche nicht den Platz, den er brauchte, um sich auf einem ganz steifen und einem halb steifen Bein in die Senkrechte zu manövrieren. Er kroch auf dem Fußboden zur Badezimmertür, die seinen Blick ins Wohnzimmer versperrte, und drückte sie zu.

»Mann, wow, das war ein Ding, was?«, sagte er zu Cheryls Hinterkopf. Sie saß zusammengekauert in einer Stellung, die ausgesprochen unbequem aussah, gegen die Wand gelehnt. »Hey, alles klar?«

Er zog sich so hoch, dass er ihr in die Augen schauen konnte, die auf einen Punkt starrten. Ihr Schweigen machte ihm Angst, aber ohne wirklich darüber nachzudenken, folgte er ihrem Blick quer durch das Zimmer, am Bett vorbei zu dem Sessel, der auf der anderen Seite in der Ecke stand. Davor standen zwei Beine in schwarzem Spandex, darüber zwei wohlgeformte Oberschenkel, ein flacher, durchtrainierter Bauch, zwei exquisite Brüste, die am oberen Ende aus einem Einteiler herausschauten, dessen Reißverschluss wegen der Hitze offen stand, ein blasser Hals, ein blasses Gesicht, von dem der Schweiß lief – das Make-Up ein Fall für den Restaurator – und strähniges blondes Haar, dessen Fülle und Form von einer Nacht in einer feuchten, stickigen Wohnung in Senlis ruiniert war.

»Ja, Hallo, Magda«, sagte er fröhlich, »wie geht's denn immer so?«

Er versuchte, sich hochzuziehen, aber Cheryl packte ihn am Handgelenk.

»Rühr dich nicht.«

»Was? Warum denn nicht?« Er schwang die Beine zur Seite und begann, sich an der Wand hochzudrücken.

»Will«, Cheryl klammerte sich an ihn, »Will.«

»Was? Komm schon, steh auf.« Er griff den Stock aus dem Papierkorb neben dem Tisch und wandte sich wieder dem unerwarteten Gast zu.

»Will, um Himmels Willen«, flehte Cheryl, »sie hat eine Waffe.«

»Hä?« Zum ersten Mal folgte Will Madgas rechten Arm hinab, der anscheinend in einem schwarzen Rohr mit einem Griff endete.

»Eine Waffe.«

»Das ist richtig, Will, eine Waffe«, sagte Magda Gertz ruhig.

»Du meine Güte«, sagte er und rutschte die Wand wieder hinunter.

»Wo ist die Diskette?«

»Was für eine Diskette?«

»Ach, Will«, flüsterte sie, »versuch nicht, sie zu verstecken, oder deine Tat zu leugnen. Du weißt, was für eine Diskette ich suche.«

»Ja«, sagte er, und seine Stimme schwankte wild zwischen James Earl Jones und Jerry Lewis, »ja, natürlich. Sie ist in der Tasche. Die da, da drüben, die aus Fallschirmseide mit dem Haven-Logo.«

Ohne die Waffe von Cheryl abzuwenden, ging Magda Gertz zwei Schritte zur Seite und kniete sich auf das Bett.

»Nette Bettwäsche.«

»Danke. Von meiner Mutter.«

»Wie süß.«

Während sich Magdas Aufmerksamkeit, jedoch nicht die Waffe, Will zuwandte, bewegte sich Cheryl langsam nach links und verlagerte ihr Gewicht, bis sie sich in einer Art Hocke befand. Mit der linken Hand umfasste sie ein Bein des Beistelltischchens. Es war ein leichtes billiges Teil, das sie in einem Ramschladen gefunden hatten, aber es war die einzige Waffe, die ihr zur Verfügung stand.

Magda wühlte einen Augenblick lang ergebnislos in der Tasche herum, dann winkte sie Will ans Bett herüber.

»Such sie. Lass den Stock da. Komm hier rüber. Such sie.«

»Kein Problem, Magda, du weißt doch, ich würde so gut wie alles für dich tun«, sagte er ohne auch nur einen Anflug von Aufrichtigkeit. Er legte den Stock quer über die Tischplatte, das untere Ende nach außen gewandt. Es war nicht viel, und er würde wahrscheinlich nicht drankommen, aber es war eine verdammt schwere Keule und die einzige Waffe, die ihm zur Verfügung stand.

Will schwankte zum Bett hinüber und lächelte die Bettwäsche an. »Meine Mutter wird sich freuen, wenn sie erfährt, dass ich auf ihrer Bettwäsche gestorben bin. Und dass sie sauber war.«

»Find einfach die verdammte Diskette«, sagte Magda leise, und blickte zu Cheryl hinüber. »Keine Bewegung, meine Liebe. Gleich ist alles vorbei.«

»Ich weiß«, sagte Cheryl und ihre Augen füllten sich mit Tränen.

»Hier ist sie, Magda«, sagte Will und schaute von einer Frau zur anderen. »Hier ist die Diskette. Tut mir Leid, dass es so lange gedauert hat.« Er begann ein Pochen in seinem Hals zu spüren, als ob seine Blutgefäße platzen und seinen Kopf gleich in eine erdnahe Umlaufbahn schießen würden. »Herrgott im Himmel«, murmelte er und ließ sich unauffällig in Richtung Tisch fallen, ohne den Blick von der Waffe zu nehmen.

»Ah-ah. Nein, Will«, sagte Magda gelassen. »Nicht weiter. Nicht näher an deinen Stock da dran.«

»Weißt du, Magda, wir haben uns die Diskette gar nicht angeschaut. Was immer da drauf ist, ist immer noch ein Geheimnis.«

»Ja, Will. Das ist mir jetzt auch klar. Aber das Spiel ist schon ein bisschen zu weit gegangen, meinst du nicht auch?«

»Ich darf nicht über Los gehen?«

»Wie bitte?«

»Vergiss es.«

Sie hob die Waffe und zielte auf Cheryl. »Tut mir Leid, Schätzchen«, flötete sie, »dich mag ich weniger, und du schreist vielleicht. Nebenbei, bevor ich's vergesse, danke für das Kleid. Es ist jetzt mein Tagsüber-Flucht-Outfit.«

Cheryl warf einen Blick auf das Sommerkleid, das an der halb offenen Badezimmertür hing.

»Scheiße«, murmelte sie, »meine Mörderin haut auch noch in einem meiner Lieblingskleider ab.« Obwohl sie wusste, dass es vergeblich war, umfasste sie das Tischbein fester. Ihre Onkel hatten ihr immer gesagt, dass man in Situationen, bei denen Waffen im Spiel waren, nie wissen konnte, was passiert. Obwohl sie doch zugeben mussten, dass meistens das Schlimmste eintrat. Egal, sie fasste zu und wartete auf ihre Chance.

»Warte, warte, warte«, sagte Will hektisch.

Magda Gertz hielt inne, aber ihre Waffe blieb auf Cheryl gerichtet. »Willst du nicht deinen Plan erklären?«

»Was soll denn das schon wieder?«

Will schwankte auf seinen beiden Stelzen hin und her und versuchte, ohne es zu auffällig zu machen, sich in die Nähe des unteren

Teils des Stockes zu bewegen. »Sollten Leute wie du nicht ihren Opfern alles erzählen, zum Beispiel, was auf der Diskette ist, und was du jetzt vor hast und wer gestorben ist und all das?«

»Du hast zu viele Filme gesehen.«

»Bei James Bond ist das immer so.«

»Ja, aber während der Bösewicht redet«, meinte Madga kühl, »passiert immer irgendetwas, das Bond aus der Gefahr bringt. Tut mir Leid, Will. Ich war immer eine von denen im Publikum, die dem Bösewicht zuflüstern wollten, «bring ihn um. Bring ihn jetzt um.»

»Schade«, sagte Will.

»Ich sage dir aber eins, Will. Sobald ich deine Freundin hier erschossen habe ...«

»Ich heiße Cheryl. Cheryl Crane, du blöde Kuh«, stieß Cheryl trotzig hervor.

»...werde ich dir meine spezielle Formel spritzen und dich mit einer Waffe in der Hand sterben lassen.« Gertz griff hinter sich und zog eine schwere Spritze aus Glas und Metall hervor, gefüllt mit einer schweren gelben Flüssigkeit.

Rede weiter, dachte Will. Rede weiter. Wenn du sie beschäftigen kannst, gewinnst du Zeit. Zeit gewinnen. Aber Zeit für was, verdammt? Die Kavallerie war leider nicht im Anmarsch. Vor der Tür stand kein Held. Es gab nur einen letzten Augenblick, um zu atmen, um nachzudenken, um zu hoffen.

Er atmete schwer. »Wird das nicht deinen Plan durcheinander bringen? Ich meine, wird das nicht länger dauern und vielleicht sterbe ich ja gar nicht, und wie unangenehm wird dann alles? Warum erschießt du nicht uns beide und dann ist alles vorbei?«

»Dann sieht es aus wie Mord, Will.«

»Nimm was mit. Lass es wie einen Einbruch aussehen.«

»Nein. Ich muss eine Geschichte konstruieren, wie das Cytabutason in all seiner Herrlichkeit ins Peloton gekommen ist, und du bist eine ausgezeichnete Wahl. Du warst bei Henri. Du warst bei Prudencio. Du bist die perfekte Wahl.«

»Wird meine Autopsie nicht zeigen«, er klaubte verzweifelt seine Gedanken zusammen, »wird sie nicht zeigen, dass ich es noch nie vorher genommen habe und dass ich an einer massiven Überdosis gestorben bin?«

»Und wenn schon? Will – du wirst tot sein«, erklärte sie. »Du wirst tot sein, ebenso wie ...«, sie machte ein kurze Pause, »... Cheryl ... und das war's dann. Mord/Selbstmord. Du hast deine Mannschaftskameraden umgebracht, du hast deine Freundin umgebracht, und ich bin wieder bei der Tour.«

»Aha.«

»Einfach, was? Die Polizei von Senlis wird sich das anschauen und nachdenken und grübeln, und dann wird sie alles aufschreiben. Die Presse wird es aufgreifen und in Null Komma Nichts wirst du als Mörder in die Geschichte eingehen.« Sie blickte auf die Uhr. »Nanu. Nur noch 40 Minuten, bevor mein Zug geht. An die Arbeit, was?«

»Also, äh, ich, na ja, ich, äh, ich würde mich krank melden«, sagte er mit einer Heiterkeit, die er nicht empfand. Ihm wurde plötzlich klar, dass einer seiner letzten Gedanken der sein würde, dass er in einer Krisensituation seine emotionale Reaktion nicht im Griff hatte.

Sie lächelte und warf ihm einen leichten Luftkuss zu. Sie blickte zu Cheryl hinüber und hob die Waffe.

In diesem Augenblick flog die Wohnungstür auf und es erschien ein Mann, der Will irgendwie bekannt vorkam.

»Her mit meinem Stock, du Mistkerl!«, schrie der Mann aus vollem Hals.

Magda Gertz feuerte instinktiv.

Mit dem hohlen »Dump«, das folgte, war auf einmal die Hölle los.

26
In Deckung

Dr. Paul Flacon starrte schockiert auf den roten Fleck, der auf seiner Brust wuchs und sich auf dem blendend weißen maßgefertigten Leinenhemd ausbreitete. Die Form erinnerte ihn an den kleinen See, auf dem er als Junge mit dem Boot gefahren war. Während er rückwärts auf den Treppenabsatz fiel, spürte er keinen Schmerz, er spürte den Fall nicht, und auch nicht den schweren Aufprall, als er auf dem Fußboden landete. Sein einziger Gedanke galt seinem Hemd.

»Das war neu.«

Für den Bruchteil einer Sekunde hatte das Aufspringen der Tür und Magdas Schuss auf den Eindringling alle erstarren lassen. Dann brach Cheryl den Bann. Sie warf den Tisch mit aller Kraft in Richtung der Waffe und sprang zur Tür. Magda sah es aus dem Augenwinkel und reagierte, indem sie leicht ihr Gewicht verlagerte und noch einen Schuss abgab, in Cheryls Richtung.

Eine Verzierung des Tisches erwischte den Schalldämpfer, die Waffe wurde Magda aus der Hand gerissen und landete auf dem Sessel hinter ihr. Der Tisch krachte gegen die Wand. Magda blickte panisch auf die Waffe und dann wieder auf Cheryl Crane, die in der Tür zusammengesackt war.

Magda atmete schwer. »Du meine Güte, Will, bei dir ist ja ganz schön was los. Erst bekommst du Besuch, dann will deine Freundin abhauen, und dann ist auch noch dein Selbstm- ...«

Sie hörte das schwere »Wusch«, als der Stock die Luft zwischen ihnen zerschnitt. In seiner Aufregung und Panik hatte Will sich in der Distanz völlig verschätzt und traf einen Zentimeter an Magdas

Kopf vorbei. Sie drehte sich um und fiel rückwärts, während Will in wilder Angst mit dem Stock vor sich hin und her wedelte. Er schwankte auf seinen steifen Beinen und verprügelte die Luft vor sich.

Ohne ihren Blick von ihm abzuwenden, tastete sie hinter sich nach dem Sessel und dem Kissen und der Waffe, die darauf lag.

»Gib's auf, Will«, sagte sie, als sie die Lehne fand und von dort aus den Sitz erreichte und das kühle Metall des Schalldämpfers. Sie ergriff ihn und zog ihn zu sich hin, die Waffe auf sich gerichtet. Mit einem Schrei aus Angst und Wut beugte Will sich nach vorn und warf sich über das Bett. Seine rechte Wade tat wahnsinnig weh und sein linkes Knie verdrehte sich in eine ausgesprochen unnatürliche Stellung. Er schlug mit dem Stock nach dem Pistolengriff und erwischte mit dem Adlerschnabel den Abzugsbügel. Magda musste loslassen und im Flug löste sich aus der Waffe ein Schuss, der in dem Wasserfleck landete, der so ähnlich aussah wie Rhode Island.

Als Will auf das Bett zurückfiel, schlug er mit dem linken Ellbogen hart auf den Bettrahmen, sodass sich seine Hand öffnete. Der Stock und die Waffe schlitterten über den Fußboden.

»Scheiße!«, brüllte er.

Magda Gertz stand einen Augenblick schockiert still, dann warf sie sich auf ihn, mit der aufgezogenen Spritze, ihrer letzten Waffe, in der hoch erhobenen Hand.

Will versuchte, zur Seite zu rollen, aber er wurde vom Fußteil des Bettes aufgehalten, einer 15 Zentimeter hohen Barrikade aus Pinienholz. Verzweifelt versuchte er, die Spritze mit der Pocahontas-Bettdecke abzuwehren und hielt einen Zipfel davon vor sein Gesicht, sodass die Kanüle mitten im linken Auge der Zeichentrick-Heldin landete.

Er drückte sich mit dem rechten Arm ab, dem einzigen Körperteil, in dem er keinen Schmerz verspürte, rollte sich über das kurze Fußteil hinüber und krachte auf den Fußboden. Ohne erst aufzustehen, krabbelte er in Richtung Tür, wo die Leiche des Arztes aus der Notaufnahme lag, der ihn die ganze letzte Woche hartnäckig verfolgt haben musste, auf der Suche nach einem blöden Stück Holz.

»Siehst du, was du dir damit eingebrockt hast, du Idiot«, schrie er in Gedanken, »siehst du?«

Magda Gertz war in die andere Richtung vom Bett gerollt, weg von Fenster, Sessel, Stock und Waffe. Sie stand auf und ging Will hinterher, der immer noch in panischer Angst zur Tür robbte.

»Oh, Will. Guter Kampf«, sagte sie und atmete schwer, »wie schade.«

Sie fiel neben ihm auf die Knie, warf ihr rechtes Bein über die Schiene an seinem linken Bein, und klemmte ihn fest. Will begann zu schreien und mit dem Gips an seinem rechten Bein zu treten, in einem letzten wilden Versuch, sie abzuschütteln.

Magda Gertz atmete tief ein, murmelte, »tut mir Leid, mein Lieber«, und stieß die Spritze in die Rückseite von Wills rechtem Bein.

»Hey!«

Gertz schaute ohne nachzudenken in Richtung des Geräusches.

»Willst du meine Tiger-Woods-Imitation sehen, du Schlampe?«

Der Stock war schon in Bewegung und Magda Gertz hörte nur noch das »Schl-« in »Schlampe«, bevor sie ein Krachen an der Unterseite ihres Kiefers hörte und spürte, wie ihre Zähne knirschten und ihr Kopf nach hinten schnappte. Ihr blondes Haar sammelte sich neben ihr, als die Rückseite ihres Schädels auf den Boden knallte.

Sie lag still, halb auf, halb neben Will.

Cheryl Crane ließ sich rechts von Will auf den Boden fallen und fuhr mit den Händen über seinen Kopf und seinen Rücken, bis sie die Spritze fand, die jetzt halb leer war.

»Oh Gott, oh Gott, Will. Halt durch. Halt durch, Will. Ich rufe einen Arzt. Ich rufe einen Krankenwagen.«

Sie stand auf und stolperte zum Telefon, in der Hoffnung, dass sie es nicht abgemeldet hatten, bevor sie losgefahren waren. Sie hob den Hörer ans Ohr. Nichts.

»Verdammt«, schrie sie und warf das ganze Telefon an die Wand.

Dann stolperte sie zum Fenster, um Hilfe zu rufen.

»Hilfe ...«

Sie blieb mitten im Zimmer stehen, gleich neben Will.

»Hilfe ...«, rief er jämmerlich.

Cheryl hockte sich sofort an seine Seite. »Will, Will, keine Angst. Ich bringe dich ins Krankenhaus. Ich hole Hilfe. Wir kriegen das Zeug aus dir raus, ich schwör's. Durchhalten.«

»Cheryl«, flüsterte Will und versuchte, durchzuatmen, »brauchst du nicht. Brauchst du nicht.«

»Will, stopp. Du redest wirres Zeug. Durchhalten.«

Sie wandte sich um, um ans Fenster zu kriechen, als er sie packte.

»Nein. Noch keine Hilfe. Nur ... nur ... nur ...«

»Nur was, Will?«

»Zieh nur die gottverdammte Nadel aus meinem Gips.«

Cheryl hielt an, schaute, und zog an der Röhre aus Metall und Glas. Einen Moment lang leistete sie noch Widerstand, aber dann gab sie nach, die Nadel in einem Winkel von 60 Grad abgeknickt. Als Cheryl sie aus dem Gips zog, brach der gebogene Teil der Nadel ab.

»Alles in Ordnung?«

Will drehte sich um und zog sich von der auf dem Rücken liegenden Magda Gertz weg.

»Keine Ahnung. Ist die böse Hexe tot?«

»Nein, ich glaub nicht«, sagte Cheryl rauh, »sie atmet noch ... und außerdem ist ja kein Haus auf sie gefallen. Hast du was von der Spritze abbekommen?«

Will zog sich an der Wand hoch. Dabei liefen ein paar Tropfen einer schweren gelben Flüssigkeit aus dem unteren Ende des Gipsverbandes.

»Ich glaube nicht. Auf keinen Fall eine volle Dosis.« Er lehnte den Kopf zurück und keuchte schwer. Cheryl stand auf, ging zu ihm hinüber und fiel ihm in die Arme.

»Willkommen daheim«, sagte er und vergrub seinen Kopf in ihren Haaren.

Sie kicherte dunkel. »Hat dir die Party gefallen, Schatz? Ich dachte, es wäre mal was anderes.« Sie lehnten an der Wand und stützten sich gegenseitig, vor Angst, dass sie zusammenbrechen würden, wenn sie einander losließen.

»Was für eine süße Szene«, sagte eine wackelige Stimme hinter ihnen.

Cheryl drückte sich weg und sah Will ins Gesicht, ein Gesicht, in dem sich Schmerzen, Müdigkeit und Angst spiegelten, und jetzt auch vielleicht ein wenig Verzweiflung.

»So ein Mist«, keuchte er.

Cheryl drehte sich um. Will zuckte kaum merklich, als sie sich an seinem linken Arm abstützte. Sie öffnete die müden Augen weit.

»Verdammt, Mädel. Wie hart habe ich dich denn getroffen?«

»Nicht hart genug, Schlampe«, verkündete Magda Gertz durch ihre geschwollenen Kiefer hindurch. »Das war doch das Wort, das du benutzt hast, oder? Schlampe. Jetzt bin ich dran.«

»Gütiger Gott«, murmelte Will, »das ist wie in einem schlechten Film.«

Die Glock schwankte unstet von Cheryl zu Will und zurück. Es bereitete Magda offensichtlich Schmerzen, mit ihr zu zielen. Sie drückte ab und schoss weit links von Cheryl ein Loch in die Wand. Der Rückstoß brachte Magda aus dem Gleichgewicht und sie bemühte sich, die Waffe wieder auf ihr Ziel zu richten.

Während sie noch damit beschäftigt war, trat Cheryl zwei Schritt vor und schleuderte ihr die Spritze mit aller Kraft entgegen. Die schwere Metallröhre traf sie kurz oberhalb der linken Brust und blieb stecken. Der Aufprall löste den viel benutzen Kolben aus und sieben Kubikzentimeter Flüssigkeit ergossen sich in Magdas Herz.

Sie ließ in Panik die Waffe fallen und griff nach der Spritze, die von ihrer Brust hing. Auf einmal spürte sie eine sanfte Wärme durch ihre Adern pulsieren und ein euphorisches Gefühl, als der Schmerz in ihrem Mund verebbte; neue Kraft wuchs aus einem heißen Kern in ihrem Kopf. Sie sah zu Will und Cheryl hinüber und lächelte in dem Wissen, wie leicht es jetzt sein würde, sie umzubringen.

Sie setzte sich in den Sessel und griff nach der Waffe, die nicht mehr da war.

Cheryl und Will starrten auf Magda Gertz, die zusammengesunken im Sessel saß und deren Blick unkontrolliert durch das Zimmer wanderte.

»Guter Wurf«, murmelte Will.

Cheryl kickte die Waffe mit dem Fuß auf die andere Seite des Zimmers und nahm den Stock in die Hand.

»Warum hast du nicht die Waffe genommen?«

»Die hat nur ihre Fingerabdrücke drauf. Das würde ich gern so lassen. Das wird reichen.«

Sie schauten beide wieder auf Magda Gertz, die wild mit den

Händen gestikulierte, mit dem Kopf wackelte und unverständliches Gebrabbel durch das blutige Gebiss von sich gab.

»Was meinst du, wo sie jetzt ist?«, fragte Will.

»Ich weiß nicht. Aber jedenfalls findet sie es da richtig toll«, sagte Cheryl.

Magda Gertz grinste und schlug mit den Armen in der Luft herum.

»Ich glaube, ich rufe die Polizei«, sagte Will und behielt dabei immer die Figur in der Zimmerecke im Blick.

»Ja, mach das«, sagte Cheryl tonlos. Sie starrte in die gleiche Richtung wie Will. »Übrigens, das Telefon ist tot.«

»Ja.« Will trat ans Fenster, unentwegt auf Magda Gertz starrend, und begann, um Hilfe zu rufen.

———

Die Polizei war erst seit einer guten Stunde in der Wohnung, als Godot kam, von Will über das Telefon der Nachbarn alarmiert.

Godot stieg über die Leiche von Dr. Paul Flacon, die jetzt teilweise von einem Laken abgedeckt war, und betrat die Wohnung. Sie erinnerte ihn an ein Schlachtfeld. Will saß auf dem Fußboden in der Nähe der Badezimmertür, die Beine gerade von sich gestreckt. Cheryl Crane saß neben ihm und döste an seiner Schulter.

Will winkte Godot zu und begann, aufzustehen. Godot machte eine abwehrende Handbewegung und ging zu der Gruppe in der Ecke, die um eine Figur in einem Sessel herumstand.

»Entschuldigung.«

»Raus hier. Wir haben zu tun.«

Er ignorierte den Befehl und legte los. »Ich bin Luc Godot, vormals Pariser Mordkommission, jetzt Sicherheitschef von Haven Pharma. Diese beiden sind Angestellte von Haven. Ich würde gern wissen, was hier los ist.«

Will wusste, dass entweder Godots Polizeivergangenheit oder der Name Haven die Inspektoren aus Senlis beeindrucken würde, aber er war sich nicht sicher, welches von beidem. Offensichtlich waren es Godots Jahre bei der Polizei.

»Ah, Inspektor«, sagte ein kleiner schwitzender Mann, »ich bin Gérard Eteindre, Ermittler in Senlis. Ich habe schon so viel über Sie gehört. Kennen Sie diese beiden?« Er nickte in Wills und Cheryls Richtung.

»Ja. Ja, das tue ich«, antwortete Godot.

»Sie haben gesagt, sie wären heute heimgekommen und hätten hier diese Frau angetroffen.« Eteindre nickte zwanglos zu der Figur hinüber, die von zwei behandelnden Ärzten verdeckt war. »Sie sei in ihre Wohnung eingebrochen und wollte sie umbringen, hiermit – «, er hielt einen durchsichtigen Plastikbeutel mit der Glock hoch, » – und hiermit.« Er hielt einen anderen Beutel hoch, in dem sich eine Spritze aus Glas und Stahl befand. Sie enthielt noch ungefähr drei Milliliter einer schweren gelben Flüssigkeit.

Der Inspektor aus Senlis bemerkte Godots Interesse.

»Wir wissen noch nicht, was das ist. Wenn es Sie interessiert, werden wir Sie auf die Liste setzen und Ihnen die Resultate zuschicken.« Godot schüttelte den Kopf. Er wusste bereits, was es war.

»Na ja, jedenfalls hatte zum gleichen Zeitpunkt der Herr im Flur einen überraschenden und zeitlich ungünstigen Auftritt und wurde erschossen. Danach kam es zu einem Handgemenge, und dies hier«, er zeigte auf das Durcheinander in der Wohnung, »ist das Resultat. Oh ja, und sie.« Er zeigte auf Magda Gertz, gerade, als die Notärzte aufsahen und enttäuscht mit den Köpfen wackelten.

»Schade um die.«

»Ja«, sagte Godot und starrte einen Moment lang auf die aschfahle Todesmaske von Magda Gertz, deren Augen für immer einen Punkt am Horizont fixierten. Eine milchig-weiße Flüssigkeit tröpfelte aus einem Mundwinkel auf den schwarzen Spandex-Anzug.

»Hat sie etwas gesagt?«

Der Notarzt schüttelte den Kopf. »Nicht zu mir. Als wir herkamen, ging es ihr schon sehr schlecht. Was immer das für eine Droge war, sie hat sie sehr schnell umgebracht.«

Godot nickte. »Was ist mit denen?« Er deutete mit dem Kopf in Richtung Cheryl und Will.

»Bis jetzt scheint ihre Geschichte zu stimmen. Die Waffe ist nicht registriert, aber anscheinend sind die Fingerabdrücke von der Frau drauf. Wir sichern gerade die Spuren am Badezimmerfenster, so ist sie anscheinend hereingekommen. Die Leiche im Flur ist die eines Arztes aus Lourdes – er hatte einen Ausweis bei sich – keine Ahnung, warum der hier ist, aber sein Timing war sehr schlecht, wie gesagt. Wenn Sie für die beiden bürgen, werden wir sie fürs Erste freilassen. Wir brauchen sie vielleicht noch einmal für weitere Befragungen. Sie können sich ja vorstellen, dass wir hier nicht viele Fälle dieser Art bekommen.«

»Niemand bekommt so etwas oft. Ich übernehme die Bürgschaft.«

»Unsere einzige Frage ist jetzt«, sagte der Inspektor und hielt den Beutel mit der Spritze hoch, »was das hier ist.«

Godot dachte einen Augenblick nach und sagte dann: »Ich glaube, Sie werden herausfinden, dass es sich um ein verbotenes Steroid-Derivat namens Cytabutason handelt. Eindhoven hat wahrscheinlich Akten darüber. Sie hatten dort einen Fall.«

»Todesfall?«

»Ja«, sagte Godot geistesabwesend, »ein Radfahrer. Ein Mann namens Koons.«

»Danke. Ich prüfe das nach.«

Ein Geräusch an der Tür ließ den Inspektor herumschnellen. Die Leute vom Leichenschauhaus trugen Dr. Paul Flacon auf die Straße. Der Ermittler trat ein paar Schritte von Magda weg und zog Godot mit. »Kommen Sie, die ist als nächstes dran.«

Als Godot um das Bett herumging, sah er auf Will und Cheryl und ihre roten Augen und sagte leise: »Packen Sie Ihre Sachen zusammen. Sie können hier nicht bleiben. Sie kommen mit zu mir.«

Will hielt einen Finger hoch und Godot blieb stehen. Als sich der Polizist aus Senlis umdrehte, griff Will hinter sich und hielt eine goldene Diskette in einer durchsichtigen Plastikhülle hoch.

Unwillkürlich hob Godot die Augenbrauen bis zur Decke.

27
Der alte Mann und das Meer

E ine einzige Lampe erhellte die Ecke der Wohnung und einen Mann in Pyjama und Bademantel, der zusammengesunken auf einem Stuhl saß. Er döste sporadisch und wachte immer wieder erschrocken auf. Dann starrte er mit rot geränderten Augen in die dunklen Schatten in der Mitte des Teppichs und versuchte verzweifelt, in der konturlosen Düsternis eine Antwort zu finden.

Godot lauschte den Geräuschen der Wohnung.

Isabelle warf sich in ihrem Bett hin und her, nach einer bequemen Position suchend. Er dachte, dass er zu ihr gehen sollte, aber jedes Mal, wenn er sich hinlegte, standen die Gedanken an das, was er tun musste, in seinem Bewusstsein wieder auf. Nein, es war besser, hier draußen vor sich hin zu dämmern.

Er wandte seine Aufmerksamkeit der Tür zu, die zu dem kleinen Gästezimmer im hinteren Teil der Wohnung führte. Will Ross schnarchte leise. Nach einem Tag, wie er ihn heute erlebt hatte, dachte Godot, war es ein Wunder, dass er überhaupt schlafen konnte. Aber andererseits war es nach diesem Tag vielleicht seine einzige Chance. Abblocken, wegschieben, bis morgen früh wird es zum Traum geworden sein.

Cheryl Crane schien aus härterem Holz geschnitzt. Sie befand sich keineswegs im Schock und war auch nicht besonders aufgeregt über das, was passiert war. Sie sagte, sie hätte so etwas alles schon einmal gesehen. Godot schüttelte den Schlaf ab, der über sein Gehirn kroch. Ich frage mich, dachte er, ich frage mich, was wohl ihre Geschichte ist, man trifft nicht oft Menschen, die so etwas schon einmal gesehen haben.

Seine Augen schlossen sich einen Moment lang und öffneten sich wieder, sie schlossen sich und klappten wieder auf, dann gingen sie zu und er driftete ab in ein warmes Meer, das ihn umschloss und liebkoste.

Er tauchte unter und schwebte genüsslich durch das blau-grüne Wasser. Langsam entfernten sich die Oberfläche und das Sonnenlicht, und er sank auf den Grund. Er wehrte sich nicht. Er sehnte sich nicht nach dem, was über ihm lag. Er war zufrieden damit, wegzudriften und im Luxus zu ertrinken.

Jetzt hatte ihn die Strömung erfasst, die ihn auf ein riesiges warmes Nichts zuführte, das er nicht unbedingt ansehen wollte. Jemand anders hatte die Kontrolle, und das war ihm, nach den Wochen, die er durchgemacht hatte, ganz recht so.

Das Wasser um ihn herum wurde langsam grau und kalt.

Ein Fisch schwamm vorbei und wandte sehr unfischig seinen Kopf zu ihm um. Er trug das Gesicht von Henrik Koons. Noch einer tat das gleiche, und noch einer, und noch einer. Ein anderer schwamm vorbei mit dem Gesicht von Paul van Bruggen. Das wunderte Godot, denn er hatte keine Ahnung, wie Paul van Bruggen ausgesehen hatte, aber er wusste, dass er das war. Und Bresson schwamm vorbei, ein muskulöser Fisch, seine Flossen von der Sonne braungebrannt, der Rest seines Körpers seltsam blass. Godot schwamm staunend zwischen den Fischen herum. Aber dann fiel ein dunkler Schatten über sie, und sie verschwanden im Maul eines Haifisches, von dem er wusste, dass er Magda Gertz war.

Die Heftigkeit der Attacke überraschte ihn, aber trotzdem hatte er keine Angst. Er fühlte sich im Gegenteil irgendwie friedvoll, als ob er wisse, dass er die Antwort hier lassen konnte. Er wusste, dass er den ganzen Aufruhr im Schoß von Magda Gertz liegen lassen konnte, im Schoß der lieben verstorbenen Magda Gertz.

Und dann fiel ein neuer Schatten über die See seiner Fantasie und er wusste, dass er sich auf die eine oder die andere Art mit der Situation beschäftigen musste, mit dem anderen Hai, der der Kern des Problems war.

Das kühle Blaugrün der ersten REM-Phase verwandelte sich in tieferen Schlaf, in eine traumlose schwarze Wand. Er griff in ihr weiches Inneres und zog sich hinein. Er ließ sich dort einfach treiben, still und allein, und er wusste, welchem Problem er sich auch stellen müsste, es war noch zwei Tage entfernt, und die Antworten waren immer noch in einer kleinen 3,5-Zoll-Diskette eingeschlossen.

Seine Augenlider zuckten kurz und beruhigten sich dann, während sein Kinn auf seiner Brust lag und eine einzelne Lampe ihn mit einem goldenen See aus Licht umgab. Im Fenster begann ein neuer Morgen. Sein graues Licht arbeitete sich durch das Häusermeer von Paris.

Die Stadt erwachte heute früh.

Es war schon Freitag. Am Sonntag würde die Tour eintreffen.

28
Paris sehen und sterben

Paris war für ihn zwar nicht gestorben, aber es hatte doch viel von seinem Glanz verloren.

Was ihm erst vier Wochen zuvor energiegeladen und lebendig erschienen war, schien jetzt kalt und angemalt, wie eine alte Frau in 60er-Jahre-Klamotten mit zuviel Make-Up.

Aber vielleicht lag es ja auch an ihm.

Will humpelte durch die Menge und sah Cheryl dabei zu, wie sie für ihn eine Schneise in das Gedränge schlug, wie Charlton Heston als Moses beim Teilen des Roten Meers. Will war der Pharao, der versuchte, seinen unpraktischen Streitwagen durch die Lücke zu lenken, bevor die Menschenwoge wieder über ihm zusammenschlug. Er hatte eine Stinklaune.

Es war glühend heiß und die stechenden Sonnenstrahlen brieten sein Gehirn. Die für Paris typische Schwüle wurde zwischen all den Menschen unerträglich. Schweiß und Gestank waren wie eine Wand, die Will förmlich vor sich sehen konnte.

Cheryl machte ihren Job als Eisbrecher hervorragend, aber Will war zu langsam. Sein rechtes Knie konnte er beugen, da der Gips kurz unterhalb des Gelenks aufhörte, aber sein linkes Bein wurde von der Schiene steif gehalten und er musste es bei jedem Schritt nach vorn herumschwingen. Mit dem Stock schob er die Leute so höflich, wie er konnte, zur Seite, aber sein linker Fuß blieb ständig an Beinen und Taschen und Kindern und an den herunterbaumelnden Tragegurten der Karmataschen hängen.

»Langsam! Hey, hilf mir mal«, rief er Cheryl zu. Sie drehte sich um und wühlte sich durch die Menschenansammlung zu ihm zurück.

»Entschuldigung, Pardon, bitte entschuldigen Sie, Sir«, murmelte sie. Plötzlich bellte sie laut: »Attention! Jeune femme avec un bébé.«

Die Menge teilte sich, als sei sie in der Mitte durchgeschnitten worden, und Cheryl überwand die letzten zwei Meter mit einem Satz. Sie packte Will am Ellbogen und zog ihn mit, bevor die Leute bemerkten, dass da keine Frau mit einem Baby kam, und dass der mies gelaunte Krüppel an allem schuld war.

Brummelnd und mit bösen Blicken verteilten sie sich wieder an den Absperrungen entlang, wie ein See, der nach einer Überschwemmung wieder in seine Ufer zurückfloss.

»Danke«, sagte Will. Am Rand des Mannschaftsbereichs angekommen versuchte er, wieder durchzuatmen.

»Kein Problem. Das hättest du auch selbst geschafft«, sagte sie leichthin. »Ich sehe, du hast deinen Stock mitgebracht. Ich kann dir aus persönlicher Erfahrung sagen, dass man damit sehr gut anderen Menschen seine Meinung begreiflich machen kann.«

»Ja«, antwortete er mutig, »aber ich fürchte, du bist die Einzige, die ihn wirklich sprechen lässt.«

»Ach«, murmelte sie und wandte sich zur Absperrung, um einen Wachmann herüberzuwinken, »erinnere mich nicht daran, okay? Auch Notwehr kann einem auf dem Gewissen liegen.«

»So habe ich noch nie darüber nachgedacht.«

»Hey. Ich schlafe. Ich esse. Ich versuche, nicht daran zu denken«, sagte sie ruhig und hielt dem Gendarm ihren Haven-Ausweis hin, »aber ich kann nicht vergessen, dass ich einen Menschen getötet habe.«

»Na ja, aber nicht wirklich«, dachte Will laut, und zeigte ebenfalls seinen Ausweis vor, als er durch die Absperrung ging, »denn erstens wollte sie uns umbringen. Zweitens haben wir uns nur verteidigt. Sie hat den Arzt ohne Grund und ohne Skrupel über den Haufen geschossen, das zeigt doch wohl, dass sie Ernst machen wollte. Außerdem hast du ja nur mit einer Spritze auf sie geworfen. Woher konntest du wissen, dass das Ding sie in der Brust treffen, der Inhalt ihr injiziert und das Zeug so schnell wirken würde?«

»Konnte ich auch nicht. Ganz nebenbei, ich hatte auf ihr Gesicht gezielt.«

»Ich würde sagen, knapp daneben.«

»Weißt du, da wo ich aufgewachsen bin, lernt man solche Sachen kennen. Man sieht es nicht unbedingt, aber man hört ständig davon. Einbrecher oder Diebe, die von einem Hausbesitzer oder irgendeiner Oma mit 'ner Knarre auf der Straße umgenietet werden, und man denkt nie viel darüber nach, außer, ›hey, gut gemacht, der hat's verdient‹. Aber wenn es einem selbst passiert, wird einem klar, es ist ein ziemlich dunkler Abgrund, in den man da blickt.«

Will beobachtete sie genau.

»Und jetzt«, flüsterte sie, »bin ich da drin.«

Er schwang sein linkes Bein nach vorn und streckte seine Hände nach ihr aus. Sie fiel ihm in die Arme und er machte einen Schritt zurück, um sein Gleichgewicht wiederzugewinnen. Dann standen sie still, zwei Menschen in enger Umarmung, umringt von drei Meter hohen Absperrungen aus Stahl, die eine Menschenmenge zurückhielten, die auf die 139 »Überlebenden« der diesjährigen Tour de France wartete.

––––––––––

Godot drehte seine dritte Runde um den Eiffelturm. Er ging das Quai Branli entlang, die Avenue de Suffren hinunter, quer entlang der Avenue Gustave Eiffel und zurück in die Avenue de la Bourdoinnais. Von der feuchten Hitze des Tages klebte sein Hemd unter dem Jacket an seinem Rücken. Mit jedem Armschwung konnte er spüren, wie das Hemd mit einem kalten Zug vom Rücken weggezogen wurde und sich dann mit einem Klatschen wieder festhängte.

Er dachte über die vielen Gründe nach, warum er den heutigen Tag vielleicht nicht überleben würde. Hitzekollaps war ein weiterer. Er begann seine vierte Runde um den Platz, der den Turm umgab und klemmte die Ledermappe fester unter den Arm.

Ihrem Inhalt hatte er gestern die Diskette hinzugefügt, nachdem Will ihm gezeigt hatte, wie man per Computer Zugang zu den darauf enthaltenen Daten bekommen konnte. Dann war Will gegangen, beinahe, als wolle er nicht erfahren, was Magda Gertz mordlustig in seine Wohnung getrieben hatte.

Aber Godot konnte nicht ahnungslos bleiben, auch wenn er es vielleicht noch so sehr wollte, auch wenn er vielleicht noch so gern die ganze Mappe in den tiefsten und dunkelsten Abschnitt der Pariser Abwasserkanäle werfen wollte.

Er musste es wissen.

Und jetzt wusste er es. Die Diskette war der letzte Beweis gewesen und hatte die Fragen beantwortet, die in den Akten offen geblieben waren. Er wusste jetzt Bescheid über BioSyn und Magda Gertz und Biejo Fortuna und Cytabutason und das Ende des Toulouser Projekts und Henrik Koons und alles, was über den Tod in Eindhoven hinausging.

Im virtuellen Raum hatte Magda Gertz alles ausgeplaudert, und alle Antworten führten zu einem einzigen Ort: auf die zweite Plattform des Eiffelturms.

––––––––

Die Tour war spannend geworden.

Keine Frage, es hatte während des ganzen diesjährigen Rennens aufregende Ereignisse gegeben, Triumphe und Tragödien, aber jetzt wurde es wirklich ernst. Drei Fahrer lagen nur Sekunden auseinander, und alle konnten den dritten Platz auf dem Podium erreichen.

Einer von ihnen war Richard Bourgoin.

Will war stolz auf seinen Freund und freute sich für ihn, seinen Teamkameraden, seinen Kapitän, aber er verspürte auch Schuldgefühle und Frust: Die Schuldgefühle dafür, dass er zurückgefallen und schließlich ausgestiegen war, und den Frust, dass nicht er derjenige war, der Bourgoin aufs Treppchen bringen konnte, nicht derjenige, der sich heute bei dem Versuch, Richard die paar Sekunden nach vorne zu bringen, die er noch brauchte, um die beiden anderen Bewerber auszustechen, völlig verausgaben würde.

Will saß im Teambereich von Haven und schaute sich um. Er kannte keine Menschenseele hier. Alle, die er kannte, seine Freunde und Mannschaftskameraden und, ja, sogar Miguel Cardone, fuhren jetzt erst nach Paris hinein und machten sich bereit für das Finale auf dem Champs-Elysées, vom Obelisken zum Arc de Triomphe und dann zurück zur Ziellinie.

»Vermisst du's?«, fragte Cheryl leise und störte ihn bei seinem Wühlen in Schuldkomplexen.

»Hm?« Er wandte sich zu ihr um und lächelte verlegen. »Ja, es macht mir nichts aus, Dir zu sagen, dass ich es vermisse.«

»Widersinnig, was? Du arbeitest dein ganzes Leben darauf hin, hierher zu kommen, du träumst davon, trainierst dafür. Wenn du dabei bist, kannst du kaum erwarten, dass es endlich vorbei ist, aber dann, wenn es für dich endet, bevor es enden soll, hasst du dich selbst und du hasst die Welt um dich herum und du würdest dem Teufel deine Seele verkaufen, wenn du wieder einsteigen könntest, irgendwo, am ersten oder am letzten Platz, oder irgendwo in der großen ungewaschenen Menge dazwischen.«

Will nickte. »Du klingst ganz schön abgeklärt.«

»Ja, das stimmt«, bestätigte Cheryl. »Ich wünschte, das wäre ich auch, wenn ich selbst im Sattel sitze.«

Sie waren einen Moment lang still und blickten über den Teambereich, der sich langsam mit Gästen, Kunden und VIPs füllte, die auf das Ende des Rennens und die Party warteten, die auf der zweiten Plattform des Eiffelturms stattfinden sollte.

Will betrachtete die Szenerie und murmelte: »Du gehst, richtig?«

»Das wusstest du doch«, antwortete sie leise, aber nicht ohne einen gewissen Nachdruck.

»Ja«, flüsterte er, »ich wusste es. Ich kann nicht sagen, dass ich es geglaubt habe, aber ich wusste es.«

»Ja, also, es ist Fakt. Wenn das hier vorbei ist, fliege ich in die Neue Welt.«

»Wann?«

»Was, wann?«

»Wann, alles?«

»Deeds hat meine Kündigung schon. Ich werde bis einschließlich heute bezahlt. Ich soll Freitag in Denver sein, für ein Rennen in Vail.«

»Also ...«, fragte er erwartungsvoll.

»Also ... was?«, gab sie zurück.

»Wann gehst du tatsächlich weg von hier? Wie viel Zeit habe ich noch, um dein Sommerkleid zu verknittern?«

»Das ist ein tolles Kleid, was?«, lächelte sie. Sie stand einen Moment lang da und zog den Rock zur Seite. »Ich hatte ganz vergessen, dass ich es habe. Ich bin irgendwie froh, dass Magda es für mich aus dem Schrank gezogen hat.«

»Du siehst toll darin aus.«

»Danke. Ich habe schon so lange Jeans und Shorts und Polohemden getragen, ich hatte fast vergessen, wie sich ein Kleid anfühlt.«

»Du hast das Thema gewechselt«, erinnerte er sie. »Wann – wann fährst du wirklich?«

»Morgen. Morgen mit der Air France.«

»Air France? Nicht United oder American Airlines?«

Sie lachte. »Nein, ich habe mir gedacht, ich bleibe sozusagen noch ein paar Stunden länger auf dem alten Kontinent.«

»Verstehe.« Er sah wieder auf den Boden und faltete die Hände, ohne selbst zu bemerken, wie fest er sie zusammenpresste. »Morgen«, seufzte er, »morgen.«

Godot konnte es nicht mehr länger vor sich herschieben. Er überquerte den Platz und trat unter das eiserne Gerüst des berühmtesten Turms der Welt. Er zeigte dem Wachmann seinen Passierschein. Der Mann war früher bei der Polizei gewesen und sie plauderten ein bisschen länger, als es nötig gewesen wäre, über das Wetter. Dann ging er zur Treppe.

Er holte tief Luft und begann seinen Aufstieg zur ersten Plattform.

»Sie kommen!«, brüllte jemand.

Will wurde aus seiner Depression herausgerissen. Er sprang vom Stuhl hoch und hopste hinüber zur Barrikade.

Haven hatte einen fantastischen Platz am Champs Elysées, ganz kurz vor der Ziellinie. Will blickte den Boulevard hinunter und sah eine Explosion von Farbe und Bewegung, als das Peloton gemeinsam aus der Kurve geschossen kam, um das wirkliche Rennen des Tages zu beginnen.

400

Die letzte Etappe hatte vor 126 Kilometern in EuroDisney begonnen. Sie würde in etwa 50 Kilometern enden, genau hier, nach acht Runden auf dem Champs-Elysées. Bis jetzt war das Feld locker gefahren. Jeder wusste, falls nicht ein Wunder geschehen würde, war das Rennen entschieden. Der erste und der zweite Plaz standen so gut wie fest. Nur eine Katastrophe konnte auf einer dieser Positionen noch etwas ändern. Aber das Rennen um den dritten Platz, die letzte Stufe auf dem Siegertreppchen, war noch nicht entschieden, und es war eng.

Will wusste, dass diese Fahrer, einschließlich Richard Bourgoin, den Tag nicht wie eine 175 Kilometer lange Parade betrachtet hatten. Die gesamte Etappe hatten sie wie auf Kohlen gesessen, abwartend, vorstoßend, testend. Sie hatten auf einen Fehler gewartet, einen körperlichen Zusammenbruch oder ein mechanisches Problem, irgendetwas, was ihnen die paar Sekunden Vorsprung verschaffen würde, die sie brauchten, um heute zu gewinnen.

Aber die Götter hatten mit ihnen allen gespielt. Jeder hatte einen Platten gehabt. Jeder hatte trotz der Konzentration Fehler gemacht. Jeder war zurückgefallen, hatte sich wieder erholt, war wieder zurückgefallen und hatte sich wieder erholt.

Sie waren alle zusammen nach Paris gekommen, immer noch nur Sekunden voneinander getrennt. Das Rennen würde erst im Ziel entschieden sein.

Will kannte den Druck, unter dem Bourgoin jetzt stehen musste, den Stress, die Angst, den Ehrgeiz, aber er wusste auch, dass in ihm ein Feuer brannte, ein Feuer, das niemand erahnte, der den schmalen leichten Mann auf dem Rad sah.

Er sah einfach zum Kotzen aus, wenn er fuhr, aber er fuhr wie ein Gott.

Das Feld raste auf die 180-Grad-Kurve am Arc de Triomphe zu. Die Fahrer fädelten sich zu einer Reihe auf und lehnten sich scharf nach links. Gleich hinter der Kurve begann das Gerangel um die Positionen erneut.

Ein paar Fahrer brachen aus und wurden schnell wieder eingefangen. Das Feld hatte nicht vor, eine Flucht zuzulassen.

Das Tempo stieg weiter an.

Will spürte, wie das Blut in seinen Halsschlagadern pochte, jedes Mal, wenn das Peloton vorbeiflog, jedes Mal, wenn er einen Blick auf Bourgoin erhaschte.

Bei der zweiten Runde zog Cardone, der vor Bourgoin fuhr, zu weit nach rechts, und plötzlich fuhren schneller denkende Teamleutnants an der Position, an der er eben noch gewesen war.

Will fluchte laut und spürte, wie Cheryl seine Hand nahm.

»Beruhige dich. Das wird schon. Sie haben noch sechs Runden Zeit.«

Sie drückte seine Hand leicht, und er lächelte sie an. Er glaubte ihr keine Sekunde.

»Er hat den Absprung verpasst. Vier Fahrer springen los und Bourgoin liegt immer noch hinten. Einer der Typen fährt auch noch um den dritten Platz, glaube ich.«

Cheryl schüttelte den Kopf. »Es ist zu früh. Er wird einbrechen und wieder vom Feld geschluckt werden. Jetzt sind es noch Richard und der andere Typ. Der vorne hat eben sein Rennen beendet.«

Will wusste, dass sie Recht hatte, aber er konnte nicht anders. Seiner Meinung nach hatte Cardone Mist gebaut und zugelassen, dass Richard zu weit hinter die Führenden zurückgefallen war. Wie eine Katze mit zwei gebrochenen Beinen strich er an der Barrikade entlang. Er wollte sich abwenden, aber er wurde von dem Rennen angezogen wie eine Motte vom Licht.

Dieses Rennen hat mich ruiniert, dachte er. Warum dann, ach, warum liebe ich es dennoch so sehr?

Godot schleppte sich keuchend auf die zweite Plattform. Der Schweiß lief ihm über die Stirn in die Augen und brannte. Er stellte sich neben das Schild, auf dem »Geschlossene Gesellschaft« stand, zog sein Jackett aus und hängte es über eine verschlungene Balustrade.

Er holte tief Luft und versuchte, sich nicht nur abzukühlen, sondern sich auch zu beruhigen. Es funktionierte nicht. Sein Hemd war jetzt nur noch ein nasser zerknitterter Lappen und das wenige Haar, das er noch besaß, klebte lasch an seinem Kopf.

Das also, dachte er, ist das Erscheinungsbild der Macht. Ohne Zweifel war in diesem Aufzug jeder denkbare Erfolg in seiner unmittelbaren Reichweite. Dann griff er nach hinten, um die Boxershorts zwischen den Pobacken herauszuzerren, warf sich das Jackett über die Schulter und trat in das Restaurant.

Es war leergeräumt worden, bis auf ein paar Tische, die an der Seite standen und mit weißen Tischtüchern bedeckt waren. Offensichtlich hinzugekommen waren drei riesige Fernseher, die jetzt die Live-Übertragung des Rennfinales zeigten, und auf denen nachher die Videoaufzeichnungen mit den Höhepunkten der Tour laufen würden.

Würde Henri Bresson ein Thema auf dieser Party sein? Oder Prudencio Delgado, der immer noch in Avignon um sein Leben kämpfte? Und was war mit Will Ross, der seine Beine und seine Karriere ruiniert hatte, indem er einen Mannschaftskameraden auf den Mont Ventoux hinaufgetragen hatte, dem es völlig egal war, ob Will lebte oder starb?

Würden die Fernseher das alles zeigen?

Würden sie das Gesicht von Henrik Koons oder Paul van Bruggen zeigen? Oder das Gesicht von Magda Gertz? Sie hatte genauso viel Einfluss auf das Rennen gehabt wie hunderte anderer, die Titel trugen und Pässe für alle Zugangsbereiche.

Würden sie das Rennen zeigen, oder nur die Fahrt?

Es würde interessant sein, das zu sehen.

Godot blickte zur Seite und sah hinter der Verglasung auf der Besucherplattform Henri Bergalis stehen.

Er richtete seine Krawatte und trat auf die Plattform hinaus, um mit seinem Chef zu sprechen.

––––––––

»Gütiger Gott, Will! Wenn du dich so aufregst, dann schau halt nicht hin.«

Will hopste auf und ab, schwankte hin und her. Er brüllte Anfeuerungsrufe und Flüche, jedes Mal, wenn das Peloton auf seiner Runde vorbeikam. Cheryl hatte einige Zeit fasziniert zugesehen, aber sie fühlte sich immer frustrierter, als das Rennen seinem Ende zustrebte und Will schier außer sich geriet und wie ein irrer Springteufel an der Barrikade herumhüpfte.

Jedes Mal, wenn Cardone und Bourgoin an ihnen vorbeikamen, brüllte er ihnen zu, und wenn sie vorbeigefahren waren, vergrub er sein Gesicht in den Händen vor Scham, als die beiden immer weiter zurückfielen.

Cheryl wusste, was er empfinden musste. Das Rennen würde ohne ihn entschieden, und Richard fiel zurück, aber es gab nichts, was sie oder er tun konnten, als zuzusehen und zu hoffen, und weiter zuzusehen.

Noch zwei Runden, nur 13 Kilometer blieben von den beinahe 4000 Kilometern der Tour de France übrig, noch zwei Schleifen durch das Herz von Paris.

Als das Peloton in einem Feuerwerk von Schaltungen und Ketten und Schweiß auf die Teambereiche zuraste, zog sich Will an der Barrikade hoch, holte tief Luft und hielt sie, bis Bourgoin direkt vor ihm vorbeifuhr.

»Jetzt, Richard! Jetzt! Zieh davoooooon!«

Er zog das letzte Wort in die Länge, um das Gebrüll der Menge zu übertönen und Bourgoins Ohr zu erreichen. Neben ihm schüttelte Cheryl mit dem Kopf.

»Es ist zu früh, Will, es ist zu früh.«

»Nein«, sagte er leise, »Richard fällt zurück. Er muss Tempo machen, egal, was Cardone da macht. Sonst muss er den Sprint von der Spitze des Feldes ansetzen, anstatt vom Ende der Spitze. Er muss nach vorne kommen und noch genug Kraft haben, um gegen Webster zu sprinten.«

»Die hat er nicht. Schau ihn dir doch an.«

»Er wird die Kraft finden, Cheryl. Glaub mir, er wird sie finden.«

Will lehnte sich vor und sah zu, wie das Ende des Pelotons in der Entfernung und in der Menge verschwand. Als er sah, wie die Fahrer die Haarnadelkurve umrundeten, um zurückzukommen, flüsterte er: »Finde sie, Mann, finde sie!«

»Ah, Luc. Ich freue mich, dass Sie kommen konnten.« Henri Bergalis bot Godot seine Hand an, und Godot nahm sie. Der jüngere Mann
packte so fest zu, dass ihm fast die Knochen brachen.

»Wie ich sehe«, bemerkte Bergalis, »hat das Wetter Ihren Anzug
in Mitleidenschaft gezogen.«

Godot schaute peinlich berührt an seinem Hemd herunter. »Ja.
Ja, das hat es wohl.«

»Wissen Sie, wir können ja auch hineingehen. Da ist eine Klima-
anlage. Das ist angenehmer.«

»Mehr Menschen«, brummelte Godot.

»Ah.« Bergalis nickte. »Ich verstehe. Es ist eines dieser Gespräche.
Eines, nehme ich an, das nicht warten konnte, bis wir am Montag
wieder im Büro sind.«

»Nein. Es konnte nicht warten. Das hier nicht. Nicht dieses Mal.«

»Ich verstehe. Und was haben Sie für mich?«

Unter der Jacke, die über seinem Arm hing, zog Godot die alte
Ledermappe hervor, in der die Untersuchungsergebnisse über Cytabutason steckten.

»Ja«, sagte Bergalis einfach nur. »Sie haben mir erzählt, dass Sie das
haben. Ich weiß, was darin ist. Ich war Teil des Projekts. Was wollen Sie noch?«

Godot sagte nichts, sondern zog eine einzelne Diskette in einer
durchsichtigen Plastikhülle aus der Mappe.

»Und was«, lächelte Bergalis, »was ist das?«

»Das ist der Schlüssel.«

»Der Schlüssel wozu?«

»Der Schlüssel zu Ihnen, Henri.«

Will kroch die Barrikade hoch. Er war außer sich.

»Los-los-los-los-los! Richard, loooooos!«

»Sind deine Beine wirklich kaputt, oder ist das alles nur Theater?«

»Was meinst du?«, fragte Will, ohne den Blick vom Peloton zu
wenden.

»Du kletterst auf die Barrikade wie Edmund Hillary auf den Mount

Everest. Das ist doch alles nicht echt, oder?« Cheryl lachte, ergriffen von der Aufregung und der Freude, die sie in Wills Gesicht sah.

»Er ist vorn! Er ist vorn, ich sag's dir. Richard hat Cardone abgehängt, und er liegt vorn. Das wird eng. Das ist klasse.«

Cheryl begann zu weinen, obwohl sie so glücklich war. Wenn er nur bei der Tour diese Art von freudiger Energie hätte aufbringen können, dachte sie. Wenn er nur ein bisschen mehr Glück gehabt hätte und ein wenig mehr Unterstützung. Sie lächelte.

Wenn nur, Will. Wenn nur.

Er sprang auf seinen kaputten Beinen auf und ab und winkte wie ein Irrer der vorbeiziehenden Parade zu, die auf die Kurve in die letzte Runde einbog.

Ich werde mich immer so an dich erinnern, dachte sie.

Ich werde mich immer so an dich erinnern.

Sie lächelte und weinte gleichzeitig.

Godot fragte sich gerade, ob die Idee so gut gewesen war, Bergalis sowohl die Mappe als auch die Diskette zu geben, als er die Hand danach ausgestreckt hatte. Godot hatte zwar kurz innegehalten, aber auf die Wiederholung der Geste reagiert und beide Gegenstände seinem Chef übergeben, dem Mann, der sein Leben gerettet und dem er sein Leben anvertraut hatte.

Bergalis betrachtete die Diskette in ihrer Klarsichthülle, von der die Sonnenstrahlen reflektierten und einen Lichtertanz auf dem Fenster hinter ihnen aufführten.

»Also, Luc ...«

Godot richtete sich auf.

»Was haben Sie gefunden? Oder, darf ich sagen, was denken Sie, was Sie gefunden haben?«

Godot war auf diesen Augenblick vorbereitet, er hatte eine ganze Rede im Kopf. Das Problem war, diesem Mann gegenüber zu stehen war etwas ganz anderes, als seinem eigenen Spiegelbild gegenüber zu stehen. Godot stockte, und sein Gehirn war mit einem Mal wie leergefegt, bis auf ein paar verstreute Worte und Satzfetzen.

»Ich weiß ... ich weiß ...«, er machte eine kurze Pause, »ich weiß Bescheid über das Projekt in Toulouse.«

»Ja«, seufzte Bergalis, »ich habe Ihnen doch schon alles darüber erzählt, Luc. In Montpellier. Es war ein von der Regierung abgesegnetes Projekt, das leider schiefgelaufen ist. Wir haben den Probanden Cytabutason injiziert. Das hatte die erwartete Wirkung. Es hat Muskelschäden beinahe ...«, er suchte nach dem passenden Wort, »... auf wundersame Weise repariert. Es war unglaublich, Luc. Wir hatten das Wundermittel gefunden. Die Firma war sehr aufgeregt.«

»Aber dann ging es zu weit«, warf Godot ein.

»Ja, es ging zu weit. Ich war als Projektleiter meinem Bruder Martin und dem Aufsichtsrat gegenüber verantwortlich. Wir hatten für das Mittel eine Reihe von Anwendungsmöglichkeiten gefunden, und dann noch eine interessante Nebenwirkung: Leistungssteigerung.«

»Ohne nachweisbar zu sein.«

»Ja«, sagte Bergalis leise, »aber Sie müssen verstehen – das war zu jener Zeit noch gar nicht relevant.«

Godot nickte. »Wann haben Sie die ersten Probleme bemerkt?«

Bergalis wandte sich um, lehnte sich an die Balustrade und blickte über die östlichen Bezirke von Paris hinweg. »Etwa sechs Wochen, nachdem die Tests begonnen hatten, bemerkten wir Aggressionen, die man normalerweise mit Steroidmissbrauch in Verbindung bringt. Wir haben versucht, die Dosierung zu reduzieren, aber das hatte keine Wirkung. Egal, was für eine Dosis wir verabreichten, die Probanden zeigten eine Aggressivität, große Kraft, unglaubliche Konzentrationsfähigkeit und einen Ehrgeiz, der bis zum Tod führte.«

»Sie haben sich zu Tode gearbeitet, ja?«

»Ja, Luc«, sagte Bergalis abwesend, »genau. Zu diesem Zeitpunkt versuchte ich, die Tests zu stoppen, aber jetzt war die Regierung interessiert, ebenso mein Bruder. Er sah große Möglichkeiten beim kurzzeitigen Einsatz. Es war ihm egal, dass Menschen starben, um seine zukünftigen Profite zu testen.«

»Strafgefangene starben«, sagte Godot.

»Menschen starben, Luc. Egal, wie man es betrachtet, Menschen starben.«

»Sprechen Sie weiter«, sagte Godot, erleichtert, dass er die Geschichte nicht erst mühsam aus seinem Gegenüber herausfragen musste.

»Ungefähr zur gleichen Zeit bekamen andere Firmen Wind von Cytabutason und den Tests. Und den Todesfällen. Manche wollten natürlich die Presse informieren, dass Haven in Toulouse heimlich Strafgefangene tötete. Andere wollten die Formel und hätten vor nichts Halt gemacht, um sie zu bekommen.«

»Biejo Fortuna.«

Bergalis schien überrascht, diesen Namen zu hören. »Wa- ... nun, ja. Er und andere.«

»BioSyn?«

»Ja. BioSyn. Andere Firmen. Andere Leute.«

»Ihre Frau?«

Bergalis erstarrte. Er sah Godot einen endlosen Augenblick lang an. Godot konnte spüren, wie sich dieser Mann für das, was kommen würde, panzerte.

»Ja, Luc, wenn Sie das wirklich wissen wollen«, sagte er, und seine Stimme klang leicht giftig. »Mein Frau, meine verstorbene Frau, hatte auch etwas damit zu tun.«

»Was war sie, Henri«, fragte Godot, »nur eine Assistentin oder eine Partnerin bei den Tests?«

»Assistentin. Wir haben uns hier in Paris kennengelernt und nach drei Wochen geheiratet. Zwei Wochen später haben wir schon an dem Toulouser Projekt gearbeitet. Vier Monate darauf hatten wir uns getrennt, und sie wohnte auf meine Kosten in einem Penthouse und arbeitete für die Konkurrenz.«

»BioSyn«, las Godot von einer Liste ab, »und Biejo Fortuna.«

»Ja. Beides ist korrekt.« Henri Bergalis wischte sich ein paar Schweißtropfen aus den Augenbrauen und wandte sich zu Godot um.

»Sind Sie sicher, dass Sie nicht reingehen wollen, Luc? Drinnen ist es zehn Grad kälter, und wir können das Ende des Rennens sehen.«

»Nein. Nein, Danke, Henri. Ich würde viel lieber hier draußen sein, wo die Sache unter uns bleiben kann.«

»Ah ja. Natürlich.«

»Sie haben sich nie von Magda scheiden lassen, richtig?«

»Nein«, sagte Bergalis langsam, »das habe ich nie. Es bestand wohl immer die leise Möglichkeit, dass wir irgendwann einmal wieder zusammenkommen. Magda ist eine Frau, die man nicht leicht aus seinen Träumen verbannt, egal, was sie einem antut.«

»Da würde ich zustimmen. Es gibt viele Leute, die sie nie vergessen werden«, sagte Godot.

»Es war diese Wirkung, die sie auf andere Menschen hatte«, sagte Bergalis mit einem schüchternen Lächeln, das schöne Erinnerungen ausdrückte.

Bevor er eine Chance hatte, seinen Panzer wieder zuzuziehen, fragte Godot: »Haben Sie Biejo Fortuna je kennen gelernt?«

»Ich? Ja, vielleicht, kurz, bei einer Party«, antwortete Bergalis. »Vielleicht ein- oder zweimal in zehn Jahren. Man trifft sich nicht mit Leuten, die versuchen, die eigene Firma zu ruinieren.«

»Ihre Firma oder die Firma Ihres Bruders?«

»Was meinen Sie?«

»Damals war es nicht Ihre Firma, richtig?«

»Nein. Bis zu diesem Frühjahr war es nicht meine Firma.«

»Bis dahin leitete Ihr Bruder die Firma.«

»Ja, mein Bruder wollte mit Cytabutason weiterarbeiten, egal, was es kostete«, sagte Bergalis. Langsam schlich sich leichte Besorgnis in seine Stimme.

»In der Tat«, murmelte Godot. Er wandte sich zum Gehen, aber dann drehte er sich wieder um und kratzte sich am Kopf. »Henri. Hatte Martin je eine Vermutung darüber, was Sie taten? Ich meine, er konnte sehr gemein sein, aber er war auch ein sehr cleverer Geschäftsmann, nicht leicht hinters Licht zu führen. War ihm klar, dass Sie versuchten, an seinem Stuhl zu sägen, oder hatte er keine Ahnung? Wusste er es, oder haben Sie und Magda Ihr kleines Spiel erfolgreich verborgen? Sie versteckten sich hinter der Fassade des unauffälligen treuen Bruders, um ihn zu täuschen, während Magda für Biejo Fortuna BioSyn leitete?«

Bergalis stand unsicher im harten Sonnenlicht. »Wie haben Sie all das aus diesen Unterlagen hier herausbekommen?«, fragte er und hielt die Mappe hoch.

»Das habe ich nicht«, antwortete Godot. »Ich habe nur gefragt. Eine Diskette aus einer unbekannten Quelle und ein Stapel Akten aus einem Firmenarchiv sind lediglich Indizien. Ein guter Anwalt kann sie wegargumentieren. Aber ich weiß es. Denn ich weiß, woher sie kommen. Und ich weiß, dass es Memos gibt, die in diesen Akten fehlen. Sie wurden durch neuere Memos mit anderen Nachrichten ersetzt, Nachrichten, die andeuten, dass Martin das Cytabutason-Projekt weiter vorantreiben wollte. Ich weiß es. Ich weiß, dass Martin das Projekt beenden wollte, weil man sich keinen Kundenstamm aufbaut, indem man seine Kunden umbringt. Ich weiß, dass Magda das Projekt weiterführte, weil sie daran glaubte, und weil sie immer noch Ihre Frau war. Ich weiß das. Genauso, wie ich weiß, dass Sie Biejo Fortuna sind.«

»Sie reden wirres Zeug, Luc. Nichts hier ...«

»Hören Sie auf, Henri! Das Spiel ist aus. Es ist nicht mehr nötig. Ihr Bruder ist tot. Ihre Frau ist tot. Cytabutason ist tot, weil es tödlich ist. Sie haben eine Figur und eine Firma erfunden, um Ihren Bruder bei jeder Gelegenheit zu sabotieren. Sie wurden Biejo Fortuna, und am Ende glaubten Sie tatsächlich an die Rolle, die Sie spielten. Magda hat die Drecksarbeit erledigt – inklusive Mord – und Sie haben die Droge am Leben gehalten. Wie lange, Henri? Wie lange mussten Sie im Geheimen weiterforschen, bis Sie es im Peloton losgelassen haben? Wussten es die Fahrer? Die Trainer? Die Mannschaftsärzte? Ich bezweifle es. Ein Geheimnis ist am besten gewahrt, wenn alle, die davon wussten, tot sind. Wie viele Leute, die davon wussten, sind tot, Henri? Wie viele?«

»Es ist uns aus der Hand geraten, Luc. Es ist uns einfach aus der Hand geraten. Das passiert bei der Forschung manchmal.«

»Das hatte nichts mehr mit Forschung zu tun, Henri. Das war Gier. Als Biejo Fortuna machten Sie Ihrem Bruder erfolgreich Konkurrenz. BioSyn war eine erfolgreiche Firma, trotz eines Geistes am Ruder und eines Verbrechens im Kern. Sie konnten es nicht aufgeben, weil es Ihnen zu viel gab: Geld und Freiheit und eine Macht über Ihren Bruder, die Sie sonst nicht bekommen konnten.«

Bergalis nickte und dann warf er Godot einen bittenden Blick zu.

»Ich nehme an«, seufzte er, »dass Sie Kopien von all dem haben?«

410

»Nein«, antwortete Godot ruhig, »Sie haben die einzigen Kopien.«
»Wirklich?« Bergalis lächelte, und auf seinem Gesicht spiegelten sich Schock und Erleichterung. »Nun«, sagte er, »das ändert die Situation völlig, nicht wahr?«

Bergalis wandte sich um und nahm vorsichtig ein Blatt Papier aus der Mappe. Mit seinem goldenen Feuerzeug zündete er es an und ließ es in eine der Tonnen fallen, die die Plattform begrenzte. Das trockene alte Blatt fing sofort Feuer und wurde in Sekundenschnelle zu Asche.

Ein Blatt nach dem anderen ging in Flammen auf und landete in einer der Tonnen, in denen heute Abend ein Freudenfeuer entzündet würde, um 50 Jahre Haven Pharma bei der Tour de France zu feiern.

»Das dauert zu lang, oder, Luc?«, meinte Bergalis.

Godot stand daneben und sagte nichts, als Bergalis einen ganzen Stapel Papier anzündete und damit die Zünder am Boden der Tonne berührte. Augenblicke später stand die ganze Tonne in Flammen.

»Na also.« Bergalis lächelte. »Das macht das Leben doch sehr viel einfacher, oder?«

Damit drehte er die Mappe um und schüttete alles Papier in die Flammen. Nur ein paar Augenblicke, und das Toulouser Projekt und Cytabutason verwandelten sich vom Schriftstück zur mündlichen Überlieferung, die sich mit jeder Erzählung verändern würde.

»Oh ja«, sagte Bergalis, »und jetzt die Diskette. Meine Frau ist tot«, bemerkte er und sah Godot an, als hätte der eine Antwort darauf. »Nun, das ist schade. Sie war wirklich eine Augenweide. Besonders nackt.« Ein Lachen blieb ihm im Hals stecken. »Wie ist sie gestorben, Luc?«

»Sie hat versucht, Will Ross und Cheryl Crane umzubringen. Cheryl hat sie mit einer Spritze voll von der Wunderdroge erwischt.«

»Ah ja. Ausgleichende Gerechtigkeit. Cheryl, sagen Sie«, lächelte er und hob eine Augenbraue. »Wie wunderbar. Sie ist eine ganz besonders aufregende Frau. Viel zu gut für einen wie Will, wissen Sie.«

Bergalis hielt die Diskette in die Luft und drehte sie langsam hin und her. »Wissen Sie, Luc«, sagte er traurig, »sie wollte mich erpressen. Magda. Sie drohte damit, alles aufzudecken. Das Spiel. Das

Biejo-Spiel. Sie war dazu bereit. Sie war bereit«, erinnerte er sich, »so gut wie alles zu tun. Also, Luc, ich bin froh, dass Sie es sind, der mit dieser Diskette zu mir kommt. Es steht also alles hier drauf? Die Forschungsergebnisse aus Eindhoven, die Notizen des Projekts, Biejo?«

»Alles. Paul van Bruggen hat sie begonnen. Magda hat Dinge hinzugefügt.«

»Ja. Ich bin sicher, das hat sie getan. Ich bin froh, dass Sie es waren, und nicht sie. Für Sie hat das hier eine Bedeutung. Für Magda wäre es nur ein Geschäft gewesen.«

Er blickte Godot lange an und sagte: »Ich werde das nicht vergessen, Luc.«

Er warf die Diskette in die Tonne, wo sie von Flammen eingehüllt wurde und die Informationen, die auf ihr gespeichert waren, in Sekunden zusammenschmolzen.

———

Vor der letzten Runde hatte Will im Haven-Bereich ein Megafon gefunden und sich am Ende der Einzäunung in Position gebracht. Als das Feld an ihm vorbei auf die Ziellinie zuraste, sah er Richard knapp vor seinem ärgsten Rivalen. Miguel Cardone war nicht zu sehen.

Will hob das Megafon und wartete darauf, dass der Sprint eröffnet wurde. Als sie die 250-Meter-Linie überquerten, sah Will das Zucken, das ihm sagte, dass der Lexor-Fahrer loslegen würde. Er drückte auf den Knopf. Das Megafon gab ein ohrenbetäubendes Quietschen von sich und Will brüllte hindurch: »Jetzt, Richard!« Bourgoin schoss nach vorn, als hätte er einen Schlag bekommen. Will hatte nicht gedacht, dass seine Stimme so verstärkt würde. Es überraschte ihn und ein paar andere Fahrer, aber nicht Bourgoin. Der Haven-Kapitän erwischte den Sprint und legte drei Sekunden zwischen sich und Webster, bevor der wusste, was mit ihm geschah.

Richard überquerte die Ziellinie, nicht als Sieger, aber sicher auf dem Treppchen.

Er hob beide Arme im Triumph, und Tränen liefen ihm über die Wangen.

Carl Deeds macht einen Luftsprung und begann, alles abzuküssen, was in der Nähe stand, inklusive Cheryl.

Carl hatte einen Mann aufs Podium gebracht. Er hatte sich bewiesen.

Noch zwei Schritte, und er wäre ein gemachter Mann.

»Monsieur Bergalis, entschuldigen Sie bitte – aber die waren für die Feier gedacht«, stotterte der Kellner und wedelte hilflos vor der brennenden Tonne mit den Armen.

»Ist schon gut, Maurice«, antwortete Henri. »Holen Sie einfach einen Feuerlöscher, machen Sie das aus, und füllen Sie die Tonne wieder, bevor es dunkel wird. Es ist alles unter Kontrolle.«

Der Mann im gestärkten weißen Kittel nickte und sauste davon.

»Das stimmt doch, oder nicht, Luc?«, meinte Henri Bergalis herablassend. »Alles ist unter Kontrolle, richtig?«

»Meine Kündigung wird morgen früh auf Ihrem Schreibtisch liegen«, sagte Godot einfach nur.

»Quatsch! Sagen Sie doch so etwas nicht. Sie haben mich gerettet, Luc. Ich vergesse meine Freunde nicht.«

»Ich auch nicht. Ich habe Ihnen Ihr Leben gerettet im Gegenzug für das Leben, das Sie mir gegeben haben.«

»Was, und dieses Leben werfen Sie jetzt hin, Luc? Das bezweifle ich, mein Freund. Das bezweifle ich wirklich.«

»Ich tue es. Und ich muss es tun. Wir sind jetzt quitt.«

»Wovon wollen Sie leben?«

Der ehemalige Polizeiinspektor im Morddezernat blickte langsam über die Schönheit der Stadt, die er so viele Jahre lang vor so vielen Bösewichten zu schützen versucht hatte und sagte: »Was das Geld angeht, da komme ich schon durch. Wie ich mit mir selbst leben kann, das ist eine andere Frage.«

»Also, ich akzeptiere Ihre Kündigung nicht. Ich fahre morgen für eine Woche nach Spanien in den Urlaub. Wenn ich zurückkomme, denke ich nochmal darüber nach.«

»Sie wird immer noch auf Ihrem Schreibtisch liegen.«

Godot wandte sich um und zog das Jackett an, immer noch schwer und schweißdurchnässt. Bergalis sah ihm hinterher, wie er zur Tür schlurfte. Die letzten Tage lagen schwer lag auf seinen ohnehin gebeugten Schultern.

»Luc. Sagen Sie mir, Sie denken doch nicht darüber nach, wieder zur Polizei zurückzukehren und zu versuchen, mich auf eine andere Art zu überführen, jetzt, da Sie sich verpflichtet fühlten, mich freizulassen? Sind Sie mein persönlicher Javert geworden?«

Godot blieb stehen und drehte sich zu Henri Bergalis um, zu dem Mann, dem er sich verpflichtet gefühlt hatte, dem Mann, den er zu kennen geglaubt hatte. Er murmelte: »Sie haben das alles falsch verstanden, Henri. Ich bin nicht Ihr Javert. Wenn überhaupt, dann bin ich Ihr Jean Valjean. Sie haben Ihr Leben. Jetzt lassen Sie mich meines haben.«

Godot wandte sich ab und schlurfte zur Treppe, die hinunter zur Straße führte, und dann in die Metro, in eine kleine Wohnung, zu einer Flasche Whiskey und einer Frau mit Namen Isabelle.

Er fühlte sich sehr alt.

Als er die ersten Stufen hinabschritt, konnte er hinter sich noch Henri Bergalis sagen hören: »Nächste Woche, Luc. Wir unterhalten uns nächste Woche.«

Godot trottete still die Treppen des Eiffelturms hinunter und betete, wie seine Mutter es ihn gelehrt hatte, um Erlösung von seinen Sorgen und um die Kraft, sich selbst morgen früh in die Augen sehen zu können.

Für den heutigen Abend würde Alkohol reichen.

29
Die Party ist vorbei

Die Siegerehrung war eine große Feier für die Haven-Mannschaft geworden, eine Feier von Erfolg und Misserfolg, Drama und Tragödie. Keiner im Team konnte vermeiden, an Henri Bresson oder Prudencio Delgado zu denken, oder an den Mann, der bei beiden gewesen war, als sie ausfielen.

»Hey, Will.«

Will wandte sich um und konnte seine Überraschung nicht verbergen. John Cardinal kam tatsächlich mit ausgestreckter Hand auf ihn zu.

»Tolles Rennen, Mann«, sagt er und schüttelte begeistert Wills Hand, »tolles Rennen. Du hättest beim Finale dabei sein sollen. Du hast es verdient.«

Will lächelte. »Danke, John. Nett von dir.«

Als Cardinal weiter zu einem Interview ging, flüsterte Cheryl Will ins Ohr: »Siehst du? Du warst nicht so verhasst, wie du gedacht hast.«

»Doch.«

»Warst du nicht, du Idiot. Ein einziger Mensch, Cardone, macht dich fertig, und du denkst, es seien alle gegen dich. Sogar ich. Kannst du das glauben?«

»Ja. Ja, das kann ich.«

Sie schlug ihm auf die Schulter, so dass ihm der Schmerz durch den linken Arm und den zerschlagenen Ellbogen schoss. Er öffnete den Mund in einem stillen Schmerzensschrei.

»Oh, tut mir Leid«, sagte sie und lächelte böse. »Aber du musst zugeben, du hast es verdient.«

Will wollte gerade antworten, da kam Richard Bourgoin auf die beiden zugerannt.

»Will, mein guter Freund, Will. Selbst, wenn du nicht hinter mir her fährst, brüllst du mir noch ins Ohr. Woher wusste ich, dass du das warst über die Lautsprecher? Woher habe ich das gewusst?«, keuchte Bourgoin.

»Das war ein Megafon.«

»Megafon, so ein Blödsinn«, lachte Richard. »Das war die Stimme Gottes. Ich bin sicher, an dem Tag, an dem sie dich umbringen, kommst du immer noch als Stimme zu mir und sagst mir, was ich tun soll.«

Will lachte halbherzig über diesen makabren Witz, makaber besonders im Lichte seiner letzten Begegnung mit Magda Gertz. Plötzlich sprang Bourgoin nach vorne und erwürgte Will fast mit einer Umarmung.

»Kann ... nicht ... atmen ... kann ... nicht ... atmen.«

Bourgoin ließ ihn los und fragte lachend: »Entschuldige, Will, kann ich mir mal deinen Stock ausleihen?«

Ohne nachzudenken gab Will Richard Bourgoin den Stock von Charles de Gaulle, den Stock, der ihm und Cheryl das Leben gerettet und das Gegenteil für Dr. Paul Flacon getan hatte.

Der lächelnde Drittplatzierte lachte immer noch, auch als der Witz lange schon vorbei war. Dann setzte er ohne Vorwarnung sein linkes Bein zurück, stellte den Fuß fest auf den Boden und trieb den Messingknauf des Stockes in den Magen von Miguel Cardone.

Cardone klappte in der Hüfte zusammen und fiel auf die Knie. Seine Augen wurden groß, als er verzweifelt um Luft rang. Nur unter Schmerzen konnte er rasselnd Luft holen.

Richard Bourgoin beugte sich zu Cardones Ohr hinab und zischte auf Französisch: »Du hast mir beinahe meine Tour vermasselt, du blöder Idiot. Du hast meinen Leutnant ausgebootet und das Team gegen ihn aufgebracht. Dann bist du an seine Stelle getreten und hattest weder das Know-How, noch die Beine oder den Mumm, seinen Job durchzuziehen. Er war nötig, er, neben der Strecke, um zu wissen, wann ich losspringen sollte. Du warst zu früh weg, du Blödmann. Du hast abreißen und mich ohne Unterstützung hängen lassen. Aber

Will – Will war schon beinahe sechs Tage aus dem Rennen, und trotzdem hat er sich für mich eingesetzt. Du warst der Politiker, du Arschloch, aber er, er war der Fahrer. Du fährst nie wieder in meiner Nähe.«

Bourgoin machte eine abwertende Handbewegung und spuckte Cardone ins Gesicht. Dann stand er wieder auf, lächelte, und gab Will den Stock zurück.

»Danke, mein guter Freund.«

»Bon ami«, sagte Will, das bedeutet ›guter Freund‹.«

»Ah«, sagte Bourgoin, »endlich hast du mal was gelernt.«

Die beiden Freunde lachten und umarmten sich.

In der Zwischenzeit hatte sich Cheryl neben Miguel Cardone gehockt. Sie packte ihn am Bund seiner Radhosen und zog ihn dann auf alle Viere. Dann hob sie den Bund noch weiter an, damit sein Zwerchfell wieder in Bewegung kam.

»Einatmen, ausatmen, Miguel. Du überlebst das schon.«

»Was«, keuchte Cardone, »hat Richard gesagt? Warum hat er das gemacht?«

»Also, na ja«, überlegte Cheryl, »ich kann dir nicht so richtig genau sagen, was er gesagt hat, denn Express-Französisch ist nicht meine Stärke, aber ich kann dir eine grobe Zusammenfassung geben.«

»Was?« Cardone würgte. »Was?«

»Ich glaube, er hat gesagt, ›leg dich nicht mit mir an, ich bin aus Detroit‹.« Sie grinste breit. »Das ist eine ungefähre Übersetzung.«

Damit ließ sie den Hosenbund los. Miguel Cardone klappte zusammen und kotzte ein paar innere Organe heraus, die nicht fest genug gesessen hatten.

Carl Deeds kam durch die Menge, jeden umarmend, alle lobend, von Bourgoin bis zu dem Fotografen, der an den Sicherheitsleuten vorbeigekommen war.

Er sah, wie Will schräg an Cheryl und einem Klappstuhl hing und lief gut gelaunt zu ihnen hinüber.

»Ich hab's geschafft! Ich hab's geschafft, yippidie-du, verdammt und eins.«

Will lachte über diesen Ausbruch guter Laune von einem Mann, der sonst nur für seine üblen Ausbrüche bekannt war.

»Ich freue mich für dich, Carl. Es war ja auch Zeit. Du hattest ein tolles Team zusammen.«

»Ja, das hatte ich, nicht wahr? Verdammt noch mal, ja!« Deeds wirbelte auf seinem guten Bein herum. »In der Tat, ja. Das Team!«, rief er und zeigte mit beiden Zeigefingern auf Will und Cheryl. »Das Team! Klasse Team! Hätte es nicht allein geschafft, Mann!«

»Carl, entschuldige, dass ich frage, aber hast du was getrunken?«

»Ja, Will, ich habe was getrunken. Sogar eine Menge. Ungefähr eine Schüssel voller Champagner da drüben, und endlich ist es mal gutes Zeug. Es ist schön, für einen Laden zu arbeiten, der gewillt ist, gottverdammtes Geld auszugeben und mir die gottverdammten guten Pferde in den Stall zu stellen! Hab ich Recht?«

»Holla!« Will wedelte mit der Hand durch die alkoholgeschwängerte Luft zwischen ihnen. »Vorsicht bei offenem Feuer, Mann. Okay? Ich will dich noch behalten.«

»Und ich will dich behalten, Will. Und dich, Cheryl.« Deeds deutete wieder auf sie beide.

»Oh nein«, sagte Cheryl. »Mich kannst du vergessen.«

»Ach komm schon, Cheryl«, bettelte Deeds. »Es war großartig. Und es wird wieder großartig. Wir haben den Kern zusammen: Bourgoin. Dich, Will. Delgado. Cacciavillani.« Er warf einen Blick auf Miguel Cardone, der immer noch neben ihnen auf dem Boden saß und reiherte. »Cardone. Wenn er mal endlich lernt, Alkohol zu vertragen. Gott, wir haben's zusammen.«

»Mich hast du nicht, Carl«, sagte Cheryl. »Ich fliege morgen in die Staaten.«

»Oh ja«, rief er betrunken. »Du fliegst weg. Was ist denn los, magst du uns nicht mehr?«

»Doch. Ich kann nur die Aufregung nicht ertragen, die es in deiner Umgebung immer gibt.«

»Na ja, ist schon gut. Aber, Will, was wäre Haven ohne Will Ross, hä?« Deeds kippte gegen Wills Schulter und löste neue Schmerzen aus.

»Carl, ich kann nicht mehr fahren. Ich bin draußen. Ich weiß nicht, was aus mir wird. Ich weiß noch nicht mal, ob ich je wieder in einen Sattel steigen kann.«

»Ach, Scheiße. Das wird schon wieder.«

»Das Knie vielleicht, aber die Wade nicht. Das verdammte Ding ist von der Achillessehne bis zum Knie gespalten. Es wird wieder passieren. Und wieder. Und wieder, wenn ich es nicht schone. Und ich brauche Zeit, um mich zu entscheiden, ob es das wert ist.«

Deeds starrte Will einen Augenblick lang alkoholumnebelt an. Dann zuckte er zusammen, als hätte er einen elektrischen Schlag bekommen.

»Du willst doch nicht etwa den Sport aufgeben, oder, Will? Das kannst du nicht. Draußen könntest du nicht überleben. Also bleib dabei!« Deeds schlug Will mit der Hand auf die Schulter und schob ihn seitwärts.

»Ich weiß nicht, Carl ...«

»Verdammt, Junge. Ich brauche einen Assistenten. Ich brauche Unterstützung. Du kennst meine Trainingsmethoden. Also, komm auf unsere Seite. Werd Trainer. Das ist echt viel leichter, als so ein verdammtes Ding zu fahren.« Deeds zeigte zur Seite, wo gerade Richard Bourgoin, Drittplatzierter bei der Tour de France, der sehr viel bessere Dinge zu tun gehabt hätte, ein sauberes und glänzendes Colnago zu Will herüberschob.

»Nimm's, Freund. Es hat dich vermisst.« Bourgoin drückte den Lenker in Wills Hände und trat einen Schritt zurück.

Will stand einen Augenblick lang nur da und bewunderte die Linien, die Winkel, die technische Schönheit des »Biestes« und spürte, wie es um seine Brust eng wurde.

»Ich dachte ... ich dachte, ich hätte sie verloren.«

»Na ja, du hast sie auf dem Ventoux gelassen«, sagte Richard leise und lehnte sich dicht zu ihm herüber, »und das ist kein Ort, wo man eine solche Frau zurücklässt.«

Cheryl beobachtete die Szene und lachte. »Mann. Das ist ja wie bei ›Lassie‹. Lassie, komm nach Hause.«

»Wir haben uns gedacht, das ist das Geringste, was wir für dich tun können, was aber nicht wahr ist, denn ein Job bei Haven, das wäre das Geringste, was wir für dich tun könnten. Ha!« Deeds allein lachte über seinen Witz. »Aber das ist unser Dankeschön, Will. Diesmal hattest du echt die Arschkarte gezogen. Selbst mit 'ner ganzen Bande

Hellseher hättest du diesmal keinen Blumentopf gewinnen können.«

»Was soll das denn bedeuten?«, fragte Bourgoin.

»Weiß ich auch nicht.« Deeds rülpste. »Ich muss mich hinsetzen.«

Während Deeds zum nächsten Stuhl und einem verdienten Kater entgegenstolperte, wurde Bourgoin plötzlich von einer Horde Reporter umringt. Er griff durch die Menschenmenge hindurch, um Will noch einmal die Hand zu schütteln.

»Denk drüber nach, Will. Ich arbeite nicht gut, wenn du nicht in der Nähe bist.« Die Menge zog ihn davon.

Will sah ihm zu, wie er ging, eine Hand zum Abschiedsgruß erhoben.

Zwei Frauen schlenderten an ihm vorbei und blieben einen Augenblick lang stehen, um nach Cardone zu sehen, der immer noch auf dem Boden saß und verzweifelt versuchte, zu Atem zu kommen.

»Was ist denn mit dem los?«, fragte die eine.

Will schaute in ihre Richtung und brummelte: »Der hat Messing gegessen, das nicht mehr ganz frisch war.«

Cheryl kicherte und wandte sich ab. »Na, Cowboy«, fragte sie, »wer kann denn hier mal einem Mädchen einen Drink besorgen?«

Wills Gesicht leuchtete auf und er richtete sich in gespieltem Stolz auf. »Das kann ich. Ich scheine schließlich hier der Team-Assistent zu sein.«

»Ja, scheint so«, meinte sie, plötzlich abwesend.

»Herzlichen Glückwunsch.«

30
Über den Wolken

Die kleine Wohnung in Senlis, normalerweise so sonnig und warm, war heute mit kaltem Grauen erfüllt, als ob der Nebel und die dichten Wolken hineingekommen wären und jetzt in der Luft hingen.

Beide packten still und gedankenverloren. Sie konnten den leichten Geruch des Todes nicht abschütteln, der immer noch in der Luft hing.

Cheryl Crane packte ihre Sachen schnell. Sie trug zwei Kisten mit abgelegten Klamotten und Büchern auf die Straße hinunter. Die Küchensachen würde sie in der Wohnung lassen. Angekommen war sie mit einem Koffer. Jetzt ging sie mit zweien und einem Stück Handgepäck. Nicht schlecht. Sie war noch nie ein Sammlertyp gewesen.

Will hingegen war ein Müllmagnet. Vier Kisten standen schon am Straßenrand und mindestens zwei würden noch folgen, aber er hatte es doch endlich geschafft, all seine Sachen in zwei Koffer, eine kleine Tasche und einen Fahrradkoffer zu quetschen.

»Warum packst du das Rad ein?«, fragte sie.

»Ich kann es nicht fahren. Ich werd's lagern, also, warum nicht? Besser, als wenn es in der Kälte steht und friert.«

Sie nickte und sah ihm zu, wie er den Radkoffer mit Klebeband verschloss und ihn in die Ecke schob.

»Wann geht dein Flieger?«, fragte er.

»Zum vierten Mal: 15 Uhr. Immer der Sonne hinterher. Bis Detroit habe ich einen Sonnenbrand.«

»Keine Frage«, antwortete er. »In welche Klasse hat Haven dich gebucht? Hilf mir mal beim Bett hier.«

Er zog die Pocahontas-Laken vom Bett und warf ihr ein Ende zu, um sie zu falten. Sie nahm es hoch und zog es glatt.

»Ich zahle das Ticket, nicht Haven, also wahrscheinlich Holzklasse.«

Will faltete das Laken längs in die Hälfte, dann noch einmal, und ging auf sie zu.

»Das finde ich nicht fair. Zwei Jahre Sklaverei und dann kriegst du keinen besseren Abgang?«

Sie zog das Laken zu sich heran.

»Tut mir Leid, aber die meisten Firmen kümmern sich einen Dreck um die Reisearrangements von Ex-Angestellten.«

Sie falteten das Laken gemeinsam zu einem kleinen Viereck.

»Schade«, sagte er über die Schulter hinweg, während er zum Schrank ging. »Du solltest etwas davon haben. Ich habe schon ein schlechtes Gewissen, dass ich Carl gestern Abend bei der Party seine Kreditkarte zurückgegeben habe.«

»Was hat er gesagt, als du sie ihm gegeben hast?«

»Er hat gesagt, er hoffe, ich hätte mir mit ihr eine schöne Zeit gemacht und ich solle ihm versprechen, dass ich sie nie wieder klaue.«

»Und?«

Will warf das gefaltete Laken oben auf den Schrank, wo schon die Kissenbezüge lagen und verzog sein Gesicht. »Ja und nein. Nein. Ich hatte keinen Spaß. Ich hatte nette Gesellschaft – na ja«, er machte eine Kopfbewegung in Richtung des ›Todesstuhls‹, »zum Teil auch nicht, aber, nein, ich hatte keinen Spaß. Klauen macht keinen Spaß mehr. Überhaupt keinen Spaß.«

»Und, ja?«

»Ja, ich habe ihm gesagt, ich würde sie nicht mehr klauen. Wenn er mir einen Gefallen täte.«

»Was für einen Gefallen?«

»Ich schreib's dir.«

Sie lachten beide befangen.

»Ich, äh, ich bin fertig«, sagte Cheryl leise.

Will blickte auf seine Uhr. »Oh – halb zwölf. Auf die Minute pünktlich.« Er schlug sich mit den Händen auf die Oberschenkel –

eine verlegene Geste, die seine Unsicherheit überspielen sollte. »Ich sollte uns ein Taxi besorgen.«

»Ja, das solltest du wohl«, sagte sie traurig. Sie drehte sich zum Fenster um und versuchte, da draußen einen Punkt zu finden, den sie anstarren konnte.

Will ging zum anderen Fenster hinüber. Er wartete einen Moment und dann pfiff er laut. Cheryl konnte hören, wie er mit jemandem sprach. Dann kehrte er zurück.

»Er kommt«, sagte er.

»Gut«, antwortete sie. »Ist das jetzt alles hier? Ich will wirklich aus dieser Wohnung raus.« Sie erschauerte und Will drückte sie fest an sich.

»Ja. Das ist alles.«

Stumm sammelten sie ihr Gepäck zusammen und trugen es auf die Straße hinunter. Will versuchte, mit Cheryls Handgepäck und seiner Tasche die Balance zu halten, während Cheryl die Koffer hinunterwuchtete.

»Ich werde echt froh sein, wenn du wieder beide Beine zur Verfügung hast. Ich fühle mich wie ein Packesel«, keuchte sie und ließ die beiden schweren Koffer am Bordstein fallen.

»Vorsicht mit dem Radkoffer, okay? Ich will nicht, dass dem ›Biest‹ was passiert.«

Sie warf ihm einen bösen Blick zu.

»Oh Gott. Das wollen wir wirklich nicht, was?«

»Nein«, sagte er mit gespieltem Schreck, »wirklich nicht.«

Der Taxifahrer sah ihnen hinterher, als sie wieder ins Treppenhaus gingen, um das restliche Gepäck zu holen.

»Hier«, rief sie zu dem Fahrer nach vorn. »Hier ist es gut.«

Das Taxi fuhr elegant an den Bordstein und hielt.

Cheryl blieb eine Sekunde lang regungslos sitzen und blickte aus dem Fenster auf die Menschenmenge, die sich durch die Türen der Air France drückte.

»Bist du sicher, Will? Auch nicht nur für ein paar Wochen?«

»Ich weiß nicht, Cheryl. Und das tut mir Leid. Aber die haben mir hier ein Angebot gemacht, das mir ein neues Leben gibt. Nummer zwei im Team, ohne die Ochsentour durchlaufen zu haben. Wenn ich meine Form je wiederfinde, kann ich auch wieder Rennen fahren.«

Jetzt kamen beiden doch die Tränen.

»Du weißt, was ich für dich empfinde, Cheryl. Du weißt, dass ich gern mitkommen möchte. Du weißt, dass ich dich und dein Team unterstützen möchte, auch wenn du auf diesen vermaledeiten Mountainbikes fährst.«

»Will, ich ...«

»Die Dinger sind gefährlich, denk an meine Worte.«

Cheryl lachte. Will lächelte eines dieser »Jetzt nur nicht sentimental werden, oder ich breche zusammen«-Lächeln.

»Aber«, fuhr er fort, »ich muss auch Rennen fahren. Ich habe nicht mehr viel Zeit im Sattel. Das nächste Jahr wird für mich so ähnlich wie dieses für Henri Bresson. Aber irgendwie muss ich mit diesem Team in Verbindung bleiben, mit dieser Firma, mit diesem Sport.« Er deutete auf den Kofferraum. »Mit diesem Rad. Ich muss ein Teil von all dem bleiben, weil es ein Teil von mir ist. Das ist es, was einen ganzen Menschen aus mir macht. Es ist mein Leben.«

Sie nickte.

»Ich weiß«, sagte sie leise, »ich empfinde ja genauso. Deshalb muss ich jetzt gehen.«

Er verzog das Gesicht und nickte wortlos.

Will stieg aus und ging nach hinten, um dem Fahrer mit dem Gepäck zu helfen und zu bezahlen.

Cheryl Crane saß still im Taxi und dachte noch einmal über diese Welt nach, die sie jetzt hinter sich lassen würde. Die Zukunft würde nicht besonders bequem werden. Die Zukunft war voller neuer Menschen und Herausforderungen und der sehr realen Möglichkeit des Versagens.

Die Zukunft fühlte sich leer an. Sie stieg aus dem Wagen und ging zur Tür des Terminals.

»Komm, der Fahrer hat einen Gepäckträger organisiert.«

»Was? Oh, gut. Was ist mit deinen Sachen?«

»Ich habe ihm ein riesiges Trinkgeld gegeben, damit er wartet. Wenn ich dich durch den Zoll gebracht habe, fahre ich zu Bourgoins

Wohnung weiter. Er hat gesagt, ich kann ein paar Tage bei ihm wohnen, bis ich eine neue Wohnung gefunden habe.«

»Das ist nett.«

»So ist er eben. Der dritte Platz bei der Tour, drei Flaschen Champagner und ein Wahnsinns-Menü haben auch nicht geschadet. Da wird man großzügig.«

»Mein Körperumfang würde ganz sicher großzügig«, sagte sie und blies die Backen auf.

»Ja, aber du wärst bestimmt die komischste großzügige Person im bekannten Universum.«

Will gab dem Gepäckträger sein Trinkgeld und schob das Gepäck zu einem freien Air-France-Schalter. »Das ist alles«, fragte er, »zwei Koffer und ein Stück Handegpäck?«

Cheryl nickte stumm. Sie stellte sich an den Schalter und gab dem Mann dahinter ihr Ticket und ihren Pass. Sie beantwortete die immer gleichen Sicherheitsfragen, er nickte und machte die Schilder an den Koffern fest. Er tippte weiter auf seiner Tastatur herum und blickte dann auf.

»Es hat eine Änderung bei Ihrer Reservierung gegeben, Mademoiselle.«

»Eine Änderung?«, fragte sie und bereitete sich innerlich auf ein Problem vor. »Was für eine Änderung?«

»Oh«, sagte er schnell, »eine gute Änderung. Ich glaube, sie wird Ihnen gefallen.«

Er tippte noch ein paar Mal auf seine Tastatur und gab ihr die Bordkarte. »Danke, dass Sie Air France gewählt haben.«

Sie schaute auf ihre Bordkarte und sah, dass es für die Erste Klasse war.

»Mein Gott«, stotterte sie und wandte sich zu Will um, »wie ...«

Er stand da und grinste von einem Ohr zum anderen.

»Das ist ein Geschenk«, sagte er, »von mir und Haven und Carls Kreditkarte. Guten Flug.« Er umarmte sie lange und ließ nur ungern los, als zwei Passagiere sich an ihnen vorbeidrückten.

»Ich dachte, du hättest Carl seine Kreditkarte zurückgegeben«, sagte sie und starrte wieder völlig perplex auf das Ticket.

»Hab ich auch«, sagte er. »Nachdem ich deine Reservierung geändert hatte. Nebenbei wirst du bemerken, dass dein Ticket mehr gekostet hat als das ganze Flugzeug.«

»Das sehe ich«, schluckte sie.

Will lächelte sie an. »Guten Flug«, flüsterte er. »Grüß deine Mutter von mir.«

»Sie liebt dich abgöttisch. Wirklich.«

Sie gingen zur Sicherheitsschranke, die Will nicht passieren konnte. Die nächsten zweieinhalb Stunden bis zum Flug würde Cheryl im Terminal eingesperrt sein.

»Was machst du jetzt?«

»Ich betrinke mich. Was würdest du denn tun?«

»Ich würde mich auch betrinken«, sagte er, »aber von mir erwarten die Leute ja schließlich auch, dass ich sturzbetrunken bin, wenn ich den Atlantik überquere. Das ist Bedingung.«

Sie nickte kurz. »So kann man sich die Zeit auch vertreiben.«

»Ja, kann man.«

Dann gab es eine lange Stille.

»Will, es gibt da etwas, das du in Bagnères-de-Bigorre gesagt hast, bei der Tour. Hast du das wirklich gemeint?«

Will zuckte mit den Schultern. »Wie könnte ich etwas ernst gemeint haben, das ich an einem Ort gesagt habe, den ich nicht einmal aussprechen kann?«, lachte er.

Sie seufzte und nickte wieder. »Ja.« Ihr Kopf bewegte sich weiter auf und ab.

»Natürlich. Was habe ich nur gedacht?« Sie reckte sich hoch, küsste ihn schnell und verschwand durch die Sicherheitsschranke.

»Pass auf dich auf«, rief er der verschwindenden Figur hinterher. »Ruf an. Ruf bei Richard an, wenn du in Detroit angekommen bist. Sei vorsichtig. Hey! Hey, Cheryl! Hey!«

Sie blickte nicht zurück.

Sie hatte schon fünfundzwanzig Minuten im Flugzeug gesessen und auf den Start gewartet, als sie beschloss, es sei in Ordnung, den freigebliebenen Sitz neben sich auch zu belegen. Sie zog ihre Tasche unter dem Vordersitz hervor und warf sie auf den Nebensitz. Sie blickte aus dem Fenster auf die riesigen Wattewolken, die von der Kälte und dem Nebel der Morgens übrig geblieben waren.

In der Nachmittagssonne war es ein klarer, wunderschöner Anblick. Eine schöne Erinnerung an Paris, dachte sie. Und Frankreich. Und Haven. Und Will.

»Entschuldigen Sie«, sagte eine Stimme mit starkem Akzent aus dem Gang, »isch glaube, Sie 'aben meine Sitz genommen.«

»Oh, tut mir Leid«, sagte sie entschuldigend. »Ich nehme die Sachen sofort wieder weg.« Cheryl mühte sich noch, das Buch und einen Schlüsselbund wieder zu verstauen, die aus ihrer Tasche herausgerutscht waren, als sie bemerkte, dass die Beine der Person, die eben gesprochen hatte, nicht gerade das waren, was man als »normal« bezeichnen würde. Das Rechte steckte bis zum Knie in einem blauen Gipsverband, das Linke wurde von einer starren Schiene aus Stoff und Metall zusammengehalten.

Sie sah an dem verlotterten Haven T-Shirt hoch und Will Ross ins Gesicht.

»Ist das nicht interessant«, sagte er, »als ich noch klein war, haben sich die Leute fein gemacht, wenn sie geflogen sind. Jetzt ziehen wir uns an, als wollten wir die Garage aufräumen.«

»Hey, das ist mein Spruch.«

»Ja, ich weiß. Aber ich bin eben ein Dieb.« Er warf ihr zwei kleine Packungen mit Erdnüssen in den Schoß. »Siehst du? Dafür könnte ich 40 Jahre in der Bastille bekommen.«

Er lockerte die Verschlüsse an seiner Beinschiene, schob sich auf den Sitz und ließ sein linkes Bein gefährlich weit in den Gang hinaushängen.

»Wenn die mit dem Wagen durchkommen, brauche ich für das Bein auch noch einen Gips.«

Lachend versuchte sie, ihre Frage zu formulieren, »was ... was tust du ... was machst du denn hier?«

»Ich habe Carl gesagt, ich würde zurückkommen und sein Assistent werden. Nächste Saison. In der Zwischenzeit muss ich mich mal gründlich erholen, und das kann ich nicht hinter dem Steuer dieses verdammten Zirkuswagens, den die einen Mannschaftswagen nennen, während mich Carl dauernd anbrüllt.«

»Also ... ?«, fragte sie erwartungsvoll.

»Also fahre ich nach Hause und besuche meine Mama und deine Mama und lasse mich gut füttern.«

»Und wirst dick.«

»Das auch. Das auch.«

Sie schob ihre Arme unter seinem rechten Arm hindurch und schmiegte sich an ihn.

»Ich freue mich, dass du mitkommst«, flüsterte sie.

Einen Moment lang saßen sie still da und hörten zu, wie die Kabinentür geschlossen wurde und die Motoren der 747 aufheulten.

Dann flüsterte er: »Übrigens, du hast vorhin etwas erwähnt.«

»Was?« fragte sie.

»Du hast gefragt, ob ich mich an etwas erinnere, was ich bei der 13. Etappe gesagt habe. Beim Start. In Bagnères.«

»Ja«, sagte sie und rührte sich nicht von seiner Schulter weg.

»Ich erinnere mich«, sagte Will gerührt. »Ich erinnere mich sehr gut. Und ich werde mich daran erinnern, so lange ich lebe.«

Cheryl Crane betrachtete den braunen Ledersitz vor sich und das AirFone, das daran befestigt war. Sie konzentrierte sich auf die Farben und die Form des Sitzes und des Telefons und auf die Nähte in dem Stoff vor ihren Augen. Sie starrte nach vorn und wartete darauf, das zu hören, was sie zu hören hoffte, in einem Augenblick, in dem sie mit 196 anderen müden Transatlantik-Passagieren allein sein würden.

»Ich liebe dich, Cheryl«, sagte er leise. »Das habe ich immer getan, und das werde ich immer tun.«

Die Motoren wurden lauter, während das Flugzeug rückwärts vom Gate in Richtung Startbahn geschoben wurde. Das Flugzeug brachte Will weg von Frankreich und Paris und von der Tour, weg von Haven und dem Radfahren, weg von Ruhm und Geld und von dem, was beinahe zwanzig Jahre lang sein Lebensinhalt gewesen war.

Begonnen hatte es auf einer Betonbahn in einem Velodrom westlich von Detroit. Enden würde es in wenigen Stunden auf einer Betonbahn auf dem Flughafen Detroit Metro, westlich der Stadt.

In diesem Augenblick wusste er es.

Will Ross war in seinem ganzen Leben nie glücklicher gewesen.

Sein Kreis hatte sich geschlossen.

Epilog

enri Bergalis war ganz besonders zufrieden mit sich selbst, während er sich tiefer in den weichen Ledersitz des Haven-Firmenjets sinken ließ und geduldig auf den Start aus Le Bourget wartete.

Er rückte die Halbbrille zurecht, die tief auf seiner Nase saß und las zum vierten Mal den Zeitungsartikel über die letzte Etappe, zusammen mit einer Analyse der aufregenden und dramatischen Ereignisse, die das Haven-Team zur Tour beigesteuert hatte.

Er lächelte über das Bild von Will Ross, der neben Richard Bourgoin auf dem Podium stand. Will wurde besonders für seinen Mut in den Pyrenäen gelobt, trotz der Schwierigkeiten, die sich ihm in den Weg gestellt hatten.

»Schön für dich, Will«, brummelte er. »Schön für dich.«

Aber eigentlich blickte Henri eher auf die Figur einer Frau, die schräg rechts hinter Will Ross stand. Er konnte nur einen Teil ihres Gesichtes sehen, aber er kannte es gut und wollte es noch besser kennen lernen.

»Ah, Cheryl, danke, Cheryl, danke für das, was du für mich getan hast.«

Und in naher Zukunft, das wusste er, würde es viel mehr Gelegenheiten geben, sich bei Cheryl persönlich zu bedanken. Heute früh hatte er bereits verfügt, dass Haven als Hauptsponsor ihres Mountainbike-Teams in den Staaten einsteigen würde. Er lächelte bei dem Gedanken. Haven in den Staaten. Es war ein kluger geschäftlicher Schachzug. Nicht nur würde es der Firma in Amerika eine größere Bekanntheit verschaffen, sondern es würde ihm auch einen Grund geben, dorthin zu fahren und um Cheryl zu werben, und, wer weiß, Will Ross vielleicht irgendwie loszuwerden.

Wie schade, dass Magda das nie geschafft hatte. Sie war in vielen Dingen so gut, aber sie hatte den Schlüssel zu Will Ross nie gefunden. Was war dieser Schlüssel?

Freundschaft? Loyalität? Geld? Nein, nicht Geld.

Nicht, wenn man sich ansah, wie er lebte.

Aber egal. Henri Bergalis würde ihn finden. Und wenn er ihn erst gefunden hatte, würde er ihn benutzen. Und wenn er das getan hatte, würde er sich an Cheryl Crane heranmachen.

Cheryl, meine Liebe. Du hast die Hexe umgebracht. Vielen, vielen Dank.

Er lehnte sich nach vorn und schaltete die Gegensprechanlage zum Cockpit ein.

»Worauf warten wir denn noch?«, fragte er gereizt. Seine Geduld, eine relativ neue Errungenschaft, war bereits etwas strapaziert.

»Wir haben ein Warnlicht wegen Überhitzung auf Motor eins, Sir. Wir dachten, wir sollten umdrehen und das von einem Mechaniker überprüfen lassen.«

»Hat es da schon einmal ein Problem gegeben?«

»Ja, aber das war nur ein kaputtes Warnlicht.«

»Dann würde ich vermuten, es ist nur wieder das Licht. Fliegen wir los.« Er schaltete die Gegensprechanlage aus und lehnte sich selbstgefällig zurück. Es war schön, sehr schön, endlich diese Macht zu haben.

Der Jet rollte auf die Startbahn. Die Motoren heulten auf und nach einem kurzen Anlauf hob die Maschine in den Himmel nördlich von Paris ab.

Er atmete tief durch und machte es sich im firmeneigenen Luxus bequem.

»Das«, säuselte die Stimme, »war eine gute Entscheidung. Das war die Entscheidung eines Managers. Das war die Entscheidung eines mächtigen Mannes.«

Henri Bergalis öffnete erschrocken die Augen und starrte den Fremden an.

»Wer – wer in Gottes Namen sind Sie?«, verlangte er.

»Ich«, antwortete der Fremde, der ihm gegenüber auf der Sitzkante saß, um seinen braunkarierten Anzug im Stil der Jahrhundertwende nicht zu verknittern, »ich bin vermutlich die letzte Person auf der Welt, mit der Sie heute gerechnet hätten.«

Henri Bergalis starrte den Fremden an, während der Jet weiter und weiter stieg und bald von den Wolken verschlungen wurde.